主编　凌翔　　　　　　当代

十月望楚

濂汉　著

中国民族文化出版社

北　京

图书在版编目（CIP）数据

十月望楚 / 濂汉著. — 北京：中国民族文化出版
社有限公司，2021.10
ISBN 978-7-5122-1490-3

Ⅰ.①十…　Ⅱ.①濂…　Ⅲ.①长篇小说－中国－当代
Ⅳ.①I247.5

中国版本图书馆CIP数据核字（2021）第195583号

十月望楚

作　　者：濂　汉

责任编辑：江　泉

责任校对：李文学

出 版 者：中国民族文化出版社　地址：北京东城区和平里北街14号
　　　　　邮编：100013　联系电话：010-84250639　64211754（传真）

印　　装：三河市金元印装有限公司

开　　本：710mm×1000mm　1/16

印　　张：37.25

字　　数：460千

版　　次：2022年1月第1版第1次印刷

标准书号：ISBN 978-7-5122-1490-3

定　　价：118.00元

目录

第一章

王朝崩塌　新政初立

"呼延协统，革命党冲上来了，他们像是刚抽了鸦片烟似的，个个眼睛通红，不要命地往前攻，把弟兄们的队伍冲得七零八落，还能打仗的没剩下几个，二营阵地已经招架不住了，很快就会……失守。协统大人不能枉死在这儿！留得青山在，不怕没柴烧，您的性命比什么都重要，还是赶紧撤吧！"随从的话刚说完，一串子弹呼啸着直往城墙上飞来。

被称作呼延协统的人名叫呼延冲，是武昌将军的得力悍将。近来以孙中山和黄兴等为首的革命党，在日本、南洋等地不断地获得华人华侨支持，怀揣着"驱除鞑虏、恢复中华、建立民国、平均地权"的革命理想，在各个阶层人民的大力支持下，影响也最为深远。一时应者众多，带动的民变最为激烈，令统治中原大地两百多年的清王朝岌岌可危，摇摇欲坠。

武昌将军博尔特济格乃是清朝正黄旗后裔，当年清军八支铁骑入山海关的嫡系亲军，正黄旗为天子所领，当属正统，容不得革命党人的叛乱起义，于是他紧急调集重兵专门守卫民变激荡、情势莫测的武昌主城。以"人在城在、城失人亡"的气势，严令手下爱将呼延冲，务必牢牢守住武昌城要害西大门。呼延冲率领着刚从训练场奉命返回不久的新兵应敌，仓促间他们显然不是准备相对充分的起义军的对手，一番激烈的近战后，他们几近崩溃，乱作一团。眼看自己所带人马伤痕累累，死伤殆尽，昔日故交旧部阴阳永隔，呼延冲不免心生悲怆，潸然泪下。在恍惚中，他听见随从惊慌失措地向自己建议快撤的声音。

"撤，往哪里撤？到处都是乱党！告诉弟兄们，人在城在，城失人亡！谁再后退，小心我手中短枪走火！"呼延冲右手挥舞着短枪，一边斩钉截铁地说道，一边拼命拍打撕扯左臂膀上着火的官服。

　　"属下明白。现在我命令季章一刻不能离开将军，贴身保护将军安全。其他人跟我猛冲！打死这帮狗日的乱党，替死去的弟兄报仇！"随从双眼布满血丝吼道，转身冲向了队伍的最前边。

　　硝烟密布的战争前线，枪炮声密集，惨烈的战斗后，到处都是双方留下的尸体。

　　随着轰隆隆几声沉闷的炮响，武昌城最重要的西门被轰塌了，巨响震得呼延冲眼冒金星，几近晕厥，右手短枪不自觉滑落在地，伤口处一阵阵钻心地疼痛，让他在绝望中痛不欲生，面部狰狞。贴身护卫季章扒开乱石，一把扶起他的将军，急切地想知道下一步将要怎么办。

　　呼延冲深受博尔特济格将军的厚爱，从一名马前卒成长为将军的左膀右臂，独立统帅武昌将军极其看重的"冲标"（"标"是清朝洋务派推行军事改革，成立新式军队的重要基层组成单位。每标配置士兵两三千人，一个标下辖四个营，每营再下辖四个阵。标一般按照统帅将领姓名的最后一个字命名，如自己的标就被称为"冲标"）。这些年呼延冲深受朝廷优待，但他也深知清王朝腐败不堪，四方躁动，大厦将倾，自己独木难支。虽然说识时务者为俊杰，但是降是死事小，个人清白名誉是大。人活一张脸，树活一层皮，已是知天命的他内心苦闷无比。

　　"将军，您醒醒，您可千万要活着；将军，您醒醒……"季章双眼流泪，疾声大呼道。

　　呼延冲艰难地抬起左手，微微向右指了指。沿着城墙根有一条僻静蜿蜒的小道，这条小道平时是守卒们解手的密道，推倒茅厕墙后的梅花窗，就能绕过厚实的城墙，进入武昌城内。这是一条极少数人知道的秘密进城捷径。贴身侍卫季章明白将军的意思，用巨石砸开梅花窗，飞快地背起呼延冲，奔向秘境小道。身后革命党起义军高呼着"活捉呼延冲、打倒清王朝"蜂拥而至……

趁着暮色，二人跟跄来到一处绿荫下，对面两丈之外，两扇褚红木大门紧闭，门中间一对铜环闪闪发光。门脚下，左右各斜卧一只巨大石狮。屋檐下挂着一对大红灯笼，写着苍劲有力的"黄"字。隐约中只见高高的门楣上写着"耕读传家"四个斗大的鎏金大字，门楹左右写着：

读圣贤通古今唯礼
明乾坤辨是非知足

呼延冲知道这是自己曾经的恩师黄显虎的寓所，心里万千苦楚不觉涌上心头，环顾左右无人，遂走上前，示意季章轻叩门环。

"什么人，休得吵闹。"守门人道。

呼延冲答道："烦请转告你家老爷，就说'中州泉'想见他老人家。"

"'中州泉'是何人也？"守门人嘀咕道。

"你尽管通报便是。"

"稍候。"

守门人匆匆穿过三道青砖铺地堂屋，绕过一扇"虎啸明月"屏风，在正房窗外道："老爷，您睡了吗？门外一个自称'中州泉'的人着急想见您。"

一阵沉默后，窗内有人低声道："'中州泉'？莫非是他，真是他吗？"

说话者正是此宅主人黄显虎，他思索片刻便郑重地吩咐道："速请来人客厅见。"

黄显虎在客厅刚落座，只听得一串杂乱的脚步声，又带着几分熟悉的感觉由远及近，下人已把自称"中州泉"的人带到。黄显虎不禁双目圆睁，双手紧紧压住茶碗盖，借着灯光想看个清楚。那人走进门来二话不说，只朝着黄显虎扑通一声跪下：

"老将军身子骨可好？徒儿呼延冲来看望您了！"

"果然是你，模样未变，步伐未改，快快请起。"黄显虎急切间又道，"春秋不再，身子骨还好。你若平安，便是最好。"他安抚着显然惊魂未定的故人道。

原来呼延冲是河南道人，河南道古时也称中州，"冲"字左边带水，乃"泉"也。熟悉的人常以这种方式隐晦地尊称对方，能知道呼延冲底细的也仅仅是极少数世交故友罢了。呼延冲最早是"虎"将军黄显虎的部下，因本性善良、耿直热情、作战勇敢引起黄将军的喜爱，渐渐提拔到了自己身边，成为最为倚重的亲信之一。清时，社会风俗习惯中，笼络人心的最好方式就是让人拜师到自己名下。一者，对彼可名正言顺地出入将门，对己则可以达到笼络忠勇死士的目的；二者，对彼达到一日为师终身为父的目的，对己则形成大树固基、势力壮大的效果。此举能切实把彼此都纳入相对封闭的势力范围内，对彼此都有莫大的好处。

当时，国体羸弱，千疮百孔，弊病缠身的泱泱古老帝国，早已引起社会有志之士的极大不满。以康有为、梁启超和谭嗣同等为首的地方士人，联名上书，言西洋之立宪变法，希望恢复光绪皇帝权柄，削弱西宫慈禧太后的权威，推行新政国策，是年为戊戌年，史称"戊戌变法"。黄显虎早年乃张之洞大帅之参将，追念"师夷长技以制夷"，"中学为体，西学为用"的洋务派思想，希望中华变革，学得西洋先进之造枪、造炮、造船和练兵之技艺，强国固体，扬中华之威。不承想，天津小站新军练兵统帅袁世凯，首鼠两端，告密给西太后，说新政必会动摇王朝统治之基业。加之变法者操之过急，社会鼓噪不断，帝、后两大集团矛盾骤升。

西太后是个恋权者，岂容他人过多分享手中权柄？

她十分震怒，心里念叨秦朝对变法者商鞅处以车裂之刑，宋朝对变法者王安石施以贬谪之用，明朝对变法者张居正加以鞭尸之辱。"乱政必祸国"，西太后遂以"大逆不道"的罪名，下令捕杀维新改革派。新政从实施到废弛，前后不过百日，维新运动便迅速瓦解，谭嗣同等维新改革派六君子血洒北京菜市口。同情维新运动，不愿镇压过多变革分子的黄显虎，引起西太后老佛爷的不满。加之作为副将的博尔特济格早有取而代之的想法，便在背后煽风点火，在发往京城的密函中，添油加醋告发黄显虎参与维新变法活动。慈禧震怒，于是下令对黄显虎革职查办，一度传出将获罪入狱问斩的险情，后终因证据不足，加之慈禧考虑到黄乃一介武夫，不懂政治交易，另外在自己的授权下刚刚与日本签订了《马关条约》等一系列涉外不平等条约这种丑闻，三皇五帝以来亘古未有，引起社会诸多非议，慈禧也不想树敌过多，就对黄显虎等地方人物从轻发落，降旨"以观后效"。遂以黄显虎年龄偏大为由，干脆将其革职不用，让其就地卸甲，颐养天年，实则是让他不得返回乡籍脱离监视。黄家上下几十口人悬着的心，才算放了下来。如今随着时间的推移，全家对博尔特济格的落井下石之恨，才渐渐淡化。

呼延冲对光绪皇帝久病在身，施政不力，心怀忧虑，又加之对博尔特济格对黄老将军趁火打劫很是不满。虽然博尔特济格对自己照顾有加，可毕竟黄老将军才是自己的知遇恩师，他碍于博尔特济格的情面和满人的压制猜忌，对黄老将军不理不睬，十几年都没有真正来看望过恩师。如今兵败负伤，如丧家之犬惶惶不可终日，突然冒昧地打扰他老人家清静，呼延冲一时诚惶诚恐，不知如何说起。

黄显虎定睛一看，果然是他昔日的"中州泉"，他曾经最在意的人。

只是呼延冲宽大的额头上添了许多皱纹，头发白了不少，白天还是威严万分指挥若定的将军，现在只算是一个浑身血渍、衣服肮脏和眼中含泪的乞讨者。老将军略一沉思，向下人吩咐道：

"来人，备饭，把我特制的虎骨鹿鞭酒，倒些予将军享用，并叫刘妈速备干净衣衫。"

黄府上下顿时忙碌起来，一片灯火通明。

呼延冲对黄显虎咚、咚、咚叩了三个响头后，不禁大叫："今日战败，我命休矣，烦请黄老将军救我，我还不能这么不明不白地死啊！"

文官谏死庙堂，武将战死沙场，黄显虎正有满腹的疑虑想问个明白，他清楚一个武将不忠不义、擅离职守、亡命他地，该是多么的羞愧和耻辱。

虽然对呼延冲这么多年忘恩寡义心有芥蒂，可毕竟师徒一场，上门都是客，待明天天亮后再问明白也不迟，黄显虎思忖着，内心里努力回想自己年轻时和他一起战场杀敌的依稀往事。

"呼延将军请起，请先稍事休息，我们明日再谈不迟。"黄显虎赶紧双手扶起呼延冲说道。

"老爷，大少爷有消息了。"下人在客厅外说道。

"好，我马上过来。"黄显虎招呼好客人，退出客厅轻轻掩上门。抬头望了眼天上的月亮，轻叹一口气，出客厅右拐，下人紧跟了上来。

"老爷，大少爷那边有消息了，他正快马加鞭往家里赶呢，估计明天上午到。"

"好，让二少爷务必夜晚加紧府内巡查，外面兵荒马乱，枪炮声不断，流寇乱贼肆虐，千万不可马虎大意。呼延将军来家里的事情，不许走漏半点消息。"黄显虎低沉吩咐道，下人应承着匆匆安排去了。

黄显虎有三子一女，按照"耕、读、传、家"的古训，以及"祖"

字辈分族规，给他们分别取名祖耕、祖读、祖传和祖家。长子黄祖耕，年近四十，为人仗义，性情直爽，喜结交江湖朋友。为了保家护院，前时到岳丈家帮忙办团练去了。黄显虎知道亲家公李氏，五女一子，家境殷实，富甲一方。这几年社会一直不太平，时有土匪蟊贼出没骚扰。亲家公李氏五个女儿个个如花似玉，十分标致，羡煞左右乡邻。只是亲家公五十岁才得男丁，祖业方得以继承。那小儿年方七岁，老父少子，如何守得住偌大李氏家产？如今长女已远嫁他乡，音信较少。二女嫁与自己的长子为妻，已生得一男一女两个孙子。黄显虎派长子祖耕，时常到亲家公家中帮忙，周全左右乡邻关系。近期亲家公与乡间豪绅合计，并报县衙知悉后，招募乡间壮丁二百余人，学当年曾国藩剿杀太平天国起义士兵一样，建立了乡间团练。一则主要为看家护院，保一方平安；二则必要时可为朝廷效力，荫荫后代子孙。倚仗黄家武将出身渊源，长子祖耕从小耳闻目染，精通兵法，前几天到李家帮忙练兵去了。次子黄祖读，性格内向，为人本分，平时主要协助料理家务诸事，看家护院是个好手。老三黄祖传，是黄显虎唯一的女儿，已远嫁老家苏州，经营老宅祖业家产。老四黄祖家，男丁排三，也称三少爷，年方十八，在城内"武昌师范学堂"就读，毕业在即，很快要走向社会。岂料忽然间革命党起义，身处武昌城内的黄府树大招风，自身难保，徒有将军府虚名，实无御敌之力。所以老人家才着急传话让大少爷速归，商量在混乱中怎样稳固家业，至少能增加防御力量，求得自保，家人无虞。

破晓时分，大少爷祖耕风尘仆仆带着家丁赶了回来。刚迈进家门，就一边大声道："爹爹，我回来了，父亲安康。"一边向后院走来，吩咐下人把自己心爱的坐骑牵到偏房马厩去喂料。

黄显虎闻声后早已披衣下床，对自己的大儿子，他还是比较放心。作为长子，祖耕已年过四十，人都说四十不惑，他的孩子性格逐渐成熟，阅历更加丰富，处事越发圆滑老练，办事稳妥得体。虽然动作行为稍显粗鲁，有时缺乏当老大的细腻关怀，不能完全约束家眷，可在兵荒马乱的年月，大气粗鲁正适合看家护院，起到安身立命的效果，因此老将军对大儿子倒是十分满意放心。

"路上可好走？不是说正午才能回来吗。"

"父亲，听闻城里起事后，枪炮声日夜不断，伤及众多无辜，死了不少人。家里人多，您年龄又大了，让我十分担忧家里的周全。本来打算立即就要回来的，被岳父留住，非要让我吃过晚饭，趁着夜色回来。临走时又怕城里粮食购买不易，价格又高，顺便装了一车大米和新鲜蔬菜连夜赶路。这些粮食蔬菜够我们全家吃上一阵子了。"祖耕答道。

对亲家公李氏的为人，黄显虎是相当清楚。亲家公虽然身处城外，为人处世可毫不含糊，遇事安排周到细致，滴水不漏，见识不比城里人差。

"你团练进展我就不想问了，亲家公亲家母身体怎样？我那几个侄女侄儿可都好？噢，你呼延叔昨晚来了，小时候他还抱过你呢，想起来了吗？"黄显虎问他的儿子。

"都好，只是我那四妹活泼些，结交广泛，什么革命党、保皇派都有，小小年纪，动不动讲革命搞宣传，岳父对她倒是操心些。"黄祖耕一边说着，一边呷了一口茶，揉了揉发红的眼睛。"呼延叔，可是您大徒弟呼延冲？"

"祖耕贤侄，当然是我呀！"正说着，呼延冲带着侍卫季章走了进来，朝黄祖耕定睛望去，十分像黄老将军年轻时的模样，虽然十几年没见，隐约间倒也能辨得出个大概。祖耕方脸浓眉，高鼻阔嘴，相貌英俊，身着藏青色团练制服，脚蹬没膝长靴，衣着干练，举止果敢。

"哎呀，真是我的呼延叔，将军请坐，侄儿有礼了。"祖耕惊道，一边赶紧起身给呼延冲敬茶。

正说着，黄家二儿子黄祖读、小儿子黄祖家也前后脚进了客厅，亲热地招呼着呼延冲喝茶，围着他们的大哥问长问短。

"黄老将军，徒儿真后悔啊，这么多年才来看望您，谢谢您的收留与厚爱。可我不能连累你们一家好人，伤及无辜。如今革命党人多势众，我这朝廷命官他们必是要追杀的，只怕给您平添麻烦，我得赶快离开。如果来生有机会，徒儿我还愿做您的马前卒，一定加倍报答您的大恩大德。"呼延冲不安道。

黄显虎知道，呼延冲是直性子人，虽然年纪大了些，可行武出身，说话直来直去的秉性未改。如今他身居高位，伤病未愈，正是革命党抓捕的大猎物，在武昌城他举目无亲，能往哪里去呢？任由他走，那不是羊入虎口、落井下石、见死不救吗？虽然对过去呼延冲的绝情寡义不能释怀，但也断不能睚眦必报送他性命吧！老将军于是便道：

"呼延老弟，这是何苦？外面兵荒马乱，路人皆知革命党正四处缉拿你这个重要清廷官员，你还能往哪去？等外面稍稍太平，伤口好些后再从长计议也不迟嘛。家里简陋，可供你主仆二人一日三餐不成问题。"

"老将军不知，我……还有其他重要的事情要办，她们的安危甚至比我这条命都更重要。"

"呃！说出来听听，看我们还能帮你做些什么事。"老将军也紧张起来。

"我倒是逃出来了，我夫人和闺女还留在府中，战事瞬息万变，诸事难测，她们身处险境，情况不明，不知现在怎么样，我得尽快找到她们娘俩！"呼延冲急道，眼泪流出眼窝。

昨天他带兵与革命党激战一天，家里情况一无所知，不知道炮火硝烟殃及他家没有？他的独生女儿呼延婉儿，今年才十六岁，亭亭玉立，犹如他的心尖肉，是他们全家的掌上明珠，是呼家全部希望所在。对她的牵挂让呼延冲夜不能寐、食不甘味，他不能让爱女吃半点苦受半分罪。

"呃，夫人与闺女身处险境，诸事难料，那你就更不能独自行动了。"黄显虎吃惊道，"时间紧迫，现在外面的情况晦暗不明，我们得赶紧想个法子打听到她们的确切消息才是。"

"她们原住在将军府衙里，这几天府衙被乱党团团围住，战火纷飞，情况不明，生死未卜呀。"呼延冲悲怆道。

女眷身处险境，当然不能有半点马虎大意，老将军略作沉思，因总督衙门与将军府衙相连，便朝大儿子祖耕吩咐道：

"你赶快先去吃饭休息，睡个囫囵觉，晌午人多时，带人悄悄到总督衙门四周仔细看看，一定要找到她们母女俩，哪怕是搜索到半点线索也好。"

"爹，呼延叔，你们都不用着急，我敢保证，她们娘俩一定没事的，待会儿等大哥吃完饭养好精神后，剪去他头上的长辫子，径直到总督府接人就是了。"老将军的小儿子黄祖家，这时漫不经心地插话道。

祖家是黄家年龄最小的儿子，他爹不满老式学堂"之乎者也"教条的学习方式，育人不能放眼四海吐故纳新，眼看着清廷摇摇欲坠，新式教育代替科举考试已成必然。人常说皇帝爱长子，百姓爱幺儿，加之老夫人支持，他就把最小的儿子送到有洋人做老师、城内最好的"武昌师范学堂"读书。那里格致、哲学、英语和音乐等闻所未闻的新奇教育东西样样都有。每次检查儿子学业，都能给黄显虎带来十分诧异的收获。但也不知学那些带蝌蚪符号的东西，能否起到光宗耀祖、荫荫子孙、再续老黄家辉煌的作用。但他知道大儿子一副健壮的身体，会拳脚善结交，热心大方，但城府不足。老二忠厚本分，细心周全，是看家守业的料。只有这三儿子打小机灵聪慧，人人都说"从小看大，三岁至老"，可他不爱文，也不喜武，到底是会成长为一颗秕子，还是一颗饱米，这么多年他一直无法看清楚。可他心里明白，他喜欢这个成长不明朗的小儿子，全家上下都喜欢这个不温不火的"小东西"。现在他想尽快知道这个小东西是如何想的，为什么他会这样说。

于是黄显虎道："这长了几十年的头发为什么要剪？'身体发肤，受之父母'，岂能说剪就剪？这么不爱惜自己的身体，岂不是个不孝子？为什么不担心婉儿侄女，她可是你呼延叔的独生女、心头肉呀！"

"人家革命党推翻的是大清朝廷，革的是爱新觉罗家族的命，这头发是他们祖先入关之后，强迫我们汉人祖宗留长发的。革命党提出'驱除鞑虏、恢复中华、建立民国、平均地权'的主张，如今武昌城已归革命党，人家当然会剪掉象征满人统治的长头发，如果我们也跟着剪掉长发，那就表示是支持他们的，是他们这边的人，是他们最想看到的社会变化，是他们革命胜利人心所向的体现呀。当然应该剪！婉儿小姐乃女流之辈，革命党人又不是选压寨夫人，要她干什么，当然可以直接接回来了。"

特别是最后的选压寨夫人的分析和辩解，说得大家既明白又清楚，看似有理又似狡辩。不免引得大家一阵骚动，都竖起耳朵希望三少爷继续说下去，可他故意停了下来，说口渴要喝水了。

呼延冲刚才还十分担心，听他这么一说，顿时有所感悟，但毕竟自己是大清朝廷任命的官，这皇帝还在呢，怎能言它乱党革命已经成功。就算是局部侥幸胜利，武昌城被他们成功拿下，自己杀了他们那么多人，混战中还打死了对方几个头头脑脑的重要人物，即使如今负伤在身，手无寸铁，也无心与他们再战，革命党会放过自己？会放过自己的家人吗？敌情不明、信息不畅，如何得出不被抓不被杀的结论？古往今来，岂有不伤性命的恶仗，不杀敌人的战争，不伤筋动骨的变革？呼延冲还是眉头紧锁，顾虑重重，内心忐忑。便道：

"贤侄，我跟乱党势不两立，有他无我，有我无他。我杀了他们不少人，包括他们的一个前线大指挥官，岂有不被记仇的道理。你还是帮我想想，如何营救家小的具体办法吧！"

黄显虎看这样争论下去也不是办法，毕竟外面复杂情况一点都不了解，自己赋闲在家多年，社会又一直不太平，自己受监视后与别人来往走动几乎断绝，信息闭塞。还是得安排可靠人打听真实消息后，再采取对策也不迟。于是说道："呼延老弟别着急，你看这样行不行，先让老大和你的侍卫，稍事准备妥当后马上出去打听风声，掌握情况后再做决定。你刚负伤，又是革命党的死对头，不如就在寒舍陪同老朽拉话聊天，静观局势变化，再做下一步决定，你看如何？"

"不，谢老将军美意，我得赶紧亲自去找才放心。"呼延冲思念家人心切，拒绝了老将军的好意。

"我看不如这样，"祖家朝呼延冲说道，"外面还有枪炮声，让你一个负伤的人外出，实在不妥。我下午还要到学堂上课，顺便就让我代为打听夫人和小姐的消息，我一个学生模样的人，路过总督府比你们要方便多了。"

"不，还是让你大哥他们去吧，他们毕竟比你有经验。"黄显虎最后不容分说地决定道，硬拉着呼延冲陪自己到客厅说话，他太想知道呼延冲和他的军队这些年遇到的事情。

黄祖耕与季章改换行头，前脚刚迈出大门，后脚黄祖家一副学生打扮模样就跟了出来，晃了晃手中的书本说要去上课，断了大哥想阻止他外出的念头。兄弟俩相视会心一笑，肩并肩走向总督府大街。

如今武昌城已是草木皆兵，往日热闹的街道已变得冷冷清清，各种店铺大门紧闭，贩夫走卒各色人等都是匆匆而过，不肯留下分秒的歇息。

走过半个武昌城，三人刚转过一个街道口，忽然只见前面黑压压聚了一大堆人，围着台上一个女学生模样的人听着什么演讲。他们加快了步伐，走进人群中，也想听一听在说什么。周围一些学生手拿彩旗，拉着遮天蔽日的大字条幅，情绪激动地高呼着打倒腐朽的清朝政府，建立自由、平等的共和国家的口号。只听台上女学生铿锵有力地喊道：

"我们是炎黄子孙，我们是龙的传人，我们有五千年的文明，从不受外国列强压迫，也不接受腐朽没落清王朝的统治。如今列强瓜分我们的土地，掠夺我们的矿产，抢夺我们的国宝，攫取我们的铁路修筑权，像对待牲口一样贩卖、蹂躏和屠杀我们的同胞，这一切的罪恶之源都是清朝政府的贪婪、腐朽、软弱无能造成的。我们要唾骂它、推翻它、打倒它，建立属于我们自己新的共和国，同胞们才能真正有饱饭吃、有新衣穿，广大的同胞们，你们说是不是！打倒清王朝、建立共和！"

"打倒清王朝、建立共和"，台下数千百姓群情激愤，高举双手一起喊道，那声音响彻大街，直插云霄。

黄祖家一时听得津津有味，心潮澎湃。不禁又朝那台上演讲的女学生多瞅了几眼。只见那女学生，瓜子脸，柳叶眉，皮肤白净，樱桃小嘴，一头短发随着她高举的双手而不停飞扬，特别是那一双清澈的双眸，机灵活泼，炯炯有神，像黑葡萄一般乌黑明亮，在黄祖家心中顿时掀起阵阵涟漪，引起别样的感觉，十分惬意好奇。

"黄祖家，你也来了，我们几个同学正要找你去呢。"不经意间有人朝黄祖家拍肩喊道。祖家回过神来定睛一看，原来是自己要好的几个同班同学，不知何时已经围在自己身边，十分兴奋地谈着当下的革命形势。黄祖家心想正要找他们聊天，便朝大哥说：

"你们先走，我和同学说会儿话，一会儿找你们，如果我回去晚了找不着你们，就跟爹说我跟几个同学去聚会了，晚饭前保准回去。"

大哥知道同学相聚分外热闹，有说不完的知心话，知趣地点头同意让他走了。几个同学此时一边高呼着口号，一边欢欣鼓舞地大谈全国的革命形势变化。

在中国几千年的封建社会演进里，哪有出现过建立共和国称呼的？在成者王败者寇的殊死较量中，成功者称王当皇帝号令天下，国即是家，家就是国，实行"普天之下，莫非王土；率土之滨，莫非王臣；大夫不均，我从事独贤"的御人策略。失败者只能是被流放、杀头或是诛灭九族，永远也没有翻身的机会。普通老百姓哪有什么自由平等？在封建统治者眼里，广大的黎民百姓就是供他们享乐的对象、驱使的工具。皇帝高高在上，再年老再昏庸，再羸弱再无知，也是百姓的主人，他们的话就是金科玉律，就是生杀权杖。清朝政府卖官鬻爵，卖主求荣，对内镇压，对外屈辱。普通百姓过着暗无天日的生活，不但被腐朽统治，通过清政府还得接受西方列强英、法、德、意、奥、俄、匈，甚至邻国日本等国的奴役盘剥。古老的中华大地已是国威颓废、民不聊生、哀鸿遍野、江河日下。如今在一些有志留学青年的带动下，睁开眼睛看世界，努力追求科学、民主、自由的新社会。武昌首义成功打响，麻木的国人为之一震，全国革命形势一片大好。

"前面不远就是我家，不如大家一块儿到我们家喝口水吧，庆祝一下革命的胜利，说不定我大哥也在家，他可是个革命急先锋，让他亲口给我们讲讲全国革命形势变化怎么样？"同学周介生兴奋地说道。几个同学正说得口干舌燥，站得双脚发麻，正有落脚休息的想法。那时清廷对革命党查得很严，一人革命，全家坐牢，革命党都是秘密活动，组织很严，幸得武昌解放，革命党人才敢公开行动，不怕暴露了身份。桎梏解脱了，周介生同学以大哥参加革命党而自豪。同学们听说他家就有革命党，大家正想亲眼看看革命党人长什么模样，是否有三头六臂，恰好有这等求之不得的邀请，就一齐往周介生家中急切奔去了。

一进周家大门，黄祖家就看见堂屋饭桌后，坐着一个身穿制服的军人，正在狼吞虎咽地吃饭。那人望了望他们几个同学，示意大家坐下。周介生向那人高兴地说道："真香啊，大哥，你真的在家啊！"周介生一边说，一边介绍道：

"这是我最好的几个同学，路过总督府相聚，都想过来看看你，请你给我们讲全国革命形势呢。"周介生把菜盘向大哥面前推了推。

"噢，青年才俊、国之未来，难得一聚啊！都请坐吧。介生，大家走了许久都口渴了吧，把泡好的茶都给同学们倒上。"周介生大哥道。

"我叫周介民，是他的大哥，是武昌首义的见证者和实际参与者，这几天一直与腐败的清廷激战，现在是革命军独立营营长。接到革命军指挥部命令说即将要交给我一项特殊的使命，我才不得不从汉口前线赶回来。"周介民示意大家坐下后继续说道。

"'特殊使命'，你不是又要离家潜伏他乡吧！"周介生对他大哥的行为早已习惯。

"哎，不会了，不妨告诉你一个惊天喜事吧，让你的同学们也提早高兴。"周介民回答道，"今天正午十二点，我们推荐的临时大都督就要宣誓就任，革命军临时政府即将正式成立了。把我从前线急调回来，就是让我做这位新都督的贴身侍卫，保证他的绝对安全，确保就职典礼现场秩序稳定。毕竟清廷鹰犬众多，仇视革命害怕革命的人到处都是，他们隐蔽在暗处，想千方设百计要破坏革命成果。具体谁是新都督人选，我就不方便透露给大家了，一会儿你们自会知道。孙中山先生孜孜以求的三民主义在中国就要实现，将是天翻地覆的大变化大事件。"周介民继续说道，虽然他略显疲惫，语气中却显露着自豪与喜悦之情，以及完成使命的坚定决心。

周介民高大魁梧，英气勃发，日本士官学校毕业，在留学期间，眼看中国日渐没落，周边国家却是革新图强，激起他追求革命崇尚变革的志向，遂加入同盟会，追随孙中山和黄兴等闹革命，追求民主、民族、民生"三民主义"思想，立志推翻清朝统治，建立国富民强的共和国。

"中国是由满、汉、蒙、藏、回等许多民族构成的，革命党人为什么要驱逐鞑虏，意思是说满族人就不是中国人的一分子，不是中华民族大家庭的一员吗？你们是要把他们异类都要统统赶走消灭掉吗？"黄祖家向周介民问道，想仔细听听这位革命宠儿对民族问题的看法与见解。

"当然不是，满族人也是我们中华民族的一分子，是我们众多民族兄弟姊妹之一，我们反抗的是没落皇族的王权统治，他们只要放下权力，赞成共和，不破坏革命，我们就会争取团结他们，保护他们的财产，爱护他们的性命。"周介民回答道，不禁朝这位勇敢向自己提出这么敏感问题的学生多看了几眼。只见黄祖家双眸清澈，细眉白面，沉稳淡定，既不像其他青年学生那样夸夸其谈，急躁浮动，也不像他弟弟那样的理想主义者，书生气太重。受黄祖家提问的启发，其他几名同学也纷纷向周介民提出了比如男人剪不剪长发、女人要不要裹脚、长衫好看还是短衫好看等各式各样的问题。回答中的惊喜一个接着一个，场面一时热闹非凡。直到周介民说时间到了，他必须回到总督府，那个地方以后得叫都督府了，必须确保新都督就职典礼仪式顺利进行，大家才悻悻然结束对周介民连珠炮似的发问，嚷着让周介生赶快准备好吃的，他们不能饿着肚皮看新都督就职大典。那场面将是何等的壮观，千年一遇，同学们一时异常兴奋起来，囫囵吞枣地吃过午餐就向都督府方向奔去。

等黄祖家与同学们匆匆离开周家来到大街上，远远看见都督府方向已戒严，广场到处都是荷枪实弹的革命军，三步一岗，五步一哨，把大街围了个严严实实。广场上早已是人山人海，人们前胸贴后背，把整个会场挤得水泄不通。只见都督府屋檐下，到处彩旗飘扬，灯笼高挂，长长的红地毯从总督府大门，一直延伸到主席台。卫兵的刺刀在阳光下闪闪发光，略显单薄不整的军乐团，不停变换着乐曲，演奏着激昂的音乐。正午十二点刚到，人们纷纷伸长脖子，翘首踮足向总督府大门内望去，都急切地想看看这位新总督是何许人物。

只听一名侍卫用浑厚嘹亮的声音喊道："黎大都督驾到！"霎时鸣炮十二响，军乐齐奏，伴着激昂的音乐，大都督黎元洪踏着有力的步伐，手握元帅军刀，挺胸阔步走向了主席台。人群鼎沸，呐喊声此起彼伏。黄祖家仔细朝那一身元帅戎装的大都督看去，只见黎大都督在主席台站定后，擦了擦额头上浸出的细细汗水，双手向他的子民不停挥舞，突然他又做了一个下压的姿势，示意台下安静。军乐声暂停后，他大声说道：

"武昌的父老乡亲们，鄙人黎元洪，祝贺武昌革命首义行动成功！我们中华民国临时军政府成立了！鄙人有幸被推举为首任大都督，将恪尽职守，忠诚为国，与诸位革命同志携手努力，全心全意为江城和全国百姓做好应尽之责……"台下顿时响起雷鸣般的掌声、欢呼声，黎大都督后边的讲话声淹没在百姓的欢呼声呐喊声中。衣不蔽体食不果腹的千万劳苦大众，千百年习惯于三纲五常下的忍耐、奴役和盘剥的艰苦生活，哪里听过这么既新鲜又陌生的大人物讲话。他们日夜担惊受怕的是自己和家人像狗一样活着，期待的是明天能吃口饱饭，穿上新衣服，孩子健康成长，鳏寡孤独者都能过上衣食无忧的生活。他们小心翼翼地观察着，窃窃私语地议论着，暂时拥护新政府的各类主张号召。

黄祖家也深深沉浸在巨大的喜悦之中。在师范学堂时，他就不断地看到、听到有关革命派、改良派和保皇派关于救中国于危亡、振兴中华于未来的不同主张。学堂内外不时有传单、演讲和聚会活动，当然也有殴打、抓捕、爆炸、杀害等恐怖暴力事件发生。有坚持消除西太后余党、保全皇家尊严、还政于当今皇上的保皇派；有认为民智未开、国家赢弱，致力于消除社会腐败、改革教育体制、大力擢拔有用之才的改良派；有坚持革除落后封建制度，兴利除弊，大力推行政治、经济、军事、文教等全面更新、变革的改革派；也有对清廷极度失望，羡慕西方经济繁荣、权利分享、自由平等、三权分立的共和政体，坚持武力推翻清朝统治，建立新共和国的革命党。谁才是真正救中国的力量，谁才能为顽疾缠身的皇皇中华找到繁荣昌盛的复兴之路，他们在哪，人又是谁？今天临时军政府成立了，祖家观望着、关注着、关心着，国家兴亡、匹夫有责的历史使命感，一直敲打着他的心。看着他的同班同学们个个也都是那么兴奋激动，手舞足蹈，这几年萦绕在他心头的答案终于出来了，祖家不禁泪流满面，双眼朦胧，发誓要为新国家作出应有的贡献。几个同学紧紧地搂在一起，欢呼着，跳跃着，又重重地摔在了地上。黄祖家在心里不禁暗暗地念道：

越地风云今朝变，皇权飘零民智开。
吾辈自当急策马，共建中华好河山。

几个热血青年在大都督就职仪式结束后，又齐齐来到武昌"越上好"酒楼，大家拼凑出所有费用，点些酒菜，喝得个烂醉如泥，一时口无遮拦，甚至有同学悄悄谈起说新当选的黎元洪大都督，是被革命党从桌子底下强行拖出来，乌漆麻黑的枪口抵在他的圆脑袋上逼着让他当都督，当时他就被吓得尿裤子的笑话来。直到深夜几个同学才走出酒楼，各自散去回家去了。黄祖家隐约听到长江对面的清廷军队与革命军交战的枪炮声，江风轻轻拂起，不禁打了一个寒战，晃晃悠悠返回家中。

刚一进家门，守门人就朝他急切说道：

"三少爷，您可回来了，老爷等您可都不耐烦了，派我们几个下人到大街上找您好几遍了，快跟我到老爷那去吧，有重要的事情要吩咐您。"

刚才苏州老家仆人黄九派人捎来消息说，苏州虽然不是省城，这几年也不太平，连续多年都是年景不好。今年天气更是异常炎热，雨水稀少，好多佃农、租户抱怨着收成不好，秋收已经过去了好长时间，就是拖着不交东家粮食和地租。黄九不敢大意，于是立即派人过来向老爷请示该怎么办。没有粮食，大清又摇摇欲坠，社会又乱得一锅粥，不知何时才能太平，黄家上上下下几十口人的生活该怎么办，总不能坐吃山空吧？给些盘缠路费，打发走送信人，作为当家人，黄显虎十分焦急，不停在房间内踱步思索所有可能的办法。

祖家一时酒醒了一大截，急忙来到他爹住处，刚准备叫爹时，黄显虎一个巴掌就落在了他的脸上，打得祖家眼冒金星，站立不稳。他爹怒气冲冲骂道：

"好个混账东西，你上的什么学校啊？到处都放假关门了，叫你去找呼延叔家人，人没找到，把你自己给弄丢了，还弄得满身酒气！纨绔子弟，吊儿郎当，成何体统？怎么对得起耕、读、传、家的大义？怎么对得起列祖列宗的教诲？都是我平时管教不严，让你学得一身恶习，凑什么革命热闹！革命、革命，那是要掉脑袋，要人命的！人家大清还有几十万北洋精锐新军呢，那几个革命乱党，以为喝了几年洋墨水，就可以不认祖宗礼法了，数典忘祖成得了什么气候？战争一开，永无宁日，他们真是不知好歹。"

祖家母亲一看老爷子真的发火，并且打了心爱的儿子，不禁一把拉住黄显虎的手大声说道："子不教，父之过，你冲儿子发什么火。他现在又不是小孩子，革不革命，做什么不做什么，他自己心里早就知道了，就你个井底之蛙还动手打人，肝火不小嘛，小心伤了自己的身子骨。"黄母一边挡在父子之间，一边给老爷子递话降火。黄显虎喝口茶继续道：

"明天你就回苏州老家去走一趟，乡下百姓既不容易也不安生，多年老实规矩的佃户们，也跟着瞎起哄闹事。现在真是没有一块太平地，他们忘记祖宗租地纳粮的规矩，可我们不能忘，无论如何不能乱了祖宗规矩啊。你去之后一切听你姐姐、姐夫的安排行事。"

这时呼延冲、黄家大少爷、二少爷等都进入房间，劝老爷消消气，把三少爷拉了出去。

事后祖家才知道，就在他与大哥及季章分手后，大哥他们就朝呼延冲府上找去，不料侍卫季章军人独有的长辫子，更加不小心的是暴露出里边清廷军人衣装，引起革命军警觉，以为他们是清廷鹰犬，欲拔枪阻拦。黄祖耕毕竟是将军后人，从小练过射击，枪法稳准狠，也非凡人可比，出枪更快，一枪打死了那个阻挠士兵，与季章交替掩护，方才逃出了呼延府。要不是都督登基大典，革命军不想弄得满城枪响子弹乱飞，早就派出大队人马缉拿他们了。他们侥幸在一处拐弯角摆脱追兵，这才逃回了黄宅。大少爷只是伤了左腿，走路踉踉跄跄，幸无大碍，季章狼狈不堪地跟着他回来。只是现在又不见三少爷，不知道将又发生什么意外。全家人一直都提心吊胆，从白天等到夜晚才见三少爷一身酒气返回家来。黄老爷怒不可遏，爱得越深管得越紧，自然是把气都撒在了他最宠爱的小儿子身上，劈头盖脸一阵打骂。

喝过下人递的几杯浓茶，渐渐清醒过来的祖家知道，以往自己在学校读书上课期间，乡下老家除大事由父亲决断外，其他一应事情都由大哥或二哥处理。如今父亲年迈，大哥受伤；二嫂刚添了个男丁，二哥得时刻陪护在她身边。加之武昌城里人来人往鱼龙混杂，秩序不宁，需要两位哥哥轮流看家护院。如今自己的学校已被革命军充做军营，老师都逃命去了，不知何时才会恢复正常教学秩序，复课遥遥无期，正有大把的空闲时间。小时候跟父母回过几次老家，那优美恬静的田园生活，岂是城里所能比拟的，至今都令他念念不忘。自己现在已年过十八，也该独立闯荡社会了。利用这段时间回老家，帮助家里处理一些燃眉之急，了解社会的变化不是也挺好吗？祖家于是暗暗打定主意，准备天一亮就马上回苏州老家一趟。

这时母亲敲门进来，不安地端详着她的小儿子，老爷子的手掌印还深深地印在脸上，令她十分心疼，毕竟小儿子是她四十岁才生下的宝贝。虽是晚年得子，却是十分聪明善良，平常家里好吃好喝好用的东西，大家都会给他多留些。全家上下几十号人也都最疼他，哪见过他受如此"礼遇"的。于是她小声说道：

"老幺，你知道的，你爹最疼你，他年纪大了，这几年事情多，变化又紧急，你可不能怪你爹心狠啊。"

"娘，知道打在我脸上，疼在您心里。我这不打紧，睡一觉就好了，哪有儿子记恨父母的道理。明天就要回苏州老家了，正好去看看姐姐和姐夫他们，再回来就是几个月以后的事了，还希望您二老多多保重。"黄祖家一边接过母亲递过来他打小最爱吃的武昌饼，一边劝母亲早点回房休息。

说起小儿子被老爷逼着明天回苏州乡下，老母亲内心十分不安。可她也明白，家里这会儿实在是抽不出别的人。外面世态炎凉，凶险莫测，他一个毫无经验的年轻人，老爷这样做，也是想给被革命欲望鼓噪得不知天高地厚的小儿子找个安全港湾。毕竟武昌全城还没有彻底解放，汉口方面枪炮声不断，双方战斗依然激烈。同时北洋新军几十万人马正源源不断南下，革命党才区区数千人，谁输谁赢还不是明摆着的事情。当年太平天国起义闹事，最后被清军屠城的事情还历历在目。虽然凭老爷的经验判断，事情演变不到最后一刻，都会发生许多的变化，现在不是立即下结论的时候，可是如果一步走错，就会步步皆错，后果不堪设想，全家平安是她最大的心愿。正所谓凡事要未雨绸缪，老爷正是这样计划的。

"你就赶快睡吧，明天一大早还要早起呢，我这就让丫鬟给你多准备些衣服盘缠。你爹还说准备让黄五陪着你去。你知道的，老管家黄五多年跟在老爷身边，寸步不离，多少事都是他经手办理的，从来没有出过差错，对我们家里家外情况都清楚，人又忠诚可靠。当年你爹打仗的时候，就一直是他护在你爹身边，虽然有主仆关系，他们其实早就是生死之交的朋友。这么多年他帮着你爹看家护家，是你爹的左膀右臂，是他离不开的人。这次让他陪你到苏州，可见你爹对你的关心和在意，你明白吗？今后如遇到什么难处，或是难下决心的事情，你可放心地多向他请教。另外，你呼延叔也说把他的侍卫季章让你带去，给你当保镖脚夫使用。他如今赋闲在我们家，手又受伤，没什么事可做，用不着一个男人去服侍他。还说季章知道一些北洋军的规矩，在清军把守的地盘上能帮你顺利过关。到了老家有什么事，多让你姐帮忙打理，知道吗？傻小子。"天底下所有母亲对自己任何一个将要远行的孩子，都像《游子吟》写的那样，"慈母手中线，游子身上衣。临行密密缝，意恐迟迟归。谁言寸草心，报得三春晖"，她们总是无私无畏没完没了地牵挂和嘱托。祖家的母亲也不例外，既是看望安慰儿子，又是临行前千万般的期盼和叮嘱。

"爹这是在打发我早点滚蛋呢，哪是到老家帮忙？"祖家故意不满道。

"不许胡说！你爹的心事啊，以后你就会慢慢明白，父母哪有嫌弃自己孩子的。"母亲劝道。

"娘，刚才我还想跟呼延叔下棋过招呢，现在突然困了，你就让我清清静静地睡个囫囵大觉吧！"黄祖家想到母亲这般叮嘱唠叨，不忍离别伤感，不禁催她赶快走，更是一头扎进了软绵绵的被窝里一动不动。母亲轻轻叹口气，替他盖好被子，悄悄关上房门离去。也许是酒精的作用，祖家在睡梦中，不知不觉出现了中午那个在台上演讲的女学生的形象，特别是她那双黑葡萄般的大眼睛，总在他的脑海中浮现。

听到外面一阵呼叫声，祖家睁开惺忪的双眼，一骨碌爬了起来，推开窗户看外面已是艳阳高照。洗漱完毕，吃过早餐，黄五与季章也早已准备妥当，专等自己一声招呼，随时出门上路了。

"老三，你过来一下。"老大对他说道。祖家于是来到了大哥的房间，只见大哥轻轻地掩上了门，从抽屉里拿出一封信及一个包裹，轻轻地拍了拍交给他道：

"你出城去苏州老家，必路过我岳丈家，大哥请你帮个忙，把这封信务必亲手交到你李叔手里。这个蓝布包着的东西你就交给四姑娘吧，记住了，你务必亲自分别交到他们手中，千万不可弄混了啊！回来大哥请你喝酒。"

"你的腿伤可得抓紧治疗，走路摇头晃脑挺难看的。四姑娘是谁，我认识吗？"祖家问道。

"四姑娘就是我四姨子，你大嫂的亲四妹妹李采薇，按年龄你得叫她一声姐。"大哥道。

"真是麻烦，又多一个姐，她很老吗，我有见过她吗？"

"老早就见过，只是后边你上山和求学给忘了。"大哥说的是祖家曾经三年上武当山学武养生和到武昌新式学校求学的事情。

"三少爷，老爷叫您到他房间去一下。"外面有人喊道。

祖家本来是要亲自去别过父母，询问他们还有什么吩咐。便向哥哥做个鬼脸，朝父母房间方向走去。年迈的父母亲纵然有千言万语也不会轻易说出口，只是在默默等着他的到来。

"老三，外面兵荒马乱不太平，诸事多听五叔的。你把这个带上防身，它比你的拳脚快。记住千万不要轻易示人，毕竟是件凶器，非紧急情况不可使用。"他爹不容分说地命令祖家道。

黄祖家定睛一看，知道是那把德国产九毫米口径的"勃朗宁"小手枪。想到自己小时候也是偶尔见过一两次，是父亲的防身宝贝，平常都是随身携带，从不会轻易向任何人泄露。如今父亲把它给了自己，还让跟了他多年的管家陪他一块到苏州，是放心不下他路上的安全和起居照顾，舍不得孩子远行，是对儿子内心无言的爱啊！黄祖家一时深深感觉到什么叫父爱如山，语无伦次地说道：

"爹，这次回老家是访亲拜友，平常也没忘记练武强身，这个玩意儿您还是自己留在身边吧。"

"不，有你大哥、二哥在身边，还有呼延叔在家陪伴就足够了。这次远行十分艰难，非同一般，你就小心拿着，不可外露，非紧急情况万不得已不可轻易使用。"他爹坚定道。

"到苏州后，记着及时写信回来。"母亲在一旁提醒道。

"记住了。又不是生离死别，我早晚会回来的，搞得这么严肃。"祖家故作轻松道。

双亲、呼延叔、哥哥、嫂子和侄儿等众人把他们送到门外，一直到长江渡口方才止步。

"早些回来。"

"一路平安。"

"后会有期。"

在众人依依不舍道别中，黄祖家带着家人的叮咛与嘱托，跳上早已在此等候的小船，与管家黄五和季章三人离开了武昌，一路向东而去。这时一缕阳光冲破东方云朵，照在祖家主仆三人远去的背影上。

第二章

疾恶如仇　拔刀相助

祖家一行三人乘船走近道疾驰而行，出城门五六里地远，老远看见一支穿丧服的人群，在低沉的哀乐声中向这边走来，只是送灵的队伍略显人员单薄。黄祖家赶紧让船家放慢了速度，并示意靠近岸边。等他定睛朝前方望去，这一看使他大吃一惊，只见领头擎幡杖的竟是昨日刚刚别过的同学周介生。这时也是他们弃船改走陆路的时候，祖家便一个箭步跨上岸。周介生也一眼看见了祖家，扑通一声向他跪过来，抑制不住内心的悲伤大哭道：

　　"我哥昨天晚上执行上级任务，不幸被偷袭的敌人打死了，身中五枪，当我再看见他时，人……已经躺在那儿了！"他的目光转向了身后的木板灵车。

　　原来，昨天周介民与大家分手后，立即赶往都督府参与护卫新都督就职典礼仪式。因汉口前线战事吃紧，他又是对前方地形地貌十分熟悉，为数不多的一线指挥员之一。非常时期必用非常之人，遵照上峰整体作战调令，周介民不得不紧急返回军中，在危机四伏的前线与北洋新军突发猛烈遭遇战，不幸身中数弹，殒命沙场。天妒英才，大地悲鸣，革命军顿失一位骁勇善战、忠诚勇猛的前线指挥官。祖家听后倍感生命无常，昨天是那么英武气概，担当天下的俊杰人物，瞬间阴阳两隔，心里还有许多疑惑问题，竟未来得及向他请教，就已经永远不可能知道答案，令他十分震惊与惋惜，不禁伤心不已，潸然泪下。

　　祖家擦掉眼泪，立即走到灵柩车旁，轻轻揭开覆盖遗体的白布，静静地瞻仰着自己心中的英雄，眼泪又出。遂猛一转身，一把扯下身边季章内衣领上的清军徽章，轻轻放在周介民遗体上，让敌人的东西永远留在他的身边，是作为向英雄告别的最好礼物。

祖家紧紧抓住周介生的双手，希望他能保重身体，平安生活："逝者已走，生者节哀。""血债血还，我一定会让他们加倍偿还！"周介生发誓道。

目送情绪悲怆的周介生等走远后，三人继续向东疾驰，一路上不断看见从战场上转移回来的伤病员，缺胳膊断腿，面容悲戚。路边到处都能看见惊慌失措四处逃亡的穷苦百姓，他们三五成群纷纷逃出城外求生。人们扶老携幼，绵延不绝，呼救声、哭喊声、乞讨声此起彼伏。人群盲目四处逃生，奔向连他们自己都不知道的所谓"避风港"。祖家不忍，内心惶恐，便想给他们救济些银圆。管家黄五示意他不可："这儿人多，少爷您救济得过来吗？"

祖家无语。老管家索性带领大家走一条小道，远离逃难人群，免得看见无助百姓，徒让少爷伤感。

经过一阵长途跋涉，已过正午时，三人终于来到李家庄外，只见庄园大门紧闭，左右各立着八名黑衣大汉，手拿棍棒，甚是威严。待黄五上前说明来意后，其中一个管事模样的年长黑衣乡勇，大概是认识黄五老管家，知道他是亲家公黄府的人，便径直放行，把他们带到李庄主房前，并一路小心叮嘱黄五说，庄主最近心情十分不好，如有得罪的地方，还请他们多多包涵谅解。李庄主本名叫李绍榜，正是黄显虎儿女亲家公，隔窗看见黄五的到来，他是既惊喜又意外，便从房间急忙赶了出来，招呼着他们落座喝茶。

"五管家来啦，怎么没有看见亲家公？"李庄主问道。按照常理黄五定是紧紧跟在黄显虎身边的人，对与黄五同行的两人则有些生疏。黄五赶紧向李庄主介绍道：

"亲家公稍等，容我慢慢给您介绍这两位年轻人。"他让祖家坐在了上首，李庄主自然不敢大意，转身坐下专心听他的介绍。

"这位年轻人就是我家三少爷祖家，他是在很小的时候，娶二奶奶过门时来过一次，少爷长得快变化大，李庄主自然是不认识了。旁边这位大汉就说来话长了，他是我家老爷一位多年前重要朋友的部下，名叫季章，老爷特意让他跟三少爷一起回苏州的。"

李庄主一听是亲家的三少爷，又见对方眉清目秀，甚是高兴，不禁仔细多看了几眼。

"少爷气派得很，果然有将门风骨，平时常听说起你的不少故事，今日算是见着真人了，得让我好好瞧瞧。哎，要不是这几天遇到天杀的土匪抢劫，全庄上下高度戒备，我一定与侄儿喝个一醉方休不可。"李庄主强压伤心事叹息道。

"土匪？他们很长时间不是在后山老实待着的吗，怎么又出山了呢？他们又干什么伤天害理的事了？"黄五不安道。

"三少爷和五爷是远道而来的客人，不知道也好！来人，给客人准备最好的饭菜，安排上等的房间。"李庄主不想再多说有关土匪祸害的半点消息。

"噢，没听大少爷说起匪患的事情，难道是前天晚上发生的？大少爷回城的时候？"黄五紧张追问道。

"哎，他前脚刚走不到半个时辰，天杀的土匪就闹事了，真是让人措手不及啊。"

"这样看来他们是有备而来！"

"三少爷、五爷，你们劳累一天赶路，待吃过晚饭早点休息去吧，其他的事情我李某定会亲自处理，就不劳五爷牵挂，大家安心休息吧。"

"庄主见外，俗语说'为朋友两肋插刀'，何况咱们两家还是姻亲。

姻亲之间有难，如果不能力所能及地帮衬，我怎么向黄老爷交代。他老人家的脾气，庄主您又不是不知道，如若我们没有尽全力帮忙，回去被老爷痛骂训斥不说，我内心里恐怕也是不会安宁的。"黄五恳求道。

主家有事，客人怎能心安。祖家观察了客厅的环境，仔细听李庄主和管家的对话。"李叔见外了，家里发生大事，不可能不让我爹爹和大哥知道吧！"喝下一口茶，祖家也在一旁催促道。

事已至此，祖家和五爷话都说到这份儿上，再不给客人说清楚匪患的事情就是无理，李庄主也就不再有所顾忌隐瞒，一口气把实情都向他们说了出来。

"唉，原先县衙董知县担心强人闹事，在背后山上隘口地段常年驻有一营官兵，有五百人左右，死死看护着关键咽喉路口，专门对付这帮山贼，山贼多少有些畏惧，不敢轻易下山。前些日子城内起事，董知县率领驻守的官兵连夜开拔回城去了，枷锁解除，山贼们便无所顾忌，乘机偷袭了官兵关隘，杀死留守兵卒，下山连抢带夺，劫走本庄不少财产粮食。更可恶的是强抓本庄百人左右壮丁为人质，以及掳去我家小女李采玉等本庄七名女子，以此为要挟，不准我们向官兵报信，以免追剿他们。留下口信说是过一段时间，只要能够按照他们的吩咐做事，就把小女及本庄壮丁等都放回来。可土匪哪有信义可讲，能让他们害怕忌惮的官兵又是谁呢？革命军？北洋军？怕是远水解不了近渴，我们正在召集族人长者共商对策，筹划着如何营救本庄人质，你们就来了。"

原来，就在武昌城内革命军首义的第二天晚上，李家庄后山上长期盘踞的土匪头子靳霸天，趁着扼守重要关隘的官兵撤离，关键咽喉地段洞开，解除了行动受限的不便，犹如搬掉压在他身上很长时间的一块巨石，不禁大喜过望，连夜召集众头目商议如何下山发财的计划。山贼们有些日子没有这么快活发财的机会了，都是手舞足蹈，摩拳擦掌，异常兴高采烈。唯有靳霸天的狗头军师靳旺财，歪着脑袋一想，给他的主子轻声细语耳语几句后，出了一个阴毒的主意。在山下"发财"动手的时候，鼓动众匪徒掳去长相标致的数名少女扣为人质，以此警告百姓不得报官，过一段时间他们山上安全后，即刻无条件释放所有人员。贼人行动迅速，索性由山寨二当家和三当家带兵连夜偷袭了李庄、刘庄等方圆数里的村落。土匪哪有真言可信，他们实为给山上几个有头有脸的头目挑选夫人，解除山寨单调枯燥生活，乐得逍遥自在，同时还能控制住山下的村民，使他们不得妄动，是个一箭双雕的阴毒计策。

黄祖家心里一沉，真是祸不单行，自己家里家外事情还没有消停，全家都还为寻找呼延叔的家人紧张不安，没曾想到李庄也遇到这档子大事。爹爹和大哥他们还不知道这场剧变，他们为了全家的生计日夜操心，已经十分疲惫，何况大哥现在还身体负伤，没有痊愈，不能让他再添辛劳。现在必须得想办法尽快救人质下山，否则夜长梦多，不知会发生什么可怕的事情。祖家心里正在盘算时，一个银铃般的声音在门外大声说道：

"爹，大厅里刘叔叔他们还在激烈讨论，可热闹了，现在各有各的所谓'高招'，就是谁也甭想说服对方，他们请您赶快过去拿主意呢。"

"采薇，赶快进来，三少爷和五爷他们来了。"李庄主道。

"什么稀客呀，胆子不小，这个时候还敢到李庄？"被叫作采薇的人一边回答，一边往里走。

祖家循声望去，不禁十分诧异。进来的就是前日在总督府门前演讲的那个女大学生。只见她身着一套裁剪合适的深蓝色衣服，脚穿圆口黑布鞋，围着一条白色围巾，十分简洁干练。白皙的圆脸上一双黑葡萄般的大眼睛忽闪忽闪，直看得黄祖家油然而生一种十分奇妙的感觉，心里顿时产生别样的心情。

"采薇，这是你二姐夫的亲三弟，祖家少爷。这是五爷，这是他们家的新朋友季章，你先招呼着客人休息，记得沏茶添水，让厨房准备晚餐，我这就去议事厅。三少爷失陪，请稍事休息，我一会儿就过来。"李庄主一边说道，一边急匆匆赶往议事厅。

"四小姐好，名字真好听，人长得也漂亮，你对五叔叔还有印象吧？"管家黄五与她打招呼道。

"五叔可是二姐夫家的大红人啊，我怎敢忘记，昨天我还到你们家打牙祭了，听说你老刚好出去寻找三少爷去了。啊！对了，三少爷可是稀客，来我们家次数屈指可数，千万不要拘束，随便坐吧，有什么要求尽管吩咐就是。"她转身对同龄人祖家道。

一阵女孩子身上特有的幽香袭来，祖家轻轻地深深吸了口气，味道真香，沁人心脾！

"哦，你昨天到我们家去了？怪不得大哥让给你捎东西，怕是你走得匆忙，把东西落在我们家了。"他略显紧张地朝她道。

"三少爷难得下到凡间，成天神龙见首不见尾，我好多次到你们府上都没有看见你。每次不是找同学交流学习心得体会，就是说上山练功'采风'去了。不过呢我到贵府上去得也不多，许多事都有姐姐、姐夫代劳。咦？我落什么东西到你们家了，我怎么不知道？城里人到乡下走得挺辛苦吧，先喝杯茶润润嗓子，待会儿把东西给我也不迟。"她一边为祖家倒茶，一边连续说道。

"采风"本是褒义，但她明显带有嘲讽的意思，还说自己难得下到凡间，明显是想揶揄自己少见多怪。"城里人有那么娇气吗？半天工夫不就到了，你可别小瞧了我们。"祖家左右望了望黄五和季章反驳道。

"看你一副学生样，弱不禁风的，还真能在浪花里颠簸，身子骨没有被拆散吧？"她不依不饶，黑葡萄般的双眼俏皮地盯着他。

祖家平日常听大嫂说起，她娘家四妹妹从小在家就十分调皮活泼，口齿伶俐，性格开朗，如今在武昌城里读书。祖家很小的时候，在大哥娶大嫂时曾经见到过她，那时的她梳着小辫子，脸颊红彤彤的带着微笑。当时他们双方都是少不更事的小孩，跟在大人后边，尽想着看婚嫁热闹玩耍去了。以后每次遇到寒暑假，他要么与同学结伴外出游玩，要么到武当山拜师学艺练功去了。人常说女大十八变，越变越好看，当初的小不点如今变成了如花似玉的大姑娘，说来奇怪，正是自己心里梦寐以求的那种类型，或许真是机缘巧合。奇妙的感觉令他心跳加速，膨胀流动的血液烧得他有些呼吸急促。于是他小心翼翼道：

"四姑娘真是小看我们了，就是再赶上百八十里路，身体也没有大碍。只是大哥托付的事不能忘记，得赶紧把东西完璧归赵还你。"言毕拍了拍胸口衣襟，"不知道是什么贵重物品，大哥非要让我亲手单独交给你他才会放心。"

李采薇将信将疑，半天也没有想起来，到底是什么东西落在姐夫家了。只好带着祖家来到李庄主的书房，轻轻掩上门，伸出双手想要回被"遗忘"的东西。祖家从衣襟取下一个蓝色布包，双手交给李采薇，同时努力挣脱她会说话的双眸，朝房间四周的书架望去。这是一间干净整齐的精致书房，墙上挂着几幅《仕女图》，窗边有几盆开得正艳的菊花。已经是农历九月份了，正是菊花绽放的时节，趁采薇检查她遗失物品的时候，祖家轻轻凑了上去，对着最大的一朵菊花深深地吸了口气，花香四溢，沁人心脾，顿时一阵清香浸透了全身。

"哎呀，原来是些革命传单，这有什么神秘的啊，用得着包裹得这么严实吗。还非要给我送回来，这二姐夫真是像我爸一样顽固不化，生怕天上掉树叶会砸着脑袋。"她打开包袱后不满道，略显失望地甩开房门径直走了。四姑娘讥笑她姐夫迂腐，倒是把祖家一个人留在了她父亲的书房里。祖家十分好奇，刚才还对那双黑葡萄般的大眼睛热血沸腾，心潮起伏，忽见她生气拂袖而去，犹如当头一盆凉水惊醒了他，不禁凑上蓝色包袱一看，是一些整整齐齐的革命传单，上面还散发着墨汁的香味。他忍不住对传单仔细多看了几眼，只见上边写着：

> 尔贼清朝，苦吾人民，灭吾良知，分食骨肉；媚外膝屈，卖吾土地，拆吾坟冢，人神共诛；驱除鞑虏，恢复中华，建立民国，平均地权。

落款是革命党，时间就在昨天。这属于大清违禁宣传物品，是大忌。宣传鼓吹者被抓住是要定死罪，杀无赦的。

祖家顺手拿起最上面的一张传单揣在怀里，对着绽放的菊花再深深呼吸一口幽香，赶紧跑出门外朝四姑娘的背影追去。

这边议事厅里李庄主紧绷着脸，一言不发，默默地听着刘庄主与几位德高望重的年长族人议论着如何对付土匪，救出人质的办法。李庄其实由两大姓氏组成，清澈见底的浏河刚好穿过村子中央最富饶的地方，把李庄分为河东和河西两个部分。河东为李姓，以种棉捕鱼为生；河西为刘姓，以养蜂织布为计。两大家族祖上曾经都以捕鱼为生，经常越过界河到对方地界，数代人为争抢浏河水边界，相互聚众厮杀械斗不断，悲剧时常发生，留下了许多孤儿寡母。数十年前，在张之洞任湖广总督时，一次路过李庄，被这里优美的湖光山色所吸引，竟下马沿浏河信步走去。忽见河对岸人声嘈杂，厮杀声不断，立即喝令随行的湖北巡抚派人打探实情，阻止械斗扩大。等下人禀报清楚私斗原因后，不禁仰天大笑三声，当即以浏河水中间划定界线，规定李庄人只准种棉花、打鱼，不准织布。而刘庄人只能织布、养蜂，不得下河打鱼。并责令李、刘两大家族族长发誓，永不得为河界纠纷械斗，否则立斩族长和保长。许多年大家相安无事后，两大旺族遵照誓言，逐渐忘记过去的龃龉不快事，形成事业互补，彼此依存，相安无事的和谐局面。这次土匪靳霸天下山打劫，李庄、刘庄和附近几个村庄都受到土匪威胁抢劫，损失不少财产。单靠某一个村庄的力量，绝不是狠毒土匪靳霸天的对手。以前依仗县衙官兵的力量维持稳定，如今靠山一夜之间消失，于是他们不得不决定联合起来共进退，抱团取暖，共同对付善变奸诈、作恶多端的靳霸天。同饮一河水，共保一方平安，不惜一切代价，也要救出所有被劫村民。

与恶人共处，按往年的规矩，只要按时缴纳田租及摊丁费，双方彼此也能相安无事。可村民也知道靳霸天心狠手辣、残暴异常，平日里就算是身边手下喽啰们，对他也都是战战兢兢十分害怕，稍有不慎或是做错事，就会被当众非打即骂。其实这些喽啰们，也都是方圆几百里地普通人家的孩子，只是兵荒马乱饥寒交迫，被迫上山当土匪。常说兔子不吃窝边草，山贼们一般不会打劫附近村庄的财产。这次靳霸天抢劫数十名青壮年劳力，还专门把李、刘两大家族的部分女性劫走，贼人最近不知是吃了什么熊心豹子胆，竟张开血盆大口，破坏双方多年来形成的相安无事的默契局面。

如果硬拼就得把李庄及方圆数十里的团练都集中起来，也大概能拼凑五六百人，只是平常训练时间短，彼此配合熟练程度不够，加之武器装备差，有一半的人马连起码的"汉阳造"土枪都没有，谁来统一指挥也是个大问题。如果真要动用乡勇强行攻打山寨，无异于鸡蛋碰石头，用鲜活的生命去攻打狼心狗肺、心狠手辣、不择手段的土匪们，只会留下许多尸首和更多的孤儿寡母。更不能用丰厚的贡品去获得土匪一时的怜悯同情，放回人质，这样不但大家会更加贫穷，反而会养虎为患，助纣为虐，留下极大隐患。几大家族的族长们异常苦恼，不知道下一步该如何处理是好。

议事厅里，大家心情沉重，烟雾缭绕，鸦雀无声，人们最多只是相互撇上几眼，叹口气，也都不知从何说起。李庄主一看再这么耗下去也不是办法，就是再耗上三天三夜，也未必真有人能突发奇想寻出捷径，拿个万全意见。连平时一向积极活跃主意最多的刘庄主，今天不知为啥也变得像个温顺的绵羊，连响屁都放不出来一个。于是他清清嗓子，试探性地说道：

　　"沉默就是没有下定最后决心，知道大家有骨气，不想窝囊忍受，谁也不想装孙子当软骨头，这是我们这些个族长、庄主和长辈安身立命的东西，是祖宗在血液里都给我们留下的。不过我这把老骨头看来是不中用了，不比前几年好使。实话告诉大家，对付强人歹人，还得智取！这智取啊，先得弄清靳寨主葫芦里到底卖的什么药，按往年规矩，要缴纳的'摊丁捐'不是还有两个月吗？秋粮刚刚成熟，还得收割、晾干、清收，拾掇干净后再择日启程送粮！今年外边世道大乱，省城里革命党起义，土匪强人们也就趁机下手，快了狠了许多。现在各族劳力又减少这么多，庄稼地靠谁收，叫我们如何在短时间内筹措上千担的粮食？我李庄人连喝口稀饭都快断茬了，叫我如何再向佃农穷鬼们开口筹粮交捐？要不你们大家再凑一下，先替我们李庄垫一垫，等秋收拾掇干净后，我连本带息都还你们，你们觉得咋样？"

　　几大族长本来是想听李庄主讲如何智取的，没想到被他这么一绕，又把上弦的箭射了回来。谁不知道李庄主老谋深算，人称十八里地铁算盘，绝不会干折本的买卖。这几大姓就他李庄最富足最有实力，他不拿主意，不给点拨指示，救人质的事情就是雾里看花水中捞月，竹篮打水一场空，到头来别说是救人，说不定只能是抬着尸体，甚至是捡几块骨头而已。可土匪毕竟也抢了他家的五姑娘呀，是他的亲骨肉，他总不能见死不救，弃之不管吧。到时候他家清白女儿真给土匪当了压寨夫人，他这个老脸往哪儿搁！可大家也搞不懂李庄主到底想说什么，想怎么救大伙儿。

大厅马上鸦雀无声，刘庄主环视四周后，吐出一口烟圈后说道：

"绍榜兄，明人不说暗话，大家干耗着也不是办法，你知道我们大家一向唯你李庄主马首是瞻，你说这智取到底是怎么个意思，给大家讲讲嘛，我们都想听你的高见呢。"众人眼光都齐刷刷盯在李庄主身上。他不急不慢，吸口水烟，轻咳一声：

"既然大家给老朽几分薄面，我就再唠叨几句。智取先得弄清楚靳寨主想要什么，为什么突袭抓走那么多青壮劳力，乡村可正是用人之时啊，不能眼看着金灿灿的粮食烂在地里，都被鸟虫吃了吧！靳寨主不是傻子，所以我认为这次抢劫人质事件十分蹊跷，必须尽快详细弄清楚他的目的是什么，得派信使深入寨子打探消息，此为其一；其二，我们这几大家族必须团结，先自保再反击。当务之急是派人上山与靳寨主交涉转圜。可谁是最合适的信使，我心里反复比较，还没有想清楚谁才是最合适的人选。"

常言说知己知彼方能百战不殆，事半功倍。如果盲人摸象，肯定会碰得头破血流，事倍功半。要想拯救出身处囹圄的庄里人，确实得先弄清楚对方为什么会这么做，要派信使谁去最合适呢？平常年份都是土匪提前"箭书传信"，书信裹在雪亮的箭镞上，在某个不为人知的时候，被"山上人"射在村口醒目的大树干上，早起的村民看见后，立即在祠堂敲锣打鼓，告知村里所有人山上带话了，某月某时交粮纳贡，这是几十年形成的默契规矩。可那都是深夜后土匪飞箭传书告知的，大家连土匪高矮胖瘦、光脸麻子都没见过，平时庄里人都害怕土匪，没人真正见过他们，跟他们没有多少交情。古人虽有苏秦、张仪合纵连横之计，可那都是君子之国、礼仪之邦干的阳谋之术，岂能用在浑身充满阴谋诡计的土匪身上。找土匪难，敢于与土匪交涉的人更难，挑选合适的信使完成谋划谈判任务更是难上加难。一时议事厅又陷入一片寂静，大家在脑海中苦思冥想所有的族人，寻思谁才是最合适的信使人选，完成当前庄里面临的巨大危机。

只见四姑娘急匆匆左拐右出，从一道偏门出了李庄，祖家也紧跟着出了偏门。走出两里地，眼前豁然一亮，一条弯弯的河流顺着李宅大院流向远处，沿河两边长满郁郁葱葱的大树，树下那不知名的小草小花长得这儿一丛那儿一簇，景色甚是美丽。这就是蜿蜒迷人的浏河，它最终归入洞庭湖，途经浩浩荡荡的长江流入东海，那是多么的自由自在，完成滴水成海的壮举。黄祖家暗自思忖着，不知不觉加快脚步紧跟上四姑娘的步伐。在一块光滑的巨石边，四姑娘终于停了下来，索性坐在了石头上，回头朝身后的祖家望去，脸上的愠怒少了许多。

"尊贵的三少爷，荒郊野外蚊虫出没的地方，好像不适合你的身份，不在客厅舒服地吃茶，跟到这儿干什么？"四姑娘对祖家故意问道。

"逮着你的尾巴了，你还能往哪跑。"祖家晃了晃手中的传单道，"再往前走一段吧，索性你带我游览整条浏河算了，这风景多美，如诗如画，人在画中，画在脚下。潺潺的流水，幽幽的花香，不是充满诗情画意吗？城里肮脏拥挤，饿殍遍地，枪炮声不断，哪有这种神仙住的地方好？"祖家回道。

"去你的，什么尾巴，你才长尾巴呢，小屁孩别乱说话！这里风景独有，好得不得了，还用你说！"四姑娘比祖家大一岁，她敢以长者的口气教训他。

"我手里可是有你的把柄呢，还想抵赖？在城里的大会上，铿锵激昂，意气风发，口若悬河的演说家，多厉害多威风！恨不得找个支点撬起整个地球呢，多少双眼睛盯着台上的演说家，听得大家如痴如醉，热血沸腾，冰冷的脸上也能燃起希望的篝火。说不定那些听众中还有你的如意郎君心上人呢，可不像现在这样置身事外，冷嘲热讽逃到僻静的地方啊。"他道。祖家想起前几天她在总督府前大街上意气风发的演讲情景，不禁对她故意嘲讽起来。

"呸！什么如痴如醉、热血沸腾、如意郎君，尽在胡扯！你赶紧找块干净的石头坐下来，我真还有些事情向你打听。"她道。可是一想到因为五妹被劫，母亲怄气现在还卧病在床，为防止土匪再来洗劫，父亲把小弟藏在一处隐蔽的地下密室，听不到他稚嫩地叫自己姐姐的声音，她就没有多少好心情，她不想置身事外。

"姑娘有求于我，在下自然知无不言言无不尽，你尽管问就是。"他赶紧道。

"谅你不敢不说实话。"

二人一问一答地对话后，祖家在靠近四姑娘的大石块上坐下。她身上那种特有的幽香，又悄无声息飘进祖家的鼻孔，他不禁陶醉起来，惬意地深深呼吸了一大口。

"这就对了，繁文缛节真是麻烦，我听说你敢作敢为，这个脾气连我们班上最受女生欢迎的那些男生，都是自叹不如呀。现在无人打搅，有什么事尽快吩咐就是，我定会把知道的和不知道的都全盘托出告诉你。"有了这个拉话的机会，祖家赶紧道。

"我问你，我二姐夫就是你大哥，真的连一张传单都没有散发出去？你们家那么多人真的都是聋子哑巴？我真不相信一朝被蛇咬十年怕井绳，那些年的灾变吓怕了你们，难道你们家不知道国家最近发生这么重大的革命首义吗？而且就在你们住的城里！前天我还向我的挚友们说那些传单不够发，争取多要一些呢，没想到竟被我心目中的开明家族给全部退回来了。"她失望道。

"挚友们，他们是谁？"

"他们……他们是革命党呀，实话告诉你，我挺佩服他们的。我也不怕你去告密。"

"你是不是也加入了……革命党，要打碎枷锁翻身做主人？你们圣约翰女子师范的学生，人人都是那么热血沸腾，急着抢着想要加入革新除弊的行动了吗？"他急切道。

"那倒不是，只是大家看不惯眼下这个没有希望的乱糟糟的社会，穷则变、变则通、通则久、久则富，大家都是希望生活变化，死水微澜也是好事，悄悄支持革命党而已。我个人顶多算是革命的外围积极分子，革命党组织很严密，我连门把都没摸着呢！不是他们真正的成员，只能干点跑腿发传单的事情。你们学校那么多男生，难道都是瞎子聋子，看不到社会的巨大变化吗？看看你们师范学堂的人，个个含着金钥匙出生，养尊处优，都像你一样是一帮纨绔子弟，自以为是的家伙，只把上学作为跳板，将来好早日升官发财，不择手段强买强骗些穷人的土地，多娶几房姨太太，生一大堆孩子，继承家产而已。甚至想法再坏一些，手段再狠一些，把家族财产再发扬光大，双手都是财宝，光耀祖宗，不是更好吗？"她显然不屑祖家的提问，一连串发问道。

看来在四姑娘的眼里，祖家就是一个彻头彻尾的纨绔子弟，就是封建大家庭的公子哥儿，是只知道衣来伸手饭来张口，对仆人呼来唤去，没有半点真才实学的主儿。祖家对四姑娘的偏见十分不满，可一时半会儿又不知从何说起，毕竟自己从小确实生长在官宦大户人家，平常所见所闻也都是上层社会富裕人家，彼此恩恩怨怨是是非非的事情，跟小老百姓的生活习性有很大的不同。或许她说得没错，但那是家庭没有巨变以前的情形，过去的富足已经成为遥远的回忆，逐渐远去消失，现在一切都大不同。人的出身不能改变，后天自己努力才是关键。所有一切都不是她想的样子，他得从头做起。祖家心想自己有眼睛有脑袋会思考身边、外面的事情，待人接物尺度把握自认为拿捏得很准，怎么在四姑娘眼里自己竟变成纨绔子弟，不值一提得像只寄生虫一样，没落腐朽，一无是处。"骄傲的孔雀总是在他人面前显摆，其实是无用的表现。"祖家一边痴痴看着四姑娘的脸，一边暗自思忖着，不断安慰着被她轻视的自己，愿意继续充当她唯一的听众，回答着她连珠炮似的发问。

天色渐渐暗了下来，半个月亮悄悄挂在天边，一阵微风吹过，几片树叶打着旋儿，悄无声息掉在他们身边。四姑娘这次受委派回到家乡，本来是准备做革命宣传工作，唤醒动员千千万万麻木不仁的劳苦大众。不料却发生意外，家中和庄里出现重大的变故，扩大革命宣传的计划泡汤，心中十分不快。祖家知道她对自己的为人不了解，有误会，也大概猜出她的心思，眼看天色已晚，便慢慢地站起身来，劝说四姑娘准备回家。

"鸟儿都叽叽喳喳准备回巢，天色不早了，以后还有时间探讨你的计划。再说家里发生这么大的事，不能再为李叔增添麻烦。河边小路蜿蜒崎岖难走，还是早点回去吧，免得李叔担心牵挂你。"他催促她道。

"'常记溪亭日暮，沉醉不知归路。兴尽晚回舟，误入藕花深处'。"她轻轻地吟诵起李清照的《如梦令》。

"'争渡，争渡，惊起一滩鸥鹭'。"他毫不犹豫接道。

"只是这里没有舟，也不需要你的争渡，只能脚底打滑地步行回家，我的三少爷。"她对他的态度稍显愉悦。

家离得不是很远，二人前后脚走着，彼此想着对方。突然一阵急促的马蹄声由远及近袭来，飞奔的烈马擦着二人身体飞驰而过，溅起的巨大水花夹杂着碎石肆意坠落在他们身上。黄祖家一个箭步挡在了四姑娘前边，将她立即保护在自己身后，防止她意外受伤，并迅速朝骑马人方向悄悄跟了上去。

只见那骑马的二人一身黑衣打扮，头戴面罩，在李宅大院门前突然停了下来。前面的骑马人紧勒马缰绳，绕着门前空地奔跑三圈后，第二个黑衣人从背后的行囊中拿出弓箭，"嗖"的一声射出，箭端端正正射在李宅大门上。另外取出一支箭，则是响箭，呼啸着射向了天空。祖家从他们的举动中隐约感到二人来历可疑，并非好人。说时迟那时快，他俯身捡起路边的一块碎石，瞄准拉弓的黑衣人猛然掷去，黑衣人应声倒地。前面的黑衣人十分吃惊，嗖地拔出大刀，刀锋在夜晚中闪着寒光，打马挥刀直奔祖家而来，大有泰山压顶之势。黄祖家出生将门，打小练过武术，知道武功套路，又长时间在武当山习武，并不惧怕对方的突然袭击。他一招武当"醉八仙"，侧身躲过刀锋，紧接着一招"白鹤亮翅"，手掌稳稳击打在马头上，只听"砰"的一声响，那马嘶叫着摔倒在地，重重地压住黑衣人的腿，黑衣人不禁一声惨叫跌落马下。

响箭和惨叫声惊动了大门里边的人，这时李宅大门"呀"的一声打开，冲出一群手拿火枪木棍，打着火把的团练，把两个黑衣人团团围住，众人不管三七二十一，相互吆喝着把他们利索地捆绑起来，押着直奔大厅而去。四姑娘一时惊呆，对瞬间发生的眼前一切事情十分意外，直到祖家用手轻轻地碰了碰她的肩膀，她才如梦初醒，跟着祖家进了大门。对眼前这位"学生少侠"处事不惊，擒拿歹人的举动，刹那间充满了惊奇和意外，她用双手紧紧地扯了扯自己的衣角，算是恢复镇定。

"各位兄弟，都给我睁大眼睛，不允许放进来一只苍蝇！"有巡逻管事的人，对着值夜班的团练家丁大声喊道。

李宅一时灯火通明，大家纷纷窃窃私语，指指点点，压抑了一整天的焦灼心情，又增添了许多的不安。捆绑着的黑衣贼人被众人紧紧地按倒在李、刘等族长面前。同时已有人告诉他们是黄家三少爷拿住了贼人。听着被擒拿的人嘴里支支吾吾的话语，李庄主觉得十分蹊跷，心里隐隐揣测着一件事情，他要看看黑衣人到底是谁，他们要干什么？便急忙吩咐身边的管家道：

"多点蜡烛火把，除几位庄主、族长、黄家三少爷和四姑娘外，其他人都立即退出大厅，关上大门在外等候消息。"

刘庄主与其他几位族长面面相觑，不知李庄主葫芦里卖的什么药，想知道他下一步该如何处置黑衣贼人。只见李庄主快步走到两位黑衣贼人面前，一把扯下个子稍高黑衣人的面罩，他的面相顿时暴露在众人面前。高个黑衣人突然一边大骂李庄主"老不死的你作甚，还不赶紧给老子松绑"，一边对自己的腿伤呻吟不止。

李庄主大概猜出他们的来意，便道：

"二位莫怪，我并非想刻意暴露你们的身份，如果没有猜错的话，你们是从东边来的吧？"

当地百姓把山上的土匪都暗指"东边的人"，是由于靳霸天等土匪，都出没于李庄的东边。同时按江湖不成文的规矩，摘下对方面罩，让他们暴露在众人面前，意味着两层意思，一是把对方看成是自己的人；二是要当众羞辱或杀戮对方。以目前对待贼人的行为和掌握的信息看，他们还有利用价值，李庄主撕掉面罩的举动并不像是以上两层意思。紧接着他吩咐四姑娘带着祖家也退出大厅，只留下刘庄主和其他几位族长，继续审问那两个黑衣人。

四姑娘对父亲的举动十分疑惑，不过对祖家的行动倒是十分意外和惊喜。他刚才不顾个人安危，奋力保护自己和擒拿黑衣人的武功招式，不禁让她刮目相看。便热情地招呼他喝茶，问他有没有受伤，那招"白鹤亮翅"是如何使用的一些问题，对祖家明显客气了许多。祖家摇头说自己好着呢，全身上下没有一点不舒服。

"真没有看出来，细皮嫩肉文弱书生的模样，你怎么会轻易捉住那两个黑衣人，你的功夫是跟谁学的呀？"她问道。

"有没有功夫，精气神是不一样的，外人当然是看不出来，难道还要别人写在脸上不成！"他回答道。

"好端端的学什么武功，成天斧钺刀叉，打打杀杀的，风里来雨里去，辛苦不说，非奸即盗的人才学呢。多读圣贤书才是你们这种人的正道，我看你还是不像个好人。"她反问道。

听着她对练武之人的评语，祖家差点被茶水呛到，说道："谁说会武功的人就是非奸即盗，你不知道老祖宗多重视身体机能锻炼，不知道练武可以强身健体的道理吗？还想继续做'东亚病夫'吗？不妨实话告诉你，我小时候身体不好，经常生病。有一次病得不轻，奄奄一息快一命呜呼见阎王了，母亲哭着到寺庙里替我上香许愿，一个会武功云游到此的和尚听见她的倾诉，出家人慈悲为怀，写了一个药方子让我化水喝下，才捡回来一条小命。那云游和尚并劝说我母亲要让孩子多锻炼身体，自那以后，听说到寺院练武可以强身健体，父亲原本不愿我将来像他一样通过武举成就一番事业，只不过看我实在身体羸弱，才勉强教我一点武功。长大后父亲把我送到武当山长春宫作为俗家弟子，拜虚灵道长为师学习武当剑术，今天才能略施拳脚，擒住贼人。"

其实，父亲觉得黄祖家天生身体瘦弱，不是练武之才，刀枪无眼，棍棒无情，十分危险。本来希望他以静养身，多看圣贤之书，将来考取功名，也算对得起祖宗荫荫，是时下许多人十分正确的选择。只是祖家多次央求父亲，自己体虚乏力，不能完全投入精力研读那些枯燥乏味的诸子百家、阴阳理学。倒是练武可以强身健体增进精气神，还不耽误他念书考取功名。母亲实在看不下去他与父亲的别扭闹心，她最小的孩子又十分聪明，才与父亲商量决定让他亦文亦武，大多数时间看书学习，其他时间就把他送到武当山，拜虚灵道长为师，作为俗家弟子学习武当剑术。祖家不知道的是，虚灵道长其实是他父亲的同门师兄，也就是他的师伯。黄祖家一边自豪地告诉四姑娘他的学武经历，一边把小时候父亲不愿他习武的原因，原原本本说给了她听。

"你看我是非奸即盗的坏人歹徒吗？"他再次故意问道。

"知人知面不知心，画虎画皮难画骨，真不知道你是个什么东西。"四姑娘话里有话地说道，扔下祖家完全不顾他的感受，独自去休息去了。

"狗咬吕洞宾，不识好人心。"女人的心说变就变，永远也琢磨不透，祖家无奈地对着她的背影嘟囔道。

却说李、刘庄主等在大厅里审讯黑衣人，果不出李庄主所料，他们是山上土匪头子靳霸天的手下，这次专门来向李庄主传递山寨信息。按照江湖规矩，像土匪等黑道势力，他们平常大白天在人前是不敢公开身份的，所以李庄主喝退众人后，才揭开黑衣人的面罩，令他们稍显安心，才积极配合审问，陆续把靳霸天的阴谋计划抖了出来。原来是要李庄在三天之内筹备一万两鹰元，以赎回包括五姑娘等被劫持的人质和壮丁。"鹰元"是美洲国家墨西哥的流通货币，隔着太平洋数千公里来到中国，在物价飞涨的清末却是币值最为稳定、盛极一时、流通性很强的货币，甚至超过清政府自己发行的"光绪通宝"等硬通货。只是这一万两鹰元赎金数额巨大，令李、刘两大庄主十分惊讶，加之社会不太平，百姓生活极苦，这个数目足足是他们家族三年收入的总和，就算倾家荡产，在短时间内也是难以凑齐。李庄主内心十分着急郁闷，一时拿不定主意，便不停地在大厅里踱来踱去。黑衣人如何处置也没有想好办法，只得将他们暂时秘密关押起来，好吃好喝地养着。

夜已深，等众人都散去后，祖家和四姑娘悄悄来到李庄主卧室外，里面闪着烛火，庄主又是一个无眠夜。四姑娘轻轻地敲门道：

"爹，睡了吗，三少爷有急事找您。"

"啊！是黄家侄儿，赶了一天路，人困乏该去休息啰。"里面回答道，感觉他们并没有走的意思。稍过一阵里面继续道：

"李庄出了这么大的事情，爹哪能睡得着，少爷既然有急事找我，就请进来说话吧。"对黄祖家徒手擒住神出鬼没的山寨土匪，李庄主内心十分感激，不便为难他道。

进得庄主房间后，祖家从怀里取出一封信，双手轻轻地递到李庄主面前道：

"李叔，这是今天早上从武昌城出发时，大哥要我亲手交给您的，我看您一直很忙，直到现在才有机会交给您。"

李庄主接过信封，从头至尾仔细阅读起来，越看到最后，他的眉头不禁轻轻地皱了起来，脸色更显阴沉。祖家不明白信中到底说了什么，心里顿时七上八下，不知从何说起，不过他突然想起了另外一件事情，于是道："李叔，听庄上的人说，你们一直在挑选一个向山寨送信的人，如果现在实在没有找到合适的人，我想过了，不如让我做与土匪沟通的信使吧！"祖家故意轻描淡写地道。

"什么，你？"

李庄主十分疑惑与吃惊。三少爷可是客人，是亲家公的爱子，涉世未深，年纪轻轻，怎敢把他送到如狼似虎的土匪窝，万一有个三长两短，将来如何向大家交代，向亲家公赔罪？李庄主不敢想下去，于是立即摇头坚决否定祖家的打算：

"你是路过的尊贵客人，明天还要启程去苏州处理重要的家务事，不要节外生枝，给你增添麻烦。李庄的这件事情非常复杂棘手，不是短时间能看到结果的，就让庄里的人自己解决吧。"

四姑娘对祖家的提议也觉得十分诧异，他为什么会如此冒昧、愿深入险地？她对他多看了几眼，她不禁疑惑地猜测他的真实想法。看到他们父女俩都坚决反对他的决定，祖家索性从椅子上站了起来，对着李庄主道："李叔听我慢慢解释，当山寨信使并非是我一时冒昧之举，而是经过反复思考的唯一正确选择。我去山寨做信使有三个理由：其一，我既不是李庄也不是刘庄的人，完全是一个局外人，是一个山寨可以相信的中间人，便于我与他们现场斡旋灵活应对；其二，我年纪小，土匪们会认为我阅历浅，城府不深，会放松对我的盘查和警惕，反而更便于我相机行事；其三，李叔也知道我会些拳脚，十个八个山寨喽啰休想靠近我，不至于被他们肆意欺负羞辱，不让他们占便宜，不给庄里留后患，反倒便于顺利完成送信差事。再说万一遭遇不测，我绝不会是软骨头墙头草，关键时刻还能自保，说句自夸和李叔不爱听的话，身手比庄上任何一个团练可靠实用得多。"说到第三点时，祖家还特意自信地挥舞了一下他的双手，做了一个手到擒来的动作。

李庄主与四姑娘面面相觑，祖家的话虽然是有些道理，可是毕竟事关重大，不敢轻易应允，也不能当众驳了三少爷的面子。李庄主显然社会阅历深厚，稍作思考后道：

"祖家贤侄一番好意，我代表庄里所有庄稼人十分感谢。不过还是那句话，你是我们尊贵的客人，明天就要远行。东边山上的人异常凶狠，没有人伦天理可言，叔怎么能放心让你去呢？庄里好歹也有两三千人，总能找到合适的信使人选，少爷的好意我们心领了，赶了一天的路，少爷还是赶紧回房休息去吧！"

"李叔不要误会，我平时寒暑假除了上武当山练武强身外，师傅也曾告诉我一些江湖轶事，知道一些江湖规矩。我还阅读过唐朝人写的《虬髯客传》和五代时期的《太平广记》等书籍，中间记载有如何同山贼土匪打交道的趣事。小时候也常听我爹说起，他年轻时如何围剿土匪的壮举。今天李叔遇到这等劫持人质大事，连您的女儿五姑娘都凶多吉少，我怎能置身事外、安心离去呢？如今全庄上下都在等着您拿主意，尽快救他们的亲人回家团聚呢，时间不等人，救人如救火，机会稍纵即逝，李叔您就答应我了吧。"祖家斩钉截铁信誓旦旦道，大有不允誓不罢休的意思。

李庄主见他目光坚毅执着，道理分析得鞭辟入里，对事情的发展看得十分清楚。但真要让客人独自去承担巨大的风险，他实在于心不忍。李庄主焦急地来回踱步，能否让他去山寨一时难以决断，只得吩咐管家赶紧把刚刚离去的刘庄主请回来，共议信使人选问题。刘庄主也听大伙儿说起过黄祖家，知道他力擒黑衣人的壮举。比较庄里所有的人，目前还真没有比他更合适恰当的信使人选。又见他双目炯炯有神，年少稳重，自信镇定，不像是说儿戏话的人，现在时间紧迫，暂时也没有更好的人选，就与李庄主在客厅闭门商议祖家作为信使的利弊问题。两庄的其他人都在焦急地等待他们族里最高权威的最后选择安排。

烛光摇曳，光影婆娑。在另外一处房间里，四姑娘忐忑不安，对祖家劝说道：

"就算你是武林高手，有满腔的热血，正义都在你这边，可是也要看你是和谁交手呀。你还很年轻，怎么对付得了人数众多又十分狡诈的土匪？况且明枪易躲，暗箭难防，土匪害人精哪有信誉可言，他们是不会跟你正常交易的。我现在就去告诉我爹，就说你有急事要马上亲自处理，信使人选叫他们另请高明吧。"说着她就要离开房间去找她爹。

"君子一诺，驷马难追，我意已决，谁也别想再劝阻我。"祖家紧紧关住门，不容分说道。

李庄主迫于无奈，经过与刘庄主反复酝酿后，只得同意让黄祖家做信使，尽快与山贼取得联系。并与刘庄主议出一个万全之策，从各自庄上分别抽调五十名精干团练，乔装打扮，携带精良武器，沿途不间断接应黄祖家。务必确保关键时候祖家人身安全万无一失，甚至准许他随时可以放弃履行信使的职责回来，来去自由。并命令庄上其他所有十六岁以上的男子，随时做好打恶战接应祖家的准备。因为明天一大早就得出发，李、刘两位庄主不敢怠慢，详细地对祖家交代有关信使事项后，劝他早些回房休息，这才都各自忙碌准备去了。两位庄主同时一边暗暗叫人准备丰厚的礼物，到武昌去向临时政府请求军事支援。

夜已亥时，祖家回房后，时间紧迫不容耽误，满脑子的问题需要马上处理，于是他赶紧叫来黄五和季章道：

"跟你们商量一件大事，到苏州的计划有所改变。你们可能也听说了，我作为信使，得到东边去为李庄送信，时间耽误多则三天，短则两天就能赶回来。季章明天一大早跟我一起上清风寨，五叔先回苏州老家，处理佃户闹租的事，我们办完山上这件事就马上到苏州与您会合。对了，当信使这件事，五叔一定得替我瞒着，千万不要让我爹知道。"

想到可能又有仗打，季章十分兴奋，使劲捏了捏腰间的短刀，满口答应下来。但黄五却犯难了，他是受老爷的重托，答应陪少爷回苏州老家处理佃农闹租的事情。让三少爷务必尽快脱离省城是非漩涡之地，把他平安带到苏州才是最重要的事。现在出发才一天，少爷就为李庄的事，执意要去清风寨做万般凶险的信使。清风寨是什么地方，是龙潭虎穴，是吃人不吐骨头、杀人不眨眼的恶魔待的地方。少爷是金贵之身，怎能冒这么大的风险，去邪恶之地。是福是祸，是生是死谁也不知，万一有个三长两短，他怎么对得起老爷的重托。黄五惊慌起来，于是极力阻止祖家的冒险行为，劝说他时间紧急，赶紧回苏州老家才是最重要的，何必与自己干系不大的土匪山贼发生冲突：

"少爷，此事关系重大，还需告诉老爷，从长计议才妥当。"

"时间紧急，必须立即采取行动，否则后果不堪设想。"

"可是……"黄五惴惴不安道。

"五叔，我意已决，所有后果由我一人承担，你别再劝我了。"

黄五心有不甘，想继续阻止祖家的冒险行动，但都被祖家一一回绝了。祖家倒是劝说他们夜已深，都应赶紧各自回房休息，为明天的行动养足精神。

管家黄五从小看着他的三少爷一点点长大，知道少爷是一个古道热肠之人。凡是他认定的事情，就是十头牛也别想拉回来。哎！吉人自有天相，相信少爷一定会平安归来。不过黄五内心自有打算，少爷毕竟年轻，又是金贵之身，多年来深受老爷器重，自己不能犯糊涂，必须做到万无一失，保证少爷安全，于是悄悄地私下行动去了。

第三章

心系苍生　弃暗投明

却说武昌城内的黄显虎府上，落难在此的呼延冲，对家人安危的担心牵挂与日俱增。黄显虎看在眼里，急在心上。就在送别黄祖家的第三天早上，他又让大少爷派人到都督府打探消息。呼延冲思念家人心切，没有见到女儿之前，内心里有十二分的不安，虽然他伤势刚好，仍是希望祖耕能让他一起随行，第一时间亲眼看见至亲的人，他才能放心。

"叔啊，您放心，这里的大小街坊，左右邻居，谁家的花猫下了仔，哪个新媳妇怀了娃，都逃不过我的眼睛，更别说是两个尊贵大活人！您尽管放心养伤，没事跟我爹喝酒、下棋什么的。只要她俩在武昌城里，我保证能给您毫发无损地带回来。"祖耕劝呼延冲道。

"叔心窝里堵得慌，只想尽快找到她娘俩。外边情况复杂，叔过的桥比你走过的路还多，遇事还能搭把手，你就让我出去透透风嘛。"呼延冲硬拉着祖耕要出去寻觅亲人。

祖耕显然拗不过呼延冲的软缠硬磨，只得答应和他一块出去相机行事。

"您必须听侄儿的安排，否则我帮您可能变成害您，事情反而难办。"祖耕叮嘱道。

"这个我懂！"

祖耕让呼延冲穿了便装，一路小心谨慎。二人刚走到都督府门前大街上，只见府门忽然打开，从里面冲出来一队人马，居中者是一个骑着乌黑高头大马的人。只见他身着崭新戎装，右边腰间系着枪，左边腰间挎着一把镶玉精致军刀，刀柄在阳光照射下闪闪发光。眼看马队就要踢到呼延冲，他仍是着魔一样定睛瞅着骑乌黑大马的人看，黄祖耕大吃一惊，赶紧把呼延冲往后一拽，大声说道：

"小心烈马，千万不要让它踢着！叔也是骑马打仗之人，何必那样稀罕人家的坐骑不放。知道您寻人心切，但也不能人未找到，反而伤到自己，得不偿失。"

呼延冲对骑黑马人突然觉得好生熟悉，心里十分疑惑，不禁泛起了嘀咕，竟忘记了自己身处险境。"这人好面熟！"呼延冲小声嘀咕道，又像是自言自语。

黑马快冲到呼延冲跟前时，突然停了下来，烈马前蹄腾空，原地嘶鸣不止。骑黑马人对旁边的侍卫悄悄吩咐了几句，侍卫迅速下马朝呼延冲"啪"的行起军礼，大声道：

"呼延将军好，黎都督吩咐属下，请您今天下午两点，务必去一趟都督府，他有重要的事情与您商议。"言毕从腰间掏出一个令牌，双手毕恭毕敬递到呼延冲面前，重新跨上马追随黎都督而去。"您一定不能失约啊。"侍卫叮嘱道。

呼延冲十分惊奇，对这一突发事情一时不知如何应付，心里暗自思忖，黎元洪大都督约我面谈，我现在依然是大清朝的将军，叛乱犯上的革命党人与朝廷命官势不两立，与敌人套近乎，他这是演的哪出戏呀！是通敌或是耍两面派，抑或有其他不可告人的可怕阴谋及难言之隐？

倒是祖耕无所顾忌，毫不犹豫抢过侍卫所递通行令牌，仔细地看它上面所书"首义通行"，确是都督府现在专用通行证无疑，于是对呼延冲道：

"叔，通行证在手，可以径直到都督府里找您家人去了，再不用担心卫兵阻拦，把您当漏网的大鱼一样抓捕。"

呼延冲点头称是，纵有万千疑惑，也挡不住他寻找至亲的步伐。拿着"首义通行"令牌，二人便试着朝都督府门里走去，对着卫兵晃了晃令牌，卫兵果然准允，他们端直进了都督府大门。呼延冲连续跨过几道大门，曲里拐弯穿过几个回廊，进了他熟悉的"冲标府"，这里前几天还是他运筹帷幄，调兵遣将与革命党一决高下的军事指挥所，如今已物是人非，恍若隔世，成了敌人的军事首脑机构。推开一道侧门就是自己和家眷居住的地方，现已变得十分安静，昔日喧闹嘈杂繁忙景象已不复存在，成为新都督一个参谋办公居住的地方。那参谋十分年轻，举止干练果断，一双大眼睛十分警惕地注视着一切。只是他的双眼布满血丝，仍在不停地分析着手下向他汇报的军事机密，传达着不同的军事指令。当他看见了呼、黄二人后，示意他们站住不可再往里走，命令卫兵上前询问他们来此何事。

说来也巧，刚好呼延冲以前府中的一个变节侍卫路过，看见他曾经的顶头上司进来，顿时脸色大变，赶紧跑到那个年轻参谋身边，小声报告着说他就是前朝的将军，是清廷在当地的重要走狗，专门与革命党人为难作对。话音刚落，那参谋嗖地从腰间拔出手枪，指向呼延冲，厉声喝道：

"来人，拿下清廷鹰犬，就地正法。"

说时迟那时快，几个卫兵一拥而上，把呼、黄二人掀翻在地，用绳子牢牢地把他们捆了起来。

黄祖耕一边挣扎，一边大叫：

"兵爷你们肯定误会了，我们有通行证，是黎大都督亲自准许的，你们不能如此无礼对待都督请的客人！难道新政府的人是言而无信、六亲不认的坏人吗？还不赶快给我们松绑！"

那参谋听罢，命令侍卫从呼延冲手中夺过令牌仔细察看，叹道："清廷鹰犬真是贼心不死，这么快就能仿造革命物品，竟敢直闯都督府捣乱偷窥，窃取革命军事机密。立即将他们关押起来，严加看管，是敌是友等黎大都督回来自然会原形毕露，到时再处置也不迟。"

呼延冲冷静下来直呼："一人做事一人当，要杀要剐尽管朝我下手，你们枉为革命新政府，不可随意谋害了无关的人。"他忽然担心起祖耕的安全，但没有人理睬他的申辩。他们被强行关进了一间黑屋子。为防止他们串供，都被捂住了嘴巴。

不知过了多长时间，房门呀的一声打开，一道亮光直晃得二人睁不开眼。一个身高中等，身体发胖的人站在门口说道：

"呼延兄，误会、误会呀，真是大水冲了龙王庙，一家人不认识一家人。来人，快快松绑，请呼延将军到前厅喝茶。"

凭声音，祖耕听出来说话的人，就是早上见到的临时都督黎元洪。他亲自来打开大门，给"犯人"解锁道歉，"既请之，又害之"，真不知这位大人物葫芦里卖的什么药，祖耕满脑子胡乱猜想着，极不情愿地跟着呼延冲来到大厅。

黎元洪爽朗地大声说道："来人，给二位客人上好茶。老家伙对不住呀，鄙人刚从汉口前线视察回来，那边战事很激烈也很残酷呀！满身泥土刚回来，就有人报告说抓住了一个叫呼延冲的清廷走狗，还是个将军，一个大家伙，马上要就地正法，问我令牌是真是假，请示我的命令呢。吓我一跳，全武昌城不就一个叫呼延冲的将军吗，这还能有多余的！我差点害了你，把他们狠狠地骂了一番，命令他们休得无礼，赶紧带我过来给你松绑。大家都是误会，哪有请客人吃枪子儿的事呀！不过老弟知道，也不能全怪下人，都是革命形势复杂严峻所迫，弄得全城上下风声鹤唳，还请呼延兄一定见谅。"言毕他喝退左右侍卫，上前一把拉住呼延冲又道："希望呼延老弟一定看在过去同僚份上，真真实实地帮兄弟一把啊！"

呼延冲十分意外，摆动着僵硬的身子，内心不屑于跟不讲信誉的小人磋商，更是对革命军随意关押自己气愤不满，故半晌才说道：

"黄陂兄现在贵为鄂军新政府大都督，大家称呼您为当今新皇帝。成王败寇，我一个落难故人，一介草民，一文不值，不成为你们的刀下之鬼就阿弥陀佛，能帮你做什么呢？大都督莫不是想取笑我吧？"黎元洪祖籍湖北黄陂，世人习惯用黄陂代称他。

"呼延老弟莫怪，都是误会，我谨代表不懂规矩的新政府，再次赔礼道歉。你我都是军人出身，也贵为将军，不喜欢说话拐弯抹角。不过对你，我是充满敬意的，现在满目疮痍，真诚邀请你能参加新政府的诸多建设事宜。"黎元洪认真说道。

"我算什么，败军之将而已。都督大业新立，举世闻名，身份高贵。你也不用责怪下人，他们只是秉公办事而已。我现在不想惹是生非，更不愿在你的地方出人头地，只求你赶紧释放我们，让我尽快找到我的家人，平安度完我的后半生。"呼延冲不屑道。

原来黎元洪与呼延冲曾经都是武昌将军博尔特济格的手下，同事一主，同朝办差。他们二人虽对革命党的信念追求、革命手段看法不同，但在博尔特济格的众多属下里，他们二人私交甚好，时常来往，颇有缘分。在革命党人突然发起武昌首义中，呼延冲的"冲"标死伤殆尽，他自己也差点战死武昌城下。而黎元洪的混成旅驻扎位置偏远，作战又不是十分积极，实力保存相对完好，在许多重要带兵之人或死或伤或逃的情况下，就剩下他黎元洪是军中现役职务最高的领兵之人。他也曾三次留学日本，掌握现代军事。革命党人孙中山、黄兴等重要领导人物，都还远在千里之外，一时没有人的威望和资历能超过黎元洪，迫于战事紧急需要，革命党人就暂时不得不以军职最高的黎元洪为代理大都督，成为名义上统一指挥革命军与清廷北洋新军作战的最高指挥官。当时他是清廷的带兵将军，突然就被拥戴成昔日敌人的领袖，个人自然十分不愿意，死活赖在床下不出来，拼命推辞拒绝，"不要害我"，他绝望地挣扎喊道。可最后又怎能不听从起义革命军的特别命令，不得不走马上任。驻扎汉口、汉阳的各国领事标榜所谓"中立"，不干涉中国内部诸事，实则观望中国政治走势变化，谋取在华最大利益。黎元洪糊里糊涂成为革命首义成功后，第一任湖北临时军政府大都督，历史上最滑稽的事情之一就这样诞生了。

虽然贵为军政府的首任都督，最高领导人，黎大都督还是明显感觉到革命党人对他的防备之心，处处充满了掣肘与不信任。眼下都督府全是革命党的耳目，自己连个能说真心话的人也没有，令他感到十分孤独与害怕。常言说害人之心不可有，防人之心不可无，今天在都督府大门外看见昔日私交甚好的同僚，自然十分高兴，倍感亲切喜悦，内心里不免打起了自己的如意算盘。

黎元洪道："喔，弟妹失踪了？公家事再多，也要照看好家人，呼延老弟受委屈了。以后日子怎么过，可有什么好打算呀？"

"我恨当时不能战死沙场，与那些情同手足的兄弟在黄泉路上见面，如果不是你的混成旅作战不力，相互推诿，我定能把革命乱党赶出城门，杀个片甲不留。哪有他们叛乱之人现在耀武扬威的机会！"呼延冲对刚才被革命党人无辜捆绑难以释怀。同时心里还有对黎元洪"卖主求荣"，摇身一变成为昔日敌人领袖的不屑，明明知道这黎元洪已是革命党的大都督，还这样大声直接挖苦讽刺他。

黎元洪知道理亏，也不生气，知道呼延冲是个急性子人，率真忠勇，天生是一副武将脾气，环顾左右后笑呵呵道：

"老弟说话小声些，这形势不是顺天而变，顺势而为吗？老兄何必非要一条道走到黑，闭目塞听掩耳盗铃呢？我也是迫不得已而为之呀。"说着假装弹了弹都督制服上的灰尘，又道：

"国家的事再小也是大事，家里的事再大也是小事。只要天下太平，百姓安居乐业，不就是你我想要的结果吗？我给老弟保证，你的家小我负责给你找到，不过你得在三天内，不，两天内答应过来帮我。你看眼下这里没有一个我们的老熟人，消息不畅，办事总是不方便，说不定哪天这项上人头就'咔'不见了。"他做了一个杀头的动作。接着继续道：

"帮助鄙人就是帮助军政府，是关系到许多老百姓吃饭的事，这是国家大事，你一定要明白这个道理。新政府百废待兴，离不开大家的共同出力，积极参加军事、政务和地方各项建设。"他特别加重了"国家大事"几个字的语气。

黄祖耕当初见到骑大黑马的黎元洪还十分威风，如今这么近距离观察，只见他那胖胖的圆脸上，微微上翘着几根胡子，身为最高领导人，却是一口一个兄弟，完全一副讨好呼延冲的样子，内心所有的不快都几乎消失了，变成了对黎元洪嘴脸的轻视与嘲笑。

"不敢当，在武昌你就是皇帝，谁敢让你生气不快乐？你还是放了我这个一文不值的草民，让我尽快见到家小吧。"呼延冲语气坚定道，轻描淡写地便拒绝掉黎元洪的盛情邀请。

黎元洪也不强求，"老弟再想想，兄弟齐心，其利断金，我会等待你的好消息。"他仍不急不躁道，完全没有大都督的威风。

呼延冲懒得回答，"感谢大都督的茶，我必须得走了，大都督不必相送。"招呼祖耕急匆匆离开总督府，赶回黄宅。

"我等着你回来，呼延老弟。"身后传来黎元洪不舍的挽留声。

回到黄宅，黄显虎听完今天他们二人的"奇遇"经过，笑而不语，只是喝茶。

"呸，他是个什么玩意儿，背信弃义，忘恩负义的小人。"呼延冲对黎元洪的为人处世愤愤不平，止不住又骂道。黄显虎却不这样想，对于新都督邀请他进入总督府的背后深意已大概猜到一二，但老将军还不能最后确定。于是在府内略备酒菜，热情款待呼延冲。席间呼延冲想起家小音信全无，宝贝女儿不知去向，不禁把气都撒到黎元洪身上，仍旧骂他不知廉耻、贪图享乐、枉为人臣。"我看他就是一个彻头彻尾的当今吴三桂，无耻之极的洪承畴，坐上逆贼的高位，绞杀昔日的同僚，他算个什么鸟都督！"

祖耕三杯酒下肚，就绘声绘色地对父亲描述起了黎元洪的眯缝眼、鼓包脸、上翘胡模样，逗得大家笑声不断。黄显虎心里对黎元洪有不同的看法，只是时机不到，他不愿过早捅破那层窗户纸。难得大家有这么快乐的气氛，就劝呼延冲多饮酒。"几十年的老伙计，聚在一起不易，老弟至今还能记得老朽，十分难得。今日兄弟相逢高兴，老哥再给你续上，只要痛快，喝个一醉方休也无妨。"老将军不断劝呼延冲道。

意正浓，酒正酣，忽听有人道，有母女二人在门外高声喊叫呼延冲的名字。黄显虎放下杯中物，示意下人把母女二人赶紧请进门来。呼延冲感觉蹊跷，心想这是什么人啊，此时此地居然直呼自己的名字，还找到黄老将军家来了，一时十分狐疑起来。一个熟悉的声音从大厅外传了过来，呼延冲下意识朝外一看，那对母女竟是自己朝思暮想的妻子和女儿，赶紧起身上前迎接她们，拉着她们俩的手向黄显虎分别介绍起来，让女儿称呼黄显虎夫妇黄大伯、黄大婶。黄显虎夫人定睛一看，这呼延婉儿十七八岁，上身披一件白色镶边薄纱外衣，下穿一条丝绸纹路黑裤，身材匀称饱满。瓜子脸、柳叶眉、丹凤眼、高鼻梁、碎细牙洁白整齐。手拿包袱，拉着母亲的衣袖，轻轻依偎在她身旁，举止行为十分自然得体，一看就知道是受到良好教育熏陶的大家闺秀。黄老夫人心生喜欢，立即吩咐下人赶紧添置碗筷，请她们母女一同入席吃酒。终于看见自己心爱的家人，呼延冲心中一块悬着的石头落地，数天来紧锁的眉头舒展开来。

"夫人受苦了，我真是没用，没有照顾好你娘俩。"他叹口气自责起来。

"哎，此言差矣，生逢乱世，求生不易，团圆就好，恭喜老弟现在可享天伦之乐。"老将军安慰他道。

于是大家纷纷过来给呼延冲道喜敬酒，祝福他们一家人战后重新团圆聚首。

"这下可好了，叔再也不用担惊受怕了。"祖耕劝酒道。

原来就在呼延冲他们离开都督府以后，黎元洪立即传下命令，务必不惜一切代价，也要尽快找到呼延婉儿母女。命令层层传达，手下很快就查到她们母女的临时住处，黎大都督隐约知道呼、黄两家的关系，于是就差人护送着她们来到黄显虎府上。刚才还在对黎元洪大骂不止的呼延冲，想着这位昔日的同僚总算为自己办了一件紧急的大好事情，也就住口不再大骂他了。只是吩咐呼延婉儿为老将军夫妇、黄祖耕等人斟酒，感谢老将军一家在非常时期对他们全家的收留与款待。

下人重新置备了酒菜，众人一直吃到天黑方才结束。老夫人领着呼延婉儿母女自去收拾房间，黄显虎示意祖耕等回房休息，单独留下已有七八分醉意的呼延冲，叫人点燃许多蜡烛，想跟他聊与黎元洪的两天之约该如何回复。呼延冲借着酒兴依然不满道：

"我呼延冲是个粗人、俗人，管不了什么两天之约，就是二十天、二百天之约，我也不会帮那个黎黄陂逆贼。我身正行稳，岂能与无情无义、见风使舵的小人为伍？那不成了墙头草，遭人恨的软骨头！我想不通，也做不到，老将军您给评评理，是不是这个道理？"

黄显虎笑而不答，劝他多喝茶水解酒，使得他不停地去解手，在大厅与茅厕间反复奔走。夜已子时，冷冷的凉风不断地吹在呼延冲身上，他脑袋逐渐清醒，环顾四周，发现大厅里只剩下自己与黄老将军，连下人都已经因为困乏回房休息去了。老将军毫无倦意，依然兴致不减，嘴里轻轻地吟唱着自己最钟爱的京剧《四郎探母》选段。

凭着多年来对老将军的敬重与了解，呼延冲知道，夜已深，而老将军还情意未了，揣摩着肯定有什么心事要对自己说，于是试探性地问道：

"来，老将军，今天咱俩再喝最后一个，夜已深了，您老也早点回房休息吧，改天再陪您喝个一醉方休，如何？"呼延冲知道老将军酒量惊人，就是自己再年轻二十岁也未必是他的对手，只是劝他早点回房休息，以退为进，想逼对方说出真话罢了。

黄显虎突然停止吟唱，问他是否知道越王勾践与吴王夫差的故事，那可是发生在两千多年前吴越大地上的一段传奇。虽然他呼延冲大字不识几个，可他的夫人是饱读诗书之人，闲暇之余时常向他讲起许多历史人物故事。如战国时期，孙膑与庞涓的快意恩仇，秦朝常胜战神白起与秦王的恩怨，以及著名的越王勾践与吴王夫差乾坤翻转的故事，无不令人唏嘘伤感，感叹人生无常，命运多舛。呼延冲一时拿不准老将军究竟是何用意，只含糊其辞地说大概知道勾践与夫差王位易主的事情。老将军又说道，越王勾践有两个核心的智囊灵魂人物，分别是范蠡与文种。范蠡知道越王勾践只可共贫穷，不可同富贵，可他还是帮助越王卧薪尝胆忍辱负重，最终消灭了骄横跋扈的吴王夫差。然后他功成名就急流勇退，与自己心爱的女人西施去过神仙般的日子。范蠡那种入世精神是十分崇高伟大的，"人生如斯，夫复何求"。

"黎元洪这个人，我知道一些他早年的底细。此人心底不坏，都说时势造英雄，如今他已经成为新政府的首脑，你们这些昔日同僚应该入世去帮助他。帮他看看门，把把风，做什么都行，千万别尽让革命党人给他使绊子、扣帽子，到时真把他变成为一个混世魔王，杀人不眨眼的东西，可就悔之晚矣。老朽的肺腑之言，权当酒后胡言乱语，老兄尽可自行决断，希望不会为难到你。当然我这绝不是想赶老兄离开，你们可以长期在此住下，我黄府虽小，无权无势，可是供养你们一家一日三餐还是绰绰有余。"黄显虎又道。

呼延冲慢慢明白过来。回想起自己中午在都督府的离奇遭遇，当时黎元洪苦苦哀求自己能留下来，成为忠于他的力量，利用自己行伍出身和曾经同事旧友的特别身份，帮他掌握一部分军事力量，免得成为有名无实的挂名大都督。同时黄老将军看得更远，在新组成的革命临时政府班子人员中，黎元洪没有自己的亲信与忠勇之人，怎么掌控大局？而他特殊与脆弱的身份，不应有过多的"陌生人"在他身边，他急需要自己的核心力量。常说"近朱者赤，近墨者黑"，新组建的临时政府人员，难免鱼龙混杂，有少部分别有用心的人会为他出一些祸国殃民、害人害己的馊主意，最后临时政府和黎黄陂自己可能都会因小失大，造成更大的社会对抗和悲剧，导致产生极坏的恶果和无法挽回的损失。

"国家事大，百姓事大，你我事小。"老将军竖起大拇指和小拇指相互比较道。

这边且说黄夫人带领呼延婉儿母女来到厢房，让下人们帮忙收拾衣物，整理床被，安排地方放置她们的随身物品，吩咐左右人忙前忙后。刚整理完一间固定卧室，呼延婉儿看见母亲拿出一件父亲的衣物，一边对着烛火反复摩挲比着，一边对她道：

"你看你爹身上还是穿着一身旧官服，天都变了，这里没有大清皇帝了，叫人家怎么看他，还以为他是一个不会变通的老怪物。这件衣服虽然有些破旧，找些针线来缝补一下倒是可以换洗穿，免得不合规矩被人笑话。"

婉儿道："娘，我爹才不是不懂变通的人，只是有些念旧罢了。时间很晚了，您眼睛又不好使，该早点休息，缝缝补补的事就让我来做吧！"言毕连哄带骗地让母亲先休息去了，自己则让黄府下人找来针线，准备缝补父亲破损的衣物。黄老夫人安顿完所有事情，刚好从旁边过来：

"闺女真是好女红，把针脚走得这么细密，和你一般大的女孩儿中，我可是第一次见！"不知什么时候，黄夫人轻轻地在呼延婉儿身边说道。

"伯母见笑了，只是胡乱做些罢了。母亲身体不好，不能熬夜时间太长。"婉儿正专心缝补她父亲的衣服，不知黄夫人进房来，突然听这么一夸，赶紧起身，有些不好意思地向黄夫人回答道。黄夫人轻轻拍了拍她的肩膀，示意她坐下，拿起女红凑近灯光后，又仔细前后看了起来，她小小年纪竟如此心灵手巧，喜欢之情油然而生。又道：

"堂堂一个将军还穿这么破旧的衣服，知道将军脾气的人说他是节俭爱民，不爱张扬。不知道内情的，还以为呼延将军营生不利，不会周全。更有搬弄是非者，会说他是另有企图：一个带兵将军怎么着也是锦衣玉食，赚得盆满钵满吧，哪有像他这么抠门寒酸的将军啊，定有不可告人的勾当，还不被人看轻了呢。"

原来呼延冲年轻时因为家境贫寒，不得已走上从军道路，死里逃生刀口舔血几十年下来，凭借自己的悟性和艰苦卓绝的累累战功，终于由一名籍籍无名的士卒成长为一名带兵将领，位高权重，衣食无忧。可他始终难忘父母双亲的养育之恩，很难改变自己孩时的生活习惯。前些年，父母年老体衰，相继去世，因为战场需要，自己没能亲自扶灵送终，他就贴身穿着母亲当年亲手为他做的衣服，这么多年无论走得多远，职务升得多高，他都始终穿在身上带在身边，睹物思人，敝帚自珍，不忍丢弃。平日里家人也劝他衣物已破旧，该换身新的，他就是不肯，还说自己在父母有生之年没有尽孝道，常穿母亲留下的衣物，觉得舒服暖和，还能庇佑自己打仗时不受伤少流血。

"那是爹爹的福气，别人尽管说去。我奶奶给做的衣服穿在爹身上打仗，总能庇护他刀枪不入，平安无事。这么一穿就是十几年，已补过好多次，我娘甚至都找不到更好点的缝补针脚地方，可是他还是舍不得扔掉。"婉儿无奈道。

朝有朝规，官有官体，婉儿娘时常劝她爹，可父亲认定的事情，就是十头牛也拉不回来，还是舍不得扔掉，说还能再穿几年。家人平时连浆洗都十分小心，害怕用力过大把补丁扯得更破了。婉儿渐渐明白父亲是个念旧和感恩的人，时间长了也就跟着母亲学会了自己做女红针线活儿。同时她知道无论时间多长，父亲平时嘴里虽然不说，心里却十分感谢黄伯父，也最敬重黄伯父的为人。如今一家三口团圆，在全家最危难的时候，吃住都在黄伯父家，伯父伯母对自己又十分友善，婉儿内心里非常感激，却又十分不安，不知道说什么感谢的话才好。

"到处都是兵荒马乱的，没有一个踏实地儿，黄伯伯能收留我们，我爹和我们全家都对黄伯伯黄伯母感激不尽。"婉儿道。

"傻丫头，还跟伯母客气。老百姓都知道'三穷三富不到老'的理儿，何况像我们这种官宦人家，形势说变就变，谁也不知道还会发生什么幺蛾子事情，大家只有相互帮衬，才有一口饱饭吃。"

"伯母您人真好。"婉儿真心道。

从这次谈话中黄夫人知道，在义军起事当夜，呼延冲一直率部抵抗起义军，她母女二人由家丁护卫躲进总督府里，一连几天父亲音讯全无，心里正惴惴不安，直到今天下午突然有人通知她们说要与父亲见面，才被人带到黄宅。婉儿说话声音甜美温顺，用词又十分恰当贴切。黄夫人心里不禁暗暗喜欢这个十分懂事的丫头，就这样你一言她一语又聊了大半夜，直到婉儿把她父亲的衣服缝补好，她才依依不舍离开婉儿房间，自回房休息。

客厅里呼延冲渐渐明白黄老将军说话的深意，是劝自己应该认清大势所趋，不能置身事外，应该入"世"，做一个像范蠡那样的人。既扶持老友黎元洪主持大局，又要帮助新成立的湖北临时军政府壮大力量。可新的国家是一个什么样的模式，会顺应民众要求吗？会让老百姓有口饱饭吃吗？会与洋人平等交流吗？包容得了曾经与之生死作战的对手吗？呼延冲一时满腹疑虑，心事重重，举棋不定，不禁举杯自斟自饮起来。黄老将军看出他的心事，不急不慢地也举起杯，话锋一转道：

"老弟记得光绪八年的'秀水之战'吗？弟兄们不顾生死，浴血奋战，大家彼此没有满汉之分，拼死杀敌。可肉体不是洋枪的对手，你还替我挨了子弹，鲜血染红了马背，惨啊！两千多兄弟，被敌人围着打，洋人的枪专门射杀带兵的头目，没有领头人指挥，这仗还怎么打下去？连我们敬重的张将军都被洋鬼子割掉了脑袋，身首异处，死得冤枉呀。朝廷众怒下，反而责罚张将军，对他满门抄斩。身经百战英明神武的张将军为什么会犯那么低级的错误？还不是因为朝廷里派阉人钦差，明面是协助军队作战，暗地里争权夺利瞎指挥，战法完全不合天时地利，没有人和，只有弄权。精锐的鄂城新军，最终几乎全军覆没。'秀水之战'死伤无数，侥幸活下来不过几十个兄弟，真是惨不忍睹。所以老百姓常说'一个篱笆三个桩，一个好汉三个帮'，现在的黎大都督身边，暂时没有一个他既熟悉又勇猛稳重放心的人呀。"

老将军提起的秀水惨败，是他们二人心中永远的痛。血流成河的战场，那些曾经熟悉的部下，因为战败而尸骨无人收捡，他们的音容笑貌依稀还在呼延冲脑海中浮现。再想今天老将军深谋远虑的分析，用心良苦的劝告，以及黎元洪殷切的挽留与希冀，这些都慢慢在他内心产生了巨大的涟漪。"苟利国家生死以，岂因祸福避趋之"，他最为尊敬的前辈林则徐曾经悲怆地写道，他有什么资格回避退让，做闲云野鹤躲清闲呢？

"老将军高看我这个粗人了，我尽力而为吧。"于是他邀请黄老将军再次举杯，心中暗自有了主意。

呼延冲一夜无眠，天刚蒙蒙亮，便在窗户外叫黄祖耕快点起床，随他出去办事。祖耕虽有不愿，但也只能一口答应。因为战事吃紧，都督府昼夜繁忙。二人来到都督府外，拿出腰牌，说明来意后，径直朝黎元洪都督办公的房间走去。

侍卫通报后，黎大都督在宽大的桌子后，停止一切批阅公务，瞪大眼睛，屏住呼吸，认真仔细地看着向他报到的呼延冲。突然他十分高兴，站起身伸出双手爽朗大笑道：

"呼延将军真是守信之人，铮铮铁骨的大好人。说两天时间，没想到一天就来了，还是这么耿直爽快，我真没有看错人呀！"示意他们入座后，一边吩咐侍卫奉茶，一边命侍卫速请李总参谋长过来议事。

呼延冲一边喝茶，一边对都督房间环视了起来，这以前是武昌将军的议事厅及卧室，大红牡丹地毯，纯实木家具，梅、兰、竹、菊雕琢十分逼真细腻，整体显得坚固结实，凹凸错落有致。只是房间正面的松鹤图，被军政府的铁血十八星旗覆盖，占据了大半个墙面。很快外面突然一声"李总参谋长到"的声音传来，一个全身戎装的军人快步走到黎都督面前，"啪"地一个军礼后道："李希烈奉命觐见大都督。"

"请坐，李总参谋长，我给你介绍一个人。"黎元洪赶紧道。

言毕便把呼延冲介绍给了李希烈，并说他是前朝的一员虎将，为人耿直，作战勇猛，兹准备在新政府为他谋取个合适的职位。呼延冲定睛朝李希烈看去，不禁暗暗吃惊，那人不正是昨天下令捆绑自己，并且扬言即刻准备枪毙自己的那个年轻军官吗？敌人变成战友，真是天翻地覆，世事无常呀。

李总参谋长像是看出他的心思，一个箭步走到呼延冲面前，伸出双手准备了一个握手的姿势。呼延冲在前朝见面都是叩头、抱拳回礼，哪见过这种新式的礼节，只有洋人喜欢握手这种方式，一时尴尬紧张，不知如何才好。黎元洪看出呼延冲的窘迫，便道：

"哈，李总参谋长是想欢迎你参加革命军，新政府不兴叩头作揖，你就大方地伸手吧，那表示你们双方彼此友好亲近的意思，昨天的所有误会、不快一笔勾销。"

"鄙人久闻呼延将军大名，如雷贯耳。昨天真是大水冲了龙王庙，恕我等冒昧无礼。将军今后能在新政府共事，真是我等之福，军政府之大幸，可喜可贺呀！"李总参谋长一把握住呼延冲的手道，同时也礼节性地与黄祖耕握手示好。

"鄙人不才，手下败将，何德何能，承蒙军政府抬爱，愧不敢当。"呼延冲回道。

"识时务者为俊杰，将军的勇气令人佩服之至。"

"真是不打不相识呀，昨天呼延将军差点成了李总参谋长枪下之鬼，今天却能一起共事，共渡难关。不得不说是民心所向，大势所趋。只要我们大家摒弃前嫌，心往一处想，劲往一处使，五湖四海一家亲，就一定能够彻底推翻清政府，建立大同的新国家。"黎元洪哈哈大笑道。

"本都督想昨天李总长就想'留下'将军，这是我们大家的革命缘分啊！"他继续说道，因为昨天的误会，众人一时都大笑了起来，把所有的不愉快都抛在了脑后。

黎元洪突然止住笑声，一脸严肃地对李总参谋长道："我想给呼延将军派个差事。"他突然意识到呼延冲还是敌人的身份，这种安排有些不妥，继续道：

"呼延冲将军既然已弃暗投明，我想任命他为武昌卫戍副司令，负责全城治安及对敌警戒事宜，李总参谋长意下如何？"

"但凭大都督定夺，只要对革命政府有益，当事人无异议，我双手赞成。希烈能与呼延将军共事，真是三生有幸，也是我革命政府的福气。"李希烈略作沉思道。

"呼延冲刚入新政府，无功无德，得此高位，恐不能服众，还请大都督和总参谋长另行指派职务。"呼延冲立即起身向黎元洪和李希烈推让道。

"新政府用人只看才德，讲究四面八方，不分先后顺序。呼延将军忠勇报国，身经百战，过去的事情，无非是各为其主罢了，谁人敢不服？"黎元洪坚定道。

"将军历经百战，当下正是革命军所需之人，新政府求之不得，绝不能亏待您。"李总参谋长也劝道。

"事已至此，鄙人有一事相求，不知当讲否？如果你们同意，我就暂时出任卫戍副司令一职。"呼延冲突然想起一件事说道。

眼看呼延冲就要成为自己的得力帮手，只要能留下，就是他有十件事情，黎元洪也会同意，于是他赶紧道：

"将军有何要求，只要黎某能做到，革命军政府不为难，尽管提出来就是。"

"请大都督、总参谋长也把这位留下来。"呼延冲说着介绍起身边的黄祖耕，"他叫黄祖耕，是前朝黄显虎老将军的大儿子，最近在指导训练民间团练，年轻有为，热情正直，天生军人胚子，我敢担保他日后必将成为新政府的得力干将。"呼延冲一连串道。

"啊，黄显虎老将军的长子，想当年老将军作战身先士卒，威震一方，人人敬重。年轻人既是他老人家的血脉，自然有将门之风，天生一副军人骨架。新政府正是用人之际，呼延司令想用他，这是好事，何难之有，使唤得顺手，尽管留在身边吧！"黎元洪道。对于黄显虎当年的英勇行为，他是知道也是十分敬佩的，不禁对祖耕多看了几眼。

李总参谋长一听，就这么点小事，心想只要他呼延冲肯留下，再多的要求也能应允，也跟着点头同意了，还说让他明天就来报到。黄祖耕对这个提议感到十分突然，正想推辞，私下问呼延冲是何用意时，门外突然有侍卫报告说有紧急军情汇报，黎大都督和李总参谋长将要处理紧急军务，呼延冲知道应该回避，起身与他们一一告别，和祖耕出了都督府，向黄宅走去。

黄显虎听说呼延冲将要任新政府卫戍副司令之职，他并不感到意外，倒是没有想到呼延冲知恩图报，很快推荐祖耕为副官，从此继承自己的行伍衣钵，对呼延冲顿时刮目相看起来。一则是呼延冲自己转变快，很快改变曾经你死我活敌视对方的态度，变为新政府的参与者和维护者，积极入世了；二则是适时举荐自己的儿子，有情有义，是想感谢自己对他患难之时的收养之情；三则是黄祖耕确实有军人之魄，在自己长期的调教下，能带兵，善谋略，也算是呼延冲慧眼识珠知人善任。

但更切身思考问题的是呼延冲本人。他知道国家正处于千年未有之变局，社会动荡，风云变幻，命运多舛的个人，难免会虑事不周，处事不慎。只有黄老将军，吐而不露，睿智精明，手段圆滑，作为局外人把事情看得清楚，想得明白。以后遇到一些棘手难办之事，离不开曾经一手提携自己成长的黄老将军。但毕竟岁月不饶人，老将军终有衰老故去的时候。时代不同了，对曾经最为尊敬的人最好的感恩，就是得为他做点什么，已是知天命岁数的呼延冲，这些天一直这样强烈地思虑着。

呼延冲解决了思想转变问题，很快就要走马上任，成为革命军政府的得力干将。这既是好事，也是大家高兴的事。黄老将军立即安排厨房准备酒菜，召集家人与呼延冲再痛饮一番，恭喜他荣任新政府高官。饮酒中，呼延冲看见黄老夫人对自己的女儿十分喜欢，不停地为她夹菜说话，照顾十分周到，胜似自家女儿，毫无主、客陌生之嫌，不禁大声道：

"老夫人如果不嫌弃俺闺女，不如就让她做您的干女儿，从今往后就在您身边侍候您，婉儿娘你觉得怎样？"

"求之不得，白白得个漂亮女儿，哪有不收之理？就是不知婉儿她娘和姑娘本人是否愿意。"老夫人赶紧笑吟吟回道。她没等老将军插话便满口答应了下来，还说自己的孩子除老三外，都长大成家了，有了婉儿母女在身边，正好可以多说说话儿解闷，免得平时寂寞，省却听蛐蛐儿叫了。

婉儿转过头来看着母亲，不知该如何回答。这两天短短相处，她能感觉到黄老夫人十分喜欢自己，跟自己说了许多知心话。黄家上上下下的人都热情好客，对她们一家三口关爱有加。只是母亲不先开口，自己一个女孩子不便于随便表露想法，那样会被大家看作无礼，显得轻浮而没有家教。母亲听见父亲这么安排，婉儿又害羞不语，以母亲对女儿的了解，知道婉儿内心是愿意的，也就十分爽快地答应了孩子做干女儿的事情，还把婉儿的生辰八字悄悄告诉了黄老夫人。

"婉儿还不赶紧给你干爹干娘敬酒。"呼延冲高兴道。

"啊，我们有新姑姑了，我们有漂亮的新姑姑了！"老将军左右的孙子孙女们高兴地叽叽喳喳喊叫道。

老将军与呼延冲酒喝得正酣，突然凭空又得了一个漂亮懂礼数的闺女，心情自然格外高兴，索性放开酒量与呼延冲划拳痛饮起来。席间呼延冲告诉大家，夫人在生婉儿时因为难产，落下了许多后遗症，一遇到天气突变或刮风下雨时，就浑身酸痛难忍，彻夜无法入睡，身体渐渐虚弱不堪，经常药不离身，幸亏婉儿逐渐长大懂事，是她母亲离不开的贴心人。今后自己到革命政府任职后，根据战争形势变化，难免会奉命外出带兵打仗，枪炮无眼，刀剑无情，也不知道阎王爷哪天就会找到自己，所以从今往后不打算再带家眷上前线作战，希望婉儿母女能留在黄府，免得自己带兵分心，也省得她们成天东奔西走提心吊胆。

"就这么定了，欢迎女儿常住。"黄老将军大喜道。

众人一直喝到天黑方才离去，呼延冲怎经得起老将军和他两个儿子的劝酒，早喝得烂醉如泥，自去休息去了。老将军让祖耕、祖读留下，举起酒杯示意二人继续陪他喝酒。父亲年事已高，难得让他放松心情痛饮一次。月亮已上树梢，月光像巨大的无边无际的薄纱一样，悄无声息地抚慰着大地万物生灵。

"我老了，老祖宗的东西得靠你们年轻人继承，有些老话为父今天想跟你们再唠叨几句。"老父亲阅历丰富，刚正不阿，惜字如金，平常很少与晚辈谈起做人做事的道理，往事更是极少提及。

"爹，我再敬您一杯。"祖耕道。老将军也不推辞，一饮而尽。

"老大你以后就是官家的人了，作为军人，又处乱世，往后遇事无论大小对错，都要坚决听从长官的吩咐，千万不可自作主张，否则害人害己，败家误国。你们听汉口方向这些天整宿枪炮声不断，天知道新政府还能撑多久。城里现在大家都在从军帮助新政府，我们也是该出个人了。你第一次穿正规军装，不比你的乡下团练松散，无论是阵前或是阵后，枪炮不长眼，你得多长个心眼，千万要注意照顾好自己，保护好你呼延叔。"

老将军与二儿子祖读也饮一杯后道："从今往后看家护院全看你了，前、后门一定要多加人手，门楼要马上加固加高，暴乱前让你们购买的'汉阳造'运回来了吗？"

"说是从上海方向要来北洋军舰，整个长江都被戒严了，船只不许随便航行，外边的东西很难进来，那些货恐怕一时半会儿到不了。另外清廷和起义军双方打得很凶，为了周全，我看不如就别让大哥当什么副官了，回头找个理由谢了呼延叔不就完了。"祖读一向谨小慎微，不无担忧道。

"胡说！应人之事，承人之诺，岂能反悔？何况身边的革命新政府正是用人之时，听你娘说城里大家都在捐款捐粮，送郎当兵，千方百计帮助革命军，老黄家不能置之度外，国家安定才能'耕读传家'，祖训不能丢，别让为父百年后无脸见列祖列宗。老二你就加紧催货，平时务必加强家丁训练，告诉他们平时多流汗，方能用时少流血。带人从严，方能成为能用之人，千万别给我都带成了骄兵、懒兵、庸兵了。"

"来，大哥敬你一杯，老三不在家，今后家里的事情全靠你了。"祖耕招呼老二道。

"爹，大哥，你们两个把心放宽，我睡觉都睁着一只眼睛呢，保证家里不会出问题。"祖读信誓旦旦道。

"诸事不能蛮干，学会随机应变，得多用这个才好。"老将军指了指自己的脑袋。老二刚满三十岁，敦厚结实，遇事稳重有余，灵活善变显然不如他大哥，更不如机敏自信文武双全的老三，但看家护院是个厉害角色。

凭他多年对风云突变时局的认识判断经验，他觉得这一次军事政变非同寻常，规模之大，势头之猛，强度之烈，恐怕将会翻天覆地，日月换天。老将军十分担心这场巨变将会何去何从，对大家的生活会有何等影响，反复叮嘱他俩儿子谨慎行事，小心驶得万年船，把每一个细节都点明说透，并安排两兄弟并肩再到各处巡视一番，没有大碍后，方才稍稍放心，自回屋休息去了。

翌日一大早，呼延冲精神抖擞地带着祖耕来到都督府。临时革命军政府每天必不可少的军事会议刚刚结束，参会的各位军官急匆匆按照会议要求，各自忙碌一天的军务去了。看见呼延冲进来，大都督黎元洪和总参谋长李希烈微微交换了一下眼神，"呼延将军请跟我来。"李希烈带领几个亲信，一边招呼他往隔壁的作战室走，一边继续说道：

"根据前方战事情况和全国革命形势之变化，为便于统一调度、指挥我革命军队作战，并经军事会议商定，湖北革命临时军政府需要一位德高望重、擅长军事指挥的领袖，来统一协调指挥前方和全国的所有革命军事力量，同时极大程度协调全国的革命火种，共同打击腐败没落、不合时局的清军。"

看见李总参谋长虽然因为连续作战，十分疲劳，但革命情绪依然高涨，必胜信心十分坚强，呼延冲也深受鼓舞，急切问道：

"德高望重、擅长军事指挥的同盟会革命者是谁，他在哪儿，能尽快来武昌指挥我们打敌人吗？"

"能！他一定会来的，他对我们这儿的革命斗争形势十分关心，几乎天天电报询问和提醒我们需要注意的军事行动部署，武昌首义也是他梦寐以求的革命胜利果实。他就是广州黄花岗起义和刺杀保皇党首领良弼的总指挥黄克强。"李总长兴奋地补充道。

"什么？是他，黄兴黄克强！真是太好了！"呼延冲大声道。

"这次秘密迎接黄总指挥的行动，为了确保安全和保密，暂时就叫'铸剑行动'。想必诸位也不陌生，这位就是新近加入我们革命军的呼延冲将军，呼延将军久经沙场，忠勇可嘉，是革命新面孔，新身份是卫戍副司令，作战经验丰富。这次的主要军事任务是在武昌全城戒严，追踪和抓捕所有混入城里的清廷鹰犬走狗，以及破坏革命之所有可疑人员，宁可多抓错抓，不可遗漏一个害群之马。要知道我们多少革命志士，不是死在真刀真枪与敌人的斗争中，而是死在敌人的暗杀和看不见的肮脏勾当中，让大家十分惋惜和痛心。为了革命大计，我现在命令，在总指挥到来的这段时间，任何人不得走漏半点风声，不得回家探望，要确保总指挥的绝对安全，确保'铸剑行动'绝对成功！"李总长突然语气严肃地命令道。

"诸位，要确保黄总指挥的绝对安全，让他来收拾这帮北洋新军混蛋！如果革命军政府不存在，别说我这个总参谋长头衔保不住，就连这颗项上人头能否保得住都难说，当然大家吃饭的家伙也都难保得住。"李总长指着自己的大脑袋，声音响亮地继续环顾道。

呼延冲在清廷湖广总督府为官做事时，黄兴等革命党是清廷的死敌，是重点通缉擒拿的朝廷重犯。他个人内心也曾多次反思，不管朝廷多少次严令申饬抓捕，为什么革命党总是抓不完？革命活动反而像雨后春笋一样蓬勃发展，势头之快影响之巨，就算清廷三令五申严防细查，布下天罗地网，也不能阻挡半分，反而成全国燎原之势。黄兴莫非是个三头六臂、具备七十二般变化的神人？但社会阅历常识告诉他，这些都不可能，世间没有万般变化长生不老之人，他黄兴也不能例外。但他究竟是怎样的人呢？他心里千百次猜想着。不过可以确定的是，黄兴是坚定的革命党，也是自己心中的英雄，必须全力保证他安全抵鄂，担起抵抗敌军的重任。

这位曾经的死敌，如今成为新政府能否保住革命成果、击溃北洋新军的不二人选和中流砥柱，呼延冲顿时感到责任重大，只能成功不容失败，不禁内心热血澎湃。这是自己就任新政府后的第一个军事任务，一定要穷尽所有的手段和力量，哪怕就算是搭上自己的性命，也要确保黄兴本人安全无恙地到达，不让革命受损，不让他人看轻自己。

黄兴的名字对祖耕来说同样如雷贯耳，知道他是百折不挠孜孜追求心中信念的大革命者，是全国妇孺皆知的大人物。几年前他就从羸弱的神州大地，远赴日本学文习武，与志同道合者办报刊，出书籍，吁民醒，开民智。他与孙中山等同盟会革命党同志一边组织国内武装斗争，一边又从日本远赴欧美南洋等地，筹集革命经费，学习先进治国理念。虽屡遭清廷追杀和迫害，但他终能化险为夷。多年来清廷对他也鞭长莫及，无可奈何，只能疲于应付，始终如鲠在喉。世人对孙、黄二人不怕牺牲、敢于斗争、前赴后继的革命精神大为震撼，他们也赢得了无数民众的同情与支持。黄祖耕对这位仅比自己年长不多的精神人物，也是充满了无限的好奇与希冀，作为支持新政府的一员，首份差事就是迎接这位神秘人物的秘密到来，他顿时感到异常兴奋，手心不禁沁出细细汗来。他下定决心大干一场，迅速整顿社会秩序，誓死追随呼延冲完成军政府交办的任何命令。

"铸剑行动"是如此重要，关系到革命军政府的生死存亡，关系到全国各地风起云涌的革命活动成败，呼延冲能被不计前嫌，单独留下安排这项绝密任务，他十分感谢黎元洪和李希烈对自己的信任，于是他郑重其事地行个军礼，大声道：

"请总参谋长放心，呼延冲誓死保证完成任务！"

第四章

初出茅庐　忠肝义胆

天刚蒙蒙亮，早起的鸟儿在树枝间上下跳跃，清脆地呼唤着同伴，寻找它们的食物。在李庄别过众人后，黄祖家与季章骑马疾奔鄂东南方向而去，那是土匪头子靳霸天长期盘踞的地方。刚出村口不久，后边一阵急促的马蹄声由远及近，渐渐追赶上他们，急促的马蹄声在空旷山间显得十分刺耳。祖家内心疑惑，立即勒住马缰绳，回头张望。只见后边两匹快马飞奔而来，其中一人是老管家黄五，另外一人则头戴黑色斗篷，面罩黑纱，一时看不出年龄几何，是男是女。黄五远远看见三少爷在路边等待，便快马加鞭赶了上来，大声道：

　　"少爷稍等，四姑娘与老朽跟您同去。"

　　"昨晚不是让你先动身回苏州老家，怎有时间随我而去。"祖家不满道。

　　"本来少爷是这样安排的，怎奈四姑娘向李庄主再三央求要送你到山脚下，庄主拗不过就答应了，又不放心小姐单独行动，其他人又对不上少爷您的脾气，老朽这才一起陪同过来。"其实这也是黄五昨晚的计策，他不能让年少的三少爷单独面对凶神恶煞的土匪，暗示四姑娘祖家是为她才上清风寨，顺水推舟就陪她赶了上来。

　　"多此一举，佃农闹事不急吗？"祖家回头寻找另外一个人。

　　"离开省城时老爷和夫人反复叮嘱老朽一定要照顾好少爷的安危，现在去那凶险的地方，办这么重大的事情，着实让人放心不下。往前那些年头，老朽也曾多次追随老爷围剿过山贼土匪，有些经验，能给少爷您出出主意，关键时刻我的双刀也会招呼那帮混蛋。应该不会连累少爷行动，这就跟四小姐追过来了。"黄五拍了拍腰道，那里一直插着他的软双刀。

"叔啊，年纪大了，不比当年精力好使，山路颠簸难走，你还是赶紧回苏州要紧。你说四姑娘也来了，她在哪儿呢？这不是瞎捣乱吗？"祖家四下张望后问道。

后边紧跟而来戴面纱的人一把撕下面罩，呵呵地大笑起来：

"真是有眼无珠，远在天边近在眼前，就凭这点眼力也敢闯清风寨，惹'南霸天'，夸海口容易，装英雄孤胆救民女于水深火热之中可难。"

"明知山有虎，偏向虎山行，你这是乱上加乱，赶快回去。"祖家不满道。

"现在还来得及，只要你说不上清风寨，急着回苏州处理家务，没人会拦着你。清风寨龙潭虎穴，易守难攻，是个九死一生的地方，你就不要硬揽下不相干的什么信使，还是舒舒服服当衣来伸手饭来张口的少爷美哉，免得落得一身狼狈相让人看笑话，还会耽误大家救人的时间。"四姑娘再次挖苦奉劝祖家道，一双乌黑的大眼睛不安地看着他。

"一个大姑娘不知道天高地厚，要去杀人放火、奸淫掳掠、无恶不作的土匪窝，你不想活了！这是救人吗？分明是羊入虎口送'货'上门，赶紧回家踏实待着听候好消息吧。"祖家立即大声阻止道。

"古时有花木兰替父从军横扫匈奴大军，宋朝有梁红玉与夫君韩世忠并肩抗金贼，今天我不过是充当一个与土匪沟通的信使而已，这有何难？"四姑娘反问道。

"不行，坚决不行，你必须回去，李叔已经决定了，信使只有一个，那就是我，没有第二个。"祖家态度坚决。

黄五眼看二位年轻人争论不休，谁也不想落下，赶紧插话道：

"三少爷、四姑娘，你们不要再争了，既然都已经出来了，我倒是有个主意，不如我们做一个君子协议如何。"

"愿洗耳恭听，只要能去清风寨。"四姑娘赶紧道。

"我们不如分成两组，三少爷与季章侍卫年轻力壮，就作为先头一组，专门负责打探消息，标识道路，扫清路障；四姑娘与老朽作为另一组在后，与接应的李庄团练眼线联通信息，清除土匪设置的暗哨和埋伏，联络后边的队伍，由他们及时营救五姑娘回来如何？"黄五若有所思道。

"不，我要作为第一组走在前面，我一个弱女子，不会引起别人的太多注意，反而容易掌握信息。至于清除什么埋伏路障的事情，我可干不了，让季章做比较合适。"四姑娘回答道。

季章不敢争辩，却看出些端倪："莫非是姑娘喜欢上了三少爷，要和少爷寸步不离，赶也赶不走了？"

"好你一个跟屁虫死季章，竟敢胡说八道，看本姑娘怎么收拾你。"言毕四姑娘举起马鞭，竟朝季章迎面狠命抽打过去，季章眼疾手快，双腿夹紧马腹，打马迅速向前奔走，四姑娘也立马疾驰追去。眼看他们绝尘而去，祖家、黄五立即调整马步，也不得不奋力向他们背影渐渐消失的方向紧追而去。

鄂东南部的大冶县，始建于宋朝乾德五年（967），境内沟壑纵横，山大林密，湖泊众多，地势险要。但矿产丰富，冶炼业发达，其县名就是取自殷、商以来的"大兴炉冶"之意。清朝道光二十年（1840）鸦片战争爆发及战败后，泱泱大国惶惶不安，国门洞开，西洋强权船坚炮利之威，为千百年所未见，让整个帝国为之颤抖。为摆脱落后挨打的窘状，实现富国强兵的梦想，在一批睁眼看世界的能臣贤吏多方奔走呼吁后，清政府终于被迫抛弃盲目自大，开始学习和借鉴西方先进技术经验，"师以长技以制夷"，轰轰烈烈开展及新建各类学堂、翻译机构和大力扶持实体经济发展，史称"洋务运动"。以时任湖广总督张之洞在大冶县，开山放炮、采矿炼铁为开端，逐渐形成了"汉冶萍煤铁厂矿有限公司"，以及围绕它诞生的其他一些工厂。由于清廷工厂管理不善，贪污腐败，加之列强虎视眈眈作梗不断，这些厂矿逐渐由官办官营，变为官办民营以及民办民营，最后一些工厂还是经营不下去，面临倒闭关门的窘境。可是那些矿工最早是由官府招募，以及一些有功士兵组成的，在官办官营和官办民营时，已养成好吃懒做、为非作歹的恶习。在矿厂经营困难欠薪时，极少数甚至最后演变成占山为王、强取豪夺的匪类。他们利用废弃矿井做掩护，蝇营狗苟，干起强取豪夺杀人放火的营生。靳霸天就是这类人中最臭名昭著的极恶分子。他为人嚣张，思维缜密，阴险毒辣，手段残忍，通过火并和拉拢，手下喽啰众多，势力逐渐变得强大，是最难对付的大土匪之一。

　　一路上黄五把他所知道的这一地区土匪分布和他们的势力范围情况，分别向祖家做了介绍。祖家心里不禁渐感悲哀，土匪们起初明明是建设国家的好儿郎，最后竟变成祸害百姓为非作歹的社会毒瘤，这是一个怎样扭曲的社会呀，"好儿郎"都成了寄生虫，功臣变为土匪，演变成了专门欺压百姓、祸国殃民的大坏蛋。

　　中国的土匪历朝历代都有，既是社会的毒瘤，也是封建制度之殇。在轻徭薄赋吏治清明的年代毒瘤少些，朝廷通过疏导、引诱、怀柔甚至血腥镇压等手段，消灭掉部分土匪恶霸。极少数存在的土匪，他们的势力大都控制在有限的范围之内，翻腾不出大波浪，不会影响封建王朝一统天下、稳定社会的大格局。但在王朝统治末期阶段，往往存在宫廷内部上层昏庸无能、内斗无常等特殊时期，土匪恶人等则乘机兴风作浪，肆无忌惮。更可恨的是官匪一家，沆瀣一气祸害百姓。他们往往会不择手段，无法无天，作恶多端，产生十分恶劣的后果，严重影响社会进步。当下中国，东北有呼啸林海的山贼，西北有沙漠飞舟的马贼，西南有组织严密的袍哥，东南有神出鬼没的江洋大盗，内陆腹地有世代不绝的湘西豪强。他们亦民亦匪，藏匪于民，官府总是鞭长莫及，剿灭不尽。一有天灾人祸，苦难无助的流民，就会被强人们打着"替天行道""均富贵"等名目繁多的假面具所诱惑吸引，聚众闹事，呼啸风尘，为非作歹。

黄祖家心里想着一部中国恶人史，竟然自嘲起来。想想自己一个不得不辍学的青年学生，刚出校门不久，竟不知天高地厚，就要深入土匪窝中，去面对凶神恶煞的土匪们，是福是祸、是生是死心中竟无半分把握。只是内心深处不愿看到四姑娘的烦恼和李叔的无助，才被澎湃的满腔热血冲昏头脑，答应李庄主走这一遭。希望可以尽快正确无误地传递双方信息，顺利带四姑娘、五叔和季章平安回家。如果能让五姑娘和其他人员返回李家庄就是意外收获。

在山路转弯处的一棵大树后，隐约看见山下教堂醒目的塔顶和它旁边密密麻麻的房子。祖家朝身后马背上的四姑娘望了望，她的一头短发随风有节奏地飘扬，几缕秀发有时竟遮挡住了她那双黑葡萄般的大眼睛。一切都是那么的自然、迷人，事已至此，他不能变孬种让她失望，这也坚定了他完成使命的决心和信心。

翻过一座山梁，山脚下沿着河堤分布着一大片参差不齐的房屋，这里就是要进入土匪窝清风寨的必经之地"铁流镇"。眼看正午已过，大家都腹中无物，马匹也需要草料和饮水，黄五便提议大家到镇上打尖休息，众人无异议，纷纷打马向铁流镇奔去。

铁流镇依山而建，傍水而成，镇头大，镇尾小，像一个巨大的木楔嵌入莽莽的大山之中。靠山一面的街道房屋依山为墙，只建临街的半边墙体。街道的另一边恰恰相反，背街为河，户户都用巨大的木桩架空墙体，形成吊脚屋。在木桩上系着小船，方便主人往来于河流上下和到对岸打樵、捕猎。在镇中间靠山的一块广场上，有一座设计独特、做工细腻的哥特式教堂，顶端高高的金属尖塔直插云霄，闪闪发光。当年山上矿石开采最热闹的时候，不远万里请来的许多洋人工程师，经常在教堂做礼拜祷告。如今洋人走了，它仍是镇上信徒常去做礼拜的圣地。教堂对面有一幢全木头修建的二层木楼，楼门正中间写着"铁流阁客栈"几个大字，客栈装修独特整洁。祖家勒紧马缰，一跃下马道：

"已过正午，不如在此打尖歇息。"

铁流镇今天恰逢集市，街道上行人熙熙攘攘。祖家放眼望去，看见李庄不少的眼线已经悄悄潜伏在镇子的各个要害关口。店小二看见有客人进店打尖，从穿着打扮知道他们非富即贵，便一边大声招呼道：

"欢迎远方的朋友，您进我们'铁流阁客栈'，是您的眼光好，保证让您吃好吃美。"一边热情地为他们看座倒茶，让旁人牵着马缰绳去后院喂料。

祖家一行人找了一个靠河的窗边落座。另一个小二赶紧上前准备为他们点菜。祖家信手解开外套衣扣，不经意露出插在腰间的半截"清风寨"通行令牌。那小二一看，面色顿时改变，热情了许多，恭敬地对祖家道："客官请跟小人来，楼上包间有上好的'五峰毛尖'。"祖家向黄五示意后，说声"好"，便一起跟了上去，四姑娘紧随季章也跟着上楼。

祖家在二楼一个房间视线开阔的角落坐定，透过窗户可以看见河对面巍峨陡峭的青峰山脉。一阵急促的脚步声由远而近，小二带着一位衣着考究的中年男子来到祖家面前，说声"您请便"就悄悄地退出门外，并轻轻地关上门。中年男子腰间挎着烟枪，双手握拳，两根拇指交叉朝上，双目上下左右仔细地对祖家等打量起来。

"贵客远道而来，兄弟全无消息，有失远迎，请小弟见谅。"挎烟枪男子道。

"客不分远近，五峰山露水毛尖茶稀有珍贵，小弟只是慕名而来，看山品茶而已。"祖家呷口茶道，基本对上暗号。

挎枪男靠近祖家，放下烟枪，左手轻轻地掸了一下袖口：

"明月松间照。"

"清泉石上流。"祖家回敬道。

"猛虎出深山。"

"蛟龙压河妖。"祖家毫不犹豫道。

二人一问一答，完全对上暗号。挎枪男基本解除戒备心理，自我介绍道："我是客栈的掌柜，叫……"

"是万泉水万掌柜吧，客栈经营得不错。"没等他介绍完，祖家自信地抢先答道。

"哈！真是长江后浪推前浪，一浪更比一浪强，小老弟年纪轻轻，就知道万某的姓和名，江湖上可是不多呀！好在都是自己人，不知小老弟如何称呼？"万泉水反问道。

"哈！这是规矩，不见头把子，没上'聚义堂'，能报真名吗？"祖家故意不屑回答他的提问，不过这立即引起对方的警觉和不安。

"对，我真是忙糊涂了，都是自家人了，何必弄得这么麻烦，小老弟尽管招呼你的朋友在此放心用膳，无论花费多少，客栈今天保证分文不取。"

"谢万掌柜，只是小弟有要事在身，需尽快报告大当家的，还望万掌柜行个方便，让我等能马上动身去拜访他老人家。"

"这个自然。"万掌柜听祖家说有要事报告大当家，便不敢再啰唆，立即吩咐店小二们准备上好的酒菜，小心侍候，自去安排祖家等渡河的船只去了。

其实与万泉水接头的暗号和所有注意细节，在临行前一晚，通过对抓获的两个黑衣人的审问，山上暗语规矩都被李庄主问得清清楚楚。如何接头、怎样回答、应该注意哪些细节等问题，李庄主也都毫无遗漏地告诉了祖家。祖家少年时长期在武当山习武练功，常常听师傅师叔们讲起各种江湖规矩和奇闻异事，多少知道一些江湖暗语规矩。加之黄五知无不言的提醒，对付清风寨设在铁流镇的第一个暗哨万泉水，还是绰绰有余。通过了铁流镇暗哨的盘查，才是进入清风寨土匪窝的第一步。

四姑娘端起酒壶向祖家斟酒，"早听我爹说过铁流镇的'清乡酒'醇香绵软，远近闻名，只是产量有限，不可多得。今日让咱真碰上，何不喝个痛快。"她本来还有一句"也好杀贼壮胆"，但身处险境，周遭难免有耳目暗哨，便把这句话硬生生地咽下了喉咙没有再说出来。

祖家挡住酒杯，环顾四周确信无人后，轻声道："这是何等地方，前途凶吉难料，拉开的弓就没有回头的箭，我、五叔和季章一会儿就上山去，你一个女儿家，喝点'清乡酒'解馋，填饱肚子后，到镇子里溜达一圈，找到自己人，趁早回去吧，免得节外生枝惹出事端。"言毕用拇指、食指轻轻地弹了弹杯中酒，确信无毒后，才慢慢喝下"清乡酒"，一股清冽甘醇味道直通丹田。看见祖家十分惬意的样子，黄五和季章也都一饮而尽，对闻名遐迩享誉本土的特色美酒赞赏有加。

"是啊，开弓没有回头箭，你让我现在回去，是想引起他们的注意和疑心吗？"她指了指楼下，故意质问祖家道。

"你……"祖家生气正要反驳，店小二大声报着菜名上楼来了，祖家只好咽下后半句话。黄五赶紧示意双方停止斗嘴，不要因小失大。

在四姑娘心里，她其实并不想让祖家继续冒险上山。虽然初步通过了清风寨的关口审查，但异常狡猾的土匪们后边不知还有多少考验和陷阱，多少种折磨人的手段在等着他们，这里步步惊心，处处杀机，机关重重，凶险异常。三少爷是李庄的客人，庄上的事应由李庄人自己解决。而让比自己还小一岁且毫无经验的客人去担当如此凶险的信使，他黄祖家从小生长在富贵人家，能吃下多大的苦，信使道路又能走多远呢？他凭什么要去完成任务，是为了达到什么目的呢？为什么他要这么固执地帮助李庄都无人敢接的任务呢？一系列的疑问在她脑海中久久不散，她不能确定的事，就不会再走第二步，这是她的做人信条。虽然他懂武功，但毕竟年轻，江湖上的浑水有多深有多险他知道吗？常说自古英雄出少年，但那毕竟存在风险与侥幸。想到这些，四姑娘十分后怕，对祖家固执的行为不禁好奇和疑惑起来，频频向他斟酒夹菜，虽然祖家内心一百个不情愿。

但五妹的笑脸又在四姑娘心中浮现。记得十几年前五妹出生时，因为李家连续生了四个女孩，本来是想要个男孩继承祖业，当产婆向爹爹说喜得千金，爹爹脸色顿时不悦，把茶杯都摔在了地上，那个多嘴产婆一个趔趄坐到地上不知所措。爹爹毕竟有些见识，很快便恢复了从容：

"女娃也好，这都是命！好生照看夫人。"

只是从此爹爹把五妹当男孩子养，穿男孩衣装，还为她精心购买了一块西洋的新式怀表，带着一条长长的纯金锁链，当作长命锁，希望她能长命百岁。因为那年是乙未羊年，爹爹又让工匠在怀表壳里，精心镶嵌了一只漂亮的小羊。让其他人十分羡慕的羊年金表，一直都没有离开过五妹身旁，从小到大都陪伴在她身边。五妹银铃般的笑声荡漾在李家大院，直到比她小十岁的弟弟出世，她都是父母最宠爱的掌上明珠，大家也都很喜欢这个性格开朗的五丫头。四姑娘和五姑娘相差三岁，她们俩从小就是最好的玩伴。

已过未时，不知何时万掌柜已经上楼，笑眯眯地问祖家饭食是否可口，说渡船已准备妥当，四位客人可以放心地过河了，四姑娘这才赶紧收起和五妹往事的美好回忆。祖家抱拳谢过，并不推辞，转过楼梯向右后一道小门走去，那里直通河边，一只小船早已在此等候。祖家双手再次抱拳，大拇指交叉向上与岸上的万掌柜道别。河水湍急，泛着浪花向下游奔腾而去，船夫使劲挥动双臂，奋力向河上游划去。

　　船夫显然是"铁流阁客栈"的眼线，也是清风寨放在山外的卧底，他见识过不少上清风寨的各类人物，今天是头一次看见像四姑娘这样如此年轻漂亮的女子也要上山，不禁多看了几眼，并热情地卖弄道：

　　"我们这条河名叫铁流河，与长江相通，遇着雨季时节，从山上冲下来的大水，咆哮翻滚，巨浪滔天，很快都会淹过街面，真是吓死人。说来也是奇怪，几百年来，无论多大的洪水，就是没有淹没过咱铁流镇。河水一到街面，刚高过脚背，就不再往上涨。祖祖辈辈的人都说这铁流镇有福，是块风水宝地。'铁流阁客栈'是我家掌柜修得最好的客栈，也是镇上位置最好的地方，叫作'豹腰'。站在楼顶，绕着弯会把镇前镇后的风景看得清清楚楚。平常河里浪大船多，跑得飞快，在客栈楼上看呀，所有的船航行速度准得慢上半拍，不管它是大船或是小船，甚至是火轮船，在楼上都看得清清楚楚，运气好的时候，还能看见许多可大可漂亮的船。我这个船呀本来是为另外两个兄弟准备的，可惜他们到现在也没有返回来。"船夫啰唆道。他说的另外两个"兄弟"，是指还被扣在李庄的倒霉送信黑衣人。

　　铁流镇是一个弓背形的沿河集镇，客栈刚好修建在弓背中，集镇全貌自然尽收眼底。加之河流要绕过弓背外流，河水自然慢下来。浅显的流水道理，这些思想愚昧加之被恶霸们长期禁锢洗脑的愚忠之人，岂能明白其中的道理。祖家故意道："河水今天这般缓慢，怎么没有看见可大可漂亮的船啊？"

　　"我说的是前几年的光景，这两年山上很少放炮开采石头，就是那种黑色能炼铁的大石头。"船夫补充道，"石头价格不停跌价，雨水又少，好多船都不来运货了，连镇上的客人都比往年少半成，当然能来的漂亮大船自然就少了。"稍微喘息后，船夫神秘兮兮地继续道：

"前两天涨大水，从山上漂下来许多胀胀鼓鼓的麻袋，都是用绳子扎住口子的，镇上人原来以为是老天爷慈悲，要给大家送大礼了，挤破脑袋都往水里拼命地抢麻袋，好不容易弄上岸，打开一看，全是断手断脚、甚至连头都没有的尸体，吓得好几个胆小的老家伙都掉河里淹死了。"船夫想吓唬四姑娘，故意卖弄道。

谈话间小船已向上游划行了七八里远，在一块巨石边停下，船夫左右看看没有他人，才招呼大家下船。身为眼线的船夫，既是带路人，又是隐形杀手，对考核不过关又想上山的危险拜访者，他有权随时随地予以除掉。按照山寨的规矩，他只能把认为无危险的友好客人送到下一个接应点，然后，再由其他人接着护送来人。前一个护送者不能打听下一个接应者的路径，必须立即驾船返航。祖家紧跟在船夫身后，见他在巨石上系好小船，绕过一棵大树，在一处茂盛的杂草后，使劲搬开一块巨石，露出一条小道，弯弯曲曲通向半山腰。祖家一边留意四周环境，一边与众人快速通过像羊肠一样狭窄的密道。走了没多远，前面豁然开朗，露出一大片天然平坦草场。祖家心里暗暗佩服土匪的狡猾和处心积虑，要不是有眼线引路，外人根本无法识得密道上山。

穿过草场后，船夫用手指着前边的一条岔路道：

"我只能护送你们到这儿，从前边第五棵大松树左边过去，就能进入青石崖，我就不便过去了，你们好自为之。"

他正要转身离开时，突然丛林深处传来阵阵厮杀和惨叫声，似有许多人朝这边逃命过来。祖家正要定睛细看时，从前边树林后冲出一个浑身是血的年轻人，手拿大刀，大喊：

"救命，快来人呀！"他的刀在滴血。

船夫一看大惊失色：

"少主，我来救你。"

"那是我们靳少主，你们还不赶快去救！"船夫急切地对祖家吼道。又朝浑身是血的青年人喊道："少主别怕，我来救您。"说毕从背后拔出匕首，飞快冲向他的少主。

祖家心想，"靳少主"莫非是土匪头子靳霸天的儿子靳定邦？他可是靳霸天的独子，贵为山寨大少爷，嚣张跋扈，护卫众多，怎么会被人追杀？莫非是土匪故意设的圈套？只是刚刚才取得土匪们的初步信任，如果真能救下靳少主，对解救被关押的李、刘两庄壮丁及五姑娘，将有莫大的帮助。不管是真是假，是伎俩还是试探，祖家不容多想，大声道：

"五叔、季章快随我来！"

同时右手拔出短刀，左手挡在四姑娘前面，让她躲在旁边的草丛中，自己准备和黄五、季章冲上去救人。

紧跟着靳少主冲出松林的五六个山贼喽啰，被身后数十名蒙面大汉紧紧咬住，喽啰们寡不敌众，渐渐招架不住。蒙面人个个身手了得，动作凶狠，招招见血。山寨喽啰们虽拼死抵抗，但终是技不如人，不是敌人对手，纷纷倒地身亡。靳少主身边护驾的人越战越少，形势异常危急。看见船夫后，犹如看见救命稻草：

"柳快嘴，快去给我爹报信，就说是贺麻子兄弟想杀我，叫他一定替我报仇。"靳定邦心想必死无疑，绝望地对船夫命令道。

柳快嘴道："要死一块儿死，老子就是不要小命，也要保护少主安全。"便紧紧地护在靳少主前面，与蒙面人厮杀，怎奈武功稀松平常，很快他的脖子就被一刀砍断，倒地而亡。

说时迟那时快，祖家弯腰随手捡起几块碎石，朝围攻靳少主最近的几个蒙面人掷去。只听几声惨叫，蒙面人纷纷捂住眼睛，倒地翻滚嚎叫起来。其他蒙面人先是一惊，接着便朝祖家蜂拥围攻过来。祖家亮出所学的武当剑法，飘逸灵活，前攻后挡，忽左忽右，连续刺伤了七八个蒙面人的眼睛。黄五和季章赶紧扶起倒在地上的靳少主，保护着他与蒙面人且战且退，暂时化解了靳少主随时被杀毙命的危险境地。四姑娘躲在离祖家不远的一棵大树后，屏住呼吸，慌乱地拿着祖家留给她的小手枪，不知指向何人。祖家担心靳少主流血过多，黄五年老体衰敌不住蒙面人的连续厮杀，四姑娘藏身是否妥当安全，便想速战速决，尽快带领大家离开这个是非之地。

本是风景绝佳的山间草场，一时竟变成了杀人的牧场。蒙面大汉们团团围住祖家和靳少主等，锋利的长刀上下翻滚，招式凶狠。见五六个人难以靠近祖家，其中两个蒙面人相互对视后，用语速极快的日本话快速而低沉地交谈着什么，想必定是出什么鬼主意。果不出所料，他们忽然使出一连串杀招，把祖家和靳少主等分开，想分而击杀。情况异常危急。突然一声枪响，一个蒙面人应声倒地，直惊得大树上的鸟儿尖叫乱飞。原来是四姑娘慌乱中扣动了手枪，打中了其中一个蒙面敌人。在敌人惊恐枪声响自何处时，祖家趁机又刺伤了五六个蒙面人，眼看所剩不多，蒙面人便四散逃亡，潜入丛林，准备伺机而动。

这时靳少主已经气息奄奄，前面不知还有多少埋伏，凶险难料，季章大声道：

"三少爷快走，我来断后，你们大家尽快上山。"

祖家看到靳少主多处挂彩，血流不止，气息微弱，必须尽快止伤，否则性命难保，便扶起靳定邦道：

"少主请恕冒昧，我们几个的命不值钱，就是拼到最后一个人，也定要救下少主的性命，少主请放心跟我们走吧。"他从腰间取出随身携带的跌打止血膏，让黄五敷在靳定邦的伤口上，暂时帮他止血。又叮嘱断后的季章千万小心，不可一味逞强斗狠，且战且退，一定要按时在山顶与大家会合。

"我们会一直等你回来的，不见不散。"祖家最后朝季章喊道，并把他多年随身携带的匕首交给季章防身。

靳少主略显犹豫，双眼紧紧盯着已经死去倒在地上的柳快嘴。祖家看出他的顾虑，便亮出清风寨通行腰佩，说道："我是万掌柜介绍，柳快嘴带路的，是自己人，少主请放心。"

靳定邦看见祖家奋力护卫救驾，又有柳快嘴带路，加之周围强敌埋伏，危机四伏，便顾不了太多，先保命要紧，遂打消了对祖家的戒心，默许他的行动。于是四姑娘在前，祖家、黄五搀扶着靳少爷在后，沿着山道向青峰崖方向快速撤离。季章在后做掩护，独自应付着众多蒙面人的攻击，不时传出激烈的打斗声。

刚走出大概二里地，从山上冲下来一队人马，手拿大刀，为首的小队长骂骂咧咧冲祖家喊道：

"他妈的，你是哪路货色，还不赶紧给老子报上名来。"

"瞎了你的狗眼，连老子你都不认识了？"靳定邦对这个不识相的属下使出所有力气骂道。

听见靳少主的声音，小队长扑通一声跪下："少主吉祥，小的真是瞎了狗眼！听见枪响，就赶紧带领弟兄们下山察看，不曾想遇见少主，小的该死，护驾来迟。"

"狗东西，还不快来背老子上山，再派几个兄弟去死守住隘口，绝对不能让狗日的贺麻子上来。"靳定邦大骂道。

"还有尽快让我的兄弟一块上山，他正被人追杀。"祖家不放心季章，特别叮嘱道。

喽啰们立刻像吸了鸦片烟一样，都兴奋了起来，大部分人相互打气往草场隘口方向跑去，另一小部分人吆喝着轮番抬着靳少主上山，只是他肥硕的身体把几个瘦小的喽啰压弯了腰，喽啰又怕被骂，只能是吭哧吭哧艰难前行。黄五本打算随喽啰们去救季章，但他更放心不下祖家和四姑娘，只得更加谨慎地观察这位少主的伤势变化。靳定邦虽然身受重伤，一双眯缝眼却是不停地在四姑娘身上瞅来瞅去。四姑娘和祖家假装没看见，一边心里无数次咒骂他不得好死，一边暗暗记下山上的道路方位。

靳少主被手下喽啰们轮番抬过几座大山，穿过一座地势非常险要的独木桥，在前面的一处大庙前停下。十月天气昼短夜长，此时山风呼啸着刮得树梢呼呼作响，天色已晚，鸟儿进巢，月亮渐渐升起，十分清冷地照在大地上。在喽啰们一阵急促的打门声后，庙门吱吱嘎嘎地打开。几个守卫喽啰手拿火把，乱哄哄地冲了出来：

"是哪个倒霉鬼，这么晚了还吵得老子不得安生？"

听到少主咳嗽吆喝声，他们又像哈巴狗一样赶紧上前搀扶他们心中的"太阳"，七手八脚把他抬进了坚实的庙门，"砰"一声又关上大门。绕过几道暗门，穿过一条长长的隧道，前面突然出现一个宽敞的大厅，墙壁上插着蘸有松香的大火把，把大厅照得如同白昼。只是松香散发出浓烈的气味，弥漫在空气中久久不散。眼尖的喽啰远远看见少主进来，有人自是迅速报告寨主去了。片刻，大厅正中后墙壁上，突然"嘎嘎"发出声响，豁然露出一道大门。从门里走出一个大光头、眯缝眼、胡须齐胸的肥胖黑衣人。他带铁钉的皮鞋在地上有力地"咔""咔"作响。众喽啰听见那特有的皮靴声响，所有的宣泄吵闹戛然而止，纷纷跪倒在地，叩头如捣蒜般大呼：

"寨主吉祥！寨主英明！寨主万岁……"

被众人称呼为"寨主"的人环视四周，双手在空中用力向下一挥，大厅顿时鸦雀无声，人们惊恐万分地看着他们的领袖，等待他下一步的指令。只见他快步走到靳定邦身边，弯腰仔细察看双目紧闭已经奄奄一息的儿子。

"爹，我还活着！"靳定邦有气无力道。

"不着急，回来就好！"

"爹，你得替我报仇呀。"靳定邦小声哭丧道。

"去！快拿止伤药，装在红瓶子里的！"他急切地大声命令道，那是山寨里除他外从来不给别人使用的最好的止伤药。并缓缓走到祖家一行人身边，像刑部堂官一样仔细地打量起他们每一个人。

祖家心跳加快，血压升高，不知这个杀人魔王会干什么。他满脸横肉，那么近距离贴在四姑娘脸上看，鼻腔里顺着鼻毛散发出来的恶臭气她会忍受得了吗？到黄五身边时，毕竟他年纪大了，又长时间疾行，显然有些困倦，竟然打起哈欠。靳寨主显然不想在他身上浪费过多时间，突然他伸出双手，紧紧地抱住黄五旁边的祖家：

"少侠好功夫，是你救了犬子，是我山寨的大恩人，就是我清风寨的上等客人，我一定会好好谢你！除过头上这颗脑袋，只要你喜欢，山上的任何东西你随便拿走便是。"

"靳寨主好，我不是什么少侠，我是山下的……"祖家本来想说是山下的信使，可是靳霸天没有让他说完：

"你有真功夫，又是热心人，有侠气，人也年轻，就是少侠，是我山寨的大恩人。"老奸巨猾的山贼看人倒是很准。

祖家只好假装受宠若惊般地也熊抱起对方，只是对方水桶般的腰身，浑身的恶臭，他不想使出全部的臂力拥抱。何况对方身上散发出的恶臭，差点让他窒息得无法呼吸。在靳霸天拥抱四姑娘时，祖家十分担心她会推脱拒绝，暴露真实身份，生出可怕的后果。还好，她异常镇定，巧妙地应对了拥抱礼。只是恶臭同样让她无法正常呼吸，憋得满脸通红，他心里反而佩服她沉着冷静随机应变的能力。

"来人，好生款待山寨恩人。"靳寨主命令手下喽啰道。

在靳霸天的特意安排下，祖家、四姑娘和黄五被带到另外一间干净的山洞里洗漱用餐。他们早已饥肠辘辘，满桌的山珍野味正好让他们大快朵颐，填饱肚子。

不多时，祖家刚刚吃完盘中野味，门外便有喽啰礼貌道：

"首领有请少侠。"

祖家提醒黄五一定照顾好四姑娘，无论任何时候，遇到多大的紧急事情，他都不能与四姑娘分开，不能单独行动，反复这般叮嘱后，才跟了来人去见靳寨主。

在山洞的另外一间密室里，洞外戒备森严，靳霸天独自坐在椅子上，双眼紧紧地盯着躺在床上一动不动的靳定邦。他气色渐渐好转，眼睛慢慢睁开。

"爹，这次儿子差点都……都……永远见不着您了，您一定得替我做主呀！"靳定邦缓缓地对他爹道。

恶魔也有流泪的时候。靳霸天眼角湿润，把儿子的双手紧紧攥在胸前，生怕从身边失去，示意他继续说下去。

"想杀我的人，一定是可恶的贺家兄弟！这次我带人秘密巡山把风，山寨里只有极少的几个兄弟知道。其他人根本不可能知道我去巡山的路线。在……大草坪，儿子都亲耳听到有日本人说话的声音，这些畜生……平时只有贺麻子兄弟才会跟他们来往。"靳定邦喘息着，泪流满面地告诉他爹受伤的经过，咬牙切齿地控诉贺家兄弟的不是，央求他爹主持公道。受伤的右腿骨头已折，鲜血仍在丝丝外流。

清风寨由一正两副三个寨主当家。靳霸天为大当家，自然是坐头把交椅，其他两把交椅位置属于贺姓兄弟。清风寨刚创立时，曾经的三个人是生死相依，歃血为盟，有难同担，有福同享，不求同天同月生，但求同天同月死，信誓旦旦，义结金兰。因为他们的团结和狡黠，狠毒和残忍，才闯荡出现在清风寨如日中天、无人能及的势力和地盘。当初他们一心只想壮大自己的矿山事业，通过数年间的东拼西杀，已吞并附近几个实力弱小的山头，牢牢地控制住了几个大山系的矿产资源自主采矿权。可诸事变化，世道无常，由于社会动乱，冶炼业落后，东洋人不断拉拢收买两位副当家，压低原材料价格。贺家兄弟已经在东洋人的特意安排下，到外边花花世界见识过纸醉金迷的生活。副当家们逐渐嫌弃山寨赚钱太慢，日子过得清苦，他们不想再过白水一样寡淡的山寨生活，便多次怂恿靳霸天，不如把矿山卖给日本人，到山外边过更好的日子，"守着金饭碗，过着穷日子！"靳霸天知道他们俩收了日本人的巨大好处，想贱价出卖自己多年冲杀得来的独立矿山，他不想受人摆布。何况他靳霸天曾经吃过日本人故意压价羞辱的亏，他甚至说过卖给任何人，都不能卖给日本人的狠话。于是他们仨罅隙难平，逐渐产生出了矛盾。

靳霸天见他心爱的宝贝独子受到如此严重的袭击，右腿可能永远也无法站起，将来只能成为遭人嘲笑轻视的跛脚山寨继承人，将何以服众，何以在众多山寨中立足？这令他十分震怒。贺家兄弟现在身份虽还是山寨副统领，是他这个大当家的左膀右臂，得力干将，但其实早已心生裂痕，与他面和心不和。别看靳霸天表面上是个粗人，但他的心思特别敏感细腻，时时刻刻注意着身边每一个重要骨干的变化，非常在意他们是否对自己永远无条件地忠诚和拥戴。现在外边的世界变了，一切都让人无法捉摸，连他这个老江湖都有点把持不住分寸。但他现在坐在第一把交椅上，别人休想觊觎他的位置权力，除非踩在他的尸体之上。

目前形势下，为了山寨团结和保存实力，对外保持与其他山寨隐秘势力对抗的必要资本，他忍气吞声假装和贺家兄弟维持着生死之交，有意无意纵容贺家兄弟粗暴施法，同时装样子打击其他对贺家兄弟不满的人。不料现在噩梦降临，自己养虎为患，他们竟敢对自己的爱子下毒手，他怎能容忍这种逆天行为的发生？靳霸天气急败坏，抓起一个精美的花瓶，高高地举过头顶，准备重重地朝地下砸去，发泄他的怒气和不满。就在花瓶被举过头顶的一刹那，靳霸天忽然停了下来，机警地向门外狠狠地瞅了一眼，哈哈大笑道：

"邦儿睡醒了，肚子饿不饿？只要你能回到山寨里，这天就不会塌。留得青山在，不怕没柴烧，伤口慢慢愈合，自然会好，不必着急，以后你照样会活蹦乱跳，是我山寨大位的当然接班人。哎呀，贺寨主忠勇可嘉，多少次为山寨出生入死，永远都是咱清风寨的大功臣。你不要被外人的奸计、挑拨蒙住了双眼，不要冤枉了我的贺家好兄弟。等查明幕后主使，我一定会替你主持公道。一切都会过去的，你的救命恩人来了，还不快请他进来坐下。"靳霸天一向行事不露声色，狡猾善变，他不想在外人面前暴露山寨内部的任何龌龊之事。何况除了自己的儿子和极少数几个亲信，他几乎不相信任何人。这是他狡猾的本性和山寨残酷斗争积累下的血泪经验。不明白这点，靳霸天就不会走到今天，成为众多山寨中多年屹立不倒、叱咤风云的枭雄人物。

"金钱大于兄弟感情，想让我绝后，独吞山寨资产，他们休想得逞。是可忍孰不可忍，违我者必亡。"靳霸天暗自算计着。

而二当家和三当家的贺家兄弟，平日里早就看不惯靳霸天一手遮天、刚愎自用的行事风格。他对手下兄弟异常残暴，稍有过错不从，便会被断手断脚，掏心挖肺，弄得包括他们兄弟俩自己都觉得异常压抑，自身难保，危机四伏。更有他们嫌弃靳霸天是个土包子，目光短浅，守着金饭碗，过着乞讨命，硬要通过收保护费绑票大户来维持山寨的生存。三寨主曾经化装去过大上海，看到过十里洋场的富足与奢华，与山寨的清贫与苦闷形成巨大的反差。他们现在根本不满足于山寨目前小打小闹的生活，一心想找个洋人做靠山，把铁矿卖出去，满山的石头变成真金白银，纸醉金迷过一生，总比穷困潦倒被人嫌弃强百倍。

他们也曾苦劝过靳霸天，何必对日本人耿耿于怀，手中有钱自然心中不慌，都被他拖延拒绝，反而引起靳霸天对他们兄弟俩的企图生疑，不信任感越来越强。他们十分清楚靳霸天的手段和残忍，坚信先下手为强，后下手遭殃，与其等他动手，不如先灭了他的左膀右臂，最后再一举消灭他。通过秘密与东洋人接触，他们两兄弟最终下定决心，制定了隐秘的夺权计划：一是不动声色地收买靳霸天的心腹骨干，目前已有三分之二的力量倒戈，向他们贺氏兄弟表忠心；二是直接杀掉靳霸天的独子靳定邦，让他绝后，断了山寨兄弟们对他的希望，最终除掉靳霸天，夺取清风寨的控制权也就易如反掌。

先前派人绑架李、刘庄的青年壮丁，正是他们兄弟俩不动声色出的坏主意，以便引起山脚下百姓的愤怒和官家的清剿，利用别人的力量，乘机削弱靳霸天的影响力，为日后夺取山寨的控制权奠定基础。对大当家靳霸天，他们则谎称现在是时候要壮大山寨力量，必须促进山寨生产繁荣：

"炮声一响，金银万两。"世道越乱，越是矿产紧俏的时候，打仗离不开造武器，离不开精铁，他们这样反复告诉靳霸天。

在靳定邦休息房间门外，黄祖家听到靳霸天的召唤，便迈进房间，只听靳霸天道：

"这么晚请少侠过来，是想再次感谢你对犬子的救命之恩。"

"在下也是偶然碰见少主蒙难，救人危难，本是人之常情。"

"少侠说得轻巧，反而让我这个粗人更加敬重。"

"其实，在下有要事相求。"祖家言毕从胸口处取出李庄主的亲笔信，恭敬地交给靳霸天道：

"靳大当家您好，实不相瞒，我不是什么少侠英雄，我只是山下李家庄的一名信使，上山途中偶遇少主蒙难，是人都会施以援手，在下不是贪功。如有什么得罪的地方，还请大当家看完这封信，再对我个人进行处置，与其他人无关。"

"啊，你是信使，慢慢说来。"靳霸天很有耐心。

"我受山下李庄主委托，把这封信交给寨主，李庄主还让我带话给您，说该交的捐税他们年年都是按时足额缴纳的，也从不与山寨为敌，这么多年大家和平相处，相安无事，希望寨主能体谅山下百姓生活的艰辛，如果许多家庭的主要劳力都不能到地里种庄稼，恐怕明年的捐税会受损。留下的孤儿寡母，他们怕是连年关都过不下去，还请大当家体恤庄稼人生活的艰苦。他们也会念叨寨主的好处和山寨不为难周围百姓的惯例，还请大当家能高抬贵手，让他们能尽快回家，把今冬明春庄稼地里的紧要活赶一赶，保证来年有个好收成，不会再饿着老人与小孩，也好凑齐来年的捐税。"祖家索性一口气说道。

靳霸天打开信封，从头到尾浏览一遍，突然哈哈大笑道：

"别跟土匪上眼药水，讲道义。你见过不杀人、不放火、不抢劫的山寨吗？年轻人，嘴巴还算客气，要不是看在你救我儿子的功劳，你们敢扣押我清风寨的人，早把你们打得半死装麻袋投江喂鱼去了，为山寨弟兄们省些口粮，还能让你在这里贫嘴。"

祖家顿时面红耳赤，真后悔刚才直言把所谓的什么体谅、艰辛与家庭团圆的话，在这种草莽之人面前说起。土匪永远是靠抢劫走捷径生活的蛀虫，像狗喜欢吃屎一样，永远也不可能改变，是命中注定天生不可或缺的事情。靳霸天似乎感觉到黄祖家的尴尬，碰了碰他的臂膀道：

"李庄主这封信写得不错，人在江湖就应按江湖规矩办事。对于请上山的李、刘两庄壮丁和无辜大姑娘的事情，以前确实没有先例，'兔子不吃窝边草'嘛，我不会为难大家，只要今年'响箭传书'追加的捐税一到手，立即放人就是。你叫黄祖家吧，是我儿子的救命恩人，就请先回房休息，我还要与邦儿说会儿话，明天一大早你等候消息。"

"恭敬不如从命，谢谢大当家的成全。"祖家只能谢道。

祖家退出房门，随喽啰回到自己的客房。四姑娘与黄五早已忐忑不安地等候多时，看见他平安归来，两颗悬着的心才算放进肚里。

"阿弥陀佛，少爷您总算回来了，整晚我都害怕，四小姐也替您担心呀！只是不知季章那小子怎么样，是死是活一点消息也没有，明早得让靳寨主多派人去打探消息，希望他可以吉人天相，早日平安归来。否则，以后我怎么见呼延将军呀。"黄五道。

"五叔，天已经很晚了，您这么大年纪，跟我们奔波了一天，就请早点回房歇息去吧，季章的事祖家自然会让他们去寻。现在我还有话对祖家说。"四姑娘对黄五道。黄五知道四姑娘有满腹的疑问要对三少爷说，就答应一声"是"，先回房休息去了。

"中午在大草场，你抓得我的手腕好疼，刚才吃饭时差点连筷子都拿不起来。"四姑娘道。

"是吗，让我看看。"祖家一把抓起四姑娘的手，放在嘴边轻轻吹了吹道："中午幸亏你及时开枪，吓跑了那些蒙面杀手，否则后果不堪设想。"

"你为什么这么拼命帮李庄的忙，又不是你黄宅的人被绑票！知道多危险吗？土匪多坏呀，在你离开的时间，好多喽啰在暗处偷窥我。我都不敢一个人出去，连……都不敢去。"后半句，四姑娘声音低得差点连她自己都听不清楚。她想说的是连去解手都不敢出门，怕那些可恶的喽啰们会使坏。

祖家明白，自己冒这么大的风险上清风寨当信使，完全是想让四姑娘安心，不想让她为人质的事情担惊受怕。活泼好动、无忧无虑的一个

101

女孩子，能在总督府前大声演讲，振臂一呼，应者云集，不怕危险牺牲，去唤醒芸芸大众的麻木不仁，让祖家十分感动与钦佩。他想为李叔和四姑娘做点事，想多待在四姑娘身边，看一看那双黑葡萄般的大眼睛，闻一闻她身上淡淡的幽香。不知是否因喜欢而不舍，还是因为佩服而不弃，无论前面会碰到多大的麻烦与危险，只要有她在，他都愿意为她做任何事情，哪怕是一件后果不可预测的可怕事情。他希望能看见四姑娘甜甜的笑容，感受到她无拘无束的生活，不想让她受一丁点的委屈和伤害。可在清风寨土匪核心区域内，他不能有任何的闪失，些许的胆怯，草率的决定。因为他知道黄五管家年龄大了，这么多年一直为他们家委曲求全、默默无闻地做了很多事情。不管是父亲最风光的时候，还是被贬官禁止外出的黯淡岁月里，他总是无怨无悔地跟在他爹身边，他应该平安地带五叔下山。四姑娘年轻美貌，热血热肠，心直口快，是个有理想有抱负的好姑娘。周旋在尔虞我诈、心狠手辣、奸淫掳掠、无恶不作的土匪之中，应步步小心，时时提防，不可有半点差错，否则不但救不了李、刘两庄的壮丁，还有可能会白白搭上他们三人的性命。

"'既来之，则安之'，今日我们舍命救了他的独子，他现在总不能马上就忘恩负义吧，答应咱们的事情一定会实现的。"祖家安慰五姑娘道。

"这哪是什么虎穴？是匪窝，是畜生待的地方，他们会讲道理，知恩图报吗？达尔文的进化论不是说过'适者生存'吗？他们就适合待在这深山密林里，干丧尽天良的事，哪会念叨老百姓的生死苦难。"四姑娘不安道。

"达尔文的进化论是说自然界生物的演变规律，涉及许许多多的动植物。甚至包括他们生存的环境和构成的食物链，所有的动植物都会变得越来越适应自然的选择。达尔文的进化论，可不是单指山上的几个蟊贼变得更加凶残可恶，这不叫适者生存，这是社会巨变产生的例外和怪胎。"黄祖家反驳道。

"书上说西方的哲学家都认为人是由上帝创造的，上帝在第六天造了人类，可是他为什么也会造出天生可恶的土匪呢？"四姑娘不满道。

"哪有什么天生的土匪！你知道其实这些土匪们，早前他们都是在这里开矿的兵丁，是矿山的骨干。只是后来疏于管理，贪腐盛行，矿石卖不出去，迫于生活的压力，他们才慢慢成为好吃懒做的人，变成无恶不作、专干坏事的恶人强盗，当然他们里边也有极少数无恶不作的大坏蛋。"祖家道。

二人从历史谈到现在，从进化论谈到万物变化，从当今社会制度，说到如何创建自由自在的桃花源国度。话题范围天马行空，涉猎事情越来越多。四姑娘实在是太困了，不知不觉间和衣入睡。

"他们要是有半点非分之举，我就不想活了。"四姑娘迷迷糊糊道，双手紧紧地攥住小手枪。

"有我在，谅他们不敢。"

"这可是在土匪窝清风寨，你又能怎么样？"

"对待客人，他们不能无礼。"

"我不跟你这个小少爷贫嘴，看我下山后怎么收拾你。"四姑娘说着狠话，心里甜甜地闭上了她那双黝黑的眼睛。

祖家轻轻地关好房门，用一根头发丝系在门环上，戴上四姑娘的黑面罩，转身消失在黑暗中。这个时候正是守夜土匪们值守最疏忽的时机，他要悄悄查看山寨的所有通道，对于武功了得的祖家，悄无声息地上房登顶不在话下。月明星稀，正适合他悄悄行动。

几个时辰后，忽然一阵急促的敲门声把返回客房时间不久、困意十足的祖家惊醒，只听得外面有人喊道：

"大寨主火速有请黄少爷。"

祖家一骨碌爬起，看到窗外一片亮光，日头已经升到三尺高。黄五也被吵醒，赶紧起床看个究竟。祖家到隔壁轻轻地拍了拍四姑娘的房门，示意她赶快醒来。她使劲睁开双眼让自己清醒过来。

"有难同当，有祸大家一块儿受，我要跟你们一起去。"她急忙道。

此地非同一般，独自留下她不知会发生什么不测，带上她一起相互有个照应也许安全些，祖家想到。于是同意等她一起前往。

在喽啰的引导下，三人来到山寨议事大厅"聚义堂"，靳霸天早已等候他们多时。在高高的台阶上，他身旁左右各坐了一人。看见祖家他们进来，靳霸天道：

"欢迎远方的客人，昨晚休息得可好？"

"十分感谢周到的安排，我们吃得好睡得足。"祖家道。

"这二位是本寨的二当家和三当家，也是我的生死弟兄，你们还不赶快给他们请安。"他举起手分别介绍道。

祖家知道清风寨的二、三当家是俩亲兄弟，江湖人称贺麻子兄弟。他们两个鬼主意最多，为人心狠手辣，杀人越货从不手软，是人见人怕、鬼见鬼愁的混世魔王，也是这次上山救人最难说服的主儿。在清风寨"请安"属于基本得到山寨信任的人，是把对方当自己人看。这时客人得上前单腿跪下，低头双手恭恭敬敬地为对方奉茶侍候。贺氏兄弟在山上哪见过像四姑娘这般身材气质俱佳的美人，从她进门的那一刻起，他们饿狼般的眼睛一直盯着她看，视线在她身上不停地上下打量，嘴角直流口水。贺老二满脸麻子，眼睛咕噜一转，道：

"姑娘不用低头，尽管上来给老子敬茶就是。那俩男的就算了，一老一少，脸都没洗吧，老子看着就不舒服。"

四姑娘十分厌恶别人死盯着自己看，何况还是个脸上长满蚊子屎的丑陋人。她稍微稳定了一下自己的情绪道：

"自然要给各位寨主倒茶，但能不能让我们见见被你们'请'到山上的庄客，特别是那些姐妹姑娘们，不知道她们有饭吃有房住没有？"四姑娘把李、刘两庄青年壮丁被掳掠上山，故意加重语气说成被"请"上山，她内心其实根本不想为这些可恶的土匪敬茶。

"这有何难，那是我大哥一句话的事儿，敬完茶你们想见谁就见谁。"贺老二催促道，眼睛里没有往日的凶神恶煞，居然讨好起四姑娘。

四姑娘无奈，不得不双手奉茶从正中间靳霸天开始，给三位当家的分别倒茶。靳霸天的左手坐了二寨主贺老大贺兆文，身体干瘦，空有一副好皮囊，完全是被鸦片和女人吸干的模样。只是一双死鱼般的眼睛紧紧地盯着她看，令她觉得像小偷一样难受，寸步难移，比起在万人面前的高台上，大声疾呼打倒没落的清政府还难十倍。她赶紧移开自己的步伐，向右边的三寨主贺老二贺兆武走去。贺老二其实脸皮白皙，只是脸上布满像苍蝇屎一样的麻子，四姑娘只觉得恶心，腹中一股异样的东西阵阵上涌，令她十分难受。何况刚给他斟满茶，也不管温烫，竟一口喝干，四姑娘不得不又给他倒上，连喝下八杯后，才停下贪婪的口腹欲望，只看得旁边的靳霸天和贺老大指指点点，笑个不停。

看见几个跳梁小丑的表演，使得四姑娘如此尴尬难受，祖家心里十分后悔昨天没有果断阻挡她上清风寨，该死的土匪窝是不会有让人愉快的地方。请茶仪式总算结束，靳霸天咽下一口浓茶，大声道：

"姑娘好茶艺，请入座。来人呀，带山下的庄客上'聚义堂'。"

一盏茶功夫，喽啰们带着部分庄客来到大厅，他们都被蒙着眼睛。这是土匪害怕他们记住路，防止今后逃脱的手段。四姑娘识得妹妹的衣服，也隐约看见挂在她脖子上的羊年金表，于是径直走到她身旁，强忍眼泪，一把撕下面罩：

"几位当家的，你们是这么对待救命恩人朋友的吗？江湖规矩都不要了，弟兄们心寒了，以后怎么跟你们混？"言毕紧紧抱住五姑娘。

"哈哈！姑娘不必激怒大家，少安毋躁。来呀，解开他们的绳索，请信使辨认无误后，让弟兄们准备饭菜就是。"靳霸天摸了摸他稀疏的胡须，哈哈大笑道。

贺家两兄弟眼睛死死盯在几个姑娘身上看，视线忽然停在了四姑娘与五姑娘之间，贺老二阴阳怪气道：

"果然漂亮，特别是出水芙蓉般的脸蛋和身段。"

祖家从四姑娘的视线中得到确认，眼前跪在地上的庄客就是他们这次要找的人。祖家稍作思考，向靳霸天道：

"靳大当家，小弟作为信使，已呈送李、刘两位庄主的信件。在信中他们已经答应继续按往年的规矩向山寨纳捐交税，作为交换，寨主也应该答应他们的请求，让庄客们尽快回家才是。"

没等靳霸天开口说话，旁边贺老二道："这两庄人的事，跟大哥没有半分关系，是我和二寨主辛辛苦苦弄来的，是为了山寨发展的需要，哪能说放就放。不过……"贺老二故意吊起嗓子，端起茶杯喝茶，不说下文。

"三当家快说，不过什么？"二寨主催促道。

"不过看在你们是少主的救命恩人份上，如果能答应我一个条件，我贺老二保证放这帮又脏又臭的庄客回家。当然放与不放，还是大哥说了算。"言毕又喝起茶来。

"三弟，就你花花肠子最多，有什么条件尽管说出来嘛，只要大哥能做到办到的，又不过分为难山下的老朋友们，大哥一定答应你。"靳霸天道。

"大哥，我是这么想的，清风寨三个头领，您和二哥都早早成家，侄儿侄女一大堆，唯独三弟我至今光棍一个，在山上无数个春夏秋冬的晚上，甚是寂寞难耐。两位哥哥抱得美人归时，哪想到我的苦闷。"贺老二酸溜溜道。

"哈……"大厅里怪笑一片。

"这事大哥一直记在心上，不是帮你介绍了那么多的漂亮女人吗？那女人数量多得都快赶上我'铁血营'的弟兄了！都是你太清高，不是嫌对方姑娘皮肤黑，就是挑人家屁股小，没有一个能引起你贺老二的兴趣。"靳霸天大笑道。

"怪不得今天一大早喜鹊叫得欢，是老天给了老子一个大大的机会，让我找到了合适的女人。"贺老二假装害羞道。

"谁？二哥一定帮你抢回来。"贺老大急切道。

"远在天边，近在眼前。"贺老二贺麻子咧嘴道。

"你莫非是喜欢上这位姑娘，眼大屁股圆，不错！见识独到啊！"贺老大道，他以为自己亲弟弟看上的是四姑娘。

"她不是被姓黄的那小子睡过了吗？呸，我怎能要那二手货，我说的是地上的那位。"贺老二一本正经道。他显然喜欢的是五姑娘。她的长相和身段与四姑娘极为相似。

"什么睡过了，胡说八道，简直是狗嘴里吐不出象牙，天打五雷轰，不得好死，终有一天被革命党人革了你的狗命。"四姑娘忍不住骂道。

"说什么革你的狗命，大点声，老子没听清楚。"贺老二隐约听见被骂，十分不满，质问起四姑娘，"呸"地吐出一口残茶叶。

黄祖家赶紧一边打圆场道："是说该给当家的上茶了。"一边使劲地扯了扯四姑娘的衣角，暗示她在虎狼之地，千万不可意气用事，逞口舌之快说出些激烈难听的话，万一激怒对方，别说营救两庄庄客，自身性命也危在旦夕。

"说话算数，如果用我一个人能换取大家平安回家，我愿意留下来！

四姐和这位哥哥就不用多操心烦恼了，回去告诉我爹一声就是。就说是我自愿留下的，忘记我这个女儿吧，与其他人无关。"五姑娘用手撩开头发突然站起来说道，令四姑娘大吃一惊。

"采花，千万不能这样轻率，随便答应别人的要求！我们一定会带你回去的。"四姑娘赶紧阻止她妹妹道。

"姐姐，我是当真的，你和其他人能平安回去，就是我现在的最大心愿。姐姐就不用再劝我了，我会永远记得姐姐的。"

"不！姐姐一定会带你回去的！"四姑娘双眼含泪，声嘶力竭喊道。

"好！好！好！这位竟然是你的亲妹妹，老三你好眼力。小姑娘也果然非同凡响，马上就敢答应做你贺老二的压寨夫人。我看择日不如撞日，今天大哥就为你们举行结婚典礼，晚上喝完喜酒就能入洞房！圆了房，老三这匹野马也就踏实了，再也不用为找女人半夜下山喝花酒去了。"靳霸天不容分说地道。语气中既有对贺家兄弟的安抚，又对祖家一行的关照。他想两边讨好，不想让双方把事情搞得更加复杂，机灵的狐狸永远胜过笨拙的山羊，宁愿我负人，不愿人负他，哪怕是牺牲掉某个人的幸福，甚至生命，也在所不惜。这是他多年来狡黠生存的一面，也是他长年来威震左右山寨的独有手段。

没想到事情变化如此之快，本来是全力营救人质平安回家的，中间却出现一个好色狡诈的贺老二，非要娶自己的妹妹当压寨夫人。良家女子忽然变成山贼恶霸帮凶，这如何向父亲解释，向李、刘两庄百姓交代？这是一个什么样的社会啊，道貌岸然者公开、放肆和无耻地向无助的百姓提出冠冕堂皇的理由，去满足他们罪恶的欲望。从此有可能永远失去活泼可爱的亲妹妹，四姑娘满脑子痛苦地想着，恨不得立即全都打死这帮可恶的山贼。

除了五年前靳霸天的女儿与东边的杜家寨寨主儿子喜结连理外，清风寨好多年没有这么喜庆高兴的事儿了。那年清风寨与杜家寨结儿女亲家，不过是用屈辱的和亲换和平的老把戏而已。双方恶斗多年，清风寨元气大伤，只是找台阶和抵押人质罢了。其实小两口日子过得并不愉快，靳霸天的女儿小杜家姑爷十几岁，差点被杜家女婿给折磨死，现在天天喊着要回清风寨。可杜家寨瘦死的骆驼比马大，势力依然太大，靳霸天不是对手，他不能轻易接回自己的女儿。这回娶亲可不一样，众喽啰知道贺二爷见多识广，山寨里武昌、北平和上海的生意经常是由他去打点经营，什么样的女人、什么样的闹洞房形势没有见过？今天他要娶新娘，个个都高兴得像过大年似的，早早地赶到贺家帮忙去了。

趁这个喜庆时机，祖家仗着是靳少主恩人的身份，与山寨客房小头目要得一张通行证，安排管家悄悄溜出山寨，到山下铁流镇与李庄安排的眼线联系。管家黄五一向腿脚麻利，见多识广，不动声色在必经之路旁的树上留下许多标识，以便牢牢记住复杂往返的道路，并把山寨情况及时传递给隐藏在镇上的接头人刘继海，他是刘庄主的大儿子，是可靠能干之人。

眼看到贺宅吃喜酒的人越来越多，说来奇怪，贺老二不但不高兴，脸上眉头还越皱越深，紧锁的眉头越发显得麻子黑点稠密，让人十分恶心。贺老二眼珠子骨碌碌一阵乱转，拉着贺老大到僻静的地方道：

"大哥，我看形势不妙，听兄弟们说，下午两点钟靳光头会来为我举行结婚大典，你不觉得这里大有文章吗？"私底下，他对靳霸天都以靳光头称呼。

"三当家结婚是大事，当然由靳寨主主持，这会有什么大文章？二弟多虑了。"贺老大摇头反问道。

"大哥你糊涂，我们山寨做事你一向清楚，除我们三人外，哪有让底下人事先知道几点几分要干什么事呢？连那一般的小头目都知道我贺老二下午两点举行婚礼，破了山寨的规矩，你不觉得蹊跷？这是其一。我们截杀靳少主，差点要了他的小命，哪有不透风的墙，靳光头会猜不出半点信息？他还在你我兄弟眼前装糊涂，给我相亲假装套近乎，我看他必有阴谋，这是其二。"

"兄弟言重了，昨天之事天衣无缝，他不可能想到是咱俩干的。"贺老大头摇得拨浪鼓似的不相信。

"害人之心要有，防人之心更要有。没有不透风的墙，纸是包不住火的，绝情的靳光头啥事都做得出来，说不定被人家包了饺子，引来杀身之祸你还不知道。"贺老二苍白的脸上，一双狡黠的眼睛骨碌碌上下翻滚道。

"那你看我们该怎么办？"贺老大惊出一身冷汗。

"三十六计走为上计，你到东边的杜家寨去，那边有咱们的眼线，谅他靳光头也无可奈何。靳光头的不义，我会报告东洋人，争取他们的支持，将来一定除掉这个不知好歹的草包。眼下这里即将发生的事情，都是会掉脑袋的，我们不得不防，逃得越远越早越好。"至于他自己会逃到什么地方，贺老二则秘而不宣。

"咱们与靳光头毕竟是兄弟一场，当初歃血盟誓，天地可鉴，他不至于不顾兄弟情谊吧？"贺老大半信半疑。

"呸，你这是妇人之仁！歃血盟誓，同生共死，狗屁！那是当初他想拉拢利用咱哥俩的把戏，让我们帮他打江山，当替死鬼。他倒好，坐头把交椅享清福，这还能当真？"贺麻子大骂道。

"生死兄弟，现在倒要兵戈相见，这发生得也太快了吧？你看事情还有转机吗？我是说我们与靳光头像过去一样相安无事，在清风寨还过神仙般的日子。"兄弟残杀，贺老大还是有些不忍。

"已经晚了，你还不明白，我们昨天还千方百计地想除掉他的儿子，与他不可能再是兄弟了，回不到从前了！"贺麻子吐出一口浓痰道。

"你说的这些话如果当真，那就不能让他占便宜。"想到昨天对靳定邦的斩首行动失败，天机泄露，必然会危及自己哥俩性命，贺老大不是个坐以待毙的人。"鱼死网破，我连他爹一块宰了。"他咬牙切齿道。

"先下手为强，后下手遭殃，大哥终归是个明白人。"贺麻子鼓励他大哥。

"留得青山在，不愁没柴烧，那我们只能这样。"贺老大悄悄地对他亲兄弟耳语一番。

臭味相投的兄弟俩悄悄地密谈布置一番后，来到前厅，假装热情地招呼手下喽啰们，一定要喝个一醉方休，不醉不归。贺老二一边说要去看新娘子化妆打扮，一边请二当家马上安排人去准备上等好酒。

"大当家的要过来喝喜酒，绝对要上最好的酒。"贺麻子假装兴奋地道。

贺老大亲自去山寨地窖取酒，以显重视。贺老二作为新郎官迎接新娘子过门，要尽快更衣打扮。两兄弟使着障眼法瞒过众人，带着少数几个亲信，悄悄溜出了贺宅。

两点钟刚到，只听大门外人声喧哗，靳霸天带着大队人马，浩浩荡荡来到贺宅，贺家留下的弟兄们在贺家大管家带领下，赶紧出来迎接，热情地邀请大当家进屋喝喜酒。靳霸天环顾四周哈哈大笑道：

"新郎和二当家的都在？"

"都在等您主持婚礼呢。"有人献殷勤道。

"那就好，那就好。"靳霸天一边说，一边右手猛地拔出腰间纯正德国产"勃朗宁"连发手枪，突然大声道：

"贺氏兄弟吃里爬外，出卖山寨，暗通洋人，贪赃枉法，谋害少主，是山寨的敌人，把他们及其党羽统统杀掉，以解山寨隐患，砍人多者老子重奖。"说毕一枪打死身旁的贺家大管家。

贺氏党羽本以为是大寨主道喜来了，满脸堆笑迎接，毫无防备，突然遭到袭击，根本没有还手之力，霎时惨叫不断。来参加贺老三婚礼的人都是被贺氏兄弟平时悄悄收买的山寨骨干，约占整个清风寨骨干力量的三分之二。靳霸天引而不发，怒而不露，就是要利用今天这个机会，清清楚楚地知道哪些人已被贺麻子兄弟收买，借这个喜庆的时机一网打尽，除掉贺氏毒瘤。所以在贺老二提出娶五姑娘时他全力支持。参加婚庆的山寨众匪，都是准备给三寨主道贺的人，本来就没有多带武器，哪里经得起靳霸天迅雷不及掩耳之势的大屠杀，顿时惨叫声四起，死伤无数。

亲近贺氏的众喽啰纷纷四处抱头逃窜，靳霸天毫无怜悯之心，左手枪右手刀站在高处，亲自指挥着忠心死士，大肆屠杀平时为自己出生入死的弟兄，竟无半点手软。布置在铁流镇的忠实眼线万泉水，扑通一声跪下求饶："靳首领，我万泉水绝无二心，绝对忠于您的英明领导，如有半句假话，天打五雷轰……"他话还没有说完，也难逃厄运，被靳霸天砍成两段。

"你与贺家兄弟眉来眼去，是贺家的狗，老子早就看你不顺眼。"靳霸天一边在万泉水尸体上擦拭滴血长刀，一边骂道。

眼见妹妹就要落入魔爪，四姑娘伤心欲绝，黄祖家正在房内劝她，忽然听见新郎贺氏这边杀声震天，惨叫不断，不禁感到十分蹊跷，赶紧出来看个究竟。早上还是亲密无间的山寨三兄弟，这么快就刀枪相向了。

"这贺麻子兄弟最坏，里外勾结，与杜家寨和东洋人勾勾搭搭，想夺我寨主大位，把持清风寨，幸亏我早就对他们有所觉察。昨天，他们吃了熊心豹子胆，竟敢胆大包天，偷袭少主，想让我靳霸天绝后，让山寨弟兄无望，我山寨岂能容下有异心的人？虽是生死弟兄，我也不得不除之而后快，永绝山寨后患。"他一眼瞥见黄祖家道，"你是我儿的救命恩人，我也不为难山下的几位庄主，这是我山寨内部家事，趁我没有改变主意之前，你带着想要的人赶快离开山寨吧。"

"多谢寨主成全，我这就带他们走。"祖家十分意外，赶紧谢道。

"报寨主，里面没有发现二当家、三当家，呃，不对，是贺白脸和贺麻子。"有小喽啰向靳霸天报告道，同时一巴掌打在自己的脸上，责怪自己竟把反贼叫成了山寨的当家人。

"贺麻子真是狡猾，入洞房他都不在，难道他知道老子要提前行动，会在洞房宰了他，变成老鼠钻地缝去了？就是掘地三尺，老子也绝不会放过你，活要见人，死要见尸，赶紧分头去找，一定要抓住可恶的贺氏兄弟，将他们碎尸万段，一个都不留！"靳霸天气急败坏喊道，一边带人亲自往别处山洞里冲去。

贺老大在一处隘口带着不多的亲信负隅顽抗，交替掩护他兄弟贺麻子劫持着五姑娘逃走。季章昨天殿后掩护祖家上山，与剩余的五六个蒙面人力战不敌，很快便重伤晕倒在草丛中。现在被贺家兄弟匆忙的脚步声和五姑娘凄惨的求救声惊醒，朦胧中看见她和四姑娘长得很像，一条长长的金锁挂在脖子里，猜想她一定就是要找的人，便艰难地站起来，努力阻止他们的逃窜。

"留下她，你们可以走。"季章手持匕首，掩饰着虚弱的身体大声喊道。

"好汉饶命，这女的不错，就留给你当买路钱吧。"贺麻子假装要把五姑娘送给季章，等走近后，则是狠狠地一刀砍向他的脑袋。季章失血过多，太虚弱了，步履蹒跚，根本无力抵抗恶人的突然袭击，被残忍地杀害，一头栽倒在血泊之中，永远也没有站起来。尸体竟然被贺麻子拖到山边悬崖，一脚踹进湍流不息的铁流河里。

“什么狗东西，也想抢老子的女人。”贺麻子骂道。

靳霸天的追兵越来越近，身边的弟兄没剩下几个，贺家兄弟眼看大难临头，有被靳霸天一网打尽的可能。

“老二，带着你的女人快走，替哥哥多生几个带把的，贺家不能断了种啊。”急急如丧家之犬的贺家兄弟，拼命赶到铁流河边，贺老大带着仅有的两三个兄弟，七手八脚地把贺老二和五姑娘送上船，大声朝贺麻子喊道。

“哥，我们一起走吧！”贺麻子哀求他哥道。

“走一个算一个，再晚就来不及了。”言毕贺老大使劲推着船头，把船送到河心，转身带着其他人，选取狭窄之地，妄想阻截靳霸天的追击。显然他们自不量力，不是靳霸天的对手，寡不敌众，很快被靳霸天的众多手下乱刀砍死。

其他许多忠于贺氏的山匪，也被靳霸天一个不留地残忍杀害，头颅挂在山寨的城防垛口上，任凭风吹日晒，蚊虫咀嚼。多年以后，那漏网之鱼的贺老二，率领杜家寨众匪夜袭清风寨，杀死了靳霸天，报了当年的血洗之仇、杀兄之恨。只有那靳少主躲过一劫，只身逃到湘西深山里，改名换姓，成为穷凶极恶的湘西土匪首领之一，这是后话。

尔虞我诈，相互利用，昨天还称兄道弟，把酒言欢，今天就反目成仇，刀枪相见，土匪永远没有什么真正的朋友，祖家心中感叹道。因为大小匪徒都跟随靳霸天诛杀贺氏兄弟去了，各个关隘要道均无人把守，祖家根据昨天晚上自己的秘密探路，赶紧带着四姑娘，沿着崎岖的道路，奔向后院山洞，打开黑牢，放出李、刘两庄的所有青年壮丁，组织大家赶快逃离清风寨土匪窝。说来也巧，这时黄五刚刚送信返回，于是四姑娘在前，祖家和黄五在后掩护大家撤退，大伙迅速按照黄五留下的标识向山下跑去。只是他们不知五姑娘已被贺老二劫走，任凭大伙大声呼喊，怎么也找不到她的身影。

有腿脚灵光的青年庄户，很快到达山下的铁流镇，被在此等候多时的刘继海等率领的两庄团练接应保护起来。刘继海是刘庄主的大儿子，一向暗恋四姑娘。他根据四姑娘的指认，去抓靳霸天在"铁流阁客栈"留下的眼线店小二。店小二本是贺麻子的死党，在刘继海带人捉拿他的时候，竟一个箭步跨过窗户，跳进铁流河，想潜水逃跑。也是他该死，刚好有一艘船经过，撞破了他的脑袋，船尾的巨大波浪竟让他溺水而亡。

刘继海虽然年轻，却具备精明的商人头脑，此后不多久，他说服李庄主释放了捉拿的两个山寨送信人，乘机接收了铁流阁客栈，与山寨恢复往日和平相处的默契，安排刘庄的精壮人员，把客栈经营成为刘庄的生财宝地，同时也是掌握山上土匪信息的据点。只是季章活不见人，死不见尸，凶多吉少，令祖家难受了好长一段时间。

对黄祖家勇闯土匪窝，营救众庄客的壮举，当时有诗云：

中华自古少年强，魏有孔融吴周郎；
感天动地人敬仰，催竹成笋细思量。

第五章

风起云涌 波谲云诡

话说呼延冲被任命为武昌城卫戍副司令，上任的第一件棘手也最为重要的事情，就是要确保革命党二号人物黄兴安全顺利抵鄂。眼下前线告急、物资告急、民心告急，革命军政府危在旦夕。革命党必须有一位德高望重的人物来主持大局，以尽快提振革命军士气，稳定民心，并统领指挥湖北革命军临时政府的各路军队，与势力强大、供养充足、以逸待劳的北洋新军血战。革命首义成功意义重大，只有保住了武昌革命胜利果实，才能辐射带动周边乃至全国的革命形势向有利的方向发展。黄兴来鄂极其紧迫，关系重大，影响全局，呼延冲深知责任重大，任务艰巨，不能有半点马虎，只能成功，不容失败，哪怕是丁点的疏忽也将产生灾难性的可怕后果。沉甸甸的责任、不可预知的风险，让他变得分外谨慎小心。他就在司令部的办公室里，对参会的所有人员严肃命令道：

"在场诸位都是我卫戍部队的高层骨干，是彼此可以信任的兄弟。大家都知道汉口前线战斗激烈，我方战事吃紧，为了保卫我们的革命胜利种子，黎大都督和其他革命党领袖根据目前遇到的各种复杂现状，经过反复考虑，慎重酝酿，决定邀请一位有威望、善协调、目光远、经验丰富的人来统一指挥我军战斗。这个人就是一呼百应、德才兼备、军事才能超强的黄克强将军。"

诸位军官听说是革命意志坚定，在不同地点领导革命同志起事，并多次与清军战斗过的黄克强将军，顿时精神抖擞，士气高涨，眼光中充满了兴奋与期待。为了确保心中的革命救星顺利平安来鄂，呼延冲一把推开凳子，站起来大声命令道：

"一、第三营改为联络营。负责信息联络，必须及时与远在香港的黄将军保持紧密电报联系，就算是用脑袋也要保护好电报机正常安全畅通，不能有半点的疏忽，既要防止被清廷鹰犬得知，也要绝对保证所有沟通信息一刻也不能中断。二、第四营改为警卫营。从现在开始对全城进行戒严，严密盘查所有进出城门的人员。要害地点所有人员只许出不许进，严密防范可疑人员混入城中，乘机破坏。三、第五营改为机动营。所有人员加强训练，精挑细选，在将军到来后寸步不离他左右，确保将军及其随从的绝对安全。四、成立特别行动队。从以上各营各抽调二十名忠勇死士，由我亲自指挥调度，务必在三天内肃清城内清廷爪牙和各类帮派危险分子，严控流血事件发生，维护江城秩序稳定。以上所有参与行动的诸位，请务必相互配合，精诚团结，确保所有命令秘密有效执行。如有半点差错，定当军法处置！"

"坚决执行命令！"参会的众军官道。

"诸位，事情紧迫，秘密重大，务必竭尽所能，做到万无一失，壮我卫戍军士气，扬我革命军威风。如果没有其他事情，会议到此结束，请各自尽快行动吧。"呼延冲一口气命令道。

"保证完成任务！"众人坚定回答道。

呼延冲刚下达完命令，黄祖耕就急匆匆地进来向他报告说，在城西梧桐巷出现了饥民抢米的事情，饥民实在饿得不行，聚众闹事，哄抢大米，赶都赶不走。地方维持会的人都参与到新军的招募和筹备军粮去了，人手不够，请求军队能及时抽调力量，协助他们维持地方秩序。呼延冲身为江城维持秩序稳定的执行者和监督者，他明白最近地方维持会的人，既要为革命军筹款筹粮，抚恤伤员，又要招募新军，运送军事物资到前线，确实有些人手短缺忙不过来，于是对祖耕道：

"后方混乱，必会军心不稳，地方维持会人员捉襟见肘，实在不易。

你现在就带二十名特别行动队员，火速前去查看，现场了解第一手真实情况，及时回来向我报告，当然主要还得靠当地维持会的人处理善后事宜。控制住局面后，我还有一件重要的事情向你交代，务必速去速回，不可过多耗时纠缠。"

"谨遵将军命令，一定速去速回！"他回答道。当着众人的面，祖耕明白当遵守上下级的规矩，不能表现得轻率，更不能与呼延冲套近乎。

等祖耕带人赶到梧桐巷时，那里已是一片混乱。现场人声嘈杂，群情激奋，众多的饥民挤作一团，正在争先恐后从巷道里大袋小包地往自家屋里"搬运"大米。巷道口更多的饥民生怕大米被人抢光，都是拼了命往里挤，现在是里边的人出不来，外边的人进不去。狭窄的巷道口被挤得水泄不通，双方对峙谩骂异常激烈，拥挤踩踏事件随时可能发生。几个像是地方维持会的人，被涌动的人群挤得像稻草一样东倒西歪，自身难保，根本没有办法稳住失控的人群。祖耕一看情况不妙，恐有重大灾难出现，遂拔出手枪向空中连开几枪，惊恐的百姓霎时安静下来。祖耕立即跳到高处大声道：

"大家不要怕，我是革命军政府的人，是来帮助大家维持秩序的。我们革命的目的，就是要让广大百姓有饭吃有衣穿，不再忍饥挨饿。如今革命首义刚刚成功，新政府正在筹建，百废待兴，希望广大同胞们能支持和参与新政府的组建，共同维护好地方的稳定秩序，杜绝打、砸、抢事情发生，迎接一个和平、自由、民主的共和新政府。大家有可能因为打仗失去了财产和家园，没有一口饭吃，没有一件衣穿，但是革命军政府会逐渐解决，维持会的人会帮助大家的，我们不能轻易听信谣言，做违背良心的事，不能无缘无故拿别人家的东西，那是小偷和土匪的行为。请大家都放下手里的东西，让里边的人先出来，革命军政府在广场上设有临时救助点，准备有热腾腾的米粥，请大家现在有序撤出来，你们说好不好？如果有谁故意捣乱，不听招呼，小心我枪子儿不长眼。其他的事情，维持会的人一定会处理。"他软中带硬，粗中有细地大声道。言毕又朝天放了一枪，吓得拥挤人群发出一阵惊慌喊叫。

有百姓说是看见其他人在抢大米，他们也就跟着来了，内心其实是支持新政府工作的，他们并不想闹事。但他们痛恨不公，所以就过来"拿"前边铺子的大米，不知道现在怎么会变成这样乱哄哄的样子。经过祖耕和维持会等人的及时疏导，拥堵的人群才渐渐散去，道路逐渐恢复畅通。

地方维持会的人在特别行动队的协助下，抓住了几个闹事最凶的人。为首者十分凶狠嚣张，根本不把维持会的人放在眼里，任凭怎么审问，就是不说出他们的姓名和地址。因为新政府有别于旧王朝，不能随便打骂动刑，被缉捕的人抓住新政府的软肋，紧咬牙关只字不提真实信息，甚是嚣张。双方僵持了许多时间，还是查不出他们的真实身份，无法了解到闹事者的背景与隐藏的目的。维持会的人实在气恼，就朝其中一个最为凶悍的闹事者狠狠地打了几拳，想逼迫他尽快说出姓名，家住何处。一股血丝从被打者嘴角慢慢沁出，但只听他冷冷道：

"就凭你们几个小角色也配问大爷，瞎子点灯白费油，别浪费时间了，大爷我耗死你们，也休想得到半点消息，你们就死了这份心吧。"并朝其中一个高个子的人偷偷瞥了瞥，完全一副满不在乎的模样。维持会的人越发气愤，齐刷刷围了上去准备再狠狠地教训他一顿，那人一看又要挨打，不禁小声嘀咕道：

"别打别打，我是绝对不会开口的，就算是'红嘴鹰'下命令，大爷我也绝不会……"

还没等他把话说完，高个子闹事者十分机警，马上打断了他继续往下说的机会，道：

"维持会的弟兄们，你们别再审问了，我们就是想弄点米吃，回家养活妻儿老小，我上有八十有余的老爷爷，下有露腚乱跑的孩儿，眼下他们连烂菜叶都吃不上。今儿你们把我抓了，我爷爷和孩儿都得饿死，新政府比旧政府也没有好到哪儿去。"

　　"放你们回去可以，只是几位面生得很，只要说出你们的尊姓大名，家住何处，保证今后不再捣乱，你们马上可以回家。"维持会里有管事的人回答道。

　　"他就是一个饥民，什么也没有做，回答自然是无法满足你们口味，还被维持会的人反复拷问。不就和大家一起'拿'了人家铺子里的大米吗？这种事多了去了，也不光咱江城有，听说其他地方都有，不算是死罪吧？不如让我来回答你们的问题。"高个子继续道。

　　说着故意挣扎了几下自己被绑着的双臂，示意给他松绑。祖耕心想抢大米不过是普通的饥民闹事，无非是查带头人的姓名和地址，了解一些基本情况，加紧对闹事者首犯的管制，防止他们把事情闹大失控，再去破坏其他商业店铺，惩戒首犯，给大家一个体面交代罢了，也不算是特别重大的事情，祖耕就转身到屋外抽烟去了，算是同意了他的哀求。其他人员也都放松了警惕。

　　待高个子身上的绳索刚刚解开，只见他突然撕开自己的上衣口袋，掏出几粒红色小药丸，一个箭步冲上去塞进刚才嘴角流血的被打者的口里，瞬间他就口吐白沫，四肢抽搐，摔倒在地，不能言语。情况变化太快，维持会和特别行动队的人顿时大吃一惊，一片混乱。祖耕在门外听到异常，冲进房间看到突变的一幕，准备立即扶起倒地抽搐者，但他已经是七窍流血，昏迷不醒，只有出气没有进气。其他几个被塞了小药丸的闹事者，也纷纷倒地，气绝而亡。眼看没有留下一个活口，高个子闹事者这才乘机越窗而逃，留下一串轻蔑的嘲笑声。

一切变化太快，令祖耕十分惊骇。但他立即恢复了冷静，知道此事非同一般，背后一定隐藏着不可告人的惊天大秘密。于是他大喝一声，拔出手枪，朝高个子背后方向开枪，警告他不可再逃跑半步，带领特别行动队员也一跃跳出窗户，朝他追去。可高个子腿脚功夫了得，东躲西闪，瞬间消失得不见踪影。等祖耕一行追到拐弯处，令他们顿时头疼不已，原来此处属交叉巷道，路况错综复杂，四五个曲里拐弯的巷口通向不同的方向，一眼望不见尽头，不知高个子逃向了何处。

祖耕带领特别行动队员，分成几组迅速围着几个巷道追了几圈，也没有发现任何蛛丝马迹。他于是令人手脚并用爬到一处民房屋顶，向四周仔细瞭望察看。发现此处地形复杂，民房犬牙交错，巷道众多，不便于急速追击，倒是有利于歹人隐藏逃跑。别说是一个人，就是三五个人也能躲得无影无踪。祖耕不禁心中暗暗叫苦，这么多的巷道和民宅，短时间内无论如何也找不到那个高个子逃亡者。只得招呼队员撤离，大伙垂头丧气赶回去向呼延冲报告情况。

呼延冲听完祖耕有关抢米事件的汇报后，半晌不语，推开茶杯，命令侍卫打开武昌城防图，对照着地图找到梧桐巷，与祖耕仔细察看了起来，眉头渐渐皱起疙瘩。祖耕虽然没有正式从军打仗的经验，也从来没有认真仔细地研究过地图，但也大略看出梧桐巷位置特殊，歹人聚集选址其中的端倪。梧桐巷及周围地带正是武昌城内的大米集散地，江城老百姓的日常粮食交易地，也是黄兴将军从香港转上海来鄂的必经之地。如果粮食供应出现问题，民以食为天，必定天崩地裂，将会饥民四起，社会秩序大乱。当年曾国藩正是采用铁桶战术，层层困住南京城，围而不歼，迫使太平天国的天王洪秀全数月得不到半点粮食和军资救助，城内军民极度虚弱，最终被清军围困破城，血洗天王府，纵横江南十几年的太平天国起义戛然而止。几十年后，新诞生的革命军政府，难道要步太平天国失败的后尘吗？呼延冲惊出一身冷汗，让黄祖耕再仔细地向他汇报饥民闹事和审问带头闹事者的情况，他要知道所有细节。

"'红嘴鹰'是什么意思，难道是姓名吗？我看不像。"呼延冲自言自语道，焦急地在室内不停踱步。

"最近听我几个朋友说，城内来了些陌生面孔，许多是江湖头面人物，是谁有这么大的号召力能把他们都请过来，不同派别的人相聚江城又要干什么？"黄祖耕若有所思，"江湖人物聚会江城，我看不是什么好兆头。"他又补充说道。

辛亥首义初步成功，革命派、保皇派、立宪派及江湖黑道、恶霸势力充斥在整个城内。紧张激烈的前线军事压力，容不得军政府再抽出半点人力和物力，来强有力地迅速稳定城内秩序，恢复市场正常交易。敌人正好利用这个机会兴风作浪，制造事端，引发百姓惊恐不安，如果持续下去，社会必将大乱。同时必将影响迎接黄兴将军来鄂的行动，延误革命军抵抗北洋军的战机。到时民变四起，群龙无首，大厦将倾，后果将不堪设想。呼延冲想到这些，渐感后背发凉，时间紧迫，情况复杂，容不得他多想，遂对祖耕道：

"来者不善，善者不来，这伙歹人明着是抢夺粮食，贪图钱财，暗地里却是另有所图，我们不得不万分小心提防。"

"抢劫粮食哪有大白天干的，分明是想引起老百姓对军政府的不满。唐朝有个皇帝不是说'水能载舟，亦能覆舟'吗？煽动老百姓闹事，几百年基业的清朝就是这样被折腾垮的，幕后的歹人阴险可怕，藏着不可告人的秘密。依我看，今天这伙歹人的行事风格及手段，他们的背后一定有一股强大的势力。"黄祖耕若有所思道。祖耕平时做事大大咧咧，可关键时刻头脑很清醒，这是呼延冲喜欢他的原因之一。

"你的判断不错，对方引而不发，必成大患。"呼延冲说道。

"我这就带人继续搜查那个地方，再托朋友们帮忙，就不信抓不住狐狸的尾巴。"祖耕坚定自信地道。

"以静制动，静观其变，立即增派可靠人手，加大对军政府所有要员的日夜保护，确保他们的人身安全万无一失，此事不得拖延，必须马上执行，必要时你可以灵活处置。"呼延将军道。

"是，保证完成任务。"祖耕回答道。

"另外从此刻开始，你把特别行动队员都带上，全力搜查'红嘴鹰'组织，务必尽快把其成员和幕后主使彻底一网打尽，缉捕归案，确保黄将军平安顺利来鄂。现在情况复杂，你们特别行动队就是把武昌城翻个底朝天，也要把他们给我找出来，活要见人，死要见尸，你能做到吗？"呼延冲继续问道。

"黄将军是我最欣赏的人，是武昌革命军的大救星，属下就是赴汤蹈火，也一定尽快肃清'红嘴鹰'这个毒瘤，把他们所有成员一网打尽，不伤害到黄将军半分！我愿拿项上人头担保，确保黄将军平安到来。"祖耕语气坚定地道。

"不可打草惊蛇，务必秘密进行，以免引起大家的恐慌。"呼延冲叮嘱道。同时他从抽屉里拿出一把崭新的手枪交给祖耕，祖耕也不客气地收下。现在他腰间别着双枪，迅速带领特别行动队员分头缉拿"红嘴鹰"去了。

"娘，你就多喝点蜂蜜莲藕汤吧！干娘说，蜂蜜加莲藕用文火慢慢煎熬，长期服用能活血清肺，增强抵抗力，哪怕今年冬天您少咳嗽半声也好。"婉儿姑娘一边催促她娘喝汤，一边给她掖了下被角。婉儿娘有气无力地靠在床头，缓缓说道：

"你干娘对我们一家真好，吃的、喝的、用的都跟他们自己一样，连丫头都送了过来，真不知道以后该怎么感谢人家！在我的包裹里有几块上好的布料，是你爹以前的一个属下送的，说是西洋货，我没舍得用，一直搁那儿，挑几块给你干娘送去。顺便让你干爹打听一下你爹的去处，刚上任就没日没夜地忙，好几天没见着他的踪影，也没带话回来，不知道在新政府忙些什么，有人照顾他没有。"婉儿娘轻轻地叮嘱婉儿道。

"爹爹任新政府的副司令了，能有什么事会为难到他。无非是朋友多，应酬多，说不定晚上他满身酒气就回来了。"婉儿安慰她娘道。看着她喝完汤，帮她盖好被子后，婉儿轻轻地关上门去找她干娘。

"婉儿来了，你娘休息了吗？正好干娘有几个针线活向你请教呢。你知道，眼看我那小孙子要喝满月酒了，可这鞋还没有绣好。这几天下人们因为害怕城里闹革命，几个胆小的老妈子，回乡下老家躲清闲去了，我这个老太婆越来越不中用，手脚慢，把做鞋的活儿给耽误了。市面上货源少，好几种丝线都买不到，价格还不便宜，鞋面真不知道该绣什么花儿了，你倒给干娘出出主意。"黄老夫人见婉儿姑娘来了，便对她说出这几天绣鞋的烦心事。

"干娘别急，要是绣花绣草的针线活，时间怕是不够了。刚巧我娘让我带了几块上好的西洋布，街面上都流行用洋布剪裁做衣服做鞋，不如就拿些洋布到街面上，找个像样裁缝剪了，总比手工要快，又不会耽误时间，还特别漂亮呢，到时干妈准有面子。"婉儿劝道。

"真不愧是见过世面的千金小姐，这个主意好。我也听说外面流行洋布什么的，比起土布不知好看了多少。倒是外面世道乱得很，东西又不好买。刚才还怕别人说我老太婆偷懒，不给自己的亲孙子绣鞋呢，你算帮我下决心了，给老婆子吃了颗定心丸。"黄夫人高兴道。

"干娘真会夸人，这黄府上下多少人吃饭穿衣，人情走动不都得靠您日夜操劳吗？今后若有干娘用得着的时候，反正我也没有什么正经事做，闲着也是闲着，干娘尽管随时吩咐就是。"她道。

"要是有你过来时常帮衬，干娘求之不得。"黄夫人很是高兴。

"只要干娘不嫌弃，婉儿随叫随到。"

"净说自己的事儿了，你娘身体怎样？"黄老夫人道。

"谢谢干娘牵挂，我娘是多年的老毛病，每年冬天就是这样。只要细心照顾，按时服药，等明年春暖花开，她又会好起来呢。"

"真是个好闺女，缺什么尽管开口，不要见外。"

"谢谢干娘的信任。大哥这几天有消息往家里带吗？我好几天都没有看见他了。"婉儿一边给黄夫人挑选着布料，一边故意漫不经心地问道。

"你大哥不就是你爹的跑腿吗？你问他这几天不回家，是想问你爹在忙什么吧，你娘是不是着急了？"黄夫人故意打趣婉儿道。婉儿不好意思地对干娘笑了笑，算是默认了。干娘是个精明的人，什么事都逃不过她的眼睛。

"婉儿过来了，我正要跟你说呼延将军的事呢。"刚巧黄显虎从外面回来，听见她两在说话就接了话茬。

"我刚派人打听过了，你爹和你大哥他们都在城内，没有外出，也没有上前线。说是在城内执行紧急重大的什么秘密任务，脱不开身，忙完这段时间就会回来，他们都好着呢，叫你娘别多牵挂，养好身子最重要。我倒是担心你三哥，听李亲家公派人带信说，他没有马上往苏州去，倒是给李庄帮忙，上什么清风寨当信使去了。"

"清风寨？那不就是土匪窝嘛。"黄夫人不安道。

"清风寨可是土匪待的地方，他一个乳臭未干的黄毛小子，不知天高地厚，引火上身倒是其次，千万别误了人家数十条人命的大事，背后多少双眼睛都在瞅着他，千万别搞砸了。本来是让他避嫌才出去的，你看，又摊上大事了。这个老三就是一个不让人省心的东西！"黄显虎接着道。

"李亲家公怎么不阻止他呢，他那么精明的一个人，难道真会同意老三上山？"黄老夫人不满李庄主的决定。

"不过老三倒有几分绿林豪气，像他老子年轻时候的样子！也不知道他现在身处何方，事情进展如何，千万不能耽误庄户人家的大事呀。"黄显虎嘴上说担忧，内心其实十分轻松，他年轻时也敢作敢当。

"你不是常说三儿福大命大，他也未必真就是个愣头青、莽撞汉，行事不计后果。这次能帮李家亲家公一把，自有他的想法。"事已至此，再多的担心于事无补，黄老夫人反而安慰他道。虽然刚听说老三敢上清风寨，她心中也是十分意外和不安，但嘴上却不想多留半点痕迹。

呼延婉儿这几天也偶尔听黄家人说起三少爷，是一个机灵懂事胸有成竹的人，家里所有人都喜欢他。也听说他做事往往不循常理，总是给人意外惊喜。这次他竟然敢到土匪窝当信使，交涉要人的大事。他难道有战国连横家张仪般的尖牙利齿，纵横家苏秦般的谈判资本？可人家都是诚信立国，谦谦君子治国的英雄人物。土匪就是恶霸，哪有诚信可言？真不知道他是个什么样的人，难道他长有三头六臂不成？像往常一样，婉儿已经习惯在心里千百次默默地勾画祖家的模样。不知怎么了，现在她却有一种无法说出的感觉，莫名担心起祖家的安危，但她什么也不能说出口，推故说要去照顾她娘，匆匆与干爹干娘道别。

看着婉儿离去的背影，黄夫人若有所思道："多懂事的孩子，知书达礼，人又长得漂亮，如果能长期留在我们家，不但能帮我分担一些家务，最好能拴住一个人的心，岂不更好啊！"

"把人家姑娘当丫鬟使吗？女孩子长大了总是要嫁人的嘛，难道在你家里待一辈子？我看你是老糊涂了吧。"黄显虎不满道。

"你才真正糊涂呢。谁说把姑娘等成老太婆，男大当婚女大当嫁，这个道理还用你来教我？我想的是另外一件事，一件好事。"

"外面乱哄哄的，枪炮声不断，你还有什么好事，说出来听听，让我也提提精气神。"黄显虎吐了一个烟圈，故意嘲笑道。

"往老三身上想。"

"他在清风寨呢，能有好事？"

"你看我们家三儿年龄也快二十了，若按乡里人习俗，是该成家娶媳妇了，最起码也该到定亲的年龄了。我看他俩是天生的一对，等她爹一回来，我们找隔壁的张婆帮忙，你也要跟我一块儿去，托她向老呼延家提亲，她爹肯定能答应这门亲事，这不是天大的喜事？到时准有你的喜酒喝。"

"老三与婉儿？你乱点鸳鸯谱！你看他满脑子的新思想、新主张、新名词一大堆，要民主、要自由、要共和，反对专制、反对集权、反对父母包办婚姻，让天下的女子都有像男人一样的平等地位，坐一张桌子吃饭，他能答应你的'包办婚姻'？何况老呼延家就一个宝贝女儿，你是让老三娶呀，还是让他入赘呀？"

"这个……"

"老三野着呢，未必按你的意思办。你呀，也不睁大眼睛仔细瞅瞅外边，已经跟不上年轻人的步伐了。"

"我看未必，三儿孝顺着呢。平常他不显山不露水，可他骨子里是一个什么样的人，我这当娘的心里有数。婉儿姑娘内心平静似水，人又聪明能干，正可克住他的不安分想法，难道你没有看出来吗？"

"三儿小时候正是我落难的时候，全家生计从天上掉到了地下，他打小吃了不少苦，身体一直不好。长大后进入新式学堂，学的都是新方法新思想，也去过不少地方。常说见多识广，人会磨得圆滑老练。他骨子里清高着呢，不会轻易佩服别人答应某事，有我老黄家的骨气和傲气，他能看上一个在温室里长大的人吗？"

"你们男人看问题大道理太多了，看似有理，实则有些并不中用，大老爷们哪里知道女孩儿的心思？我看三儿和婉儿姑娘很般配，说不定是一对上好姻缘呢。这事不能耽误，我明天就跟婉儿娘细说。"

看见夫人这样着急，黄显虎有些意外。"等着你的上好姻缘吧，我才懒得管你们妇道人家这些理不清说还乱的事。"黄显虎与夫人在室内闲谈着，一时谁也没把对方说服。

秋风不时吹拂着大地，树枝发出呜呜的声响，树叶挨不过寒风的攻势，打着旋儿纷纷坠落，高处光秃秃的树丫上，鸟儿有气无力地返回巢穴。千年古城武昌，天空阴云密布，空气中散发着浓浓的硝烟味道。眼看黄兴将军就要到来的时间仅有三天，可连"红嘴鹰"是怎样的组织，幕后的真凶在哪里，他们下一步行动计划是什么，黄祖耕却是一点头绪也没有。粗糙的"品海"牌香烟熏到了他的手指，房间中弥漫着呛人的烟味，空气干燥得好像一把火就能点燃屋子。高个子低沉的说话语气，惊人的轻功和狡猾的逃跑路线，一直在祖耕头脑中反复出现，使他夜不能寐。他击打着桌沿，后悔昨天不该粗心大意，让对方轻易逃脱。如不尽快破此案，抓到神秘的"红嘴鹰"，怎么对得起呼延冲对自己的赏识？别人又会怎么看待呼延将军？还会信任他这个城防副司令吗？更重要的是，怎对得起仰慕已久的大英雄黄将军。刚刚成立的军政府安危荣辱全系于呼延将军一身。祖耕越想内心越急，不时懊恼地拍打自己的前额。外面虽已秋风乍起，寒意渐浓，可他内心却有一股极大的烈火，正在胸腔中熊熊燃烧，久久难以熄灭。他又再一次点燃一根香烟。

"报告黄副官，在阅马场咨议局大楼外发生血案，一名鄂西的咨议员被枪击身亡。呼延将军正在总督府议事，脱不开身，命令你现在全权处理此血案，他随后就到。"忽然一名特别行动队员气喘吁吁冲进办公室，上气不接下气地向祖耕报告。

"什么，咨议员被杀？现场秩序失控没有？凶犯现在何处？"祖耕一边努力睁开自己布满血丝的双眼问道，一边急忙抓起桌上的勃朗宁手枪，胡乱地插在腰间，匆匆带领特别行动队向咨议局案发现场狂奔而去。

等祖耕急忙赶到咨议局时，这里已全面戒严，到处都是荷枪实弹的卫兵，现场外围被百姓围得水泄不通，人们议论纷纷，指指点点。警戒线内，数名咨议局警卫正在整理死者衣物，打扫地上血迹，这时呼延冲在一队卫兵的护卫下，也匆匆赶到现场。他仔细地端详了死者的脸庞，在与其他几名在现场的咨议员悄悄耳语一阵后，命令几名卫兵迅速抬走尸体，其他人赶紧疏散百姓。忙完这些，呼延冲才带着祖耕径直进了咨议局大院。穿过几道廊门，在一处假山后，出现一幢别致的院落。

这时天色已晚，在院落大门前，祖耕看见呼延冲仔细地整理起自己的军装，动作轻缓地敲了敲院落的大门。里面半天传出门闩拉动的声音。

"卫戍副司令呼延冲，冒昧拜访端木议长。"呼延冲自报家门。

门轻轻打开后，他才恭敬地迈步进去。只见里面树木婆娑，水声潺潺，好一处幽静的院落。穿过几道走廊，在一处灯光明亮的客厅前，呼延冲大声道：

"端木副议长，事出有因，粗人呼延冲冒昧打扰。"

"呼延兄呀，你是稀客，卫戍副司令，哪有站在门外说话的理儿，还不赶快请进来说话。"里边有人道。

门"吱"的一声打开，进得房门，呼延冲端端正正地朝端木副议长行了个军礼。端木并不急于还礼，只是笑眯眯地对他浑身上下打量了一番。

"稀客啊！这么多年呼延兄无论是做前朝将官，还是做军政府卫戍副司令，都是第一次来到寒舍，真令寒舍蓬荜生辉啊！知道你军务繁忙，身肩重任，时间宝贵，要不是为了张咨议喋血街头的事，恐怕是想请都请不来的稀客呀。"端木道。

"议长果然料事如神，呼延是个粗人，说话不会拐弯抹角，实不相瞒，卑职奉黎大都督命令，全权处理张咨议员被杀善后事宜，及时缉拿凶手，安抚家属，责任重大，时间紧迫。事关咨议局和军政府的关系协调，事关政令畅通和民意上通下达。张咨议员于公是副议长的政治盟友，于私是您的好朋友好搭档，卑职冒昧打探一下，不知张咨议员最近与谁有仇？或是与某些势力有什么过节？烦劳副议长大人略为告知一二，便于在下早日将罪犯绳之以法，慰社会以稳定，还张咨议员以清白，给军政府及黎大都督以交代。"呼延冲道。呼延冲是公事公办，他的话柔中带刚，端木纵然处世圆滑，谅也不好搪塞拒绝。

　　端木停止抽食水烟，斥退左右服侍丫鬟，口音沉重道：

　　"真是让人心寒啊，军政府刚刚成立，事情千头万绪，内忧外患的局面还没有根本改变。我们咨议局同僚在一起从早到晚为了新政府的正常运作，不休不眠讨论了许多重要的议案和提议，比如安民、抽丁、征税、整军、外交和商贸等，好不容易理出个头绪，今天会议刚刚结束，张咨议员家人还等着给他过寿呢。怎知刚出咨议局大门，没走几步，就遭到歹人暗算，暴尸街头。正如将军所言，他是我多年的好朋友好搭档，也是咨议局里响当当的人物。是坚决支持军政府各项事务，为新政府成立和运转殚精竭虑最多的人之一，也不知道他是得罪了哪路派系，一条鲜活的生命说没就没了，怎不让人心痛呀！"端木眼泪快流出来，哽咽着几乎说不出话来。

　　"请副议长节哀顺变，只是不知张咨议员的仇人是谁，目的何在，下一步他们目标又是何人。越早些把凶手缉拿归案，让真相大白于天下，与副议长大人和所有咨议员有利，也体现我军政府之威严有序。"呼延冲沉默片刻后道。

　　"呼延将军请喝茶，老朽也是一时痛心，诸事全乱，容我慢慢想想。

把与他平时可能有过节的人都一一告诉你，希冀能尽快破案抓到真凶，让张咨议员九泉之下能早日瞑目安歇。"端木议长道。

黄祖耕突然感到腹中饥饿，看他们二人的秘密交谈，一时半会恐不会结束，便对呼延冲推故说想再到街道上检查卫兵巡逻情况，一会儿就回来。得到准许后，打开客厅大门便朝外走，在前面墙角拐弯处，突然闪现起一个黑影，个子高大，身材瘦长，见祖耕开门后立即消失在黑暗中。祖耕本能地意识到有人在门外偷听里面的谈话，在戒备森严的重要人物私宅，居然有人敢窃听机密谈话，此事十分蹊跷，此人行为非常可疑，便立即朝黑影逃跑的方向追去。端木议长家房间甚多，假山池塘迂回环绕，灯暗路弯，黑影很快就消失得不见了踪影。害怕自己迷失了方向，背上私闯副议长家、居心叵测的嫌疑，祖家赶紧止步，趁着稀疏的灯光大概记下了黑影消失的方向。他本想大喊"抓贼"，奇怪的是周围并无侍卫值守。这一意外发现令祖耕头脑清醒了不少，忘记了腹中饥饿。想到几天前梧桐巷抢米杀人的也是个高个身材的人，房内只有端木副议长和呼延将军在，不禁为他们二人的安全担心，便沿房屋四周悄悄地巡视了一圈后，确信再无他人，才若无其事地进屋为二人添上了热茶。

端木双眼忽然死死地盯在祖耕身上，祖耕顿时感到好像有一道寒光向他射来，令他十分不自在。

"这是我的副官黄祖耕，是我一个恩人的孩子，也是我的亲信。"呼延冲忙向端木副议长介绍道。

"后生可畏，前途无量呀！相貌堂堂，气质不凡，鄂军新政府就是为像他们这样的年轻人成立的。"端木故意说道。

"是啊，我们都老了，为了像他们一样的年轻人都能过上好生活，不再受人欺负，为了中山先生的'三民主义'，我们大家都应该竭尽所能帮助和保护它。新政府经过'九九八十一难'才成立，百废待兴，不容蹉跎岁月。议长大人，您说是不是？"呼延冲道。

"呼延司令辛苦，所言我完全赞同。精诚所至，金石为开，我相信将军一定能迅速侦破悬案的。"端木道。

"非常感谢议长援手，卑职定不辜负厚望，早日还亡者一个公道。"呼延冲郑重起立道。并说天色已晚，情况基本已了解清楚，准备向端木议长告辞。祖耕本想告诉端木副议长注意警戒，小心窗外有人，可还没有机会说出口。从呼延冲的眼光中，看出了他的急切与不安，不容他有半点开口说话的机会，只好跟着呼延将军离开了端木家。淡淡的月光无声无息地照在大街上，咨议局门前昔日繁华的景象已不复存在。看看左右无人，想着祖耕欲言又止的模样，呼延冲语重心长地问道：

"看你刚才的样子，是不是有重大的建国方略，想给这位端木副议长请示，需要他马上到咨议局备案审定吗？"

"叔别开玩笑了，我哪有什么提案敢给议长大人，我是个粗人，肚子里没有二两油，不懂政治，隔着好几级呢，也轮不到我有议案。只是感觉这位端木副议长举止很优雅，眼光很犀利。"祖耕道，他平常也是偶尔听人提到过端木，对他本人不十分了解。

"端木副议长是举止优雅，语言犀利，在咨议局里是德高望重者，他也是有皇族血脉背景的立宪派。"

端木副议长全名叫端木舜正，其祖上是当今皇帝爱新觉罗家族的分支之一。他从小勤奋上进，敏而好学，在一次皇宫庆正月十五闹花灯的楹联大赛中，脱颖而出，被西太后所赏识，当即赏着黄马甲，赐予宗人府当差，不几年又被派往陕西任学政督导。当时八旗子弟只会吃喝玩乐、斗鸡赏花。唯有他能洁身自好，算是少有的满族上进青年之一。由于远离朝廷中枢，对清廷侵入骨髓的千疮百孔、贪污腐化的行为深感不满。加之陕西历来是卧虎藏龙、人杰地灵之地，各种不满现状、追求变革、救中华于水深火热的思潮不断涌现。端木对西安不断涌现的学潮运动深感震惊，但又怕过激的革命会引起天下大乱，乱华扰华的历史悲剧重演，清廷统治的局面势必更加不可控制，整天内心矛盾重重，十分纠结苦闷。遂吸食鸦片、酗酒解愁，疏于学政管理，导致西安学潮一浪高过一浪，几近失控。常有青年学生攻击衙门的事情发生，朝廷对他日益不满，终于使老佛爷恼怒，以"不识大体罪"撤职，调回京师不用。前几年以友人的名义，追随五大臣到西洋考察立宪建国方略归来，内心十分推崇西洋的三权分立建国策略。随着光绪皇帝与慈禧西太后先后辞世，被立宪派的王公大臣们，推举到南方九江通衢的武昌任副议长。武昌是中国长江黄金水道的心脏地带，政、经地理位置十分重要，也是各种政治势力斗争最激烈的地方之一，有满人坐镇南方，当然也是王公大臣们推举他的首要考虑。武昌咨议局中各色人物都有，利益诉求各有不同，虽然居于副职，但在端木高超的权力分寸拿捏下，各方利益都能得到照顾，咨议局各项议案运行得井井有条，纹丝不乱，他的权力、威望逐渐得到大家的高度认可与肯定。同时他也得到了前朝布政使的深宅大院。

通过对端木副议长身世的了解，祖耕对他本人的安危更加担心。心想那高个子极其危险，他像幽灵一样出现在副议长家，绝不是什么好事，不知又要带来多少麻烦隐患。在护送呼延冲回警备司令部后，悄悄地吩咐身边的人，在端木居住处加派更多特别行动队员。当天晚上他自己又守在端木副议长家门外不远处，在黄包车中蜷缩休息，以便灵活处置突发状况。

子夜时分，祖耕正睡得恍惚，忽然有特别行动队员匆忙推醒他道：

"黄副官，有紧急情况，弟兄们问该如何处置。"

"当然是保护端木副议长安全，其他灵活处置。"祖耕不假思索脱口而出道。

语音刚落，在一处拐弯处传来许多嘈杂声，祖耕定睛看去，只见几名特别行动队员正与那逃跑掉的高个子撕扯打斗，很快又有几个黑影从暗处围了上来，把特别行动队员们围在中央，使他们很快由攻变守，眼看就要吃大亏。形势变化不妙，祖耕翻身跃起，猛从身旁端起"十三太保"毛瑟枪，瞅准时机，朝那高个子黑影处就是一梭子弹打去。只见高个子应声倒下，其他几名帮凶霎时怔住了。特别行动队员一拥而上，把他们统统拿下，连同身受重伤的高个子捆绑在地。黄祖耕除留下几名特别行动队员继续对端木副议长家巡查外，他亲自带领其余特别行动队员，押解高个子等被擒拿的人犯回到司令部。

　　虽然鲜血依然在汩汩外流，脸色苍白，但高个子仍然对审问他的问题只字不提，对审讯他的人员不屑一顾。祖耕实在看不下去，扔掉半截品海牌烟屁股，走近高个子，故意慢慢撕开他腹部的衣服，在裸露的枪伤处，用枪托使劲按压起来，鲜血顿时加快了外流的速度，巨大的伤痛明显让高个子苦不堪言，面部变得狰狞难看。

　　"留着他也是问不出半个屁来，放干他的血，直到最后一滴，我倒要看看，高个子人的血是不是要比矮个子人的血要多。"祖耕故意对高个子的生死安危变得满不在乎的样子说道。又叼起一根烟，走向另一间绑着其他帮凶的牢房。

　　黄祖耕吐了一个烟圈，在一个帮凶者头上缓缓飘起。"坏人怎能关在一起，拉屎拉尿放屁什么的，不是像咸鱼一样臭在一块儿了吗，分开关押，不准串供，不准睡觉，不准吃，不准喝，免得屎尿多，为难兄弟们伺候。"祖耕又吐了一个烟圈，"但还有一条，新政府规定不准无故打人，必须要活的，别给老子弄死了，再来个死无对证，谁来最后画押？你们都得多长个脑袋。"祖耕故意大声训斥值守狱卒道。随后向其中的一个特别行动队员使个眼色，离开了牢房到隔壁房间休息去了。他想用刚才那些话，故意杀杀那帮歹人的锐气。

好几天没有踏踏实实地休息了，祖耕心想把歹人们都关在监狱里了，还怕他们不招供，难道他们还会插翅飞出去不成。现在难得能睡个囫囵觉，等熬过这一晚也不迟。他实在太困了，挨床便睡着。天刚蒙蒙亮，一阵急促的打门声使他惊醒，他的副手在门外喊道：

"有重大情况，请黄副官亲自前去处理。"祖耕里一惊，难道歹人又跑掉了，或又发生什么重大变故，便一咕噜起床摔门而出。"看老子的枪快，还是王八蛋的腿快。"他心里暗暗骂道。

原来他手下的特别行动队员也不是吃素的，知道黄副官分开关押歹人，就是想采取各个击破的办法，引发他们彼此猜忌，互相指责，最后揭开真实身份。果然经过几番威逼利诱，真相渐渐浮出。查知高个子真名叫东方哲，陕西关中人，自幼习得一身好刀法，在光绪二十五年（1899）参加武试，被时任陕西学政的端木莽正所赏识，逐渐调到自己身边使用，成为他最忠实、最可信的打手。东方哲也感恩端木的赏识与提拔，从此对其忠心耿耿，死心塌地为他卖命。关中平原生长一种味道鲜美的柿子，常需爬到高大的树丫上方能采食。东方哲喜欢食用柿子，常吃得满嘴满脸红彤彤一片，加之其人一双深邃的鹰眼，尖尖的下巴，江湖人都逐渐忘了他的真名字，而称他为"红嘴鹰"。张咨议员就是他受端木指示，派人暗杀的。

端木副议长虽反对腐败的清廷，但也并不赞赏激进的革命运动，用武力推翻祖宗建立起来两百多年的清朝统治。而是陶醉于西方及东洋的君主立宪治国体制，其内心深处更不想爱新觉罗家族从此引退关外，放马草原，偏隅一角。现在眼见辛亥首义后革命党势力大增，成立了以孙中山的"三民主义"为基调的湖北革命军政府，与清廷彻底对抗，南北割据，甚至气势压过北边的清王朝。这引起他的极大恐慌和失落，虽然他暂时被革命军政府所吸纳，一夜之间由清廷的咨议局变为革命军政府的新议员，依然成为咨议会里的副议长，但那并不是他想要的真正政治抱负，他所追求的理想结果。但他明白身处险境，必须先得自保，以图基业东山再起的机会。时不我待，必须有所行动，他反复告诫自己。便暗自决定以牙还牙、以眼还眼，用革命的手腕阻止黄兴等革命党的到来，甚至在必要时用非常的手段除掉军政府的关键人物，以彻底扰乱革命军政府，使之无法与北洋新军对抗，瓦解新成立的湖北军政府，把社会革命洪流逐渐引向君主立宪制的治国道路上来。

"苍天可鉴，祖宗在上，为爱新觉罗子孙数百年的基业，死而无憾！"端木舜正暗暗发誓。

等祖耕急匆匆赶到牢房，"红嘴鹰"东方哲的伤口经过包扎，血已止住，只是依然双眼鼓起圆睁，大骂其他几个人没有骨气，不配做他的兄弟，辜负了"先生"的厚爱，未能完成他交代的使命。更骂黄祖耕卑鄙，使用下三滥的手段对付自己。祖耕也不答话，只拽着东方哲的右手看，只见在他拇指和虎口处有很深的凹陷痕迹，是一个刀客长期使刀所致。

"狗娘养的，胆大包天，连咨议员都敢暗杀。你的'先生'是端木舜正吧，现在别说是他，就是神仙也救不了你。"祖耕骂道。

"一人做事一人当，与他人无关。""红嘴鹰"东方哲依然嘴硬。

"把他们几个看结实了，不得有半点闪失，我这就去向呼延将军汇报，再采取下一步行动。"祖耕吩咐道，留下数名可靠弟兄继续严密看守"红嘴鹰"，他自去找呼延冲将军汇报审问结果。

"情况原来是这样，端木老儿可恶，这个老狐狸终于露出尾巴。我在前朝时对此早有预感，此人定会图谋不轨，只是他位高权重，左右逢源，不露半点痕迹。平时又善于伪装，深得许多人的尊敬和拥戴，外人很难觉察。当时苦于没有真凭实据，一直对他不能有所行动。不过有一点我还是不明白，他为什么杀死自己的老友兼政治盟友张咨议员呢？"呼延冲听完祖耕有关审问"红嘴鹰"的汇报后，满腹疑惑地问道。

"开始我也没有想明白，但随着对'红嘴鹰'的人审讯加大后，端木的真实目的手段现在可以串起来。"祖耕喝口茶，向他的上司解释道。

张咨议员知道端木莽正的企图后，便想阻止他想除掉黄兴总指挥的恶劣行为。张咨议员虽然对革命党的暴力行动导致大量人员伤亡、社会秩序大乱不满，但更加痛恨没落腐败的清王朝，卖主求荣，割地赔款，民不聊生，到处都是衣不蔽体食不果腹的受难百姓，这样的凄凉生活何时是个尽头。他便劝端木说黄兴将军乃文武全才，这些年东西求学，举国奔走，民众威望极高，是革命政府的救命天神。身为革命军政府的人员，岂能加害自己的同僚，内乱起于萧墙，让对手有机可乘，天下苍生受苦，岂不被人耻笑，就极力阻止端木莽正的暗杀行为，并且告诫将要把他的卑劣行为公之于众。端木恼羞成怒，暗起杀心。为防止事情败露，索性便先发制人，假意同意张咨议员的劝告，实则秘密安排"红嘴鹰"暗中跟踪盯梢张咨议员的回家路线，派人将其杀害于咨议局的大楼外。

呼延冲略作思考问道："竟然杀害自己最亲密的同盟，其心何其残忍，端木老贼作案是否还有更深的考虑？"

"一则引起武昌城百姓恐慌，显示新政府无力保护军政大员，更别说芸芸大众，使人们对革命军政府产生不满；二则张与自己关系亲密，别人也不会怀疑是他干的，可以明修栈道暗度陈仓，用金蝉脱壳之计，继续向革命军政府施压，抬高自己的副议长身份；三则可以借此分散革命军政府的注意力，迫使军政府抽出更多的精力放在抓捕凶手，打击抢米事件上来。他则声东击西，游刃有余地趁机除掉黄兴将军，让'铸剑计划'功亏一篑。"祖耕回答道。

"呸，他敢加害克强将军，看我不拧掉他的脑袋！审讯结果和你的分析基本相符，那端木老儿真是可恶至极！武人不可干政，文官不可贪权，别看端木老家伙似手无缚鸡之力，实则心机太深，连自己的至交朋友都敢加害！张咨议员可是鄂西鼎鼎大名的人物呀，为了私利，他这是冒天下之大不韪，罪该万死！"抑制不住内心的愤怒，呼延冲大骂道。

"你敢保证调查的情况完全属实，没有半点虚假捏造？"呼延冲双眼紧紧盯着祖耕，不禁加重了语气反问道。因为事关重大，必须万无一失，一击成功。

"将军绝对放心，以上所审完全属实，白纸黑字的审讯记录和他们的签字画押，现在都在大牢里放着呢。"祖耕坚定道。

"对了，'红嘴鹰'的真名叫东方哲，上次在梧桐巷带头闹事抢米的那个人就是他，被我一枪打到腹部，现在正被关押在司令部的大牢里呢！人证、物证俱在，还假得了。请将军一百个放心。"祖耕看出呼延冲的疑虑，又斩钉截铁地补充道。

"此事非比寻常，旧咨议局议长刚被军政府扣押治罪，端木老儿现在明为副议长，实际就是履行议长的职责，位高权重，时机敏感，岂能随便对他动手。要抓他起码也得向革命军政府汇报，经黎大都督定夺后才能缉拿他。天快亮了，不如你赶紧洗把脸，随我一起马上到都督府汇报，听候命令后再采取下一步行动。"呼延冲说道，且顺手摸了摸腰间的手枪。

呼延冲知道这些天，祖耕按照自己的命令东奔西走，维持稳定，侦破大案，抓捕巨盗，日夜操劳，十分辛苦。但是情况特殊紧急，老侍卫季章又跟祖家回苏州去了，暂时没有放心的属下。祖耕就是他现在不可或缺的左右手。直到现在，他还不知道季章已经死在清风寨土匪手上了。

就在黄祖耕离开大牢，向呼延冲请示汇报情况的间隙，约一杯茶工夫，端木舜正带领数十名随从来到了监狱外。监狱地处偏僻，狱卒认得端木，知道他是个大人物，浑身上下所有的困乏都吓跑了，赶紧隔着铁栏杆起身行礼，毕恭毕敬地说道：

"议长大人好！"

"听说特别行动队抓到刺杀议员的凶手，张咨议员可是我的至交好友，我倒要看看凶手是何方妖怪，是否长了三头六臂，连大名鼎鼎的军政府要员都敢杀害，不知黄副官方便让我进去见千刀万剐的凶手吗？"端木满脸客气说道。

"黄副官有紧急情况到卫戍司令部汇报去了，那几个歹人由我们看管着呢，他们是插翅难飞。"守卫狱卒战战兢兢回答道。

"啊，黄副官不在呀，我想亲眼看看歹人，也好让我的好友九泉之下瞑目，不知你们能给行个方便吗？"端木假惺惺地说着，一边不由分说带领随从靠近大门。狱卒哪敢得罪副议长，但是也不能随便打开牢门。

"上边有令，不能随便……"值守狱卒本想说不能随便打开监狱牢门，但他永远也不可能说出这句话，只听沉闷"啊"的一声，一把锋利的匕首已经割断他的喉咙，狱卒被人隔着铁栅栏从外边提起，从腰间掏出钥匙。

经过几道门后，在最牢固结实的一间牢房里，端木看见被关押的"红嘴鹰"等人，副议长向看押的特别行动队员深表感谢。特别行动队员倒是十分警惕他的忽然造访，黄鼠狼给鸡拜年没安好心，人人都暗自做好拼命准备。因为是深夜造访，端木故意打起了哈欠，从身上取出烟枪向他们道：

"因为咨议员的意外身故，老朽一夜未眠。刚才得到消息，走得匆忙忘记带火，现在有些困了，你能帮我点上它吗？"他一边为烟锅里加烟，一边向另一狱卒道。

就在狱卒犹豫着准备为他点烟的瞬间，端木身后的几名随从突然从腰间拔出匕首，刺向他的后心。事发突然，下手又狠，根本没有还手机会，狱卒就一命呜呼。特别行动队员们组成人墙，挡在门口，奋力阻挡端木等人靠近"红嘴鹰"等疑犯。但是对手武功实在厉害，事发突然，特别行动队员们根本不是他们的对手，没有多少反抗机会，就被刺穿喉咙，纷纷倒在血泊之中。端木的随从们随后解开"红嘴鹰"等人的绳索，迅速逃离监牢，一把大火点燃了监牢的房顶，烧毁了所有审讯"红嘴鹰"的资料。等监狱淹没在熊熊大火中之后，端木舜正才在暗处哈哈大笑着离开。他心里骂道：狗屁的革命党首义成功，老子才是最后的胜利者。

在总督府大门外，祖耕不停地踱着步子，焦急地等待着呼延冲。看见呼延将军出了总督府，便快速上前询问军政府如何处理端木舜正的意见。

"巧得很，黎大总督和李总参谋长都在，听了我的汇报后，知道你的特别行动队侦破了代号叫'红嘴鹰'的秘密组织，是它策划和实施抢米事件，以及杀害议员的恶劣行为后，长官们都很高兴。"呼延冲道。

"是否马上抓捕端木老儿？"祖耕急切地想知道。

"不过，结合武昌城军政府现在所处的实际复杂局面，他们认为现在是一切讲团结的时候，是调动一切力量共同对付北洋新军的时候。为了不分散革命的力量，不去打草惊蛇，对端木舜正个人，长官们命令只是加强监视，抓捕延后执行。"呼延冲边走边对祖耕小声道。

"什么，延后执行？他可是幕后元凶，罪大恶极，影响黄将军的安全。何况怎么向死去的家属交代？万一端木舜正跑了怎么办？一定要竭尽所能，保证'铸剑计划'成功。"祖耕急切追问道。

"一切以军政府利益为重，以长官命令为准，以迎接黄兴大将军到来为主要目标。"呼延冲道。"明天，将军就要来鄂，对于保护将军的安全，你们特别行动队要有万全的计划，不得有半点闪失，其他事情等战事稍稳定后再予以及时果断处理。对端木舜正要严密监控，他的一举一动要及时向我报告。"呼延冲补充道。

"属下不明白，为什么还让端木舜正兴风作浪？道貌岸然人模狗样地主持咨议局日常运转，实则犹如放置了一颗定时炸弹，终将危害军政府的运转。"祖耕不解道。

"以现在端木的势力和手段，直接去拿人，怕是人未拿到，他定会死不认账，反告你屈打成招，事情反而难办。历史上不是有个'瓮中捉鳖'的故事吗，到时你就懂了。"

因为战争，路上行人并不多。穿过几条大街后，祖耕与呼延冲骑马来到监狱所在的大街上，忽然远远看见监狱方向燃起熊熊大火，人们本就痛恨监牢，自然是层层地围观指点。呼延冲和祖耕均大吃一惊，加快了前进的速度。监狱大门洞开，已被熊熊大火燃烧吞噬。祖耕心想昔日追随自己左右的特别行动队员没有一个人出现，活生生的人从此永远与自己阴阳两隔，他顿时伤心欲绝，痛苦万分。这么多天费尽周折抓获的凶手巨盗逃脱，所有证据被付之一炬，背后的黑恶主谋又将逍遥法外，不知又给军政府带来多大的隐患。不禁深深懊悔自己轻易离开现场，低估了敌人的狡猾，丢掉了宝贵的人证物证，丧失了击毙凶手、抓捕幕后主使的最好时机。武昌城依然处在黎明前的深深黑暗中。

第六章

鏖战汉口　大显身手

翌日天明，东方刚亮，初冬的晨曦寒意渐浓。武昌城显得格外静谧，空气中散发着特别的气息。只是大街上、旮旯里到处都有巡逻的卫兵和着便装的侍卫。特别是都督府通往江边码头的江都大道上，更是三步一岗、五步一哨。军政府里面有头有脸的政府大员，都早早来到江边，无论是同盟会、革命党、立宪派还是地方势力代表，都带着同一个目的，十分隆重地来迎接黄兴将军。人们对黄将军领导的广州黄花岗起义、镇南关起义等都了如指掌，对他不怕牺牲、不屈不挠的革命精神和大义凛然挽救中华民族于危亡的行动决心深表敬意。更关键的是，黄将军把追求国家独立统一强盛，视为自己的毕生追求和极大责任。振兴中华、驱除鞑虏、平均地权和实行共和的信念理想是他的具体抱负目标。人们也都想及早看到他们心中敬慕已久的英雄人物，迫不及待地想一睹其非凡风采。

　　按照约定时间，江中心缓缓驶过来一艘插着米字旗的巨大商船。祖耕知道按计划，这艘载有重要人物的船要靠岸了。就在船抛锚停稳之后，在数名保镖的簇拥下，船头最早走出来一位身穿戎装的中年男子，圆脸、亮额、豹眼、剑眉，高高的鼻梁下有一道漂亮的胡须。他稳稳站定后，慢慢环视码头上的拥挤人群，有力地举起双手，向岸边迎接他的人群示意。江边等待的各界人士沸腾了。"热烈欢迎黄将军！"人们热情地大声呼喊道，声音此起彼伏，不绝于耳。黎大都督十分兴奋，也赶紧立正，举手向船头挥手的人行军礼。其他人也都以各种最礼貌的方式，挥手迎接英雄到来。军政府有救了，革命军实力壮大了，人们顿时热血沸腾，兴高采烈迎接救星的到来。

在船舷边熙熙攘攘众多下船的旅客中，此时有一位头戴黑色礼帽、身穿藏青色长衫的中年男子，也正急匆匆往船下走去。在他周围有几名若即若离、不远不近的便装男子正紧张地陪伴在他身旁，密切地注意着周围蛛丝马迹变化。等他刚迈上码头，便被早早在此迎接、一身便装的李希烈总参谋长一把抱住，那人伸出巨大的双手，紧紧地握住他的手臂。李总参谋长双眼饱含热泪地注视着对方，嘴唇十分急切地蠕动着，但最终还是欲言又止。只是他们四目紧紧地注视着对方，二人会心一笑，便代表着心中的千言万语。这时一辆黑色福特汽车缓缓停在他们身边，又悄无声息地带着他们迅速离开了码头，直奔都督府方向驶去。

黄祖耕率领的众多特别行动队员，也尾随福特轿车快速撤离拥挤的码头。而在码头边，最引人注意的中心地方，依然响着人们大声欢迎黄兴将军到来的声音。就在黎元洪大都督十分虔诚又毕恭毕敬把船头迎接到的"黄将军"请进总统府时，令他十分吃惊的事情发生了。一位身材魁梧、满头黑发、印堂饱满、双目圆张、器宇轩昂的人早已站在大厅前，李总参谋长陪伴在他身边。看见他进来，那人立即伸出宽大有力的双手紧紧握住他的手，热情地说道：

"如果没有猜错的话，阁下一定就是黎大都督。辛亥起义首功之人呀！鄙人黄兴，有劳大都督亲自迎接，真是愧不敢当啊！"

"辛亥首功？不敢当。你是……大名鼎鼎、四海扬名的克强老弟吧？那我到码头迎接回来的人又是谁？难道你会变戏法？"黎元洪使劲睁大他的眯缝眼，十分困惑地问道。

"黎大都督真会开玩笑，我就是您要找的真正黄克强，让您委屈了，也难得希烈总长的周密、特别安排！"黄兴一边自我介绍，一边示意黎元洪坐下。

"这是李总参谋长的障眼法，他担心我的安全，大概是被清妖害死的革命同志太多，给我安排了一位替身，用革命的鲜血换来的教训吧。大都督在船头上大张旗鼓明面上迎接的其实是我的犬子，一欧，还不赶快过来向您黎叔叔赔罪。"黄兴继续说道，一边示意自己的长子黄一欧向黎元洪道歉，他长得确实像他父亲年轻时的模样。

连最高负责人都敢使用障眼法隐瞒实情，亲自迎接回来的人居然是"赝品"，黎元洪顿时面露不悦。

李总参谋长自知不妥，赶紧站起身急忙向黎元洪解释道：

"让都督受委屈了，这是为了确保克强兄的绝对安全，不得已采取的非常手段。目前城内人员鱼龙混杂，社会秩序极不太平，保皇派、维新派、立宪派以及清廷爪牙余孽，仍然逍遥法外，部分敌人还没有肃清，隐藏的各种敌对势力极难防范。为了确保克强总指挥万无一失平安抵鄂，属下不得已出此李代桃僵之计，让总指挥的长子一欧，装扮成他的模样出现在公众场面。一则让全城的百姓知道总指挥如期到来，鼓舞全体军民和各界人士的战斗士气；二则总指挥的安全事关重大，绝对不能有任何意外事情发生，所以才乔装打扮，用障眼法转移吸引公众的视线。公心使然，责任所在，属下绝对没有半点不恭的意思，还请大都督明鉴。"

此时黄一欧已脱掉外套，撕掉粘在脸上的胡子，露出稚嫩的国字脸，双目炯炯有神，与总指挥年少时极为相仿。

"黎都督叔叔好，李总参谋长叔叔好。"黄一欧礼貌地问候道。

"好！李总参谋长英明神武，办事细致入微，滴水不漏，是军政府的大幸，是革命军的大幸，鄙人怎么会责怪老弟呢？老弟这个'明修栈道，暗度陈仓'的妙计，也只有当年的诸葛亮使用过。若要责怪，也只能算在黄家长公子身上。他年纪轻轻，英俊潇洒，气质与风度都不输给克强老弟。都说自古英雄出少年，乔装得又如此完美，是元洪自己眼拙没有辨认出来，怎能责怪到总长。今天倒是让我大开眼界，天佑我革命军，天佑我军政府了。"黎元洪自嘲道。不知是夸奖李希烈或是夸赞黄一欧，抑或是吐露心中的些许不快，他都不留痕迹天衣无缝地替自己打圆场，给在场的所有人解围。

"让诸位费心了，克强深表谢意。黎都督请上座，都督是革命的大功臣大救星。"看着他们双方已经和解，黄兴再次伸出宽大的双手，热情地邀请黎元洪道。

"岂敢，岂敢，克强老弟学贯中西，上下求索救国兴邦之计，甘愿抛头颅洒热血，是革命的元老楷模，你的到来是所有革命者的福音，你才是大家心中真正的革命大功臣大救星，鄙人勉为其难，岂能不知轻重，贪功冒名呢。"黎元洪是个有自知之明的人。想到武昌首义当晚，自己是被革命党人从床底下拖出来的暂时首领，本人其实并没有建立多少革命功勋，连忙知趣地推辞道。

"大都督有所不知，在我们同盟会里，革命是不分先后顺序的，只要是遵照中山先生的三民主义思想，为国家为民族为劳苦大众谋利益者，都是我们欢迎、团结和尊重的人。特别是像您这样胸怀天下、深明大义、审时度势的人，是所有追求国家自立兴旺所热烈欢迎的人，也是我黄某非常敬重的人。何况我这次来到江城，只负责军务之事，其他政务、外交和社会等等诸事，均仍由都督亲自定夺，这正中位置当然是为您留的。"黄兴道。

听见如此恭谦的话，又见他十分真诚热情，黎元洪心里多少有些受用。当初担心自己会受到极大的掣肘和冷落，现在看来自己依然会大权在握，不致失宠。便赶紧也伸出双手，紧握起黄兴的手，二人相互大笑，相互敬重地手挽着手迈向主位就座。其他一些军政要员，也纷纷依次分列左右而坐。

黎元洪环顾四周，稍稍清清嗓子道："诸位，今天我们非常荣幸地迎接到黄将军，是全城百姓的幸事，是鄂革命军政府的幸事。将军不惧强权、不畏风险、不辞辛劳，千里迢迢抵鄂。甫一到任就参加军政府的特别会议，令黎某钦佩不已！现在我提议，让我们以最热烈的掌声欢迎将军的到来！"

将军起身，鞠躬致谢。

"同时，黄将军既是饱学之人，又是革命先驱，也是广州黄花岗起义、镇南关起义等众多斗争活动的直接指挥官，军事指挥才能和指挥经验非常之丰富，下面我们有请黄将军训示，大家欢迎！"黎元洪敬慕之情高涨。

所有参会之人怀着极大热情期待黄兴讲话。黄兴环顾四周后，郑重起身施以军礼，抬手示意大家安静，声音洪亮道：

"克强有蒙诸位同志厚爱，自香港经上海到武昌，在江边就远远看见黄鹤楼上崭新的'铁血十八星旗'高高飘扬，令黄某十分激动。吾与中山先生等革命诸同志虽然起事无数，但终是昙花一现，牺牲不少，成事不多，壮志未酬！让清狗的废朝廷能苟延残喘至今，继续苦我人民。今武昌首义即成，必威震华夏环宇内外，唤醒吾四万万同胞兄妹，革命形势必将发生重大变化。是吾武昌人民之幸事，是鄂省人民之幸事，是中华各民族之幸事。今陕、湘、川、浙、粤、赣等全国二十二省，已有十七省纷纷响应革命号召，享独立而求自主，摆脱封建清王朝的枷锁，追寻自由幸福的生活。一扫鸦片战争以来被欧美和日本诸多列强瓜分掠夺、卑颜屈膝的奴役统治，吾及吾辈所有革命同仁同志，向在座的诸位首义英雄同志同仁，表示最真诚的祝贺和最深的钦佩。"

言毕黄兴深深地弯腰，郑重向身边参加过武昌首义和建立新政权的所有同志鞠躬致谢，等他再端直身体时，已经是满脸泪花。参会的所有人被他的讲话分析所折服，更被他心怀家国富强梦想，关注子孙未来的真诚言语所打动。一阵沉寂后，会场突然爆发出誓死保卫革命政府的铮铮誓言。这声音透过门窗，穿过旷野，响彻云霄，飘荡在大街小巷，飘荡在滚滚长江上，飘荡在古老沉睡的中华大地上。

在李总参谋长的示意下，厚重窗帘后的巨型军事地图被徐徐打开。黄兴拿起细长的棍子，沉稳地指着地图道：

"诸位请看，注意蓝线的走势。蓝线是北洋新军对起义军的进攻方向。目前清廷知道武昌兵变后，十分恐惧，恐成全国革命的席卷之势。于是立即结束最精锐北洋六镇新军的整训，把它们迅即调转方向，沿京汉铁路线一路南下，朝武昌城猛扑过来。其率领者分别是王士珍、段祺瑞和冯国璋。目前已有两镇的兵锋抵达汉阳前线，给我革命军机动作战带来巨大的战场压力和空前的杀伤力。"

北洋六镇新军统帅中的王士珍、段祺瑞和冯国璋，号称"北洋三杰"，是袁世凯最强大、最信任的军事力量，也是袁世凯当下最炙手可热、最有权势的看家本钱。

黄兴为了缓和大家的紧张气氛，故意稍作停留后，显出些许的轻松自信，继续道：

"清廷大厦将倾，号称'虎'将军的段祺瑞不过是'纸老虎'；号称'狗'将军的冯国璋不过是'看门狗'。这不是虎、狗自己的问题，是他们背后主子袁世凯的错误。因为他们的主子是一个廉耻丧尽、背信弃义的大'小人'。袁世凯在某个阶段曾模仿曾国藩，想做清朝中兴的名臣，其实是伪忠臣。一个时刻被清廷皇族忌惮、处处掣肘的人，怎会有轰轰烈烈的中兴事业，痴心梦想终归是黄粱美梦。古人云：'民心顺，万事成；千夫指，入地狱。'出卖康、梁就是他的极恶罪行。我们革命军政府做的是顺民意、解枷锁的正义光明之事，一定可以打败所有逆潮流、悖世界形势的冥顽势力，建立真正的民主共和国，迎接一个人人自由、民富国强的新世界！对此，吾坚信不疑！"他声音洪亮，言简意赅，分析透彻，意志坚定。

"迎接新胜利，打败北洋狗！"左右诸将齐声喊道。

"下面请李总参谋长做具体军力调整部署。"黄兴继续道。

李希烈"呼"地站起，年轻的脸上透着不屈的刚毅：

"受黄总司令的委托，经参谋部所有同仁反复酝酿研究，由我宣布首义革命军军事调动及部署命令：

一、新军第八镇作为主力部队，紧急调往汉口前线，不惜任何代价，对敌第六镇予以坚决、彻底和迅速地歼灭；

二、新民防总队，作为左翼力量，要求迅速插进汉阳，荡平敌方残余势力，全力配合新军第八镇正面作战；

三、调武昌卫戍旅一部，组成特别行动队，兵分两路，一路于今日傍晚前渡过长江，拆除和炸毁京汉铁路大动脉，阻止北洋新军的南调阴谋。另一路则化整为零，深入敌方防线，了解敌人军事调动和破坏军资供应，扰乱敌前线作战排兵布阵，使其不得不分兵防守，减轻前线集中攻击压力。以上参战部队，要求每两个小时向总参谋部汇报军事进展情况。"

"在形势异常危急的时刻，参谋部要求各部将领，务必同仇敌忾，齐心协力，予敌以坚决、彻底和迅速的打击，保卫新生的革命军政府。如有违抗懈怠军令者，必军法处置，定当不饶。命令宣布完毕。"

黄兴仔细听完军事命令后，第一个带头鼓掌，并脱口大声喊道："驱逐鞑虏、恢复中华、平均地权、建立民国。"众人一起高声朗诵，个个表情坚定，报定必胜信心，置生死于度外，只求一战。一群出生不同、来历迥异的铁血汉子，在泱泱中华大地上，正唱响时代最强的音符，为沉沦的古老国度惊醒滚滚春雷。

在九省通衢的武昌，革命军与北洋新军鏖战正酣。双方汉口血战数日，战争胜负天平悄悄发生了一些微妙变化。临时拼凑和装备较差但斗志昂扬的革命军，时常被糟糕的后勤保障所困惑。建制整齐、装备精良和训练有素的北洋新军，后勤保障无虞，也因为他们昔日的领头羊袁世凯重掌大权而欣喜鼓舞，上下将士均立功心切。革命军伤亡惨重，兵员、武器和粮食供给都遇到巨大的困难。"狗将军"冯国璋亲率下的北洋新军，倚仗优势兵力和精良装备，不断地蚕食着革命军的阵地。更为危险的秘密消息是，沿着平汉铁路大动脉，大批的北洋士兵和辎重正源源不断地从北方运来，大有乌云压顶之势，湖北临时革命军政府危在旦夕。

看见不断地有人进进出出，向李总参谋长汇报前线战局吃紧、弹药兵员奇缺的情况，总指挥黄兴几个小时都一言不发。只是炯炯有神的双眼，紧紧地盯着挂在对面墙上的一张巨大军用地图，一遍又一遍地在内心计算着什么。

经过仔细的了解掌握军事情况后，黄兴把敌、我双方所有可能参战的军力，包括带兵将领、布防位置、实战兵力以及大炮、机枪等辎重，都了然于胸。他迅速拿起一张白纸，极谨慎地在上面写了许多文字，并认真把它对折起来，交给身旁的作战参谋道：

"请现在立即把它交给李总参谋长，请他放心，我一定会按时赶到那个地方。"

而在相隔不远的房间，正在主持临时军事会议的李总参谋长，看完纸条后，不禁拍手在会议桌上：

"妙！告诉黄将军，我定会按他的计划，把所有军力布防完毕，请他放心！"他脱口对送信的参谋道。

夜幕刚刚落下，黄兴一身戎装，带着李总参谋长和儿子黄一欧等数名人员，悄悄来到汉阳三眼桥，双方作战最前沿的一个临时指挥所。他白天在纸上安排的所有参战将领均已到位，无数双眼睛在黑夜中期待他的命令。他目光刚毅地环视左右，掏出怀表，指针指向六点：

"大家对下时间，一小时后，看见信号弹，立即发起进攻，有问题没有？"

"请将军放心，保证完成任务！"众将领齐声道。

"为革命军政府而战，为天下受苦受难的百姓而战，望大家精诚团结，竭尽全力，奋勇杀敌！"黄兴坚定道。

"不成功，便成仁，请将军放心！"

"祝君成功！"

所有参战将领与黄兴一一握手道别后，迅速离开灯光暗淡的临时指挥所，各自回到带兵一线，等待命令。

"时间到，进攻开始。"七点刚到，黄兴短暂但有力地命令道。

信号弹飞向天空，汉阳瞬间火光四起，炮声隆隆，大地顿时天崩地裂。黄兴不顾个人安危，冲出简陋临时指挥所，带领革命军一路冲锋向敌人前沿阵地猛扑过去。对面防守的北洋新军正在休息，瞬间被打得措手不及，阵地被撕开一个大口子，杀得敌人哭爹喊娘，抱头鼠窜。在革命军勇猛进攻下，战事进展很快，向对方阵地推进数公里，敌人临时搭建的前线指挥掩体，也被革命军攻陷，这些天苦战丢失的大片土地，又回到革命军政府手中。

从北京远道而来的北洋新军指挥冯国璋，也非等闲之辈。他从讲武堂毕业，到德国专业学习军事技能，回国后从基层干起，独当一面，深得袁世凯喜欢，一路拔擢，成为心腹。这次受清廷委派，实则是受袁世凯暗中指使，专门赴南方镇压革命党。他在梦中被部下紧急叫醒，边穿衣服边听汇报，一把抓起房间里的一挺崭新机枪，冲到屋外，用机枪对天连续扫射。他是提醒所有参战北洋新军，该是紧急动员，迅速集合对付革命乱党的时候了。很快所有能赶到的参战将领，纷纷集合到他的身边。

"张副官听令，把两个机枪营拉上去，相互掩护，马上占领制高点，务必压制住乱匪的嚣张进攻。另外再派一个机枪营守在指挥所，随时准备歼灭来犯之匪。"冯国璋操着满口直隶北方话果断命令道。

他毕竟受过专业军事训练，很快就有了对策，稳定了人心，知道革命军缺少机枪，也最怕正面遇到对方机枪阻击。因为天黑军情不明，宜静不宜动，指挥不当必定自找苦吃，军心混乱，正中革命党计谋。

趁着夜色发起突然袭击的革命军和临时组建的民军，向前推进的势头正猛，迎头遭到数十挺北洋新军机枪的密集猛烈阻击，冲到最前面的革命军纷纷中弹倒地。机枪是革命军最缺乏也最害怕的武器，跟在他们身后冲锋的士兵顿时乱作一团，扭头往回跑，失去继续向前攻击的勇气，战场形势十分危急。

黄兴眼看事态紧急，不顾个人安危，冒着战场枪林弹雨的危险从掩护的大石块后跳出，大声向退却的民军喊道：

"大家别怕，都马上趴在地上，听我命令。天黑敌人其实什么也看不见，他们只是壮胆而已，根本不敢打过来。大家只要看准机枪火舌发射点，瞄准它后面的机枪手射击即可，保管它马上哑火，趴在那里再也动不了。"

言毕举枪朝离他最近的一处机枪火苗点射击，机枪手顿时一声惨叫，倒地不起，机枪停止了射击。他又连续向几个火苗点射去，果然对方机枪阵地哑火不少。

革命军暂时稳住了刚才恐惧慌乱的后退，大家效仿黄将军的做法，趴下身子，找准目标，专打敌人嚣张的机枪火力点，敌人顿时停止了集中攻击气势，改为原地掩护射击。

"总参谋长，能不能派些精干的敢死队员，去弄几挺敌人的机枪？"黄兴一边换弹夹，一边向身旁的李总参谋长建议道。

"萧世城，敢不敢带你的敢死队过去，摸他的'夜螺丝'，弄几挺机枪过来？"李总参谋长对早已候在身旁的敢死队队长萧世城道。摸"夜螺丝"是方言，是抓敌人的俘虏之意。

"怕死的是孬种，敢死队听好了，该是我们效命革命军的时候了，给老子猛扑上去，弄几挺机枪作为献给黄将军的礼物。"萧世城二话不说，带着自己身边的敢死队员，动作麻利地消失在茫茫黑夜中，向敌方阵地悄悄爬去。

"大家做好掩护。"黄兴又朝一处机枪口射去，一边低声命令左右道。

机枪是北洋新军重金购置的欧洲最新武器，是他们的看家宝贝之一，机枪阵地当然也是重兵保护。萧世城等敢死队员趁着夜色掩护匍匐前进到机枪阵地时，对方阵地上也藏有大量敢死队员。两强相遇，勇者胜。萧世城迅速从腰间拔出短刀，猛然朝离自己最近的敌人胸口使劲刺去，敌人应声倒下。其他队员也迅雷不及掩耳之势向敌人进攻。

但对方人数太多了，革命军敢死队根本不是敌人的对手，他们很快死伤殆尽。萧世城忽然对身后的敢死队员周介生道：

"你不能死，一定要活着。所有活着的敢死队员们，掩护周介生突围。"萧世城故意大声吆喝道以吸引敌人注意，从侧面打光所有子弹，把携带的最后一颗手榴弹也扔向敌人的机枪群阵地，掩护周介生紧急突围，自己不幸被敌人乱枪打死。

突围后唯一活着的敢死队员周介生，他哥哥周介民身为营级指挥官，十几天前在一线突发遭遇战中，为保卫军政府政权而英勇牺牲。为了替兄长报仇，他掩埋掉哥哥遗体后，毅然决然参加了革命军，并自愿成为革命军秘密组建的铁血敢死队员。敢死队是当时战场最关键最勇猛的机动小部队，要求队员绝对忠诚可靠，往往在战场最危险和最紧急的时候最后使用。周介生也是黄祖家在武昌求学时的同班同学。

黄兴等眼看刚才还生龙活虎的敢死队员们瞬间阴阳两隔，不禁热泪盈眶，为了减少不必要的伤亡，他果断命令敢死队暂停进攻，改为原地待命。

"总指挥，按照您的部署，炮兵营已经准备到位，只等您的进攻命令。"李总参谋长悄悄道。他生怕黄兴伤心过度，伤了身体。

"趁敌人不知道我们的底细，当攻其不备，血债血偿，一定要把冯国璋这只看门狗赶出汉阳地界。但命令炮手一定要节约炮弹，确保投弹百发百中。同时炮声一响，命令新民防总队，及时从侧翼佯攻，掩护新八镇的革命主力隐蔽向前推进。"黄兴擦掉眼泪，迅速恢复镇定道。

"明白！炮兵营进攻！"李总参谋长命令身旁的传令兵道。

霎时，地动山摇，火光四起，革命军政府的炮弹呼啸着纷纷落在敌人阵地上。北洋新军这些天作战从未见过革命军如此不顾一切地进攻，猝不及防，顿时死伤惨重。伺机而动的革命军主力，在炮声掩护下迅速从黑夜中站起，勇猛地朝敌人的汉阳指挥所扑去。

数天的激战，装备精良的北洋新军几乎没有遇到对手计划周密、进攻凶猛有序的抵抗。这让初期作战捷报频传的镇南特命全权安抚使冯国璋，头顶北洋重臣深谙军事的大人物，有些丈二和尚摸不着头脑。

"他娘的乱匪是谁在指挥，他们不要命了。黎黄陂，那个从床底拉出来的软蛋，不可能是他带兵！第二协统的何锡藩，白捡了一场刘家庙胜利，还是被吓破了胆，开枪自残滚下火线了吗，也不可能是他呀！"冯国璋嘟囔道，恼火直到现在他居然不知道对手的指挥主帅是谁。

"大帅，乱党兴风作浪，毕竟是乌合之众，回光返照而已。夜已深，敌情不明，为避免过多无谓伤亡，折了大帅英明，应该避其锋芒，撤退到安全地带，待天亮后再从长计议不迟。"属下劝冯国璋道。

"老子怕他不成！我就在这儿，哪儿也不去。想我北洋健儿素来吃肉喝血，就算是深夜偷袭，也要把乱党跳梁小丑的把戏打下去。传我命令，全军集合，半个时辰内，把两个大炮营集中起来，待大炮地毯式轰击二十分钟后，三个攻击标随后出击，一天内彻底占领汉阳，打到总督府，活捉黎黄陂。"冯国璋勃然大怒，断然拒绝下属的好意劝阻，准备全力攻击革命军政府阵地。

"喳！谨遵大帅命令。"在场的所有部下齐声道。

对手也没有闲着。军政府临时又组建了一支敢死队，在夜幕的掩护下，悄无声息地靠近北洋军炮兵阵地。

他们手臂上统一系着红色布条，腰间和背上都有鼓鼓囊囊的沉重什物，"隐蔽！周介生你不要命了。"有人低沉地呵斥道，阻止着周介生的单独冒进。

"队长，不要管我，再靠近一点看得更清楚，能炸掉更多的大炮。"周介生回答道。隐约间能听到他前方数十米，北洋炮兵对执行上司深夜作战命令不满的咒骂声。

"你小子有种，千万不能暴露自己。大家听我命令，我喊一二三，把所有身上的家伙都扔过去，大家听明白没有？"背影领头人低声道。

"明白。"众人道。

"一、二、三，投弹！"刹那间周介生等敢死队员把所有携带的简易手榴弹，全部扔向北洋军炮兵阵地。北洋炮兵刚才还嘟嘟嘲笑敌人是乌合之众，炮声一响，定会屁滚尿流满地跑。现在猝不及防，炮兵阵地瞬间变成火海，惨叫声不断。

听到前方爆炸声，黄兴知道计划已成，迅速从隐蔽的大树后站了出来，大声道：

"革命的勇士们，我铁血敢死队已经完全炸毁敌人的炮兵阵地，良机勿失，跟我一起冲上去，收复汉阳，把敌人打回北平去。"

埋伏已久的革命军主力部队，在高高飘扬的铁血十八星旗和锣鼓声中，英勇地朝敌军前线阵地掩杀过去。

"将军，注意安全，切不可伤了主帅。"张参谋提醒一直冲锋在前的黄兴道。

"战机难觅，杀敌要紧，有一欧在我身边，你就放心吧。"黄兴不顾危险，在枪林弹雨中身先士卒，总是冲在队伍最前面，一连打死数名敌人。

"什么，大炮被全部炸毁了？他娘的，不是还有步兵吗？传我命令，立即把全部的步兵投进去，务必顶住乱匪的首轮冲击。后退者，督战队给我就地枪毙。"听到大炮被毁的汇报，冯国璋大怒。但他依然十分镇定，不相信自己会失败，严令统帅的北洋陆军，不惜任何代价向革命军阵地扑上去。

东方渐渐露白，汉阳战场上枪声依然激烈，没有任何停战的迹象。交战双方阵地上到处都有惨烈激战后阵亡将士的累累尸体。

"李总参谋长，立即派敢死队从左边山口攻上去，打敌人的腰部，让他们首尾不能相连。再让民军主力全部压上，打掉山背后的绊脚石。"黄兴一边进攻，一边注意到敌人利用前方山坡高度优势，极大地阻截了革命军冲锋的步伐。

"是。现在我命令敢死队从前边山头的左边冲上去，务必全歼敌人。"李总参谋长立即执行道。

北洋新军本就大意，完全没有想到前几天被他们打得溃不成军的对手，似有神助，居然井然有序不断地猛烈进攻。武器粗劣，打法精妙，攻击毫不犹豫，士兵前仆后继，打乱了北洋新军的所有作战计划，他们完全是被动挨打，处处掣肘，仅能勉强支撑战局。

经过一天的激烈血战，胜利的天平悄悄向革命军倾斜，数千战士在各条战线上越战越勇。但训练有素装备精良的北洋新军，没有半点后退迹象。

"大帅，大炮被毁，乱党孤注一掷，我北洋健儿不能白白牺牲，自损实力，应该避其锋芒……"参谋长欲再次劝阻冯国璋退兵，但话没有说完就被呵斥住。

"混账，没有大炮又怎样，我北洋健儿灭贼除害，就像徒手杀鸡一样绰绰有余，行动自如。他们乌合之众，拿什么东西与我等精锐决战？"

"可是大帅……"参谋长想让他保存实力，好在袁世凯那里争得地位影响。

"啪！"冯国璋一个巴掌打在他脸上。

"住嘴，轻言撤兵，乱我军心，你再啰唆，老子毙了你！"冯国璋大骂。

"大帅……"

"传我军令，着即派步兵第三、四标，再次发起反冲锋，打掉乱匪的指挥所。"

"喳！"参谋长捂住脸正准备传达命令，他的主子又问道：

"乱党前线军事指挥是谁，现在打探清楚没有？"

"回大帅，还没有……"

"啪！"又是一个巴掌打在他的脸上。

"草包、混蛋、饭桶，都一天一夜了，还不知道对手是谁，要你何用，我一刀砍了你。"言毕拔出战刀，就要向参谋长砍过去。左右所有人都大惊失色。

参谋顿时扑通一声跪倒在地，声泪俱下道：

"大帅饶命，我们所有的探子都还在深查中，很快就有线索。"

"嗯？你真不想活了！还不赶紧加派人手查清匪首！再给你半天时间打探清楚，否则军法处置。"冯国璋呵斥道。敌我双方交战激烈，绵延数公里的血战区你争我夺，互不相让。

汉阳前线黄兴指挥的革命军继续猛冲猛打，士兵们斗志昂扬，没有前几天遇到对手机枪扫射就纷纷后退的尴尬场面。

"报告总指挥，昨天晚上炸掉敌人大炮阵地的敢死队员给您带来了。他们去了五十人，活着的就他俩。"有人向黄兴报告道。

黄兴转过身子，双手紧紧搂住他们：

"你们是我们的英雄，是革命真正的大英雄。"说完他郑重地行了一个军礼。

"多谢将军夸奖！为民杀敌，战场用我，是我等敢死队的荣幸。"

"请问两位英雄大名？我一定让人记在革命的历史功劳簿上。"黄兴继续道。

"我叫林大丑，也是大仇的意思。他叫周介生。"

"林大丑，是与清朝廷有深仇大恨，父母怕你忘记大仇才取的这个名字吧？"黄兴追问道。

"回总指挥的话，在我七八岁的时候，父母遭奸人陷害，偌大朝堂竟没有一人主持公道，一家大小二十几人被杀。我侥幸逃脱，被人收养，从此改为此名。他也是替兄报仇，才参加的敢死队。"林大丑回话道。

"就在几天前，本为革命军警卫营长的家兄，突遭敌人袭击牺牲。家兄与我从小亲密，安葬他后，我找到革命军，自愿成为敢死队员，替兄杀敌。"身板稍显稚嫩，但周介生坚定道。

"林大丑、周介生，你们是好样的！我们大家都感激你们的英雄壮举。请两位英雄速去休息，参谋一定会为你们记大功的。"黄兴动情道。

"我俩有个请求，还请总指挥成全，否则我们哪儿也不去。"林大丑道。

"英雄请讲，不必拘礼。"黄兴好奇道。

"听说革命军又组建了新的敢死队，我们请求立即加入。"

"是的，为了革命的胜利，我们确实是连夜组建了更大规模的铁血敢死队，两个分队，共计二百人。可你们确实漂亮英勇地完成了作战任务，应该到后方休息了。"黄兴劝阻道。

"不，杀敌报仇，虽死犹荣，为了革命的胜利，我们一定要参战到底。"林大丑和周介生齐声道。

看着他们不怕牺牲、毫无胆怯的杀敌气概，黄兴眼角有些湿润，轻拍他们肩膀道：

"现在我命令林大丑为新铁血敢死队一队队长，周介生为新铁血敢死队二队队长，向两位英雄致谢。"在黄兴带动下，众人整齐地举起右手向两位致军礼，手臂久久不愿放下。

"革命用我，视死如归。"林大丑和周介生大声道，眼中充满无限荣光。

日头偏西，革命军与北洋新军主力仍在数十公里的汉阳狭长地带激烈交战，双方阵地相互交织，战火纷飞。

"报告大帅，经过反复艰难打探，探得匪首黄兴昨天抵鄂，不知乱党军事指挥是否其人。"有参谋匆匆向冯国璋汇报道。

"是他，消息可靠？难怪乱匪这么猖狂，深夜偷袭，激战一天一夜，竟不知退却。来呀，把我北洋所有剩余的支援大炮统统集中起来，听我命令，我要他黄某人知道天朝的厉害。"听说对方军事指挥是黄兴后，冯国璋稍显吃惊，但很快激起他的斗志，经过一番密谋后，一场更大更猛烈的残酷绞杀计划，悄悄向革命军脖子上套去。

夕阳西下，天边留下淡淡的一抹红色。在一处简易掩体里，黄兴边啃着干粮，边看着手头堆积如山的各种电报和请示。他的儿子黄一欧机警地在外边警戒，各级参谋人员不断地进出掩体传达着不同的作战命令。突然天崩地裂的爆炸声响起，一发剧烈燃烧的炮弹把掩体彻底掀翻，紧急时刻，最近的一个参谋猛然扑在黄兴身体上。他们瞬间都被泥土掩埋。少数活着的指挥所人员，压抑着心中巨大的恐慌，在泥土中疯狂挖掘他们敬重的将军。一欧也扑了进来，急切寻找父亲，"爹爹！"他大喊道。不幸中的万幸，黄兴毫发无损，趴在他身上的参谋却英勇牺牲。

"将军，您离敌人太近了，必须撤出前线。"少数几个活着的参谋极力劝阻道。

"不要管我，按照既定作战计划，寸土必争，务必把敌人的嚣张气焰打下去。"黄兴吐出口中泥沙，急切坚定吩咐道。

"将军，您的安全比天还大，还请立即退到安全区吧。"参谋们苦劝道。

"杀敌有功，退后者斩！革命没有不死人的，非常时期，我黄兴更应该带头打仗。"说毕他拍掉身上的泥土，拔出手枪，带领一欧等活着的革命军士兵，勇敢地朝敌人阵地冲去。

"报告大帅，前线急报，后援部队临时集结的一百门大炮阵地，再次被乱匪攻下，敌人调转炮口向我们的阵地打过来，我方将士损失惨重。"在北洋军临时指挥所里，一个传令兵气喘吁吁地向冯国璋报告道。

"什么，大炮被乱匪抢夺了？警戒部队干什么吃的，都是死人吗？"这个沮丧的消息令他勃然大怒。

"外围警戒部队被乱匪敢死队打死打散了。"传令兵哭丧道。

冯国璋统帅北洋大量精锐作战部队，他绝不会善罢甘休，稍微镇静后，他指着军用地图，突然大笑起来，环顾左右命令道：

"前几天乱匪一败涂地，我还担心他们很快就会鸟兽散，没有大战打了，现在终于碰到对手，我就好好跟他们玩一玩。传令，命令第三、七、八和九四个机枪营，从左边山头佯攻，待乱匪重点调兵防守时，再抽调第三和第七机枪营，同时加派第十五、十六、二十二机枪营，悄悄绕道至山的右边，突然打入敌匪的后方侧翼。再让步兵第三十六、三十九和五十二标，猛攻它的中线，三面出击，一举拿下乱匪主力，活捉匪首黄兴。"

"喳！谨遵大帅命令。"左右齐声道，各自准备大战去了。

在北洋新军阵地的另一边，利用高处大树的掩护，黄兴在望远镜里发现无数敌人的疯狂进攻，但仔细瞭望敌人的一举一动后，他干裂的嘴角露出不经意的轻蔑。

"张参谋，敌人明显是用声东击西的伎俩，妄图迷惑我军，乘机消灭我们。我们就来个将计就计，趁它左边兵力空虚，布置少量部队正面佯装防守，实则调动所有主力部队，分成三个方向攻入敌人的左侧，直捣敌人心脏，看他奈我如何。"黄兴做了一个双手合围的有力姿势。

"将军用兵绝妙，属下敬佩至极，这就传令下去。"张参谋立即回答道。

"慢，只是右侧压力大，命令两个铁血敢死队，火速增援，让他们只守不攻，务必坚持到明天中午十二点。另外电告城里的卫戍留守部队，随时做好战斗，以备紧急增援。"黄兴补充道。

"将军是指呼延冲的卫戍部队，也要准备投入战斗吗？"张参谋想确认道。

黄兴仔细瞭望敌人动向。"征调预备队的事情，切不可走漏信息，惊动后方。"他补充道，挥手让其传令。

大地颤抖，江河鸣咽。双方惨烈的战斗从清晨打到黄昏，直至第三日黎明，数千革命军与北洋新军，依然激战在汉阳数十公里狭长的战线上。敌人机枪不断地吐着火舌，阻止革命军前进的步伐。但再优越的武器，也无法阻挡革命军势如潮水的英勇进攻。北洋新军声东击西的掏心战术，被革命军识破，反而潮水般攻击它的左翼。敌人左翼阵地很快暴露失陷，失去支援的北洋新军不是被打死就是缴械投降。革命军趁机收复大片土地，夺得数挺崭新机枪。只是右路革命军作为诱饵，依仗一个团和少数敢死队的兵力，拼死抵抗，损失惨重，伤亡巨大，阵地随时都有丢失的危险。

"张参谋，你知道围魏救赵的故事吗？立即抽调左边主力攻击部队的两个营，不得与敌纠缠，以最快速度，直接进攻冯国璋的指挥大营，打掉敌人的心脏要害。通知右翼防守部队，打仗要灵活机动，尽量减少伤亡，务必再坚持三个时辰。"黄兴命令道。

"报告将军，李总参谋长到。"传令兵向黄兴报告。李总参谋长昨天回城参加特别军事会议，这时返回前线。

"李总长辛苦了，一路可曾安全？"黄兴喜出望外问候道。

"将军更辛苦，您在前线督战，仗打得很好，后方百姓都很高兴，城里许多年轻人都想报名参加革命军呢。我带来一份特别委任书，经过各省革命军代表大会一致通过，黎元洪都督亲自签发，决定任命您为湖北临时革命军政府军事委员会总司令，恭喜黄总司令！"李总参谋长道，随后郑重把委任书递交给黄兴。

"感谢各省革命军代表对我的信任，黄某惶恐不安。"黄兴双手接过委任书感谢道。

"总司令实至名归，是全国革命的胜利保障。"张参谋高兴道。

"敌人未灭，吾辈仍需努力。武昌首义不易，守住革命胜利果实更难。"总司令一边装弹，一边说道。

"总司令身先士卒，冒着枪林弹雨在前线指挥作战，已经三天三夜未休息，大家都希望您保重身体。从现在开始，这儿暂时由我替您指挥，总司令和一欧该好好休息。"李总参谋长心痛道。

"也好，有你在我放心。待我养足精神，晚上再与兄并肩杀敌。"黄兴突然觉得十分疲倦，他确实需要休息了。

几十公里外的李庄却是另外一幅景象。李庄主家厚重的大门豁然对外敞开，不断有人进进出出。穷苦的庄稼人难得有丁点的闲暇和笑容，除了租赁土地和手头实在拮据不得不求人外，他们平时也不敢随便出入方圆几十里地最漂亮的李家大院。今天是个例外。他们是来同被劫持的家人团聚，喝李庄主庆功酒宴的。院子里摆着长长的酒桌，犒劳从土匪窝里救人回来的壮丁，更主要的是为了款待祖家的英勇壮举。付出很少的代价，完成不可能实现的目标，救出李、刘村庄的数十名青年族人，居然没有其他的额外敲诈，这是几十年来与土匪斗智斗勇中最成功的一次，这让李庄主十分开怀高兴。

在李家祠堂，当着众人的面，李庄主郑重地把用大红绸子做成的锦旗，双手递到祖家面前。祖家打开一看，只见上面写着："赠 热血青年黄祖家。"落款盖章是临时军政府社会部。是一面极具褒奖的锦旗。

"'热血青年'实至名归，三少爷是族里的大恩人，将永久记载在族谱里，我们永世不忘！"李庄主郑重其事地重复道。

"感谢三少爷的大恩大德！"众人齐道。

祖家说了许多不敢当的话，他不喜欢别人过多的奉承。他只认为是他的运气好，做了应该做的事情而已。

"李叔客气，这都是我应该做的事情。"他腼腆地推脱道。

"贤侄不用客气，你真是我们的大恩人，是李庄和刘庄所有人的大恩人，我们会记载在族谱中，永世不忘。为了感谢你的大恩大德，今天略备薄酒，让我们大家举起酒杯，真诚祝福大英雄胜利归来。"李庄主提议道。

多年的故交好友、邻村的刘庄主自然还是坐在李庄主的左边。眼看日过正午，时机正好合适，刘庄主起身双手捧起酒杯，小心翼翼地端到祖家面前道：

"贤侄年少英勇，有勇有谋，能文能武，能从无恶不作的清风寨救出族人，解我两庄困局，正应了那句老话，'自古英雄出少年'，老朽由衷敬佩，先敬贤侄一杯。"

"刘庄主言重，我只是年少气盛，一时幸运至极罢了。这第一杯酒先敬与土匪搏斗、不幸失踪的季章兄弟，以及其他一些受惊吃苦的兄弟们，李叔、刘庄主你们看如何？"

"贤侄铁血热肠，有情有义，就按你的意思，先敬季章兄弟。"两位庄主相视对望后齐声道。

"第二杯为吃尽苦头、担惊受怕、顺利归来的两庄族人接风洗尘。"祖家接着提议道。

"第三杯当然是敬贤侄，我们尊贵的客人。"大家齐声道。

盛情难却，祖家被热情的东家和所救的族人所打动，喝了许多上好美酒。正恍惚间，耳旁响起一个短促的声音道：

"闻知二位的壮举后，不才十分钦佩，按照洋人的规矩，女士优先，愿先敬采薇姑娘一杯，不知可否赏脸？"说话的人是刘庄主的长子刘继海。

"刘少爷倒是时髦，洋人的东西学得挺快。要说壮举当然是三少爷最有功劳，要敬也得先敬他吧！"四姑娘推脱道。她知道刘大少爷一直暗恋她，她却看不上他。

"四姑娘不要见外，犬子继海听说二位不惧凶险，深入匪窝巢穴，救出两庄族人，令他非常感动佩服，非要和我一同来，敬他心目中的英雄。当然我也想给二位敬杯英雄酒。"刘庄主知道四姑娘的个性刚强，对他儿子怀有成见，没有好感，便赶紧起身给儿子打圆场。

刘继海吃了四姑娘闭门羹，稍显尴尬，但在父亲的鼓励下，很快恢复了平静道：

"听家父说，姑娘是念新学的，按洋人礼教，应该先女士后男士才对。"

四姑娘转过头来，见刘继海身着崭新藏蓝长袍，脚蹬锃亮皮鞋，带着崭新毡帽，虽不像是那种满大街都能抓一大把的轻浮浅薄子弟，却是十分的迂腐庸俗，令她生厌。但他是刘叔的长子，也是刘庄未来的掌门人，不便于过多轻视，便爽朗道：

"刘庄未来的掌门人，这么有礼数，真是我们李家的稀客呀。公子的盛情，本来我是应该先饮你的这杯酒，但我还是觉得先敬三少爷比较合适，毕竟他才是我们两庄的真正大英雄，在我们李家庄，用咱们中国人自己的礼数比较好，刘叔您说对吧？"

机灵的四姑娘内心厌恶迂腐之人，便找借口就是不接刘少爷敬的酒。"年轻人就是有活力，世道变化太大了，无论男女，他们都敢表达自己的想法和意见，我们年轻时想都不敢想，真的大不同了。"刘庄主望着李庄主，既是无可奈何，又像是自我打趣地感叹道。李庄主连声说："将来就要看你们年轻人的啰。"两位长者索性不参与年轻人的谈话，只管相互饮酒划拳取乐去了。

太阳西下，淡淡的下弦月，渐渐隐没在天地之间。刘庄主等客人酒足饭饱后纷纷离开。见四下无人，四姑娘对李庄主道：

"爹，三少爷明天回苏州老家处理佃租的事情，爹好久也没有带我们到苏州去了，不知二叔他们一家怎么样，我挺想念他们的，不知弟弟妹妹们是否又长高了？"她说的是远在苏州的堂兄堂妹。李庄主稍作思考道：

"是呀，自从前段时间四川保路运动后，社会秩序变得愈发不一样了。长江航运严重受阻，你二叔运送的布料不知脱手了没有，有好几家庄客向我打听结款的事呢。眼瞅着快要过年了，庄稼人眼巴巴等着这笔款养家糊口呢，再拖下去也不是个法子，好多人家吃了上顿不知下顿在哪儿，现在能这样拖着，完全是看在我的老脸上。过一阵子，还会找上门来的。"

"她爹也不必太过忧虑，这阵子世道好像刮风一样，一会儿广州枪响，一会儿西安罢市，一会儿湖南抢米，一会儿四川保路。京城刚成立新内阁，眼皮底下的武昌城就起事了。外边乱着呢，啥都不比从前那样方便有规矩。我看你二叔常年在外经商也不容易，这几笔款拖得太久，是得赶紧问问他才对。"不知什么时候她娘送走客人，进来插话道。

"现在李庄人都是惊弓之鸟，还是我亲自去趟苏州吧。"四姑娘故意轻描淡写道。

"只是你一个姑娘家，不在家待着，老这样抛头露面的，还不被人笑话。万一有个风吹草动，咱可丢不起人。都说宁为盛世狗，不为乱世人，乱世的女人更是可怜，你五妹至今下落不明，生死未卜，这会儿可不敢再给家里添乱了。"

"妈，记得小时候您常给我们姊妹讲'杨家十二女将'为国征伐的事迹。杨门女将多威风神气，巾帼不让须眉。前朝太平天国起事，闹了多大地方，天国里的女将都很厉害，他们从来不惧男。妈你今天怎么变得这么胆小怕事，还不如古人呢，完全不像一个开明地主婆的形象！"

"闭嘴，不要胡言乱语，上了新式学堂就什么都看不惯了，教训你娘不是什么开明地主！你当初能去上新学堂，就是你娘反复替你说情，怂恿我答应你的要求。她为你操碎了心，破例上新学，连你五妹我都没有同意，你看身边还有别家的女孩子也上新学的？能说她不开明？你倒好，不学四书五经，不学女红针线，成天就知道什么自由、女权和平等。更可怕的居然讲斗争、革命！革命是要掉脑袋，那是要死人的！难道你非要引火上身，把李庄人都要拖下水吗？你五妹的事还没有结果，生死未卜，现在你这是要气死我和你娘才消停吗？"

邻居们的闲言碎语，李庄主早有所闻。一直看不惯和不放心这个女儿的过分激进张扬，害怕她惹出事端，于是严厉地批评女儿，想阻止她有伤家风、不顾凶险地四处走动。现在没有外人，是时候该让她发烫的脑袋清醒冷静，给她敲响警钟了。

但他又想起一件事来。

"不过苏州你二叔那边，好久没有信息，不知受到革命影响没有。如今形势变化又飞快，是得尽快与他及早联系，了解所有情况。他到底收回多少货款，得做好下一步打算才是。年底了，庄稼人都瞪着眼睛瞅着那笔钱过年团圆呢，岁尾怎么也得给土里刨食的庄稼人一个交代！"李庄主吐出一个烟圈，忧心忡忡道。

"请问李叔休息了吗？侄儿有事还得麻烦您。"门外突然传来祖家的声音。

四姑娘突然被父亲严厉批评，心里正十分不舒服。她不等父亲开口，便主动上前打开了房门，刚才所有的不愉快好像都没有发生过，对祖家关心道：

"明早要远行，你还没有休息？喝了许多酒，现在饿不饿？"

祖家用眼睛轻轻谢过她，道："我有重要事情得请示李叔叔，方才能休息得踏实。"

"三少爷好酒量，刚才那么多人跟你碰杯都不曾喝醉，老朽佩服。只是天这么晚了，贤侄有何事尽管说就是，不必客气。"李庄主很快调整自己的语气，十分客气道。

"侄儿哪有那么好，多谢李叔夸奖。倒是有两件事情麻烦叔叔。一则，明天一大早我与老管家黄五就要回苏州老家处理家务，提前向李叔告别，以免明天一大早恐有打扰。二则，跟我上清风寨时的季章兄弟，是呼延叔的贴身侍卫，本来是与我回苏州去的，如今却无半点消息，恐怕凶多吉少。如果您方便的时候，烦请先行告知我爹及呼延叔。等我从苏州回来之后，再向他们当面说清当时发生的情况。"祖家道。

"贤侄说得清楚明白，你尽管放心办事去吧，我会派人尽快去铁流镇再仔细搜查季章老弟的消息，他终究是为了我李庄的事情，我们不能忘记人家的大恩。我也会尽快亲自进一趟武昌城，向亲家公当面说明你的壮举。"李庄主道。

"李叔费心了，只是不要把我说得太好就是。小时候父亲常教导我们说，'耕读传家，谨言慎行；爻象在内，吉凶在天'。做事但凭良心，尽心罢了。如果太过招摇讨赏，不知他老人家背后会怎么骂我呢！"祖家道。

"噢，好家风，好家风！怪不得亲家公这么多年碰上逆境，能逢凶化吉，遇难成祥。武昌城内的贤达名士，都喜欢到你们家喝茶说事。亲家公教育的孩子个个有本事，人人都夸赞，这点我是比不上他呀。"

"也包括您的二女婿吧？"四姑娘打断李庄主插话道。李庄主的二女婿就是祖家的大哥。她接着道：

"爹，我看您想尽快打探二叔的消息，了解那边的情况变化，有一个人正适合您。"

"又在吊我胃口，是谁你就直说了吧。吞吞吐吐，让人东猜西猜，倒是你这个鬼丫头的习惯，这像是跟爹说话吗？还不快去为三少爷沏茶。"李庄主一向头疼自己的这个女儿，一边吩咐她道。

"这个人他远在天边，近在眼前。"说完这句话四姑娘扭头就为祖家沏茶去了。祖家倒是丈二和尚摸不着头脑，不知她说这话什么意思。

李庄主明白女儿的意思，这人非祖家莫属。可人家刚帮助李庄从土匪靳霸天手中，救回那么多族人庄客，怎么好意思再次麻烦人家呢？难道李庄真是无人了吗？岂不被外人耻笑轻视。不过现在他眼下确实也找不到更合适的人。女儿说这话或是有什么别的原因？李庄主不禁望了一眼他夫人，夫人也正瞅着他。

"这人是……"李庄主故意道。

"李叔有什么事尽管直说就是，凡小侄能办到的，但凭吩咐！"祖家猜出四姑娘的用意，推测李庄主定有难言之隐，不妨就打消了李庄主的疑虑直接问道。而他的眼睛正偷偷地看着正在李夫人身边沏茶的四姑娘。从她那里他得到了她想要的信息。四姑娘当然也希望能与自己同行，尽快到苏州去，她不想在家继续受到李叔的过分管教，还有见到那个迂腐透顶的刘继海。

在李庄主的五个女儿中，四姑娘是最受关注的一个。她热情、开朗、活泼，平时见她总是一副笑盈盈的表情，在她眼里没有高低贵贱之分，只有平等自由的观念。虽然贵为李家四小姐，她平时很少使唤丫鬟，更别说打骂下人了，自己的房间又常常自行打理，还常鼓励李庄主救济家里生活困难的长工和佃户。就因为这些原因，李庄上下的人都跟她十分亲近，亲切地叫她四姑娘，反倒很少有人叫她四小姐了。由于她讨人喜欢，但凡她认定的事，选择的东西，所要走的路，李庄主夫妇也都惯着她，依着她，尽量满足她的要求。但令李庄主万万没有想到的是，这个性格最开朗、心里最善良的女儿，最近从城里学到了许多可怕的事情。什么自由、主义、革命等暴力血腥的东西，常常使他提心吊胆，夜不能寐。因为根据他的经验判断，如今清王朝的皇帝虽然是个不懂事的小娃娃，但毕竟是高高在上的皇上，他总有长大的一天，总有王朝中兴的时候。在洋人捣乱的节骨眼上，中国内部不能自乱。革命是要杀人掉脑袋的事情，那是普通百姓能干的事吗？再退一步说，就是推翻清王朝，这国家总得恢复秩序，让老百姓安心过日子吧？难道靠他们这帮嘴上无毛的年轻人，喊口号闹革命，就能治理好偌大的中国吗？君臣有道，长幼有序，老祖宗几千年不都是这么过下来的吗？难道革命就是要彻底推翻祖制、抛弃古训了吗？没有仁、义、礼、智、信，温、良、恭、谦、让，那将是怎样一个混乱无序的社会啊！他不敢往下想，他也不想让自己的女儿再参与武昌城内的革命宣传活动，不想破坏李庄还算祥和、安定的生活。不如趁此时机，让女儿离开一段是非之地也好。

于是他说道："四丫头如果真想到苏州，我也不是不同意。去看望她二叔，顺便帮为父过问一下上次布料销售的货款回笼之事，只是这四丫头性格直率，被我从小宠坏了，天不怕地不怕的，又要给三少爷添麻烦了。"

听这话，四姑娘知道爹爹已答应她与祖家一道去苏州的事情，便打断李庄主的话爽朗道：

"老爹是个聪明人，让自己的女儿做生意沟通的中间人，绝对省事放心，真是省钱到家了。"

"最近长江一带也不太平，听说清廷的海军大船正往湖北调动，眼看就要攻打武昌城，鄱阳湖禁航了，水路航行也十分紧急和困难。幸亏前几天我托一个老朋友帮忙，找到一条顺路老商船，印有法国人的标志，是专门往返武昌与上海的，你们明天一大早就坐他的船到苏州去吧。"李庄主道。

看来爹是早有准备，四姑娘心里念道。

第七章

商界魂断　投身实业

这是一个阳光明媚的早晨，秋高气爽，万里无云，微风轻轻拂过，空气十分清新宜人。勤劳早起的人们，已经开始在田间地头劳作。如果不是武昌、汉阳和汉口一带密集的枪炮声，分明是一个祥和美丽的乡村画卷。黄祖家、四姑娘和老管家黄五早早别过李庄主与李夫人，带着行囊匆匆赶往长江码头，乘着那个有法国标志的商船一路向苏州出发了。

壮阔美丽的长江是我国的第一大河，发源于青藏高原的三江源地区。它如一条美丽轻盈舞动的长纱，曼妙地飘过世界屋脊和中国南方数省，形成无数壮阔的瀑布、美丽的湖泊和陡峭的悬崖。滚滚长江带来充沛的河水，形成两岸大片肥沃的土地，滋润着华夏最富饶的地方，养育着无数的芸芸众生，使中国经济重心慢慢由辽阔干旱的北方，逐渐向温润的南方转移。长江所经之处都是中国最富庶、最繁荣的地区之一。"孤帆远影碧空尽，唯见长江天际流"，浩浩荡荡的长江犹如天际之水，在两岸碰撞产生无数的英雄故事和美丽的神话传说，以及许多文人骚客留下的经典诗词。面对广袤的大地和波涛汹涌的长江，此时祖家不禁轻轻地吟出：

黄鹤西楼月，长江万里情。春风三十度，空忆武昌城。送尔难为别，衔杯惜未倾。湖连张乐地，山逐泛舟行。诺为楚人重，诗传谢朓清。沧浪吾有曲，寄入棹歌声。

"好一句'诺为楚人重，诗传谢朓清'。只可惜唐朝李白的《送储邕之武昌》，被吟诵得有点忧伤，我们只是去处理一些事情，要不了两三个月时间，就会回来的，有必要这么忧伤、不高兴吗？不会是'风萧萧兮易水寒，壮士一去兮不复返'吧？"四姑娘不满祖家吟诵古词道。

"武昌亲友如相问，一片冰心在玉壶。"祖家故意把"洛阳"改为"武昌"，时间能改变和塑造一切，他嬉戏四姑娘道。

"忧伤的心，无趣的人，也有快乐吗？"她暗自嘲笑他道。

二人一前一后登上双层夹板。"这是伤感吗？想我祖家平时出门总是茕茕孑立、形影相吊，在武当山修炼时，朝霞夕风，常常清茶一杯、烛影一人相伴，只是到了师范学堂，才有几个臭味相投的同学闲聊。这次出门居然有一位漂亮姑娘相伴，倒是不会孤单，哪里还会有忧伤呢？"祖家揶揄反问道。

"木头也会欣赏美女，真是天下奇观。"四姑娘娇嗔不满地追问道。两个年轻人就这样在壮阔的长江上，暂时忘记所有身边的烦心事，度过了一段愉快的船上旅程。

先走水路后走陆路，经过数天枯燥乏味的长途旅行，终于来到了鱼米之乡苏州。在一处闪着金光，写着几个大大的"楚鄂商号"的大门前，四姑娘激动地大声喊道：

"二叔二婶在家吗？"

片刻后，从大门内走出一个身材微胖、衣着光鲜的中年男子，看见四姑娘后，十分惊喜地招呼道：

"怪不得今天早上总有喜鹊在树枝上叽叽喳喳地叫呢！原来是有家乡的亲人到来。一晃十几年了，当初的小姑娘，现在都长成了水灵灵的大姑娘，二叔差点都认不出来了。"

"二叔还是会说话，快别夸我了，我都累死了，赶紧过来帮我拿行李吧。"四姑娘道，"后边是黄家三少爷和他的老管家黄五叔。"她介绍道。

"不是夸你，你是真的漂亮。顺便告诉你个好消息，今天晚上有个重要的'湖广商会'朋友聚会，洋人叫 party，刚好为你们接风洗尘。"二叔高兴道。

"那太好了，我就可以大快朵颐了。不知二婶和可爱的"小蚊子""小蛾子"在哪儿？怎么没有看见他们呀？"四姑娘追问道。也不见她停下脚步，直接跨过大门向里走去。

"你二婶正在忙着准备今天晚上聚会的饭菜呢。"李二叔在背后回答道，做了一个请的姿势把祖家和黄五迎进了大门。

"可是我家四姑娘来了？接到大哥的电报，我们全家都早早地盼着你们平安过来呢。"一个相貌端正、举止大方的中年妇女安静地站在客厅里，目光慈祥坚定地望着四姑娘说道。在她身旁蹲着一男一女两个七八岁的孩子，扑棱着大大的眼睛，全神贯注地摆弄着地上的玩物，根本没有多余的精力注意有客人进来。

"二婶不愧是江南美女，衣着打扮就是好看得体，比我妈强十倍百倍千倍。这就是我的"小虫子""小蛾子"吧？姐姐可想死你们了。"四姑娘道，快步走到二婶身边，一边抚摸着小孩子们的额头一边说道。

黄祖家定睛看时，只见被四姑娘称呼二婶的妇女，上身穿白色真丝绣花衣服，肩披黑色长纱外套，金色镶边碎花精致点缀其中，衣领口刚刚与脖颈同高，下穿皱褶没脚围裙，金丝绣花绒鞋，头发整齐有致，肤色红润白皙，目光淡定平缓，举止端庄轻柔，显得十分干练果断，令祖家暗自称奇佩服，果然如在路上四姑娘对他所讲，二叔二婶是一对十分了得、夫唱妇和的儒商夫妻。

"眼下要不是今天晚上商会这些个乱七八糟的头疼事，你二婶现在一定会亲自下厨，给你们做几道地道时鲜的江南菜，让你们解馋，顺便唱几段江南小调助兴，《五女拜寿》《汉宫怨》，连我也是好长时间没有听她哼唱了。"李二叔继续道，一边示意祖家与黄五落座喝茶。

李二叔所说商会里的事情，是他所加入的"湖广商会"首领福爷与苏州本地首富棠爷之间巨大矛盾的事情。福爷与棠爷两位重量级人物之间产生的误会越来越重，累积的矛盾越来越尖锐。随着武昌首义起事后，双方成见日益加深，几乎到了水火不容、剑拔弩张的地步。为了最大程度缓和双方的火药味，和气生财，李二叔左右逢源，动用了他的全部关系，才邀请到湖广商会会长曹福疆与苏州首富史骁堂家族的聚会。他深深地知道，如不把握好这次沟通的最后机会，苏州商界将会混乱不堪，商界良性竞争格局将会变得异常惨烈，涉及的制造业、纺织业、漕运业和服务业等许多行业和行会，以及两位巨头竞争背后涉及的组织，都将发生天翻地覆的不测变化，苏州将会持久震荡，攸关大家的生死，殃及千万劳苦大众的日常生活。

　　"湖广商会"是长江中游几个省份的商贾大户，本着自愿、公正、公开的原则，自发组织成立的民间商业日常议事机构。自清朝中晚期成立以来，该组织存在已有上百年的历史。商会组织主要是对本行业内的商户进行日常信息沟通、同业资金拆借和相互商品服务帮扶等作用。特别是对出生地在外省，长期经营活动又在湖南、湖北等地的商人来说，起着十分重要的感情、投资和风险共担的纽带作用。成熟的商会组织如徽商和晋商，远近闻名，兴旺发达数百年。

　　会长曹福疆是清光绪年间直隶举人出身，原外派在苏州任知县，为人秉性刚正不阿，不愿与贪污成性的官僚体系同流合污，性格有明朝廉吏海瑞遗风。又因其父是当朝大太监李莲英身边听话的人，凭着这层上级关系，他才被派差来到富甲一方的苏州做知县。当地知府本无才，他的调任全凭祖上积攒的人脉关系。不学无术、靡费之极的知府，自然令有真才实学的下级知县曹福疆十分不满。摇摇欲坠的大清王朝内讧不断，使他看不见任何革新自强的希望，加之同僚排斥，上级轻视，李莲英倒台，"死水一潭，毫无生气"的官场秩序，都让他心力交瘁。在同年状元张謇的影响和支持下，他渐渐信奉改良立宪，实业救国，对当权派逐渐心灰意冷，愤而辞官经商，利用祖传的薄资，专做江河航运、纺织生产和轮船制造等生意。当时中国商界素有"北胡南张"的称呼。"北胡"就指当世红顶商人胡雪岩，"南张"指清末状元张謇，为江南赫赫有名的商界巨擘。有了"南张"的大力支持与提携，加之曹福疆自己的勤勉经营和良好信誉，大家口口相传，他旗下的曹氏运输公司生意越做越好，掌握的船队和纺织车间也就越来越多，从而引起了苏州首富史骁堂的高度警惕和不满。史骁堂做事低调，却是声名远播的成功商人。在商言商是他的座右铭，眼睛里揉不得半点沙子，希望永久保留自己苏州首富的祖宗荣光。曹福疆却认为他欺软怕硬，常常为了自己的私利，不惜讨好朝廷和东洋人，甚至为了自己的蝇头小利，欺负同行和欺压乡下百姓，一副彻头彻尾奸商巨盗模样。

史骁堂祖上经营各色苏绣多年，史氏苏绣以早春最好的蚕丝为主要原料，生产的丝绸布料非常轻薄透气，顺滑柔软。加之史氏祖传特有的刺绣手工技艺，与精美的丝绸完美结合，制作的史氏苏绣在江南一带闻名遐迩，一直是皇族专供物品。独到的"史氏苏绣"技艺传到史骁堂已经是第八代。随着清廷皇室的衰落，官府定制用量锐减，西洋贵族却对史氏苏绣丝绸逐渐青睐有加，像中国瓷器和茶叶外销西洋和东洋赢得巨大口碑一样，中国的丝绸外销市场前景同样十分了得，特别是史氏苏绣更是供不应求。只是太湖苏州河一带的漕运和长江航运，逐渐被曹福疆经营的船运公司所垄断，交通运输受制于人，货物外运成为软肋，一贯尊贵自大的棠爷十分敏感，数十年来苏州首富受人尊敬的地位受到猛烈冲击，犹如被别人掐住脖子。为解决漕运之事，史家棠爷与曹氏福爷多次沟通洽谈，无法克服利益纠葛，都以失败告终，点燃了两大家族的对抗之火。

曹福疆与李二叔是至交好友，商业互补，性格投缘，世人皆知二人交情一向深厚。二婶是苏州本地人，家族与史骁堂祖上多有亲眷往来，属于远房亲戚。李二叔为人机警圆滑，他不愿也不能看到曹、史两大家族长期积怨积恨，就想利用他的特殊身份地位，邀请曹会长与史首富到他府上聚会，各抒胸怀，化解彼此积怨，共建苏州协作经商大氛围。李二叔这几天忙里忙外安排布置，生怕一点点虑事不周，影响撮合改善双方关系的最后机会，失去重建和气生财的商界大事。

黄五看晌午已过，李家上下为晚上的聚会忙得团团转，自己帮不上什么忙，就向祖家告辞说先回城南老黄宅去，明天一大早来接三少爷回去。祖家也想早点回去看姐姐，尽快处理好佃户闹粮的事情。可四姑娘就是不允，要让他近距离见识一下两位苏州商界巨擘的风采，"机不可失，时不再来"，看人家的派头，长自己的见识，硬是拦着不让他走。祖家拗不过她，答应今晚聚会后，明天定要回去。黄五要先回去，祖家送他上船后，流连于江南苏州风景，沿着苏州河繁华街道溜达着看市井生活。四姑娘和二婶有说不完的话，并给她时不时地在厨房帮忙。

苏州河波光荡漾，嘎嘎作响的乌篷船在河面上留下层层涟漪。祖家心想离开武昌城已许多日子，不知城内革命军与北洋军作战结局变化如何？家里父母可好？学校是否能正常开课？看见街边有一处大型书屋，门楣上金灿灿的大字写着"书海堂"，书屋顺便销售各类新闻报纸和时事杂志，祖家径直走了进去。

"老板，来几份最新报纸。"祖家向店主道。

"好哩，《申报》《大公报》样样都有，不知先生要买哪几份？"店主在柜台里热情地回答道。

"取份《申报》和……"书架上还有许多新书及众多杂志，也是他喜欢的类型，除报纸外，祖家一时难以定夺取舍。店主看出祖家犹豫，便道：

"先生一看就是好学之人，年纪又轻，对您这样的顾客，我们专门准备有书报阅览室，就在您的左手边，推开房门就是。可供您先看后挑再买，保证让您买到想看的书报。"

祖家会心地笑笑，便拿了几份报纸和几摞书籍，往左边的阅览室走去。在浏览挑选的书报中，不知不觉阅览室又进来一伙买书人。祖家无意中只听有人故意压低声音说道：

"两位少爷，今晚一定要让曹僵尸点头，同意给你们漕运股份，否则运送'福寿膏'的事儿早晚会被老爷知道，那可就大祸临头了。"

"少啰唆，本少爷还不明白吗？只是那曹僵尸太过古板，油盐不进，势力又大，背后又有张状元撑腰，少爷我又怎么奈何得了他。弄得老子成天提心吊胆，寝食难安啊，这两天真他妈倒霉啊。"另外一人说道。

"那就一不做二不休，索性……"先前说话的人又继续道，话里透着杀气，做了一个杀人的动作。

看见对方始终用报纸遮掩着身体并说着狠话，祖家吃惊不小，一时不便再待下去，便走去阅览室，胡乱地取了几份靠边的报纸，一边向店主付钱，一边故作轻松地问道：

"这里大白天有僵尸老怪呀？"

"一听先生口音，就知不是本地人。"店主整理着报纸笑道。

"从起义的地方来的。"祖家指了指长江上游的武昌道。

"啊哦，怪不得，真是挺远的。我们苏州福爷神通广大，生意越做越好，东边上海，西边巴蜀，都有他的许多生意。福爷平常脸色古板严肃，难得看见他笑，大家都习惯了叫他曹僵尸哩。"店主道，"不过，他人挺好，顶呱呱没得说。"店主竖起大拇指补充道。

说者无意，听者有心，祖家心里一紧，不知阅览室里都是些什么人，竟如此痛恨李二叔邀请的客人福爷，便假装说还要再看看其他几本新书，小心留意着里面人的动向。

四姑娘一边在厨房帮二婶准备晚餐，一边陪着调皮的堂妹堂弟玩耍。李二婶则不停地呵斥着"小虫子""小蛾子"到外面独自去玩，别妨碍她与四姑娘说话，她想多了解一些武昌变革的信息。

回到二叔家，祖家故意漫不经心地翻阅着报纸，在客厅陪着李二叔等待重要客人们的到来。

"时间快到了。"李二叔紧张地打开怀表看了看说道，便起身往大门口走去，祖家也起身跟了出去。

六点刚过，从李宅门前的左右巷子，各有数人走了过来，李二叔赶紧大声道：

"欢迎福爷莅临寒舍，欢迎棠爷屈尊移驾，两位里边请！"

曹、史二人感谢二叔的接待，但他二人彼此表情冷淡，无言以对，互不问候，只是分别朝对方抱拳施礼，算是彼此打过招呼。互不相让的两人，同时跨过大门，径直朝里面走去，双方的随从鱼贯而入。李二叔叫家人关上大门，命令没有特殊情况任何人不得进入客厅。

李二叔坐了上座，左手是福爷、曹管家与祖家，右手是棠爷与他的两个儿子震南、震北。他们身后分别立着数名保镖，警惕地注视着对方的一举一动。

"福爷、棠爷，震南、震北兄弟，三少爷，请喝茶。"李二叔客气地招呼着诸位。

"哪里来的三少爷，是裴爷请的中间人？"棠爷不满地道。李二叔真名叫李梦裴，当地人称裴爷。祖家定睛看去，只见史骁棠鹰钩眼、剑字眉，双眼深陷，脸皮蜡黄，表情冷酷，让人不寒而栗。

"诸位不知，三少爷是我老家的重要亲戚，祖上本来是苏州黄家人士。"裴爷赶紧道。

"莫非是城南黄家？"福爷打断裴爷的话道。

"正是！福爷好客，真好记性。他叫黄祖家，四个孩子他最小，老三是个女娃，所以大家都叫他三少爷。"

"裴爷不用说了，城南黄家祖上英勇，咸丰年间长毛起事，对我苏州围困屠城，就只有老黄家这支军队，拼死抵抗，血战长毛，才保住苏州城最后的要害之地，保住我史家的基业不倒，这个恩情我史家人永世不忘。来，我先敬黄家三少爷一杯。"棠爷一听是英雄之后，不禁对祖家另眼相看，放低他高傲的额头，率先端起茶杯向祖家说道。

"记得黄老将军在武昌为官的时候，也是明察秋毫，积极响应张謇张状元的号召，力推朝廷变革，实现立宪救国，可惜被一群当政小人给泼了污水，说他是什么救中国不救大清，让他极难做人。如今看来他是对的。可他至今憋着一口气，到老都不肯回祖籍颐养天年，那气节比许多人不知高了多少倍，我曹福疆十分佩服他老人家。"福爷听说三少爷是城南黄氏望族之后，似有无数的话要说，紧接着也举起杯向祖家敬茶。祖家回头望去，只见福爷头发根根直立，双目如炬，浓密的八字胡须随着他的嘴唇上下移动，真正一副刚正不阿、疾恶如仇的硬汉形象。

"做人如此正直，当是苏州商界幸运之事。"祖家暗自思忖。

眼见两位商界巨擘说起老黄家彼此不让，气氛陡然紧张起来。祖家心想皆因自己而起，赶紧起身向二位敬茶，连说不才，有愧祖上大德。裴爷淡定接道：

"自古江南多才子，英雄出在苏州城呀！福爷、棠爷今儿赏光到我李梦裴家中，敞开窗户说亮话，关起门来一家亲，都是商海摸爬滚打多年的老熟人老相识，彼此知根知底。如今这世道不稳，可是在商言商，咱老百姓要吃饭要穿衣，一样都不能少啊，哪样离得开腰中的细软，手中的金银？和气才能生财，我们商界坚决要团结一致，共度时艰，不能相互猜忌，更不能彼此拆墙。否则定会自食其果，授人以柄，两败俱伤，被他人笑话。"裴爷打圆场道。

"如今造化下，世道是有些不稳，到处乱糟糟的。看看路边的饥民，穷困潦倒相都让人恶心，谁叫他们好吃懒做，笨得像猪一样，太不像话了。而有些东西如今却是越发值钱了，军火、鸦片和女人，呸！可我棠爷不喜欢，祖上也不兴这个。倒是这苏州刺绣，咱祖宗喜欢，当今的达官贵人们喜欢，日本、西洋人都喜欢，销量是越来越大，销路越来越远。可有些人不在乎不珍惜，自己人不帮衬自己人呀！"史骁棠呷下一口茶，半带怒气地故意说道。

福爷、裴爷知道这"不帮衬"的意思是什么。随着西洋诸国列强触角更多地深入侵略中国内地，也加大了对中国资源的掠夺步伐，特别是他们长久以来喜欢的中国瓷器和丝绸。苏州作为中国首屈一指的丝绸产地和苏绣之都，每年外销的苏绣产品日益增多。而北通长江、南达常熟的主要航道白茆塘，以及最好的码头，已被福爷的漕帮全部掌握。严重依赖产品外销通道的史家自然不满，棠爷多次威逼利诱，声称要夺取漕帮码头。航线在，码头在，视码头为命脉的漕帮岂肯把码头假手与他人，更别说是他们内心里厌恶的棠爷。棠爷一向自视财大气粗，趾高气扬，不把工人当人看。"笨得像猪一样的人，只能干猪一样的笨活。"棠爷时常这样责骂工人，始终不肯为他们多支付哪怕是丁点的额外薪酬。

"棠爷，说话要凭良心，你的苏绣要外运，哪次航运时间有半点的差错？只是漕帮弟兄个个粗手粗脚，双手布满老茧，每次搬运那薄如蝉翼、色泽明亮、图案秀丽的苏绣，不都是小心翼翼，两腿战战兢兢。可还是被你的人破口大骂，嫌弃弄脏了东西，拿错了编号！工时费太少不说，前几天有弟兄哭着跑来告诉我说，搬东西时手没洗干净，竟被你的人剁掉了手指。你的苏绣是极品，可码头兄弟也是人，是靠自己的气力让全家人吃口热饭的苦力，却被你棠爷长期反复地侮辱。工友们现在都不愿运送你棠爷的货，这怎能说我不帮衬呢？"福爷气愤地回敬道。

"另外大家都知道，前几天裴爷也说过，你棠爷在苏州财大气粗，尽做高贵的苏绣产品对洋人销售，而今眼下穷苦的老百姓只能穿粗布、吃米糠，运送点其他物资十分不便。我湖广商会不忍百姓衣不蔽体、食不果腹，想和你这首富共同投资，在苏州兴建一座机械化的纺织厂，织些白布、纱布什么的，一则能够给更多的工友们找口饭吃，二则让老百姓能有一身买得起、喜欢穿的布料，不知棠爷为何就是不肯？"福爷继续说道。

"苏绣技艺乃我祖传绝学，到我这已八代之久，难道让我分心，让史家苏绣绝技在我手上失传吗？你那纺织厂整天机器轰鸣，嘈杂异常，技术又不在我手上掌握，在蓝眼睛、高鼻梁的西洋人手里攥着，我能把白花花的银子往火坑里投吗？"棠爷反驳道。

"你这个老古董就是不相信别人，成天只知道躲在你的黑屋子里，研究你的所谓苏绣，不知道害死了多少人啊！这么好的让穷苦工友们谋口饭吃的机会，都让你给白白浪费掉了。"福爷不满道。

"不要血口喷人，对纺织业我一窍不通，要投你自己投，我也不想把生意掺和到你们湖广商会里去。我只要你让出一个长江码头供我使用，按你们《商会约规》执行，价钱你随便开，多少我都能接受，而且是越快越好。"棠爷道。

"《商会约规》是含有码头转让价格规定的，那么机密的商会东西，我怎敢独自轻易做主？我手下有多少弟兄靠这些码头谋生吃饭，怎能说卖就卖？"福爷道。

"哼！连个小小码头你都做不了主，妇人之仁，真是枉为商会会长身份。震北、震南我们走，免得浪费口舌。"棠爷怒气冲冲地道。言毕转身带领众人准备离开。裴爷赶紧挽留，怎奈二位今天说话语气都十分强硬，完全没有谈判协商的余地。福爷也不示弱，向在场的裴爷等抱拳道谢后，也匆匆离开了李宅。

等裴爷和祖家到大门外送走客人时，已是皓月当空，大地沉浸在一片淡淡的白雾之中，看不见前边的方向。祖家心中突然有一种不祥的预感，他本想劝说二叔留宿福爷一晚，可福爷那坚决的口气，临出门时注视他的决绝眼神，怕是无论如何也难让他留下了。

四姑娘看见祖家满腹心事的样子，走上前把手搭在祖家肩上劝道：

"别担心，听二婶给我讲过，福爷、棠爷斗嘴斗气这么多年了，平日里彼此谁也不服谁，可他们心里都十分在意对方的行动和生意投资重点方向。在二位大商人眼里，别人都像沙子一样渺小，不值一提，只有对方才是块又重又大的石头，都在心里搁着彼此呢。这对又硬又臭的大石头斗了许多年，大家都习惯了，他们内心里其实相互牵挂、相互尊重。你一个外人，自作多情，未必能懂，还是不要想得太多才好。"

"福爷、棠爷二人斗嘴斗气我不担心，大家知道其实他们彼此相互敬重。只是别人就不好说，万一被人利用，就会酿成大错，苏州商界就会出大麻烦，乱糟糟的难以平静。"祖家轻轻地拉开四姑娘的手，惴惴不安地道。

"贤侄、四姑娘快进来，准备的酒菜都快凉了，他们不吃省下，二叔正好给你们接风洗尘。"李二叔在大厅里故作轻松地招呼他俩道。

"大哥在信里说你勇闯土匪窝，从靳霸天手里救出了五侄女和众多族人佃户，梦装在此敬你一杯。"待祖家坐下，李二叔面带微笑邀请他道。刚才家里客人间斗嘴的不快，像浮云一样飘走，没有留下半点踪影。

"那个靳光头简直就是一个恶魔，你怎么能让他乖乖听你的指示，慢慢说给二叔听。"三杯上好绍兴老花雕下肚，裴爷对祖家劝酒道。

二婶给身边的四姑娘不停夹菜，一边劝她多吃些自己亲手弄的当地苏州菜，一边催促四姑娘、祖家多讲些家乡湖北武昌发生的巨变，特别是武昌首义的事情。

"真是拿人手短，吃人嘴软，这话一点儿都不错，今天要是不说彻底干脆，怕是难吃到美味佳肴，让人白流口水了。"四姑娘吃着地道美味的长江刀鱼，故意打趣二婶道。

"真是个刁钻狡猾的'好'侄女。刚才两位大爷没有口福，说些狠话走了也好，留着让咱们自己人吃。"二婶自嘲道。酒桌上充满相聚的喜气，祖家自是劝裴爷喝酒，尽量淡化他调解失败的不安情绪。

明月渐渐下沉，亥时已过，大家才结束了酒宴。

祖家第二天一觉醒来，已是日上三竿，艳阳高照。老管家黄五一大早来到裴爷家，准备迎接祖家回城南老宅祖屋。四姑娘在屋外已陪二婶有半个时辰，听见祖家起床的声音，便故意大声道：

"哎呀，少爷就是少爷，你看太阳都多高了，穷苦人家早在庄稼地里，不知播种了几垄地了呢，有人才慢慢醒来，看把老管家等得双腿都麻木了。"

"就你多嘴，还开我玩笑，还不是绍兴花雕惹的祸，这头现在还晕着呢！"祖家在屋内有气无力地答道。

祖家到前院别过裴爷夫妇，与黄五离开李宅回祖屋去了。四姑娘恋恋不舍地送祖家到河边船上。

"过两天去看你的深宅大院，欢迎不？"她闪烁着黑葡萄般的大眼睛不舍道。

"我亲自来接你，还要请裴爷、二婶、'小蛾子''小蚊子'他们一块儿过去。"他道。

祖家说要亲自接她去祖屋看看，她深信不疑，直到祖家乘坐的新乌篷船消失在拐弯处，她才若有所失地向回走。刚进二叔家大门，身后突然跑来两位气喘吁吁的汉子向四姑娘问道：

"李副会长在家吗？我们有重要的事情要请教他。"

"漕帮兄弟如此着急，不知有何事，请进来说话。"裴爷从屋内出来，看见是漕帮的兄弟，便招呼道。

漕帮兄弟一眼看见裴爷，扑通一声跪下哭喊道：

"福爷升天了，裴爷请替我们做主，救救漕帮兄弟吧！"

"有话慢慢说，裴爷替你们做主呢。"裴爷大吃一惊，稍作镇定后，一边搀扶他俩起来，一边安慰他们道。

"昨天福爷与管家在裴爷府上谈完事情后，一夜未归，迟迟没有他们的消息，曹夫人十分着急，一大早命我们漕帮兄弟四处寻找，不曾想在太湖边……被早起打鱼的渔民发现……福爷的尸体。福爷浑身是伤，双手被人紧紧地绑着，连一件像样的衣服也没穿，死得真是好惨啊！"两位说着不禁大哭起来，竟再也说不出半句话来。

"什么？福爷出意外了？你们可是看得清清楚楚？"裴爷大骇道。

"千真万确，听到那个渔夫消息后，夫人立即亲自带人现场查看，福爷旁边还有管家的尸体，我们怎敢有半点假话。"他们语无伦次道。

"福爷的保镖呢，他们干什么去了？"福爷悲愤又急切地追问道。

"曹管家被人砍死了，胸口有一个大窟窿。其他人被沉湖了，都是压着大石头淹死的。"漕帮兄弟悲切道。

裴爷顿觉天昏地暗，后背发凉。"我的福爷呀！"不禁一个趔趄摔倒在地。

"裴爷！"

"二叔！"四姑娘惊呼道。

"裴爷快醒醒……"大家呼喊道。

……

"一个活生生的人，昨天还威震一方，今天说没就没了。是谁能下如此毒手？他的目的是什么呢？"裴爷满脑子一连串的狐疑和震惊，不知过了多久，头脑稍微清醒后，裴爷不禁潸然泪下，自言自语道。漕帮送信息的人还在身边等他进一步的指示和安排。

"你们胡说八道，狗眼看清了没有？福爷一向福大命大，吉人天相，怎会遭此大劫？我要眼见为实，还不快带路，让我去亲自看看。"裴爷大骂跪在地上的漕帮兄弟道，言毕就要去看凶杀现场。

"裴爷请慢！我有话要问二位漕帮弟兄。"李二婶听见这个噩耗后，心里闪电般冒出几个疑问来。

"你们家夫人怎么样？她知道这个噩耗吗？你们是自己来报信，还是受人指使？可捎带有什么话要说？有人向棠爷报信没有？现在福爷的少爷们可都好？苏州商会其他人有何打算？"她一连串地问道。

"我家夫人知道福爷出事后，便立即打发我等前来向裴爷及其他几位副会长和福爷生前至亲好友报信，并请裴爷亲自去主持善后事宜。两位少爷年龄实在太小，一直跟在夫人身边，寸步不离。夫人派其他弟兄正守护在太湖边，禁止他人叨扰福爷清静。至于有没有给棠爷送信，我们就不知道了。"漕帮兄弟道。

"夫人不要再问了，只管与四姑娘看好孩子们就好，我亲自去送送福爷，帮忙料理后事，其他事情等我回来后再说。"裴爷打断了她的问话，强压住自己内心的无比痛苦，催促漕帮兄弟赶快带路往太湖边走去，他要亲自送福爷最后一程。

等裴爷一行匆匆赶到太湖边时，福爷灵柩周围已挤满了附近的村民和漕帮兄弟。大家一边纷纷议论好人遭此报应，天杀的凶手一定不得好死，一边擦拭着自己无助的眼泪。众人看见裴爷到来，人群中临时让出一条缝隙。裴爷用颤抖的双手缓缓揭开白帐，他多么希望自己看到的不是福爷，他的死讯只是一个误传，湖广商会和众多的漕帮生死弟兄离不开他呀。可事与愿违，一对浓浓的剑眉证明，躺着的这个人千真万确就是受人尊敬的福爷。那双剑眉是福爷与众不同的地方，是豪爽、正直和博爱的标志，是痛恨社会不公的匕首和战旗。

裴爷跪在地上认真仔细地打量了一番。福爷原本乌黑的头发，被剃了个精光。致命的伤口在胸腔，被人狠狠地戳了一刀，双手被紧紧地捆绑着，留下了深深带血的勒痕。在相隔不远的地方，发现了福爷的管家及几名随从的尸体，也均是被人一刀毙命，尸首随意倒在太湖边，任凭水冲浪打。霎时间，裴爷双眼垂泪，悔恨万分，自己应该让福爷留宿一晚，双方协商完所有问题后，天明再离开，或者应该把商会的事情放在福爷府上商谈，这样或许就能避免悲剧的发生。商会的栋梁没了，他这个副会长该怎么办？幕后杀人凶手是谁？福爷家小孩如何安抚？众多的漕帮和其他靠苦力吃饭的兄弟们今后生计谁来支撑？天杀的凶手为什么会剃掉福爷头发？等等一系列的问题，在裴爷脑海中不断徘徊出现。

"起灵回家。"裴爷只能悲伤地吩咐道。

按世俗习惯，所有的亡灵必须回到家，他得先把福爷等人的尸体打捞送回他们各自的家中。但按习惯，在外地死去的人，是不能进入家族堂屋停放棺椁，只能在外边临时搭棚守夜。因为情况特殊，七八具尸体一起被停放在湖广商会大院内。低沉的哀乐回荡在高墙内外，敲打着所有悲伤者脆弱的心。

漕帮众多弟兄及其他商界朋友陆续赶到，宽敞的商会大院已变为灵堂，正中写着大大的黑色"曹"和"奠"字，四周悬挂起了白布和白帐幔。长达数丈的挽联左右两边分别写着：

前半程庙堂浮沉耿直为民探新路；
后半世商海闯荡诚信进宝誉江南。

曹家上上下下几十口人一律白衣白帽哭声一片，凄惨地围坐在福爷的灵柩周围守灵。曹夫人已哭得双眼红肿，声音嘶哑，两个孩子不停往火盆中烧着纸钱。其他众多商界朋友及漕帮弟兄，分批分次虔诚地上香磕头自不必说。

湖广商会以裴爷为首组成治丧委员会，专门处理福爷善后事宜。经打卦问卜之后，确定三日后申时下葬为宜。同时着人立即电告在上海的张謇张财神，告知他福爷的悲剧事件。张謇是福爷生前最敬重的朋友和上司，善后诸事不能没有他的意见和安排。

在苏州城南边，祖家跟管家黄五自从别过四姑娘，乘坐乌篷船划过七拐八拐的苏州河，经过大约一个时辰，回到老家祖屋。老家的模样在祖家心中记忆有些模糊，只能大概记得一些房屋和方位。他六七岁时，随父母亲曾经回来过一次。梦中的老家，他终于回来了，儿时美好的记忆朦朦胧胧，但最是想念怀念。老家所有人对他都十分友善。刚一进村口，不管是路过或是偶然看见他的人，虽然他们穿着都很朴素或者褴褛不堪，都不断地有人向他喊："三少爷好、三少爷长高了！"

由于自己从小没在祖屋出生长大，老家实在没认识几个人，祖家只是不断点头招手示意，算是打过招呼。在黄五的指引下，就在刚要进入老宅大门时，祖家看见一个最亲近的人，早早地迎在大门口招呼他道：

"老三，真是你呀！都长这么高了，皮肤还是白白净净的，真像母亲年轻时一样！听说你要回苏州，姐姐是天天盼、时时盼，终于见到你了。

这一路够辛苦的。听说武昌起事了，到处都不太平，长江也封航了，姐姐还担心你怎么回来呢。昨天晚上听五叔说你今天会回来，我昨晚上是一宿未睡。一大早喜鹊就在树上叽叽喳喳地唱歌，姐姐我是早安排早行动，生怕这些下人接待不好你这位大稀客。快随姐姐进来，我给你介绍大舅大姑和这些婶娘们，他们都在里面盼着呢。"这位自称姐姐的就是祖家的唯一亲胞姐黄祖传，比他年长七八岁，孩童时祖家唯一一次回祖屋，就是参加姐姐的婚礼。如今一别十几年，姐姐当年光滑细腻的眼角，已慢慢爬生了许多细纹。天真无邪的双眸，已显出几分淡定和沉稳。

"姐姐好，这一路还算顺利。姐夫、乐乐和雯雯他们可好？"乐乐和雯雯是姐姐的孩子，他的小外甥。祖家看见姐姐倍感亲切，在姐姐快人快语连珠炮似的问候下，好不容易等了个回话的机会。

"你姐夫还在知府里当差，要等到下午才能过来，那几个小淘气鬼，刚才还在念叨说要看看小舅舅长什么样呢，这会儿怎么跑得不见踪影了。"祖传四处张望寻找道。

在姐姐的引导及黄五的陪同下，祖家首先洗手、净面，在祠堂向列祖列宗灵牌上香磕头后，才回到客厅落座。这时早有人沏好上等西湖龙井茶，放在他的手边。其他一些亲戚纷纷围了过来，问长问短，打听武昌家里的情况，问候他远在武昌的父母亲身体可好，以及武昌首义的各类问题。大厅一时热闹非凡，祖家逐一回答各位亲朋好友的询问，不知不觉已到晌午。在祖传的指挥下，早有家人摆上了美味佳肴，为祖家接风洗尘。祖家等正要动筷时，门外突然传来一声：

"是不是老三回来了？这菜香味满院子都是，真香呀！有些过年的味道，我是赶上好口福了。"

"回来得正是时候，我们正准备开席呢。"祖传对那位说菜香满院飘的人招呼道。

"藤姑爷，你今天怎么回来得这么早，这不刚准备开饭呢！往日回家天都快黑了。都说你口福好，是去年大年三十晚上脚洗得干净吧？"有人对祖传的丈夫藤晓年调侃道。

祖家知道这是他姐夫藤晓年回来了，人们正在打趣他呢，赶紧起身招呼："姐夫好！"

"老三好！昨天我听说你一大早要回来，今天我特意向学部告了个假，专门过来迎接你回来，没想到你这么快，我还是回来晚了，倒是刚好赶上开饭。就是你姐姐说的，我藤晓年去年大年三十晚上脚洗得干净，赶上吃大餐了，这个天上的菩萨真灵验。"藤晓年满脸兴奋地握住祖家的手，无比高兴自得地道。

祖家定睛看时，姐夫的头发刚好剪到与耳齐长，一副水晶石头眼镜灵巧地架在他的鼻子上，上身穿真丝镶边蓝色短衫，下穿深黑缎料裤子，脚蹬明光瓦亮的黑色皮鞋，整个衣着打扮不失精明和儒雅气质。藤晓年早年是苏州秀才，家中独子，其父常与日本人做生意，很早就被他父亲的一个日本朋友送到东洋学日语。他父亲顺势把生意也做到日本的东京、长崎一带。后来他父亲年迈，思念故乡，落叶总要归根，就清算了在东洋的所有生意，带着儿子回到中国，根据藤晓年精通日语的特长，在朝廷为他捐了一个在学部的差事。在清廷内外交困时，不得不东倚日本，西靠欧洲诸国列强，曾经的天朝上国对域外诸国的繁荣富强和军力强大十分震惊，对留洋回来的所有青年才俊都十分厚爱，安排很好的营生机会。经过这些年的磨炼及机遇垂青，藤晓年已官至苏州学部下的学政处副处长，掌管苏州一带的学堂教育及老师选拔，在他的自我天地里倒也过得十分惬意。

"姐夫好！听姐姐说你官至副处，专管学校教育，我可是学校关门无处上学的肄业生，青春易逝，光阴不回头，姐夫你倒是管不管？"祖家一看姐夫面相和善，不免故意拿话回他。

"管，怎么管？你在湖北上学，这儿可是江苏地界，我能管得着吗？听说你孤胆救人质，勇闯清风寨，被当地县衙评为'有志青年'，这不是最好的社会毕业褒奖吗？"晓年一边回答，一边从腋下取出一大堆报纸，指着其中一张对祖家说：

"苏州出大事了……"

"晓年，就你话多，又在此大嚼舌头，这菜都凉了，出什么大事也比不过迎接三弟重要，还不赶快招呼三弟用餐。"祖传不耐烦地呵斥着藤晓年，一把夺下了他手里的报纸扔在了茶几上。

藤晓年回过神来，赶紧招呼祖家入座吃菜。席间姐姐与姐夫等人不停地向祖家倒酒夹菜，催促他和黄五老管家尽量多吃些苏州菜。

"姐夫，武昌城是革命首义了，掀开了推翻清朝统治大幕，现在双方还在江边激战，你不知都乱成了什么样子了！苏州方面最近可有什么好玩好听的事情发生？"酒足饭饱后，祖家一边用茶漱着口，一边故意漫不经心地向藤晓年问道。不知怎么了，他有些头晕，或许是酒喝多了吧，他安慰着自己。

"苏州当然有惊天大事发生了。就在昨天晚上，湖广商会苏州分会会长曹福疆曹福爷被人暗算了，还被剃了光头，死得很惨很难看。福爷是一个爱憎分明的人，那么受人尊敬，如今去了，可惜呀！这世上好人的命咋都活不长久呢？老三你给评评理，这都是什么世道？"藤晓年不无伤心地向祖家说道。

"啊！什么？福爷出意外了？在哪儿呢？昨天还是好好的呢！"祖家大叫起来，一把夺过报纸。

"怎么了？"祖传赶紧向他弟弟关切地问道。

"没什么，没什么，就是刚才不小心眼睛进了虫子，有些不舒服。"

195

祖家自感失态，打圆场道。对于福爷的意外死亡，他犹如被人当头一棒，眼冒金星，内心无比地震惊、内疚和恼恨。

祖家震惊于世道如此肮脏，百姓性命轻如浮萍，不如猪狗，可以被人任意宰杀；内疚于明明感觉到福爷的行踪和生命受到威胁，甚至可能遭到杀戮，自己没有采取丁点的行动或措施，对福爷进行必要的提醒或暗示，以致悲剧发生，福爷被害惨死；恼恨于凶手竟如此胆大妄为，无法无天，对一个正直的商界巨贾，居然采取卑劣的杀伐手段，去换取自己贪婪的私欲。谁会为福爷伸张正义，惩治凶手，保护他的家小不再受到伤害？是两江总督的官府吗？官府已是泥菩萨过江自身难保，他们已被风起云涌的革命运动搞得焦头烂额，自顾不暇。是福爷的良师益友张状元张财神张謇吗？听说他最近正在京城活动，为传闻即将任两江总督的袁世凯出谋划策，在爱新觉罗氏皇室成员与袁之间上下协调，分身乏术。是湖广商会的副会长们吗？他们有这个能力与气魄，去向福爷家小申讨正义的审判吗？但愿他们其中有人能承办此事，至少李家二叔会为福爷主持公道。但要查明真相，抓捕凶手却十分困难，祖家心里默默地暗自思忖道。

饭后，姐夫说有新上司到任，自去上班迎接去了。祖家随手拿起放在桌上的报纸，独自回房，眼睛却紧紧地盯着报纸头条，仔细地把有关福爷被杀的新闻看了好几遍。福爷那正气凛然的音容笑貌，至今还在祖家心中徘徊浮现，虽然与自己无亲无故，没有半点血缘关系，可心中一股无名的恼怒和强烈的报复心理油然而生。福爷曾说青年人救国无门，但只有年轻人努力才能强国富民，这是我辈追求的目标。血债必须血还，让福爷在天之灵得到安息，让坏人得到正义的惩罚。福爷虽去，但精神长存，他的富民强国梦与强国富民梦是祖家在黑暗中看见的唯一一丝光亮。如今事业正如日中天的时候，福爷却遭此横祸，铩羽商海，今日之中国政不得、商不了，泱泱华夏文明古国，谁才是当今天下的中流砥柱？是大清的摄政王载沣、革命先驱孙文、黄兴或是手握重兵的袁世凯？天下苍生安居乐业的出路在哪里？祖家心里反复思考着，渐渐感到身体发软，头脑恍惚，朦胧中靠着椅子入睡了，在梦境中隐约感到福爷向他缓缓走来，一对剑眉清晰可见……

"三弟，快醒醒，快醒醒，四姑娘过来看你了。"祖传不断在祖家耳旁呼唤道。

"祖家，快醒醒，该起来喝药了，怎么会得这么严重的风寒？"隐约中四姑娘在说话。

祖家缓慢睁开双眼，姐姐正着急地双手端着药碗站在床前，四姑娘黑葡萄般的大眼睛正在注视着自己，亲人的焦虑让他微微震动，两片干裂的嘴唇有气无力地问道：

"姐，我这是怎么了？"

"谢天谢地，你可醒了，你都病倒三天了！不吃不喝，嘴里一直支支吾吾地不知道说着什么混乱话，可把我和你姐夫吓了一跳。五叔好不容易才听清楚几个字，是呼唤四姑娘的名字，这才赶紧派人划船把她从二叔家接了过来。四姑娘你可真行，你一到，老三真的醒了。"祖传激动地道。

"是呀，才听说你都病了三天了，也不知道怎么了，可吓了我一跳！那些天在长江上坐船，那么大的风浪都稳稳当当回来了，到了姐姐家反而病了，还是赶紧喝药吧，免得大家为你担心。姐姐还为你端着药碗呢，时间长了，手都酸了吧。"四姑娘道。

祖家在亲人的搀扶下，挣扎着坐了起来，十分歉意地向姐姐笑了笑。可他连说半个字的力气也没有，勉强喝完了姐姐为他专门煎熬的中药。

"谢谢……"他努力想说出口。

"说什么谢呢，姐姐年年盼、月月盼、日日盼，盼望爹娘和你们几个兄弟从武昌都能早点回来，大团圆多好，比姐姐独自守着强多了。都说叶落归根，可爹爹那股倔气，唉，不说也罢，这一盼都七八年了，雯雯、乐乐他们姐弟俩都能进学堂读书了！好不容易盼着你回来了，当姐的高兴还来不及，还说什么麻烦和谢谢的话。等你病好了，还有好多的事和好多的话姐姐等着跟你说呢。这佃户闹粮的事，让姐实在头疼，不说也罢。四姑娘来了，你终于也清醒了，不打扰你们，你俩好好聊聊吧。"祖传说完这些话，便知趣地走开了，轻轻地关上门独自留下他俩。

"我真躺了三天了？我怎么觉得就是一会儿时间呢。"祖家逐渐恢复体力，环顾一下四周，疑惑地问四姑娘道。

"你从躺下到刚才醒来，是三天了，不吃不喝，迷迷糊糊，不省人事，还满嘴胡说，可吓坏了你姐和你姐夫，他们恨不得把全苏州最好的大夫都请过来给你看病。刚才大夫说，你是长期患有风寒，加之从武昌到苏州，你又水土不服，还吃了那么多的海鲜，喝了那么多的酒。本来大夫说你吐出来了也许病情会减轻些，可三天来你一直发烧，昏迷不醒，一点没有吐出来，是风寒把你彻底击倒了，让全家人都为你担心。"四姑娘一边为祖家整理着被角，一边慢慢地为他讲病情。

"惭愧，惭愧，刚到老家就病成这样，一件事还没做呢，还给姐姐平添了这么多的麻烦。李二叔可好？你这两天过得怎么样？"祖家向四姑娘问道。

"我嘛，挺好的，第一天去虎丘塔转了转。二叔……挺好的。"说到二叔家境况时，四姑娘明显吞吞吐吐起来。

"你是个直性子，说话从不拐弯抹角，是藏不住秘密的，遮遮掩掩的，一定是二叔家出事了，还想来哄我？"祖家追问道。

"'有志青年'的头衔不是白叫的，没有被高烧烧坏了你的脑子，看问题还是细致与敏感。"四姑娘揶揄道。

"二叔家到底怎么了？"

"二叔……被抓了。不过在二婶的打点下，又很快被放了回来。只是那些贪官们要求在福爷命案侦破之前，二叔不能随便离开苏州，不准再参加商会活动，不能再经营他的布匹生意。好在二婶娘家在苏州是有头有脸的大户人家，家境殷实，靠着这层关系和二婶的精明能干，维持全家生计应该是没有问题。"四姑娘索性一口气说道。

"他们是不是弄错了，为什么抓二叔呀？二叔不是凶手！还不让人做生意经商，这叫什么道理，让他一大家人怎么过？"

"官家说二叔有作案嫌疑。你想客人离开东家还没有回家呢，就无端被害。东家是主谋或是故意，或是伙同他人作案，有没有食物投毒，或是内外勾结，谁能说清楚？二叔只怕是跳进黄河也洗不清，受牵连也是必然的，他从此怕是要受苦了。"四姑娘强忍不住悲愤，流下眼泪。

"什么又是主谋？又是同伙的？还有投毒嫌疑？你、我都能证明二叔费尽心思宴请福爷和棠爷，是为他们撮合劝架、牵线搭桥做生意的，是为苏州商界好，是为苏州穷苦百姓好，怎么成了杀人嫌疑犯呢？"祖家一阵剧烈咳嗽，气愤地质疑道。

"你、我是亲眷，没有资格证明二叔清白的。主要是那个张状元从北京派了一个特使，参加了福爷的葬礼，特使不相信二叔的清白，苏州知府也就不敢证明二叔是清白的，这才要逮捕二叔。好在听说湖广商会其他人和二叔昔日苏州商界的朋友，反复向特使说明二叔与福爷的良好关系，还交了一大笔保证金作为抚恤金后，这才有了抓了又放的事情发生。但限制他活动，不让他四处走动。"

"这张謇自己怎么不来，空派个什么特使，办的这糊涂案，迟早会成为冤案，永远也无法查明真相。"祖家联想起书店紫衣人的鬼祟行为气愤道。

"人家不糊涂，是你这几天风寒高烧给烧糊涂了。本来这张状元知道自己最信任的同事和老部下被害后，是要亲自过来的。可偏偏遇着武昌革命军与清廷北洋军作战最激烈的时候，张状元代表的是社会商界大佬，是清朝廷打仗急需的幕后财神，袁世凯自然不肯放他过来。张状元一心也要实现他的共和之梦，人家都忙的是军国大事，这才脱不开身。安排身边的亲信专程为福爷做最后送别，安抚家眷，尽快抓捕凶手，忙完这一阵，张状元是会亲自过来凭吊的。"

从四姑娘的谈话中，祖家知道今天是福爷出殡的日子。几天前特使突然来到苏州，抓捕了李二叔，说是为福爷祭奠亡灵，好让他在天堂得到安息。灵堂现场顿时秩序大乱，气氛紧张。二叔和其他湖广商会的会员，这几天都在为福爷的事忙前忙后，突然间他竟成了杀人嫌疑犯，要被现场处决祭奠亡灵，多亏众人在趾高气扬的特使面前苦劝求情，二叔才得以保全性命。这时祖家内心一阵阵剧痛，既是为了福爷，也是为了二叔痛心。

"你在梦中想什么呢？在外人面前喊我的名字，你……不知羞耻，我还害臊呢。"看见祖家突然不作声，怕他继续为二叔的事伤心，四姑娘故意略带羞涩地道。

"叫你什么了，我真的不知道，那是在不知不觉中发生的事情。现在这个时候，不适合这么快让别人知道你我之间的关系。"

"还想狡辩，日有所思，夜有所梦，那就是我自作多情了。要不是你们的管家一大早诚恳地邀请我，我才不来呢！你有什么好？你要是嫌烦了，我马上就走。"四姑娘故意愠怒道。

"谁说你烦了，我是有点想……你了。"

"想也白想！不成我们家前世欠你们家的。二姐已经做了你大嫂，嫁到你家，你又要……"四姑娘突然害羞得说不出最后几个字来。

"想你是一回事，娶你是另外一回事。你是大家闺秀，要明媒正娶，这个我知道。况且我肆业后，一事无成，卧病在床，有什么资格娶人家漂亮姑娘呢？"

"'漂亮姑娘'这个词我爱听，可别在梦中叫我，有本事当着人家面叫去。"

"一事无成，何以成家；国家弭乱，家何以安？"祖家喃喃自语道。

"是啊，大厦将倾，何以安家？你还是好好养病吧，把身体养好，自然有很多事情需要你做。"四姑娘安慰祖家道。

"舅舅、舅舅快起床，一觉睡到天大亮；武昌苏州隔千里，嘴里喊着是（四）姑娘。"

突然门外一阵叽叽喳喳的童声传了进来。祖家似笑非笑道：

"准是雯雯、乐乐在外捣乱呢，你可别太在意他们的话，真不知道他们怎么叫出来的。"

"哎呀，只顾着和你说话，你姐给你煨的莲子粥都快凉了，还不赶快躺好。"四姑娘突然看见祖传留在桌上的粥，赶紧端起来让祖家喝下。

"你姐真是个细心的人，待人真好，用温水把粥煲起来，什么时候喝都是热乎乎的。"

祖家使劲地抬了抬胳膊，努力想自己端起碗筷，但浑身软绵绵的，一点力气也没有。四姑娘故意漫不经心地端起碗，慢慢地喂到他的嘴里。一股暖流慢慢地流向了祖家的腹部，向全身扩散而去。

因为下午四姑娘还要帮助二婶处理商会的事情和帮助照顾小堂弟堂妹，祖家依依不舍地送走了四姑娘。祖家心想，自从离开武昌，来苏州处理老家佃农欠租事宜，时间已过去一个多月了，至今还没有了解佃农的基本情况，欠租追缴没有半点进展，事情越拖越麻烦，这可不是好现象，于是他使劲朝门外大声招呼道：

"五叔，你在吗？"

管家黄五听到祖家找他，赶紧三步并作两步走，规规矩矩站到祖家床前，心疼地急匆匆道：

"三少爷，您找我？"

"外边情况怎么样？"祖家问道。他依然担心佃农抗租的事。

"您这几天高烧不断，不吃不喝，尽说些梦话，可吓坏了老朽。万一有个三长两短，我怎么向武昌的老爷、夫人交代呢？这几天我想呀，这病别伤到少爷身子，算我身上了，反正我也老了，没什么担心的。现在少爷醒来就好，慢慢恢复，您还是多躺几天吧。"黄五关心道。

"五叔，你给我说说外面商会的情况。说说老黄家佃农欠租的事情，看看有没有什么解决的法子。"祖家一边示意黄五坐下，一边仔细说道。

老管家十分敬重祖家，无论是他从小上武当山凌霄殿学艺，或是他独自上清风寨营救人质，都让人由衷敬佩。看见他大病初愈，怎好让他又劳累操心，便道：

"少爷，您在床上躺了好几天了，身体吃了多大的亏呀，才刚刚喝下几口粥，等过几天身体养好了，再向您说佃农和商会的事也不迟。少爷，您还是躺下吧！"

"我这身体不碍事，你还是快说说佃农欠租的事吧，我答应爹来苏州处理家务，你看这都耽误了一个多月了，冬至过了，时间不等人，春耕夏长，秋收冬藏，可不能影响庄稼人来年收成。"祖家执意催促道。

"这不是为难老朽吗？少爷金贵人，身体调养要紧，您还是再将歇几天吧。"黄五几乎哀求道。

"老三，你可醒了，可不能为难五叔，听我的话，你让五叔下去吧。"不知何时姐姐进来对祖家说道。

"姐姐你回来了，这几天家里都好吧？"祖家看见姐姐进来，招呼她道。

祖传示意黄五出去，等他走后，祖传道：

"祖家，可不许为难下人，特别是老管家。几十年来他一直在我们家忙前忙后，处理武昌和苏州两边的许多事情，办事一向都是有规矩的，没出过什么差错，把两边的家都操持得有模有样。今年收成不好，外面这些个老佃户仗着世道混乱，没了规矩，抗粮不交，还说些疯言疯语，老管家就已经觉得对不起咱们家了。何况这些个佃户不交粮，还多少有些为咱们家着想的意思。"祖传一边给他添水，一边劝祖家道。

"姐，我像是欺负五叔吗？只是父命难违，时间又紧，眼看天气转凉，口粮都没有入仓，年关都难过好，更别说明年春耕安排了。我怎么向武昌的父母交代，老佃户不交粮，难道还有理了？"祖家焦急起来。

"你这才来了几天，往后该知道的你都会知道。说起武昌，可是咱爹爹的伤心地。你把最近武昌家里的情况，详细说来让姐姐听好不好？你知道姐离开武昌都快十年了，那里的一草一木，姐可都惦记着，在梦中还想起小时候的小伙伴呢。"

祖家一看姐姐有些动情地怀念武昌家里了，便不好催促她说佃农欠租的事，索性便把武昌爸妈的近况、二位哥哥、嫂子和侄儿、侄女的情况，统统全都说给姐姐听，以解她的思乡之情。直到夜色渐浓时，姐姐才满意离开。

第八章

柳暗花明 大展拳脚

第二天，天刚蒙蒙亮，卧床数天的祖家身体好转，他想要到外边走走，便索性轻轻披衣下床，出侧门，沿着祖屋墙根悄悄地溜了出去。他知道苏、杭是鱼米之乡，富饶之地。常说"苏杭熟、天下足"，意思就是说只要苏州、杭州一带粮食丰收不欠产，中国人吃饭问题就够解决了。同时，此地人才辈出，有一年大清朝考录进士，出自苏州或祖籍苏州的竟十之有四，诗词、书法、音律、园艺等，样样都具有十分鲜明优美的特色，全国闻名遐迩。苏州气候宜人，水网纵横，农业生产也十分活跃。桑蚕作为经济作物之一，无论是养殖或是丝绸都在全国首屈一指。几千年来的苏州刺绣，结合新的时代变化，又有了新的样式和内涵，更加享誉海内外。一时大有苏州绣贵、丝绸价长的趋势。凡是有头有脸的社会贤达与商贾大户，纷纷为拥有至少一件正宗苏绣衣物而求之若渴，欣喜若狂。

祖家在田埂边不时遇到早起的桑农们，正在桑树下施肥除草，剪去冗枝和病条，祖家向其中离自己最近的桑农问道：

"老人家，请问到朱甡均朱大爷家怎么走？"

"年轻人，听你的口音不是苏州人，是远道来的吧？廷叔在我们这一带那是无人不知，是个明白事理有学问的人。"那老桑农道。

"晚辈就是慕名拜访他的。"

"沿着这条路直走，前面百米左右向右拐，看见五间大瓦房，就到他家了。"桑农一边仔细地修剪着桑树枝，一边指引道。

祖家谢过老桑农后，按刚才说的路线走去。果然不远处看见了五间大瓦房，白墙青瓦，院外干干净净。祖家规规矩矩地在门外站定后，一边敲门，一边朝院内喊道：

"请问朱大伯在家吗？"

很快传出一个长者的声音道：

"哪位客人在外面呢？大清早可别沾了湿气，有什么事快请进屋说吧！"

祖家轻轻地推开大门，看见一个满头银发、精神矍铄的长者，手扶着一个茶杯，端坐在堂屋中间，用慈祥的目光注视着自己。祖家赶紧道：

"朱伯伯好，晚辈黄祖家，刚从武昌回来。黄显虎是我爹，我在家排行老幺。在武昌时家父常常说起您的往事，这次回苏州老宅，他老人家还特意叮嘱，要我务必亲自来聆听您的教导。"

"啊，是显虎老弟的三公子呀，快请进来，让老朽仔细看看。嗯，一表人才，年少有为，长得很像你父亲年轻时候的样子，特别是眼睛，果然跟他年轻时相差无几。如果没有记错的话，你父亲是道光三十二年出去的，今年应七十有六，我虚长他两岁。"老者记忆清楚，一边惊喜地回答，一边吩咐家人给祖家沏茶。

这时从里间走出一位年轻人，好似刚刚睡醒，呵欠不断，衣服还没有整理好，只是看得出来是一位机灵乖巧的少年。

"爷爷，这么早就有客人来拜访您呀？"少年道。

"孝七，赶快梳洗一下，给黄家三少爷沏杯热茶。"朱大伯一边吩咐，一边向祖家继续说道：

"这是我的孙子朱孝七，他父亲跟我年轻时一样，为了生计到北边给人家当师爷去了，几年难得回家一次。他妈妈绣得一手好苏绣，每天一大早都到棠爷府上刺绣，平时家里就剩我们爷俩。三少爷你别见外，我与你父亲小时候可是一块玩泥巴捉泥鳅长大的，关系好着呢。"

大伯呷了口茶，略作沉思后继续道："记得很小的时候，我们常到水沟里抓泥鳅，也不怎么清洗，烤熟后都要一人吃一段；到树上掏鸟蛋，都是一人一个分的。你这次回苏州，有需要问的、帮忙的事情，尽管向我这个老头子说就是。"朱大伯精神开朗地道。他长祖家父亲两岁，祖家应该叫他朱大伯才对，但人们已经习惯叫他"廷叔"，更亲切习惯些。

祖家知道廷叔与父亲从小一块儿长大，关系十分亲密要好。廷叔本来从小立志要考取功名，谋个一官半职好荫荫子孙。只是年少家境实在太过贫寒，小小年纪不得不自立谋生，到大户人家当身份低微的账房先生，耽误了功课学习，失去考取功名的机会。账房先生一般就是帮大户有钱人家记账管账，掌管全家的钱袋子，人必须忠诚可靠，做事干练，懂得左右逢源，为东家积攒更多的钱财。因廷叔长期记账管账谨慎无误，兼写得一手好字，人又精明能干，得到许多人的赞赏，后来经朋友举荐，到朝廷中兴重臣曾国藩九弟曾国荃府上当账房先生，一直做到曾国荃身边的贴身管账兼文书参军。曾国荃与太平天国将士激战数年，在攻取天京城时，血腥镇压太平天国起义将士，不分老幼病残，毫不留情，大肆屠杀已饿得奄奄一息的城内所有人员。敌人的生命也是命，太平天国将士的鲜血整整流了三天三夜，南京城几乎成了空城，引起朱大伯内心的惶恐。太平天国将士起义能得到无数人的响应，转战大半个中国，是因为他们号召建立人人平等的太平世界，是大家梦想的理想之国。因为普通的天下黎民百姓过着食不果腹、衣不蔽体的窘迫生活，实在生活不下去了，才冒着杀头危险参加起义。虽然太平天国各位"王爷们"做了些荒谬无稽的事情，被诬为长毛邪教，可普通士卒也不应该都被赶尽杀绝，他们也是一个个鲜活的生命啊！

于是廷叔推故说家有老母无人照看，在他主子最春风得意的时候，悄然离开了富贵人家，回到生他养他的家乡苏州城，从此不再为任何人当账房先生，过起了平凡人的生活。现在虽然年纪大了，但他头不昏眼不花，依然警惕地观察着时局变化，依然掐算着大清气数何时走向崩溃的边缘，或是在所谓"中兴名臣"的领导下，再次走向中央帝国的辉煌繁荣。但爱新觉罗氏治下的大清显然已荣耀不再，辉煌只能是昨日记忆，它走向的是一条赢弱、丧权、腐败和社会矛盾尖锐的不归路。这个曾经不可一世、发源于白山黑水流域之间、用铁蹄踏过山海关、渡过黄河与长江的昔日骄子，终于与历史上所有伟大的王朝一样，从兴旺繁荣，走向无可救药的衰亡。谁能超越历史的轨迹与变化？唐朝、宋朝和元朝不能，大明朝不能，大清朝也不能。它真的太累了，需要趴下喘口气。神州大地需要新的血液、新的力量、新的结构，去推动中华民族再一次复兴与崛起，雄霸世界民族之林。

可谁才是这新的血液、新的力量与新的结构呢？朱大伯仔细地观察着和审视着，目光从黄河跨过了长江，又从长江跨过了大海，走向海洋深处，走向东洋与西洋。可岁月不饶人，谁绕不过终老的宿命。他只是万万中华子孙中的普通一员，一位隅居乡下的睿智老者，一位膝下孩子像他年轻时一样远走他乡、为权贵阶层当附庸、以换取全家温饱生存的孤独老人而已。对于祖家受托到访，他仅当作一次普通的老友问候。又觉得现在还捉摸不透这个长在外乡的年轻人，他的秉性脾气和目的是什么，他一无所知。于是朱大伯道：

"少爷此次返回故里，到家没几天就来看望我这个糟老头子，我呀，打心窝里由衷地高兴。远在武昌的黄老弟身体可好？全家都安康吧？"

"我爹我娘身体都好，临走时还反复叮嘱我一定要来看望您老人家呢。离家的时候，我二嫂又刚添了一个大胖小子，我爹我娘可高兴了。只是最近武昌方面不太平，两派人马明着正在激烈打仗，枪炮不断，血流成河。暗地里各自也在钩心斗角，拉帮结派，不知现在情况又发展到什么样了。我们学校也受到了冲击，家父看我在家空闲无事，怕我在外惹是生非，就让我回祖屋来，顺便处理佃农闹租的家务。佃农的事折腾了有好几个月了，乡亲们都在背后议论纷纷，指指点点，现在还没有半点进展，久拖不决，必生事端，您看我该怎么办？从哪里入手？还得麻烦您给侄儿指点一二。"

祖家记得当初离开武昌时，爹爹反复嘱咐他，在处理佃农抗租这件事上，无论情况多么复杂不可收拾，都要先问一问朱大伯的意见。毕竟这些佃农祖辈几代人都靠租老黄家土地生活，现在怎么就突然说不交粮还抗租呢？这其中肯定有蹊跷。时间不等人，季节不可误，冬种不可荒，祖家这几天心里十分着急，身体刚刚康复，便想过来听听朱大伯的想法和意见。

"哦，我那老弟又添一个大胖孙子了，儿孙满堂，真是有福之人啊！"朱大伯只接了前半句，不提有关抗租的事情。整个早上时间，老人都沉浸在回忆儿时与祖家父亲的美好记忆中，招呼祖家喝茶，半点也没有提到佃农抗租的事情与看法。

祖家渐渐心生怨气，真是悠闲乡间匹夫，一个闲云野鹤而已，后悔浪费这半天时间，连自己最想听到的一字半句也没有，仅留下爻象内定、百脉冲和，以及"知其一，万事毕"的话语。祖家内心不禁悻悻然起来，只得向朱大伯道别，信步又朝前方田埂走去，背后朱大伯的孙子送别他的话，祖家一句也没有听见。不过令祖家好奇的是，刚才自己与朱大伯说话的时候，朱孝七一直在旁边拨弄着他的乌木算盘，飞快地记录着什么东西，不知嘴唇下刚长出茸毛的少年在忙些什么，刚才自己一心想听到朱大伯对佃农抗租事情的指引，没有太多注意他的珠算行为。

正在祖家纳闷和索性抛开心中的不快径直向前走时，前方有几个人正从一处庄园出来，嘴里争吵不休地朝他这边走来，看见祖家，既像是幸灾乐祸，又像是告知他道：

"别再去自讨没趣了，他老人家今天闭关研究分丝法呢，没时间招呼你，识趣的赶紧回去吧。"有路人提醒他。

祖家抬头朝前方看去，透过白色的浓雾，河岸边一处庞大的宅园静静地坐落在回水湾处，宅园刚好位于三面环水的位置。祖家走近再定睛看时，只见大门屋檐下两个斗大的烫金字写着"史宅"，大门紧闭，右侧仅开一个小门，有穿着紫色衣服的家丁严密把守。紫衣颜色的衣服着装，祖家似曾见过，他边走边在脑海中飞快地想着。不时有衣着华丽的人恭谦地向里走去，又有人垂头丧气地走出大门。祖家正准备进去看个究竟，想知道园子里边是何等气派，住的都是什么人时，突然感到背后有人使劲在拍打他的肩膀，回头望去，只见四姑娘正盯着自己。

"羡慕人家漂亮房子呀？还是被里面漂亮的绣娘迷了眼？我那么大声叫你，居然都没有听见，是不是这几天高烧把你脑子给烧坏了？"四姑娘不满地说着，一只手径直朝祖家的额头探去。

"怎么是你？"他惊奇道。

"到你家后他们说你出去了，我猜你肯定到这儿来了。"她道。

"为什么那么肯定？你真叫我了吗？我怎么没听见？是你喊的声音太小，或是才来看热闹骗我的吧？"祖家反驳道。

"你知道里边住的是什么人吗？"

"这么好的风水宝地，气派的大院落，里面住的当然不是一般的凡夫俗子，是……"

"给你一次机会，猜！"

"是苏州绣王棠爷家了。"祖家若有所思道。

"算你猜对了，本姑娘一直认为你是衣来伸手饭来张口的活神仙，养尊处优的公子哥儿，对外面的世界一概不知呢！既然猜对了，真不知好歹，棠爷家你都敢随便出入？"

四姑娘本来又想揶揄祖家，但突然说不出口。通过清风寨救人这件事，她知道三少爷不是一般人家的公子哥儿，黑夜缉凶及勇闯清风寨的壮举，都显示了他的与众不同。四姑娘暂时不想也不能看清眼前这个人，他脑袋里到底想的是什么，那一双稍显犹豫的眼睛背后，到底藏着什么秘密东西，又将向何处发展？

于是四姑娘突然把后半句话说得特别轻柔，轻微得只有她自己能听见的程度，又忽然一转，说道：

"冬至后天凉，你大病初愈，一早一晚寒气重，不该这么早出来散步，还是赶快回屋休息吧，免得你姐担心。"

"也好，你不让我进去看个究竟，就把这史宅的情况边走边说与我听。"因为裴爷在这儿有生意，四姑娘随着她爹来过几次苏州。在长江坐船时，祖家曾经听过四姑娘讲到史宅的故事，知道棠爷在此是赫赫有名的大人物，别人是不能随便踏进他家半步的。

或许太注意听着四姑娘介绍棠爷的故事，不知不觉中祖家返回了老宅。这时姐姐正在抱怨下人，说那么多人没有看好自己的主子，让一个大病初愈的人，这么冷的天出去乱走。祖家听见，赶紧上前劝道：

"姐，我不是回来了吗，你就少说几句吧，我身体已无大碍。腿长在我身上，是我自己要出去，姐姐何必责怪下人呢？这几天躺在家里，耽误了很多事情，早想出去领略一下外面的风光。常听人说，天下风景尽在苏杭，苏州真是个美不胜收的地方，到处风景如画，人间天堂实至名归。"祖家道。

"好风景有的是，等你痊愈后，姐姐陪你一块儿看。你先回屋休息吧，大病刚愈，千万别犯浑，糟蹋了自己的身子。"祖传劝弟弟道。

"我刚才看见史家大院了，很壮阔，也很神秘，占了那么大一个地方，他们家宅院一大圈都是河水绕着。"祖家继续道。

"啊！你去史宅了？那里当然是个好地方，是全苏州最响当当的标志院落，也是我们这里丝绣技术最高的地方，自然非同一般了。"祖传一边给弟弟解释，一边热情地招呼四姑娘进屋喝茶。

通过姐姐与四姑娘的谈话，祖家渐渐弄清了棠爷的家世。原来史家祖上世代从事苏绣技艺的精雕细琢，在史骁棠年少时，他父亲转向于丝绸颜色的搭配，常年痴迷于绸缎及苏绣丝线的染色配方研究。终因调制颜料的时间长、毒性大，操作间狭小闭塞，通风性差，以至于在壮年时积劳成疾，中毒而亡。他母亲从此废掉了染色配方的所有秘方，毁掉装满染料的大缸，恢复祖业，专心做起了丝绣技艺深度开发的营生。她含辛茹苦地把史骁棠拉扯大，手把手地教他苏绣技艺。史骁棠也十分争气，虽是男儿身，却硬是绣得一手好苏绣，像民间绣、闺阁绣、宫廷绣样样精通，山水、亭台、花鸟、人物每每绣得栩栩如生，活灵活现。结合时下西洋画的作画技艺传入，创造出光线明暗强烈、面料细致光滑、富有立体感的史氏苏绣。前几年一幅史氏"松鹤祝寿图"，不但十分逼真细腻，更是立体感十足，连慈禧太后都夸赞不已。被不远万里送到意大利罗马博览会上展出，一举震惊世界。世人从此对中国的丝绣产品更加狂热不已，掀起了一股世界性的购买热潮。一时间中国产的所有苏绣产品，价格就像八月十五的钱塘江水一样上涨了好几番。为苏绣争了光，为大清长了脸，清廷为此还特意钦赐棠爷"史氏苏绣"匾牌。史家的苏绣从此被列为皇家江南特供品，也是专供清廷赠与外国政要的专属礼品。

棠爷并不为荣耀所累，仍成天闭关，专门研究苏绣技法，把一根绣花丝线劈成两股，每股称为"一绒"，而一绒又分成八份，每份称为"一丝"。这样每一根绣花丝线共被分成了十六根丝，这根极细的丝绣成的苏绣，就显得十分逼真又飘逸薄透。棠爷为了此技法，专招十三四岁豆蔻年华手脚灵活的小姑娘，封闭严密训练她们的指法与柔韧度，半年后才允许她们学习一些初步的苏绣入门技法。等再过三到五年，通过严格选拔的优秀者，才允许她们独立制作史氏丝绣手工艺品，要求她们所有做工细节绝对做到一丝不苟，精益求精。史氏苏绣产品一向牢牢占据着巨大的市场份额，享有极高的美誉度。人人都知道，要买放心苏绣，非史氏苏绣不买。虽然时下社会动荡，百姓生活苦不堪言，但史氏苏绣产品照样是稀罕物，常常一物难得。棠爷性格古怪，虽然自己的东西市场上十分抢手，极度稀缺，他却并不愿意提高史氏苏绣的数量，仍维持在常规纯手工制作范围。这些天由于湖广商会的福爷离奇死亡，棠爷虽与他长期不和，但敬重福爷刚正不阿的品德，闭门谢客，一连三天歇业，不卖自家的任何刺绣物品，以示对故友的哀悼。这可苦了依靠史绣为生的远近客商，要货实在紧急的商户，不得不早早过来打探消息。今天偏又逢上棠爷母亲忌日，不允许外人来打扰他的清净，连排队等待的机会也没有了，才有了今早祖家在棠爷门外，看见几个客商不满又无奈离去的情景。

祖家平素除过求学与练武之外，耳闻目睹，也大略知道雍容华丽的刺绣背后，是制作者的极大付出，以及隐藏在背后的许多凄婉故事。中国的丝绸刺绣源远流长，闻名遐迩，有数千年的历史，历朝历代都有广阔的传播和使用。听完姐姐对棠爷家族苏绣的述说，祖家粗略知道棠爷掌握卓绝的苏绣技艺，江南苏绣水平无人能超越他，他真正是以技谋生，以技揽天下。这令祖家对棠爷一时充满好奇与困惑，处于尊敬与反感的矛盾心理之中。

是啊，对社会贡献独特的人，要么是天才，要么是性格偏激的人。致福爷惨死的幕后凶手，棠爷亲自参与或是知道吗？抑或是另有主使？祖家越发感到后怕和不安起来。

"电报、电报到了，老三的电报。"祖家正在沉思中，门外忽然传来姐夫像鸭叫一样的声音，一阵脚步声走进了客厅。

"你急什么，三弟与四姑娘还在屋里说话呢，想把人吵死？把电报拿来让我看看。"祖传不满丈夫大声的鸭叫，命令藤晓年把电报拿给她先看。

祖家精神一振，内心正想取笑姐夫在姐姐面前的懦弱时，祖传已看完电报，兴奋地把它递到自己手中：

"看，爹爹的电报。"她道。

祖家接过崭新散发着墨臭味的电报纸，只见上边写着：

　　家，携采薇抵苏，事毕，速归　显虎。

"是爹爹想你了，问候你与四姑娘是否到了，抗粮抵租的事情办完了催促你赶快回武昌呢。"祖传一边把电报递给祖家，一边道。

祖家刚才还想取笑姐夫的懦弱，常被姐姐欺负，不曾想父亲的电报让自己变得紧张起来。从武昌到苏州已经快两个月，佃农抗租的事情至今没有半点进展，如何向千里之外焦急等待的双亲、大哥大嫂、二哥二嫂等亲人交差？

"不用着急，急也没有用，我的小舅子，不就是农民抗租不想交吗？说句掏心窝子的公道话，他们一个一个穷得叮当响，家里吃饭的嘴巴又多，哪有半点多余的钱粮？你姐知道，这么多年都这么过了，你再发愁也不顶用呀，只会增加你的烦恼，先养好身子再说。"藤晓年看见祖家着急的样子，大概看出他的心病，初出茅庐的年轻人涉世未深，实在为难他，便想安慰祖家，于是摘下不太合适的大礼帽劝祖家道。

"你少没正经，佃农抗租是多少年没有的事情，涉及多少人家多少钱粮你知道吗？咱老黄家祖上的土地就能让他们白使白用白占，反而把东家给饿死吗？别人怎么看？往后怎么办？咱脸往哪儿搁？泥腿子翻天，在过去是要坐牢杀头的，这事还不够大吗？"祖传呵斥她的丈夫道。

"你等我把话说完，也许还有很大帮助……"藤晓年继续道，可能茶水太烫，他有些龇牙咧嘴。四姑娘暗自发笑。

"你给三弟说些混账话，就能让昧了良心的穷鬼们交粮交租？这些天你自己为啥不去说给他们听？拖了这许多日子，让爹、娘担心，派三弟专程过来询问处理此事。你说话就是没轻没重，没有经过你的猪脑袋想想。怪不得那么多跟你一块东洋求学的同学，经商的富甲一方，生意越做越大；从政的八面玲珑，提拔越来越快，捞得越来越狠；打仗的手下兵是越来越多，职位越来越高，都能管好几个省的地盘。你倒好，才混了个学政副处长！这么多年跟在厅长屁股后边，天天替他摇旗呐喊，也没有带回来多少油水，多升半分的职务。"佃农抗租目前是祖传的最大心病，从前的佃农没人敢在她面前说过半个不字，从来都是按她的规矩租地和交租。今年一切都变了，她心里窝着一肚子的火，不禁当众奚落起自己的丈夫。

"夫人之见，俗不可耐，妇人之见，肤浅得很。眼光放长远，明天才会好。"藤晓年也不生气，仍是一副笑脸继续道。

"老三你听我说，这佃农交不交粮是一个世风的大问题，国家政治大局不同了，事情当然也就变化了。刚才你姐说佃农往些年，哪敢有欠租不交的，为什么今年敢？今年秋收后敢，是受到朝廷与大人物的直接影响！去年四川和长沙发生的老百姓抢米事件，至今都没有一个正经像话的解决结果，朝廷瘫痪了，百姓不再害怕官府和东家了。其次武昌新军首义成功，成立了军政府，革命党与大清彻底决裂，分庭抗礼，天都变了，官家都没有人知道是谁了，百姓当然不想把自己辛苦流汗种出来的粮食交给东家，能拖就拖，能赖就赖，你又能怎样，弄块石头打天去？"

"呸，都是白眼狼，我算看出来了。"祖传一旁骂道。

"今年天干物燥，苏州地区粮食歉收，大部分的佃农养殖桑蚕，没有卖上好价格，许多还折了本钱，喝粥都是清汤寡水，日子苦得像黄连一样，没法再苦了，哪有半分钱粮交租。你们知道吧，听说隔壁小湾村的人，饿得实在没有办法，村里的野菜树皮吃光了，都在偷偷卖儿卖女！"藤晓年一声叹息道。

祖传狠狠地瞪了他一眼，也没能阻止他的絮叨，转身无奈地给弟弟和四姑娘续茶。藤晓年说得兴奋，一肚子上班无聊喝茶看新闻的东西，正好统统发泄出来，也不顾祖传的警告暗示，仍继续道：

"不过新成立的湖北临时军政府到底能坚持多久，能走多远，革命势力能不能在湖北乃至全国站稳脚跟，如今时局下，鹿死谁手，没人能说清楚。看似打开了革命'胜利果'，实似水中月。孙中山、黄兴倒是革命党的灵魂和主心骨，能团结起各方面的力量。可大清也不是孤立无援，他们的铁杆后盾蒙古连襟们，够孙、黄二人对付了。更不用说袁项城袁世凯，也非等闲之辈，手下良将甚多，精兵数十万。大清朝廷仍然机构完整，人才不少，二百年的基业岂能说崩塌就崩塌的！常说大虫将死，都会有几根须是活着的。人家报纸已经登了，摄政王又重新启用了患'足疾'三年的袁世凯，任命他为湖广总督，率领最精锐的北洋六镇新军，正沿着京广铁路南下，专门平叛湖北革命起义军。听说北洋新军英勇无比，短短数天，革命军已经招架不住，汉口已经被攻下，正在围攻汉阳等地，还有各地其他的勤王之师，也正在陆续调往湖北，只等时机一到，准备发起最后总攻了。"

"发起总攻？起义不就失败了？革命军势力那么单薄，他们能坚持住吗？军政府往哪儿迁呀？"四姑娘不安起来，不禁着急向藤晓年追问道。

"采薇姑娘，不管他们怎么喜欢你，称呼你四姑娘、四小姐，我还是更愿意叫你的名字，这样显得尊重！你不要着急，听我慢慢说来，你请先喝茶，茶能生津止渴。"藤晓年撇了撇八字胡继续洋洋得意道：

"当然黄兴大将军也非等闲人物，他不会坐以待毙，作为革命军政府最高军事总指挥，他从军事角度认为武昌无险可守，留得青山在，何愁没柴烧，想把军政府和剩余的革命军转移南下，保存精锐实力。"

"南下？南下能到哪里去？"四姑娘疑惑道。

"南京！黄将军南下，想到南京落脚，继续与清廷对抗。大清南京兵力空虚，军心不稳，黄兴黄大将军看得很清楚，当然是步妙棋。可是部分鄂军将领和士兵不愿离开湖北老家，现在他们内部争论不休，还没有达成共识定论呢。从北洋新军来说，明着是大清的军队，实则是袁世凯自己的嫡系，是他的袁家军。袁世凯不比别人，攻下汉口后，按兵不动，他在等一个千载难逢的机会，可是急坏了朝廷。袁世凯这时向隆裕太后和摄政王提起了条件，你们猜是什么，说出来吓你们一跳，打仗需要八百万两银子！大清两年也筹不到的军饷呀。袁世凯精着呢，这明摆着是要欺负朝廷的孤儿寡母了，竟敢狮子大张口，要挟捉襟见肘的大清皇帝。"藤晓年满口唾沫，滔滔不绝地说个没完。

祖家边听姐夫的"鸿篇大论"，边浏览着报纸，插话道：

"袁世凯想要一个筹码，想要一个足以让大清难堪的筹码，以此达到自己不可告人的目的。北京朝廷里明着是庙堂之争，是满人的中央枢纽与地方的汉人官僚集团利益内讧。实则是袁某个人私欲膨胀，为自己的名利前途，捞取最大的政治资本而已。袁世凯野心勃勃，围而不攻，引而不发，不知是朝廷之福，还是庙堂之灾，谁能看得彻底明白。"祖家叹息道。

"对！不错！老三说得不错，是雾里看花，水中望月，谁知道大清日子还能挺多久呢？个人的快意恩仇，江湖的是是非非，那是一团乱麻，没人能说清楚。不过我倒是挺惊讶你对这位袁项城袁总督的见解和认识，对当今天下时局的分析判断，从今往后我要对你刮目相看，要认真鉴赏佩服你。"藤晓年赞赏道。

"个人的快意恩仇，喜怒哀乐，关系到全天下老百姓的生死命运，富贵平安，这些高高在上的大人物，谁会在意你和我这些小老百姓的生死呢？我们都像一粒沙子，实在微不足道。沙子不是高山的对手，就像鸡蛋和石头不在一个层次。仰望高山的人，永远都比俯视一粒沙子的人多。再说姐夫你就别夸奖我了，你真是要'鉴赏'我呢，倒不如现在佩服我们在座的另一位，我这都是从她那儿听到和看到的一知半解。"祖家道。

"哦，有这等高人！不知我有幸见到没有。"藤晓年惊讶道。

"当然有机会，我刚才不是说了我们其中的一位嘛。"祖家也就不再卖关子，用眼睛向他示意，指向四姑娘。

"哎呀，哎呀呀！真是长江后浪推前浪，前浪不知向何方。这是年轻人的时代，青年人的思想变化可快了，又有自己独立的主见，特别是连女娃儿的思想都与前些年大不同了。你们知道吧，前几年日本留学的中国学生中，有一个叫秋瑾的女同学，可厉害了，脸蛋身材都是绝好，做文章、搞演讲、闹革命样样不比男生差……"没等他说完，祖传不满地呵斥道：

"闭上你的臭嘴，秋瑾是好样的，为咱们妇女争了光，长了脸。可惜官老爷们不高兴，闹革命最后被朝廷害死了，死得可壮烈了，这么大的事情谁不知道，还需要你在这里显摆。不过我可告诉你，女人呀没有什么比男人差的地方，别老在外说什么'小女子不如男，唯小人与女子难养也'。呸！这都是什么鬼话，让女人缠足留长发，还不是为了讨好你们这些臭男人。这倒好，反倒成了男人们的话茬，什么'女人头发长见识短，女子无才便是德'的混账话，女人越愚蠢越作践自己，你们男人越高兴！其实都是为了你们男人自己沾花惹草娶小老婆找的借口，还净往我们女人头上扣屎盆子，想永远把女人踩在臭男人的脚下。但这些男人的坏习惯，统统不包括我三弟，他跟你不是一路货。"祖传不禁挖苦奚落着自己的男人。

刚才还气势如虹张牙舞爪的藤晓年，顿时老实起来，不知所措地梳理起自己稀落的胡须。当着众人的面，四姑娘听着祖传对藤晓年的数落，看着他无助泄气的样子，性格活跃的她不禁扑哧笑出声来：

"三姐，作为女同胞，我完全同意和支持你的说法。不过也要把男人分类了看，大部分男人像烂泥一样扶不上墙，碌碌无为，平凡一生，心甘情愿被人任意踩在脚下生活。只有少部分男人比较可爱，他们有理想、有抱负、有作为、敢担当、不避险，为了国家和民族前途命运，甘愿抛头颅、洒热血，救民于水火之中，我本人是特别喜欢他们献身国家民族斗争事业，为普通百姓利益而战斗。"她一边说着，一边偷偷看了看祖家的脸。

"革命不是哪个人随便闹着玩儿的，革命是要人掉脑袋的事情，是需要巨大勇气和胆识的事情！怎么能把革命者说成是'可爱的'人呢，太狭隘！"藤晓年及时纠正道，一副讨好祖传相。

"四姑娘说的就是比你有水平，人家这是在打比喻，你眼拙没有看出来。哪像你唠叨个没完，净在扯些看不见摸不着远在天边的事情。"祖传这些天也看出来，四姑娘是喜欢祖家的。自己的弟弟英俊潇洒，文武俱全，他们两个倒是十分般配。只是祖家好像心有所想，一时半会儿看不出来他的明朗态度。她的男人肯定是悟不出来男女之间那种微妙的感觉。

藤晓年心中十分不平，心想自己留学日本好些年，也算是喝过洋墨水、见过大世面的人，自己应该属于四姑娘所说的有理想、有抱负、有作为、敢担当、不避险的那类人，可自己的老婆怎么就是不尊重自己呢？唉，女人的心，谁能看得透！算了，好男不跟女斗，我还得靠她养活小崽子们呢，藤晓年内心里自我安慰着，渐渐没有怨气，笑意又写在他的脸上，不停殷勤地为祖传递茶。

祖家眼看姐姐、姐夫又在斗嘴怄气，赶紧插话道：

"姐夫，我明天早上想跟四姑娘去拜访史家棠爷，算是对上次在裴爷家见面的回访，不知姐夫有没有兴趣跟我们一块儿去？"藤晓年听说过他们刚到苏州，就能见到时常闭门不出的棠爷，于是赶紧道：

"哦，到苏州有名的棠爷家，可不是一般人想去就能去的！都是些非富即贵的响当当大人物，你就别自讨没趣了，不如明天姐夫带你们到附近的其他几个园林看看。咱们的苏州园林，那可是天下一绝，像留园、拙政园等等，保证让你大开眼界。要再不行到虎丘塔去烧香拜佛也行，说不定你们还能抽个上上签，保咱们事事平安呢。棠爷可是个严厉的人，也是一个怪人，咱可不能自讨没趣上史家，搞得灰头土脸不值得。他成天把自己关在绣房内，净研究不可能实现的苏绣技法，你平常人哪能见得着他的面。他的女儿若兰小姐也见不到，她是棠爷身边真正大管家。他的两个儿子倒是能见着，可都是混世魔王。哎，算了，还是不说的好。"藤晓年提醒祖家，想阻止他的冒险拜访计划。

"姐夫不用多虑，到时我自有办法让你见到神秘的棠爷就是。说不定他一高兴，还会送你一副亲手绣得丝中精品呢，像手帕、丝巾什么的，那可不得了。"祖家故意鼓动藤晓年道。

"也罢，棠爷的两个儿子，虽说是篾条穿豆腐提不起来的人，我们不招惹他们就行，能进了史家大院，也算是你不枉到苏州一趟。"藤晓年退而求其次。

"一定要见到管事的人。"祖家很坚定。

"四姑娘我看就不用去了，那是个阴气十足、净祸害女孩子的地方，去了不吉利。"藤晓年一看阻止不了小舅子，就反对让四姑娘同去。他知道那儿因为苏绣繁复的工艺和长时间的生产工期，折磨死了不少豆蔻年华的好女孩。

听到藤晓年要阻止自己去棠爷家，四姑娘原本并不打算去，内心里不喜欢那个偏执的棠爷，是他的严厉管束折磨死了不少女孩儿。现在她突然改变主意，想更多了解棠爷，知道他的家到底是怎样的虎狼之地。一股热血涌上了她的心头，她坚定地说祖家去哪儿，她都要跟着去哪儿：

"祖家少爷大病初愈，你一个大男人又不会照顾他，粗手粗脚不细致，千万不能前功尽弃又落下病来。"

"四姑娘既是好意，就跟着一块去吧，你很快就会知道谁才是苏州刺绣的真正厉害角儿。"祖传、藤晓年一看她态度坚决，也就不好再去阻挡，夫妻俩自去后院安排全家午饭去了。

翌日，东方发白，太阳刚刚露出了一条长长的鱼肚线。虽是晚秋气候，祖家还是略感湿热，早早起了床，朝着四姑娘休息的房屋外假装轻轻地咳了几声。不一会儿，门吱呀打开，四姑娘也已打扮完毕，二人前脚跟后脚悄悄出了大院。刚走出百步之遥，后面就传来藤晓年的声音大叫道：

"老三，别着急，等等我，初次到棠爷家，你们不知道他的厉害，没有我不行，你们会惹下大麻烦的。"

"去拜访往日朋友会有什么麻烦，你不会是杞人忧天吧？我知道你是想不去坐班，想混白食？"四姑娘讥笑道。

"这儿哪比武昌，民风淳朴，老表众多，这可是苏杭地区，大家都无利不起早，远非你在武昌能想象到的。我真心为你好，反而被你说得一文不值，可叹可气。老话怎么说的，'狗咬吕洞宾，不识好人心'。"藤晓年自嘲道。

"采薇同学你也真是，哪有这么跟姐夫说话的。他可是苏州通，生在这儿长在这儿，又是日本留学回来的，自然知识多，见识广，人脉好，比你我单独去不知要方便多少倍呢。"祖家把一顶高帽子戴在了藤晓年头上，顺便让他在前面带路。四姑娘心想也是，望了望祖家，二人心领神会便不再说话，紧紧跟在东洋留学生后边。三人左拐右出，不多时便来到了棠爷的府邸前。

只见朱门厚重，大门紧闭，气势恢宏。祖家看见一对高大雄伟的狮子，雕刻精美，脚踩巨龟威风凛凛地立在大门左右。门楣上几个硕大鎏金的字左右写道：

丝蚕丝线丝绒丝绣丝缎

绸绒绸丝绸线绸花绸布

横批：丝绸兴史

祖家正要感慨史家果然是大户人家，气势非同一般。藤晓年急迫地招呼他们跟紧步伐，大门右侧几步远处另外开有耳门，祖家只得快行几步，靠近四姑娘，随着姐夫进了耳门。

棠爷家大院里，几十个彪形大汉一律穿着紫衫黑衣，正在舞刀弄剑，习武操练，喊声不断，没有半点院外清修与静谧的样子，紫衫黑衣人完全无视旁边订货商人的等待和女织工的忙碌。待藤晓年探头探脑，准备再往里走时，从门后突然闪出一个汉子，大声呵斥道：

"谁家的杂碎，竟敢擅自闯进来，生面孔一律不得进来，难道不知道吗？没有规矩的东西。"说时迟那时快，一个闷棍呼啸着就挥了过来。

祖家在后面以为在骂藤晓年，听到棍棒啸叫声后，一个箭步跨到他姐夫身边，使出武当以柔克刚的"顺风"招式，把那千斤般重的当头棍，瞬时化解得无影无踪，没有半点力量，被打的人毫发无损，使棍者反倒一个趔趄摔倒在地。祖家再定睛看时，被呵斥的人并不是自己的姐夫，而是另外一个准备进史家大院的人。藤晓年其实早已被吓得双手抱头，跌坐在地。

那帮紫衣护院家丁，正准备看被打的人哭爹喊娘大声求饶的狼狈相，不曾想突然被一股无知名的力量化为乌有，顿时惊奇不已，呼啦啦围了过来。祖家一看形势大变，完全不是平常人家迎接客人的样子，心里暗自担心起来，伸手赶紧扶起跌坐在地的藤晓年，让四姑娘紧紧靠在自己的身后。

"谁家的混球，不知天高地厚，竟敢擅闯史家，是活腻了吗？"紫衣人群中为首的骂道。

"你们史家也是远近闻名的大户，难道欢迎客人的方式，是用棍棒和喝骂声吗？"祖家稍作镇定后反问道。

"棠爷家自然是有规矩的，对于朋友是双手奉茶，来去自由。对于不怀好意的豺狼之人，自然是要打他个头破血流满地找牙，看他还敢不敢来偷学史家绝技。"为首紫衣人嚣张骂道，言毕一挥手，几个家丁冲了上来，亮出家伙，朝祖家劈头便打。

祖家使出武当拳法，只轻轻数招，便把他们的铁拳化得无影无踪无痕无迹。为首的紫衣人大为惊奇，大骂手下人是一群饭桶，顺手抢过一根木棍，就要朝祖家头顶猛劈过来。祖家轻盈灵活地挪动双脚，一招"白鹤亮翅"，右手双指顺势轻轻地点在他的腋下，木棍就像被施了魔法一般，瞬间由直线变斜线砸在地上，断为两截，远远地滚落在院子角落。倒是震得使棍人双手发麻，踉踉跄跄站立不稳。

"休得猖狂，无知匹夫，看我们怎么收拾你，总有你满地找牙的时候。单教头，还不赶快收拾这个不知轻重的野种。"为首的紫衣人虽然双手震麻，木棍折断，但并没有放弃嚣张的气焰，大声吆喝道。

被叫作单教头的人应声而出。此人中等身材，四十余岁，脸庞黝黑，双眸炯炯有神，剑眉。双手抱拳向祖家行礼后，也不等祖家搭话，迅速使出一招又急又快的"泰山压顶"，这是"洪掌"招式，只朝祖家胸前打来。祖家脚下轻轻一挪，侧身闪过拳风，右手反掌向单教头腰间劈去，单教头也迅速使出"猛虎出山""蛟龙蹈海""白鹤亮翅"等又猛又快的刚毅拳法相迎。

祖家一边仔细观察着周围的环境和对方的武功套路，一边也使出"互定式""站定式""斜定式""卧定式"等武当掌术，腾、挪、拉、滑、挡，顺势而为把对方的万千掌力，统统化得无影无踪。片刻时间，二人你来我往，数十招攻防拳法互不相让，打得难分难解。只看得藤晓年瞠目结舌，不知所措。四姑娘心里暗自后悔，昨天真应该听藤晓年的警告，阻止祖家的冒昧拜访行为。明知道这史家并非等闲之辈，对方人多势众，祖家如果万一有个什么闪失，自己该如何是好，怎么向冒险勇闯清风寨、救出族人性命的恩人回报？她真想把自己的双眼借给祖家，让他能全方位观察到对方的掌法功夫变化，而不会凭空挨打，白白受伤。何况他刚刚大病初愈，精神体力还没有完全恢复。

"住手，不得对藤处长无礼，都统统退下。"大清早听见大门口吵闹不已，史震南、史震北两兄弟从房间里走了出来，在台阶上喊道。

"震南、震北兄弟，你们史家家风威严，名不虚传呀，吓得连我这个老邻居都进不了大门，你家难道真是到处都藏得有宝贝不成？"藤晓年听见史家兄弟说话，朝他们赶紧喊道。史家与当地的藤、桑和黄姓等人家，都是数百年的邻居关系，大家彼此知根知底。

"藤处长见笑。进宝，瞎了你的狗眼，还不赶紧请客人到客厅奉茶，没有长进的东西。"震南对为首的紫衣护院骂道。

被称进宝的人就是为首的紫衣护院人史进宝，他是史家的护院管家。听见主人呵斥，立即态度大变，对藤晓年毕恭毕敬起来，立即阻止单教头对祖家的继续纠缠，准备请藤晓年等三人到客厅喝茶。藤晓年趁机赶紧向两位少爷介绍祖家的情况。

史家兄弟猛然想起，拍着脑门道：

"怪不得眼熟，真是大水冲了龙王庙，一家不认识一家。你们不是裴爷的客人吗，不知是哪阵风，能把望族之后的三少爷，请进史家为客，真令寒舍蓬荜生辉呀。"

"三少爷请慢，单某还有个不情之请，不知能否给咱家一个薄面？"单教头单向祖家问道。

"单教头掌法了得，娴熟自然，刚毅威猛，也算是条武林汉子。在下正希望与你这样的人多多交往，如有要求，只要我能做到的，但说无妨。"惊奇于对方的好功夫，祖家求之不得道。

"三少爷年少沉稳，这么多年来是咱家所少见的武林高手。一套武当掌法，飘逸灵活，变化多端，是我在苏州地界遇到的最强对手。今天过招中少爷似乎有所保留，如有不弃，七天后我想单独再约少爷切磋武功，不知能否赏个薄面？"

"惭愧，惭愧。倒是单教头只使出七分功力，祖家已尽全力了。既然单教头有兴趣，我便答应你就是。"

"君子一言！"

"驷马难追！"

二人心里相互为对方的精湛武术而敬重起来，不禁惺惺相惜，彼此爽快地承诺七天后，再行比武切磋之事。四姑娘和藤晓年在祖家身边不停地暗示他不要轻易答应，可是怎能阻止祖家的一时豪情，非要结交这位武林高人呢！

"单教头你闭嘴，你算个什么东西，只不过是我家请的一个看门流浪拳师而已，怎能向尊贵的三少爷提出非分之礼？收回你的请求吧，别弄脏了三少爷的衣服，还不快向客人敬茶。"史家兄弟厌恶单教头的啰唆无礼，阻止他继续说下去。

祖家道："两位少爷休得责怪教头，双方比武切磋之事，是我主动答应的，不是什么非分之请。习武之人很难遇到一个旗鼓相当的对手，以切磋技艺。就像是庞涓一定要找孙膑，唐寅一定要遇到祝枝山一样，才能相互欣赏，取长补短，自成一家。诗画同源，武功同根，相生相克，共生共存，能与单师傅这样的高手切磋武功，也是在下机遇缘分，荣幸之至。"

"三少爷文韬武略，我们兄弟俩闻所未闻，真是自愧不如呀。"震北既知趣又醋味十足地说道。

"叨扰清静，还望见谅。"祖家回道。

"不过常说'无事不登三宝殿'，三少爷初来乍到，忽然来寒舍一聚，不知有何指教，若是为求得一件我父亲绣制的丝绢，我们一定会分文不收，双手奉送三少爷一件最新最好的苏绣。"

"谁又要送出我的苏绣呀？"突然门外传来一声低沉的质疑声。震南、震北听见此声，赶紧规规矩矩地站了起来：

"爹爹，您不是这几天正在闭关构思吗，怎么有空到客厅来过问外面的俗事呢？"

棠爷个子不高，约五十岁出头，面皮蜡黄，穿衣打扮十分讲究。身后紧跟着一个亭亭玉立的少女，她是棠爷的女儿史若兰。祖家等也跟着站了起来，连忙向棠爷行礼。藤晓年像虾一样弯着腰，双腿不断哆嗦战栗。

"棠爷好！棠爷您辛苦了！"大家齐声道。

棠爷满脸阴沉，面无表情，倒是一双犀利的眼睛，紧紧地盯着祖家，猛然转身道：

"贤侄这么早就过来看望我这个糟老头子，真是难得。你们两个不争气的东西，一大早弄得整个院子乱七八糟，闹哄哄吵死人。居然忘了你们母亲的阴寿，难道不知道今天是十五，是你们娘的忌日吗？活该你们不学无术，游手好闲，我史骁棠怎么养了你们两个不争气的东西，真是家门不幸啊！"

震南、震北两兄弟还没有坐稳，就被他父亲当着客人的面，劈头盖脸大骂了一顿，幸亏跟在棠爷后面的妹妹替他们求情道：

"爹爹，两位哥哥也是有头有脸的人，不至于在客人面前扫他们的兴，打他们的脸吧？更何况今天是母亲的忌日，如果地下有知，母亲听到您这样骂自己的儿子，她一定会伤心流泪的。"

史若兰是棠爷唯一的女儿，也是他最体贴最信任的孩子。史家的大小生意，所有生活用度，均是由她出面日常打理。

"罢了！刚才若兰告诉我说外面有位青年，正在与单师傅比武，难分伯仲。平常单教头是只有他赢别人，没有别人能接他十招功夫的。忽然听说有人能与单教头单打独斗，百招之后，仍难分难舍，不分高下，也让我这个孤陋寡闻的糟老头子好奇，就赶过来看个热闹，没想到竟是黄贤侄，望族之后自是不同，不知贤侄为何事定要亲自来登门指教呀？"棠爷道，语气明显舒缓了许多。

祖家一听"指教"二字，赶紧道：

"棠爷苏绣技艺超群，享誉海内外，无人能及。家风严谨，路人皆知。祖家冒昧拜访，其实心中正有难言之事，特来请棠爷求助。"

"啊！贤侄是我苏州望族之后，青春年少，功夫了得，做人又这么谦虚，有什么事但凡我这个糟老头子能办到的，尽管说就是，一定会让小女全力支持办理的。"棠爷看到祖家器宇轩昂，谦虚诚实，便对他另眼相看，说话自然多了几分客气。

"棠爷您知道今年佃户饥贫，闹租不交，这是多少年没有发生过的事情。如今这朝廷又风雨飘摇，前途堪忧，大局未定，不知找谁去讨说法。但我知道棠爷您史家的苏绣全国一绝，远销西洋的意大利、法兰西等国家。常常是货不出门，就已被抢购一空，供不应求，世人为拥有一件棠爷您亲手做的刺绣而兴奋不已，大家都十分渴望您能扩大产量。"祖家说道。

"哈哈哈！若兰你说他说的对吗？"棠爷难得地大笑道，回头问自己的女儿。

"但是制作苏绣的蚕丝数量与品质，常常不能满足您的需要，是您绣制苏绣的难言之痛和始终无法解决的心头憾事。如果我能为棠爷提供优质、长期、可靠的蚕丝，对我来说就可解决饥贫的佃户欠租之事，对您来说就可获得稳定可靠的蚕丝供应，这是一个互利合作的长远商业机会，不知棠爷您有没有兴趣？"祖家看着棠爷一口气沉稳地说道，一边偷偷观察旁边史若兰脸上的表情。

从来没有人能跟他谈这样的合作，棠爷听完祖家的话后，半晌没有回答。史若兰十分惊奇，沉默不语，她在思考心中的疑问。旁边的震南、震北及管家史进宝，更是丈二和尚摸不着头脑。四姑娘和藤晓年也是听得一头雾水，不知道祖家要干什么出格的事。

为寻找到极品可靠的蚕丝，棠爷可是伤透了脑筋。寻遍苏州、太湖等长江南北方圆数百公里，也没能找到优质可靠的蚕丝，还得通过难以协调的漕运，才能勉强收购到距离很远但是数量有限的极少优质蚕茧。加之这几年风云突变，气候反常，百姓更愿意种植粮食作物，以填饱空空如也的肚子，养活嗷嗷待哺的婴儿，而不愿多种桑树，养殖更多的桑蚕。因为那是一个投入多、风险大、费时多、价格变化大的行当。

眼下居然有这等好事，能满足史家的原料供应，这不是天上掉下金元宝，让史家发大财的绝好商机吗？可棠爷仍是那么出奇的冷静与沉默，半晌不出声，众人心里都开始忐忑不安起来。整个客厅刹那间是如此的安静，连彼此的心跳声都能听得清清楚楚。四姑娘与藤晓年心里直犯嘀咕，不知道祖家心里想的什么。特别是藤晓年两手打战，怀中茶杯不停晃动。棠爷注视着祖家，沉默很长时间后道：

"你家佃户闹租的事，我略有耳闻，恕我爱莫能助。但你说的后一件事，年轻人，我凭什么相信你？你家多少亩地，都在种什么东西，多少年来还能瞒得了我的眼睛？难道你黄家也开办了一支漕运船队，专门运送蚕丝不成？若兰你知道吗？"

"棠爷，是我没有说明白关于蚕丝的事情。我是说我能为您在苏州当地提供上等可靠的蚕丝，而不是用船队从遥远的地方运过来。棠爷您知道，我祖上在虎丘塔后边有数千亩低洼湿地，我想排干滞水，专门种植桑树养蚕，蚕茧特供棠爷您使用。就是说不需要外出收购，不需要漕运，就能得到您想要的大量优质蚕丝。这不是一举两得、各取所需、互惠互利吗？如果棠爷答应优先从我这儿收购上好的头等蚕丝，我甚至可以比同期上市蚕茧价格便宜一成，专供您家挑选，第一时间优先保证供应您府上的需求。"

客厅又是一阵沉默。

"好，贤侄既然有此想法，我们就来个一举两得、各取所需、互惠互利，凭你数千亩土地和你老黄家在苏州的威望，我可先支付一成定金，收购你的上等蚕丝。"这次棠爷可是迅速开口，果断地答应了祖家的请求。

"棠爷独具慧眼，做事果断，出手阔绰！"祖家压制住内心的狂喜道。

"先付你一万元大洋作为一成定金，明天我就让震南、震北送到你府上。但我有一个条件，你必须答应我。"

"有什么条件，棠爷尽管吩咐就是。"祖家道。

"就是从明天开始，必须要让小女若兰全程参与你的桑树种植和蚕茧生产，交货时间和货物质量不能有半点闪失和瑕疵，否则你必须双倍赔偿我的定金。"

"这个条件不难，也是应该的，我完全同意。"虽然四姑娘极力暗示祖家要三思而行，但祖家就像是一只高空飞行的苍鹰，有力展开飞翔的双翅，已经不可能停止傲视一切大地万物。

四姑娘被眼前突发的一切事情完全打乱了思路。初来乍到情况不明，以及佃农欠租久拖不决，让祖家十分疲惫。原本今天她是想来陪他散心，打发他寂寞无趣的日子。自从武昌出发以来，眼前这个没落少爷，应该还是过着舒服惬意的生活。他不愁吃不愁穿，家有万贯家产，良田千亩，怎会了解百姓的疾苦和世态的炎凉多变？自从亲妹妹等族人庄丁，被靳霸天掳进土匪窝以来，祖家的表现处处令她倍感意外，刮目相看。难事、突发事都能逢凶化吉，大事化小，小事化了，妥善处理了各种矛盾和棘手的问题。而这一次可是一笔非同一般的巨资合作业务，时间长、任务重、养殖难，他只是按照父亲的安排，暂避风险和协助处理家务即可，不求有功。可棠爷是什么人，技艺超群，家财万贯，刚愎自用，全苏州没有一个人敢真正与他合作。祖家一个初出茅庐的年轻人，蚂蚁对大象，他凭什么约定别人，难道不自量力，蚍蜉撼大树，不知道自己几斤几两吗？

在壮阔的长江上，他们不是曾经眺山望水，畅谈革命理想与追求吗？那时的激情、豪迈、诗意都到哪儿去了？她还希望祖家能与她一起去唤醒昏睡的人民，推翻清王朝，建立平等、自由、共和国家而努力，祛除社会的不公和达官显贵、地方富甲的贪婪无耻，去拯救千千万万的黎民百姓，怎么可能与旧秩序的既得利益者合作共赢？怎么能胸无大志，为蝇头小利而浪费自己的美好人生呢？是因为目睹福爷被杀的惨状吓到了吗？或是因为这几天的大病把他给烧糊涂了，抑或是佃农闹租把他弄得无路可退，而一时冲动所为？就在这些混乱无章的遐想中，她至今也看不透、想不明祖家到底是怎样一个人，完全没有意识到客厅里棠爷与祖家的后续对话，头脑一片空白。直到最后，才隐约感到祖家在拉她的衣袖，才缓过神来，跟着祖家与藤晓年告别了史家上下各色人物，回到了黄家老宅。恍惚间直到祖传招呼她吃早饭，才如梦初醒，葡萄般的大眼睛偷偷地瞅着祖家。

祖家显然是受了刚才与棠爷所谈桑蚕合作事情的影响，多日的愁眉不展和闷闷不乐烟消云散，白皙的脸上洋溢着难得的喜悦和兴奋。对祖家的所作所为是否妥当值得，祖传作为亲姐姐，她并不是特别在意，在她心中只要弟弟能长期在自己身边比什么都好。她的男人藤晓年是个油腔滑调又胸无大志的小人物，自认为留学过日本，其实并不受人尊敬。偌大的祖业，其实这些年只有她一个人在苦苦坚守。

"万事开头难，能合作就好。"她这样鼓励弟弟。

对刚才的重大合作，藤晓年至今仍惊魂未定，不知所措。现在一看无事可做，也没有什么谈资可聊，便推说中午教育处有事，吃完早饭便腿上抹油上班去了。只有老管家黄五支持少东家的决定。

黄五知道虎丘塔后的近千亩土地地势低洼，每逢雨季之时，必被淹没于汪洋洪水下，粮食是种不出来的，只能养鱼和种藕。要是遇到雨水泛滥之年，洼地八成连鱼也是养不成的，鱼都会被洪水冲走。不过当年就是因为太平天国士兵攻打苏州城时，不知洼地泥沼的厉害，误闯入低洼之地，多年的积水导致烂泥如陷阱深坑，许多太平军将士连人带马都陷入了泥潭中，永远也没有走出那片洼地。不过要是遇上连年的干旱，那千百亩洼地倒是肥得流油，庄稼长得比其他施肥的土地都好。这些土地的使用要害和庄稼收成情况，是他前几日与三少爷聊佃农抗租事情时告诉他的。没想到被三少爷用到种桑养蚕上来，这既是好事，又极大出乎了他的意料之外。

中午时分，史家总管史进宝带着几个家丁，风风火火地来到了黄家，送来了五千现大洋和一张五千银圆的支票。史管家礼貌性地问候过祖家后道：

"在苏州地界，我是头一次听见有人敢跟我家棠爷如此谈买卖，他老人家吩咐我务必在今天之内把一万元现大洋送到贵府，这不我们家史姑娘赶紧安排账房收拾准备，虽然有些客商交的不是现款，我们还是凑足了五千现大洋，这张汇票是我们史家首次为您个人开出的大额票据，全国都能兑付，您可随用随支。这么多年呀，只有别人给史家送银子的，您可算开了我们史家给别人送钱的先例。另外，明天一大早我们家史姑娘会过来亲自看您的千亩大桑园，您可要有万全准备呀。"

祖家一边吩咐黄五给打了收条，一边对史进宝说道：

"史管家辛苦，随时欢迎史姑娘莅临指导，我静候她大驾光临。"

同时心想一个年轻姑娘能有多少阅历，明天就算过来，也不过是看热闹走形式，场面上的事罢了，没有什么担心的。只是想早上棠爷明明说的是一万元现大洋，下午史姑娘变成了五千大洋和五千汇票。汇票虽说是能够自由兑换，但总不比现金方便，有一半的费用让自己不好使用，今后支取要看她的眼色，对方不信任自己，心里怀有十分的戒备。送走史家人，祖家无奈地笑笑，打铁还得自身硬，自己强大才是根本。唯有一件事情在他心中急迫起来，于是道：

"五叔，麻烦尽快通知本族的七叔和九叔，表姑及表姑夫，以及佃户中勤快的人家。如东头的苗旺，西头的商泓，务必要他们尽快都赶过来，我这儿有紧要的事情跟大伙商量。"

黄五见史家大笔银圆真的送了过来，以往只有别人给史家交定金的，哪有史家先交定金的先例，这是老苏州人多少年从未听过的事情。正担心如何履约时，看见三少爷十分自信镇定地吩咐自己，赶紧"哎"了一声自去办理去了。

　　四姑娘知道自己待在这里也无事可做，对祖家道："天不早了，二婶最近为生意又里外忙着，顾不上照看"小蛾子""小蚊子"，我这个姐姐不在他们身边，不知把家里弄得有多乱，差不多都是鸡飞狗跳了，我得赶紧回去了。"见身边没有其他人，继续道：

　　"二婶叫我问你明天有空没有，她想请你过去吃顿饭。"

　　祖家心想种桑养蚕是自己现在决定的一件大事，务必要全力以赴，一举成功。加之身患寒疾已无大碍，真没有时间陪四姑娘闲聊。一会儿还有许多重要的事情，需要逐一与族上的长者商量，不能有丝毫疏忽。但是二婶的请求又另当别论，于是道：

　　"告诉二婶，明天一定赴宴，正想吃她亲手做的苏州菜呢。"

第九章

花开两朵　各表一枝

很快祖家收了棠爷一万大洋和汇票定金、不种粮食要种桑树的消息传遍了大半个苏州城。这许多年来，有谁能让一言九鼎、技艺精湛、富甲一方的棠爷，能先预支费用定下这未知的生意！种桑养蚕是个费事耗时的活儿，天时、地利、人和样样都不能少。

"啥，有这等事情，从小到大我还是第一次听到？"

"史姑娘是人精，不知算得是哪门子生意经？。"

"不知天高地厚，黄家三爷究竟是个什么样的人呀？"

有关棠爷与祖家桑蚕生意约定的事情，顿时成了苏州人们最近除武昌举事后最具爆炸性的新闻，人们纷纷私下议论着。现在每天听到的都是革命党与保皇党、中央与地方、土豪与百姓的冲突，习惯了鸡鸣狗盗、杀人放火的事情。芸芸大众为了生存而不得不弃儿卖女，为了一箪一瓢卑躬屈膝，过了今天不知明天会发生什么事情，谁还会为了几个月甚至几年后的事情做打算，如此订约背书呢？这年头秩序全乱了，人们就算相信啥事都会发生，但让史家能先预定几年后的生意费用，确实是个稀罕事情。

"太阳打从西边出来了，我可是第一次听说"。人们啧啧称奇，谁说不是特大和爆炸性的新闻呢。

祖家飞快吃完午饭后，在客厅角落里静静思考着需要马上安排的事情。不多时本家长辈族人陆续到来，几位有影响的佃户代表也都按照他的要求赶了过来。祖传一边招呼着大家，一边看该请的人是否都到齐了，环顾四周后她热情地道：

"七叔、九叔还有苗叔和桑叔，今天老三把大家请过来，主要是为了旱灾欠租和种桑养蚕的事情，想必大伙也都听说了。一大早老三与史家棠爷，达成一个口头交易，当然以后还要签正式协议。从今往后对老黄家和大伙的生活都会带来极大的影响。想请大家都帮衬着拿个主意，想个万全对策，是自个儿单独种桑养蚕好或是贩茧运丝好，关起门来，都是自己人，都给说个准话儿。"

　　祖家心想姐姐这是演的哪门子戏呀，种桑养蚕的利弊刚才她还半个口风也不愿给自己透露，现在她让别人先说，自己做事从来都是不露声色，到底是支持或是反对呢，她从不先入为主。难怪连喝过洋墨水的姐夫都不是她的对手，被管教得服服帖帖、规规矩矩。在父亲犯难离开高位后，放心让姐姐操持整个老家，她确实能左右逢源，把偌大的祖业经营得井然有序，日益富有，大哥做事也不过如此。姐姐真是个有心计的女人，干练的作风让祖家嘴角无意间露出一丝微笑，苏州的女人不简单，他心里暗自想着。不禁索性装作事不关己的样子，故意专心喝起茶来，看她如何主持本应是属于自己唱主角的议事大会。

　　七叔道："开沟挖渠，排水晾地是种植桑树的基本条件，虎丘塔那边是一大块洼地。从我小时候记事起，就没有见过像今年这么干旱过，露出的黑泥巴都裂了缝隙，那杂草长得是又多又长，我们家的水牛最爱吃那里的草了。不过那地方湿气太重，土凉，地势太矮，很容易再次积水，恐怕不适合马上种植喜热耐潮的桑苗。如果真要种，也得从长计划，何况那么大的地儿，光是培植树苗也得好几百万株，就是寻遍苏州城，怕也是难以满足短时间种植的需要。"七叔满脸皱纹，不无焦虑地说道，他的结论是"从土壤到树苗供给，都暂时不具备大规模种桑养蚕的条件"。

　　"是啊，三贤侄这笔买卖开出的条件倒是不错，我们也很赞同，但短时间内如何觅得这百万株的种苗。如果那地都种桑树，减少水稻种植面积，要是往后年份再遇到庄稼歉收，庄上几千人的口粮又怎么解决？地是东家的，但肚子是大伙的，再像今年闹出点乱子，那可不得了，还请姑奶奶和三少爷三思而行呀！"九叔补充道。

东头的育苗能手苗旺，西头的养殖专业户商泓等比较机警的佃户代表，也纷纷开腔议论。他们的意思是今年佃农们之所以不上交东家的粮食，是因为连续的年成不好，漕运也不景气，社会又不太平，大家伙都是吃了上顿没下顿。外销丝绸花色少、质量差、名气小，被大户压着，赚不了几个钱，老百姓实在是活不下去了。眼下许多青壮年劳力都外出跑路谋生去了，种桑养蚕是需要很多劳力的。"外出跑路"是当地的隐语，意思是说实在生活熬不下去的人，到外地要饭，或是当苦力，或是当兵混饭去了。天气日渐寒冷，卖丝绸的佃户们自己反倒没有一件像样的御寒衣服。如果那么大块地从今往后不种庄稼，明年收成增加的希望就更渺茫，大家的日子是越发艰难，没有盼头。当然他们对老东家还是十分拥戴和忠诚，十里八乡的大小东家，没有比这更好更便宜的地租了，又没有额外名目繁多的摊派。同时他们也说道，种植桑树是个极讲究学问的活儿，比如行间多宽，间距多远，栽种时间，育苗施肥，祛病除虫和浇水弄地，环环相扣，不能有半点马虎。否则那么大的连片桑树林，是无论如何也长不成好桑苗，养不出优等蚕宝宝，抽不出上等丝，织不了棠爷所需的绝美苏绣。霎时一连串的疑惑与困难被提了出来，大家七嘴八舌地议论打乱了祖家的整个计划。

祖家早上提议种桑养蚕的兴奋感，顿时陷入了冰点。他没有想到这些祖祖辈辈都与土地、桑树和蚕打交道的百姓们，只习惯了经营自己的几份薄地，日出而作，日落而息，没有形成连片弃粮种树的思想，更不敢有半点向棠爷讨价还价的勇气。这些思想深处的禁锢，却是他必须要直面和尽快解决的事项。该如何处理冰点问题，既能解决佃户挨饿受冻吃饭穿衣，又能发展桑蚕适应棠爷高端蚕丝需求呢？祖家一时眉头皱纹越积越多。

眼看日头偏西，大半个下午众人也没有讨论形成一个统一意见。这时门外有人喊道：

"请问三少爷在家吗？"

管家黄五把那人迎了进来，祖家细看时才想起，来人是朱大伯的孙子朱孝七，一个十六七岁的少年，手拿信函，恭恭敬敬地走到祖家跟前：

"三少爷好！爷爷嘱咐我把这封信务必亲手交给您。爷爷还说您看完后，要把您的回信意见一并带回去。"

信是用粗糙的牛皮纸严严实实包裹着，祖家感觉没有与其他的信件有什么不同。索性打开，只见信纸上隽秀地写道：

禅　问

水出高山间，地结万物缘；

乾坤几重天，何物不得圆。

朱莛均，辛亥年十二月十八日

显然是朱大伯的亲笔信。"禅问"还是"蚕问"呢？在武昌时，父亲就反复告诉自己，朱大伯是个可以信任的睿智长者。昨天冒昧拜访他老人家，恐有虑事不周全的地方，所以连他的半句知心话也没有听到。今天自己突然遇到极大的麻烦时，他这封"禅问"，肯定包含着某种重要的信息。于是祖家对姐姐道：

"我送送孝七，很快就回来。大家讨论也很辛苦，不如准备些酒菜，让大伙儿饭后继续探讨也不迟。"

瞒过众人眼睛后，祖家示意孝七前边带路，一起往他家走去。

"铁算盘，大伯没有其他言语让你捎带吗？"他问孝七道。

"你知道爷爷很少跟别人说话的，跟你算是说得多的。"孝七跟朱大伯一样，语速缓慢，总是若有所思地回答，并不愿多说半个字。

朱大伯正在家里等着祖家的到来，身旁老旧但做工精美的桌子上，已沏好热气腾腾的龙井茶。一杯是自己的，一杯专为客人准备。祖家见大伯仍是那么安详、淡定和睿智，双目炯炯有神，观察与洞悉着世间的一切喜怒哀乐。

"大伯好，昨天侄儿多有冒昧，现在特意向您老人家赔罪，还麻烦对侄儿指教一二。"祖家乖乖地坐定后，诚惶诚恐地对朱大伯道。

"三少爷多虑，短短两天，能再次见到不同一般的年轻人，我一个快入土的糟老头子，是双手欢迎呀。当然也想多听听多看看你们青年人的好故事。"

祖家见大伯省去许多客套话，并不纠结于过多的繁文缛节，便索性大胆问道：

"那封'禅问'信，大伯似有千言万语要与小侄交待，怎奈侄儿愚钝无知，还想当面向您请教。"

"哈哈！请教不敢当，汝父与我孩童时即为挚友，他很早就立威成名、光宗耀祖。而老夫不过长年异乡漂泊，做被人使唤的师爷而已。今天闻知少爷与史家棠爷达成桑蚕交易，我就知道少爷非其他一般富贵人家的纨绔子弟可比，如有任何需要老朽的事情，尽管吩咐就是。"

"侄儿鲁钝，确有一件事情向您请教，与史家的桑蚕贸易恐怕做不下去了，佃户们还是觉得种粮食比种树更放心，毕竟民以食为天，填饱肚子最为关键。"祖家道。

房间里顿时安静极了，就连门外吵闹着进圈舍的鸡群，好像也停止了前进的脚步声。

"那你扪心自问，自己内心甘愿吗？世间一切都是机遇与挑战并存，诸事归一，方能六根大定。一些事情错过后，可能永远也无法找回来。"言毕大伯自己爽朗地笑了起来，"来、来，孝七把东西拿出来，让三少爷一并过目。"

朱孝七把一份名单递到祖家眼前，只见写着：

排水：左焕生

畴地：桑泓

种植：苗旺

祛害：白柏隆

育种：黄若望

供需：史若兰

特别是名单的最后，令祖家大吃一惊，供需竟然是史若兰，棠爷的嫡亲女儿，也是需方的关键人。

"名单还能变动吗？"祖家若有所思地问道。

"但凭少爷定夺。"不急不慢，大伯咽下一口热茶回答道。

祖家对这六人名单十分欣喜，请到其他五人自是不难，只是对供需的史家千金心存疑虑。本要再问下去，只是朱大伯专心喝茶，笑而不答，连半个字也不肯透露。祖家无奈道：

"大伯，您看我已接受史家万元定金，种桑养蚕当中肯定会遇到许多账面买卖支出，正需要一个管账好手，孝七精通账房计算，大伯不如答应让他跟我一块做事如何？"若是别人定会十分高兴，大伯却是叹气道：

"朱家祖辈都是寄人篱下为生的，他怎能逃脱前世宿命呢！只是少爷往后不要顾忌情面，一定要从严管教，别让他走了弯路才好。"大伯喝下一口茶后继续道，"不过桑树倒是全身是宝，桑叶、桑葚、桑枝和桑白皮、桑螵蛸等等，都可入药祛病，济世富民，用途极广。如今乱世，时事巨变，苍生极苦，种桑养蚕正是为民、安民、富民的好事情。你们一定要同心协力，知难而进，既为黄、朱两家世代友好增光添彩，更为发扬苏州桑业呕心沥血，此事只能成功，不容失败。"

看来朱大伯是支持种桑养蚕计划的，祖家和孝七暗暗下定决心，绝不辜负老人家的一番教诲和殷切希冀！就算前面是莫测深渊和万均雷霆，也要在应人之事中，做出一番惊天动地的事情，上对得起黄、朱的列祖列宗，下对得起众多的亲眷和乡民。

等祖家再返回家时，诸位长辈和客人已经用过晚餐。大家都在焦急地揣测祖家到底接到了怎样的信件内容，等待祖家种桑养蚕下一步的具体安排和计划。

祖家在众人面前一改中午的犹豫和愁眉不展，也许是走得饥渴，大口喝下一杯茶，声音响亮道：

"五叔，仔细听清楚记明白。把我所要的以下人员，务必在两天之内请到。"只听他念道：

一、请左焕生先生主持洼地沟渠疏通和排水的事情，形成一个畅通的网状排水系统，不得留有死角，防止明年和往后年份的积水产生，形成不必要的内涝。

二、请桑泓先生负责所有洼地的整饬与规划，务必形成错落有致、整齐划一的万亩宜种桑地。

三、麻烦苗旺先生负责所有种苗的种植以及前期工程的准备事宜，包括肥料、苗木和人员的到位。

四、有请白柏隆先生负责所有桑园的后期管理，祛病防病，务必来年春天能长出叶大茎长的厚实桑叶。

五、最后请本族的若望老人，负责全部桑蚕的培育和孵化工作，务必养出全苏州城最好的蚕宝宝，最后抽出最好的蚕丝。

六、当然也是最后的一条。凡是在洼地有欠租而改种桑树的佃户，今年的租金减半收取，并可以延期交租至明年春季收蚕的时候。

众人无语，四周鸦雀无声。

"同时，偌大的种桑养蚕事情，必然涉及许多的货款往来，与以往老黄家的账务区隔，我打算邀请少年稳重的朱孝七来单独管理费用。孝七是个铁算盘，他一定能管好用活这一万现大洋和汇票，在明年秋天按合同为棠爷交上最好的货。"祖家一口气安排完毕，众人皆听得明白，唯独有关供需采购之人，他没有按朱大伯的意思说出来。因为他不知道史若兰是怎样的人。

史若兰是棠爷唯一的女儿，他的掌上明珠。或许是她母亲高龄怀孕不易生产的原因，在若兰出生时腹部剧痛了三天三夜，才诞生了唯一的女儿，接着便是无法止住的大出血，母亲痛苦又惊喜地看了上天赐给她的宝贝女儿一眼，使出最后一点气力，用她那苍白略显无声的语气，叮嘱手足无措的棠爷，一定要照顾好他们的孩子，便撒手人寰，撇下呱呱坠地的若兰。

"儿奔生娘奔死"，棠爷泪流满面地喃喃自语道，答应若兰娘一定会照看好她。若兰从小便被父亲视如掌上明珠，加上她自幼就十分聪明活泼，口齿伶俐，深得史家所有人喜爱。看见日益长大的女儿模样，棠爷便像看见了往日的爱妻一样，把许多重要的生意往来都放心交给她去经手。棠爷的两个亲生儿子却有不同的际遇。

震南、震北兄弟因为从小就没有了母亲，棠爷又长时间浸润在他独特的绣房中琢磨苏绣技艺，对两个儿子缺乏管教。随着年龄的增长，兄弟俩犹如脱缰的马驹，成天游手好闲、不学无术、欺男霸女，经常无故打骂欺凌下人。对祖传的刺绣技艺，因为工艺复杂精妙，细如丝发的雕琢幻化无穷，需要从业者长期熏陶，全神贯注地用眼用心投入，世代祖传枯燥无味的刺绣，他们兄弟俩没有半点兴趣。为了寻找刺激快乐，他们最近吸食一种叫"福寿膏"的鸦片。史家传下来的刺绣绝世技艺，族谱规定传男不传女，到棠爷之后，眼看是无人可传。他又不能做数典忘祖之人，那将置他于不仁不孝不忠不义之地，活着被人嘲讽，百年之后如何进得了祖宗祠堂？子不教，父之过，棠爷内心时常自责，性格逐渐变得暴戾无常，经常对下人冷酷无情。眼看两个儿子都快过而立之年，仍是一事无成，好逸恶劳，不愿继承自己的独门技艺，棠爷越发孤僻暴躁，也越发激起了他对妻子的思念和对女儿的信任，当然对不争气的儿子们也越发严厉。他多么希望他们能早日浪子回头，做一个金不换的传承人，把史家的独门绝技发扬光大，但这种希冀注定是要让他遗憾终生的。

祖家的人员分工宣布，意味着种桑养蚕之事的最终拍板确定。

集体讨论和最后的决定，对祖家来说是无比繁忙、艰巨和充满挑战的一天，也是包含着无限机遇与希冀的时刻。翌日东方刚刚放亮，祖家心中有事，起了个大早，正吩咐管家黄五务必抓紧落实昨天决定的几件大事，这时门外有人问道：

"请问三少爷起床了吗？我们家姑娘有要事相商。"是棠爷管家史进宝的声音。

祖家听说是史姑娘到来，赶紧迎了出去。因为是个稀罕人物，其他人也都跟了出来。史若兰一头乌发，双眼大而明亮，衣着雍容华贵。特别是一条明显带有史氏风格的刺绣靓丽围巾，把圆脸衬托得更加漂亮迷人。见到祖家等人，她微微点头示意，算是打过招呼，嘴角略动了动，欲言又止地做了一个请的样子，暗示祖家前边带路，整个动作显得既有礼貌又十分矜持得体。

"史姑娘请坐，姑娘真是像传说中的那样天生丽质，韫椟聪慧。我看今天姑娘比传说中还要漂亮呢。"祖家一边招呼众人入座，一边卖力地夸奖史若兰的风采。"姑娘还特别早起，能莅临寒舍一定是有重要事宜安排。"祖家最后不忘夸赞她反问道。

史若兰面无表情，完全不理会祖家轻浮的言语，也不搭理他的问话，只是轻轻说道：

"无事不登三宝殿，我今天过来，只是想与你及你认为必要的人谈种桑养蚕的事，与此不相关的其他人等，还是各忙其事吧。"特别是说到各忙其事，潜藏的意思是不准其他人来多嘴，不要来打听任何谈话内容。这是商家洽谈正经生意的必要措施。

祖家知道史若兰是一位强势的商业谈判对手，是史家所有生意的幕后决策者和重大影响者。但是他也没有想到她说话竟然会如此简洁明了，单刀直入，完全没有半点多余的东西和不必要的繁文缛节。

"既然姑娘金口已开，就留下孝七和五叔吧，姐姐也不用留在此地了，大家尽快都各忙其事吧。"祖家道。

现在整个大厅，左边落座者只剩下史姑娘、管家和贴身丫鬟，祖家坐了右边上手，依次是朱孝七和管家黄五陪着。

"这位是？"她十分警惕地问道，目光直视向朱孝七。

"他叫朱孝七，是我祖上世交朱莛均朱大伯的独孙，使得一手好算盘，现在是我种桑养蚕的账房总管，负责期间发生的所有货款往来支出与拆借，完全与老黄家现有的账房分开隔离，让费用花销清楚明白，我想这样对大家都好。"祖家道。

"好，我完全赞同你的想法，与旧的账房支度区隔，不能把桑蚕的费用和其他平常的支度混为一谈。"没等祖家说完，史姑娘语气既沉稳又不容辩解地道。

"这叫专款专用，专项支出，其他任何事情一律不得挪用此笔费用。"祖家补充道。

"就叫专项专用。"史姑娘简洁地重复道。

祖家让孝七从怀里拿出一份清单，把它递到她的管家面前，管家再转交到史姑娘手里。只见上边写道：

桑苗十万株，用银伍仟贰佰元；蚕种两百张，用银贰仟两；畴地用时五十天，用银叁仟两；排水用时四十天，用银贰仟两；种植用时三十天，用银壹仟两；祛害，长期，用银伍佰两；育蚕十天，用银贰佰两。合计用银壹万叁仟玖佰两。下面是各项目的所用之人。

史若兰仔细地逐一看过后，若有所思道：

"桑苗是基础，好树苗才能长出好桑叶，一定要用薛家种植的湖桑树苗，他们家的桑树是全苏州最好的树苗。火桑可少量栽种，以确保成活率。这样才会长出叶大质厚的桑叶，喂出最好的蚕，吐出最好的丝，才能确保我们史家织出全苏州最好的刺绣，别人永远也不能超过我们史家的东西。必须把用银提高到壹万肆仟贰佰两，增加育蚕的费用。育蚕是关键，要增加二十张蚕种张数，早出、晚出都不是最好的蚕宝宝，一定要是足时的东西才好。费用可是极大地超过五千元首付了。"史姑娘闪烁着狡黠的双眸，一边盯住祖家，一边毫厘不差地说出费用的总额。

她竟然能这么快就算出所有费用变化，祖家心里十分诧异。他只是笑而不语，他要等待她迈出的下一步棋子。

"明天中午十二点前，我会派人再给贵府送三千元大洋过来，全是真金白银啊！"史姑娘举重若轻地又道。

"姑娘对所用之人可有什么要求？"祖家问道。

"费用都由你掌握，怎么用人那是你的事情，我只要我的货。"她淡淡说道。"现在外边到处都在讲什么民主、自由和共和，选人用人你们就都民主、自由去办吧。"她缓慢地补充道。

其实她内心也十分敬佩祖家从畴地到祛害的所用之人，这是她最想了解和最想看到的人选。因为她知道，用对人才是生意成败的关键所在。而为了选拔使用最合适的人，她昨天整个下午推掉所有的杂事，把自己独自关在闺房。并暗自派出自己最贴身的丫鬟，去了解目前苏州种桑养蚕各个行业里最好的行家里手。没想到她独自综合所有信息排选出来的人，竟然与她现在看到的人员名单十分吻合，心里不禁对祖家好奇了起来。

其实祖家哪里知道，在苏州城的另一个角落里，有一个年轻的女子，为了家族的生意，也在暗中排兵布阵。只是所选用人员名单与公布的人员相似，没有引起对方的质疑。这个小小的秘密，他可能永远都没有机会察觉出来。

送走史姑娘已是正午时分。种桑养蚕的事，基本通过了史家的初步突然实地考察，祖家悬着的心稍微轻松下来。这时姐姐提醒他：

"三弟，都快晌午了，四姑娘和李二叔还在家里等你过去呢，答应人家的事情可别耽误了，失了礼节。"

祖家这才突然想起昨天确实应承过四姑娘，今天到二叔家做客的。二叔最近遭遇大难，有许多的话想跟自己说。于是赶紧对孝七和黄五叮嘱一番后，才放心地独自乘船去了。想到马上就要见到双眼如黑葡萄般的四姑娘，祖家这两天的辛苦和疲劳顿时减少了许多。但是她的妹妹五姑娘被南霸天的帮凶贺麻子挟持为人质，潜逃至苏州和杭州一带，飘忽不定，杳无音信，生死未卜，一个女孩子长期与歹人相处，总归是一件极其危险的事情，必须尽快找到并带离危险境地，平安送回武昌李叔身边，是自己对李叔一家的承诺。同时自己心中最敬佩的曹福爷惨遭奸人毒手迫害致死，幕后的黑手到底是棠爷抑或是其他人，祖家至今也没有弄清楚。但有一点祖家可以肯定的是，此事一定有史家人参与，而且也只有他一个人知道这个秘密。要彻底揭露苏州史家的阴谋诡计，为福爷申冤报仇，为李家二叔还以清白，洗刷罪名，只有靠他的种桑养蚕计划，深入接触史家，才能找到铁证，了解案情真相，查出幕后真凶。这也是对他忙碌于种桑养蚕的最好回报之一。

而这一切四姑娘是不能理解和知道的。目前形势下他也不想让她知道他的计划，因为这要冒许多的风险和承担太多的不测事情，甚至是付出生命的代价。一个真正的男人，怎能让自己在意的女人去承担这巨大的痛苦和不安？祖家满脑子思索着这些天的行动和计划，不知不觉中来到了李二叔家门口。门内的四姑娘早已装作若无其事地等候他多时了。当看见祖家的一刹那，她嘴角露出了甜美的微笑，但瞬间又消失得无影无踪。

"全苏州的大忙人，今天不知刮的是什么风，竟舍得过来？"她一边为祖家倒茶，一边说道。

"答应你的事情怎能食言呢？何况还是二叔。"祖家道。"二叔这些天都还好吧？怎么没有看见"小蛾子""小蚊子"他们？"他继续道。环视四周后，祖家想自从福爷遇害后，二叔身为湖广商会副会长和李氏贸易公司的总经理，南来北往客商众多，曾经门庭若市的贸易公司是彻底变样了。往日的熙熙攘攘，变成现在的门可罗雀。本应是事业辉煌、如日中天的时候，突然掉进万丈深渊，巨大的反差让李家人如何接受？二叔中年遭此打击，他能受得了吗？

"头些天我叔确实十分困顿和难受，遭到许多人的诽谤中伤，没有生意做，还失去福爷这个最好的朋友，整夜失眠，人消瘦了许多。幸亏有二婶多方活动和打点，把她娘家的人都动用起来，生意订单虽然少了许多，总算没有彻底断绝，逐渐好了起来。二叔比前些日子心情也好了许多。"她道。正想继续说下去，二叔手拿一沓报纸走了进来，她立即闭口不语。

"祖家来了？脸上气色不错。前几天听说你生病了，我和你二婶都想过去看你呢。"二叔关切地问道。

"多谢二叔关心，病早好了。有可能是坐船时间长，长江上风大浪急，不小心着凉引起风寒，现在已无大碍。"祖家轻松答道，"今天的新报纸？不知道都在说些什么。"祖家转移了有关自己的话题。

"时局乱着呢，昨天的敌人，到了今天就成座上宾、成生死之交的朋友了，谁又能说得清楚。"二叔摇头道。"只是武昌有大变化，怕是要遭难了。报上说袁世凯马上要成为湖广总督，他那些北洋新军能放过区区数千人的革命新军吗？武昌难保，革命成果难保呀！江城人心浮动，你看连黄兴黄大将军都在想撤退到南京的计划。不过袁世凯未必会听摄政王的谕令，心甘情愿就任湖广总督这个烫手位置。他任过直隶总督，能在乎外放的总督位子？那根本就配不上他！老狐狸对权杖的拿捏，分寸精着呢。"

"我看应该继续宣传革命，唤醒沉睡的大多数民众，一起响应孙中山先生的革命号召，外御鞑奴，内惩贪腐，推翻腐朽的清朝廷才是长远之计。"四姑娘气愤道。

"革命是要掉脑袋的，是要死人的，可不敢胡乱喊革命。"二叔阻止她道。

"宁愿轰轰烈烈地死，也不要像猪狗一样地活。如果大家都怕死，都不去革命，去推翻套在人民大众头上的不合理枷锁，世世代代子子孙孙为奴为马，这人活着还有什么意思？"四姑娘更加不满。

"四侄女，你嫌李家倒霉的事情还少吗？苏州城可是一个多灾多难的地方。历朝历代那是死过多少英雄豪杰的。咸丰和同治年间，太平天国起事，全城人都快死光了。百姓都盼着怎么活下去呢，没人愿意无缘无故地去死，留下一大堆孤儿寡母，多可怜呀，那是在遭罪作孽！"二叔无奈道。

二叔心里非常清楚，也知道如今年轻人都看不惯社会的巨大不合理现象。青年人有评价、议论和行动的能力，越来越追求东洋和西洋的民主科学思想，以及独立自主的精神。为了他们心中的理想，前有戊戌六君子的共和维新，血溅北平菜市口；近有秋瑾视死如归，巾帼不让须眉的鉴湖女英雄。他们都那么的从容和义无反顾。二叔也是从年轻人过来的，知道他们想什么、要什么和将要干什么。但根据他这么多年在商海的摸爬滚打，以及社会阅历都告诉他，人逢乱世贱如草，万事莫要强出头的道理。一个年轻的女娃娃，能到新式学堂读书就已经很时尚很新潮了，怎能在异乡闹起革命斗争，那是惹火烧身，是要掉脑袋的事情。万一在自己身边出现什么岔子，怎么向千里之外远在武昌的大哥交代？被歹人劫持的五侄女至今杳无音讯，寻找起来如大海捞针，一点信息都没有。何况自己目前因为福爷的案情也深陷漩涡，险象环生，维持全家的生计都已十分困难。眼看叔侄意见不合，罅隙渐生，聪明的二婶准备好了一桌酒菜，刚好走进客厅，若无其事道：

"今天是福爷头七，你们都消停些才好。活人最要紧，满嘴革命、死人的多不吉利。他二叔还不赶快请三少爷入座，你看茶都凉了。"

"是啊，福爷头七是大忌的日子，我们先敬他老人家吧。"祖家给四姑娘使了个眼色，附和二婶道。

"只可惜我不能到他家里去亲自上香，只能以茶代敬了。"二叔动情道。言毕示意祖家与他一道，走到门外台阶院落中，双手奉茶高高举过头顶，轻轻地洒在地上。二叔心里暗暗打定主意，就是粉身碎骨，也一定要找出凶手，查明真相，为九泉下的福爷申冤报仇，还自己清白。祖家也在心里默默发誓，一定要揭穿真相，昭告世人，惩罚凶手，为天上的福爷申冤，为艰辛的二叔正名，让好人都有善报。

在酒桌上，李二叔拿出了自己珍藏多年的绍兴花雕黄酒，给祖家和四姑娘倒上，说在自己最艰难最失意的时候，遇到了他们两位，心里感到十分欣慰。二叔动情时，把这些天的苦闷和辛酸，在两位晚辈面前毫无顾忌地说了出来。包括自己少年时如何独自闯荡苏州，浪迹太湖两旁，遭受多少的委屈轻蔑，幸好遇到二婶，才有成家立业的机会。并在她们全家的大力支持下，逐渐壮大做优贸易公司，获得有目共睹的成功，并顺利当选湖广商会副会长。正当事业如日中天之时，与自己生意和私交最亲密的福爷却横遭不测，往常所有交好的朋友，现在都用怀疑和嘲讽的语气与眼神看待自己。哪怕就算是福爷的葬礼花销和耽误的漕运伙计工钱全由他一人承担，还是没有人再相信他，生意自然无法继续下去。连武昌方面大哥的布匹款，因为垫支福爷丧事而无法填补。幸亏二婶精明能干，又有娘家人的大力扶持和周全，才勉强维持着全家人的生计和垫付大哥他们的布匹款。要不然现在全家还不知道吃穿如何解决呢。旁边的二婶倒是十分乐观开明，不住地劝说他有客人在家，在晚辈面前诉苦显得十分无理粗俗，劝他少说几句。

祖家一边仔细听着二叔说话一边道："看二婶多见外，今天二叔只要高兴，把这些天心里的憋屈全部说出来，那是最好的事情。一是能……"。

"一是能化忧解烦，免得伤了身子骨；二是看大家有什么主意，集思广益，各尽所能，能不能把二叔的贸易公司又做得风光起来。"还没等祖家把话说完，四姑娘突然插话分析道，还用眼睛不停地暗示祖家，好像防止他会说错话似的。

祖家也不生气，连声说是这个意思。另外他道：

"这张票据，是我离开武昌时父亲让带上的。现在平安来到苏州，暂时也用不上，就先放在二叔家周转，等贸易公司渡过难关，正常运转后还我也不迟。"言毕把一张印有"壹仟"字样的汇票交给二叔。

四姑娘听完祖家的话后，感觉十分意外，她知道从家里出来时，他明明身边只有三十个现大洋，怎么会有一千的巨额汇票带在身边。但想到现如今二叔家的困顿，这些钱或许能起些作用。但二叔刚毅的性格，有可能不会轻易接受这笔费用，于是立即补充道：

"是啊，他爹还给了他一把勃朗宁小手枪防身呢，他都让我随时带在身边。幸好一路上平安无事，那把小手枪现在还在我书房里躺着睡大觉呢。"

"三少爷真是个有心的人，只是现在少爷种桑养蚕要花许多费用，有些话我们做长辈的，在晚辈前面是说不出口的。不过既然如此，年关也近了，不如就按祖家的意思办吧。再想些办法，把我武昌大哥的布匹钱先邮寄过去一些，那可是连着上百人的口粮钱，普通人家也要过年呀。"二叔心想布匹是李庄农户的辛苦钱，全靠它来度过年关。现在自己捉襟见肘，自顾不暇，虽然心里十分苦楚，但还有许多比他更需要施以援手的人，暂时也就只好接受了祖家的一番好意。

眼看酒席就快结束，二叔就劝祖家和四姑娘不如饭后到苏州最出名的虎丘塔转转，那里是有福之地，希望两位年轻人能好人有好报，四季平安。另外他们的二婶娘家也世居于此，可以顺便熟悉了解一些种桑养蚕的田间好手。

"听到你与史家达成的协议后，这两天我在想，怎么尽快帮你物色几个能用之人留在身边，确保万无一失。"二叔意味深长道。

"侄儿妄为，还需李叔多帮助。"祖家听后十分感动，连忙感谢二叔牵挂。

"我定会全力支持你。后生可畏，只要努力，一定会有好回报的。"二叔道。

按照二叔的安排，饭后祖家与四姑娘信步前往虎丘塔走去。虎丘塔乃是吴中名胜，风景优美，遍布古迹，曾经香客众多。如今却是大不同。他们二人在这里上香拜佛后，虽是大庙，却逢乱世，来的香客十分稀少。整个虎丘塔除了还算干净整洁外，寺院略显破败荒芜，四周冷清。四姑娘不忍心看到庙里和尚单薄的衣裳和艰难的生活，便对祖家道：

"借我十个大洋，改天还你二十个。"

祖家不知是计，也不知道她要干什么用，只是不好拒绝，便笑着给了她。四姑娘拿了钱，径直来到随喜箱前，逐一把十个大洋投了进去。银圆清脆的响声在大堂久久回响，旁边值守的小沙弥看见后，双手合十，口中"阿弥陀佛"地感谢着四姑娘，并邀请她到后院与主持见面。只见那小沙弥道：

"女施主，依本寺规矩，凡随喜十元以上者，由本寺主持亲自为施主签名记录，还可以为施主免费解梦看相一次。"

四姑娘莞尔一笑道："记录签名就不必了，其他的倒是可以试试。"她心中的祖家一直是像谜一样解不开，虽然相处几个月，但他与同时代的其他青年人是那么的不同，出身望族，却十分恭谦；身家富足，仍十分辛苦；待人热情，做事又十分沉稳。在如今保皇与革命、自由与禁锢的时代，眼前这个人到底会走向哪里，成为怎样的人？四姑娘在心中不知想过多少次，内心对他无数次画像却仍然无解。今天既然有这个解梦看相机会，不妨让睿智的主持和尚帮忙，解开自己心中的疑团。

"解梦看相？你那师傅可不许胡说八道。"她道。

"阿弥陀佛，信则灵，不信则无。"小沙弥道。

"那倒也是。"四姑娘便欣然跟着小沙弥向后院走去。祖家不放心她独自进去，便只得跟着她去。

在一间宽敞的正房前，小沙弥恭恭敬敬地在门外向里面说明情况后，紧闭的大门"呀"的一声打开，从里面走出来一位身材修长的僧人，慈眉善目，双手合十道：

"二位施主好，老衲善能，是本寺主持，感谢二位施主对本寺的善缘，请随我在佛祖前入座，由老衲亲自为二位施主记录在册。"小沙弥准备好纸笔后，示意四姑娘说出姓名地址。四姑娘略作沉思道：

"李采薇，家住苏州湖湾塘。"四姑娘本来想说自己是武昌人，但怕说得太遥远，引起别人过多关注，索性便把二叔家的地址说了出来。

善能主持微微一顿，重复道："女施主姓李，家住苏州湖湾塘，请问认识一个叫李叔裴的施主吗？"

"那是我亲二叔。"四姑娘道。

"阿弥陀佛，善哉善哉。"善能只是略作停顿，便不再追问，吩咐小沙弥道："今夜子时记得在佛祖前为一位亡故的施主上大香大蜡，为他在西方极乐世界照亮前行的道路。"

"阿弥陀佛，徒儿谨记在心。"小沙弥轻轻允诺道。

四姑娘本想为祖家看相解梦，听到主持话语后，突然心生寒意，不想再麻烦善能和尚抄写，祖家只得依她。心想刚才她还信誓旦旦要解梦，为何突然又要放弃，女孩子的心思真是难以捉摸，说变就变，永远不知道她下一步要干什么事情。

享誉海内外的千年古寺，处处景色引人入胜，历朝历代文人骚客留下许多佳作，只看得二人流连忘返。眼看天色已晚，等祖家和四姑娘返回二叔家时，老管家黄五已在此等候多时。他拿出一封信件，急忙交给祖家道：

"三少爷，中午时分史家专程派人送来这封急信。来人还说务必请少爷您亲自打开，我安排完桑蚕的事，就赶紧过来了。史家的生意手法一向秘而不宣，只赚不赔，十分精明，已经给过八千现大洋和一张五千元的汇票，不知这回他们会提什么格外要求。"黄五有些惴惴不安道。

祖家看法却是不同。心想这可又进一步接触史家人了，索性接过信件直接打开，很快便显得十分轻松高兴，自言自语道：

"你要战，便就战。"

四姑娘不知他嘟囔什么，索性一把抢过信纸一看：

"后天上午，前山桑园见，单。"

"单什么单，没见过写信这么少字的人，还不如发电报算了。"四姑娘疑惑不解道。

"不是丹什么丹，念单，单是史家单教练，你忘了几天前我们初次到史家，见过的那个五短三粗的人，不过目光倒是炯炯有神。他当时约定七天后，要与我单独切磋比武的。"祖家答道。

"原来是史家的挑战书，拳脚无轻重，刀枪不长眼，随便说说的东西也能当真？难道他史家表面像正经人做生意，背后就用拳脚使阴招吗？随便安排一个下人，也敢向你挑战，他是哪根葱哪棵蒜，太不懂规矩了！难道只能他史家大把赚钱，别人只能吃亏喝西北风的份吗？史家上下没有一个好东西。"四姑娘担心祖家的安全，不禁破口大骂道。

"规矩是人定的，我如今与史家有大买卖来往，与他们的人多交流沟通，增加全面了解是好事，方便彼此今后经营发展少走弯路，你就不必再多言了。"祖家阻止道。匆匆与二叔二婶告辞，乘坐黄五的乌篷船径直回家去了。

刚刚迈进大门，只见往日空旷的院落里已是人头攒动，各色人等进进出出，人人都显得干劲十足，喜笑颜开，都像过冬的草木，经过长期严寒冬天蛰伏后，终于迎来了百花争艳的春天一样高兴。在祖传、七叔和朱孝七的全面安排招呼下，排水、畴地、种植、育苗和养殖的各级负责人，都在召集相关人员，认真安排明天的施工进度和准备需要使用的工具材料。大家看见祖家进屋，纷纷弯腰点头示意，招呼"三少爷好"。祖家也不管认识不认识，一律点头回礼。姐姐一眼看见祖家回来，就像是看见救星一样：

"你可回来了！这么多年老黄家哪有今天这么热闹过。这话多得能装几麻袋，口干舌燥累死我了。小事还能帮你应付，有几件大事拿捏不准，所有人都在等你定夺呢。"

"姐姐，这里的哪个人不知道你的手段与技巧，他们习惯听你的号令，你大胆拿主意，弟弟我执行就是。跟裴爷说了一天话，现在这肚皮正在跟我闹嘀咕呢，我得先解决它才是。"祖家摸着自己的腹部半认真半开玩笑道，隐去自己与四姑娘赏玩虎丘塔的事情，以免给人留下不务正业纨绔子弟印象。

"对、对、对，先侍候三少爷用膳，再安排其他的事情不迟。"祖传立即吩咐下人道。

祖传其实想说的几件大事，头一件最是紧迫。

老黄家祖上长期的佃户们，听说今年的地租可以缓交，又揽下本地巨富史家的大买卖，纷纷向祖传求情要多佃租低洼偏远的土地种植桑树。长工和老佃户已经有许多人，突然来了许多短工和邻近村庄的苦力，林林总总都有上千人嚷嚷要租地。租给谁，怎么租？让平日处事干净利落的祖传都失去了主张。其次是按照与史家的桑蚕协议要求，苗旺、七叔和桑泓等现在必须要赶紧开始大量的土地开挖，否则进入四九、五九，天寒地冻，洼地大片结冰封冻，泥地会变得异常坚硬，十分不利于树苗种植。那块洼地离家路途又远，这长长短短、来来回回的备品备件，费时费力，花费巨大，祖传不知如何是好。第三件是这才短短三天，已经花销度支惊人，摊子过大，万一出现不测事情，导致收成减少或是不能满足史家的要求，种桑养蚕损失就难以估计，所有投入就会有去无回打水漂，赔本赚吆喝，不得不把千亩土地划给史家，甚至耗光辛苦积攒的所有家产。繁杂的事务，巨额的支出，不确定的收成，令一向精明的祖传如坐针毡，不知如何应对是好。

祖家吃完饭后，叫姐姐、七叔、五叔和朱孝七等人来到客厅，待关实房门后，便问姐姐有何事难以定夺，不妨直接说出来，大家一起想方法解决。听完姐姐的述说和大伙的补充，祖家心想怪不得刚才许多人在院子里议论纷纷不想走，原来是有许多难点。祖传觉得这些事情重大而她不易掌握分寸，便装作给诸位倒水，四处掌灯，不肯轻易下最后决断。但事情又十分紧急迫切，祖家便略作沉思后道：

"我倒有个办法，不如大家议一议如何？"

"老三有良策，不妨直说就是。"七叔催促道。

"第一件是所有在家的长工、短工都要参与土地的整治和种植活动。其他的劳力，不如每家佃户至多要一人参加，待本村劳力不够时，再从邻村选人。大家都乡里乡亲的，每家每户都得有个照顾，挣些零花钱供养家需，减少彼此纷争误会。第二件是不如在洼地边找一块干燥的高地，大家自带些木材、干草、被褥以及碗筷等家什，就在高地搭建窝棚，供大家临时用膳和居住休息，免得往返奔走浪费时间。以后窝棚还能作为蚕宝宝的产房和搭架之用。第三件是既然我们与史家签下这巨额大单，朱孝七也已经精细地算过只赚不赔，我们该花的尽量使用就是，不用藏着省着，叫史家人看轻。还得姐姐下定决心，就算拿出箱底所有的积蓄也千万不能动摇。开弓没有回头箭，只要大家肯全力以赴做事，保证来年春茧上好收成就是。"

祖家把自己的想法逐一说了出来，祖传等其他三人立即活跃起来。

"是啊，开弓没有回头箭，朱孝七再算算，不能误了少爷大事。"老管家黄五语重心长提醒铁算盘朱孝七道。

"五叔放心，不知算过多少次了，只要明年春蚕史家收购，保证是稳赚不赔。"朱孝七坚定道。

"这样最好，可不能害了东家。"一向稳重的七叔抚摸着花白胡子道。

看大家一致同意自己的提议，祖家眼睛落在姐姐身上。

"你这是帮姐姐处理头痛的大事呢，姐姐怎么舍不得，就是把嫁妆赔上，姐姐这事就相信你。大伙儿按照三少爷的意思马上办吧。"祖传马上道。

同时朱孝七提醒道，他爷爷根据三少爷的出生时辰，后天辰时一刻是最好的吉时，适合破土开渠。因此建议请三少爷主持后天的畴田开渠仪式，感谢上苍土地神对人间众生的关爱。祖家点头同意，让他和五叔抓紧准备破土开渠仪式。老管家黄五本来想把祖家即将要与史家拳师比武的事情，说给祖传和其他人知道，想凭众人之力阻止少爷的冒险，但都被祖家打断话题，示意他不可乱说，免得大家担心。送走姐姐和其他人后，祖家疲惫地走到窗前，窗外已是夜深人静，月朗星稀。

眼前这一切变化是多么的巨大。祖家想往年这个时候，正是学生放假的时节。他一定会在武当山上，与几个师兄弟齐聚武当山玉虚宫，甚至是在乌鸦岭，仔细聆听师父讲解武当功夫的精妙招式。遇到最难掌握的拳法时，往往师父还会亲自示范给他们看。天人合一，妙曼推拿；看似轻柔，实则刚强；力大无穷，惊涛骇浪；变化莫测，步步惊心。祖家索性走到门外，缓缓深吸一口，直至气沉丹田，双手再慢慢抬起与肩同高，迈开大步，把多日未练的武当功夫，乘着月光，逐一练习了一遍。腾、挪、起、推，不敢懈怠，不多时便觉浑身大汗淋漓，所有拳法要点都烂熟于胸才悄悄回房休息。

第三日大早，东方一缕淡淡的白云笼罩在远方的田野上，一轮红日渐渐升起，撕扯着想努力绊住它的云彩，照得大地格外光明灿烂。在一块高高隆起的土堆上，许多人正在忙碌准备马上就要举行的祭天仪式。黄五和朱孝七吩咐着众人摆放着桌子，大红绸布上放着各种敬天和祭地的贡品。猪头、鲤鱼、海螺、扇贝和稻米等许多当地的产物，错落有致地摆满了案几，地上还有一只雄壮的大公鸡。黄五看时辰已到，便高声道：

　　"吉时已到，诸君听令，请东家行礼！"

　　霎时众人停止劳作，手拿各种农具，纷纷庄严肃穆地聚拢，站在祖家身后参加破土祭祀。祖家把点燃的三支大香高高地举过头顶，行三鞠躬礼，向脚下生长万物的大地，慢慢倒下一大碗酒，洒下几滴鸡血，虔诚的双目注视着东方，希冀来年风调雨顺，有个好收成。

　　"种豆得豆，种瓜得瓜，种桑得桑，苍天在上，保佑我们风调雨顺，五谷丰登，六畜兴旺！"众人也跟着三鞠躬，庄严肃穆地大声喊道。

　　"礼毕，鸣炮！"黄五苍老的声音道。

　　鞭炮震天，锣鼓齐鸣。同时人们整齐肃穆大声反复道：

　　"敬天地啊，挖沟渠呀！排洪涝啊，种桑蚕呀！"

　　大家不再有丝毫的犹豫，在祖家、七叔、桑泓、苗旺和黄五的带领下，拿起各自的锄头、镐、镰和铲等各种工具，正式开始了挖渠排水、畴田种桑的巨大工程。他们将不辞辛苦，奋战整个严寒的冬天，直至来年春暖花开，大地重披绿色，收获蚕茧的那一天。这时一缕阳光照射在祖家略显稚嫩的脸上，也照在他挺起的胸膛上，他的目光远远看着前方。

　　翌日大早，刚公鸡报晓，祖家简单洗漱完毕，与朱孝七像往常一样准备到桑田去。这时四姑娘急匆匆走进了大院，她身后跟着几个壮年劳力，一眼看见祖家后，她急忙道：

　　"还不算迟，终于在你出门前赶到了。呃，这几位是二叔二婶前些天就开始为你物色种桑养蚕的行家好手，我敢保证他们绝对是苏州再找不出的最好庄稼人。我接受二叔的差事，把他们都给你带过来。能不能用和怎么用，你自己看着办，我叔说千万不能为难你。另外没有记错时间或是没啥特别变化，顺便想去看看你和那个单师傅的比武大会。"因为史家人非常的难以对付，她嘴上虽是轻描淡写，其实内心十分担心祖家的安全，怀揣手枪早早赶到，强龙难压地头蛇的道理她自然清楚。

一听到"比武大会"几个字，祖家赶紧打断她的话茬道：

"裴爷、二婶真是用心，这么快就找到全苏州城最好的种桑养蚕好手，我与史家的合作已经成功一半。孝七赶快带他们几个到厨房用膳，之后交给黄五管家按特长指派活儿。一并记得日子，好发月息，千万别忘了。我还有事，与四姑娘先走一步，中午一定能赶回来。"祖家一边叮嘱孝七，一边往门外走去，孝七应承着他的命令，带着几位种桑好手自去后院了。

四姑娘满脸忧郁，疑惑不解地紧紧跟在祖家身后，也往前山树林走去，那儿正是按约定与单师傅切磋武艺的地方。拳脚不长眼，刀剑会伤人，与史家人比武，她内心其实有十二分的不愿意。

等他们赶到桑树林时，单师傅和十几个徒弟已早早到来，正叽叽喳喳吵闹不休，说三少爷是失约不敢来，或者是看如何被史家人打得满地找牙。祖家如期而至，反倒让他们立即安静下来。

按练武之人的规矩，祖家站定后先与单师父抱拳施礼。忽然单师傅弯腰捡起地上的几块碎石，猛地掷向百米开外的一棵大树。祖家定眼望去，一只大鸟"啪"的一声从枝桠间掉了下来。走近看时，只见那只可怜的鸟儿，头、腹和尾部三处分别被小石子击中。这时头顶正好有一群大清早外出觅食的麻雀飞过，祖家也不甘示弱，顺手掷出一块碎石，忽然间三只麻雀从天而降，啪、啪、啪掉在了地上，都是左翅折断。只看得四姑娘和单师傅的徒弟们目瞪口呆，瞬间又都齐声叫好：

"单师傅手到擒来！"

"三少爷一石三鸟！"

祖家与单师傅相互会心一笑，算是打成平手。二人迈开步伐，拉开架势，示意对方先行出招，进行拳法切磋。

祖家并不推辞，猛地使出一个武当推手，向单师傅的腰间砍去。单师傅左脚站定，右脚轻轻往外滑出半步，巧妙化解祖家的劈力。二人你来我往，各不相让，先后分别使出"黑虎掏心""蛇鹤八步""猛虎下山"等刚猛招式，以及"排山倒海""断臂求生""大浪淘沙""遮天蔽日"等拆解招式。双方你来我往，拳脚相加，百招之后仍难分难解。

祖家逐渐看出单师傅腿法灵活，腾挪迅速有力，稳定的下盘功夫显然是经过长期的苦练。掌风简洁、刚毅有力，是典型的北方套路，似洪拳实则不是，但又非普通江湖大家所具备，令祖家渐起疑心。记得在凌霄殿时，师傅曾经对自己说过，北派功夫种类繁多，宗派林立。但如今时局下，最重要的武林功夫只有河南嵩山的少林拳、燕京的霍家迷踪拳以及西北的长拳。其他众多好功夫都不愿抛头露面，隐藏在民间，超凡脱俗，不显山不露水，不愿踏进乱世半步。单师傅与他们的拳风却十分不同。祖家不得不仔细揣摩，万分小心应对。这边单师傅心里也暗暗称奇，三少爷不过二十出头，一套武当拳却使得炉火纯青，滴水不漏，沉稳自然。常言道"拳由心生，掌出灵巧"，眼前这个年轻人胸有成竹，出拳灵活，将来必成大器，心中渐渐生起爱护之意，拳法也就少了些凌厉攻势。

四姑娘却是十分着急。祖家大病初愈，体力正在恢复，种桑养蚕事务缠身，拳脚功夫并不能时常练习。而对方人多势众，倚武护院，如果再长时间对弈比拼，祖家难免身体会吃不消，被对方找出破绽。她顿时不敢再往下想，双手冒汗，只盼望双方能尽快住手，结束这场危险的比拼，平安回家就好。

"住手，敢对三少爷挥拳踢腿，没有规矩，还不赶快向客人道歉！"

突然身后不远传来一句不容置疑的女人呵斥声。四姑娘转头望去，只见一个年龄约十七八岁的少女，身披紫色襄边真丝上衣，下穿绿色绸缎裤子，脚穿精致绣花鞋，双目充满了机智与狡黠、冷漠与无情，在几个衣着华丽的丫鬟陪伴下，悄无声息地也到了桑树林。随着这熟悉的呵斥声，原来聒噪不断的家丁们顿时停止了吵闹，变得鸦雀无声。祖家和单师傅也停止了比武，分别抱拳道：

"史姑娘早！"

"小姐早！"

原来史姑娘听说单师傅与祖家约定比武后，心里竟然十分好奇起来。单师傅行走江湖多年，以武谋生。而祖家年纪轻轻，文质彬彬，也曾听说过他孤身闯山寨，勇救众庄丁的故事，但到底是真是假还未可信。于是她暗自打定主意，尾随单师傅，一直悄悄在远处桑林中观察二人切磋武艺。经过仔细考量，她觉得时机差不多，双方都不能发生任何意外，否则事情变得难以收拾，于是她走出树林，果断喝止他们的比拼。

"小姐也来看热闹，粗浅技艺见笑了。"祖家对史姑娘道。

"文武全才，经世济用，年少有为而淡定内敛，这种人物就算是我阅人无数也不曾见，今日开眼了，可敬可贺。"史姑娘不冷不热地道，并示意单师傅赶紧带领他的徒弟家丁回去，不得在外惹是生非：

"史家口碑不好，几十年的亲戚，数百年的邻居，十几个人对付人家一个，你们不怕人家笑话，还嫌史家口碑很好吗？"她训斥单师傅道。

"后会有期。"单师傅抱拳向祖家道。

"单师傅武功了得，令人敬佩。"祖家道。

"三少爷，明天我就要离开苏州，回北方老家处理些家务事情。少爷武功精深，真希望以后再有机会与您切磋武术，强身健体。"单师傅动情道。

"呃，单师傅武艺高强，还望能速去速回，早日归来为祖家指点一二。"祖家略微停顿后补充道：

"今晚能为你饯行吗？"

"多谢少爷美意，史家今晚定会让单师傅喝到送别酒的，不劳麻烦您。"史姑娘犀利的双目望着祖家道。

"一路顺风，我们走。"四姑娘知道史姑娘的为人，有些恼火她居高临下的语气，便顺势催促祖家赶快离开。

"但是，如果三少爷方便的话，我们史家也十分欢迎少爷莅临饯行晚宴，今晚我们'太湖酒楼'见。"史若兰本来是不打算邀请祖家参加她们家的内部宴请，因为四姑娘露骨的亲昵催促，和对自己不屑一顾的态度，忽然激起了她的斗志，便故意邀请祖家赴宴。祖家所做的一切原本就是为了查清福爷死亡的真相，抓住凶手，怎能放过这次深入虎穴查探实情的绝好机会，便不假思索爽快地应承道：

"太湖酒楼送单师傅，不醉不归！"算是答应了她的请求。

眼看祖家居然高调地答应了史家邀请，史姑娘是那么难缠、清高和精于算计，就算不是鸿门宴，也一定是祸不是福，阅人无数的她与单纯正直的他，高下立判，胜负已定。四姑娘心里十分窝火，便一言不发，索性"哼"的一声扭头便走。祖家十分尴尬，赶紧与史家人告辞，急忙朝四姑娘背影追去。

"可惜，是个花痴。"看见祖家窘迫急切的样子，史姑娘在后边幽幽地说道，不知所指何意。

第十章

关键决断　突袭敌营

祖家尾随四姑娘匆忙赶回家时，朱孝七、管家等人正在院子里忙碌准备到洼地的事情，还没有来得及说话，姐夫藤晓年一把拽住他道：

　　"我的亲小舅子，可算见着你了。你可不得了，这事真让你做成了！这才几天呀，你都成苏州城的大名人了，你看这所有的报纸和街头巷尾都是有关你的新闻，都在报道议论你，说你了不起，是穷人们的大救星呢！"他表情夸张又不失讨好道。

　　"是吗，我自己怎么没有觉得是大救星，反而如临深渊呢？"祖家边走边对他姐夫道，一副宠辱不惊的模样。实际他很在意四姑娘，因为她仍在生气。

　　"有想法，有担当，了不起，太了不起了！"藤晓年满脸笑容，紧跟着祖家进了客厅。这时四姑娘已稳稳坐在了凳子上，只是满脸的愠怒还没有散去。藤晓年以为是自己做错事或是说错话了，惹她生气不高兴，便赶紧上前为她和祖家沏茶。这时祖传和孝七也跟着进了客厅。

　　"四姑娘漂亮大方，又有学问，如今眼目下可真是稀有物种。"藤晓年本来是想卖弄一下自己近期正在读的达尔文所著《物种起源》，里面写到有关适者生存、物种进化的知识，不想更加引起她的恼火。四姑娘知道他是个名不副实的家伙，空有一副好皮囊，其实别人背后都叫他"假洋鬼子"。但她现在不想当面拆穿他的假面具，何况他真是留学喝过洋墨水，平心而论是见过大世面的人。他本质不坏，只是净学些混账学问，油腔滑调，华而不实，腹中无物罢了。自己生气是因为祖家不应该轻易答应那个心怀叵测的史家姑娘。史家明明是火坑，旁人都看出来，唯有他硬是往里跳。倒是没必要生藤晓年的气。于是她道：

"稀有物种也好，快灭绝生物也罢，在如今的中国，积贫积弱，谁会在乎你的生死冷暖，热脸贴冷屁股。不管是什么东西，只要你不喜欢，惹人厌烦的玩意儿，都灭绝了才好，活着也是受罪。"她话里话外道。

"是有些混乱变化，皇帝叫总统，巡抚叫都督，那又怎样？天上跟往年一样起霜下雪，大姑娘不是照样结婚生娃吗？没有必要如此动怒。'天将降大任于斯人也，必先苦其心志，劳其筋骨，饿其体肤，空乏其身，行拂乱其所为，所以动心忍性，增益其所不能'。乱世出英雄，说不准睡狮中国会出现一个大能人、大救星，把国家建设得民富国强国泰民安呢。"藤晓年说道。看到大家都不在意自己，把他当作痴人说梦，便继续道：

"大家听好了，别不把我说的话不当理，以为是梦呓。那下面我说个保准人人都爱听的大事。"他故意卖个关子。

"姐夫有重大消息发布，你们都竖起耳朵仔细听好了。"四姑娘隐隐取笑道。

"还是你聪敏，有个重大消息要发布，眼下正有一份好差事，不知有没有人感兴趣。"藤晓年顿时兴奋起来。

祖家停止了与孝七的说话，看到四姑娘好像不再生自己的气，便赶紧催促姐夫道：

"难得姐夫操心，都是自己人，有什么稳妥赚钱快的差事，尽管说出来，免得让大家等得着急上火。"

藤晓年的优越感顿时又膨胀起来，道："是这么回事，我们教育处下边的'太湖学校'，前几天有好些老师罢课上街游行，被知府衙门抓走几个带头闹事最凶的。不曾想老师先生们嘴太硬，衙门里的人下手又太狠，严刑拷打下，事情闹大，打死两个先生，打伤了五个。上边反说我们教育处对教师管理松弛，惹出乱子，把那个校长给免职了。还要我们尽快找到替补老师，学校马上要复课，防止学生失学和再发生游行上街的事情。上边要求不能再出半点纰漏，否则我们处长就要被免职开除，反正不是好事。现在这世道人才匮乏，学校里能教书的先生都不愿意多代课，上峰催得又紧，兵荒马乱从哪儿去招人？为这事处长这几天急得嘴巴都起脓疱了，一个挨着一个，还带血丝呢，我都看不下去！处长大人受罪了，必须给处长分忧呀。"

"去！分忧献殷勤也不用在家里呀。只怕你这个副处长，也不比处长好受吧。"祖传不满挖苦道。"哎呀，我得赶紧让厨房准备大伙的晚饭，你们随便聊吧，千万别客气。"祖传说毕自去后院忙碌去了。

"找先生，教学生，是我们的当务之急。突然我觉得远在天边，近在眼前，你，李采薇，正好上过高等教育学校，不正是合适的人选吗？于是我给处长推荐了你。"藤晓年心想男老师好闹事，女的总温柔些，不会瞎闹吧？他真没有看出四姑娘骨子里的新思想、新想法和反叛性格。一个埋在学校里的定时炸弹，终会在适当的机会下爆炸，会让他变得无助和狼狈不堪。

祖家心中暗笑，四姑娘明显是个潜在的不安分守己分子，一个随时狂热爆发的活火山。姐夫讨好上司，居然把她推荐为替补老师，作为心灵净化师，去教书育人，那一定是一厢情愿，最后会一塌糊涂。但事情总要两边看。如果为她谋个差事，有稳定的工作，不菲的收入，还能帮助裴爷分担开支，让他们尽快还清外债，能重操旧业，又何尝不是好事。以后自己再时刻提醒她不要妄动，为了她能尽快寻找到五姑娘，为了自己内心深处想为福爷报仇的使命感，祖家都应该劝说她得到这份差事。祖家也希望四姑娘能明白自己的良苦用心，便故作感激道：

"姐夫真是知人善任，举贤不避亲，四姑娘品学兼优，为人师表，一定能胜任教书育人的差事。"

四姑娘不知祖家是何想法，树欲静而风不止，他明明知道自己好动激进，不安分守己，竟还给他姐夫推荐自己这个"定时炸弹式老师"。他若非是忙晕了头，就是不怀好意，抑或是有不可告人的目的。哼！管他呢，自己闲着也是无事，不妨找点事做。一则茫茫人海寻找五妹绝非易事，不能一蹴而就，得从长计议；二则二叔身陷囹圄，经济困顿，自己做些事情，可以作为持家用度补贴，便略作沉思后道：

"既然藤副处长举荐，我就勉为其难。但凡工作有不到之处，还请处长大人酌情周全，见谅指正。"

藤晓年一听四姑娘答应了自己的举荐，解了上司的燃眉之急，自然十分高兴。再加上一句藤处长官衔职务的奉承，竟变得飘飘然起来，自我感觉真是个大人物，满脸兴奋，迈着碎步，跌跌撞撞跑到后院向祖传邀功去了。

见四下无人，四姑娘略显愠怒地质问祖家道："你为什么要答应史姑娘的邀请，去参加她帮凶的饯行酒，是想与漂亮迷人的史姑娘套近乎，人财两得捞好处吧？"

"我送别自己的朋友，关人家史姑娘什么事？还人财两得！你想得太多了吧？你们女人就是难缠，蛮不讲理，吃醋吃到小姑娘身上了。别忘了人家是何等高贵的千金小姐身份。"祖家讥笑道。

四姑娘见祖家居然不在意自己的提醒，还嘲笑自己吃醋，怒道："我看你是不怀好意，史姑娘年少青春，风姿迷人，机灵万分，又家财万贯，不知道有多少花花公子想巴结都来不及。史家的一个下人都能成为你的朋友，一个乳臭未干的蛮横女子，被你们捧上了天，史家人都是你的摇钱树！更何况我是亲眼所见，人家史姑娘对你风情万种，柔情似水。今天亲临比武现场，无微不至地关心你、保护你，不能让你被单教头失手教训。倒是对她自家的教头，满嘴怒火，不留情面地训斥和辱骂。感恩戴德，投怀送抱，所以你想更加亲近史姑娘，想多待在她身边是吧？最好能朝朝暮暮！"

祖家听这口气，她分明是真生自己的气，吃史若兰的醋了。她想阻止自己与史家人接触，就是阻碍自己多了解史家的秘密，尽快找到杀害福爷的证据，洗刷裴爷清白的机会。但是这些隐秘的想法，他现在半个字也不能向她透露。否则所有的计划都会前功尽弃，甚至招来更大的凶险，使更多的人无谓付出生命代价。面对四姑娘的误解和怨言，他只能忍受、退让和回避，等到真相大白的那一天，他一定会原原本本告诉她，让眼前这个活泼、直率和勇敢的姑娘永远快乐幸福。他希望那一刻尽快来到，但不是现在。于是他道：

"我与单师傅是以武会友，因武生敬，惺惺相惜罢了。你没有学过武术，当然不知道习武之人的感情与友谊。送别单师傅，陪他喝杯饯行酒，仅此而已，我不会与史家人过多纠缠的。"

这时朱孝七匆匆走了进来，一边微笑着为四姑娘倒水，一边向祖家汇报几天来畴地施工进度和人员到岗情况。顺便提到：

"听说张謇张状元近期会到苏州来。在福爷去世百天时，要到福爷坟前上香。苏州知府没有破案，连一点线索也没有，可紧张着急了，把所有的差役都派出去了，府衙上下乱成一锅粥，不知到时如何向张状元交差。革命党人又不停地要惩办他的渎职之罪，知府大人吓得要死，准备带着家眷逃走呢，外边真是乱得不成样子了。"

"张状元是真心践行实业救国的著名大人物，他在南通养活了几千人呢，新政府都要请他做什么商业贸易部长。福爷生前可是他的真正追随者和拥护者，如今少了一个真做实业兴邦的知心人，狗屁知府大人当然难做了，逃跑是迟早的事情，只恨他没有多长几条腿呢。"四姑娘嘴里骂着官府，一边说自己得回去跟二叔商量到学校教书的事情，还得请他定夺，便推故离开。

　　黄昏渐至，祖家答应史若兰今晚在太湖酒楼为单师傅钱行。从小到大他都没有真正独自去过大酒楼，虽然儿时父亲曾经也带着自己赴过豪宴，但那是久远的依稀记忆。如今时过境迁，因事因时需要，祖家不敢有半点疏忽，收拾妥当后，带着孝七匆匆往苏州城最好的酒楼赶去。史震南、史震北和单师傅已早早坐在包间，祖家与众人打过招呼，唯独不见史若兰的影子。

　　史家兄弟好像看出了祖家的心事，便道："我妹妹常常约人吃饭谈生意，却从不参加真正的宴请。这些吃喝的事情自然是我们两兄弟代劳，也怪她没有口福。这生拌刀鱼、爆炒海蜇、红焖鳝段，特别是清炖河豚，可是'长江三鲜'之一，她是吃不上了。"言毕哈哈大笑起来。

　　祖家知道史家万贯家财，都被棠爷牢牢控制着。他对成天花天酒地、吃喝嫖赌、不思进取的两个儿子十分不满，也常常当着众人面对他们严厉呵斥痛骂，可震北、震南兄弟仍不思悔改。棠爷索性把家里生意都交由机灵过人的女儿史若兰打理。所有的生意收入进账不让儿子们插手，只让他们参与运输、采购等不直接接触到现银的外围活动。震北、震南好吃懒做，挥霍无度，也不想参与家族烦琐的生意，倒落得一个清闲自在，在外鬼混的机会。就是常常感到手头经费拮据，事不遂心，常常在酒桌上唉声叹气。祖家顺势道：

　　"是啊，说实话，没有大人物，男人们在一起喝酒更加自在，我今天先敬单师傅一杯，祝单师傅一路平安，早去早回。"

　　因为明天还要赶路，单师傅酒喝得不多。倒是史家兄弟和他们带来的几名弟子，放肆地豪饮起来，划拳击掌，完全不顾单师傅的感受。几人一阵狂饮后，都面红耳赤，烂醉如泥，趴在桌子上呼呼大睡起来。只是史震南酒力甚好，祖家便故意装醉对他道：

"我知道两位哥哥表面无限风光，内心却是十分苦闷，男人没有独立的这个权利，"祖家做了一个数钱的手势，"便万事不能遂心，对男人来说是很丢脸的事情。"

"三少爷说得极是，怎奈我爹就信嘴甜的妹妹，我们又没有耐性去掌握学习绣制史家丝绸的绝技，不能全怪别人。只盼我那妹妹尽快找个如意郎君，嫁了出去，最好永远别回来，那以后史家的全部产业不都自然归我们兄弟俩所有了吗？还怕没有白花花的现大洋。"震南道，言毕又是一阵大笑。

半醒半醉的震北又举起一杯酒，邀请祖家一起碰杯，满脸通红，结结巴巴道：

"不……瞒黄少爷，最近……漕运遇到了一个财神，自从该死的曹福疆完蛋后，这个新财神给我们史家抢来了不少大买卖。"

"上天都在帮史家，你们还能不发财？这个财神是谁，能介绍给我认识吗？"祖家漫不经心地问道，一边把杯中之酒悄悄洒在了墙角。

"是……西边刚来的……姓贺的高个……麻子。"

"姓贺的高个麻子？是怎样的一个人，能向小弟引荐吗？我也有大批的树苗需要漕运兄弟帮忙呀！"祖家吃惊道。

"是……从武昌……什么……山上来的贺三……爷。他可有……东洋……人撑腰……背景那是相当……厉害。"

说到此处，祖家心里猛然一惊，难道是从清风寨逃脱，挟持五姑娘流窜的土匪三当家贺麻子吗？他想多知道有关贺麻子的消息，但那贪杯的史震北已经趴在桌子上呼呼大睡，史震南内急外出去了。祖家只好假装不知道刚才提到的贺麻子，与单师傅议论起武林事情。比如天津霍家迷踪拳的霸气，佛山黄飞鸿无影腿的厉害，二人越说越投机，虽然年龄相差很大，但都彼此更加敬重对方，祖家提议相互以兄弟称呼。只是单师傅略显惭愧，以他自己寄人篱下的身份，怎敢与望族之后的三少爷称兄道弟。

"少爷身份尊贵，武功高强，知书达礼，这个千万使不得，单某高攀不起。"

"'闻道有先后，术业有专攻，如是而已'。在下敬重单师傅的功夫和为人，不要过多在意其他的繁文缛节。"祖家劝道。

"千万使不得，否则折煞单某，也不利于少爷和史家今后的生意合作。"单师傅依然连忙摆手阻止道。

祖家羡慕单师傅的高深武功，更敬重他的为人义气，虽然现在寄人篱下，却不改江湖人的本性。

"你个老东西，不知自己几斤几两，也配跟三少爷称兄道弟？"震南进门，骂骂咧咧道。

突然他精神不济，连打数个呵欠，显得有气无力，悄悄凑到祖家耳旁道：

"办点小事儿，失陪一会儿，很快就回来，兄弟你继续喝酒。"

"抽'福寿膏'去了，该死的鸦片！"望着震南的背影，单师傅悄悄提醒祖家道。

对刚才史震南提到的贺麻子，他深感意外。踏破铁鞋无觅处的恶人，竟藏在苏州某个角落里。祖家心想从此以后，对史家兄弟要越发多交往，尽快找到机会和破绽，寻到谋害福爷的把柄，再顺藤摸瓜找到该死的贺麻子，解救出五姑娘，便故意道：

"小弟可没有那口福，您请自便。"

震北也趁机起身说陪哥哥同去"提神"，席间只剩下单师傅及几名酩酊大醉的史家护院弟子。祖家悄悄凑到单师傅身边，举起了酒杯道：

"祝单师傅一路平安，办完家事，早些回来。"

"如果有缘，单某倒十分愿意结交像三少爷这样的年轻人，恐怕……"单师傅突然陷入沉思中，不愿再说下去，只是高高举起杯中酒，一饮而尽。那酒是苦是辣是涩，只有他一个人知道。

在长江中游的武昌城都督府里，黄兴说是休息，但前线依然胶着激烈的战事，让他无法真正放松入眠。布满血丝的双眼，紧紧盯着地图上敌我双方的军力部署。

"火速传令卫戍副司令来见我。"他突然对卫兵命令道。

"是呼延冲将军吗？"卫兵想确认自己的判断，但他敬重的总司令太投入军事行动的沉思中了，根本没有回答他的请示。

不多时，卫戍副司令呼延冲身着制服赶到指挥部，向黄总司令行军礼道：

"报告总司令，呼延冲报到！"

"将军请跟我来。"黄兴转身看着他道，一边走进参谋部旁边的密室，示意他关上房门继续道：

"将军辛苦，时间紧迫，恕我直言。前方将士浴血奋战多日，怎奈敌人牙齿太锋利，胃口也不小，令我军作战十分艰难，眼下军政府能调动使用的军队所剩无几，预备队也即将使用殆尽，我担心不测事件随时发生。思前想后，该是你卫戍司令效命疆场的时候了。"黄兴大而充满血丝的双目紧紧地盯着呼延冲道。

"血战沙场，马革裹尸，本是军人的使命和荣光。呼某投身革命，至今寸功未立。总司令尽管吩咐，在下就是赴汤蹈火，定当在所不惜！"

"老将军言重，你本是卫戍副司令，负责全城社会秩序和百姓生命与财产安全，不应直接上前线杀敌。怎奈敌人太嚣张，我军伤亡惨重，军需补给严重不足。连续多日鏖战，战士情绪不免低落，必须要有一次大胜仗来鼓舞士气，杀杀敌人的嚣张气焰，让那么多无私支持我们的人看到希望。"黄兴略作沉思，继续道：

"因此，经过慎重考虑，决定派你深入敌后，炸毁平汉铁路，阻断补给大动脉，在敌人身后使劲插一刀。"言语间他狠狠地在地图上砸了一拳。"简单说目前在汉口前线的军队就是敌人的牙齿，因为有平汉铁路源源不断地给它输送血液与养分，牙齿才锋利无比，无坚不摧。如果我们切断这条大动脉，令牙齿没有养分与保障，它就会断裂与散落，我军就有机会拔掉这几颗突出的牙齿，也就是汉口敌人的前锋部队，我们那时就能扭转战局，把敌人赶出汉口乃至整个华中地区。"

连续多日关注战局，不眠不休，总司令身体十分疲惫，但他思维依然敏捷高远，呼延冲顿时觉得如醍醐灌顶恍然大悟，军人的一股热血涌上胸口，斩钉截铁道：

"总司令高瞻远瞩，总揽全局，思绪精妙。属下这几日带领预备队往前线送补给，看见双方战斗凶猛频繁，我军减员严重，正在想怎样为革命军效力。能得到总司令的调遣，是呼某的莫大荣幸。属下在此愿立下誓言，保证完成任务，否则自愿接受军法处置。"

"谢谢呼延将军理解。这次任务艰巨重大，影响十分深远，务必万分小心。你就带可靠的部属秘密行动，三天之内，不，两天内务必炸毁铁路线，毁掉敌人补给物资，焚烧它的储备库。古书《六韬》第六篇'武韬'曾有奇正的用兵之计，这次奇袭行动代号就叫'奇正计划'。该计划十分关键，知道的人越少越好。至于要炸毁的地点，老将军您看选在哪儿合适？"总司令直接问道。

呼延冲明白总司令这次安排的绝密行动，时间紧迫，意义重大，不能有半点闪失。对敌行动越快越好，影响越大越好，常说打蛇打七寸，便道：

"孝感。"

"英雄所见略同，我看孝感选得最好，也是这几天我反复思考的地方之一。只是敌军也十分重视平汉铁路大动脉和孝感火车站的安危，必定屯有重兵把守，将军行动时务必万分小心才是。"黄兴叮嘱道。

呼延冲见总指挥夙夜为公，茶饭未思，已是十分心痛。又听到心中敬仰的总指挥这样敬重自己，关心自己的安危，不把自己当外人，不禁热泪盈眶，坚定行军礼道：

"老朽不才，既然已经走上革命道路，必当全力以赴。现在愿在此立下军令状，誓死完成总司令下达的任何命令！"

"将军自爱才是。老将军征战多年，德高望重，做事干练沉稳，相信一定会马到成功，祝将军早日凯旋，那一定也是我们所有革命者的胜利时刻，我一定在城外迎接将军。"黄兴爱怜道。

"谢谢总司令信任，保证完成任务！"他无比坚定地答道。

革命军与北洋新军正在汉口方向激烈交战，双方伤亡惨重。武昌的革命军先由当地的部分新军、革命青年和少数当地普通民众自发组成，除军中的中层以上骨干力量，以及新军接受过短暂的军事训练外，其他组成人员军事基本技能十分薄弱，甚至连部分武器弹药熟练操作都很困难，全凭一腔救国救民的热血，为革命军政府和守护胜利果实而战。但战争是综合实力的较量，热情不可持续。在战场上以军事装备和有效训练为基准的激烈交战，对革命军而言相当不利，加之兵源严重不足和后勤保障匮乏，使革命军的持久作战能力受到严重削弱。

战争已到了一个成与败的关键十字路口，革命者和同情革命的普通劳苦大众，正面对一个严峻的挑战，他们的心理防线已到了极限。相反，北洋新军训练有素，军备充足，中上层军官都深受袁世凯多年以来的提拔、照顾与厚爱。如今赋闲在家三年多的袁世凯受清廷临时启用，北洋新军上下将士无不想用一场漂亮的胜仗，来回报与支持他们曾经深爱的主子，舒缓他这几年压抑的精神。加之北洋新军六镇装备精良，训练有素，营以上指挥官多有留洋求学的过硬军事本领，更有号称"虎""狗"将军之称的段祺瑞、冯国璋等佼佼者，指挥作战十分凶悍，大批的北洋新军正沿着平汉铁路源源不断到达汉口前线，所有这一切都是革命军无法具备的。空有人和而不具备天时与地利的条件，战争胜负的天平指针向北洋军倾斜靠拢。

历史告诉我们，要推翻一个旧王朝，建立新的政权，在起初的时候，新的生命有可能只是一个颤颤巍巍、刚刚冒出地表的嫩芽。但它却有着顽强的生命力，这是任何人都不能小觑的东西。它的成长需要充足的阳光、及时的雨水和无人破坏的安静环境。黄兴知道革命热情过后，要维护革命政权这架庞大的机器运转，必要的秩序和战场胜利是当下最迫切的议题。否则革命热情就会在人民心中很快消失殆尽，革命之火就会被无情扑灭。要保存革命火种，必须尽快取得一场漂亮干净的军事胜利，像黑暗中的灯塔一样，激励在汉口前线激战的千万将士们，以此振奋千千万万的革命者，鼓动成千上万的革命同情者去参与这场史无前例的革命战争。对打击腐朽的清王朝和鼓舞广大的海内外民众都是必须要做的事情。对武昌地形地貌、军情人脉最熟悉的就是老将军呼延冲，他有多年的戎马生涯，有坚定的革命意志和丰富的军事作战经验，他正是完成"奇正计划"的不二人选。

现在满脑子的感动和兴奋，充斥着呼延冲的全身。感动的是他心中非常尊敬的大英雄，虽然没有时间彼此近距离长谈，相互了解，但这么快就能充分信任他，交给他如此重要的军事任务。兴奋的是这次行动影响重大，是关系到湖北临时革命军政府生死存亡的重大行动。这些天以来，他主要是在卫戍司令任上，维持武昌的地方秩序，保护军政首长们的绝对安全等内务事宜。今天能从后方到前线直接参加对敌军事打击，这才是军人的天职和使命，哪怕战死沙场，马革裹尸，也是无上的荣耀。带着这些想法，他很快回到了卫戍司令部。

"马上让黄副官来见我。"他对卫兵命令道。

"时间紧急，总指挥交给我们卫戍司令部一个特别任务，代号'奇正计划'。我把它交由你的特别行动队去执行，你务必马上亲自去挑选一百名忠勇可靠、行动敏捷的士兵，携带双枪，带上充足的炸药，在两个时辰内准备完毕，出发时间、地点、干什么事，等候命令，我要亲自指挥。但你必须记住，这次行动绝对保密，不得有半点机密泄露。"看见祖耕急匆匆进了自己的办公室，呼延冲示意他关好门后，既沉稳又急切地命令道。

"'奇正计划'？轮到咱出手，不管任务多绝密紧急，尽管让属下执行就是，何劳将军亲自动手？"祖耕不安道。

"这是军事机密，你不必多言，按我吩咐执行命令就是。"呼延冲语气坚定道。

"叔啊，有我在，您放心就是，何必您亲自……"房间没有其他人，祖耕力劝道。

"事情重大，情况特殊，不必多言，执行命令！"

祖耕从来没有看见呼延将军如此语气坚定地安排任务，就没敢再说下去，急忙退出房间准备去了。两个时辰刚到，祖耕就把这次行动人员的名单和相应武器配备清单交到了呼延冲面前。

"嗯，不错，就照这个清单准备执行，马喂足草料，人准备双枪和双份的弹药。另外务必准备两副棺材，我自有用处。准备完毕后告诉兄弟们，随时待命，不得有误。我们叔侄俩也应该回家去看看了。"

重大而紧急的行动准备完毕，激战大幕即将拉开之前，参战将士一般都要同家人道别。但这次不同。他们不能向家人吐露半点作战信息，以免走漏军情和让家人平添恐惧。一切准备妥当，祖耕陪同呼延将军，平静地赶往汉正街后巷的黄宅。

　　"家里什么事这么热闹？"祖耕向门房老人问道。

　　"大少爷真是贵人多忘事，也难怪，您都快十多天没回家了。今天是双喜临门，一是庆祝二少爷的孩子满月，二是我们家二少爷还被街坊邻居们推荐为里正，县衙的老爷们和亲朋好友正在里面喝酒庆祝呢。"门房讨好道。

　　"什么县衙老爷，现在已是军政府了，可不是过去的县衙了。"他居然还称当今军政府为清廷的县衙老爷，祖耕一边训斥着门房，一边为呼延将军整理着军装，向院内走去。

　　"大少爷批评得对，现在已是军政府执政，是百姓的衙门了。"门房一边惶恐不安地赔罪道，一边高声向院内大声招呼道"大少爷回来了"。大厅顿时骚动热闹起来。

　　"回来得正是时候，呼延将军快请入座，婉儿姑娘替你爹换大杯喝酒，我要与他喝个一醉方休。"黄老将军高兴地吩咐着婉儿。

　　"老将军客气了，容呼延把话先说清楚了，再喝也不迟。今日是二侄儿双喜临门酒，本来是应陪诸位一醉方休，怎奈军务在身，容不得半点懈怠疏忽。还要远行几天，今天是特意回家与老将军老夫人道别的。但是既然碰上了好酒好肉，正好下肚，美酒可以壮胆，在下恭敬不如从命，先敬老将军一杯，祝老人家喜得孙子，诸位意下如何？"呼延冲道。

　　"既有军务在身，老朽就不该耽误你的大事，只是你得喝下我三杯情义酒，绝不让你贪杯，误将军大事，诸位意下如何？"一听呼延冲语气，老将军知道军队必有大事发生，故不再多劝，但也不能不喝。

"哪三杯?"

"第一杯,我为你亲自斟上,就叫壮行酒。"

呼延冲深深敬佩老将军的为人,恭敬地端起酒杯一饮而尽。

"第二杯,应由祖读敬你,今天是他的好事嘛。"今日喜宴主角二少爷规规矩矩地站在身后为他斟满酒杯,呼延冲不能推脱掉这等喜酒,也一饮而下。

"第三杯,应由令爱敬酒,那是她的孝敬酒。也祝你早日凯旋!"呼延冲看到爱女婉儿为自己倒酒,岂有不喝之礼,旋痛快饮下。

大家就这样把整个宴席气氛又推向了高潮,里三桌外三桌的亲朋好友,谈笑划拳,好像外边的战火纷飞与他们不在同一个时空。是啊,再苦再难的日子,也不能阻挡人们享受天伦之乐,过日子总也需要放松的时候。黄老将军与夫人带着祖耕,趁机请呼延冲及婉儿母女俩,避开众人来到了清静的书房。

"感谢呼延将军的提携,犬子才谋得军中差事,只是多日不见,显得疲惫了许多。"黄显虎道。

"惭愧、惭愧!老将军教子有方,培养的孩子都是好儿郎,好栋梁,为国征战,真是委屈了他。"呼延冲道。

"此言差矣,老大和老二一直在我身边,倒是能时常看得见管得住。只是老三远在苏州,年轻人不知行事深浅,原本是让他回苏州老家避点嫌,了解一下乡民的基本情况,回来告诉老朽实情,由老朽处理佃农闹租的事情即可,谁知他……"

"谁知他在那边干得红红火火,前些天还寄回来一张千元的银票。信上说一切都在掌握之中,还不让我们多操心。"黄夫人打断他的话语,抢在前面说道。

"是啊,我也听说了。那老三机敏沉稳,我看将来必会前程无量,宏图大展。"呼延冲安慰前辈道。

说者无意听者有心，听父亲这样赞美黄祖家，婉儿姑娘虽正勤快地为长辈们添茶倒水，但内心里却对祖家又充满了好奇之心。这些天，家里上下所有人都在热议这位三少爷的故事，什么高才生、文武全才、独闯匪穴、"鄂地杰出青年""垦地少爷"等等称呼。婉儿虽从未与祖家谋面，但在心底里已无数次勾画起对他的印象。他到底是一个怎样的人呢，会令全家人都如此的念叨他。当然黄家大伯例外，他总是不放心他。婉儿边听着，心里边默默想着，因为那是一个她凭阅历和经历都无法判断的人物，不知不觉"噗"地笑了出来。

"婉儿你笑什么，爹爹又不是丑八怪，有那么好笑吗？"呼延冲无限深情地望着女儿道。

"我是笑爹爹穿衣好奇怪，外面军服威风凛凛，里面竟是长袖长衫。竟像个土财主，就要娶小妾当新郎了，怎不让人好笑。"婉儿道。因为从小到大父亲都在军队打仗，每次都会平安归来，她已经习惯爹爹远行。

"女儿不要乱讲，这几天军务繁忙，黑白颠倒，实在太困了，就坐在椅子上睡着了，侍卫怕我着凉，不知从哪弄来这身财主衣服，让我暖身。今天回家心切，胡乱穿了衣服，竟忘记把它脱掉，真是忙晕了头。"呼延冲顺口编了个谎话哄骗女儿。

黄老将军阅人无数，当然猜着呼延冲这是哄骗自己闺女的小把戏。军中无小事，他必有难言之隐，或是极为秘密的事情要干，便替呼延冲打岔道：

"婉儿姑娘是又细心又勤快又好学。听她伯母说，老三去苏州暂时回不来，便急着要去收拾他的房间，什么衣物、桌椅、书籍，样样都拾掇得整整齐齐，一尘不染。特别是看到老三桌上、床上、地上到处都是各式各样的书籍，古今中外随便堆放，那真是怎一个"乱"字了得。竟分不清哪是床头，哪是床尾，这个不知爱惜整洁的小东西，还把我最爱看的《孙子兵法》当成垫床石使用。婉儿也不怕麻烦，花了好多天时间，才分门别类地整理妥当，真是难为她了。"

"都是他的学习用书,《格致》《春秋》《论语》，还有小说《七侠五义》《杨家府演义》。也有一些西洋的翻译书本,《天演论》《进化论》，三少爷看的书可多可杂了。不过平常我最喜欢爹讲替天行道、金戈铁马、战无不胜的英雄故事，所以看完《水浒》，就挑了一本《三国演义》，现在才看到桃园三结义呢。"婉儿道。

"少不读《水浒》，老不看《三国》，你一个女孩子，读些圣贤书即可，那些书不读也罢。要多陪陪你娘，做女红更好。"呼延冲提醒婉儿道。又若有所思地对黄老将军道：

"三少爷聪慧过人，博览群书，将来前程远大，世道是属于年轻人的，他将来取得的成就，必是你我所不能想象得到的。"

"呸，一个肄业生而已，士、农、工、商，他干的是最低贱的！真不知道时局何时才能太平，学生们能正常上课，少壮不努力，老大徒伤悲，可不能耽误了像他一样的青年人啊。"黄老将军忧心忡忡地道。

"可不敢说什么肄业生，社会时局如此，他又能怎样！乱世出英雄，行行出状元。这革命时期与前朝可不一样啊，连前清的著名文状元张謇，都要呼吁实业救国。当然还有李鸿章、左宗棠和张之洞等等许多人物，实业兴，国才强。这实业活动不就是商业活动吗？搞活商贸，增加收入，富裕万千人家，最后才能民富国强嘛，那是多好多大的事情啊。"呼延冲道。

"理是这个理，可老三毕竟太年轻，他怎知商道的复杂，从商的艰辛，经商的不易。我怕他一失足成了千夫所指的奸商、恶商，岂不害人害己，搬起石头砸自己的脚。"黄老将军忧虑道。

"干爹您就多虑了，我在整理三少爷的书籍时，经常看到在书眉和书脚处写有洋务运动、实业救国、保路运动等许多看法与主张的评语，心思可细可远了，三少爷绝不会成为奸商、恶商的。"婉儿笑盈盈地安慰黄老将军道。

"噢？读书所想所感他都记下，还喜欢批眉，这个新鲜，也是年轻人的特点啊。听说李亲家的四姑娘爱写革命、共和之类的批眉注脚，他们的思想和做法真是与我们大不同了。"老将军说道。夜渐深，隔壁大厅里喝酒划拳声也已悄无声息，整个大院都安静了下来，人们各自回房休息去了。老将军知道呼延冲军务在身，不便多留，便对他轻声道：

"马到成功，早去早回。"

"还得麻烦老将军照顾家人。"呼延冲深情道。

"将军尽管放心，不说不吉利的话，任何时候家眷之事包在老朽身上。"

"万分感谢！"

翌日亥时，呼延冲和黄祖耕身着便装，悄无声息地离开黄宅，与早已在附近路边等候的特别行动队员会合。只见一面黑底镀金的"镖"字大旗迎风飘扬，呼延将军和祖耕各骑一匹高头大马，走在队伍的前面，清脆急促的马蹄声划破了平静的街道。紧随其后的马队中，隐约有两具黑色的棺椁。众人沿着崎岖隐蔽的小道疾驰，遥远的小道尽头与京汉铁路交叉。众人一阵急行军，不知不觉已过正午，他们来到一个名叫"赶三娘"的三岔路口，路边有一处简陋酒肆。

"老板有可口饭菜，供兄弟们吃个饱饭吗？"得到将军默许，祖耕向酒肆老板问道。

"客官，上等美味佳肴倒是有，只是本店小本生意，哪见过这么多人同时用膳，怕是得多耽误些时间。"那店主道。

祖耕向呼延冲望去，等他示意可以等待后，才大声道：

"你只管放心去做，兄弟们赶路也累了，正好多歇息一会儿。"祖耕一边吩咐店主，一边招呼大家下马休息，除派数个机灵队员到附近警戒外，另外安排几人去后院给马饮水和喂草料。

"请问阁下是什么镖局，怎么送两副棺椁上路？"呼延冲刚刚坐定，邻座有人问道。

"在下乃湖北'神龙镖局'，受人委托，送两位故人回京。"呼延冲知道江湖规矩，这个时候不能不回答。

"请问镖头可是游氏？"

"在下正是镖局第四代传人游堃，人称双土地的便是。"

二人正相互交谈中，突然从林中窜出两条野狗，狂吠着朝众人袭来。情急间，那问话之人不知从袖中取出何物，轻轻摆动衣袖，只见窜在最前面的野狗竟硬生生地突然栽倒在地，头却被抛在了一边。呼延冲也不示弱，拔出一把匕首，朝第二只野狗掷去，一道寒光闪过，不偏不倚，正好割断了狗的喉咙，那狗也立即扑倒在地。众人大骇，瞬间又齐齐喝彩起来。

"果然不愧是名震江湖的游氏神龙镖局，在下十分钦佩。如果游大侠不弃，在下有一事相求，不知当讲否？"

"只要是走镖之事，但讲无妨。"

那人环顾左右后，领着另外两人齐齐坐到呼延冲和祖耕旁边，小声但郑重道：

"在下脱脱齐，我想托镖局兄弟护送一件特别的东西到京城去，刚好与你们的目的地相同。只要货物顺利送达，至于费用多少，但凭贵镖局定夺，绝不还价。"自称脱脱齐的人说道。

"一镖不走二物，这是天下镖局的规矩。何况我们这趟走的是丧镖，神龙镖局怎好另外接镖。先生既是特别的东西，还怕玷污了你的宝贝，给你的贵重物品带来晦气。"呼延冲推脱道。

"非也，非也！如果我没有猜错的话，先生护送的一定是位被革命党杀害的北边大人物，所以才会急匆匆隐蔽向北而行。而我要托运的东西，先生到时自知。我不但不嫌你这趟丧镖晦气，还要给你双倍的价钱，保证不让你们镖局吃亏。"脱脱齐认真道。

呼延冲故作沉思，眼睛望着远方抽起了旱烟。

"游氏大哥不必多虑，两天之内，我在孝感火车站取到东西交予你后，贵镖局再速速北上也不迟，还能赚个盆满钵满。乱世接活谋生不易，这趟'肥镖'够你镖局花销三五载的。在这乱世中，从哪儿去接这么好的镖呢？"脱脱齐有些着急地央求道。

"什么？孝感火车站，那里是铜墙铁壁，被北洋新军五百多人把守得如铁桶一般严实，连一只苍蝇都休想飞进去，我们走镖之人不想自找麻烦。"呼延冲暗自惊奇，不曾想也有人居然要到孝感火车站。

"游大哥尽管放心，我自有办法。"脱脱齐言毕轻轻拍了下腰间，露出半截特别令牌，那是一种皇家使用的神秘通行证件。

见呼延冲仍沉默不语，其他特别行动队员有些着急。祖耕实在不忍，赶紧拉着他的衣角，走到偏僻的地方问他怎不应答。

"贤侄不知，你没有看出来，那些人定是清朝鹰犬，大内高手。刚才击杀野狗的暗器，类似于神秘莫测、出自大内的暗器，且听他们的口音与姓氏根本不像我们汉人。所以我推测他们必为清朝廷所用，身负特殊使命。我们重任在身，还是不要节外生枝的好。"

祖耕认为倒是一个绝好的机会："他们是大内密探，要去孝感火车站取东西，正好与我们此行的目的地相同。如果我们将计就计，说要现场勘验货物，趁机就能进入北洋新军重兵把守的火车站，比自己进去要容易得多，岂不是天赐良机，助我们一臂之力。"

"'将计就计'，是个办法，鱼能上钩吗？"呼延冲疑惑道。

"机不可失，时不再来，谋事在人，成事在天。司令不妨按我的眼色行事就是。"祖耕轻轻地对他耳语道。

二人回到座位后，呼延冲故意慢悠悠掏出烟杆，点燃烟叶，吐出一口烟圈，环顾左右对脱脱齐道：

"这是我大弟子连昌海，镖局未来的希望。我老了，有些事你们年轻人单独谈吧。"

祖耕抱拳向脱脱齐回礼说道：

"按行规，师傅自然是不想破了规矩，坏了名声。镖局本不应该再接手他人所托。只是乱世生计不易，恰巧又是同一线路，如果由弟子代师傅行事，那就另当别论。如果接下脱兄这单子，也好为徒弟们多赚点娶老婆的花销。兄弟们，你们说是不是啊？"祖耕故意高声对其他特别行动队员喊道。

选拔的特别行动队员都是精明强干、机灵干练之人，又长时间在祖耕手下听差，当然愿意积极配合队长的意思，纷纷大声高兴地道"愿意"。

呼延冲装着无辜的样子，自言自语道："这都是乱世的不对，徒儿们都想吃口饱饭，讨个媳妇成个家，我又奈何得了。"便装着要小便的样子，向树林深处走去。

脱脱齐一看有连昌海等这么多镖局兄弟愿意承接自己的镖，突然十分感激地道：

"还是连兄弟识时务，不跟钱过不去，我们借一步说话。"待与祖耕靠近后，便小声地道：

"我的货是特别的东西，如今还不在兄弟手上，但我保证两天内送到。"

"还得等两天，又得多些花销。活是替师傅接了，但是护送什么货物，兄弟们自然得详细勘验，最后才能安全无误地向东家交货，这个环节可不能有丝毫的大意马虎，骗镖、漏镖、错镖，兄弟们可担当不起，'神龙镖局'多年的金字招牌名节受损，今后怎么在江湖上立足？师傅还不得清理门户，废我武功，把我给杀了喂狗。"祖耕故意一脸正经严肃道。

"既然如此，为不耽误时间，麻烦连兄弟跟我们三人走一趟，亲自去勘验货物，到时可不能有任何反悔啊，你能做到吗？"脱脱齐道。祖耕被呼延冲临时假装叫成连昌海，看来他是相信了。

其实脱脱齐等三人来自紫禁城，真实身份是当朝儿皇帝宣统的父亲、摄政王载沣的贴身侍卫。摄政王为了打击汉臣，掌握至关重要的军权，在三年前以"足疾"之名赶走了北洋军首领袁世凯，让他回河南老家项城修养。如今南方革命军掀起巨大的分裂独立浪潮，清廷实在派不出其他有掌控力的军事将领，来平叛起义的革命军。虽贵为皇帝父亲，摄政王也不得不倚仗昔日对手袁世凯，起用他及其北洋新军，与南方的革命军交战。袁世凯也深深明白"飞鸟尽，良弓藏；狡兔死，走狗烹"的道理，狮子大张口地向内忧外困、财力枯竭、势弱力单的朝廷要权要饷。满足他的私欲后，方才慢慢吞吞地领军出征。袁世凯与载沣虽同为朝廷重臣，但二人内心矛盾极大，互相猜忌。特别是同为满族青年势力的良弼、铁良等摄政王同盟势力，遭到革命军或暗杀，或击伤的重大打击后，摄政王在与袁世凯及其背后北洋军较量中渐渐处于下风，便想采取秘密的方式调查、收集和掌握袁世凯的罪证。脱脱齐等三人正是带着这样的特殊使命南下，秘密掌握北洋新军的不轨行径，以待时机一到，必致袁于死地。

孝感火车站正是北方粮饷、辎重等大量战略物资南下的必经之地，是全面了解和掌握北洋军后勤采购、物资储藏的最佳地点。因此摄政王便秘密派遣自己最为忠心贴身的豢养侍卫，南下孝感火车站，查实袁世凯及其北洋军贪赃枉法的铁证，作为日后铲除袁氏一党的绝密武器。

当然，孝感火车站是连接汉口军事前线的桥头堡，是北洋军守护最为严密的车站之一，脱脱齐等要掌握和收集罪证材料十分困难。但既是摄政王的亲信死士，自然会赴汤蹈火、万死不辞地去完成主子交代的艰难任务。脱脱齐自知单凭他们三人力量，要拿到真实有效证据，并顺利送达京城困难重重，唯有用金蝉脱壳的计策，让神龙镖局这样的"外人"，去传递秘密收集到的所有材料，就算肝脑涂地，也要回报摄政王对自己的信任，实现保全大清的最后希望。

"君子一诺，驷马难追，怎会反悔！"祖耕坚定道。

别过呼延冲等众人，祖耕带着一名亲近侍卫，便与他们三人一起，骑马往孝感火车站疾驰而去。他知道身后是呼延冲和其他队员无限期待的双眼。

孝感火车站地势平坦，四周只有几条小河与外界分开，平日里也就是个顺路火车站。但如今其重要军事战略地位十分突出，是京汉铁路大动脉华中物资供应枢纽，辎重、粮秣、军火和人员的中转站，是从京城南下的北洋军与汉口前线后勤保障的最后大本营，它的战略物资供给，直接关系到北洋军数十万士兵作战的成与败，因此守卫十分严密，里三层外三层到处布满各种明暗哨、流动哨，把车站围得像铁桶一般严实，就算一只苍蝇也难飞进去。

脱脱齐、祖耕等五人一路飞奔，不多时，便来到了孝感火车站的警戒线外，一队巡逻兵看见有人骑马过来，数只火枪立即瞄准了他们，为首一个像小队长的人，立即警觉地大声呵斥道：

"什么人？敢擅闯禁地，还不赶快下马！"

脱脱齐下得马来，故意吐出一口浓痰，不屑一顾地喊道：

"你算个什么东西，也配向爷问话，赶紧叫你们站长出来迎接，就说是有京城南下的要员见他。"

"啊哟，京城的大人物，口气倒不小！信口雌黄，我凭什么相信你？"那小队长口气仍然十分强硬，但已有所收敛。

"这个你自然没见过，只管通报便是。"脱脱齐从怀中掏出一个令牌，在阳光中闪着金光。小队长眼睛一亮，一时拿不准真伪，便吩咐其他卫兵看紧脱脱齐等人，自行进去通报去了。

不多时，出来十几个身穿军服的人，为首的三十几岁，中等身材，皮肤黝黑，看见祖耕后，啪的行个军礼：

"我是这里的站长，请问，哪个是京城客人？"他把祖耕错当成要员。

"当然是我，这个东西站长不知见过没有，请仔细过目，看清楚了再说话。"脱脱齐轻蔑地对站长说道。拿出令牌，在站长面前晃动。

这是一块镀金镶钻的特殊令牌，是满族皇家排名第一的正黄旗绝密信物。平时很少有人知晓，那站长虽没有见过，但也听别人说起过，"令牌一出，犹如皇上亲临，必有大事"，在仔细勘验后，没有发现任何破绽。

"听说摄政王最近有痒疾，平日里走路困难，不知是真是假。"站长漫不经心地问道，他要摸一摸对方的底细。

"你说得不错，摄政王右手肘内是有痒疾，不过经过御医仔细治疗，已无大碍，与他日行千步毫不相关。"脱脱齐轻松应答道。

"啊，痒疾乃肌肤之痒，本是小恙，却困扰摄政王数十载。听说全国为王爷治病之人不下百人"。站长继续问道。

"痒疾虽小，不足挂齿，但持续三载，左好右出，甚是不便。幸得洋医治疗，又有太医调养，方才痊愈。"因为他说的全是真话，站长不再怀疑。

"今得痊愈，恭喜摄政王贺喜摄政王。鄙人冯彦辉，有请密使大人。"站长满脸笑容地把脱脱齐等迎了进去，祖耕一颗悬着的心才算放了下来。

"大人远道而来，必有非常之任务，还请大人及早明示。"冯彦辉一边令人敬茶，一边警惕地问道。

待进入站长房间坐定后，脱脱齐也不多搭理冯彦辉，只是道：

"在下脱脱齐，受摄政王委派，来前线实地了解军需物资供应保障情况，待会儿还得麻烦冯站长，把车站物资布防图和明细清单交予在下过目，待查验清楚后，自然如实向上汇报，就不用在此絮叨。"

冯彦辉知道脱脱齐是摄政王府的副总管，但他本人模样自己从未见过，不由得他更加小心伺候。

"脱大人远道而来，一路风尘仆仆，不用如此着急，待用膳休息后，明天再过目查验也不迟。何况这是军事重地，大战特殊时期，要想查验，也得属下向上级长官汇报请示，待长官行文批示同意后，才能进行勘验，大人不能乱了规矩吧？"冯彦辉话里软中带硬地答道。

"站长身居要职，独当一面，何来向上级请示一说，只怕是信不过我摄政王府罢了。"脱脱齐不满道。

"岂敢！天下谁人不知，摄政王乃当今皇上的亲生父亲，那就是太上皇！摄政王的密使，自然是皇上的密使。我一个小小的站长，有几个脑袋敢冒犯摄政王府的人。只是此地确是军事重地，到目前为止，还没有人敢擅自查验本站物资布防图和库存清单。辎重粮草样样俱全，小人重担在肩，大人可不要为难小人呀。"冯彦辉圆滑地回答，话中明显透着推脱之词。

对这位突然而至的上司，他心里十分清楚，摄政王、袁总督二人水火不相容，均想要致对方于死地。摄政王年轻气盛，但做事不够老辣圆滑，仗着是皇帝的亲生父亲，表面上统领着朝廷的大政方针，清朝贵胄自然都是他的亲信势力。但政令不出紫禁城，其实身边没有几个老到谋国的干练之臣。袁世凯袁总督，虽是汉人，但多年在朝廷为官，又善于上下经营，人脉极佳，多少总督巡抚都是他的铁杆亲信。加之由他亲自调教的北洋六镇新军，从上到下均是心腹死党。如今清朝廷风雨飘摇，根基动摇，国势不稳，摄政王、袁世凯究竟鹿死谁手还尚未可知。上层内讧，属下遭殃。自己身为北洋新军的人，当然站在袁大人这边。何况这位密使的身份真伪，还值得商榷，自然不能贸然答应对方要求。

脱脱齐看出冯彦辉的心思，便故作轻松道：

"冯站长所言极是，此地如今乃是军事斗争最为紧要之地，那些图、库存自然极为保密。只是王命在身，属下也不得不办。我看不如这样，那些什么图啊、库存啊，我就先不去勘验了，赶了大半天路，冯站长不如打发属下弄些美味佳肴，就在此地填饱肚子。看有什么能为你协助出力的地方，尽管吩咐就是。你只安排手下陪伴我这两位，不，四位去现场查验即可，不知冯站长意下如何？"

脱脱齐本想留下黄祖耕和自己一起与冯彦辉这个老狐狸周旋。但想到要让祖耕尽快熟悉地形，帮助他携图返回京城，便让祖耕与侍卫和另外两位兄弟一起去查验场地。

脱副总管想把自己作为人质留下，话已说到如此地步，冯彦辉也不能不顾及摄政王的面子，他也就算吃了一颗定心丸，不好再过分搪塞推迟，拒绝合作，便安排手下副站长带着图纸、清单，让脱脱齐带来的另外四个"兄弟"查验库存去了。

外边是三步一岗五步一哨，守卫十分严密。不时有南下的火车，运送着各种军事物资停靠在此，车站添水加煤作为补给。由于有副站长的指引和带路，祖耕带着侍卫和另外两人得以按图查看，分别对火车站指挥中心、枪械密室、辎重存放地、布匹和药品等仓库进行了巡查和记录。唯独粮食储存地和精良的火炮仓库他们没有看见。按图纸标示所指，粮仓应该在车站的东南高地，火炮应在离车站最远的西北角，那是个三面环山的封闭地方。但副站长故意不朝那个方向引领，眼看日头偏西，已过晌午，祖耕心里暗暗着急，不过所有仓库大概位置方向已牢记在心。他必须找个理由脱身，把自己掌握的各仓库位置马上告知呼延司令，让将军尽快采取下一步行动。

"各位钦差，你们继续查看各仓库物品和物资记录，我想对本站火车到、离站的班次记录，再进行查看，就不陪你们勘察粮仓与火炮仓库了。"祖耕显得很专业地道，不等副站长回话，就带着自己的侍卫往车站值班室走去。

那二人知道祖耕并非自己人，只是神龙镖局的镖师，为尽快拿到他要托运的标物而已，便一语双关地说：

"你可仔细瞧好了，别走错了方向，无法向脱大人交差。"祖耕应承一声，自行去了。找个僻静处，看看四周无人，留下侍卫继续假装查验值班表，神不知鬼不觉，悄悄一个鹞子翻身，跃出了火车站围墙，蹚过一条小河，他知道不远处山坡下的所有人员，都在焦急地等待他的消息。

仔细听完祖耕有关车站物资存放地点的介绍和大概的地形描述，呼延冲十分心疼祖耕的辛劳，令其退下去休息，在大脑中急速思索着下一步的行动计划。时间已过去一天，自己在总司令面前立的军令状，是两天之内完成"奇正计划"任务，时间不等人，他必须尽快采取行动。

"不能打草惊蛇，还请呼延司令速下决断。"祖耕一边找些东西填充肚子，一边提醒道。他害怕自己不归引起冯彦辉的猜忌，坏了大事。

呼延冲一番思索后，命令其他人退后，独自留下祖耕道：

"黄副官，我打算把特别行动队分成两组，一组由我亲自带领，直扑孝感火车站，携带足够的炸药，炸毁所有辎重和弹药武器。另外一组，由王宝新副队长带领，在距此十里远的滕家沟埋伏，那有一座平汉铁路大动脉必经的小桥，可在那里埋下炸药，炸毁平汉铁路线，彻底断掉北洋军南下的道路，两处约定在午夜时分同时引爆，炸它个措手不及，让它首尾不能相顾。"

"司令，今夜的行动十分危险，您就在此居中协调和接应，让我带兄弟们去炸掉孝感火车站。"祖耕不安道。

"不，我主意已定，你必须尽快返回火车站，做好内应，以免引起脱脱齐和冯彦辉警觉，带来不必要的麻烦。"呼延冲坚定道。

祖耕无奈，知道事情紧急，悄悄地嘱咐王宝新几句，便匆匆返回孝感火车站去了。

送走祖耕后，呼延冲召集王宝新等特别行动队员，悄悄打开运送的两幅棺材，里面没有什么殒命的朝廷官员，只是装满了手榴弹、炸药和枪支。呼延冲令王宝新带领三十余名队员，携带足够的炸药去滕家沟埋伏，余下队员跟他同往火车站。双方掏出怀表，校对时间后，呼延冲对王宝新道：

"时间紧迫，汉阳前线我军仍在激战，黄总司令正在等我们炸掉火车站和铁路轨道的消息。彻底断绝敌人后勤保障供给，重创北洋军，关系我军成败，此事重大，只能成功，不许失败，能做到吗？"

"报告呼延司令，誓死完成任务！"王宝新发誓道，言毕带着他的人执行军务去了。王宝新是他的老部下，为人精明，对上司一向忠心不二。

深冬的傍晚，寒气渐渐逼近，月儿悄悄爬上天空，眼看快到午夜。在孝感火车站，冯彦辉正在热情款待脱脱齐和黄祖耕等人。

"脱大人，此处比不得京城，有吃不完的山珍海味，这里只有一些山鸡、田螺，供大伙儿下酒划拳，还望诸位见谅。来，再敬各位京城远道而来的客人，咱们共饮此杯。"冯彦辉满嘴酒气，假装热情地劝道。

"好！冯站长对孝感火车站不但管理得井井有条，本人酒量也是了不得，小弟十分佩服。回京后一定在摄政王面前如实禀报，替老兄美言，谋个京官什么的。现在为站长的热情款待和今后的远大前程干杯！"脱脱齐假装醉意，十分受用地回敬道。

"彦辉感谢脱大人的赏识和美言，您就是我的再生父母，属下再敬大人一杯。"冯彦辉想着美好的明天，从此能脚踩袁总督和摄政王爷两条大船，心里美滋滋，又劝脱脱齐喝酒。

祖耕眼看快到午夜时分，是他们约定行动的时间，便装着内急，溜出了房间。走出不远，忽然听到大门处有人喊道：

"前线有大批伤员急需治疗，冯大帅令我等来此取药，请速打开大门！"

"不行，上司有令，军事重地，深夜任何人不得随便出入，你们等天亮后，凭签字画押的手续再来取药吧。"火车站门口哨兵警惕回答道。

"我看是哪只疯狗，在门外乱嚷嚷，竟如此不懂规矩！"祖耕假装自己人，大大咧咧地走向哨卫。他看清楚了，这些睡眼惺忪的大门守卫共有十人，而外面假装喊话取急救药品的，正是呼延冲带领乔装打扮的特别行动队员们。

"把钥匙看紧了，谁也不许开门，不能让一只苍蝇，在这个鬼时辰飞进来。就算是冯大帅亲自来取药也不行，这是袁大人下的死命令！各位都给我死死记好了，否则，哼！我现在就砍了你们的脑袋。"祖耕故意补充道。

带钥匙的守卫小队长，看见是站长亲自宴请的北京客人替自己说话，要求看紧大门钥匙，自然十分恭敬，不敢怠慢，一只手不自觉地按了按腰间，一边大声回答：

"决不让一只苍蝇飞进来，何况还是没有规矩的乱兵……"

还没等他把"兵"字说完，一把锋利的匕首已割断他的喉咙，祖耕手起刀落，杀了这位可怜的兵卒，扯下钥匙，干净利落地处理掉其他剩余守卫，打开大门，把呼延冲迎了进来。

"司令，您快走吧，这儿有我呢。"祖耕看见呼延冲乔装进来赶紧劝道。

"黄副官，趁现在四周无人，你把掌握的敌人军火库分布情况，再详细说一遍，兄弟们按图索骥分别行动。"呼延冲阻止他继续说下去。

"司令，您真应该赶快离开！"祖耕再次劝阻道。

"什么也别说了，为不节外生枝引起敌人警惕，给兄弟们交代清楚后，你尽快去见脱脱齐吧。"呼延冲不容分说命令祖耕道。祖耕无奈只得返回站长室，与敌人继续假装热情周旋。

第十一章

谋定后动　初显成效

按照既定计划，特别行动队员隐蔽穿梭在火车站里，各自找到任务目标，放好炸药，对准时间，迅速拉响一个个炸药包，把偌大个孝感火车站仓库炸得支离破碎。被引爆的武器弹药又产生更大的爆炸，一时间固若金汤的车站到处火光四起，数百车站守卫惨叫不断，在梦中见了阎王。剧烈的爆炸声响彻方圆数十公里。在滕家沟埋伏的其他行动队员，也成功炸毁了铁路桥，阻断了南下火车。

当第一声地动山摇的爆炸声响起时，仍然在室内饮酒的脱脱齐等四人与冯彦辉的人立即爆发了激烈冲突。

"我就知道，来者不善，善者不来，把摄政王的假侍卫们全部抓起来，一个都不能放走，他们定是破坏车站的幕后主使，我要他们人头落地。"冯彦辉气急败坏，撕开他虚伪的笑容面具，气急败坏大声命令隐藏在外的守卫道。

数十名车站卫兵持枪冲了进来，脱脱齐的一个手下和祖耕身边唯一的特别行动队员，立即被他们乱枪打死。

"好生大胆，真相未明，连摄政王府的人你也敢抓，简直是目中无人，以卵击石，自寻死路，还不叫你的人赶快退下。"说时迟那时快，脱脱齐立即掀翻桌子，拔出短枪顶在冯彦辉腰间，大声呵斥他道。

冯彦辉也非等闲之辈，身手敏捷，猛然抓了个卫兵挡在前面作替死鬼，迅速挣开脱脱齐威胁。他出枪极快，瞄准脱脱齐胸口立即开枪，近在咫尺的脱脱齐的另外一个侍卫眼看大事不妙，奋力把主子扑倒在地，自己不幸中枪身亡。与冯彦辉使枪一样快的脱脱齐，突然使出暗藏袖箭，瞬时打折了冯彦辉拿枪的右手。冯彦辉一声惨叫，手枪滑落在地，但他顺势滚出房间，命令屋外守卫，把祖耕和脱脱齐团团围住。其他没有被炸死的车站守卫，在副站长的吆喝带领下，陆续聚在冯彦辉身后，密密麻麻有三四百人之多。

"大胆逆贼，炸我车站，上峰必然追查，你们必须给我一个交代，否则大家都得死！兄弟们上啊，抓住逆贼，重重有奖！"冯彦辉大声命令身后数百守卫道，左手同时从腰间抖出蛇形软鞭，"啪"的一声直向祖耕和脱脱齐甩去。

蛇形软鞭威力极大，在冯彦辉手中使得风声四起，如蛇一般灵活机动，极难防范。鞭尾突然一下扫中祖耕手背，钻心剧痛让他一声惨叫，手背鲜血直流。听到祖耕惨叫，脱脱齐一边瞄准围攻最近的车站卫兵连连放出数枝袖箭，一边对祖耕道：

"游家走镖的，小心软鞭，今天多有连累，还望兄弟担待。"他到现在还认为祖耕等是江湖游家镖局的，不知道对方是革命军。祖耕顺势说道：

"现在大家是一条藤上的蚂蚱，有人坏了走镖的规矩，我们游家决不能袖手旁观，无论如何也要完成对东家的承诺。"祖耕连连开枪打死几个守卫道。敌人实在太多，很难有突围机会，他抱定必死决心，只要完成炸毁车站的任务，就算牺牲也值得。

祖耕手枪子弹打光了，捡起地上的大刀与脱脱齐背靠背相互照应，继续与疯狂围攻他们的众多卫兵拼死搏斗。

孝感火车站地形结构远看像一只巨大的葫芦。车站大门是葫芦口，重点在于进出的各种警卫和暗哨检查。葫芦中间是存放辎重和武器的地方。葫芦底地方最大，存放着所有子弹和弹药等危险易爆的物品。刚才爆炸最猛烈、炸死人最多的地方就在葫芦底。呼延冲出发时带来整整一百名特别行动队员，除过三十人随王宝新去藤家沟未回来，清点所有事先约定返回地方的有五十人左右。但祖耕没有及时出现。车站里边杀声震天，呼延冲对祖耕能否顺利脱身深感不安。

"你们两个马上快马加鞭赶回司令部，把炸毁车站的消息告诉黄总司令，就算累死马，你们跑也要在两个时辰内把这个消息务必送到。"呼延冲对身旁两个行动队员命令道。二人得令，立即翻身上马，朝武昌城飞奔而去。

"你立即赶到藤家沟，告诉王宝新副队长，火速返回火车站营救黄副官。其他人枪上膛，刀出鞘，随我冲进去救人。"呼延冲对另外一个行动队员命令后，带领剩余的所有人员直往火车站里冲杀而去。

祖耕和脱脱齐被层层包围，他们使出浑身解数与敌周旋，怎奈对方人数实在太多，杀死最近一圈人，又被外边的人补上。祖耕拿刀与副站长等拼命厮杀，衣服多处被划伤，体力渐感不支，滑倒在地，脱脱齐大喝一声把他从地上拽起。冯彦辉的软鞭十分厉害，脱脱齐与他激战百余招仍难脱身。敌人气势汹汹，他们二人终是寡不敌众，逐渐被分开，眼看只有挨打之份，没有还手之力了。

"祖耕贤侄别害怕，叔叔救你来了。"呼延冲大喝一声，带领队员不断开枪从敌人后边向里进攻。一阵枪响，无数守卫倒下。行动队员们打光子弹后，拔出大刀与敌人厮杀在一起。呼延冲径直冲到祖耕身旁，一刀砍死车站副站长，接连又砍倒一片敌人，祖耕暂时得到喘息的机会。冯彦辉仍很嚣张，软鞭呼啸着直往呼延冲头顶抢过来，呼延冲弯腰避让，一把抓住鞭尾，又故意松开，冯彦辉猝不及防，一个趔趄摔倒在地。脱脱齐刚好一脚踢在他的腹部，冯彦辉顿时杀猪一般嚎叫。其他守卫像是杀红了眼，一拥而上救出冯彦辉，把呼延冲等又团团围在中间。

"将军，您先走吧，您的安全最重要，我们说什么也要掩护您撤退。"

祖耕深知敌人太多，一时很难脱身，便劝呼延冲快走，他不能让呼延将军有半点危险。

"这点人算什么，当年我和你爹在大雁山打仗，不幸中了敌人埋伏，和数十倍敌人战斗三天三夜，最后活着的是我们。你先歇一会儿，看叔叔怎么收拾这些兔崽子。"呼延冲一边手刃敌人，一边安慰祖耕道。

呼延冲很小时便拜师学艺，刀法凌厉，练就一身好武功。从军后作战无数，刀口舔血，常从死人堆里爬出来，大仗恶仗见得多了，作战经验与本领与日俱增，官职也随着逐渐提升，直到成为独立带兵将军。只见他一把大刀左砍右杀，所到之处敌人纷纷倒下或退后。冯彦辉踉跄着从地上爬起来，不敢单独靠近呼延冲，只是躲在人群中，指挥卫兵向呼延冲和他带领的行动队队员围攻。双方士兵混战在一起，杀声不断。

守卫们尝到呼延冲的厉害，对他围而不攻，专门追杀祖耕和脱脱齐。在激烈围攻中，冯彦辉用软鞭打伤脱脱齐脑袋，脱脱齐伤口顿时流血。不断流出的鲜血挡住他的双眼，守卫们乘机连续砍他的后背，脱脱齐奄奄一息，命悬一线，情况不妙。

东方渐渐露出鱼肚线，天快亮了。大批支援火车站的北洋新军正在火速赶来，行动队本来人数少，牺牲的人确越来越多。情况万分紧急，呼延冲等依然被敌人团团围住，很难脱身。

突然外边一阵激烈的枪声，围攻的守卫倒下一片。原来是奉命炸毁藤家沟铁路桥的特别行动队员赶到。他们在王宝新副队长的带领下，火速赶到车站增援，一边开枪扫射车站守卫，一边向敌人密集的地方投掷手榴弹，敌人被打得晕头转向，死伤无数。

"呼延将军，您在哪儿？请恕我们来晚了！"王宝新一边冲锋，一边大声喊道。

"哪来的野狗在此撒野？还不快快受死！"潜伏在人群中的冯彦辉

突然挥鞭朝他抽去，蛇型软鞭死死缠住王宝新的脖子，在他拼命挣扎想摆脱鞭绳时，冯彦辉冲到他面前，用膝盖使劲顶住他的腹部，让他异常痛苦，无法呼吸，生不如死。在里边杀敌的呼延冲想奋力杀开一条血路，救出曾经的部下，但始终不能摆脱敌人的纠缠。王宝新自知难逃一死，索性使出最后一点力气，拉响身上携带的唯一手榴弹引线，"嘭"的一声巨响，与冯彦辉同归于尽。

敌人在支援行动队队员的猛烈攻击下遭到重创，但依然对他们狠命围攻。祖耕已经筋疲力尽，仅能勉强站起来与敌周旋。呼延冲知道此地不能久留，便带人乘机往大门口方向杀去。黄祖耕想着脱脱齐身上一定还有许多秘密，今后可能对革命军有利，不能让他白死在此。况且他刚才也救过自己一命，说什么也得还他一次恩情。便冒死搀扶起已受伤倒地的脱脱齐，抓起滑落在地的令牌，背着他冲出重围，大家在呼延冲带领下一起奋力冲出了孝感火车站。在他们身后，响起了刺耳的报警声和乒乒乓乓的枪击声。待众人狂奔到一片小树林，集合所有人员时，发现参战的队员已死伤大半，离他们不远处，仍有大批的追兵在后紧紧咬住他们不放，子弹呼啸着从大家头顶飞过。呼延冲肩部中枪，鲜血直流，疼痛难忍，形势异常严峻。众人赶紧为他包扎伤口，祖耕毕竟年轻，很快恢复了体力，一边组织大家抵御追兵，一边急切查看山林地貌情况。

"黄副官，你不要管我，带领兄弟们能走多少是多少，再晚就来不及了！回去后第一时间记得向黄总司令报告，就说'奇正计划'已经圆满完成，革命军可以安心杀敌了。"听着身后传来越来越近的追兵呐喊声，呼延冲急忙命令黄祖耕道。

"不，我哪儿也不去，我要掩护司令平安撤离。"祖耕一口回绝道，一边指挥大家尽量利用山林地形作掩护，且战且退。追兵实在太多，火力又猛，身边不断有队员牺牲，能战斗的人不断减少，祖耕心里十分着急。

时机稍纵即逝，祖耕不得不万分小心。他立即命人穿上呼延冲的衣服，骑马快速朝前边山林跑去，转移对方的注意力。自己则带着少数人掩护呼延冲将军，悄悄从另一条小路撤退。经过反复纠缠，在牺牲了大部分特别行动队员后，终于突围成功，甩掉尾巴，逃到安全的地方。

随着黄兴总司令指挥革命军顺利完成"奇正计划"，捷报顿时传遍大江两岸，沉重打击了北洋新军的锐气，阻止了敌军向武昌城推进的步伐，有力支援了一线军事斗争。黄兴总司令趁着呼延将军奇袭成功，指挥革命军打下了汉阳，保卫了革命军政府临时政权。后人对"奇正计划"赞道：

　　　　自古江山多英才，将计就计平祸害；
　　　　巧施妙计覆巢卵，革命锦旗飘江边。

时间是个奇怪的东西，是人间最有效的良药，是改变一切的指挥棒，是大风大浪中摆正航向的压舱石。时间是最容易得到、也是最容易逝去、饱含喜怒哀乐的混合体。两天前从枪林弹雨中得救的呼延冲，就是时间混合体的幸运儿。当他微微睁开眼睛时，看到婉儿娘正在为自己喂药。平时都是自己给她煎药喂汤，今天自己这是怎么了？这是在哪儿？他脑海记忆仍停留在孝感火车站的激烈战斗中。

"你醒了，都睡两天了。"婉儿娘压抑着喜悦道。

"阎王爷嫌我老，没要我，还没让我死呀？"他感到肩膀一阵疼痛，看到了带血的绷带，缓缓问道。

"说什么傻话，你只是受伤，过两天就好了。"

"辛苦你了，婉儿呢？"

"到厨房煎药去了，别乱动，伤口还没有愈合。"夫人提醒道。

"呼延司令，呼延叔叔，听说总指挥要给您嘉奖，还授'十八星旗'军功章呢！"门外传来激动的报喜声音。

　　"是祖耕吗，快进来吧。我不是老虎，现在是只病猫。你不比外人，赶快进来说话吧。"呼延冲大脑渐渐清醒，听着熟悉的声音急忙道，让婉儿娘打开了房门。

　　"特大喜讯，在早上的军事会议上，总司令专门提到卫戍部队'奇正计划'的圆满执行情况。我怕影响您休息，但又想把好消息尽快告诉您！总司令表扬说'奇正计划'对敌人造成沉重打击，我军乘机顺利地打了个翻身仗，歼敌两千多人，战线往前推进数十公里，收复了一大片土地。敌人龟缩在一小片地点，再也不敢轻举妄动。还特别表扬司令夺得首功，要通报嘉奖，看来今后是要再继续重用您。"祖耕一口气讲到。

　　"司令您看，刚才我说的千真万确吧，这是今天刚刚出版的《江城日报》，您的大幅照片还在头版头条呢。"祖耕兴奋地指着报纸继续道。

　　"都是总指挥运筹帷幄得好，首功当然是总指挥的。哎！没有那么多年轻鲜活的特别行动队员为我殉命，呼某早就回不来啦。功名是身外之物，平安归来，善莫大焉，一个土都埋了大半截的人，嘉奖提拔对我来说都是无关紧要。倒是你，刚刚跟随我不久，就从鬼门关把我救了回来。没有你的将计就计，'奇正计划'怎么会顺利完成，也应该给你颁个大奖才对。以后在没有外人的时候，不要老是叫我司令司令的，显得见外，就叫我叔吧。"呼延冲若有所思道。

　　"你叔说得对，别老是叫司令长司令短的，多生分呀。给你们家添了多少麻烦，我和她爹都记着呢。"婉儿娘一边给呼延冲递水，一边对祖耕道。

　　"都是叔平时带兵有方，训练有素，我跟着沾光了。另外，叔，我们救下的那个蒙古人脱脱齐，早上刚刚苏醒，听说镖局变成革命军大本营，脸色大变，不求生，但求死。现在死活半句话也不愿多说，不配合大夫治疗，不吃不喝，只求一死。他的脸已经破相，不像原来的模样。兄弟们请示该如何处置？"祖耕补充道。

"嗯，有点难办。昔日的敌人成了友人，对手成了恩人。我们总不能把自己拼死救回来的人再给枪毙了吧，那也是一条人命啊。不如直接告诉他真实情况，待他伤好后，是去是留，由他自己选择。不过在他治病期间，不许为难他，保证他的饮食与安全，千万不要做败坏我们革命军名声的事情。"呼延冲嘱托道。

"侄儿明白，会留着他的一条性命。"

这时婉儿从厨房那边走了过来，手里拿着一本书。祖耕看见她进来，知道是他们一家人最不应该打扰的时候，于是推脱说手头有些急事，匆匆离开了。

"爹爹，伤口恢复得不错，精神也好了许多。"婉儿高兴道。

"你爹受奖了，当然精神好。"婉儿娘拿着祖耕给她的报纸道。

"这是爹爹参加革命的第一次行动，当然一定得成功。听你娘说最近在给三少爷整理书房，他那个书房是够乱的，还有一股怪味，没人想进去。今天又拿了什么书看呀？"呼延冲慈祥地对婉儿道。

"是一本新书，法兰西国一个叫孟德斯鸠的人写的，书里开头描写的内容跟现在的中国大不同。三少爷看了有一半，倒是做了不少批注。所以我想拿来看看，到底是一本什么样奇怪的书。"她道。

"看书当然是能使人明辨事理的事情，比你爹当兵强许多。成天刀口舔血的，让人提心吊胆，我这病根就是这样落下的。只是以后不要总往三少爷书房跑，让人看见说闲话。"她娘提醒道。

"娘您真是啰唆，他又不在家，书放在那里也是闲着，我又不会丢失破坏，难道我会偷他的书不成？"婉儿不服道。

"你们不知道三少爷的好处，本事大着呢。正经本城新式学堂毕业，还要得一手正宗太极拳法，能文能武，是个好后生。都说世道不济，社会变化得让人不知道明天会成什么样子，但人总归还是得吃饭穿衣，这个烂包的国家也得有人建设。我看三少爷未来一定能成大事，如果将来咱闺女与他……"

"可不许在女儿面前乱说，三少爷清高着呢，身边还有一个李家四姑娘不离左右。人家是学堂同学，无话不谈，时常待在一起，现在一块儿去苏州处理家务，跟其他年轻人不一样。我们的婉儿读的是私塾，是旧思想，他们看不起的，能谈得到一起吗？你就是粗心。退一万步说，他们将来在一起，我们女儿会习惯吗？那不苦了大家。"婉儿娘阻止他进一步说下去。

"未必，我们家女儿漂亮又温柔，哪个男孩不喜欢！要不然李家四姑娘做大房，我闺女做二房也行呀。"呼延冲道。

"爹、娘，都胡说什么呀，我难道就不是你们亲生的，急着赶着想把我往外撵？人家现在都不想理你们了。"言毕婉儿气得放下茶壶，自去桌边独自看书。呼延冲脸上的微笑凝固起来，不知如何让女儿高兴。

"都是你多嘴，活该女儿不理你。我看天底下当父母的都这样，小时候急着想让孩子快快长大，能长成像棵大树一样又高又壮最好。长大后又急着为孩子成亲，为他们组建一个温暖的家。到老的时候，能陪在自己身边的人，还是年轻时候找的那个伴儿。将来在你身边陪伴的，其实就是我。儿女呀都是客人，你为啥要着急把客人往外打发走呢？待在身边不好吗？"婉儿娘希望女儿永远都能待在自己身边，一分一秒都想看着她。

"好糊涂的老婆子，你这不是爱女儿，是害女儿。孩子都有属于他们自己的天地，你能陪他们一辈子吗？他们得为自己活！"呼延冲不满道。

天气渐渐转凉变冷，缺衣少食的人们，尽可能翻箱倒柜找出厚实的衣服把自己包裹起来。除非十分必要，都在尽量减少外出活动，以免引起疾病，那可是让人们最害怕的事情。因为巨额的药费，往往会使一个普通的人家走向更加贫困悲惨的命运。大地渐渐萧条，露出它严酷的面目。

半个月后，城外又发生激战。自从北洋新军的后勤补给被炸后，远在北京的袁世凯十分不满，加派重兵，责令冯国璋继续攻打革命军，双方战斗依然呈现胶着状态，城内人们的生活自然不会安定。呼延冲外伤渐渐痊愈，这天黄显虎叫厨房准备了几个下酒菜，打发人去请他过来喝酒。只见桌子上陆续摆上了醋泡花生米、糖醋鲤鱼和宫保鸡丁等几个下酒菜。老兄弟难得清闲，几杯烈酒下肚，话语都渐渐多了起来，呼延冲不急不慢道：

"明天就要回卫戍司令部了，老将军你是知道的，什么城防卫戍司令部，其实都是空架子，没有多少好胳膊好手的兵。眼下形势不明朗，老将军见多识广，不知对当前这个乱局有何见教？"

"一个闲云野鹤，垂垂老朽罢了，哪里敢对你卫戍司令有见教。来，咱哥俩喝酒高兴就行。"二人你来我往，都爽快地喝得半醉。

"说句掏心窝子的话，老将军对我真要惜字如金吗？"

"唉！你不是外人，都相处几十年了，句句真言。眼下时局纷扰，究竟会向哪里发展，没有人能说清楚。革命党、立宪派、保皇派纠缠不清，谁强谁弱，鹿死谁手，老朽心里也是弄不清楚。"黄显虎淡淡道。

"天下之事，人心所向。朝廷腐朽，卖官鬻爵，媚外欺下，根基已动摇。如今孙先生、黄克强领导的革命众望所归，势力日增。天下早晚是会变成革命党的，是享有民族、民权和民生的新国家。"呼延冲坚定道。

"呼延兄倒是乐观，但未必会那么容易实现。天下虽动，却是躁动，根基并未紊乱，有它独特的气脉走向。清朝成在铁骑锋芒犀利，攻击十分敏捷灵活；败在铁路擅权让权，朝令夕改，与民争利，如果他们能稍事更弦易张，革命党未必能赶走远在千里之外紫禁城里的小皇帝。你那个三民主义的东西，我有生之年未必能真看到。不过，我们家老三和你的宝贝女儿有可能会赶上。"黄显虎小口喝着杯中酒，慢慢道。

"老将军对旧朝还是有感情的。可是您看啊，多少青年才俊像猪狗一样生活，受苦受穷，他们都想求变自新。那个老在国外待的梁启超不是说过'少年强则国强，青年壮则国壮'的话吗，青年是国家的未来和我们的希望，他们都动摇了，怎能说清朝不是根基崩塌。铁板都能撕开，江山迟早是会易主的。"呼延冲道。

"这是你们革命军政府的看法和想法。天下一统，本在民心。革命党的影响力量还是太小，北边像华北、东北和西北都还是忠于朝廷的，特别是东北，革命党人休想踏过山海关半步。新政府里的许多人又是长期受到朝廷通缉，很长时间都在外国学习生活，发牢骚，写文章倒是可以。真正与朝廷较量，政治、经济、军事和民望未必能迅速占到便宜，想建立起三民主义的新国家，我看不会一蹴而就，定是难上加难。"

"老将军意思是清朝不可推翻，革命不能成功？"

"那倒不是这个意思，能打倒自己的，往往是自己内部的力量。清朝如果会倾覆，不会完全是革命党力量所及，而是在朝廷内部多股势力角逐和相互掣肘中，在满人和汉人权力争夺和相互倾轧破坏下。现在的北洋新军就是朝廷难以控制的一匹烈马，如果能完全操控住这匹马，就能保清护满。相反，如果失控落入他人之手，就有可能是倒清除满的绝对主力，甚至成为生它养它的主人的掘墓者！"

"老将军还是不相信近在咫尺刚刚成立的军政府，它有七省八镇的大力支持，许多外国也是支持的，黄克强总指挥手里攥着一大把祝贺的电报呢。朝廷的力量算个屁，在位当官的都是些贪生怕死之徒，听到枪响尽往裤裆里撒尿，我是真心不再相信清廷。不如我跟老将军打赌，不知可否？"

"哈哈！如何赌法，呼延兄请讲。"

"革命党一定能打过长江，活捉儿皇帝，推翻清朝，建立革命的新政府。如果我赢了就把你家老三过继给我当儿子，娶我家婉儿为妻。如果黄兄赢了，我就把婉儿许配给老三，给您家当儿媳妇。"

"哈哈！呼延兄真有意思，不管输赢，反正都是想让我家老三给你当女婿做你儿子。只怕老三未必听我这个过气老头子的话，他的翅膀是越长越硬，越飞越高，我们不赌也罢。来，我们老哥俩尽管喝酒划拳，别糟蹋了这满桌的下酒菜。"黄显虎自满一杯道。

"咦，嫌我家婉儿不够漂亮，没见过世面，没有上过新学是吧？黄兄不愿赌也罢，先干为敬。"

"呼延兄误会，年轻人的事，让他们自己决定吧。你家婉儿聪慧知礼，人见人爱，老三能娶了她是他的造化，是他前世修的福气，当爹的怎么会嫌弃。只是年轻人的想法与我们的十分不同，我们又何必强求，让他们自己选择比较吧，咱哥俩高兴尽管喝酒就是。来，再走一个。"黄显虎催促呼延冲道。

"好，舍命陪将军！"

"哈哈！呼延兄豪爽，一定奉陪到底！"

"爹爹，干爹，别光是划拳喝酒呀，瞧菜都凉了，我让厨房给你们再热热，菜太凉小心吃着伤了身子。"婉儿帮着干娘料理家务，从外边采购了一些蔬果刚刚进大门，隐隐听到父亲在后院划拳喝酒的声音，就进来看个究竟。

看见婉儿手里提着河虾和蔬菜进来，黄显虎道：

"婉儿姑娘辛苦了，又给我们买好东西呢？我常想起有一年冬天，我和你爹在北边打仗的时候，到处都是厚厚的雪，一脚下去都到膝盖了。连续的作战奔跑，实在太渴了，嗨，就抓一把雪往嘴里塞。雪一到嘴里咔咔直响，喉管、脖子和肠子都凉爽舒服极了。还嫌自己的嘴巴小，咽不下大块的雪团呢。不过你爹嘴巴大，倒是能吃大团的雪。"黄显虎想起自己年轻时和部下打仗生活的点点滴滴，犹如就在昨天，不禁勾起他许多美好的回忆，言毕不禁大笑起来。

难得看见以前的上司如此高兴，不想破坏他的好心情，呼延冲道：

"我和你干爹身体好着呢，快过年了，你忙你的，帮你干娘把家里的事情都处理好，让大家过个平安团圆大吉大利的新年才是最重要的事。不用管我们两个老头子，你忙你的吧，记得提醒你娘按时喝药就行。"

"你们都不会照顾自己，只是胡乱地吃酒。爹，我给你们倒酒吧，不过……"

"你这丫头今天怎么了？说话吞吞吐吐，在爹面前不必害羞，想说什么尽管说就是。"她爹不耐烦地催促她道。

"不过……我看见二少爷拿回来一张布告，上边指名道姓要捉拿您，还盖有朝廷的鲜红大印呢。"

"是通缉令！这儿是军政府的地盘，北平那个小皇帝他管不着。"黄显虎不屑道。

十几天前呼延冲与黄祖耕等化装成镖师，炸毁平汉线上最为重要的孝感火车站，彻底破坏了北洋军的战略军火库，震撼了整个北洋军和苟延残喘的清廷，打乱了北洋军的军事行动计划，也惹恼了实权人物袁世凯。他暗地里让人画出呼延冲的头像，利用他强大的影响力，传令南方的各个总督和巡抚们尽快捉拿逆贼。虽说湖北地界已不再归清廷实际掌控，但背地里仍有许多遗老遗少和保皇派势力忠于朝廷和袁世凯。加之北边大批的朝廷鹰犬秘密潜入湖北各地，收买、策反甚至暗杀革命党成员，千方百计破坏和扼杀新政权，大肆缉拿他们眼中的所谓革命逆党分子。就算是支持和参与维护地方治安的二少爷，虽然身为新当选的里正，本应是为军政府服务，也能收到缉拿革命人士的各种通告。

"二少爷现在哪里？"呼延冲问道。

"二少爷本来是准备过来的。可是二嫂子感冒发烧厉害，嗓子都说不出话来，医生到现在还没有过来，二少爷就急着再去请大夫了。他让我把这个东西先交给您。还反复叮嘱我，一定提醒您这几天不要轻易出门，万一有事出去，最好给他说一声，让他提前有个周全准备。"她道。

"大虫将死，须爪仍在，回光返照而已，惧它何用！你爹现在好，将来也一定好。"黄显虎安慰他们父女道。

"对，大虫将死，回光返照，何惧之有！来，我们哥俩干杯。"呼延冲接道。

白露之后是寒露和霜降，大地笼罩在一片肃杀寒冷之中。往日里茂盛的小草早已褪去绿意，只留下干枯的细枝在寒风中无助地颤抖。只有深深埋在土里的根茎，不在乎寒冷的侵袭，养精蓄锐，为来年生命的迸发吸纳更多的养分。太阳虽然升到有竹竿那么高，照得苍茫大地到处红彤彤。但寒冷的空气，依然使人们不停搓着自己冰凉的双手，冻紫的鼻孔中不断呼出大团的白雾。对于在那块巨大洼地中劳作的人们来说，寒冷好像不存在似的，他们正在不断擦去额头渗出的细细汗水。

为了就近协调处理洼地修整，以及种桑养蚕之事，祖家特意让人在高处搭建了一个临时草棚，自己吃和住索性都在此地。草棚地方虽然不大，但是还算干净敞亮。听着朱孝七关于最近几天工程进度和费用花销的汇报，祖家十分满意他的细心和勤奋，暗想这个孝七果然天生就是一个管账的料，嘴里却说：

"这后几笔费用的花销很精准，是不是受了人家史姑娘的启发？"

"少爷小瞧人！不过史姑娘还真是不简单。她们家富得流油，算计起花销可是细心得很，没有半点多余浪费，连多花半个铜钱都逃不过她的眼睛，真是越有钱的人，越是把钱袋子捂得紧。前几天她还担心我不懂数学，也不会使用珠算，把桑园花销弄成糊涂账，专门派人过来查账！我朱孝七是什么人，她竟向我问起了一个古怪的问题。没想到我一杯茶的工夫，麻利儿地说出了结果，她才没敢小瞧我。"孝七兴奋道。

"呃！是什么古怪的问题，她竟想来为难我们精明的小师爷，那不是自讨没趣吗？"祖家故作轻松地调侃道，他想知道史姑娘到底是个什么样的人，会怎么为难孝七。

"一个古老的格致问题，简单得差点让我笑出来。但不知道为什么，在她面前我就是不敢笑，少爷您说奇怪吧？"孝七泄气道。

"说了一整天的话，头晕嘴巴干的，不想再听你啰唆。先把史姑娘考你的那个古怪格致问题讲一遍，让我听听。"祖家疲惫地坐下来催促孝七。

"少爷可听好了，是说从一到九共九个数，排成三行，每行三个数，不管是从横看、竖看或是斜着看，把三个数字相加都是十五。这等题目在别人眼里或许是个大难题，至少要做三两天，对我来说却是小菜一碟，眨眼的工夫而已。只是史姑娘是真的看不起咱穷人的孩子，像审小偷一样看着我，冰冷的眼光让人不自在，感觉像是被人从头到脚淋了一盆凉水。"朱孝七满脸不高兴地道。

"史姑娘大家闺秀，家财万贯，你个泥腿子算老几，人家当然要仔细地看待你！只是九个数字，你是怎么回答人家的？"

"少爷这个简单。只需把其中的四个双数放在四角，中间放五，这样无论是从横看、竖看或是斜着看，三个数字相加都是十五。"孝七自豪道。

"这自然难不倒我们年轻的未来大师爷。不过史姑娘确实十分精明细心，生怕你算错账，折了她的大把银子。"祖家今天心情很好，喝了口茶又道：

"考核过关，史姑娘将来一定会对你另眼相看的，史家漂亮标致的绣女多，说不定还给你许配个小绣女，嫁妆自然会多不会少呢。"

"三少爷又在取笑我，就是一辈子打光棍，打死我也不娶她们家的人。"朱孝七赶紧阻止道。年龄相差不多的主仆二人正在草棚里闲聊，"不过少爷和……"孝七本想说祖家和四姑娘之间的事情，外边不知是谁，突然着急跑过来大声喊道：

"三少爷不好了，前边洼地有个'死人'，满身是血，背上带着一把大刀。大伙不知如何是好，请少爷过去看看。"

祖家一惊，赶紧放下茶杯，朝洼地赶去，身后跟着许多看热闹的工友，一起围了上来。只见一个衣衫单薄的汉子，头朝下趴在草丛中，身后拖着长长的大片血迹，鲜血都凝固在草丛和泥土里了。待众人手忙脚乱地将那个"死人"翻过身子时，祖家一看，不禁大吃一惊，"死人"竟是史家护院单教头，几天前刚刚送别他，怎么会在这里出现？顾不得多想，祖家轻轻地伸出手指，凝神静气在单师傅鼻孔前边试探他的气息。

"还有呼吸，赶紧把他抬进草屋，孝七，快把我的'金枪止血散'找出来给单师傅敷上。"祖家一边喊道，一边又立即打发人到城里去请大夫。

不多时被请的大夫急匆匆赶到，为单师傅仔细把脉和察看伤口，大夫掐着指头道：

"都是外伤，只是伤口很深，失血过多。幸亏施救及时，还有一线转机。否则就是扁鹊出世，华佗再生，恐怕也是凶多吉少，于事无补。现在只要他能挺过最要紧的头三天，便可逢凶化吉。"

听过此话，祖家顿时松口气，心里十分欣慰，命人务必小心伺候伤者。但是单师傅明明是要北上，为什么会倒在这里？又是为何人所恨，竟下得了如此狠手？此事十分蹊跷。但不管怎样，师父曾教导说，救人一命，胜造七级浮屠，人命关天，救人要紧，所有疑虑以后慢慢再问他也不迟。

期间又有许多事情要祖家定夺。七叔和旺叔拿着整个桑园的地形图，征询祖家哪里需要留置水池，以供将来灌溉；哪儿需要种湖桑，哪儿需要种火桑，淤泥要堆放在何处。对着这张由手工绘制而成的巨大桑园全貌地形图，祖家暗暗惊叹洼地如此之大，现在的荒芜之地，到明年春天，一定会成为绿油油的桑树海洋。不由道：

"七叔和旺叔，这些天辛苦你们了，加班熬夜制作了如此详细的地形图。至于哪里规划成普通桑园、间作桑园、建成桑园或是小蚕专用桑园，还得留有水池，空地等等。你们知道，我是个新手，没有半点经验，不能因为我是东家，就去指挥行家，否则人家会骂我是胡乱指挥，睁眼说瞎话。你们都是请来帮衬我的行家里手，无论是看地形、识土地，或是种植和养殖经验，在苏州没有几个人能比你们强，种什么，怎么种，你们帮我拿主意就是。只是都别太辛苦自己，免得到时除了我姐骂我，别有用心之人还戳我脊梁骨。"

"三少爷真是大度，一向对下人客气，对我们两个老东西这么放心。能为三少爷做事，是我们老哥俩的福气。就算是拼了老命，也不会辜负少爷的重托。只是如果按照这些面积全都种植起来，怕这工期还得加快速度，种子得多买一些，才能保证明年全部种上，不会误了农时。"勤快懂行的七叔道。

"孝七过来，就按七叔他们说的全部照办，还得麻烦五叔和旺叔多请些帮工，今天下午就请苗旺叔，不，还是由你陪着再到城里去多购买些种子，一定要当年全新的，确保育苗成活。"祖家叮嘱管家黄五和孝七道。

因为要尽快运送从外地买来的桑苗和种子，祖家派人联系的漕运扛把子罗老大，今天会来洽谈有关运送的路线和费用问题，祖家只得轻轻地为单师傅盖上棉被，让他好生将息，离开草棚与管家等准备谈判事宜。

　　祖家哪里知道，单师傅身受重伤，不得不返回苏州，是身负重大秘密使命。清廷管理皇室宗亲事务的专门机构叫宗人府，专司负责皇室及满族贵胄宗亲人员的各项事宜。宗人府为满人的利益竭尽所能，但宗室间杯葛不断，每天耗在无休无止的推诿扯皮中，所做事务几乎在相互掣肘中消耗殆尽，为外人提供乘虚而入的机会。唯有一件事在宗人府达成共识，那就是"双百计划"。满人自感社会动荡，底层民心丧失，千千万万的汉人不断地从西洋东洋传播革命民主思想，驱逐鞑虏，恢复中华，建立民国。整个国家处在风雨欲来，天崩地裂的危险边缘。极少数满人精英为种族延续的长远计划，提出万一民变，满人被逐出中原大地，便迁都东北，回到龙兴之地，重建纯粹的满人政权。他们筹划要从关内引进一百名忠于大清的各级各类社会贤达，包括政治、经济、军事、文化等领域的顶尖人物。再从大江南北迁居一百名各行各业的顶级工匠人才，如制造、医药、水利、纺织、土建等各领域民间高手奇人。要么让所物色的人选，按计划全家携带精良的手艺，迁居东北，赐其荣华富贵，世代子承父业，从事相关手艺。要么，处决这类行业顶尖人物，不给中原汉人留下收复东北的物质基础和人才保障。这项"双百计划"十分阴狠，对满人是百利而无一害，对新成立的任何政权都是百害而无一利。"邀请"他们定居到东北三省，为满人所用，为将来反攻中原储备必要的人才和技术基础，削弱中原的各项实力。这就是秘密阴毒的"双百计划"。

　　单师傅受宗人府秘密派遣，专门到江南物色像棠爷这类名贯中西的织绣奇人，时间为半年左右。单师傅眼看在棠爷家孤独潜伏已经有半年之久，棠爷虽然脾气倔强，清高孤傲，却对苏绣相当痴迷，成天潜心研究苏绣的新抽丝技法和新图案构成，让他迁居东北显然是万难实现。而要杀死及除掉他全家，挖掘到史家的苏绣绝技，显然也是十分困难。单师傅自己又不肯把事情做绝，去伤害过多的无辜。他在给宗人府秘密复命时，便狡辩说自己正在动员棠爷全家，因为特殊情况，最少两年，最多五年，才能让其迁居关外，关键他还替史家求情，不要伤害棠爷，甚至提出能否改换迁转他人。这引起宗人府大臣的相当不满和深深忌恨：

"连老佛爷都喜欢的东西你也敢换，不要忘了自己的身份使命！时间不允许再拖延，顺我者昌，逆我者亡，这个道理你还没有想明白？你的仁慈只会害了大家。敢闹事的南方乱党，没有被斩草除根，就是被妇人之仁给惯出来的。"对方冷冷地回话道。单师傅顿觉后背发凉。

为了不使"双百计划"外泄，宗人府一面假装安慰鼓励单师傅回苏州继续做好棠爷迁居的工作，一面秘密派大内高手尾随而来，伺机除掉单师傅。机警的单师傅从京城出发，一路感到杀机四伏，便处处小心，时时留意，不断变化着装和前进的路线。在他就快到苏州时，在城外突遭化装的数名大内高手围攻。经过拼死搏斗，他使出平生所学武功绝技，才杀死宗人府的鹰犬，不过自己也身负重伤。他心中明白，要想活命，摆脱宗人府的追杀，只有待在与自己心灵相通的祖家身边，才能保全性命。即便是剩下最后一点力气，就算是爬，他也要爬到曾是长江故地的这片洼地，找到祖家，是单师傅最后的活命希望。说来奇怪，或许就是心有灵犀一点通吧，使出最后一点力气，他终于挣扎来到这里。这才有刚才被人发现奄奄一息的"血人"场面。

午时已过，祖家、朱孝七等与漕运罗老大的谈判已顺利完成。有关种桑养蚕的所有运输事情基本都布置完毕，祖家心情愉悦地回到草棚里，刚端起茶杯，准备喝茶，单师傅突然从床上滚了下来，挣扎着跪在祖家面前道：

"三少爷，可是见到您了，您是我的救命恩人，单某终身不忘。伤好后就离开，绝不会为难您和连累大家。"

祖家大吃一惊，一边双手紧紧握住单师傅的手，一边请他快快起来。单师傅受重伤后不找史家，反而到自己偏僻的工地避难，他定有难言之隐，于是道：

"单师傅无需多言，尽管休息静养便是，伤好后，我们还有许多话要说，还要向你讨教洪拳的一招半式呢。"

昔日桑林那场几百回合的交手，把两个武功相当、年龄相差一倍的男子，相互吸引到了一起，英雄相惜，相互尊重。此刻，彼此都明白，生活的艰难，江湖的多变，社会的变迁，曾经无论多么坚强的汉子，多么显赫的出身，都拗不过命运多舛的大乱局。彼此都有许多的知心话询问对方。但在那一刻，有的只是四目相望，惺惺相惜，把许多的言语，都默默留在了各自的心中。

"单师傅不必多虑，无论是何种原因，你能在此地出现，就代表你心中有我这个人，相信我这个朋友。朋友之间一定会肝胆相照，两肋插刀，保守彼此的秘密。作为朋友，请尽管放心在此安心养伤，我定会尽全力为你治病疗伤，希望能早日康复。今天下午，我还要到棠爷家去谈些生意，等过几天你康复后，我们就在此地饮酒论武功，你看怎样？"听完祖家的话，重伤的单师傅已是热泪盈眶，激动得无法言语。但在他心底已经下定决心，誓死不忘祖家在关键时刻的救命之恩。祖家暗暗吩咐，所有庄客不得说出单师傅在此疗伤的半点消息。

祖家和朱孝七在棠爷家，就有关桑园建设步伐与史姑娘进行了长时间的商量沟通。期间震南、震北两兄弟，经不住鸦片烟瘾的诱惑，早已偷偷溜出去自寻快乐了。

"桑园整体修葺和苗木布局，就按你们的计划继续实施下去，只是超出的经费，我们史家是半个子儿也没有。不过我倒是对你个人的意见和想法有了全新的印象，完全看不出来你曾是个公子哥儿。凤儿，把最新绣制的那件风衣拿来。"史姑娘对贴身丫鬟凤儿道。

"百无一用是书生，都是姑娘成全，有些混账想法而已。"祖家谦虚道。这时凤儿双手捧着新风衣让祖家穿上。

"让姑娘费心了。史家的刺绣果然是名不虚传，把平、光、齐、匀、和、顺、细和密实运用到了极致。"祖家双手接过史姑娘赠送的风衣，轻轻披上，抚摸着崭新的风衣，十分惊喜地道。

"听着这话受用。三少爷对我们史家的刺绣还算有些见识。这件西洋图画刺绣风衣，图案是最新的凹凸纹理线构成，色泽文静，针法灵活，绣工细致，形象传神，是我爹和我共同挑选的画面，本来是另有贵人要送的，但目前看来是不需要了。为了早些赶工制作好它，只怕有些绒丝粗了些，还望三少爷见谅。"特别是"见谅"这几个字，语调明显低沉委婉些。

"祖家何德何能敢收下这等精美的衣物，一个刚从学校肄业出来不懂事的人，不配穿棠爷亲手绣制的风衣，请姑娘还是自己保管好些。"祖家听说是棠爷亲手制作的衣物，他哪里受用得起，赶紧脱下来奉还给史姑娘。朱孝七在旁边看见祖家窘迫的样子，独自在门边偷偷发笑。

"尺寸大小、款式颜色正适合像三少爷这样年轻又有身份的人，完全像是为你量身定制的东西，就不必再客气，天凉正好御寒。"史姑娘一边不容抗拒地说道，一边收起物料清单带着凤儿离开了房间，留下祖家和朱孝七。祖家只好勉强收下，与朱孝七走出史家大门，夕阳斜斜地照在大地，天地空旷许多。

"史姑娘送您的上乘风衣，不拿白不拿，她们家上好的东西多着呢，根本不在乎这件衣物。可为什么单挑一件这么贵重的风衣送您，还说像是为您量身定制的东西，只怕是人家另有想法吧？"待迈出史家大门，朱孝七若有所指地对祖家道。

祖家心里一阵警觉，他接近史家的根本原因是想查找害死福爷的幕后凶手，"另有想法"这话是什么意思？他隐隐猜到孝七想要表达的意思。

"小小年纪竟敢胡猜乱想！是人家史姑娘看我衣着单薄，让我御寒罢了，不许歪曲了姑娘的好意。史家是侯门深似海，她怎么对待我们都是人家的施舍，我们寒门她永远不会瞧到心里去的。"祖家道。

"只怕史姑娘对少爷另眼相看，少爷还不明白呢。"

"少啰唆！我们之间纯属商业生意往来，不可能有别的意思，你是自作多情，误解了人家的一番好意罢了。"

"我看未必，不信咱们走着瞧。"朱孝七不服气道。

"三少爷慢走，长夜无聊，孤枕难熬，何不一起去吃些夜宵再回去不迟。"突然史家两兄弟不知从哪里窜了出来，大声对祖家主仆二人道。

祖家侧身看见是史震北、史震南二人，正准备要谢绝时，透着一丝亮光，他的目光定格在二人穿的紫绒绣花衣服上，那正是福爷遇害时，自己不经意发现的可能是凶手的秘密线索之一。同时也听他们兄弟提过有关漕运贺麻子的事情，心中不禁一阵愤恨。为了自己心中敬仰的福爷在天堂得到安息，以及千里迢迢来到苏州早日寻到五姑娘，这两个恶狼正好可以利用，通过他们打听到哪怕是半丁点的消息，也好早日为福爷报仇雪恨和救出五姑娘，祖家瞬间打定主意：

"还真是，说了半天话，这会儿肚子跟我打擂，真有点饿呢。"祖家假装答应了史家兄弟的好意邀请。

夜幕掩盖下的苏州酒楼里，上好的佳肴，浓烈的美酒，欢快的言谈，一切都很美妙。凭祖家一斤的酒量，史家兄弟怎是他的对手，不多时便都喝得酩酊大醉，神智混沌不清，把该说的和不该说的都说了出来。从二人口中，祖家渐渐知道这个漕运贺麻子果然来历不明。每次都是隔月从上海来苏州。明里是押送货物，暗则是贩运鸦片，回收货款，打点关节。贺麻子背后另有一个非常秘密可怕的组织，在牢牢控制、驱使和影响着他。但有一点祖家是听得出来，那就是杀害福爷的神秘黑衣人，正是史家影响的"极乐会"干的。

极乐会其实就是由苏州有钱有势、富甲乡里的政、商界巨头及其家族成员组成。他们平素各自有生意往来，或相互提供资金、技术帮助，彼此关系亲密，故友私交居多。有些甚至是儿女亲家、户族亲戚，根深蒂固，以家族利益共进退，乱世互保做交易。他们共同的特点是都抽"福寿膏"，寻找肉体灵魂的最大快乐。他们的做法被"湖广商会"曹福疆会长所痛恨和责骂，福爷的浩然正气使极乐会成员十分不满，加上大部分漕运货船被湖广商会掌控，福爷成为他们的眼中钉、肉中刺，除掉福爷成为他们必须要做的事情之一。

祖家心中暗暗感到吃惊，没想到史家兄弟背后竟有一个如此可怕邪恶的神秘组织，是它杀害了福爷。要想替福爷报仇雪恨，伸张正义，必须要抓住极乐会杀害福爷的把柄，把真相昭告天下，告诉张謇张状元及福爷全家。祖家心中暗暗发誓，一定要替福爷昭雪，还以公道，给大家以希望。史家兄弟是线索，是突破口，从今往后，他必须十分小心应对极乐会，应付史家兄弟。

同时，从言谈和种种迹象中知道，震北、震南对自己的妹妹史若兰相当不满，经常抱怨她克扣他俩的零花钱，迫使两兄弟在外借钱消遣，以致债务缠身，不得不在家对史姑娘低声下气，讨她欢心。看着他俩酒后的狼狈相，祖家心中渐渐有了主意，于是豪气万丈道：

"老板，难得两位少爷给个机会，今天晚上的所有开销，由我承担，只要我两个哥哥玩得高兴，不管多少钱，明天尽管找我支取就是。你可记住了，我是老黄家的人。"怕酒楼掌柜不放心，祖家大声喊道。

史家兄弟听说不用自己掏腰包，便可享受美味佳肴，他们又可以白吃白喝白玩，高兴得嘴巴都快合不拢，便口中含混不清地喊道：

"老板，把你们琴弹得最好的红袖、红香姐妹叫上来，为爷们弹上一宿。"祖家不想看到他俩的丑态百出，推说自己明天一大早有急事要办，便与朱孝七离席告别而去。

"朱门酒肉臭，路有冻死骨！"走出酒馆，朱孝七小声骂起史家兄弟。

翌日一早，大地依然干冷，天空蔚蓝无云。祖家开始忙碌起新的一天，向管家和朱孝七叮嘱道：

"你们这趟采购务必要早去早回，记得采购湖桑种是两百斤，火桑种是一百五十斤，一定要找旺铺采购，找最好可靠的商家，别尽想着替我省钱，从一开始就误了苗木。"

"少爷放心，保证采购最好的东西回来。"二人应承着自行去了。

祖家安排完工地全天的活计后，太阳已升到离地平线两丈高处，四处的人们都在有序忙碌着，他在此也无事可做，便朝"晚亭"学校走去。那是四姑娘当老师教书的地方，好长时间没有见到四姑娘，不知她适应教务活动没有，最近都在忙些什么。

铃声响后，大批的学生和老师急着迈出学校大门，熙熙攘攘的人群顿时挤做了一团，学生们回家的心啊，永远都是那么高兴急切。人群中的四姑娘手拿书籍，一眼便看见了站在高处等人的祖家，心情顿时好了起来，大声朝他喊道：

"祖家，你在找谁呢，是在等我吗？"

听见那熟悉的声音在呼唤自己，祖家愉快道：

"当然是在等你，我的大先生。"

二人彼此相视一笑，穿过人群，肩并肩朝四姑娘回家的路走去。

"你来得正是时候，今天是周末，下午不上课，不知道你最近工地进展怎么样，背负那么大的资金压力，都还顺心吧？"四姑娘先问道。

"哦，今天是周末呀，真变成了个乡间农夫啊，我都不知道今夕是何年呐。不过你所关心的工地种植都还顺利，一切按计划进行。"祖家微笑道。

"看你说得这么轻松，几百人的偌大工地，我的三爷，真就没有出现半点纰漏瑕疵？"她追问道。

"有七叔、五叔和孝七他们帮忙，畴田地、挖水沟、种树苗、购种子、和泥土等活儿都能有序开展。就是费用花销巨大，是你我之前想都不敢想，猜都猜不到的大金额，真的是个大投入工程，希望不要成为无底洞。不过谢天谢地，到目前为止种桑养蚕一切都很顺利，没有遇到大麻烦，不知是否托人家史家的福。咦，别总是提我的事，也说说你当老师的滋味怎么样。"他道。

"师者，传道授业解惑也，需要耐心、细心和专心，是要长久坚持做一件事的，哪有什么好滋味受，不误人子弟就算大幸。你听说没有，南京成立了中华民国临时政府，现在上边要求所有学校都得更换新教材，看，还给我发了一本新书，上边还有新鲜的墨香呢。让我们尽快熟悉掌握，下周就要按新的教材上课了。"她高兴道。

"昨天曾经是学生，今天突然变成老师，角色转变不小嘛，令人刮目相看，晚生在此有礼。不过今天你心情不错呀，可不要太辛苦。"祖家关心道。

"辛苦谈不上，革命政府是千万人用热血、用性命换回来的，他们的人更辛苦，面临打打杀杀的各种压力，虽然走得有些跌跌撞撞，毕竟是迈出第一步。我现在吃革命军政府的俸禄，当然是双手支持政府的，珍惜拥有的岗位，再辛苦也是应该的，只是……"她欲言又止道。

"只是什么？"他问道。

"只是新政府要加强革命教育宣传，校领导们谨小慎微，我一个人的力量微不足道，就像小火苗被风轻轻一吹就会熄灭。还得尽快找到其他更多志同道合的人，共同把新教材代替旧教材这件事情做好，才是对革命事业的最好支持。"

祖家看见四姑娘蹙眉的样子，十分可爱，不知不觉中"扑哧"笑了出来。他心想四姑娘真是一个狂热的革命分子，为了寻找自己的亲妹妹千里迢迢来到了苏州，现在教书育人已经做了老师，居然时刻也没有忘记革命的召唤。学校校长和老师们都是深受八股文影响的旧时人物，四姑娘这个革命的种子与火花，将来不知道会把这所"晚亭"学校烧成什么样子，不知姐夫以后会多么后悔推荐她当老师。

"心怀叵测，你这笑的哪门子事情？"她不满起来。

祖家自觉失态，便安慰她道："有五姑娘的线索了，因为高兴，所以刚才有点失态，没有忍住笑了出来。"

"那还等什么，还不赶紧顺藤摸瓜趁热打铁，把她从水火之中救出来。"四姑娘跺脚催促道。

"你别着急，我是说找到了一点线索，具体情况还得慢慢查，绝不放过一点蛛丝马迹，水到渠成自然把人救出来。"他道。

"看你这么慢悠悠的样子，就知道你根本体会不到亲人失踪的感受，那是多么的痛苦与悲伤。"四姑娘斜视了祖家一眼后，又道："不过呢，有线索总比没有强，你这个狡猾的家伙，天生就是个做生意的料，把这么重要的事情放在最后才说，还想跟我讲条件呀！"

"那倒不是，不过漂亮的小姐能不能邀请我到二叔家去，二婶做的苏州菜太好吃了，这段时间尽在工棚里吃素食，可把我馋死了。"

"不过是多了双筷子而已，几碗米饭就把你打发了。"四姑娘做了一个请的动作，与祖家肩并肩朝二叔家走去。

不多时，祖家就远远望见了青瓦白墙的一处院落，硕大的正门紧闭，门前略显冷清，墙角布满杂草，没有往日人头攒动的繁忙景象。这是裴爷宅院。敲开门后，二婶高兴道：

"哎呀，四姑娘你可回来了，三少爷也过来了。你们快过来看，这是我娘家兄弟刚从太湖里新捞的珍珠，颗大饱满，色泽光润，你们说漂亮吧？'小蛾子''小蚊子'！还不快请大哥哥、大姐姐进来喝茶。"

四姑娘在武昌时，哪见过这么又大又漂亮的珍珠，便情不自禁在手腕处上下比画试戴着。这时裴爷从里屋走了出来，客气地招呼祖家入座。

"四侄女，你回来得正是时候，今天上午刚刚收到大哥的来信，你快拿去看看吧。"

趁四姑娘看信的间隙，祖家放眼朝裴爷望去，只见他脸色苍白，头发稍显凌乱，显然是许久未出过门。

"'烽火连三月，家书抵万金'。家里都还好吧，不知父亲都在信里说了什么。"说罢，四姑娘一边自语，一边接过书信看了起来。

"在你爹给我的信中说，老家其实也没有什么大事。只是说邻村刘庄主托人公开为他的大儿子刘继海向你爹求婚，大哥想让你尽快回到武昌，把这门亲事给定了。"裴爷道。

祖家一听，头脑顿时恍惚起来，他心中的挚爱竟要许配给别人。为掩饰自己的窘迫样，便故意装作漫不经心的样子喝茶，只是那滚烫的开水让他实在难以下咽。

"呸，我才不想嫁给那个刘继海，一个土财主的儿子，让他做梦去吧。刘家那么有钱有势，要想在乡里随便娶几房妻妾姨太，还不让人家把大门都给挤垮了，还用得着看上我。"四姑娘生气地嘟囔道。

"大哥大嫂也是赞同这门亲事的，"裴爷道，"那个刘继海，我在老家时，他才不过十三四岁的小孩子，样子倒还是挺可爱的。时间过得真快啊，当年的小孩子竟要娶我们家的姑娘为妻了。"

"谁说我要嫁给他，二叔你还不了解我，我从来都没有拿正眼看过他。满口黄牙，不着时令的衣服，吝啬的一大家人，真是让人恶心至极！谁愿嫁谁去，我是绝对不可能嫁给他那种人。"四姑娘急切地打断道。

"哈哈！二叔当然了解你，你是谁呀，你是新时期的高才生，答疑解惑的'女夫子'，是要追求民主、自由、平等的新女性。怎么会认同媒妁之言，父母之命呢？没有共同爱好，是组不成家庭的。他这是癞蛤蟆想吃天鹅肉，凭他也配娶我们家的人，二叔也是不能答应的。"裴爷难得轻松地取笑她道。祖家也只好假装赔笑起来。

"三少爷、四侄女，多陪陪你二叔说说话，我去厨房给你们做点好吃的，想吃什么告诉二婶一声。"二婶道。

"二婶做的菜是全苏州最好吃的，您做什么我都爱吃。"裴爷的话让四姑娘拨云见日，"我陪婶儿去厨房搭个手，顺便学点厨艺将来救急用。"她道。顿时客厅只剩下裴爷和祖家二人了，看四周无人，祖家悄悄问道：

"裴爷，听说这儿有个极乐会组织，背后好像势力很大。"

第十二章

死水微澜　光明初现

"极乐会？我也仅是听说而已，是本地一个有钱有势的组织，成员之间相互提携，彼此自保。但怎么运转，成员之间到底是什么特殊关系，就算是苏州本地人也很难知道，何况像我这种外乡人。"

二叔若有所思地继续道："记得当时福爷还在世时，以他的财力和气魄，都与极乐会的人严格区分开来。就像是太湖水与黄河水一样，隔着好长的距离，井水不犯河水，各做各的生意，各走各的门道。怎么，难道少爷经商中遇到什么难事，突然问起这个组织，你种桑养蚕的计划和极乐会有冲突吗？"裴爷不安地问道。

"那倒不是，种桑养蚕与极乐会组织的生意，没有任何瓜葛，人家根本看不上种树和养蚕的生意，不可能与他们发生冲突。正像您说的那样，我与他们是井水不犯河水，各走各的道。我只是偶尔听朋友说起他们的事情，知道裴爷见多识广，随便问问罢了。"怕裴爷误会，祖家赶紧解释道。

"和气生财，和则两利，一定要与可靠的人做正常的生意。你叔就是因为在一个'和'字上虑事不周，出了问题，做不成生意了！现在门前冷落鞍马稀呀，这辈子想再翻身都难。"裴爷既像是自言自语，也像是告诫祖家道。

"裴爷本是做生意的好手，从千里之外的武昌到苏州来打拼，只是不明不白受到福爷之死的影响，被捆住了手脚和人身自由，待有朝一日福爷案水落石出，真相大白，您还可以大展拳脚，把'李氏贸易公司'这个金字招牌照样经营得风生水起，红红火火。"祖家安慰道。

"谈何容易，福爷冤死案何时才能真相大白、水落石出呀？现在连大清朝二百多年的基业，说垮也就垮了，谁还能主持公道正义。世道不好，也不知道何时才能太平，能全家每天吃饱肚子不挨饿，都算万幸了，怎么敢奢谈东山再起呢。"裴爷伤心起来。

"新成立的'南京中华民国临时政府'，就是我们生意人的希望所在。听说他们保护私产，鼓励经商。旧王朝没落腐朽，死气沉沉，新政权却是万象更新，欣欣向荣，说不定就是咱们生意人的春天，而非寒冬呢，裴叔不必过多伤心，小心伤了身子。"祖家安慰道。

"难呀，谁知道南京那个新政府能撑多久。常说瘦死的骆驼比马大，北边的势力还强着呢。南、北争权，鹿死谁手，能笑到最后的，我看现在还有变化，恐怕只有天知道。"裴爷道。

民富才能国强，像裴爷这么精明能干的人物，在物产丰富交通便利的富庶江南大地，竟不能使出半分力气兴家富邻，肩上还要背负杀人嫌犯的罪名。祖家明显感到裴爷的气愤和伤心，他再次暗暗下定决心，一定要尽快找到杀害福爷的真凶，还裴爷一个清白。想到这些祖家道：

"梁启超大学士曾说过，穷则变、变则通、通则富、富则强，新政权总比旧王朝好，我堂堂中华，物华天宝，英雄辈出，总有繁荣昌盛的那一天。裴叔何必如此伤感。"

"那个梁启超不但有学问，还很会做生意，我看他就是个红顶商人。三少爷知识渊博，目光远大，将来一定会做出一番轰轰烈烈的事业。二叔老了，像你这样的年轻人，有如此的豪情壮志，真是让人感动，这也是我们这个国家的希望呀。将来如有用得着我的那一天，老朽一定赴汤蹈火，万死不辞帮助你。"

"裴叔言重了，侄儿怎能受用的起，种桑养蚕刚刚起步，只是安抚族人不安情绪罢了。"祖家道，隐藏了他种桑养蚕查找真凶的另外一个目的。

转眼间，过完腊月初八，吃过腊八粥，迎来了腊月二十三日。这天是家家户户彻底打扫卫生，送灶王爷"上天"的日子。请走灶王爷两天后，即公元一九一二年二月十二日，没有等到过完农历春节，大清帝国皇帝溥仪被迫宣布逊位，权柄授予中华民国临时政府，结束了清朝封建专制王朝的统治。孙中山在南京就任中华民国临时大总统，委任黄兴为陆军总司令，成立了参议院等组织机构，初步建立了三权分立的政权雏形。随之也迎来了新政权的第一个春节。

　　明天就是大年三十，祖家安排完工地所有农活，发放完佃农应得工钱，让他们都回家过年，并说好了来年的复工时间后，祖家才与朱孝七匆匆离开了草棚，准备和姐姐一家团圆过年。伤势初愈的单师傅感念祖家的救命之恩，主动请缨整个春节都留在草棚看守物料。朱孝七自回家与母亲和爷爷团聚去了。耳畔到处响起的鞭炮声，预示着全天下的百姓，都在祈福来年会有一个好收成。苦难深重的中华儿女，命运多舛的普罗大众，只有在新年中才能见到他们少有的微笑与轻松。

　　年三十一大早，在祖屋的祠堂里，族人早已把祭祖的贡品摆满了案桌。人们穿着传统的长袍马褂，长辈在前，晚辈在后，全族上下所有人都要向祖宗先人灵牌叩首祭拜焚香。没有先人，哪来子孙；没有养育，何知羞耻。忠义廉耻孝的思想已经深入人心，告慰先祖，祈福未来，是人们逢年过节必然要做的大事。越是社会动荡、生活艰辛的时候，人们越是虔诚地叩拜虚无的神灵，哪怕是仅为求得心里的暂时安宁和丁点的心灵庇佑。

　　就在众人忙里忙外、祭祖上香的时候，门外的青石板街道上，忽然传来一阵急促的马蹄声。马脚铁掌与地面石板摩擦传出的"咔咔"声，在空旷的街道上空回荡，声音是那么的有力和急迫，只听得人们胆战心惊，不知道又会发生什么事情。在古旧的黄氏祖屋门外，随着"啾啾"

328

吆喝声，几匹快如闪电的烈马突然停了下来，为首一个身材高大、身披黑色风衣的中年汉子大叫道：

"祖传、祖家你们在哪儿？大哥回来看你们啦！"

机灵的祖传听到是大哥祖耕的声音，赶忙迎了出来，"今天真是个团圆的日子，把将军的红人都给吹回老家了。"她非常惊喜地道。

"当然是想念你们，自从你嫁给那个东洋留学生后，我是特别地想你。看看我心中当年的漂亮妹妹，都长出这么多皱纹了，不过精气神挺足。老三那小子溜哪儿去了，怎么没看见？叫黄五派个人，安排我这几个兄弟到厢房休息，顺便别忘了给马喂些好饲料，跑了好几天路，畜生也该有好待遇。"祖耕解开风衣，露出里边的崭新戎装，上下打量自己的亲妹妹。虽然许多年没再回过苏州，但他还是一边往里走，一边不客气地对祖传吩咐道。谁让他是大哥呢，他的好强心和支配欲望，永远也不会随着岁月洗礼而改变。

"大哥就是大哥，远在长江上头，忽然间就到了苏州，也没有早些告诉妹妹，真是稀客，让妹妹分外惊喜。老三刚刚更衣，这会儿正在祠堂里。真是没有想到，我们三兄妹能在老家团聚过年。"祖传高兴地回答着大哥的问话，一边招呼着他带来的几个侍卫下马休息。

"妹妹有所不知，哥哥有急事，凌晨从上海那边骑马出来，办完事情顺路回来看看你们，还得尽快回去复命，身不由己呀。"祖耕言毕与宗族里相识的长者请安，与亲眷打招呼。命令随他而来的几名侍卫，一起给自己的祖先焚香祭拜后，才让人引着他们下去休息。他自与族人亲眷拉话闲聊，好不热闹。

"祖耕威风，不减他爹当年威风……"

"老黄家气势不倒，多谢祖宗荫荫……"

围绕黄祖耕的突然到来，人们纷纷议论起来，欢迎远方的游子归来。

这时祖家也赶了过来，异乡重逢，兄弟间有无数的话想说，但一时不知从何说起，都变成了无言的长久拥抱。

"大哥好威风，一路辛苦。"祖家道。

"你小子有出息，挣大钱，可别翘尾巴！"祖耕道。言毕两兄弟高兴地大笑起来。祖传紧紧地跟在他们身边，激动地招呼下人给他们上好茶。

新年的步伐越来越近，人们在心里默默怀念逝去的祖先，祈祷来年风调雨顺，五谷丰登。在战乱的年代，有一个短暂美好的日子是多么难得与宝贵，但是人们祈祷的幸福生活能维持多久，恐怕只有上天知道了。

自从上次祖耕他们炸毁孝感火车站，破坏掉北洋军的补给供应线后，革命军取得了暂时的胜利，军心一度稳定。随后遭到北洋军更加疯狂和猛烈的攻击，对方强大的军援和训练有素的优势兵力，使刚刚诞生、物资匮乏的革命军政府举步维艰，在人员和军需上越来越捉襟见肘。革命军有生力量被大量歼灭，刚刚加入战斗的新人，满腔的热情敌不过对方无情的枪炮，除了武昌首义时在刘家庙保卫战中取得胜利外，其他的武装战斗对北洋军构不成根本有效的反击。随着武昌首义而纷纷独立的湘、陕、赣、晋、沪、贵、浙和皖等十七省，除了少数省份能给予实际的支持外，绝大多数仅仅是外围和道义的声援，口惠而实不至。湖北革命军政府在清廷和袁世凯的双重打击下，不可避免地走向失败的边缘。黄兴等人在分析全国革命形势和双方的力量对比后，认为武昌城缺乏保卫屏障，留得青山在不怕没柴烧，坚持保存有生力量，秘密移师南京，建立中华民国南京临时中央政府，推举孙中山为临时大总统，继续高举革命大旗，与以袁世凯为代表的清廷北方势力抗争到底。

作为支持革命军政府和忠诚于黄兴总指挥的骨干军事力量，离开武昌虽有不舍，呼延冲和祖耕等为了心中的信念，自然是紧紧追随黄兴来到了南京。这几天祖耕被派到上海去完成特殊使命，今天结束任务准备返回南京复命，趁着顺路，便想回老家祭祖和看望自己的妹妹和弟弟。由于时局不稳人员复杂，祖耕等人晓行夜宿，匆匆祭祖休息后，又将不得不赶回南京复命。

"大哥日行千里，干的都是苦差事，你老三倒在祖宗的地方做起种桑养蚕的大生意，听说干得有模有样，赚起了大钱，让大哥羡慕得很呀！"行完繁杂的祭祖仪式后，找个僻静处，祖耕对衣着整洁、不事张扬的弟弟说道。

"勉为其难，倒是大哥这身行头威风凛凛，谁人不羡慕，哪个不敬重，连最德高望重的大伯都夸奖你呢。乱世出武将，戡乱用拳头，大哥就是我心中的武将英雄，是我们全家的骄傲。"祖家道。

"你小子少说文绉绉的话骗我，全家的英雄、全家的骄傲现在和将来都是非你莫属。大哥就是一个干粗活打闲杂的苦命人。常说好男不当兵，当兵非好男。你要是羡慕这身衣服，不如现在就投笔从戎，革命军正是用人之际，求贤若渴，大哥在呼延司令面前替你担保美言，保证让你落个好差事，将来也做他个大将军，指挥千军万马，你看怎么样？"祖耕激将祖家道。

祖耕说话声音大了些，引起旁人的注意，族人中一些年轻后生开始热烈地议论起来。生活实在艰苦，真有几个不想饿死的，瞒着家人想托请祖耕帮忙去当兵。这时祖耕话语一转对他弟弟道：

"依你现在的条件，文、武全才，富有、年轻，去干提着脑袋、刀口舔血的事情，实在是莫大的浪费，爹娘知道还不骂死我。你种桑养蚕是什么，说小是给咱家佃农闹事解套富家，说大是响应号召赶时髦，追随张状元实业救国、实干兴邦，而且也是孙大总统提倡的东西。我们革命军现在是到处缺钱，穷得发慌叮当响，需要大家的支持，得有发财生财的办法。当然不是当哥的向你化缘，我只管打仗，钱的事情自然有人操心，没我啥事。反正钱是个好东西，可以向西洋东洋国家买武器，购药品，也能买漂亮的姨太太。哪像大哥粗人一个，提着脑袋干革命，谁知道什么时候从哪儿飞出个流弹，啪，就让大哥挂花了。"

"呸！大过年的，大哥别乱说话，不管是直接参加革命，真枪真刀打仗，还是实业救国，实干兴邦，都是为了老百姓过上好日子，都是好样的，你们大家说是不是？"听到大哥说不吉利的话语，祖传赶紧插话阻止他继续说下去。藤晓年也在人群中附和道：

"无饷不成军，无军不成国，两兄弟一文一武，珠联璧合，是人世间最好的兄弟搭档关系，大家说是不是？"众人纷纷附和称道起来。

"这是俊儿和秀儿吧，都长这么大了，想死舅舅了，你们想外公外婆和大舅舅没有？"看见站在祖传身边的两个外甥，祖耕兴奋不已。

不管别人怎样议论，祖传自有打算，亲人总是最好的。她吩咐下人安排了几个小菜和最好的绍兴黄酒，让大哥与他的随从入席，藤晓年和祖家左右作陪。其他人因为要回家过年团聚，各自散去了。

太阳渐渐西下，眼看时间不早，大街小巷响起鞭炮声。随从不停地向祖耕暗示，他们得及早出发返回。祖耕明白他们一行肩负特殊任务，今天不得不回省城复命。于是道：

"这顿饭吃得舒服，过瘾，算是咱们三个兄妹吃得最有意思的团圆饭，这么多年真是机会难得呀。怎奈大哥公务缠身，黎明之前必须回省城复命。我们得连夜赶路，就不能再陪大家了。只是想跟老三再喝杯酒，有些话单独跟他聊一聊，你们几个过去看看，马都喂饱草料饮过水没有，不要耽误时间。"祖耕对他的侍卫道。

待屋内没有其他人，祖耕道："哥有两件事情想问你，一件事是五妹你们到底寻找得怎么样？有没有线索？第二件事是听说四妹与你走得很近，我岳丈李庄主，还在催促她尽快回去与刘庄主的儿子成婚。不知你是什么态度？大哥不会为难你，想怎么说就怎么说，绝不会为难你小子。"

祖家没有想到大哥会问有关采薇的事情，一时不知如何作答。

"先干为尽。"祖耕自斟自饮起来。"这酒真他妈烈。"他又补充道。

祖家明白，这五妹、四妹是指五姑娘与四姑娘，自己来到苏州的目的之一，就是要找到被山贼劫持到苏州的五姑娘。

"大哥，这第一件事，目前有些线索，只是还得花费许多的耐心，得遇上合适的机会，我自会给你一个交代。至于第二件事嘛……人生大事，还得当事人双方自行选择，这可是你流血流汗效忠拥护的新政府规定的，婚姻自由，男女平等，总不能还是听父母之命，媒妁之言吧？难道大哥还不知道革命到底意味着什么，对大家的目的意义又是什么？"祖家反问道。祖耕先是一愣，后是高兴。

"算你小子机灵，这两件事大哥明白，都是难办的事情，我就不再多问了。只要你知道自己要干什么就行，别被'孔方兄'挤坏了脑袋。大哥这一路走来，看见外面乱得很，你这未来的大富豪，不知被多少不怀好意的眼睛盯着呢，常说'不怕贼进门，就怕被贼盯着'，往后出门办事，一言一行一定要注意安全，保持警觉。人平安，财自生。这次在上海办事，军界朋友送我一把枪，德国造，能连打七发子弹，大哥还没有舍得用，就当新年礼物送给你，紧要时刻总比你拳脚来得快。这还有从上海带来的东瀛'和之丸'化妆品，上海的女人都在用，就由你转交给四妹了。"一边说着，他一边把新枪和化妆品都放在了祖家面前。

"大哥就是大哥，自己在枪林弹雨下，安危都不能保证，倒来关心别人的安全，恭敬不如从命，小弟这厢有礼了。"祖家故意做了一个伶人的弯腰动作，打消大哥的担心，也算是亲兄弟间情意的真心表露。

"敬大哥一杯，祝福大哥新年吉祥，万事如意，一切平安！"祖家举起酒杯，敬他内心敬重的大哥。同时悄悄送给大哥一个褡裢，里面有一百个银圆。

众人依依不舍地送走祖耕后，便在祖传的带领下，准备起了晚上全家最重要的年夜饭。今年过年与往年相比大不一样，多了祖家的到来，又见到了十余年没见过的大哥，祖上家业又一天天兴旺壮大，祖传自然十分高兴，过年晚饭准备得也就特别烦琐，丰盛了许多。

一年的辛苦在这一天结束，一年的奔波在这一天停止，一年的希冀在这一天升起，一年的团圆在这一天实现。无论你身在何处，无论你是贫穷还是富有，无论你是草根还是将相，这一天都是中华儿女最神圣的一天，是中华民族几千年来栉风沐雨，屹立不倒的文化传承精髓所在之一。虽然自鸦片战争后，人们过年的习俗又有了些许新的内容和改变，但永远无法改变中华儿女祈求团圆、祈祷和平、祈福苍生的信念和追求。泱泱东方大国，总有些东西是亘古不变的心理慰藉，总有些意识是神州大地永远的图腾。农历大年三十就是全体中华儿女期盼的一天，人们忘记了辛苦，停止了奔波，掩饰了苦楚，不远千里万里也会和自己最亲近的人团聚，守过这一年最后的一天，盼望来年的国泰民安，五谷丰登，家庭和睦。祝福老人更加健康长寿，祝愿小孩更加康健成长。人们在这一天，就算是有再大的苦痛也会忘记，就算只有丁点的口粮，也会毫不吝惜地拿出享用。因为这一天，它叫中华民族的春节。放鞭炮、吃年饭、穿新衣，大地欢笑，千家闹春，城里和乡村到处都有人请的社戏和庙会，以及做他们认为最有意义和轻松的事情。人们沉浸在一片暂时的祥和和安定生活中。

忙完与族人、亲朋好友及业务伙伴的应酬，正月到了中后期，正是春播春种的时机。正月十六一大早，祖家就与朱孝七来到了城郊外的草棚，经过这些天的休养，单师傅伤势已渐渐愈合，脸色也红润了许多。

"新年好，单师傅！这些天吃住习惯吧？给你送来的饭菜都还称心吗？"看见伤口渐渐愈合的单师傅，祖家高兴地招呼道。

"让三少爷费心了，我一个不中用的废物，能受用这么好的款待已经心满意足了。单某在这儿吃的、穿的和住的都很好，只是这嘴巴干苦得很，下次能带几瓶酒来，把这酒虫哄哄更好。"单师傅乞求道。

"要酒？好说，保证供应，等你伤口痊愈，我们天天喝个一醉方休，如何？"祖家言毕大笑起来。

这时其他一些骨干佃户也都围了过来。植树的苗旺、畴田的黄七、育种的桑泓等人，纷纷上前祝福祖家新年好。祖家看到大家都能按约定的时间上工地，心里自然十分高兴，便把过年这些天构思的种桑养蚕打算一一告诉大家，需要马上开展和改进的诸事分别布置下去。大家听清楚重点要害后，分别带着各自的人忙碌去了。这时门外有人喊道，说是黄五老管家吩咐到这里找三少爷的，说有急事禀报少爷。

"什么，史家少爷着急见我，知道是什么着急事吗？"祖家听明白来人禀报后，急忙问道。

"正月里头，轻易不能到别人家……"朱孝七若有所思道。

"人家火急火燎地找我，肯定是有急事，哪有那么多的忌讳。"祖家阻止孝七继续说下去，一边吩咐他全权处理工地现场事情，且要继续照顾好单师傅生活起居后，自己与来人一同返回。

祖家边走边想，大年刚过，史家就匆匆找自己，是因为年节关系要互相走动，或是史家小姐催促自己的工期进度？若是前者则俗气无趣，若是后者又该怎样应对呢。祖家心里正在猜想思考，突然一声"三少爷到"的声音，让他回过神来。待祖家站定看时，已经来到了苏州城最好的"姑苏大酒店"。看来史家是要宴请自己，可礼仪方式不太对劲，祖家越发疑惑起来，心想不入虎穴焉得虎子，就算史家人都是鹰顾狼视之人，自己依然可以轻松应付，唯独史姑娘实在敏感聪慧，非常人可比，对她必须小心。

穿过富丽堂皇的前台大厅，走过弯弯曲曲的回廊，到达第二层大厅，在有保镖守卫的房间门口停下，房门轻轻打开，里面一张偌大的桌子，静静地摆在房间中央。

"三少爷过年好，咱哥俩给你拜年啦！"史家兄弟突然从屏风后边走出来，一齐向祖家祝福道。这让祖家既感到唐突又觉得意外，到这么豪华奢侈的地方花销，隐约勾起自己小时候随父亲赴宴曾有过的那种经历。但今天不知道史家兄弟是什么目的，可得万分小心，祖家暗自提醒自己。

"同福同福，新春大吉。新年是属于两位哥哥的，是永远属于棠爷和史小姐的，我一个边城天涯流浪人，哪里见过这么豪华奢侈的宴请，今天算是开眼了。"祖家道。

"三少爷是贵人出身，世代望族，岂是小家子气的人，武昌也不是边城，我们只怕慢待了客人呢。"史震北道，"其实今天哥哥有满肚子的苦水，大过年的，别人都欢天喜地闹新春，兴高采烈赏花灯，我们过得却是苦日子。不瞒兄弟都不知道从何说起，真是丢人丢到家。不过我就是相信你三少爷不是外人，人聪明又有主见，一定会给哥哥一个满意的解答。"他继续说道。

"黄兄弟请坐，请上座，先斟满酒再跟你慢慢聊。"震南一脸低声下气的讨好相对祖家献殷勤道。

"大过年的，咱老百姓就图个圆满幸福，老史家家大业大，在这地面上，你们只要是跺跺脚，恐怕其他人家的房檐就得抖三抖！哥哥们要风得风要雨得雨，哪来的满腹苦水，你们不是想取笑兄弟吧？不过老祖宗说过'既来之，则安之'，既然看得起我这个小兄弟，我就洗耳恭听了。"祖家故作轻松，留下话把，以探虚实，端起酒盅一饮而尽。

"兄弟够意思，我就慢慢讲给你听。"史震北道。

原来年前从省城来了两位青楼女子，名叫"风华"和"绝代"，琴棋书画、诗词歌赋样样精通。二人长得又是十分妖娆妩媚，就像她俩的名字一样，风华绝代，艳若桃李，在苏州富人阶层引起一阵骚动不安。史家兄弟好色忘义，哪经得起二位美人的诱惑，便千方百计想办法把她们弄到手，出高价包养在姑苏大酒店。这些日子天天窝在酒店，声色犬马，奢靡淫乐。又招来许多狐朋狗友豪赌酗酒，通过吸食鸦片提升阳气，短短一个月便花费惊人。

　　按照往年惯例，兄弟俩年关份子钱是定好了的，每人一百现大洋，这可是当时中等人家辛辛苦苦五年的全部收入。今年史家进账颇丰，节前又有许多本地商铺和东洋、西洋商号提前预订棠爷的绝世上好苏绣，甚至都交足了订金，只等来年春天后按时提货。乐得史家兄弟人前人后炫富不已，欲望剧增。加之旁人鼓噪，在年前便定下最好的酒楼，偷偷包养青楼出身的风华和绝代两位红尘女子。无节制地挥霍浪费，挥金如土，他们二人的过年份子钱不但早已被花光殆尽，现在反倒欠酒楼数百费用。他俩悄悄挪用了部分商家的预订金，还是没有还清酒楼欠账。兄弟俩赶紧催促自家账房先生来结账，可所有账房进出资金都被妹妹史若兰掌控。没有她点头，半个子个也支付不了。史若兰精明能干，怎会舍得把辛苦挣来的白花花大洋，给不中用的两位哥哥如此奢侈挥霍？她自然十分不满和讨厌哥哥们的粗鄙行为，便想教训自己不争气的亲哥哥，就拒绝施以援手，命令账房没有她的同意，一个多余的铜板都不能从账上支取，还准备把他们包养青楼女子的丑事向棠爷汇报。以棠爷刚愎自用的性格脾气，知道自己的不肖子在外挥金如土、骄奢淫逸，还不执行家法打断他们的双腿。吓得两兄弟下跪磕头，向妹妹求饶，千万不要给爹爹汇报，连半点口风都不能让棠爷知道。还哄史若兰说是有朋友暂时缺钱，把预订金借给朋友使用，过完年马上就能还上，还能赚些额外利息。史若兰假装相信哥哥们的话，催促他们只要年后尽快归拢资金，她就不会向棠爷汇报他们的风流事情。年前兄弟俩倒是糊弄住史若兰得以脱身，可是现在他们眼看就要露出马脚，急得像热锅上的蚂蚁一样团团转，二人不得不赶紧向祖家讨教如何弥补资金缺口和偿还欠款的办法。

"三少爷，我们从来都不缺朋友，个个都像大虱子般赖在身边，赶都赶不走。但是你不一样，朋友中间数你重义气，是真哥们，一口剩稀饭都愿意跟朋友分享。不像他们，人人虚伪还要装好人，真是虚伪到家，不对不对，简直是可恶，真他妈可恶。"还没等震南说完，震北便插话表达自己对圈内朋友的不满。

事情来龙去脉已经十分清楚，祖家心里渐渐明白他们请自己到这里来的目的所在。物以类聚，人以群分，在他们身边聚集的能有什么真正好友，不过是一群相互利用蝇营狗苟的酒肉朋友而已。他心生一计，何不利用这个机会离间棠爷与这两个可恶家伙的关系，趁机查找出杀害福爷的幕后真凶，找到快大半年都音信全无的五姑娘，完成这次东下苏州和种桑养蚕的计划。于是他假装轻松道：

"钱，身外之物也！生不带来，死不带走。不过人有时缺少半文，那是要憋死英雄好汉的。不是小弟夸海口，区区数百大洋，难得哥哥们看得起，小弟当然会施以援手，不会让两位哥哥出丑难看。不过小弟想让你们帮一个忙，帮我引荐一个外地的友商。"

"兄弟停、停、停，告诉你一个秘密，我们家若兰对你三少爷有那么点意思，我还以为是引见你与她沟通见面，将来可能成为我们的亲妹夫呢。原来是个外地客商，只要我们认识，别说引荐一个，就是十个八个都不是问题，我们史家人他们巴结还来不及呢，只要告诉我这位外地客商是谁，我一定把他给你马上弄过来。"震南听说祖家愿意出钱，顿时心花怒放，甚至不惜把自己唯一的亲妹妹都想许配给他。

"河道上跑漕运的贺麻子，他有一条从苏州到上海的漕运线，关系到我今年桑园的货物运送，还请两位哥哥尽快帮忙引荐。"祖家淡定道。

"这有何难，只要麻子兄弟一到苏州，一定让他成为你三少爷的座上宾。只是贺二爷有些日子没有过来了，他的'福寿膏'最正宗，全苏州人都在等待他的上等货呢。这么好的生意，真不知道他在干嘛，还不过来赚钱。"震北对贺麻子抱怨道。

"不着急，不着急，桑园土地才刚刚整理完毕，就等着春风吹、春雨落，才能催根促芽，离大量运货需要，时间少说也得两三个月，现在不着急。"祖家慢悠悠道。

"三少爷这么爽快，条件又是那么简单，真真是我们的好兄弟，我俩的再生父母，兄弟我没有看错人。不过这欠条是一定要留的，待过些日子，大哥手头活泛些，一定加倍还你。你弄地养蚕，从头干起，那么多人要养活，也是个花钱的大买卖，当哥的一定得帮你。"震北感激涕零道。

祖家顺手从衣袋里拿出一张五百圆的汇票交给震北。震南一把抢过去，拿过汇票仔细一看，顿时眉开眼笑。双手一拍，从里间走出两个十分妖艳的女子，浓妆艳抹，轻纱曼妙，一左一右坐在祖家身边。"三少爷，这就是风华和绝代姑娘，赶紧给我们最好的兄弟弹奏个曲儿，把客人给伺候得妥妥当当、舒舒服服。"他肉麻地对两个轻浮女子道。

一股浓烈的香水味道让祖家直感到恶心，他心里本厌恶史家兄弟，更看不惯这等轻浮不知自重的青楼女子，便推说工地今天新年后第一天复工，有许多事情等着他去处理，就不能叨扰两位哥哥的雅兴。史家兄弟见有了汇票在手，便急着想过恣意妄为的淫乐生活，顺势图个方便省事，就不再挽留祖家。

"要是他成为咱们的妹夫，那以后有的是神仙般日子过了。"看着祖家远去的背影，震北一边在风华姑娘身上乱捏，一边自言自语道。

"咱们走着瞧！"祖家心里默默念到。

走出姑苏大酒店，祖家长长地吸了口气，时间还早，索性信步沿着街道独自轻松前行。听见前边有报童叫卖声，便随手买了几份《新民报》《湘江时报》和《醒世报》等报纸，找了家幽静茶肆，要了茶水，认真阅读新闻版面，努力想忘却刚才的不快。

意见相左，看法迥异，信息混杂，就算是报道同一个事件，同一个人物，几份报纸却有不一样的观点。亲南方的报纸说新成立的南京临时政府要打倒腐朽没落的清王朝，破除忠君尊王的思想，无数革命志士为了心中的理想不惜抛头颅、洒热血，无畏的革命死士又刺杀了几位清朝贵胄和北洋重臣。临时政府人人平等，天赋人权，没有卑尊贵贱之分，得到许多劳苦大众的支持和信任。亲北方的报纸却攻击南边的政府，说他们无祖无父，无尊无长，没有天道人伦，是一群浅薄忘祖的逆子，应该被大家唾弃和社会清除的毒瘤怪胎，迅速镇压和绞灭。而德、意、日、美、英、法等世界其他国家，明面说要中立，不干涉伟大中华帝国的内部事情，假惺惺希望让混乱不堪的国政体系自行发展，暗地里实则千方百计寻找自己利益的代言人。

"真是数百年未见的怪事，国将不国矣，只是可怜了天下的苍生，他们的脖子卡在别人的手里，往后只会更加悲惨无助。"祖家心里默默地念道。黑夜渐渐降临，他心里十分痛苦，开弓没有回头箭，有些事情他必须得认真思考，他索性没有回祖屋那个温暖的家，不知不觉中返回到工地草棚中。

草棚里一盏如蚕豆的煤油灯下，单师傅正在仔细揣摩一本名叫《剑之丸》的武林奇书。这本书是他年前返回苏州时，因与宗人府的侍卫厮杀，无意间偶然得到的东瀛武术秘籍。练武之人得到他人的武功秘籍，犹如人在沙漠中找到了清泉，黑夜中看见了光明，是一种非常意外的惊喜。这些天单师傅外伤刚刚愈合好转，他便利用独自在草棚休养的机会，急切地研习这本异域武功套路秘籍。特别是其中的东洋剑术，让他如饥似渴地学习掌握，刚毅、轻盈、敏捷和变化莫测的招式，使他深深震撼不已。

春天已经到来，但寒冷的湿气并没有立即散去。微风轻轻拂过草棚里孤独的油灯，火苗或明或暗地照在单师傅坚强沧桑的脸庞。陪伴在他身旁的弯刀，锋利无比的刀刃闪着淡淡的寒光。空旷的田野，清新的空气，熟悉的环境，让祖家暂时忘记外边世界的喧嚣和凌乱，单师傅一声热情的问候让他倍感亲切，"不管怎样，生活还得继续啊"，祖家心里暗自想到。

"单师傅如此沉醉在一本书中，莫不是记载有什么奇异怪事，或是另类野史。"看见单师傅灯下痴迷看书的样子，祖家取笑道。

"三少爷莫乱讲，我一个都快半截入土的无用之人，怎会在意那些无聊之事，只是觉得这本书完全不同于我中华剑术，其中有许多地方令人心驰神往而不能自拔。"单师傅答道。

"呃，单师傅本来就武功高强，见多识广，难道这本书真有独步武林的秘诀奇招？"祖家好奇问道。

"老朽半生学武，粗略知道江湖各门各派大致的一招半式。只是这本秘籍，除过独步武林，秘诀奇招外，有些地方老朽实在揣摩不好，令人疑惑又兴奋不已，久久不能忘怀，花大半天时间浏览书籍，老朽反而不觉得疲惫。"单师傅一边陪着祖家说话，一边轻轻把书合起来放在胸前，不想让祖家看见。

祖家知道江湖规矩，各门各派武术都有它的独门绝学，没有征得本人允许，外人是不能也不应该偷学他人的武功，为避免不愉快的场面发生，祖家转移话题道：

"我今天是陪史家两位少爷吃酒，不想天色已晚，顺路便走到这儿。也不知道喝的是什么酒，我现在头晕目眩，只想找个地方躺下休息。"言毕祖家真打哈欠起来。

"我知道三少爷酒量惊人，他们那两个草包怎是您的对手，您就是捂半个嘴巴也能把他们喝醉，可能是年节少爷连续应酬引起疲倦。您看您派人给置办的这些被褥床单，又暖和又舒服，天色已晚，夜路难行，要不就委屈您在这儿暂时休息一晚。"单师傅热情招呼道。

看见祖家今天有些失落的样子，这么晚了还一个人在野外到处走动，完全没有往日的自信和轻松，便想为他心中尊敬的主人解忧宽心，知道祖家也是个练武之人，单师傅便接着道：

"这几天我又揣摩出一些新招式，上次桑园比武数百回合也没有完全参透少爷的武功绝技，今天晚上天气不错，想冒昧请少爷再切磋几招，不知少爷意下如何？"

"年节每天应酬多，动手少，身手倒真是有些生疏。记得在武当山上时，师傅常教导弟子说'学而时习之'，应该勤加习武，不至懒惰荒废。只是单师父重伤刚愈，不如下次再切磋不迟。"祖家关切道。

"少爷多虑，本是外伤，经过这些天的静养已无大碍。"

"恭敬不如从命，以练促武，点到为止，如有半点不适，单师傅尽管言语。"祖家提醒道。

在草棚外的空地上，如盘的月亮刚刚升起，皎洁的月光笼罩着静谧的大地。祖家与单师傅相互抱拳施礼后，开始了二人心仪已久的技艺切磋。太极武当对洪拳双掌，你来我往，美妙绝伦，不知不觉中双方已打出百余回合。

祖家心里念到单师傅重伤初愈，怕他体力透支伤身，便找个空挡借口说酒后口渴难耐，不如休息片刻，止住了拳势，对方只有跟着撤拳。

"单师傅洪拳中有些新的变化，比如那招'九天揽月'，使得与上次就有很大的不同。"祖家一边说，一边擦拭着汗水。

"少爷真是好拳脚好悟性，'九天揽月'确实有些新变化，'削'的力量用'切'的方式使出来，招式没变，但爆发力更加精准，让对方腹、腰位置都暴露出空挡来，极难防守。"单师傅为祖家沏上热茶回道。

"果然精妙！'长河落日'也有把'削'变'切'的感觉，单师傅武功能与其他门派融会贯通，吐故纳新，造诣更加高深，几天不见，判若两人，不愧是练武奇人。"

"少爷过奖，您那招'瞒天过海'也是十分精妙，力道多三分少三分都没有那种境界，唯有少爷拿捏到位，使得最好。"单师傅由衷赞道。

"师傅见笑，中间许多漏洞都被你掩饰过了。"

"不瞒少爷，其实这些天老朽参研的东洋武术，才大概领悟些皮毛，里边有许多招式用法与我中华武术，似同又不同，无论是南拳或是北腿，都没有他们的那种使用方法。"单师傅道。

"有这等武功，比我中华武术还好？"祖家疑惑道。

"那倒不是，各有千秋，殊途同归，技法迥异而已。"

二人在月光下一边喝茶，一边谈论起各自对武术的认识和看法，没有年龄差别的隔阂，没有主客之别，完全是对武术绝妙套路的心得体会探讨。因为单师傅与日本浪人交过手，感到日本人凶狠的武术招式背后，是对中国人充满了不可告人的目的与杀戮。单师傅答应等他彻底悟透这本东洋《剑之丸》后，定会毫不吝啬地把它送给祖家。二人抵足而谈，没有主仆之嫌，不知不觉已到亥时，遂和衣而眠。

其实在祖家内心里又怎能睡得着。想着自己因为武昌首义而肄业，因佃农闹租而到苏州，不知其他的同学都还好吗，在忙些什么营生。武昌的李庄主仁慈宽厚，却招来靳霸天的抢劫和裹挟。为了尽快救出五姑娘，自己冒险进入山寨，不想狡猾的土匪，劫持人质溜之大吉，艰难寻觅到了苏州。在武昌亲见革命者冒死抵抗强敌，也知道如端木舜正之流的保皇派，对革命者的仇视和杀害。社会生活越来越动荡不安，苏州老宅出现抗粮抗捐的暴动，为解除父母对老家乡亲的顾忌，也为了安抚四姑娘的妄动，来到苏州既为寻找五姑娘，也为平息老佃户们的躁动不安。不想见面虽短，但最为尊崇的福爷却意外惨遭杀害，牵连到裴爷的冤案。无论是福爷、裴爷、李庄主、四姑娘、五姑娘和许多的老佃户，他们都是好人。可是好人都生活得如此艰辛和悲惨，为了祖业长存和好人的昭雪申冤，自己做的这一切都是值得的。但是自己的能力和精力够吗，不如此又该怎样。现在投入巨资经营桑园，能达到预期效果和赢得史家信任，最后揭穿极乐会的邪恶之网吗？如不成功，自己怎么面对那么多的付出，以及需要帮助和殷切期盼自己成功的人？都说脚比山高，路在脚下，我的路又能走多远呢？

周围的世界是如此混乱，护清与反清的势力同在，尊孔和反孔的思想交锋，革命与共和的争辩不休，长辫与短发的指责齐飞。满大街都是布衫与洋装比肩，老爷与志士闲谈，到底是怎样的世界，到底应该过怎样的生活。这些想法始终在祖家的头脑中闪现，让他久久无法入睡。

居住在裴爷家的四姑娘，身边倒是发生了许多不一样的故事。年前隔壁邻居家有个十三四岁的女绣工，家贫如洗，没有饱饭吃，常常是饿着肚子织绣，身体日渐赢弱。一天因为到东家做工路途遥远，蒙蒙亮的早上，浓密的大雾中，她没有完全看清路面，不慎掉进水里，等天亮被人发现时已溺亡多时。年关快到，又是短命而死，家人觉得不吉利，便草草掩埋在荒山上，完全是个不起眼的土堆薄墓。不曾想第二天夜里薄墓被偷偷撬开，尸体不翼而飞。有人说是被野狗叼走，也有人说是那个女孩命不该绝，自己醒来挖开泥土爬出去了。更可怕的是说被歹人盗取尸体，许配给了大户人家早亡的儿子，民间叫配阴婚。周围邻居不但不同情逝去女儿的人家，反而嫌弃她们家不吉利，被大家齐声骂作丧门"破落户"。破落户害怕被人背后咒骂，早晚都不敢独自外出劳作，半夜窗户上还被人泼了狗头血。这家人实在挨不下去，最后无助的双亲竟然都上吊而亡。

在四姑娘代课的班上有一个名叫孟非梦的女生，因为长得漂亮，身材又好，被祖籍苏州、现在赋闲在家的前清官员看中。他对自己六十有余，还没有一个儿子继承祖上香火而耿耿于怀，便非要娶孟非梦为妾。孟家本是经商大户，父母唯利是图，经不起金钱的诱惑，竟同意一百个大洋把女儿卖给那个赋闲老头为妾。不曾想孟非梦恶心于他的贪婪无耻，在他想强行圆房时，用蜡烛点燃了洞房，烧毁了前清官员的大宅院，自己悄悄地偷跑回了娘家。但她胆小怕事的娘家人不敢收留她，她只好偷偷找到了最喜欢的李采薇老师。四姑娘听她讲起悲惨的遭遇，不禁火冒三丈，大骂老头子死不要脸，痛心孟家父母利欲熏心，竟然不知疼爱自己的孩子。没家的孩子像棵草，看着在自己怀里因为害怕而瑟瑟发抖的学生，四姑娘下定决心要保护她，封锁孟非梦逃婚和点燃豪宅的事情，把她悄悄安置在二叔家里，昼伏夜出，帮二婶料理些简单家务。

经过几个月在学校的教学实践和人员接触，四姑娘渐渐发现几个与她志同道合的年轻老师，他们时常聚会，针砭时政，为首的老师名叫宋晋。宋老师二十七八岁，随父母从南洋回国，带着一副厚厚的眼镜，在眼镜片下，一双大眼睛炯炯有神。由于平常看不惯学校的官僚作风和迂腐的管理教学方式，他在课堂上当着全班学生，时常抨击校长的无能和贪渎行为。四姑娘虽说在姑苏中学从教时间不长，但也逐渐对学校过时落后的教学风格不满。在知道四姑娘班上学生孟非梦的遭遇后，宋老师更加言辞激烈地抨击学校不爱护自己的学生，呼吁大家积极加入对社会不公的讨论，希望引起校方和家长们的反响，共同还给孟非梦同学一个正常的求学之路机会。

今天晚上，宋晋及其他几个老师正聚集在裴爷家里，悄悄商量着怎么发动全体学生罢课，公开孟非梦的被卖真相，努力唤醒全社会更多人的良知与友爱，抛弃人们的愚昧和冷漠。他们知道社会麻木沉寂很久了，中华民族到了危急的时刻，为了社会的公正和唤醒千万人的良知，需要有人振臂高呼，需要有人为了理想和正义呐喊。

"得尽快买到刻板、油印机、油墨和纸张，大量地刻印宣传单页，否则就算是有再大的冤情，宣传数量太少，也引不起劳苦大众的关注与共鸣。"宋晋焦虑道。

"这些东西，被管制得很紧，货源又十分稀缺，听说只有上海的部分洋行才有货，价钱也是个大问题。"有人提醒道。

"运输也很困难，现在风声紧，查得又严，一般人不让买这些东西，漕运都不愿做这种小买卖大风险的东西。如果托运时间太长，怕是赶不上我们需要的时间了。"宋晋补充道。

"价格和运输的事，两位老师就不用考虑了，如果放心我，这两件事就包在我李采薇身上了。"四姑娘故意轻描淡写道，因为她这时想起了祖家。祖家经营着那么大的一个桑园，每天都必须从外地运树苗、种子和各种养殖物品，何不让他从上海尽快捎回来油印机和刻板等印刷物品。费用她打算先把自己的工资全部先垫付上，反正自己独自一人，平时也花不了多少钱，再不够可以向祖家这个新晋老板借钱，不能影响宣传急需。

"既然李老师把最难办的事都答应下了，白老师负责刻板，文章写作就由我来做，其他几个老师就负责油印和分发单页，记住一定要秘密进行，千万不要出现纰漏。"宋晋严肃叮咛道，对四姑娘有了特别的看法。

"也算我一个吧，我有手有脚，不能总躲在李老师家里吃闲饭吧。"孟非梦正忙着为各位老师沏茶，听着他们在为自己的事情忙碌，就想尽一点绵薄之力，为她尊敬的老师们分忧，给自己找点事做。

"小孟同学，你刚从虎口脱险回来，还是注意休息，回头我们帮你把落下的功课补上，为以后返校做好准备。"宋晋婉拒道。

"宋老师不能这么说，你们放弃休息，热心为我个人做事，作为当事人怎能袖手旁观？李老师您说是不是？"孟非梦哀求道。

"她说得对，作为受害人，她最有发言权，也才能引起大家的共鸣，不妨让她做些力所能及的事情吧。"四姑娘明白非梦的意思。

"既然这样，你必须服从我们的统一安排。"宋晋对孟非梦严肃道。

"一定，一定！"非梦激动地点头。

"我们下一个重要的议题是，确定游行的时间与地点，参与的人员范围，大家议一议。"宋晋继续道。

几位老师和孟非梦把所有的问题和事项都商量确定好了以后，已是半夜时分。四姑娘舒服地躺在床上，虽然十分困倦，但想到今晚的讨论和确定的宣传活动，就又十分兴奋，辗转反侧难以入睡。待进入梦乡时，东方已微微露出淡淡曙光。

"大懒虫，快起床；大懒虫，快起床！"是"小蚊子""小蛾子"稚嫩的声音在窗外喊叫道，其中夹杂有祖家的声音。

朦朦胧胧中，四姑娘正梦见在长江上与祖家乘船欣赏美景，隐约听见有人在窗外叫自己，刚好有事要找祖家，于是就一骨碌爬了起来，简单整理了一下自己的头发，问道：

"是祖家吗？不知今天是什么日子，一大早把一个活财神给吹过来了。"

"常听人说慵懒的女人最漂亮好看，不知现在你是什么模样。"祖家隔着窗户故意打趣道。

"你说什么女人慵懒最好看的浑话，看我不打烂你的狗头。"四姑娘一边开门，一边娇嗔怒叱道。

"看我给你带什么礼物了。"言毕祖家把年前大哥带过来的一块花布料和一条精心制作的苏绣，交到了四姑娘手里。

四姑娘既高兴又疑惑道："这么快就学会给女孩子送东西了，我这才知道三国时吕蒙'士别三日，当刮目相看'的典故了，你让我变得都不认识了。"

"花布料是你的姐夫，我的大哥，大年三十从上海带过来的，让我务必转交给你。这苏绣当然是我姐送给我的，我只是又送给你罢了，你可千万别自作多情想多啊！"

祖家故作轻松幽默地道，其实这块苏绣是史姑娘送给自己的，但他怕引起四姑娘的不快，就改口说成是祖传姐姐送给自己的。

"你说是二姐夫年前到苏州了？怎么不告诉我一声，让我去拜访一下我的亲姐夫？"四姑娘不满道。

"大哥回祖屋焚香祭祖，前后也不过就是小半天的时间，说是军务缠身，半点也耽误不得，只是顺便路过老家祭祖罢了，火急火燎地就又回省城复命去了，军人的事情我们还是少问为妙！"祖家小声道。

"从军打仗，刀口舔血的事儿不好干，不过我姐夫倒是挺适合吃这碗饭的。有机会你告诉他，西洋布和苏绣我都收下了，感谢姐夫。三少爷您请喝茶，小心别烫着。"四姑娘殷勤道。

"有好东西就能改变一个人的本性。"祖家故意挖苦她道。

"本姑娘不想跟你贫嘴，实话告诉你，今儿巧了，今天要没有什么特别的事，我倒是要你帮个忙，你看行吗？"四姑娘一边整理着自己的头发，一边继续道。

“你还用求我？有事就直说吧，需要我干什么？”

“按照学校的安排，我得尽快去趟上海，不知你这几天有去上海的顺路船吗？”

“去上海？让我想想，啊，还真是有，明天早上，账房朱孝七要去上海采购些蚕种和蚕具，你可以和他一块儿去。不过你一个普通老师，要到上海去干嘛？”祖家咽下一口茶道。

“太好了，只是到上海替学校采购些教学用品。本小姐今天就给自己放一天假，陪黄三少爷去逛庙会。”听到可以尽快去上海，四姑娘十分高兴，她掩盖了实际采购印刷物品的真实目的。

“到上海那么远的地方采购教学用品，真不是其他的什么危险用具？”祖家疑惑道，“今天是什么好日子，动作这么麻利，还要去逛庙会！不会是别有所图吧？”他继续道。

“正月里来是新春，本就是传统佳节，天天热闹，何况二月二还有苏州的盛大庙会。杂耍的、剪纸的、看灯的，还有许多好吃好玩的，西北的山货，南方的特产，东边的海鲜，样样都有，可热闹了，难道你不想去吗？”四姑娘掩饰住内心的兴奋，故意从庙会上说起热闹的事情，岔开祖家的提问。

第十三章

誓破冤案　谍影重重

天气渐渐转暖，大地复苏，小草冒出了嫩芽，柳树吐出了新叶。数天后，在姑苏大酒店里，贺老板带着数名随从已准时赴宴。史家兄弟正在隆重宴请来自上海神秘而又重要的人物。他们需要的福寿膏和祖家需要的漕运船只，都离不开这位贺老板的首肯。

　　"三少爷到了吗？"史震北着急地向下人问道。

　　"三少爷托人带话说，今天刚好在外地谈生意合作的事，是前几天和对方约好的，暂时赶不回来，让不用等他。"下人战战兢兢地回复道。

　　"这个三少爷能去哪儿呢，哪个谈判生意人能比上海贺爷重要？这么难得的机会被他浪费掉了，约谈的老板真该死。"震北一边心里咒骂，一边高举酒杯向贺老板敬酒：

　　"十二分地欢迎贺老板新年后第一次来到苏州，给您拜个晚年，希望以后苏沪能精诚合作，互通有无，共同发财。"

　　"'精诚合作，互通有无，共同发财'，说得好。"贺麻子赞许道。众人相陪，焦点自然在他身上，一向十分警惕的麻子，难得露出些许笑容。

　　觥筹交错间，一位身穿粗布，头发花白，像酒店佣人模样的老妇人，进来倒过一次痰盂，在贺老板身后擦过一次地板。"她"悄无声息的动作和卑微的衣着打扮，没有引起任何客人们的注意，哪怕是他们半点眼睛余光也没有作任何停留。待走出房间，在很远的拐角，那"老妇人"突然撕下头套，换掉身上的衣服，才显出真实身份，原来是祖家乔装打扮成酒店佣人。他要确认那个贺老板是不是清风寨的三当家贺麻子，而又不想被他本人认出来，以免引起不必要的纠缠，失掉营救五姑娘的机会。

待贺麻子等酒足饭饱离开酒店很久后，祖家才故意气喘吁吁地赶到姑苏大酒店，急切问史家兄弟：

"两位好哥哥，实在不好意思，今天一大早外出，把时间给耽误了，好不容易脱身才赶过来，上海来的贺老板还在吗？我一定当面向他赔罪。"

"贺老板是尊贵的客人，生意多得是，上海那边催促又紧，他老人家还有别的重要事情要处理，这会儿早坐船到上海了。"史震北满嘴酒气地道。

祖家明明知道贺麻子刚刚走，这会儿最快才上船，不可能到上海，只不过他们是在生自己迟到的气罢了。

"嫌弃小弟来晚了，两位哥哥生气了？"

"哪敢生你三少爷的气，是生我们自己的气。到嘴的肥肉，大把白花花的银子，眼瞅着吃不到呀，他妈的我们天生就是个讨饭的穷苦命。"史震南有气无力地诉苦道。

"这话什么意思，在苏州还有你们史家做不了的生意？这可是我第一次听说！怕是两位哥哥取笑我不成？"祖家道。

"三少爷，你是不知道，转手就是两万大洋的净赚买卖，而且是包赚不赔，只多不少，可惜咱没有赚钱的命啊。"史震北一脸苦瓜相。

原来是贺老板知道苏州福寿膏的市场潜力巨大，有钱的富贵人家吸食者众多，便想在苏州找个总负责人，专门全权代办苏州及周边地区的福寿膏生意。史家兄弟有人脉，懂门路，他们自己也迫切需要，贺麻子便想把这个苏州总代办的"美差"交给史家兄弟负责，而且愿意承诺，首次为他们提供足色现货，但条件必须是现金交易，不得赊账。按两倍的利润算，供货一万元，倒手转卖就有两万元的净收入。这可是天上掉馅饼的好事情。可史家所有资金运作都由棠爷交给史若兰掌控，他们两个虽贵为史家少爷，可别说是一万元，就是一百个大洋，都染指不得。

这件天上掉馅饼的代办好事，真把两位"混世魔王"给挡在了门外。

福寿膏就是鸦片烟的重新伪装品。它表面上打着治病救人的幌子，实则荼毒侵害国人身体，严重破坏国家贸易活动，祸国殃民，贻害无穷。清朝从道光皇帝时就开始禁止公开买卖鸦片，派林则徐为钦差大臣，在虎门销毁大批西洋鸦片烟土，引起世界震动，史称"虎门销烟"。到大清即亡，私运鸦片仍屡禁不止。如今社会混乱，各种势力并存，列强便采取各个击破，分而治之，寻找各自利益的最佳代理人。在中国内部，特别是相对发达地区的富有上层人群中，弥漫着强烈的吸食鸦片恶俗。列强便悄悄干起盗运鸦片、攫取巨额利润的罪恶勾当。鸦片贸易让国家肌体千疮百孔，更加羸弱。百姓则家破人亡，生活更加贫困，也更利于列强对泱泱中华的控制与利益攫取。祖家知道鸦片烟是毒瘤，更是洪水猛兽，如果让它在苏州恣意流通发展，势必又带来巨额的财富流失，造成许多的人间悲剧。但鸦片贸易又何尝不是联系贺麻子、顺藤摸瓜找到杀害福爷凶手的绝好机会呢？祖家心生一策，何不以毒攻毒，于是道：

"小弟种桑养蚕，铺开的摊子不小，初期只投不赚，手头实在拮据。不过有一法子，只怕不敢让若兰小姐知道半个字，否则她还不断了我桑园的所有经费！"祖家小心提醒道。

"三少爷尽管说，只要能有钱，保证不会让我妹妹知道半个字眼儿。"震南眼睛一亮，满口酒气信誓旦旦道。

"那我就直说了，孰轻孰重你们自己掂量。"祖家故意四处看了看，确信再无他人后，端起酒杯一饮而尽道：

"福寿膏实乃鸦片，久吸上瘾，戒除却难，害人不浅，国人都十分痛恨它。早在大清道光帝时就有林则徐虎门销烟的壮举，至今官家严管严查，对若兰小姐当然不能提半个福寿膏生意的事，只说是有别的生意门路，急需支取用钱，短则半个月，长则两个月就可以连本带息还上。若兰小姐本是精明赚钱的厉害人物，岂能不为之心动，况且……"

"三少爷莫要卖关子，你知道我两兄弟性子急，说话不拐弯抹角，又不愿多动脑筋，多想半点头就疼，你就直说该怎么办吧，不要吞吞吐吐，白花花的银子都快飞走了。"史震南着急催促道。

"况且这是你史家跳出苏州地界，与大上海相接做生意的绝佳机会。史小姐经营苏绣，哥哥们经营福寿膏，井水不犯河水，便是两条腿走路，只赚不赔，稳如泰山，从此后苏州商界恐怕再也没有人敢与史家比肩抗衡。何况福寿膏需求量大，利润又高，回款却又极快，棠爷将来必然高兴，就算哥哥们不学苏绣，棠爷也会原谅你们。说不定换回他对你们的信任和支持，史小姐在家的地位自然会下降，以后家族苏绣经营还不得全权委托两位哥哥打理？"

"这个我们知道，多方经营，齐头并进，风险最少。"史震南有些心花怒放起来。

"令妹是女流之辈，男大当婚，女大当嫁，旁敲侧击让棠爷催促史小妹尽快嫁出去，史家的偌大家产，待棠爷百年之后，还不都是你们两兄弟的，若兰小姐能分得到多少，到时还不全看哥哥俩的心意吗？"

"三少爷真是聪明人，连若干年之后的事情也看得清楚，要是你当了我家的姑爷，我俩定会全力支持你，一切赚钱经营的事情你说了算就是。我们兄弟愿意把家产按照三份平分，保证不会亏待若兰妹妹和你这个姑爷。"史震北一高兴，嘴上把持不住，便直接说出了心里话。

"大哥既然有这个意思，小弟自然也是这个想法了。"史震南也积极支持道，要让祖家当他们的妹夫。

"使不得，使不得，我是帮两位哥哥出主意，想办法的，怎能把我算进去。现在做你们的妹夫，这叫见财忘义，居心叵测，万万使不得。"

"三少爷祖上是望族，文武全才，不一定能看上咱小妹。不过小妹也很挑剔，不知在她眼里，她能看得上谁，能早些嫁出去最好。哎，真是让人伤心，这个不提也罢。不过三少爷的主意倒是不错，回去我们就跟小妹商量，要是做成苏州总代办，我们绝不会亏待少爷。"史震南道。他把祖家当成了自己人，怎知这是祖家的一箭双雕呢。

一则可以稳住贺麻子，加强史家兄弟与他联系的机会；二则可以离间史家兄弟与棠爷和史若兰的关系。因为祖家知道，凭这两个龌龊小人的手段，棠爷和史若兰是根本不会相信他俩会做什么正经生意的，更别说是赚到大笔利润了。这反而只会让棠爷相信他的两个儿子好逸恶劳，痴人说梦话，根本不愿脚踏实地做事，绝不会把巨资交给他不放心的人去投入陌生的行业。这只会让父子离心，兄妹反目。虽是一条阴毒的计划，但对待坏人无需仁慈，苍蝇不叮无缝的蛋，只要达到目的就好，祖家心里暗自盘算。

果不出祖家所料，待震南、震北满心希望地告诉若兰要跟她借钱，去投资一笔只赚不赔的生意后，她冷冰冰道：

"世上真会有只赚不赔的生意？我是不相信有这等好买卖，除非是去卖鸦片！这可不是什么正经生意人做的买卖，怕爹爹也绝不会答应。"

"绝对是正经的生意买卖，只是对方目前手头不方便，找到我们史家，说是要拆借资金一段时间，短则半月，长则三个月，保证连本带息一并还上，这可比卖苏绣赚钱快多了，也比漕运来的利润大。"震南、震北两兄弟几乎是哀求他们的妹妹。

"绝对不能借给这两个畜生，"不知何时，棠爷来到了客厅，十分气愤地怒斥道，"你妹妹已派人查过姑苏大酒店，那么大额的费用开支，你们是怎么花的？年头岁尾春节期间包养风华、绝代是你们干的吧？我史家的脸面都被你们丢光了。现在又要借钱卖福寿膏，那不是卖鸦片害人吗？是要断子绝孙遭人骂的，让我史家背上这口黑锅，怎么对得起我们史家的先人！我们祖祖辈辈都是做苏绣的，史家苏绣中华一绝，谁人不知，哪个不晓，难道要让它断送在我手上吗？你们两个逆子，是不是想气死我呀？你看城北的夏家，以前不如我们的刺绣，现在人家的东西都挂在英国女王的客厅里了。好好的手艺不学，偷鸡摸狗，枉为我史骁棠的子孙，真是丢人到家了！"

看到两个不争气的儿子，自己多年辛苦闭关掌握的绝学苏绣技艺，眼看就要后继无人了，他们还不知进取，竟然敢偷卖害人的鸦片，恨铁不成钢，气得棠爷顿时暴跳如雷，大骂不止。

"爹，您也别生气，我们只是想多赚钱，不用像您那样辛苦，没日没夜把自己关在后院小屋，绞尽脑汁抓破脑袋地研究抽丝、雕花、压锦技术。这都什么年代了，听说西洋国制造的一种名叫'织布机'的机器，能不分昼夜地纺线织布，花纹又好，数量又多，还很结实，只需要少量的工人，生产的东西不比爹爹那手工丝绣差，您又何必非要限制别人，要求自己的儿女都像您一样，古板地做一件事情，祖祖辈辈靠一门手艺撑门面呢。"震南用手顺了顺他光滑冒油的黑头发，一边不服气地小声说道。

"混账东西，打死你这个数典忘祖的玩意儿！伤心啊，你们还敢这么糟蹋苏绣，把它说得半文不值，稀松平常，看我不打断你们的狗腿！"棠爷越说越气愤，抄起身旁的木棍，直往震北震南身上打去。震南、震北两兄弟吓得拔腿就跑，茶几上的茶壶、茶杯等众多器皿家什，一股脑儿都被摔在了地上。但震南腿上还是重重挨了棠爷一棍，他杀猪一般惨叫着，一瘸一拐地逃了出去。二人狼狈不堪地逃离了生他们养他们的祖屋，只能到狐朋狗友家暂避风头。

棠爷对两个不孝子春节不回家，包养风尘女子本就不满，现在听他们说又要贩卖鸦片，他这个当爹的脸面往哪儿搁。祖上都是堂堂正正经

357

营苏绣的世家大户，自己也曾受到老佛爷的恩赏，虽然时代不同了，但那是多大的无上荣耀，是天下苏绣人家最为仰慕的事情。自己辛辛苦苦、成天钻研的史家绝学手艺，怎能变成由害人害己的鸦片贩子去继承，去奢望能发扬光大呢？天作孽，犹可活，自作孽，天不容。他怎么能容忍自己的儿子去贩卖鸦片，这不是挖自己的祖坟，打自己的老脸吗。棠爷绝对不会让儿子去经营缺德的生意，就算是拼尽全部的力量，他也会去阻止这种伤天害理的事情发生。

燕飞草长，谷雨过后已是四月天。穷苦人家正处于一年四季口粮青黄不接、生活最困难的时候。北方因为去年大旱导致歉收，乞讨的人们越来越多，甚至不断发生卖儿卖女的人间悲剧。也有部分穷困的百姓实在活不下去，干脆全家自尽，一了百了。世态炎凉，百姓极苦，古老的中华大地陷入巨大的绝望灾难之中。

一大早祖家与管家和七叔等，查看完桑园的树苗长势和抽出的嫩芽，估计照现在这个势头看，繁殖头期的蚕宝宝所需桑叶绰绰有余。

"三少爷，照这个天气和雨量估算，我看到五月底，收第一期蚕茧是没有大问题，只是孵化蚕卵得抓紧时间，尽快搭建合适的草棚，挑选细心有经验的人，日夜看管最是关键。"经验丰富又忠心耿耿的黄七叔，一边陪祖家巡视偌大的桑园，一边对他忠告道。

"老七叔说得没错，这温差对桑树的生长很有利，只要再抓好后期苗木和抗病虫害的事情，新鲜的桑叶足够小蚕们食用。到时肯定能产出几千担的蚕茧，那金黄的蚕丝一定能满足史家棠爷的需要。不过他七叔说得很对，关键是选好育种的人，否则就白白浪费了这上好的桑叶，依我看，东头的陈奇和老长工何壮海就不错。还有裴爷带来的几个人，都是行家好手，保准不会误事。"管家黄五道。

"就按你们说的抓紧时机，把育苗的事就放心交给苗旺和桑弘，今天就去请陈奇和老长工何壮海他们，明天起务必全力做好所有育种的事情，确保多孵化，只有好种子，才能长出好蚕。"祖家道。

"是这个理儿。"七叔答道。于是大家紧急分头行动去了。

安排好要紧的桑蚕事项，又趁早查看了半天的桑园，祖家突然觉得肚子有些饿了，便想早点回家去吃姐姐做的乌米饭。春风送暖万物长，时节虽然略早，也是烹食乌米饭的好时机。

在"黑乌树"长出巴掌大叶子的时候，祖传就安排人清洗石臼，将乌树叶子剪碎后放进石臼，用两米多长的棒杆捶打捣汁，再用纱布滤去杂质，剩下特别清新诱人的乌汁。两三斤新鲜树叶才能捣出一小碗原汁，把上等糯米浸泡在原汁里一两天后，蒸出来乌米饭才清新持久，甜糯催津，清香无比。除了做乌米饭外，还能用原汁做饺子、粽子、面食、鸡爪和乌米糖藕等各种食物。一律都是黑乎乎的，像在墨汁中浸泡过一样。每逢农历四月初八，"家家皆烹，户户皆食"，成为当地人不可或缺的佳肴。今年也不例外，祖传现在正在吆喝着全家上下的人，都在为做这顿可口的乌米饭盛宴而忙里忙外。

祖传、藤晓年、俊儿和秀儿两个外甥及祖家围坐在一张雕有花纹的高腿桌上，其乐融融地享用着香甜的乌米饭。藤晓年一边喂着老绍兴花雕，不断地享用着美食，一边还是嘴巴闲不住道：

"老三，你那个同学，女的，就是那个四姑娘，李老师，现在可成全苏州教育界的大人物了，了不起！"

祖家一听说起四姑娘，心想不知她今天吃到乌米饭没有，姐夫说她成了大人物，是不是又到处发传单，发动学生罢课，上街游行喊口号去了。她可是闲不住的主儿，不知她现在又闹出什么事，竟成了大人物。便故作轻松道：

"那都是姐夫引荐有功，才当了一名答疑解惑的女先生。这位女夫子真有那么聪明厉害，半年时间不到，就做出了不同凡响的贡献，成了大人物？"

"大人物，绝对是大人物，是新时代新时期的巾帼英雄。"藤晓年吞咽下一口乌米饭，接着说道：

"你看她先是发传单，号召全体师生为一名失学学生捐款。接着又成立'爱女会'，要求学校和老师都要关爱女生，反对丑恶的'配阴婚'，反对包办婚姻。最近又干了一件大事，哎呀呀，姑苏中学那么多女老师都没有参加，她不但参加了，而且还带头冲在最前面，带领其他学校的老师，一起堵在教育处办公楼外游行，黑压压一大群。哎呀，硬是把处长抵在了墙角，答应立即重视女生教育等全部要求后，游行人群才散开。这可是从来未有之事，是苏州教育史上破天荒的第一次呀！"

"前几天，学堂先生们罢课游行，我倒是听说过，可也没有你说得那么激烈，把处长都逼到墙角，那你这个副处长在干什么？"藤晓年说话一向夸张不实，祖传对他的说法有些怀疑。

"逼到墙角好！祖家你是不知道，这国民政府不知怎么了，过完年突然就发不起工资。北方的袁大总统说这笔款子该由南京的临时政府支出，而南方的南京临时政府根本就没有钱。听说留守在南京的黄兴缺钱，实在没有办法，把好些个能打仗的军队都裁掉了。有人说他重乡党轻外人，还激起了兵变。反正说法很多，他哪儿还有钱管教育，给这么多的老师发工资。这一拖就是好几个月。都说青黄不接四五月，一些低工资的年轻老师和要养家糊口的年长老师，都快扛不住了，我也是厚着脸皮跟你姐要过好几次零花钱。这个四姑娘不知什么手段，联络了附近几所学校的所有教师，先在苏州游行造势，又跑到省城教育督导处去游行，惊动了整个省城和北平的教育部。教师们轰轰烈烈的游行是为了什么，还不是为了一口饭吃，像吃这个乌米饺子一样填饱肚子。教书育人，实行民主自由，推行平等的国民教育理念多好呀。北平的国民政府一看有损国体形象，大人物脸面挂不住了，东拼西凑赶紧给全国的先生都发了工资，而且还承诺把拖欠的费用都要逐月补齐呢。你看啊，我们这管教育的主管机构也跟着沾光了，这白花花的大头银圆才一分不少地发到手上，被你姐压到箱子底下藏得死死的。你说这四姑娘功劳大吧，是不是个大人物，是不是个新时期的巾帼英雄？"藤晓年一口气说完，还不忘反问了祖传好几次话。

四姑娘正直热情，疾恶如仇，看不惯别人受无端的委屈，也不能容忍社会上的丑恶事情发生。她肩负着寻找亲妹妹和帮助二叔克服家里困难等许多事情，在前些日子还有些收敛，不像她在武昌时那样行动激烈，但是经过半年的熟悉环境和稳定工作后，她骨子里深藏的正义感再次被点燃唤醒。像她经常在祖家面前提到的那样，社会需要变革，但推动变革的力量不能都指望别人，只能靠自己，靠像她及他们这一代千千万万的年轻人去改变。"天下兴亡，匹夫有责""今责今担"或许有些太过自大，太过自我，但现实又是何等的残酷血腥，除了靠自己，又能靠谁呢？革命党力量还是太小，保皇派根基深厚但迂腐堕落，北洋政府脱胎于前清，不啻在沙土中筑墙，是靠不住的。

千万底层正义的力量虽小，却像是寒夜中的灯塔，给人温暖，指引人们前行的方向，哪怕仅仅就是为一个孤独的夜行人指明前行的方向也是好事。因为这个社会人们生活太艰苦了，芸芸众生混沌愚昧到不知晓明天会不会有太阳出现。"今责今担"是四姑娘的追求和理想使然，是不分地点、时间和人物类别，深入血液里，早晚必然要发生的事情。

"有她在，你们学校这些'好'事情，迟早都会发生，只是发生的早晚时间不同罢了。"想到四姑娘的这些性格特点，祖家差点笑出声来。

"老三你是什么意思，怎么这样肯定，你和她一定有什么秘密没有告诉我？是不是？"藤晓年不解。

"扑哧！"祖家被美味的乌米饭呛了一口，或许是自己对她太熟悉，刚才说话直接了些，他和她并没有什么不可告人的秘密，但别人并不总是这样想。

"她性格热情，是骨子里自带的，只是姐夫公务缠身，没有看出来而已。人家是一个新时代有新想法新追求的女夫子，与学校以前那些老夫子的从教方法和手段有些不同。只要学生喜欢，一切不就 OK。"祖家话中带着洋文。

"话不能这样说，学生 OK 不代表学校 OK，学校 OK 不代表教育处 OK，不代表处长大人 OK。年轻人有理想有追求是好事，就像我年轻时一样……"

藤晓年本来想说自己年轻时东渡日本求学的事情，但被祖传给阻止了。她又端上了一大盆刚刚出锅的乌黑粽子，清香四溢。桌子对面祖传看过来的眼光告诉他，他留学获得的知识是多么的肤浅和平庸，根本是无足挂齿。

"你就不能说点中国话，洋文听得人浑身都起鸡皮疙瘩。老三也是有本事有办法的人呀，土生土长的人不比你留洋生差多少！不但稳住了老佃户，还顺带发了一笔大财。可是史家棠爷大笔现金投入呀，搁以前那是谁都不敢想的事情。从洼地里桑树的长势看，这么多年没见过今年这么好的，蚕宝宝吃了后，一定能结出更好的蚕茧，卖上好价钱，发家致富，不让家人受罪，才是男人们应该做的事。"祖传道，她不想再听自己男人讲有关他曾经留学的任何事情。

"但愿如姐姐所说，今年能有个好收成，卖上好价钱。否则你的亲弟弟可就栽了大跟头，成了穷光蛋，成了被别人嘲笑的倒霉纨绔子弟。个人事小，老黄家的名声事大，到时候也会连累姐姐和姐夫，何以见父母、兄长。"在姐姐面前祖家无所顾忌，敞开心扉说道。

"不会的，不会的，有七叔、裴叔、五叔和孝七那么多能工巧匠帮忙，今年一定会有好收成。你也不差，做事那么精明，再也不是小时候总是跟在姐姐身后淌鼻涕的小屁孩。你做事姐姐放心着哩，发大财那是迟早的事情，你们说是不是？"祖传一边安慰自己的弟弟，一边劝他多吃些乌米饭。

"天道酬勤，种桑养蚕一定会成功发大财的！"晓年肯定地说，吞下一个又大又圆的饺子，颔下稀疏的胡子不停地随着嘴巴抖动。旁边的俊儿和秀儿，总想去抓住父亲腭下的几根稀疏胡须，每次都被父亲无情地躲避和拒绝，他们只得徒劳等待下一次抓捏的机会。

和姐姐一家人吃完美味的乌米饭，天色尚早，祖家想起四姑娘，不知道她吃过香甜的黑乌米饭没有。"我到朱大伯家转转，好久没听过他的教导了。"祖家找个借口，避开其他人，实则悄悄往裴叔家方向走去。

自从四姑娘和一些老师组织和参加学生示威，反抗校方的冷漠和社会的病态，开展"救学生唤良知"的浩荡游行，以及组织全苏州地区的老师请薪罢课后，他们的行动受到省城南京革命党社会科的密切注意。社会科科长专门派人秘密了解他们的身份和背景，觉得他们完全符合加入社会科的条件。就在三天前，四姑娘与宋晋和白志明等积极活跃的青年老师，参加了一个重要的组织"长江青年会"，这几天正忙于准备办理组织内部的事情。

祖家的到来，让这几天忙碌疲惫的四姑娘十分高兴，这些天的疲劳顿时轻松了一大截，她热情地招呼他坐下：

"今天初八，你吃过乌米饭没有？"

"全苏州最好吃的乌米饭，当然出自老黄家，你说我能不吃吗。"祖家毫不谦虚道。

"呸！难道我二婶做的就比你们家的差？别忘了二婶厨房手艺的精绝，又是土生土长的苏州人，色、香、味那叫一个美妙。"她毫不示弱。

"到底是二婶强还是我姐厉害，今天就不跟你计较了。很久没有去看朱大伯了，下午不如过去看望他老人家如何？"他邀请她道。

"好呀，是有很长时间没有拜访他老人家了。你的跟班铁算盘朱孝七，平常没有在你面前说起他爷爷的什么情况吗？"她问道。

"偶尔说起，孝七也是要强的人。记得他说去年春节他爹因为路途太远，社会秩序又不太平，就没有回家团聚。大伯、孝七与他娘守的岁。不过他们一家已经习惯了。他爹通常两三年会回家团聚一次，过完正月又得北上谋生，继续做他的师爷去了。"

"可是听人说孝七他爹前几年都没有回来，去年也没有回来，算起来快有五年没有回家团圆了。"她叹气道。

"希望他一切安好，早日归来。"祖家忧虑起来。

"哎，都是生计给逼的，千里迢迢，数年都回不了家。"她一边说着，一边为祖家沏上热茶。"我问你，二叔在你的桑园可是起早贪黑地干活，他好多年都没有亲手下地劳作过，今天无论如何也要让他早点回来，否则我可不会轻饶你，骂你是个贪得无厌无情剥削他人的小资本家，不对不对，应该是未来的大资本家。"

"我从来都不会为难他人，何况是二叔，他来去自由。平时他与七叔总是最操心的人，所有桑园管理与养殖都得经过他们商量后，才能具体实施和操作，我心里感激到都不知怎么谢他呢，怎会为难他。他只是说这两个月是桑园桑树生长和养蚕最为关键的阶段，他要亲自把关，一点都不能马虎大意。"

"二叔在你那里风光得很，可回家后又会陷入深深的不安和自责，心里其实苦得很。"她小声道。

祖家何尝不明白裴爷内心的苦闷。自己现在能留在老家种桑养蚕，就是为了揪出害死福爷的幕后真凶，还福爷和裴爷的清白和公道。但他现在什么也不能说，查黑缉凶本是正常国家管理职责之一，但是现在有效政权在哪里，人们不能指望，当权者不内讧就烧高香了。

　　"我们都坚信裴爷是被冤枉的，让时间改变一切，让沟通荡平鸿沟，做晚辈的尽力把事情做好，少给他添乱，就是对他最大的安慰。"祖家若有所指道。这时"小蛾子""小蚊子"跑了出来，围在四姑娘身边不肯离去，他们喜欢堂姐的开朗和别出心裁的游戏。

　　"'小蛾子''小蚊子'你们最乖，姐姐现在不能陪你们。等我回来后再跟你们玩儿好不好？"四姑娘哄着他们。

　　"姐姐又要跟哥哥出去，回来一定跟我们一起玩。""小蛾子""小俊子"稚嫩的声音道。

　　朱大伯依然精神矍铄，鹤发童颜，安静地坐在院子里看书。祖家十分恭敬地向老人家问好，轻轻地放下从家里带来的新鲜乌米饺子后，才与四姑娘在下首落座。

　　"两位年轻人都是好后生，了不起呀，今天专门来看望我这个糟老头子，谢谢你们。你爹你娘和裴爷他们都还好吧？"大伯高兴地问道。

　　当听祖家说父辈们都好，自己首次做决断经营的桑园长势良好，大丰收在望时，老人家十分高兴：

　　"父慈子孝，耕读传家，实业报国，实干兴邦，都是大好事，你们老黄家了不起。裴爷深明大义，能屈能伸，精神可嘉，是个人物。"

　　"大伯您才了不起，三纲五常，天、地、君、亲、师，忠君报国您都懂，这个不稀奇。'实业报国、实干兴邦'是新词儿，是现在我们这个民族最需要的东西，您老人家这么快就能理解新事物新东西，可不比一般青年人思想认识差呢。"四姑娘惊讶道。

"老朽年过八旬，可是耳不聋，眼不花，头不晕，寻思着成天不能光张着嘴巴吃饭，总得看看外边的事情，了解身边的变化吧！或许是老朽年轻时给达官贵人们当师爷养成的习惯，总是喜欢把事情放在更大的层面下思考。我们这个国家太大了，社会组成太复杂，任何事情改变改造都非一朝一夕能够实现。你们看，远的不说，别人都穿短衫，剪短发了，老朽还是青衣长衫长辫子，也想把它换掉图方便，可是多年的习惯，就是舍不得丢掉，你们说我是个老古董不是？"大伯一边说着，一边自嘲道。

　　祖家知道大伯博学睿智，受人尊敬的地方很多，特别是他不迂腐守旧和迅速的适应能力。当父亲告诫自己到苏州后务必拜访他时，因为彼此的不熟悉和年龄差异的原因，老人家惜字如金，不愿轻易对陌生人透露半点看法和见解。现在他种桑养蚕的生意传遍苏州大地，加之朱孝七时常给老人家说起桑园的事情，在这位智者心中，已彻底改变了他对祖家的认识和看法。把他当作恭谦上进的有为后生，当作可以交心畅谈的青年才俊。与大伯的交谈充满哲理和智慧，充满对自己行为的反思和社会走向的深层思考。已经浪费老人家太多的时间和精力，他应该休息了，祖家准备与大伯告别。

　　"万事唯一，六根大定。"老人家不忘叮嘱他们，年轻人一定要把握好自己前进的步伐。听到祖家介绍有关达尔文著、严复译的《天演论》书籍，他觉得那是一本神奇的书，托祖家下次一定给他带一本。天色渐晚，最后的晚霞隐没在天尽头。祖家与四姑娘离开时，悄悄地在桌子上留了些银圆。

　　清明过后是谷雨，是每年春蚕养殖的关键时期。祖家与裴爷、七叔、旺叔和桑弘等为了养好桑园的第一次上等春蚕，从准备到实施每个细节都进行了详细的人员、时间和步骤要求落实。待桑叶抽出第一缕嫩芽开始，七叔、旺叔等都在详细地计算温差、墒情、出芽率等各种有可能影响桑叶长势的因素，凭他们几十年的独到经验，拿捏到育种的最佳时机。这边裴爷和桑泓等，紧锣密鼓安排着大伙儿准备蚕宝宝孵化的大小育种室，要保温取暖，特别是大育种室的通风保暖，贮桑室的干净整洁，蔟架室的便利结实。各种水桶、扫帚、蚕筷、蚕匾、蚕架、切桑板、除沙筐、方格蔟和蔟架等从育蚕到收获的各式用具等都得马上准备妥当。

为了防止病虫害有可能对蚕的危害，单师傅主动承担起来所有小室、大室、桑贮室和蔟架室的安全巡逻保卫任务，非眼熟之人，一律不得入内添桑叶、换蚕沙。待到蚕长到四龄，开始昂胸抬头，左右摇摆时，是到了蚕上架吐丝的时候。七叔等商议进行室蔟迁移，太早损蚕，太晚坏丝，时间拿捏非常关键重要，不能有半分的差错。

桑园里所有人都忙碌了起来，既要整理桑园除草剪枝，又要清理大小室的干净卫生，还要准备下一批蚕宝宝的孵化。同时上蔟的首批春蚕更要全力照顾，防止出现双宫蚕、三宫蚕。到了第六天左右，偌大的蔟架室里出现大片的黄色蚕茧，七叔小心翼翼地摘下其中一个新茧，放在耳边上下摇晃，仔细聆听里面轻轻的"咣咣"声音，既清爽又干脆，是那么的美妙无穷。

"可以收茧了。"七叔沉稳地对祖家道。所有人都异常高兴，数月的劳作付出终于得到回报。大家小心地摘下新茧，把他们的劳动成果都换成喜滋滋的眉开眼笑，那笑意挂在每个人脸上。祖家明白，春蚕大获丰收了，但要换成现大洋，实现最初种桑养蚕的目标，关键还必须得到史家的认可。

又是一个艳阳天，一大早祖家带着七叔、五叔和朱孝七，用小提箱携带着新收获的春茧来到了史家。史姑娘是个极其挑剔的人，她眼里容不得半粒沙子，不知这些春茧她能看上吗？祖家心里暗暗焦急地盘算着。一个十四五岁的丫鬟正在收拾客厅桌子上的茶具。那小丫鬟眼尖，看见又是提着新茧要出售的桑客，便慢悠悠地道：

"刚打发走了城西的王家，他家的蚕茧个大茧圆，就是颜色太黄，怕抽丝后织出的刺绣颜色不好搭配，被我们家姑娘拒绝了。王家人是老主顾，本是高兴而来，不曾想败兴而归，便说了些怄气话，姑娘是个听不得重话的人，便叫我们赶走王家人，收走他们饮用后的剩茶，说连他们喝过的茶具都要埋在后院水沟里，还说今天再也不想接待任何桑客了。"

"哪个王家，有这等粗俗的人，让史姑娘怄气？"祖家好奇问道。

"还有哪个王家，自然是城西的王家，这几年刚刚发达起来，听说光桑园就有五六百亩呢，他的蚕茧卖给了本地好多大户。往年是与我们家搭上生意的，不料今年被姑娘拒绝了。知道您是尊贵的黄家三少爷，可是没有上等的好茧，在此也是白等，不如你们还是先回去等候消息吧。"

"城西王家蚕茧听说口碑不错，一个巴掌拍不响，做买卖总要两方都能接受才叫生意往来，史姑娘何必生气动怒呢，小心伤了身子。"七叔道。

"唉，要是两位少爷在家，那王家人怎敢如此无礼，怕是说话声音大了些，都要被呵斥，哪里有他说粗话的时候。"她道。正说时，史姑娘从里间走了出来，看见祖家等三人，怒气未消的脸上闪过了一丝惊喜，招呼他们坐下，示意丫鬟上茶。

"别人好的，关我什么事；我觉得好的，又关别人什么事，一个暴发户也敢在我史家撒野，这世道越发没有规矩了。"史姑娘显然对刚才王家送茧的事情相当不满，幽幽地发泄着怨气。不过祖家的到来，以及小提箱里的新蚕茧，让她很快又恢复了往日的冷静与敏锐。孝七忐忑不安地打开小提箱，把新茧轻轻递给史家丫鬟。

史若兰轻轻接过贴身丫鬟递上去的一个新茧，在眼前仔细地透过亮光观察后，又在耳旁轻轻地摇晃，行家叫"观其色，听其音"。显然她是个极其谨慎又十分内行的买茧人。

"前几天，我派人到你们桑园看过了，你们的桑叶、种苗用具以及蔟架等选的都是上好的东西。新茧外色呈黄色，既不是淡黄，也不呈褐黄，摘蔟恰是时候，看来你们对春蚕的种植、繁殖、饲养、收蔟时间等都拿捏得很准。你们的这批春茧，我史家全要了。有多少都尽快运来吧，可不能过明天子时，否则蚕虫醒来，咬破蚕茧就成下等货，我们史家是不收的。"她不紧不慢道。

对祖家而言，她的这句话最重要。史家同意收他的新茧了，显然是种桑养蚕计划最重要的时刻。他内心无比激动，心潮澎湃。但从史姑娘的话语中，他听不出对方任何高兴表扬的词语，表情仍然异常地冷静沉稳，深不可测。是自家春茧真的好，符合她的要求，还是同情怜悯自己，选择他的东西，祖家从她的脸上和双眼里，读不出半点信息。

"多谢史姑娘照顾，我们一定会尽快按要求把春茧运到贵府上来。"祖家赶紧道，一颗惴惴不安的心，终于恢复了平静。

春茧成功卖出的消息传到了老宅，传到了桑园里几百口人的耳中，大家半年多的辛苦终于有了好的回报，所有人都异常高兴。虽然不是年节，还是有人准备了鞭炮庆祝。根据朱孝七给祖家推算出的细账预算，这批春茧可以卖到六七千现大洋，也就是说，能还给史家六七成欠款。如果随后的夏蚕和秋蚕这两批货，到十月份不光可以还清史家所有的费用，到明年春茧再收获时，就能净赚到现大洋，今后的路子会越走越顺，日子会越过越好。祖家成功了，一个未来的大资本家正在浮现，他将来会走到多久多远，恐怕连他自己也未必知道。

最热不过七八月，大暑时节，大地到处都被太阳烘烤得像蒸笼一样炎热。连最喜爱夏天的蝉都躲在树叶下，停止了鸣叫，害怕炙热干燥的天气。祖家、七叔、五叔和单师傅巡查完了绿油油的桑园，刚刚回草棚坐下歇息，一直在角落做账的朱孝七，给大家沏完茶后，对祖家道：

"刚才史家来人说他们小姐想见您，说是有重要的事情与您商议。"

"来人没有说是什么事情？该不会是有关夏茧的事吧？"祖家擦着头上的汗水疑惑道。

"有语云，'做事留有后手'，史家从来都不会重视夏茧，他们只看重春茧。五叔和七叔都联系好几个夏茧买主，不怕她史家挑三拣四，压低价格。"孝七现在成熟许多，话也自然多起来，"不过……"

"不过什么，你敢给我卖关子，看我不收拾你。"祖家不满孝七说话吞吞吐吐，用脚轻轻地踢了他一下。

"不过那史小姐十分清高和冷漠，账又算得分毫不差。你们都说我是'铁算盘'，可是每次在她面前，我都怕得要死，害怕她那双犀利的眼睛瞧出什么破绽，被她嘲笑。还有听说棠爷家最近死了几个丫头，半夜常常闹鬼，可吓人了。"

"瞧你的德行，害怕人家算账比你精，还弄出闹鬼的故事，不像你'铁算盘'平时为人处世的样子。"裴爷取笑他道。

"你既然这么怕她，今天我就一个人去拜访她，看看她们家的鬼有多凶。"祖家道。众人无语，只有单师傅另有打算。

因为管家黄五手头事情很多，七叔年龄大了，单师傅到史家也是不妥，他只是悄悄跟在祖家身后，远远地在半路等候少爷的归来。

史姑娘在客厅静静等候祖家。只见她身穿薄如蝉翼的绿色丝绸上衣，下穿金丝绣花的黑色裤子。高高盘起的发髻下，额头显得更加饱满细腻，双眼明亮如珠，唇红齿白。隆起的胸部被衣衫刚好紧紧罩住，一把绣着仕女图的扇子，在她手中轻轻摇动。两个面容姣好的小丫鬟在旁边不停地驱赶着蚊虫。祖家心想她的这身衣着打扮，如果穿在四姑娘身上，不知有多漂亮迷人。

"三少爷来了，外边天气炎热，连鸟儿都懒得叫了，还让你赶过来，真是不好意思。不过这也是为了一件不得不尽快决定的事情。"看见祖家到来，史姑娘端直身子招呼他道。

"姑娘客气，史家刺绣名震江南，史家生意令人敬仰，姑娘能在百忙中想到我们黄家，对我是件十分荣幸和莫大鼓励的事情。"

"少爷过奖。今天请少爷过来，是有一事相求，其他人都不太合适，非请您帮忙不可。"她缓缓道。

史家姑娘一向清高，十分自尊自信，天下会有什么事能难住她？祖家内心顿时觉得十分蹊跷，便道：

"只要姑娘有用得着的地方，祖家定会全力以赴，竭力做好。"

"相信你也知道，最近省城南京发生了许多变故，临时政府政局不稳，经费拮据，裁军减员，士兵哗变，抢劫勒索的枉法事情时有发生，听说死了不少无辜百姓，临时政府一直无法稳定大局。我们生意人讲究平安是福，和气生财。乱象丛生的时候，生意就会十分难做，很可能会折了买卖，赔了本钱。人活一口食，历来的乱世都会发生劫富济贫，杀人越货的事儿。"她不紧不慢地说道。可祖家还是不明白她最终想要表达什么意思。

"姑娘不必多虑，历朝历代苏州都是经济重镇，物华天宝，富甲一方，政府十分重视当地的治安。姑娘做的又是苏州驰名中外的刺绣买卖，本地市场不好，还可以销往国外，比起其他生意人的窘迫不易，偌大的史家根深蒂固，尽可放心。"祖家安慰道。

"少爷博古通今，我岂敢班门弄斧。今天就不跟你绕弯子了，我们史家现在的状况你也听说过，我爹痴迷于苏绣创作，一心追求技艺突破，精益求精，不达目的誓不罢休，常把自己关在后院，十天半月不出门。我一个弱女子经营打理全部家族生意，虽然目前还没有出娄子，但你看这乱糟糟的世道，就怕恶人觊觎作乱。现在是不怕小人使坏，就怕恶人惦记。家里虽养着些看家护院的，但是很久没人压着、管着，他们尽使些花拳绣腿的东西，只怕真有事情发生时，都成了乌龟王八蛋，半点用处也派不上。"她忧虑道。

"震南、震北两位兄弟还没有回来？对了，听说棠爷最近在钻研独一无二的'霹雳乾坤镂空八卦刺绣图'，不知何时可以一睹真容，那可是绝对的极品货。"他问道。

"我的两位哥哥，自从跟爹爹闹僵关系后，就再也没敢回家，听说跟人跑到上海做生意去了，也不知道他们现在怎么样。我悄悄派人到上海打听过，是在一家叫'三洋樱花'的贸易行里做事。几次派人去请，都没有成功，连面都没有见着，更别说请他们回来。我算是明白，他们的脾气，跟我爹一样倔强，靠下人们是请不动的。听说你对我的两位哥哥有恩，他们平素也是十分敬重少爷，也愿意跟你交朋友。"

祖家慢慢咽下史家特制的香醇菊花茶，大概明白了史姑娘的意思，试探道：

"莫非史小姐是想让我到上海，专程请两位少爷尽快回来，帮姑娘打理家族生意？"

"少爷果然聪明，'响鼓不用重锤'，话还没有说完，就知道要干什么事。"算是对他的夸奖，明明就是想让祖家帮忙寻人，她就是不愿直接开口求别人。

祖家灵机一动，赶紧编了个理由。说这两天桑园正好需要些物件，准备到镇江买些用具，索性不如到上海采购，刚好找到那个叫"三洋樱花"的贸易商行，动之以情，晓之以理，把两位少爷给请回来，请姑娘放心就是。

史若兰内心自然是十分高兴，但她冰冷的脸上没有露出半点感激之意，倒是问起祖家在武昌都读过什么书，以前有没有做过养蚕的事情，一个外行新手，怎么就养出那么精巧的春茧。

"都是大伙肯帮忙，自己抽空仅是看过几本介绍种桑养蚕的《秦观蚕书》《齐民要术》《蚕桑辑要》和《樗蚕谱》等书罢了，略懂一些皮毛而已，大家把最紧要的事情都帮我做了。"祖家谦逊回答道。

"你这个'略懂皮毛'不简单，连我爹都夸奖说，史家今年意外得到了上等的蚕丝，这是好多年都没有见过的上等茧，为他的抽丝刺绣着色省了不少工夫。"她慢悠悠继续说道，"如果不出意外，准备收购马上就要下蔟的夏茧，不知三少爷家产量有多大？"

"承蒙小姐不嫌弃，一定会及时把最好的夏茧送到贵府。"祖家感激道。

"一言为定！"她道。

"如假包换！"

"给三少爷准备晚餐。"她朝门外的丫鬟喊道。

"多谢，不过听说府上最近好像不太平……"没等祖家把话说完，她脸色大变，打断了他的话：

"堂堂三少爷也怕了吧？有几个不争气的小丫头，最近得了肺痨病死了。消息都传到三少爷耳朵里，真是好事不出门，坏事传千里。"

"原来是肺病，天气过于炎热，青黄不接四五月，老百姓都缺衣少食，女孩子们家里又穷，双亲又不当事养着，难免会生出毛病，只可惜坏了棠爷家的名声。"祖家惋惜道。

"谋事在人，成事在天，只要认为方向是对的，其他的杂音不管有多聒噪刺耳，也就不足为虑。三少爷如果害怕染疾，就不必在此逗留，还是赶紧走吧。"她仍是淡淡地道，并命令丫鬟取消准备晚餐。

史府接连出现小织女病死的事情，跟棠爷最近专注于"霹雳乾坤镂空八卦刺绣图"有极大的关系。史家后院有上百名年纪在十三四岁至十七八岁的女孩子，豆蔻年华至青春少女，都是买来的穷困人家的苦孩子。年龄小的负责新收购蚕茧的缫丝处理，稍大些人又机灵的，专门被挑选出来，跟随棠爷学习刺绣工艺。为了便于控制，每人只准学丝、绣或是着色等一门手艺。而霹雳乾坤镂空八卦刺绣图，长五米，宽一米，堪称苏州刺绣极品。既有传统技法，又有新近西洋流行的镂空技术。棠爷一心想中西合璧，打通中外技艺沟通壁垒，制成最高境界的艺术珍品，一举夺得全国乃至全世界的苏绣第一好东西，其强度与难度自然大于以往任何一件刺绣制品。那些丫鬟们成天不眠不休地赶工干活，依然不能满足棠爷的要求和进度，打骂体罚成为她们的家常便饭。有些小织女是旧伤未愈新伤又长，劳作强度大，神经绷得紧，患病治疗又不及时，加之天气炎热容易生病，许多豆蔻年华的小姑娘们就被慢慢折磨而死，鲜活的生命永远消失在史家后院。

"小姐说得没错，任何成功都是来自于不懈的努力和长期的专业进取，不要过多在乎外界的聒噪杂音。棠爷为了殿堂级的艺术精品，牺牲掉自己的时间，精益求精对待刺绣的态度令人钦佩。只是把经营丝绸和漕运的偌大生意，都压在一人身上，小姐真不愧是非常人物。"祖家假装十分认同史家的做法道。

"少爷难道不是非常之人？辗转千里，用了短短半年多时间，就能化腐朽为财富，稳佃户，求发展，令人印象深刻！天色尚早，三少爷何不参观一下我们史家的缫丝生产和苏绣制作。"她试探性地问道。

"天下宋锦出苏州，苏州宋锦在史府。若得一睹史家传世刺绣的制作现场，将是极大的福气和荣幸，我求之不得。"祖家惊喜道。

就在史若兰站起的一瞬间，祖家闻到了她身上一股淡淡的少女幽香，沁人心脾，让祖家产生了别样的感觉。那种感觉与四姑娘又完全不同。

祖家知道史姑娘是智者，是她那个年龄段最为卓绝的优秀人物，但与智者朱大伯又有本质的不同。前者是极度追求技巧和成功，是心思缜密不择手段的机灵鬼，是一时一事的强者。而后者是能举一反三，融会贯通，知古观今的慈爱者，不会过多在意自己的得失，授人以渔而非授人以鱼的长者。一个斤斤计较、不择手段、患得患失、蝇营狗苟、嫉贤妒能、夸张矫饰。一个谦逊随和、从善如流、大成若缺、大盈若冲、大巧若拙、大辩若讷。突然间祖家觉得自己不如史若兰的机巧，更比不上朱大伯的哲思，一切都还需要去尝试、撷取、思索、发现和实践。人逢乱世，安身立命不易，回报亲近的人最是必要，祖家内心原始的正义良知感，一直激荡在他参观史家苏绣制作的过程中。

第十四章

搏击商海　罅隙渐起

三天后，在异常繁忙的上海码头，祖家、朱孝七和单师傅一行三人刚刚走下轮船，坐上黄包车离去。在他们身后不远处，从另一艘船上，下来一群衣着讲究的人，行色匆匆，神情紧张，走在中间的是一个身材微胖的中年汉子，戴着压得很低的大礼帽。不过从走路的姿态和偶尔露出的余光可以看出，他就是现在身居南京临时政府特别卫戍副司令的呼延冲。他正被前呼后拥的侍卫紧紧保护着走下舷梯，副官黄祖耕机警地跟在他身边。

　　三辆黑色福特牌轿车正好风驰电掣地赶到，一个急刹车停在他们身边，祖耕立即为呼延司令打开中间车的车门，自己坐在副驾驶座上。一行人风驰电掣般离开了码头，向沪军都督府方向驶去。汽车疾驰在大道上，在一个十字路口，突然冲出了一辆大卡车，随着一声刺耳的刹车声，卡车停在了马路中间，死死挡住了福特车队的前行路线。祖耕顿感不妙，一边机警地左右观察，一边迅速从腰间拔出二十发装的驳壳手枪，准备随时应对不测事件。

　　"随机应变，注意观察，周围都是市民，不要随便开枪。"呼延司令也注意到了卡车的非常举动，但他不愿伤及无辜，短促且急迫地命令副官黄祖耕道。

　　"属下明白！注意警戒，保护司令，随时准备突围。"祖耕应声道，一边命令司机警惕四周突发变化。

　　卡车还没有停稳，从车头突然射出一串子弹，打死了第一辆福特车的司机和副座位上的侍卫。说时迟那时快，从卡车后被遮住的帆布后边，突然跳出几十个手持长刀的大汉，疯狂地朝车队砍杀过来。

"不好，有乱党故意滋事。脱脱齐，就是用你的命也要贴身保护好呼延司令的安全，其他人员按扇形分开，护送司令安全突围。"祖耕打开车门，大声吆喝道。同时拔出短刀，朝冲得最近的几个歹徒砍去。刹那间繁忙的大街顿时成了杀人的坟场，呐喊声、厮杀声、惨叫声此起彼伏。祖耕虽然带领的人少，但是个个身手了得，三五个歹人根本无法靠近他们。在一处暂时安全的墙角后边，脱脱齐死死地贴身护卫着呼延冲，作乱匪徒虽然得势，却也无法伤害到他们。

几分钟后，哨声急促响起，一支全副武装的士兵队伍从远处冲了过来，数十名警察跟在他们身后。为首的军官拔出手枪，朝天连开几枪，大声命令道：

"保护特使，活捉乱党！"

一阵激烈的骚动后，为首的乱党口中发出"哓、哓"声，众匪作鸟兽散，纷纷遁入人群逃窜消失。

"穷寇莫追，保护特使要紧。"有人喊道，祖耕也不追赶，带人立即机警地围在了呼延冲身旁，确保司令安全。

"特使放心，我们是都督府的人，是陈都督专门派来迎接特使大人的，不想遇到乱党滋事，请特使恕罪。"为首军官道。

"此地不宜久留，还请前边带路。"呼延冲对解围军官道。

高大威武的都督府戒备森严，三步一岗，五步一哨，经过最后的门岗时，只准许呼延冲和副官黄祖耕去见都督，其他人都被带到别处休息。穿过几道大门，呼延冲才来到都督府接待客厅。

"特使稍事休息，陈都督马上就到。"那位军官道。

一杯茶工夫，门外卫兵高声喊道：

"都督到！"

呼延冲和祖耕正要站起，陈其美都督已经来到他们面前。都督是东洋军校专科毕业，治军甚严。他身材魁梧，面无血色，脸庞自带七分威严。

　　"坐，本都督接待不周，差点酿成大祸伤了特使，我愿意接受特使处罚。"洪亮的声音从他浓密而短粗的胡子下边传出。

　　"都督言重。大上海卧虎藏龙，经济发达，但也是鱼龙混杂，敌暗我明之地。都督在此激浊扬清，甚称中流砥柱，是上海之福，全国之幸。"呼延冲道。

　　"哈哈！特使取笑了，陈某怎敢独自揽功，都是手下革命将士追求光明，誓死征战的结果，更是孙大总统、黄总司令的厚爱提携。对了，克强兄最近一切可好？"

　　"总司令很好，临行时还专门命令我给都督带来一封他的临时亲笔信。"

　　"啊，总司令操心了。"陈都督虔诚地打开信封，剑眉下一双深邃大眼紧紧地盯住信纸，只见上边写道：

　　"其美弟，见信如见人。兄依党内同志商议，现留守南京已过半载。然内有众口，其意难决；外有强敌，猖獗势大。但革命果实必保，以固吾党与强援商谈之资本，苏、沪、浙成犄角方可自强。目下拮据困顿，兄不忍扰民，特遣得力密使抵沪，暂借山炮二十门，子弹五十万发，币十万，以解燃眉之急。望讫。"

　　"克强困难如此，与他在电报中说的一样，其美定当竭力相援，只是货物数量太大，本都督短时间内难以凑齐，容我三天时间，保证特使满意而归，如何？"陈都督爽朗道。

　　"多谢都督强力相援，南京定会感激不尽。"呼延冲谢道。

　　"来人，护送南京特使到虹口宾馆休息，务必加强警戒，如再有半点闪失，小心项上人头。"都督命令侍卫道。在重兵护卫下，呼延冲及其他人员被送到离都督府不远的虹口宾馆暂时住下。

"司令，陈都督满口答应总司令的要求，这次抵沪，是不辱使命，很快就可以返回南京了。"在暂时安全的宾馆，祖耕为呼延冲递上热茶后道。

"未必，陈都督那双鹰隼般的眼睛里，透着不可猜摸的桀骜不驯。他与总司令在日本留学时都已经成为朋友，南京眼下如此苦难，总司令没有少给他发电报命令支援，但都石沉大海，或是避重就轻。陈都督能把人员和各种势力复杂的大上海管制得体，非常人所能及。军械粮饷是势力做大和军队稳定的基石，全天下的军人谁人不知这个道理，难道他陈都督舍得割自己身上的肉去救别人？真会诚心诚意帮助总司令渡过难关，我看未必。"呼延冲忧心忡忡道。

"司令一番话倒是提醒了我。还有一事属下觉得也是蹊跷，我们这次行踪本是极其隐秘。今天在码头发生的突然袭击，倒出人意料，在歹人快要得手时，突然出现大批军人和警察，他们早干吗去了？鸣枪示警后所有人又逃得无影无踪，那么多人还抓不到几个毛贼，真是让人费思量。但是陈都督他不敢不给总司令面子吧？我们是南京的特使，他总得吐一点骨头，让我们带回去复命吧？"祖耕像是明白了什么。

"如今形势复杂，人心难测，我们只能尽力而为。虽然吃了个下马威，但凭总司令的威名，谅他陈都督也不敢做太失分寸的事情。"

"司令所言极是，属下行事小心就是。"祖耕一边环顾窗外四周环境，一边悄悄地拉上所有窗帘，同时立即命令带来的兄弟们加强戒备。

在上海市区，祖家一行三人按照史若兰提供的地址信息，找到了黄浦江边名叫"三洋樱花"的贸易商行。他们在离商行不远的地方暂且住下，稍事休息。因为单师傅不想见到以前的东家，祖家只带着朱孝七，匆匆来到贸易商行的三楼，孝七遂上前敲316的房门。

片刻一个浓妆艳抹的女人，故意轻咳一声，从虚掩的房门后娇滴滴地问道：

"你们是谁，找哪位史少爷？"

"麻烦通报一声，就说是苏州老黄家便是。"祖家道。

"原来是个乡巴佬！在外边等着吧。"那女人不情愿地道。话音未落，房间里传出一个熟悉的声音问道：

"是祖家兄弟吗？快快里边请。"

"哎呀，哥哥们可好，好久没有见到两位少爷了！"祖家推开房门惊喜道。

他乡遇故友，岂非人生一件快乐事。祖家、孝七与史家兄弟都非常高兴，相互激动地拥抱起来。

"来来来，我的尊贵少爷，快些请坐！"史震北热情地招呼着祖家。祖家环顾四周房间，发现这是一个豪华套间，铺着绣有大红牡丹的地毯。除了开门的妖艳女子，还有一个袒胸露背的姑娘，独自坐在沙发上摆弄自己的头发，她们就是风华与绝代两个风情女子。

"两位少爷在上海过着神仙般的日子，让我这个乡巴佬自叹不如呀！"祖家故意挖苦道。

"一言难尽，兄弟何等尊贵身份！等我以后慢慢告诉你大上海的真实生活。"史震北苦笑道。

自从数月前史家兄弟因为不遵祖制，好逸恶劳，吸食鸦片，引起棠爷极度不满，扬言要打断儿子们的双腿后，不争气的兄弟俩十分害怕。徒有万贯家产，他们却是身无分文，实在无路可走才来到上海，想依靠贺麻子的关系，在上海谋个差事，做出一番业绩再荣归故里，取得父亲的谅解。刚开始倚仗在苏州对贺麻子的照顾和史家的巨大声誉影响，贺麻子倒是为他们安排了好差事，经常出入高档酒店，为重要客户押送特殊货物。时间一长，兄弟俩好吃懒做又抽又贪的毛病复发，还包养风华和绝代两个花钱无数的婊子。许多事情都被懈怠疏忽，让贺麻子损失了不少收入和客户，渐渐引起贺麻子的反感和不满，给他们安排的事情也就渐渐减少。两兄弟在上海花得多挣得少，数月下来竟是欠下大笔的费用，光这个月酒店的房租还差一百多元没有着落，可愁坏了他们。今天突然遇见祖家，有些天上掉银圆的感觉，令他们格外兴奋。

"兄弟想过神仙般的日子，太容易了，我们这就带孝七兄弟出去遛遛，看看黄浦江的美景，让这两个美女陪三少爷，来个'一龙双凤'，包你满意，怎么样？哈哈！"史震南满嘴污秽道。

"嗨，两位哥哥，你们就不能正儿八经地跟我说说话。我这大老远跑来找你们，也不问问带给你们什么好消息。哥哥们要是不想听，我转身就走，你们继续自个儿玩儿吧，我可没有时间！"祖家故意不满道。

震北使个眼色支开两个婊子后，献媚地问祖家道：

"洗耳恭听，知道三少爷不会亏待我们，就请赶快告诉我们好消息吧。"

祖家一想到惨死的福爷，内心深处就十分痛恨这两个为非作歹的恶少，希望他们能早日受到应有的报应。但是一日找不到证据，一天也就不能打草惊蛇。史家这两个狗东西，正是顺藤摸瓜接近贺麻子的关键人物，能否找到失踪的五姑娘和破获福爷惨案的谜团，现在处理好与他们的关系极为重要。

想到这些祖家强压怒火，便把苏州的社会现状和受史姑娘之托、专门抵沪请他们回去的事情，原原本本告诉他们，并最后叮嘱：

"两位少爷都是聪明人，史家富可敌国的家产，怎能落入一个丫头之手？她想没想你们的脸面往哪儿搁？作为朋友，我真心希望你们能早回苏州，看好偌大的家业，把'忍'字放心中，将来自然有的是大把银圆花，何必现在与棠爷斗气，看不到堆积成山的金银财宝正在向你们招手吗？常言道'退一步海阔天高'，我是真心奉劝两位能三思而行，早日启程回家，何必守着金饭碗看别人脸色吃饭呢？"

祖家这番情深义重的话，果然打动了史家兄弟，热泪盈眶地说祖家犹如是他们的再生父母，将来一定会感激报答他。

"三少爷就是我们的太阳，我们的再生父母，我从心窝子里喜欢你！"

"好兄弟本就是应该互相帮助，何来感激之意？那就是不把我当兄弟看。不过我想认识贺老板，看能否再为兄弟穿针引线？"祖家道。

"这有何难，我们要是回苏州，本来也应该向贺老板辞行的，到时一定为你穿针引线。贺老板神通广大，将来对你的生意发展或许有极大的帮助。不过此人一向神出鬼没，不按常理出牌，我对他行踪捉摸不透啊。"震北道。一提起贺老板，他话语里明显既有尊重，又有些无奈的感觉。

为震北、震南留下足够的费用后，祖家离开了酒店，带领朱孝七和单师傅游览黄浦江畔的美景和品尝海派小吃。上海真是个奇怪的地方，到处富丽堂皇，高楼大厦林立。天南地北的人群说着不同的口音讨价还价，橱窗里陈列着西欧东洋最新的怀表、香水和精美的日用品。形成反差的是满大街都有衣衫褴褛的乞讨之人，富贵与贫穷，显赫与卑贱，共同组成了大上海包罗万象的奇特风景。

第三天阳光明媚，一大早，祖家突然睁开惺忪的双眼，双手痛苦地按住腹部，对睡意惺忪的朱孝七道：

"孝七，今天是答应史小姐，陪伴史家少爷回苏州的日子。昨晚吃的海鲜可能不干净，现在肚子特别疼，待会儿你去酒店接他们过来，这会儿我实在不方便。他们问起来你就说我昨天夜里喝多了拉肚子。再说，我答应单师傅，要陪他到'精武馆'去转转。顺便参观几家上海的缫丝厂，实在是没有时间。如果万一贺老板问我从哪里来，就说我是苏州的，千万别提半个武昌字眼，你听明白了吗？"祖家心里非常清楚，不能让贺老板知道他的任何底细，就算是最亲近的朱孝七也不能知道，否则就是对他的极大伤害。

"哎呀，不行了，我得出恭，你赶紧去吧。"祖家惨叫道，一个箭步冲进了洗盥室。

"昨天海鲜吃得还没有我多呢，我是吃得香睡得美。你不是着急想见贺老板吗？怎么又去不了？攀上这个大财神，以后的生意看谁还敢小瞧您。为什么不能提你长在武昌、祖籍苏州、生意又在苏州呢？"孝七隔着门嘟囔道。

"就你多嘴！生意人嘛，背景越简单越好，只要双方有利可图就行，干吗非要知道对方出生的子丑寅卯呢？常说英雄不问出处，就是这个意思。"祖家骂道。他其实非常清楚，自己现在根本不能见到贺麻子，贺麻子被自己从清风寨一路跟踪追随到上海，他一定不想有人提起武昌的半点儿事情，徒增不必要的麻烦，反而不利于接近他。

此刻在沪军都督府，也正在上演着另外一个惊世骇俗的大阴谋。由北洋第八镇转化而来的革命新军，司令李鸿烈根本看不起毫无军功的都督陈其美。正以军械购置和招募新军为契机，向成立不久的都督府申请巨额的军费。都督府刚刚成立，百废待兴，经费捉襟见肘，对咄咄逼人的李司令和蠢蠢欲动的军队，稍有半点差池，将可能引起军队哗变和军人干政的恶果，革命军取得的胜利果实，就有可能随时土崩瓦解。上海作为中国最富庶的财税来源地和影响巨大的对外国际贸易窗口，将有可能陷入长期动荡混乱的漩涡逆流中，对革命政府产生致命的伤害和打击。陈都督深知形势严峻，一方面大力结交工商业界巨头，希望能取得富豪大佬的支持与理解，另一方面亲自组织各种募捐活动，充分动员各阶层支持同情革命的人民大众，号召他们积极为革命临时政府募捐，努力维持社会稳定和政令畅通，消除各种谣传和不安定因素。

这天上午，"东和贸易公司"愿意为新政府募捐一百三十万元现大洋。东和贸易公司是一家经营铁矿石出口与引进西洋工业品的大公司，董事长耿永昌眼光深远，一心一意想把西方的技术和政治运作模式引荐到中国来，让百姓早日结束愚昧、痛苦和混乱的生活。陈都督一大早亲率数名亲信，专门到东和贸易公司向耿董事长表示感谢。

就在陈都督与早已在大门口等候的耿运昌董事长握手时，突然从对面大街窜出一群便衣枪手，二话不说向他们密集开枪，分明是想致他们于死地。都督护卫拼死抵抗，刹那间整个大街上枪声四起，惨叫不断，乱作一团。就在护卫们护驾倍感吃力时，一伙身穿汗衫短裤、手拿砍刀的人冲了上去，向枪手们大声吆喝："砍死你们这帮王八蛋！"

"洪帮救驾来迟，请都督赶快离开。"为首的洪帮舵主向陈都督大声喊道。

一阵凶猛的激烈砍杀，虽然全歼灭了枪手队，但耿董事长不幸遇害，陈都督胳膊和腹部分别中枪，鲜血直流，大片衣衫被染成了血色。

等呼延冲率领黄祖耕赶到都督遇险地点时，陈都督已被包扎完毕，鼻中气息微弱，意识尚属清楚。看见他二人赶到，使劲伸出五个手指头，正要说出其中意思时，便被医生以病人急需休息、不可说话为由加以阻止，侍卫们护卫陈都督离开现场。当然这毕竟是公然的挑衅行为，连上海最高统帅也敢刺杀，属于重大恶性事件。一向精明强悍的陈都督岂能对嫌疑人善罢甘休？对南京特使和自己的刺杀行为，使都督对自己身边的人和军队掌权人十分怀疑，他心里暗自发誓，一定要抓住内奸，将其碎尸万段，严惩不贷。而对两次出手相救的洪帮和斧头帮等江湖帮派却产生信任和好感。伤愈后，专门暗自联系青、洪帮等江湖掌舵人相谈，与各帮派堂主歃血盟誓，以兄弟相称，以仁、义、信为江湖道义，叩首天地，永结兄弟，在上海滩形成独特的江湖革命形势。

等到陈都督身体康复，渐渐与各帮派关系融洽的时候，便找准机会残杀了李鸿烈司令。繁荣富庶的大上海政治、经济、文化等各方面，均已深深地融入了江湖帮派势力的影响。革命军自陈都督始，总有一页难以翻过的黑暗江湖帮派历史。

按照陈都督五个手指头的暗指意思，呼延冲带领祖耕携五十万发子弹回南京复命去了。所要的二十门大炮和十万元现大洋自然是无法实现，南京留守政府不得不过上了更加举步维艰的苦难日子。

孝七跟着祖家陪史家兄弟回到了苏州。在棠爷府上，离开家半年之久的史家兄弟，极力讨好史姑娘，不过她淡淡地道：

"三少爷辛苦，天这么热，舟车劳顿，从大老远把我两个哥哥请了回来，史家真得是感谢少爷的此番辛苦。"

史姑娘今天身着一件白色刺黄小碎花旗袍。夏天的丝绸旗袍衣服恰到好处地包裹住了她的身体，细腰处略高的分叉和收紧的小腹，衬托出她的婀娜身材。"冷若冰霜，艳若桃李"，祖家心里暗暗想到，只是她的脸色永远都是苍白，眼神高傲冷漠，要是她的脸上有半点桃色，不知该多迷人。她的这身衣服如果穿在四姑娘身上，不知该有多美。祖家心里邪恶地想着，痴痴地望着她，半晌没有回答史姑娘的言语。

史若兰这时感到对方的变化，故意轻咳一声，祖家这才猛然回过神来，知道自己失态：

"受人之托，忠人之事，为朋友尽些绵薄之力罢了，小姐不必多礼。"

"凤儿，把棠爷亲手设计图案、这几天赶做的那件绸衣拿来，让三少爷试试，看看是否合身。"她向身边的其中一个丫鬟使唤道，而完全不理她两个哥哥的搭讪，当成透明人一样无视他们的存在。

"棠爷亲手设计的衣服，是何等昂贵精美，祖家何德何能，怎敢随便穿在身上。"祖家紧张起来。

"衣者，取暖御寒遮丑也，三少爷不必推辞。如果一件小事，少爷都难取舍，怎么面对将来的变化？"史若兰劝道。

"真的让我受宠若惊，受用不起！"

"正好合身，不必推辞。"

"只怕是会亵渎了棠爷的珍品，只是……"

"三少爷有话直说，何须瞻前顾后！"

"只是在以后的生意中，还望史小姐多多指教。"祖家道。

"是说秋季蚕茧吗？知道你们千亩桑园产量巨大，也都是些有经验的人在长期侍弄着，相信一定会有好的收成，不过……"她欲言又止。

"不过什么？小姐尽管说就是。"祖家不安起来。

"我们苏州人有条不成文的规矩，也是生意人的公开秘密，就是眼见为实。钱赚得越多，越有本领，越是受人爱戴，在生意中从来不掺杂任何个人的因素。今天三少爷远道归来，有些累了，并不适合谈有关生意合作的事情。"刚才祖家有些失态走神，引起她的警觉。

是啊，做生意本就是你有商品服务，我有对商品服务的需求，每一次交易都是双方自愿的利益交换。商品和服务的好坏，才是最终决定价格的因素。商品交易双方是公平公开的，怎能渗透进非分的不现实的东西，去影响商品服务的价值，左右人们的使用倾向，阻碍交换的发生。"苏州史绣，妇孺皆知"，史家能成为苏州首富，靠的是精湛独特的技术，享誉中外的产品，几代人孜孜不倦的努力，最终才制成传世佳品，怎能容得下半分的瑕疵和人情世故的左右？蚍蜉也能撼大树，蝼蚁何尝不会挖空大堤。世间一切都是这个道理，专一者恒成功，摇摆者必失败。想到这里，祖家心里有些惭愧起来，脸皮略有些发热：

"小姐所言极是，生意归生意，个人归个人，千亩蚕茧能否符合棠爷需求，但凭姑娘定夺，我没有半分怨言。"

"今天不谈生意，只论朋友。不管怎样，哥哥们总算经三少爷出面请回来了，还是那句话，十二分的感谢。"史姑娘不紧不慢地道。一双宁静忧愁的眼睛盯着祖家，丝毫也感受不出她内心的任何波澜涟漪。

要是没有这两个可恶的哥哥，没有福爷的惨死，与史若兰真是可以成为生意场上最好的搭档，必将无往不胜，所向披靡。可是福爷不明不白的惨死谁来负责？裴爷的不白之冤谁去伸张？人世间的公义就那么难以企及吗？祖家乱七八糟地想着，苦苦努力在史若兰美貌与智慧背后，寻找和她不争气的两位哥哥间的平衡点，保证不会出现半点的差错，否则所有的努力和计划都将成为泡影。

"噢，聊了半天，竟把今天的主角给晾在旁边，两位少爷识得大体，也是辛苦不易赶回来的！棠爷没有在家吗？"祖家环顾四周，没有看见棠爷。

"哎，在我的记忆中，你是唯一能跟我妹妹说这么多话的人。刚才凤儿不是说了，我爹在后院忙他的'霹雳乾坤镂空八卦刺绣图'，好几天没有出房间了，你当然是看不到他老人家。"史震北看见祖家自顾与妹妹聊天，自己好像空气一样不存在，引起他的嫉妒。

"爹爹一直在后院钻研他的宝贝刺绣，其他的事一概不管不问，方方面面偌大的经营事儿，都是我一个弱女子在打理。哥哥们回来了，今后我就能稍微歇口气了。"若兰不急不慢道。

"是啊，今天是你们兄妹团聚的日子，应该有许多话要说，我就不再打扰。只是请史小姐能在棠爷面前替我兄弟们多美言几句，毕竟是亲生父子，血脉相连，多大的误会都应该化解，家和才能万事兴。"祖家拜托史若兰能劝和棠爷父子间的矛盾。别过史家兄妹，带着孝七径直回家去了。

三天后棠爷用尽毕生所长绣制的"霹雳乾坤镂空八卦刺绣图"正式完成，几年的辛勤努力，总算是织成了举世无双、空前绝后的稀罕好东西，棠爷心情好了许多。史家兄弟看见父亲出来，赶紧讨巧地上前为他沏茶挪座。

"这些天爹爹苦苦研修刺绣，不分日夜地辛苦，让不孝子们觉得十分惭愧。"震北双腿微微战栗，壮着胆子道。

棠爷眼睛横扫了一下，鼻子发出"哼"的一声，右手拍在桌子上，稍显气愤道：

"听说你们两个跑到上海发财去了，住酒店、抽大烟、耍小姐，过得倒是风光！现在穷困潦倒一文不值，才想起滚回苏州。真不知我上辈子造的什么孽，养出你们这两个不肖子，百年之后让我怎么去见列祖列宗？"

"爹，我们知道错了，你就原谅我们吧。"震南是个急性子，他对棠爷说话从来不拐弯抹角。旁边史若兰也劝爹爹想开些，毕竟大家都是亲骨肉，想为哥哥们打圆场。

"真是太不像话了，我在你们这个年龄，早就跟着你们的爷爷潜心学丝绣技艺，差不多都能掌握我们史家独门刺绣技术的八九成了。哪像现在的你们，一窍不通，游手好闲，好吃懒做，将来怎么得了！都是你们娘去世得早，我把你们给宠坏了，算是白养活你们两个兔崽子，吸毒嫖娼，不中用的东西！你们看城东的薛家，再看看城西的王家，还有城北的何家，以前都是些破落户，冬天还穿着夏天的裤子，多少年不是求着咱们给些边角活儿干才不会饿肚子。经过这些年的积攒努力，现在都风光得很，置办了大片的良田，人家都在往前走呀，我们基本还是那些土地，吃着你们爷爷留下的饭呐。我一辈子好强，却栽在自家人手里，史家的脸都被你们丢尽了！"棠爷继续大骂道。

"爹，您就少说两句，哥哥们知道错了。不是说'浪子回头金不换'吗，鼎鼎大名的棠爷，这次就饶了他们，总不能您从此不再认自己的儿子了吧？"史若兰一边为爹爹添茶水，一边故意激他道。

"唉……"棠爷长长地叹息一声，大厅陷入可怕的沉静中。

"饶了你们也行，但必须听从我的安排。第一，打点好漕运生意，跟船运货，让你妹妹专心做丝绸买卖。第二，从今天起往后三个月，必须戒掉吸食鸦片的坏习惯，否则家法伺候，按祖制一定会打断你们的狗腿，让你们永远也别想离开这个家。"棠爷不容分说道。

"爹，漕运不是已经从……"史震南本想说已经从福爷的湖广商会抢过来了，但没等他说完，棠爷就不耐烦地打断了他的话语：

"叫你们去跟船，自然有跟船经营的道理，哪有什么已经的事。我有些困了，需要休息，你们都出去吧。"他是怕后面震南提到福爷的惨死，在女儿面前，他不想提起任何有关福爷的半点事情。

当初就是在裴爷家里，福爷、棠爷为了达成漕运的生意，双方进行了最后的谈判，不曾想福爷根本不想让出湖广商会的半点股权给他史家，让他这个极乐会的核心成员十分不满。极乐会是由苏州城里各行各业最出名的行业精英组成的秘密商业组织。在组织内相互支持，互通有无，对外抱团取暖，赚取更多商机。成员实行会员制，每年由茶、丝、绸、渔、织、铁和农等各行各业世居在此的行业精英自愿聚会一次，商谈来年生意往来，沟通会务信息。原先本是一个自愿松散的组织，因为成员多年比较固定，又长时间在一起经商做生意，彼此知根知底，因为利益休戚相关，逐渐便形成了一个组织严密、管理规范的神秘生意圈。非本籍、非豪绅、非世袭都不能成为极乐会成员。棠爷是丝绸界的翘楚，为了促进丝绸业更大发展，不得不逐渐扩大漕运规模，这就与东下的湖广商会产生严重的冲突。棠爷气愤至极，索性一不做二不休，在极乐会其他成员的支持下，指使两个儿子秘密杀死了福爷，为他的漕运大业清除了眼中钉肉中刺。

当今社会时局动荡，临时政权又飘摇不定，当政者忙于平息各种利益团体之间的矛盾纷争，根本无力破案追责。别人也很难想到是深居简出、甚至是刺绣偏执狂的棠爷干的。天下丝绸出苏州，棠爷就是苏州刺绣界的翘楚，代表了苏州丝绸刺绣的最高水平，是苏州百姓心中的机巧之王。人们不但不会把福爷之死与他偏执、孤傲、冷血的性格相联系，还把他看作是苏州的骄傲，是无人能超越的刺绣技艺之王。人们常说："哼，想找到比史家更好的刺绣，那就等到下辈子去吧。"一直被模仿，从来未被超越，其他人唯唯诺诺，没人敢与他争抢生意，棠爷从心眼里也根本瞧不起本地的其他刺绣大户，自然也不愿与其他人交往。多年的高高在上，逐渐形成他鹤立鸡群的孤傲性格。

长发、圆脸、黑葡萄般的双眼，身着一件图案设计十分精美的白色刺绣旗袍，旗袍开衩很高，丰满圆润的胸部高高耸起，双手捧着冒热气的茶杯递到嘴边，一瞬间，空气中除过清新的茶香外，还飘过来一股特别的胭脂香味，自己只想盯着她多看一眼，根本没有接过茶杯的动作。"啪"，茶杯掉在了地上，摔得满地狼藉，祖家猛然惊醒，原来是在梦中。只是梦中的四姑娘换成了史姑娘，她并没有史姑娘华丽精美的着装。四姑娘却比史姑娘更加丰满迷人，少了些冷若冰霜，多了些艳若桃李。祖家心想这些天自己比较忙，好些日子没有到裴爷家去看四姑娘了。不知道她最近在忙些什么，有没有新鲜故事，或是新的什么时尚词语从她嘴里迸发出来。快到学校放假的时候了，不知她暑假有什么打算。他这样想着，一时辗转反侧，难以入睡。

翌日，祖家查看完桑园秋蚕的生长后，独自来到裴爷家。因为深受福爷死亡案件的影响，裴爷没有了贸易公司的正常运转，就像是没有母鸡产蛋一样，李家再没有活钱增加。当时为了救裴爷出狱，打点各个关节基本上花光了全部的积蓄，裴爷家现在的日子过得十分窘迫。动荡的社会和不稳定的物价，使他们的生活一天天越发艰辛起来，以往排场奢华的家宴，如今基本绝迹，也很少有客人赴宴或邀请裴爷聚会。一双儿女在学堂也受到同学们的议论和歧视，背后被人指指点点，说成是杀人犯的孩子，经常被其他学生当作出气筒，时常受骂挨打，身上被打得青一块紫一块，衣服也没有干净的时候。因为四姑娘的热心相救，把她的学生孟非梦带到二叔家里藏着，又多了一个人的开支。前一阵子春天裴爷身体好的时候，还帮助祖家照看桑园，不曾想春夏的一场风寒，裴爷竟一病不起，卧床数日。从此他经常长吁短叹，心灰意冷，幸亏二婶精明能干，才没有让这个家庭陷入更大的生存漩涡之中。今天祖家的到来，令裴爷十分高兴，喜出望外。

"三少爷，今天怎么有空来看我这个废人？"

"裴爷何苦自责，明眼的苏州人都知道，福爷与您是多年朋友，交情非旁人所能及，您怎么会去害他？若老天有眼，包公再世，一定会还您一个清白！您绝不是凶手，无论旁人怎样议论，我深信不疑。"祖家用手指了指天，语气坚定地说道，又缓缓放下手臂，轻轻端起茶杯：

"二婶沏的茶真香，比我们家的不知要好喝多少，每次都忍不住想多喝几口，这泡茶还有什么秘密技巧吗？"他问二婶道。

"哪有什么泡茶秘密，我见过不少会说话的主儿，没见过三少爷这么会夸奖人的。"二婶一边给祖家递扇子，一边哄着旁边一对可爱的儿女，高兴答应道。

"其实我早应该过来拜访裴爷您了，只是最近总有些事情让人忙得脱不开身，才耽误到了现在。"祖家一边说着，一边从怀里取出一个红包递到裴爷面前，"这是我的一点心意，感谢您对桑园和春蚕养殖的大力帮助，才有桑园成功的第一步，祖家铭记在心。"

"三少爷，这……这是干啥？我一个废人，别人嫌麻烦，唯恐躲之不及，没什么作用，一文不值的，少爷还是赶紧收起来吧。"裴爷谢绝道。

"值、值！绝对是物超所值。听人说裴爷刚到苏州时，就是为别人种桑养蚕，技术好得不得了，远近的人都知道您是行家里手，有多少人想请你去光临指导，都无缘邀请到您呀，这些费用您若不收，就是嫌弃钱少，看不起我这个晚辈。"祖家赶紧道。

凭眼睛也能看出，裴爷知道红包中的东西分量不少。"贤侄说哪里话，不是嫌少，而是给多了，让我受之有愧呀！"裴爷有些动情。

"裴爷顾虑多了，夏季蚕过后就是秋季蚕，到时一定还得麻烦您。咦，四姑娘还在学校补课，不是放暑假，怎么没有看到她？"祖家故意岔开话题，向二婶打听起来。

"她前天刚走，放暑假了，说是跟她们学校姓宋的老师到省城去采购书本去了，估计三五天就会回来。"二婶道。

"去南京了，说不定她还会去看望我大哥呢！"祖家喝下一口茶，掩饰自己的失望。

"好像说是去耽误四五十天，哪有那么快就回来的。我的侄女我最清楚，她是一个闲不住的人，没有事情做，她会很不自在的。"裴爷反驳二婶的判断。

"采购东西需要四五十天吗，她是要翻修教室或是要拆掉学校呀，需要那么长时间？不过她一回来，肯定会去找你的。"二婶为祖家又添了些茶水。她的这一推断，倒是让祖家心里泛起了嘀咕，她又在搞什么名堂，千万别再惹出什么事端伤害到自己，这个世道已经够乱的了。

裴爷看出祖家的心思，怕影响了他的情绪，便说起后两季幼蚕养殖的关键注意点，提醒祖家应该由谁做育种比较可靠放心。并说如果能抓住这两季的收入，就能把今年桑园的所有成本，比如树苗、种子、工料和人工费等许多花销解决掉。今年新栽的小桑树苗几年后就可用于养蚕，以后桑园养殖就能再扩大，少说也能增加三成收入。赚取的钱都是净利润，等祖家对桑园及蚕茧工艺都熟悉后，可以减少一部分人员，还说照现在这个趋势看，三少爷早晚会成为一个大富翁。

　　"好儿要经商，商战显本领！三少爷年纪轻轻，就能把危机四伏的祖业家产打理得兴旺发达，真是让人羡慕！"二婶不无感慨地道。

　　"不光是你二叔这样说，左右的邻居都是这样说，老黄家不简单，不但能打仗，在朝廷做官，还能紧跟社会的变化，实业救国。你看这官府变得多快，前几天连苏州的知府都被人莫名其妙地暗杀了，至今还查不出是谁干的，做官的现在都没有好下场，老百姓的日子更苦。可是人总是要吃饭穿衣的呀，所以说三少爷经营桑园，由桑园养蚕就是一本万利的大买卖，而且会越做越好，越做越大，将来不知会有多发达呢。"二婶一连串道。

　　"这都是祖上的庇护，去年武昌闹革命，不得不肄业在家，苏州这边老佃户闹事，祖家也是迫于生计才走上这条商道，现在还谈不上一定就会成功发达。"祖家有清醒的认识。

　　"难得三少爷有如此认识，将来要是有了基础，一定要有自己的漕运，来回的货物运送方便。货物运送差价大得很，那是外人想都不敢想的！"裴爷语重心长地提醒祖家道。

　　期间祖家不再插话，仔细聆听裴爷说起有关漕运的过去、现在和将来可能的发展变化。只听裴爷继续道："在太湖上跑运输的有敞篷船、乌篷船和洋人经营的大小轮船等。本地船的吨位小，速度比较慢，船员还容易染上血吸虫病，太湖上少不了有强盗骚扰，所以苏州有好多的粮食、丝绸和布匹等商品都运不出去。能真正长期跑漕运的船队，都是被湖广商会或是极乐会的人把持，其他的人根本没有实力和机会接近船务运输。福爷还在的时候，就是不想过分加大漕运利润，让老百姓承受更大的盘剥，才引起极乐会的嫉恨，招来杀身大祸，凶手至今逍遥法外。我自己再苦再冤都不要紧，福爷死不瞑目呀，人心都是肉长的，做人要有良心。"

"真相早晚会大白于天下，凶手也一定会得到应有的惩罚。"祖家慢慢说道。他心里十分清楚谁是幕后凶手，只是还没有抓住有利的把柄和证据，湖广商会的公约也不知道藏在何处，让裴爷背负起巨大的流言蜚语，严重影响他经营的产业。为了减轻裴爷的生活压力和排遣心中痛苦，祖家力邀裴爷继续尽快到桑园帮忙。

"姜是老的辣，后两季和明年春蚕的养殖是万万离不开裴爷指教的，我今天就向二婶要人了，请裴爷明天起继续在桑园负责所有事务，把老祖宗留下的基业经营好，让老佃户们都能吃得上一口饱饭。"

"三少爷真是好人，你们叔侄说话都饿了吧，看我给你们做什么了？可是你们武昌人最爱吃的。"二婶道。

"'四季美汤包'！真香呀，是那边最好吃的，一定要大快朵颐。"言毕，祖家抓起筷子就开始吃起来，引得裴爷夫妇难得地大笑起来。

其实，就在祖家到裴爷家前两天，学校刚刚放完暑假，四姑娘就与宋晋和白志明两位老师匆匆离开苏州，赶到省城南京，参加一个特别训练班。在巍峨的紫金山下一处幽静的地方，整齐地站着二三百名来自全国各地的年轻人，他们正在仔细聆听教官的大声训话：

"各位学员，你们来自全国十三个省十五个道府，都是经过最严格挑选的有理想、有热血、有追求、有革命意志的进步好儿郎。你们知道，当今中国刚刚推翻可恶、腐朽、无能的清朝封建儿皇帝统治，孙大总统提出的'驱逐鞑虏、恢复中华、平均地权'的伟大革命号召，取得了巨大的成功，革命的政府正式诞生了。民族、民权、民生的'三民主义'思想，在麻木落后的中国终于结出了胜利的果实。但是，处在襁褓之中的革命政权还十分虚弱，由旧式政治人物转化而来的民国政府官僚们，充满了不确定性，投机主义严重。他们表面一套，背后一套，阳奉阴违，甚至对真正的革命力量和正派人物是十分警惕和仇视的。现在我们真革命的力量该怎么办，是任人宰割吗？或者变成胆小如鼠的懦夫？不！有多少仁人志士，彻底的革命家被人无情杀害，他们的血不能白流，他们的遗志不能被忘却，我们必须行动起来，保卫我们来之不易的革命果实，保卫中华民国南京临时中央政府，保卫最后的革命纯净种子，保卫孙逸仙、保卫黄克强。以血还血、以牙还牙、以命还命，坚决消灭一切反革命力量，誓死保卫中华民国政府！这就是诸位参加特训班的目的和重要意义所在。你们有没有决心、有没有毅力，完成最神圣坚定的任务？"

台阶下聆听教诲的所有热血青年，都被这激昂的话语所感染，纷纷高举双手，大声喊道：

"不怕困难、不怕牺牲，誓死捍卫革命胜利果实，保卫孙逸仙、保卫黄克强！"声音震耳欲聋，响彻山谷，久久回荡。

之后他们被按照省份和男女的不同，分成了八个训练班，分别接受不同的特别训练科目。在这里封闭学习期间，所有人不允许向外界写信和传递任何有关特别训练班的半点信息。学员之间也不得彼此走动，打听对方的身世和学习内容，必须完全彻底断绝与外界的任何联系，进行针对性的整套特长训练，接受严格的思想认识教育，使他们彻底脱胎换骨，完全变成无限忠诚于革命党的青年有生力量。

这天傍晚饭后，四姑娘刚刚回到房间，用湿热毛巾捂着自己十分疼痛的十指，就听到门外有人喊，是姑苏中学宋老师的声音，她十分高兴，迅速打开房门，果然是宋晋和白志明两位老师，他们和自己一起在此训练。期间宋晋曾来看望过她。四姑娘许多天没有见过什么熟悉的人了，心里有许多的话要对他们说。

"我们何不出去走走，看看紫金山。李老师，听人说你是你们班里进步最快的，不想跟我们讲讲学习心得吗？"宋晋邀请她道。

"还不快走，我都快憋屈死了，终于有人肯跟我说话了。"四姑娘激动道。

于是他们三人沿着训练基地的一条偏僻小道，聊起在此的学习生活，以及所见所闻。三个年轻的热血青年，相互之间永远有许多的话说不完。

"你们看看，我的手指关节都快磨破了，成天敲打按键，手指伸直都很困难，每天夜里都被疼醒。还得熟记几千个密码，做梦都在想它的记忆特点，我都快愁死了，太难记了。"四姑娘身心疲惫道。

"是摩尔斯密码吧？"宋老师道。

"你那算啥，我呀想动一动，可是人家教官死活不让。一站就是几个小时，不时有蚊子、苍蝇什么的爬在脸上，那是真难受，也是绝对不允许动的。班上好多人都挨打了，还有几个人实在坚持不下去，被转到其他班级训练去了。太苦了，真是不想让人活了。"白老师不满地嘟囔道。

"李采薇学的是电报专业，当然得熟练准确无误记下摩尔斯密码，那是将来谍报人员必须要掌握的技能。你老白是搞爆破的，制作和使用威力巨大的炸弹当然得纹丝不动，你要是一动，'轰'！就先把你自己给送上西天去了，你说你敢随便动？"宋晋故意吓唬白志明道。

"你宋哥厉害，不知学的是什么专业，说出来让我们见识见识！"白志明不满宋老师的嘲讽。

"我学的是什么？按规定原本是不能告诉你们的，看在都是苏州学员的份儿上，就不妨告诉你俩。是远距离狙击，能在百米外指哪打哪，要头不会打到胸，要胸不会打到头。"宋晋做了一个夸张的远程射击动作。"同时我还兼任班级宣传员，把我们班里学习的进展情况及时报告给教官，介绍宣传队员们刻苦训练的光荣事迹和感人事件。"

三位年轻的老师，因为不满苏州学校的贪腐行为，积极主动参加反官僚反愚昧的游行示威活动后，引起当地革命党人员的高度关注和积极引导，经过秘密背景身份调查，认为他们有积极的革命倾向，是可培养之人。在保皇派、北洋军等众多势力角逐中，革命党人的力量遭到极大的打击和排斥，许多中高级革命领袖遭到不明身份的人杀害，曝尸荒野。整个革命党人员的生命、财产受到极大的威胁，引起革命党人员的极大焦虑和警惕，他们认为光有明面上的革命力量，不能保卫来之不易的政权。革命党上层经过认真分析后，决定借鉴西方其他国家革命斗争的做法，建立隐蔽的秘密组织队伍，从事特殊的革命保卫和斗争活动。拨出专款，从全国选拔最忠诚最勇敢的革命青年，集中组织训练，力求培养一批掌握特殊技能的宝贵人才。经过严格特殊的训练考核后，分配充实到全国各个地方，再由他们带动训练更多的有生力量，在看不见的地方秘密保卫革命政权。

姑苏中学的三位热血年轻老师，为了心中的理想投笔从戎，参加秘密的特殊训练，就是这一计划的具体实施部分。他们先是经过基本的入伍训练，再根据各自的身体条件、兴趣爱好和出生地域等各种因素，分成更加细致专业的科目，确保每一个学员都能掌握一门特殊的技能，让他们每个人都像种子一样，牢牢地扎根在大江南北，开出壮美的革命花朵。这些花朵究竟会是朵朵绽放，处处留香，或是昙花一现，不值一提，现在都还是一个未知数。

"哎，你们'双十操守'准备得怎么样？"她问道。"双十操守"是为了纪念武昌首义成功一周年而专门举行的庆典活动，也是他们这批特训班成员的结业考核。特别优秀者将可留在南京，直接参与保卫留守都督府的任务，那将是所有参训人员的莫大奖励与荣光。

"距离'双十操守'还有十几天，我们班上的同学都摩拳擦掌铆足了劲，自认为能在南京留下的非他们莫属，别人不值一提，都是他们的手下败将。其中有一个陕西关中赵姓同学，枪法特别厉害，百步穿杨，弹无虚发，留在南京我看是水到渠成，非他莫属。"宋老师道。

"陕西关中！是个好地方，八百里秦川，水土肥沃，人杰地灵，一声秦腔，吼响西北。可咱江南人也不差呀，干吗就长人家志气，灭自己的威风。"白老师不服气，数落起宋老师。

"我可是实话实说，有言在先，你要不信赵姓小子的厉害，保不准哪天就有你的苦吃。"宋晋警告道。

"你们俩就别争辩了，这些天待在这鸟不拉屎的地方训练，实在枯燥乏味得很，不如进城去打打牙祭，怎样？"四姑娘提议道，她是个闲不住的人。

"可是教官说严禁学员私自……"白志明本想说教官不允许学员无故外出，更别说是打牙祭喝酒，那是严重违反训练纪律的红线。

"你要是胆小不敢去，尽可待在宿舍里，本姑娘可不想陪你念经吃斋，过着寺庙里大和尚们敲木鱼、点油灯一样乏味的生活。"她不屑道。宋老师向白老师使个眼色，让他别再固执，其他班也有同学溜出去喝酒的。并商定三人现在就偷偷溜出去，早去早回，只要不惹是生非，不影响明天的晨练，出去兜风见世面也是可以的。

换过便装，他们悄悄来到南京城最繁华的秦淮河畔，找了个别致的酒楼，点上几个精致的特色菜，要了一坛当地酒，长时间的粗茶淡饭，今天终于可以享受美酒佳肴，三人心情顿时特别高兴，席间有说不完的话，他们的革命友谊进一步升华加强。随着夜幕降临，秦淮河两岸的各式灯笼渐次亮起，河水顿时显得波光粼粼。长街小楼，街头巷尾，到处都是人头攒动，各色大小酒楼里不时传出时髦的歌声。四姑娘自然不会放过热闹的场面，力邀同伴到舞池跳舞放松。迷离的灯光，欢快的舞曲，人们仿佛都生活在太平盛世，歌舞升平，尽情享受着片刻闲暇美好时光。

宋老师左手搂着四姑娘的细腰，右手轻轻托起她的手，步伐轻盈地踩着音乐节点，舞步优雅地带着四姑娘跳着时下最流行的圆舞曲，很快他们就成了整个舞池里最受人关注的明星。

"看不出来，你的舞跳得这么好，动作丝毫不乱，能告诉我你都是跟谁学的？"她在宋晋耳旁问道。

"是在家乡求学时跟一个学长学的。不过你的舞跳得也不错，特别是在每次转身的时候，都比我步伐柔和优雅。"二人相互赞美对方的舞技，不禁又连续多跳了几只时尚舞曲。

这时，四姑娘脑海里隐约出现黄祖家的身影。许多天没有看见他，也没有机会写信告诉他自己在南京参加特训班的事情，不知他最近种桑养蚕进展怎样，今年的秋蚕收获进展如何？他今天晚上是在跟朱孝七在草棚中忙碌吗，还是在和单师傅切磋武艺？他最近去二叔家没有，有没有去找自己？如果搂着自己腰肢的是祖家，不知他会对自己说些什么，能对自己再抱紧一点吗？或是他在跟史姑娘正计划着下一步的生意合作？四姑娘知道祖家脑子中根本就没有留下她自己的半点空间，他是个外柔内刚不安分的家伙，别人都在趁乱世挖空心思不择手段求官求财，他倒好，跑到乡下去做他的实业梦。实业救国不是不好，而是风险大，回收慢。当下的经商时机又很恶劣，会遇到许多的阻碍和不测事件发生，他能挺得过去吗？"江湖多风波，舟楫恐失坠"，不知他现在生意都还顺利不？依稀中她又想起与祖家闯荡清风寨铁流山，救人质、赶走土匪恶霸的事情，以及从长江乘船东下苏州，拜访朱大伯，谈古论今，与裴爷谈论丝绸的许多往事……

忽然吧台前一阵喧哗声打断了她的思绪，宋老师也停下了舞步。她循声望去，只见一群身着戎装的士兵，正围住一个彪形大汉指指点点，为首的军人大声喊道：

"老子辛辛苦苦一场，提着脑袋带着兄弟们，死心塌地跟着革命军干，没有功劳也有苦劳，如今他娘的革命政府不行了，翻脸不认人，就想把老子们当鼻涕一样甩掉，今天降薪，明天裁员，发几个鸟钱，还不够老子一顿酒钱，现在又想让老子卷铺盖滚蛋！什么鸟革命临时政府，还不如当初老子到北边跟了北洋军，上穿呢子大衣，下穿长筒皮靴威风。"他吐口唾沫，继续道："弟兄们，听说这几天就会让咱们解散，秦淮河边的女人都美得不行，还不让老子们要要。兄弟们你们说，咱们千里迢迢跑来图个啥，我们冤不冤，能咽下这口气？"

他身后十几个衣冠不整的士兵，被他的话鼓噪和催促，纷纷大声附和道"不能"、"不能"。

"要女人，到窑子去，何必为难一个没长大的女娃娃！你们也配当保家卫国的军人？真是给军人丢脸。"被围住的彪形大汉并不害怕，反而讥笑道。跟他一起来的几个兄弟也逐渐紧紧围拢在他的身边。

"快看！那个大汉就是我给你们说的关中赵姓学员，头大面阔，皮黑肉糙，他可不是好惹的，这下有好戏看了。"宋晋悄悄地告诉身边同伴。

南京临时留守政府经费来源十分匮乏。中华民国名义上全国统一，北方和南方都是一个政权，实则暗潮涌动，危机四伏。北方实际掌权的袁世凯挟中央以自大，用他掌控的北洋新军牢牢缚住各处革命军，又从人员和财物等许多方面，找各种事由长时间不给南方调拨任何经费，想困死革命留守政府。留守司令黄兴只能苦苦支撑，与部下商量除保留最低限度的军事力量外，开始大量裁撤军队士兵，引起部分被裁撤军队的不满。社会谣言四起，军心涣散，许多士兵满怀救国救民的热情，不远万里参加轰轰烈烈的武昌首义，寸功未立，就被告知要裁撤返回原籍，心里自然十分愤怒，想找个地方发泄多日积累的怒火。借着酒精的发酵作用，这群士兵竟想玩弄舞池里的漂亮女服务员，撕扯她的衣衫。女孩拼命反抗，大声疾呼，她稚嫩的惨叫声刚好引起同在舞厅喝酒的关中赵姓汉子的注意，于是双方爆发冲突。

"随意欺负女孩子，难道你们家里就没有父母姊妹？你们也配做革命军人！简直是脓包，禽兽不如！"关中汉子毫不示弱大声骂道。

"兄弟们，不知哪里窜出来这么一条疯狗，现在也该活动活动咱们的筋骨，给老子教训教训这个爱管闲事的家伙。"被激怒的领头士兵对周围的其他人嚷道。

空气瞬间凝结。借着酒精壮胆，闹事士兵们张牙舞爪的朝关中汉子围攻上去。关中汉子果然身手了得，趟腿、长拳、闪腰，动作干净敏捷，几个回合就把十几个士兵打得东倒西歪，哭爹喊娘。带头士兵一看形势不妙，拔出手枪就向他开枪，一串子弹"呼、呼"射出，关中汉子眼疾腿快，前挪后移，一个翻身躲在吧台之后，没有半点受伤。倒是酒楼里的其他无辜人员，被打死打伤五六个人，人们顿时惊慌失措四处逃窜，纷纷尖叫着朝楼梯口拼命涌去。

酒楼里的枪声引起楼下人的关注，行人纷纷驻足观望。巡逻的卫兵吹起刺耳的哨音，拉响了急促的警报声。最近因为士兵哗变，惹是生非现象时有发生，引发多起大案命案，严重影响了南京城内的社会治安和百姓正常生活，因此卫戍司令部格外强化了对枪械事故的预警管理。现在突然枪响，迅速便有巡逻军官带着大批卫兵围住了酒楼，要对肆意破坏社会治安者实施紧急抓捕羁押行动。

卫兵冲上了楼梯，拿枪指着哗变士兵，严厉呵斥他们放下武器。寻找乐子的士兵自知闯下大祸，索性一不做二不休，坚持顽抗到底，竟然直接朝巡逻卫兵开枪射击。刹那间双方枪声大作，血肉横飞。几分钟后，巡逻卫兵凭借人多枪好，打死了全部负隅顽抗的哗变士兵。关中汉子尽管躲藏在墙角后，也被流弹击伤，身上多处挂彩，鲜血浸透了他的制服，倒在地上瑟瑟发抖，小声呻吟。

枪声停了，四周一片寂静。四姑娘忍不住从墙角探出半个脑袋，想看看身边血腥厮杀后的情况。一个军人的身影在自己眼前晃动，透过惨淡的灯光，让她格外惊喜。那个带队的巡逻长官，正是自己十分佩服的大姐夫黄祖耕。姐夫又升官了，看他将要如何处理这个血腥的场面，她心里暗自思忖，悄悄地把自己又藏在了墙角后，她要静观其变。

第十五章

情义两难　危机四起

"来人，把这个闹事的家伙绑了！"祖耕看见了躺在吧台地上，身穿军服呻吟的关中汉子，"身为革命军人，无视军人纪律，在省城滋事生非，成何体统。马上抓起来，必当军法处置！"他继续命令道，并警惕地环顾四周，"其他无关人员，请马上自行离开，不得在此逗留议论，望大家以革命的勇气，维护革命政府的秩序。"

待众人都争先恐后纷纷离开，四姑娘才走到祖耕身边：

"姐夫，你可真威风，我一定会告诉姐姐，她的男人永远是好样的！"

"是你，怎么在南京了？祖家在哪里？"看见四姑娘后，祖耕头脑里有许多的疑问，并四处环顾寻找。

"革命之军人，当然是为了革命事业而来！"她对他卖关子。

"你先别走，等处理完这些乱七八糟的事情，我有话要问你。"祖耕一边指挥着手下处置现场，一边对她说道。

"李老师，这个凶巴巴的军官你认识？我们还等不等你呀。"白志明不知从哪里跑了出来，向她小声问道。

她不想说祖耕是她姐夫，但也难得在此碰到他。他乡遇近亲，许多事情她也正想询问他。她便推故道：

"那个军官是武昌老家的一个邻居，好多年没有见面，不知他怎么到省城南京办差了。人家有事要问我，何况他手里有枪，现在不好马上就走，总得给他留点时间问完话才好走呀。"

"时间不早了，你就长话短说，我们还得尽快赶回去，免得被教官发现，挨骂是小，处罚事大，宋老师是个要面子的人。"白志明催促道。

"看样子是个当官的，革命军人一家亲嘛，你多跟他聊聊，说不定对我们将来从事的工作有好处。我们是一起来的，也要一起回去，何况你是女孩子，深夜一个人我们也不放心，不着急，你慢慢谈，我和志明在楼下等你就是。"宋老师从地上爬出来阻止白老师道。

四姑娘倒是十分感谢宋老师的细心与关怀，便说：

"还是宋老师有远见，比某些人看得远想得多！待会儿楼下不见不散。"

"我就是你的撒气筒还不成吗？"白老师自嘲道。

片刻后，她看见巡逻卫兵反绑了关中汉子，吆喝着准备下楼。

"他是无辜的，你们抓错人了。"四姑娘小声地对姐夫说道。

"死了十几个兄弟，都是为革命走到一起的，家里有老人小孩，他们的亡灵在天上看着咱们呢，还说是无辜的？扒了他的皮，捡出骨头也只够喂一条狗！有些事情你还不懂。"祖耕气愤道。

"是死了几个人，可那是他们自找的，你可别冤枉了好人！"四姑娘不依不饶。

"那你想怎样，有何高见？"

"想见黄兴总司令。"

"就为了那个杀人犯？你脑子没问题吧，他跟你是什么关系……"

"姐夫，你别误会，我跟他萍水相逢，互不认识。我只是在想，全国这么多青年人，抛家舍业，前赴后继，放着好好的日子不过，冒着诛灭九族的危险参加革命，孙总统和黄总司令到底是怎样的人，吸引着这么多年轻人不怕杀头也要跟着他们干革命，他们是神仙下凡还是长有三头六臂？"

"哈哈哈，什么神仙下凡，三头六臂，孙总统和黄总司令跟你我一样，都要吃喝拉撒，都有七情六欲，只是他们这儿，"祖耕用手指点了点自己的额头，"想的，看的，比我们多些，长远些。做了些别人不敢做也不会做的事情。你当真跟这个杀人犯只是初次见面，没有别的关系？"祖耕有些不放心地又问她道。

"都说了是头次见面，跟他绝对没有其他的任何关系。只是路见不平，说出真实情况而已，难道做一个公正的人这么难吗？"

"我自然会秉公办理。总司令日理万机，有那么多重要紧急的事情需要处理，你就别再添乱打扰他了。看你的着装语气，像是在特训班训练的新兵吧？"

"好姐夫，算你猜对了，我就在你的眼皮底下接受革命训练。你就让我看看总司令嘛，哪怕是一眼都行。人家这么远来到省城，连偶像面都没见着，你说以后这革命工作怎么开展？"四姑娘故意撒娇起来，央求着祖耕非要见到黄兴不可。

祖耕心里正有许多的疑惑，要问这个性格开朗的四姨子。并且知道她是个直肠子，不会耍阴谋诡计，凡是她认准的东西，谁也别想拦住。索性便问道：

"只是看一眼总司令，真没有其他别的目的？可不许惹是生非，节外生枝。到时紧紧地跟在我身边，看我眼色行事，可不许有半点的不轨举动，否则我饶不了你，你可听明白了？"

四姑娘使劲点头，道："保证不会惹是生非，还是二姐夫对我最好！"

一会儿工夫，祖耕带领的车队风驰电掣般来到了都督府门前。四姑娘跟着众人一起跳下了车。祖耕命令把在酒吧抓到的犯人暂时押解到禁闭室，没有他的命令，任何人不准擅动。因为他卫戍司令副官的特殊身份，领着四姑娘畅通无阻地进入了南京都督府，在一个房间门外，祖耕轻轻推开了房门。

"总司令有一个习惯，每天睡得很晚，要把白天耽误的所有事情处理完毕，同时安排好明天的工作后，才会安心休息，所以整个都督府他是休息得最晚的一个人。你就在这儿等着，后半夜他肯定会出来，从这儿经过，你要是有耐心有决心，就在这候着吧。"祖耕故意道。

四姑娘心想，只要能见到革命领袖，就是等上三天三夜也没有关系，何况还只等一个晚上。"你得安排人弄壶茶给我。"她道。

在这等候的时间中，四姑娘把自己怎样到苏州、二叔家巨变、祖家经商、自己从教以及被选中到南京参加特训班的所有事情，一一对祖耕讲了起来，不知不觉夜已深，已过亥时，整个南京城死一般寂静。

"没想到呀，有这么多得变化。穿上这身制服，你也是替革命军政府工作的人了，叫……途……归。"

"殊途同归。"四姑娘内心里只笑姐夫肚里没有多少学问，还非要装成有墨水的人，想做一个有学问不莽撞的军人。

"小声点，总司令要出来了。"祖耕听见隔壁似乎有动静，便示意四姑娘再小声些，自己则开门径直走了出去，"啪"的一个正步，向正好走出房间的黄兴总司令等行了一个军礼。

透过门缝光亮的一瞬间，四姑娘看见了一个四十岁左右的中年男人，迈着有力的步伐走了出来，短发乌黑整齐，国字形圆圆的脸庞上，一双铜铃般的大眼睛深邃有力，坚毅的目光透着自信自强。就在这一刹那间，四姑娘好像明白了革命领袖为何会成为时代的先锋、信仰的源泉、战斗的鼓手和心灵的慰藉。就是那一双眼睛，仿佛穿透了时空的不公、世道的丑陋、社会的扭曲，看到光明的所在，寻找到了世外桃源的净土。四姑娘坚定了就是牺牲自己的生命，也要坚持革命的理想。

"不简单呀，一家都是革命者。"听完祖耕对四姑娘介绍后，黄兴主动与她打招呼。"千方百计想见我，一定有什么为难事情，你是不是路见不平，拔刀相助，想替某个人说情？"黄兴哈哈大笑继续问她道。

可是四姑娘那一刹那不知道该如何作答。其实她真是想告诉他们，关中汉子是无辜受害者，应该立即得到释放。

"黄副官，酒馆人命案我已听说了，省城不比别处，要务求安定团结兴旺，你就尽快全权处理。记住，既不放走一个恶人，也不得冤枉一个好人。"黄总司令命令祖耕道。

"谨记司令命令，属下立即处理。"祖耕坚定道。

"总司令日理万机，事务缠身，怎么知道我要替人求情的？"见黄兴走远，四姑娘赶紧问姐夫道。

"全天下总司令就一个，他当然不会是凡人！"祖耕敬佩道。

时光如梭，光阴似箭，不知不觉中三个月过去了。特训班全体人员，齐刷刷站在偌大的操场上，准备接受教官们最严厉的考核。通过者会更上一层楼，将进行其他深层次专业课程的训练。如果首轮考核不合格者将被淘汰出局，从哪来回哪里去，只能作为一个普通平凡的革命者，参与残酷的革命斗争。血腥、艰辛、漂泊和无着落的社会生活，将是部分被淘汰者的人生宿命。但特训班的青年才俊，谁会甘于命运的摆布？这是一个巨变的时代，是一个实现自我的年代，机遇与挑战并存，成功与失败结伴，他们个个暗下决心，绝不服输，一定要抓住每一个机会，努力闯过每一科严酷的选拔考试，用拼搏改变国家面貌，用实力改变自己命运。

考核团总负责是身为城防副司令的呼延冲将军。副官黄祖耕已悄悄向他提起过特训班李采薇的事迹。她来自武昌，是革命首义地，根正苗红，是自己的亲姨妹子。正是求贤若渴的南京留守政府迫切需要的忠诚之人，只要成绩不是太差，如何取舍是他总负责人一句话的事情。不过，他要看看这个李采薇到底是一个怎样的青年，对革命的忠诚度和培训技能掌握程度怎样，他不想看到一个靠照顾被录用的孬种。

在平整的泥土广场上，聚集着特训班所有分门别类参加考试的学员。

在一百五十米开外，竖立着八个三尺直径大小的圆盘，正中心有一粒蚕豆大小的黑点，只有子弹不偏不斜穿过那个黑点靶心，射击成绩才算过关。否则任何偏差都会导致圆靶翻转，成绩归零。

"所有学员请注意，你们务必要一枪击中靶心，否则圆靶偏转，或是脱靶，射击科就不算合格。大家知道，我们的敌人十分狡猾，真刀实枪，你来我往，明着厮杀的有，背后使诈的也有，黑枪伤人是防不胜防。而我们的生命仅有一次，生命是干什么的呢？一是为革命事业而生的，二是为咱父母养老送终而活的。诸君无权不爱惜自己的生命，无权浪费自己的生命，无权去挥霍自己的生命。而要爱护自己及他人的生命，保护自己及他人的生命，就要斩钉截铁，当机立断，消灭伤害你生命的敌人，毫不留情先发制人去打击敌人。诸君试想，我们明的暗的敌人会给我们第二次杀他的机会吗？不能！当然，有杀人诛心，杀人失义的古训，好人是绝对不能杀的。诸君就算是对敌人，也只能慎杀少杀。但绝不表示对顽劣分子、黑恶势力显示仁慈，那就是助纣为虐。那我们同志的生命谁去保障？革命的政权谁去捍卫？就是对自己人的不仁不敬，对革命政权的不敬不尊。因此，射击考试是诸君必考和首考科目，过靶心者直接进入专业科继续学习深造。不及格者要么是心有杂念，要么是天资愚钝，我们将再给十天时间专门训练，再不过者将被除名，从哪儿来回哪儿去，革命队伍不需要吃闲饭的人！"

四姑娘、宋老师和白老师及特训班所有同学刚刚集合完毕，舞台上就有手拿大喇叭的教官大声训话起来，说起考核规则和射击的重要性。四姑娘已听姐夫叮嘱过，射击科的重要性和必考性，加之有祖家小手枪随身携带，自己常去靶场偷偷练习射击，心中自有十分把握，也就不十分紧张。

谢天谢地，四姑娘和苏州来的其他人员都顺利过关。特训班不幸有一少半人被留校观察十天，继续接受训练，再不及格者将不得不离开学校。而进入专业科深造的四姑娘，具备机智、忠诚、团结等诸多优点，被编入学习电报密码使用及发送高等训练班。宋晋和白志明则进入反侦察专业学习。又是三个月专业学习，综合考试均优等过后，他们三人被教官叫去分别做了一次深入谈话。

根据北京袁大总统的手谕，马上要调黄兴总司令去就职"川汉铁路总办"一职。明面上是要促进经济发展，交通必须得先行。实则是要剥夺黄兴握有的革命军事调动权，那是袁世凯最看重的权力，必欲夺之而后快。一天，特训班专职教官带着四姑娘、宋晋和白志明三人，来到一间单独的办公室，会议桌对面坐着两个表情严肃的男子，一个中年一个年轻。庄重的谈话气氛让活泼好动的四姑娘有点意外，也隐约感到了事情的严重性和保密性。

"这位是同盟会华东区执行部的王特使，这位是特使的周秘书，现在他有重要的事情要跟你们谈。"教官首先介绍中年男子道。

"宋晋、白志明和李采薇三位学员，经过执行部严格筛选和慎重决定，结合你们的实际情况和这半年来的训练表现，现派你们三人进驻上海，从事秘密革命工作。不知你们能接受吗？"王特使开门见山问道。

"坚决服从组织安排，完成组织命令！"宋晋代表三人表态道。

"很好！你们在上海的公开身份是'海发贸易公司'职员，而另一个重要且隐蔽身份是'同盟会华东执行部经济处'联络员，负责整个大上海对外国财团和北京政府的对外贸易往来经济信息掌握。特别是涉及军火、药品和粮食等重要战略物资的信息收集和传递。每月、每季度、每半年和全年，要及时向执行部报告所掌握的全部信息，不得有半点遗漏和疏忽。同时告诉你们革命是要付出巨大牺牲的崇高事业，要有艰难工作的所有思想准备。"王特使继续严肃说道。

四姑娘知道事情重大，从此以后将不得不离开苏州，离开祖家，扎根在上海从事秘密经济信息工作。她头脑顿时一片空白，特使后面说的话，几乎没有记住一句，只感觉自己与其他两位老师都在不停回答"是，是，保证完成任务，绝对保守秘密，严守组织纪律"等等的话。临走时，特使的秘书给了宋晋一个盖有鲜红公章的档案袋。四姑娘看周秘书十分眼熟，但一时半会不能确认他的真正身份。其实周秘书正是祖家的同班同学周介生，在武昌被临时任命为铁血敢死队第二队队长，汉阳决战时身负重伤死里逃生后，现为南京临时政府社会部从事秘密工作。

"你们到上海的联络人，海发贸易公司的地址及启动经费等所有东西都装在这个袋子里，务必妥善保管。同时，我宣布，你们这个三人特别小组，暂时由宋晋同志负责，白志明次之，李采薇同志装扮成白志明同志的未婚妻，以便开展革命工作。以后所有往来，你们只许与周秘书单线联系，特殊情况下，我会亲自派人联络你们。一定牢牢记住，你们上海之行责任重大，使命光荣，不得有半点疏忽懈怠，你们都听清楚，记明白了吗？"

"是，听清楚，记明白了！"三人异口同声道。

而此时，四姑娘更是头脑恍惚，大汗淋漓，只是机械麻木地点头应承。

走出特使和教官的办公室，微风轻轻吹过，四姑娘深深地呼吸一口新鲜空气，正告宋晋和白志明两位学友：

"那个人提到未婚妻的事，仅限于工作中的关系，不许让第四个人知道。我心中有意中人，可不是你。"她特别对白志明叮嘱完后，便头也不回径直回宿舍去了。

一九一二年的中国，是刚刚推翻清朝统治的第一年。数千年来政权的核心是围绕着皇帝个人展开的。现在没有了忠君即是为国，事君即为必然的桎梏，许多地方陷入社会混乱和思想的巨大分裂中。人们既有渴望变化和国富民强的期盼，也有动荡混乱和不知所措带来的巨大恐惧。轰轰烈烈的革命党起义，推翻了像纸糊的一样的清王朝，以前的乱臣奸贼却反而高坐庙堂之上。被罢黜三年之久的袁世凯东山再起，掌握了权柄，但他的统治又是那么羸弱，既没有真正掌握激进的同盟会革命党人，又得防着清朝贵族遗老遗少的明枪暗箭，藩篱与鸿沟仍在，巨变与僵化随行。既得利益者，成天蝇营狗苟，钩心斗角，蠢蠢欲动，个个赛似刚出山谷的野马，不知会跑到什么地方，践踏掉多少好人家的庄稼。变革者仍然苦苦挣扎，为千年之大变摇旗呐喊，为正义与和平努力拼杀。

在欧洲的奥匈帝国和邻近的法兰西、荷兰，渐渐形成水火不相容的两大国家阵营后，眼看一触即发的战火就要熊熊燃起。在东亚的日本，经过大久保利通等推行"明治维新"后，逐渐国富民强，私欲膨胀，蠢蠢欲动。但是日本国土狭小，自然资源匮乏，而要想成为东亚强国和地区霸主，就必须拥有足够的煤、铁、棉花和粮食等大量的自然资源。而与它一衣带水、地大物博而又政治混乱、民智未开的中国，正是他们梦寐以求、觊觎已久的盘中大餐。碍于北方沙皇俄国的强大和西方列强及美国的捷足先登，日本采取了逐步渗透拉拢的办法，想逐渐扶持和掌控北京政权。但是过于混乱和高效的政府都是日本不愿意看到的。因此，便通过大量的经济贸易活动，把它罪恶的触角伸到中国的每一个经济交易活动中，深入到每一座城市和乡村中，积极拉拢和扶持自己的政治经济代理人，对战略性资源和重要物资更是不遗余力地掠夺和开采。它不可告人的行为就像瘟疫一样，在中国大地的每一个重要领域都逐渐扩散开来，没有觉醒的中国人忙于争权夺利，抢占地盘，根本没有意识到正在失去数千年来老祖宗留下的宝贵自然资源。衣不蔽体、饥肠辘辘的普通百姓，像一棵棵籍籍无名的小草一样自顾不暇，被人肆意践踏捉弄，不知道明天的太阳何时升起，也不可能去过多关注身边的政治经济变化。

　　因为有特训班的安排，宋晋、白志明和四姑娘一行顺利坐上了返程的小火轮，先回到他们离别多时的苏州城。

　　"哎哟，我还以为是哪位仙女找错了地方，原来是我的四丫头回来了。晒黑了许多，不过更漂亮更有精神了。这么些天，看来没有白培训。"看见四姑娘提着皮箱，忽然出现在大门口，二婶十分惊喜道。

　　"二婶您真会夸人，虽然听着有点……拍马屁，不过我听着顺耳，也喜欢听。"四姑娘一边放着行李，一边左右看了看，"家里都好吧，二叔没有在家呀？"

　　"你二叔到三少爷家帮忙去了，每天回来都很晚，也不知道在忙些什么。不过最近精气神很好，有时给我讲三少爷他人怎么好，怎么有思想，把偌大的桑园经营得红红火火。还老夸说像他这样有作为的年轻人，又肯干又有礼貌，在苏州甚至全中国都很少见的。"

　　"是这么说的？像他那样的年轻人多了去了，只是二叔少见罢了。"四姑娘故意对黄祖家的消息不屑一顾，心底里却十分想听到有关祖家的事情。这么多天也不知道他桑园经营得怎样，他是瘦了还是胖了，心里有没有想到过自己，不会又有别的什么女人了吧，这些事情总在她脑海中盘算。

　　"听你二叔说，自从春夏秋三季蚕茧收完之后，三少爷又在忙着收购漕运和投资缫丝厂两件大事，运筹帷幄，早出晚归，忙得不可开交。"

　　"两件大事？是真是假，他一个破落户哪有那么多的本钱？"

　　"有，有！三少爷肯动脑筋，又踏实做事，钱是史家出的，两家走得可近了。你知道的，苏州史家可是绝对的大户，他们家的钱就是把整个苏州的地都买下了，也像是塞个牙缝。那史家姑娘异常聪明，做生意赚大钱，在苏州地界没有人比得过她的。凡是她认定愿意出钱投资的事，肯定是会稳赚不赔的。"

"史姑娘？就是史家那个千金小姐，做生意精明强悍无比的'白骨精'，她还缠着祖家不放？"四姑娘心里顿时有了醋意，但嘴里只是淡淡地说，掩饰着她内心的紧张和不安。

"人家现在是商业合作伙伴，经常在一起也是应当的。今天你先歇着，要不明天你抽空到老黄家桑园转转，顺便看看三少爷，这段时间他都打听你好多次了。"

四姑娘心想，难保几个月不见祖家，他被别的漂亮女人迷住了心。史家姑娘有钱，人又绝顶漂亮，这不正是时下男人们想要的类型吗？祖家又不是不食人间烟火的神仙，不知人世间冷暖的石头和傻瓜。他是活生生有血有肉，有七情六欲的凡人。难保朝朝暮暮后，不会两情相悦。一切都会变化的。

"二婶，我有点饿了，帮我弄点您最拿手的苏州菜吧，好些时间没有吃到您的真传手艺，真是馋死我了。明天还要去学校办理手续，后天得到上海出差。这次回来主要是看二叔二婶和"小蛾子""小蚊子"的。他们俩跑哪儿玩去了，给他们带好吃的了，我得赶快找到他们。"说着四姑娘就往后院去了。

第三天一大早，祖家听二叔说四姑娘要去上海，便早早地带着朱孝七和单师傅来到二叔家为她饯行。可他们还是来晚了一步，四姑娘已和宋晋、白志明坐预订好的小火轮赶往上海去了。在祖家眼前留下的，只有远去轮船留下的涟漪和无尽的思念。

祖家在听到二叔提到四姑娘回苏州的时候，就着急想尽快见到她。没想到她竟是如此匆忙，又要离开苏州去远方。祖家自己也想能够无拘无束地陪着她去她想要去的地方，可是眼看自己渐渐掌握杀害福爷的凶手情况，还二叔一个公道清白的时候不远了。自己现在身入险境，与狼共舞，委曲求全，逐渐离间史家父子的计策眼看就要大功告成，他心里有多少话想跟她说起。可他现在不能，也不应该马上揭穿凶手的真面目。因为有几项关键的证据还没有找到，他必须小心谨慎，巧妙机警地拿捏好时机，确保破案万无一失。否则就会前功尽弃，永远也不会抓到凶手，让亡魂安息。内心的痛苦和煎熬，在这几个月来一直折磨着他，可他从来没有退缩过，也没有向任何人倾诉过。四姑娘回来这两天里，她为什么躲着自己不见呢？她应该知道他心里的想法？祖家心里疑惑不安起来。因为自己的计划，而渐渐疏远自己心爱的女人，祖家心里顿时变得从未有过的失落和害怕。这一切都值吗？他不停在内心里反复追问自己。

"三少爷，放心回吧，有非梦姑娘跟着一块儿去，会照顾好她的生活起居的，你不用担心。"裴爷不想看到祖家失望的样子，便催促他赶快回到桑园。非梦姑娘，就是四姑娘发动罢课也要救下的女学生孟非梦姑娘，因为家里的原因，她一直悄悄居住在裴爷家里。

"三少爷，今儿早上约好，还要去谈缫丝厂的建设事项，对方可是一个难遇的主，千万不可耽误。"朱孝七在旁提醒他道。

"送送老家的校友也叫耽误？你小子够多嘴的。"祖家心里不好受，便责备起朱孝七来。

朱孝七心里也很清楚。自从与三少爷朝夕相处这么长时间以来，少爷就是遇到多大的难事和痛苦的事情，也不会轻易迁怒和责怪下人的，可是四姑娘和三少爷之间的关系就有很大的不同。他们既是亲戚又是同学校友，再往前发展成更紧密的关系也是可能的事情。只是这半年多来，三少爷与史姑娘往来更频繁，接触更紧密。同时孝七明白，史家声名显赫，财大气粗，史家刺绣赫赫有名。在前清时，史家苏绣就已经远销西

417

洋。连老佛爷都曾吩咐工部奉旨嘉奖。能攀上史家这棵大树做生意，绝对是只赚不赔的大好事。史姑娘绝顶聪明，冰清玉洁，苏州的青年后生没有人能在她眼里停留超过三秒钟。

但是三少爷就不同，祖宗辈上都是吃官饭的，走南闯北，凭的是老黄家真枪真刀和浩然正气。三少爷父亲黄老将军，被慈禧太后罢了官，早早赋闲在家，与邻为伴，过的是祖辈传下来的"耕读传家"生活。三少爷才高志远，把乱哄哄的家族祖业经营得风生水起。要是有史家特别是史姑娘的暗中相助，那片刚刚发展起来的桑园，一定会成为一个金子做的老母鸡一样，将会带来巨额财富。这次要盘点下的缫丝厂，犹如小蛇吞大象，会非常困难和棘手，资金就是一个巨大的难题，这都离不开史家的关照和暗中支持。

祖家将要盘下来的"裕华缫丝厂"，位于上海市黄浦江边。前任老板苗赐贵，曾远赴西洋留学考察，也是积极响应张謇张状元"实业救国"的号召，倾其在苏州的所有家产，依靠在上海的知府亲戚帮忙，东拉西扯，投资十几万银圆，从英国购买机械设备回来。经过两年多的筹备安装调试，刚刚能批量生产，还没有赚到半个银圆，大清崩塌，知府被杀，老板苗赐贵成惊弓之鸟。后来清朝变民国，原来清廷的规矩瞬间裂变，税收、杂费和地痞流氓肆意骚扰，这一切都使他心急如焚。加之长期负荷劳作，终于积劳成疾，连病带气卧床数月后竟一命呜呼。苗老板其他的兄弟姐妹年龄尚小，无力支撑偌大的缫丝厂生产经营。家里人反复思考权衡后，决定卖掉新建的缫丝厂收些本钱回来。一是可以尽快归还借款。二来时局不稳，生意实在难做。随着各种势力的粉墨登场，这个社会的发展方向越发让人看不清未来，什么主义都有，什么口号都流行，到处都是乱哄哄一团糟。税收种类多如牛毛，今天检查不让营业，明天会不会有人就放火把工厂给烧了。还会有同业竞争者故意压价，商场如战场，没有核心的经营幕僚，成本损失可就血本无归，更别说见到利润，到那时后果可就不堪设想。苗家人还没有完全从失去亲人的悲痛中走出来，又要面临家徒四壁的困境，日子实在过不下去了，才决定卖厂自救。

苗家世居苏州，与裴爷家眷是远房亲戚，祖上也是极乐会的秘密成员之一，眼看缫丝厂就要兴旺发达起来，可怎奈天妒英才，顶梁柱轰然倒塌，美满的家庭走向衰败的厄运，极乐会人员自然瞧不上他们苗家。听说要卖缫丝厂，二婶心想三少爷家有千亩桑园，种桑养蚕原材料供应非常方便，便有意撮合两家结合，让黄祖家买下缫丝厂，形成桑园产桑叶，桑叶育蚕茧，缫丝厂生产缫丝的产业链。二者势必会取长补短，相得益彰，桑园和缫丝厂都会继续壮大和发展起来。

朱孝七想到这次难得的做大做强桑园的机会，他不能让三少爷因为感情纠结而分心，便催促三少爷要早点准备谈判的事情。

等祖家、裴爷、朱孝七和单师傅等一行来到苗家府上时，偌大的苗府冷冷清清，屋檐下和门柱上到处都挽着白色的纱布和丈许的孝帐。说明来意后，一个满脸悲伤的管家一边把他们领进客厅，一边无不叹气地说苗赐贵老爷身前的好处，今后下人们到哪儿去找这么好的东家。还说老掌柜和太太们因为十分伤心，他的兄弟姐妹年龄都太幼小，不便接待陌生的人，知道裴爷要来，老太太吩咐只让他一人到上房说话，其他人在客厅等候。

祖家明白主家的伤心和为难之处，便对裴爷道：

"由裴爷您全权负责谈判，我是绝对放心，只管放手去谈，我们在此饮茶，静候佳音就是。"

"恭敬不如从命，梦裴尽力而为。"裴爷道，一边随苗管家进得上房。

约半个时辰后，裴爷走了出来，他的手上紧紧捏着一个信封，一言不发。再走到苗赐贵的画像前站定，深深地三鞠躬，祖家等照着裴爷的模样，也深深地行了鞠躬礼。

早上明媚的阳光暖暖地照着大地，路边不时出现做工精巧的巨大园林。苏州河蜿蜒向前流淌，河面上飞驰的乌篷船、小火轮来回穿梭。乌篷船上不时有早起的女人生火做饭，河面上顿时到处冒起袅袅炊烟，与岸边庄稼人家烟囱里冒出的炊烟似乎在遥相呼应，这一处，那一处，随风袅袅上升，轻如薄云。苏州河水轻轻地拍打着略显破旧的石阶和沿岸的树木沙土，似乎在暗示生命的存在既是那么渺小细微，又是那么坚韧和执着，日夜不息，经久不衰。

但祖家无心欣赏冬日早晨苏州的如画风景。有许多事情等着他去做，许多人等着他的安排去开始一天的生活。众人急匆匆回到老宅，裴爷避开所有其他无关人员后，轻轻关上房门，才把与苗家老掌柜交谈的事情一一告诉了祖家。

"您说这就是苗家人亲自签名画押的契约？"祖家问道。

"对，苗家老掌柜已经把要卖的缫丝厂契约写好了，只等三少爷过目签约就是。"裴爷道。原来从苗家出来时，裴爷手中拿着的正是双方的买卖契约。

"不过呢，苗家提了两个条件……"

"苗家人如此艰难，却是如此爽快，只要价格公道合理，莫说是两件，就是十件八件，我都会答应，老黄家绝不会做落井下石，乘人之危的事情。"祖家不假思索道。

"这个我相信少爷。苗家条件也很简单，一则，苗家所卖缫丝厂，只许长久地做缫丝业务，不得随意变更经营范围和种类。二则，缫丝厂所卖十万大洋，买家只许出九万，苗家要长期保留一成原始股份。这可是苗家老掌柜表示要延续他心爱儿子的产业，说他在天上看着咱们呢，那么辛苦艰难建好的厂子，孝顺懂事的好儿子，没有厂子的正常运转，让他在天之灵如何能够安息呀！"裴爷动情地传达道。

苗家几代人的积蓄都花在缫丝厂，全部的希望和寄托都落在苗老板身上。如今天有不测风云，人有旦夕祸福，家里的顶梁柱倒下了，苗家所有的希望都化为泡影，只留下生者无限的哀思和长久的悲痛。

"理解和尊重苗家人的决定，我同意和愿意执行这两个条件。"祖家略作沉思后，冷静地说道。

对于这次要买下的裕华缫丝厂，祖家前些天已经派人打听过它的造价和市场前景，心中早有价格准备和市场定位拿捏。只是没有想到苗家人如此厚道，价格不算高，还保留有一成原始股份，不用现在多占资金。他的心中不禁暗暗发誓，一定要把缫丝厂当桑园一样做好做大做强，不辜负苗家人的希冀，让曾经创业者的事业在自己手中发扬光大。

按照生意规则，要想盘点下对方一个业务，至少得分三个步骤实施。一是对方有意向出售并且发布信息，接收方意愿吃进。二是双方约定相关交割条件，比如价格、中间人、付款方式和交割时间等等。三是最后双方签约，中间人公证，完成付款等手续，双方协议清楚，再无纠纷发生。

这次盘下缫丝厂，也分为三个步骤，裴爷全程参与处理。由祖家先预付一万现大洋作为定金。三天后，祖家在管家黄五、单师傅和朱孝七的陪同下，决定到上海裕华缫丝厂实地考察。考察无误，两个月后，按约定再付清剩余的款项，正式签约和移交资产。如今最让祖家头痛和担心的是怎样才能在几十天内，筹到剩余的八万元大洋。实在不行的话，祖家打算贱卖掉部分祖业，包括最好的水田，甚至刚刚见效的千亩桑园。勤奋敬业的苗家人让祖家感动，十分想让缫丝厂尽快正常运转起来，苗家人得以减少失去爱子的伤悲。祖家脑海中依稀还记得年少时，父亲因言获罪，家庭发生巨变后的窘迫生活。那些不堪回首的痛苦日子，他并不想让别人家继续上演。当时作为家里的顶梁柱，父亲忽然被革职查办，生死难料。全家人都笼罩在巨大的恐惧中，昔日的亲朋好友断绝往来，生活潦倒困顿的日子真是苦不堪言。但是苗家人的悲痛与他又有何关系，非亲非故，往日无交，如果倾其所有投资在缫丝厂，反倒是要捆住自己的手脚。但他已经下定决心的事情，又岂能停下，或许是为了接近极乐会的人员，或许是他自己的年轻气盛，心怀大爱，不离不弃，一心想让天下的好人都能过上稳定的生活罢了。

这两天见祖家沉默寡言，闷闷不乐，朱孝七看在眼里，急在心上，大概能猜想着少爷的心思，于是故意漫不经心地提醒他：

"早上史家打发人来送订单契约，还说他们好些天没有看见少爷您了，他们家姑娘有话要跟您说呢。"

"真是有话要说？"祖家心不在焉地问道。

"孝七哪敢有半句谎话诓骗少爷，要不然您的武当拳法，早晚还不把我揍得满地找牙。"

"知道就好，账本上密密麻麻的数字像蝌蚪一样繁杂琐碎，看得人眼睛都困了。不过你小子可千万别想蒙我，如果让我发现半点的差错，揍你事小，丢饭碗事大。"祖家道。略作沉思后，他悄悄在孝七耳畔又吩咐着什么，好像生怕别人听见似的。

孝七听后大吃一惊，差点没有打碎手中的茶杯：

"少爷，我没有听错吧，您让我去买那种东西？"

"小点声，别嚷嚷！尽管去办理就是，又不是让你我享用，千万别让其他人知道半点消息。"祖家不容分说地命令道，言毕自去桑园巡园，与单师傅切磋武艺去了。

转眼进入腊月天，小雪过后，天气渐冷，大地笼罩在一片萧条和破败之中。与周围其他邻居拮据的生活不同，富有的史家是喜气洋洋，全家上下都在准备着各种年货。什么年糕、珍禽、蔬果样样不少。请戏班、搭戏台、写福字、刷新漆、换新衣、植花草、弄园地，凡是往年有的今年一样都不能少，甚至还要更加奢靡豪华。正月里拜寿、上坟、祭祖等大小事务都在史姑娘的精心安排下有条不紊地运作起来。从即日起到正月结束，按照往年惯例，将是史府上最热闹开心的时候，全家上下所有的人都会舒展开他们一年来紧绷和压抑的神经，棠爷不但不会责骂人，反而会给每一个人发红包，大家都能享受着年味的快乐，祈福着来年会有一个更好的稳定收入。

由于是常客，祖家和孝七在史府大门口没有受到护院人的过多阻拦，径直来到客厅。因为是重要常客，下人们也都记得三少爷的好，就省下了许多通报检查，在门外祖家就远远看见史姑娘正在堂屋里指使着下人们干活。她白色的绸衣外，披着一件镶边的黑色风衣，显得既端庄美丽又透出几分威严。

"听说三少爷又要拓展生意门路，真是一位实业救国、实业兴家的好青年。"待祖家坐下，史姑娘首先寒暄道。

"小本生意刚刚接手，姑娘就知道消息，在苏州这块地盘上，不知还有什么生意能瞒得住姑娘的眼睛。"他道。

"哪里还有不透风的墙，更何况三少爷年少有为，意气风发，当然是我们关注的重点对象。特别是在生意场上，消息就是生意，时间就是利润。你要吞下去的缫丝厂，远在上海滩，除了地址离苏州远点，没有什么不满意的吧？"她说到此，故意停了下来，轻轻端起茶杯，双眼紧紧地盯着祖家看。

她明明知道缫丝厂是个大厂，现在这个时候全额买下，以目前祖家手头掌握的流动资金计算，肯定是个大难题。祖家不知史姑娘这话是什么意思，如果直接说出来想跟她借些款项，时机未必成熟，反而被人看轻。如果说没有困难，万一情况紧急，没有筹到足额的资金及时付给卖家，那不是给自己堵死了后路，失信于人。祖家左右为难，一时无法接话。

好像猜到他的心思，她接着道："我们史家祖上以苏绣起家，掌握有独特的刺绣绝技，没有长期的钻研和精雕细磨，别人是永远也学不到的，何况在父亲手上还在进一步发扬光大。为了扩大生产规模，方便运输，目前组建了一个专门的漕运船队。除此外，史家没有其他关联性强的生意。如果三少爷愿意让本姑娘在能力范围内，扩大生意范围，比如参加缫丝的生产和销售。"稍着停顿后，史若兰继续说道：

"你是新时代有想法的青年人，我们不能夜郎自大，听说西洋和东洋都有许多工厂，通过机器大规模地生产和批发衣料布匹，速度快、数量多、价格低，特别适合没有钱的穷老百姓穿。不像苏绣金贵，一般的人家只是看看而已，不会真买。有些穷人家，恐怕一辈子也穿不起一件真正像样的苏绣衣服。"从她的口中，祖家仿佛看见她对普通穷人家的蔑视和嘲讽。

"史小姐意思是……也想收购缫丝厂？"祖家疑惑起来。

"不、不，少爷听我说完。你看史家这些里里外外的事情，都得我独自撑着，已经够我累的了。我一个姑娘家总在外抛头露面，虽说是民国共和了，男女平等，但总是被有些穷叫花子用异样的眼光看着，心里不舒服，这气就不顺。我看世道风气并没有多大变化，反而更加混乱。哥哥们又不争气，时常在外带些麻烦回来。父亲一心专研技艺，难得参与生意经营中。我们也不能死守旧生意，也需要跟得上社会变化，做些新的东西出来。"她慢悠悠地说着这些话，祖家一直在心底里猜想她到底想对自己说些什么。便故意假装品茶，实则聚精会神地听她说的每一句话。

"为此，我想参股少爷的缫丝厂生产。少爷占六成股份，我史家只占四成股。日常一切经营活动和对外事宜，少爷您说了算，我史家不想参与厂里的日常生意往来，简单说就是仅投资，不参与管理，不知三少爷能否赏脸？"史若兰终于说出她的真实目的。

入股或是参加投资商业经营活动，在西洋现在叫股份制经营方式，从古至今都有。特别是明清两朝的徽商和晋商，抱团取暖，互通有无，互相参股经营，风险和利益共担，早就是风靡全国，获利极大，经久不衰。在经营活动中你中有我，我中有你，相互支持，相互渗透，结成利益共同体，有钱大家一起赚，有难大伙一起扛。在洋务运动开始后，西方的股份制经营思想又有了新的空间和发展内容，建水厂、修码头，都有了民间资金的股份制经营。到了前清晚期，准备修建连接西南的火车铁路，朝廷都提倡官股与民股并重，大力吸引民间资本参与国家的重大基础工程建设。

"小姐意思是愿意把钱投在裕华缫丝厂，由我出面经营发展，按股份大小，分享红利？"祖家反问道。

"少爷果然聪敏，是这个想法。我史家的钱放在账上，只会是一天比一天少，不会产生半个新钱。如果投在实业里从事生产经营，只会是钱生钱，利生利，把死钱变成活钱，岂不是美妙的事情？"她道。

"小姐如果投错了地方，恐怕连账上的死钱老本都会保不住，到那时就怕姑娘后悔和生恨，将是极大的损失。"他劝道。

"生意有风险，投资要谨慎，本是题中自带的问题。三少爷就不必替我操心，本姑娘生就一副好眼力，绝不会看错生意，也绝不会看错人的。"说到最后一句话时，又显出她的狡黠和犀利。

"看来姑娘是早有计划，成竹在胸。也难得对我的信任，祖家倒是愿意放手一搏。利润定会按股份分成，不让姑娘赔本见笑。"祖家算是基本同意史家参股经营。

"痛快！本月内一定把四成股金交到少爷手里，只管放手使用就是。"她脸上有了些许微笑。

话音刚落，棠爷带着震北、震南兄弟匆匆走进了客厅。史姑娘一眼看见父亲，赶紧迎了起来。祖家也跟着站起。

"女儿好，三少爷好。今天天气不错，你们随便坐吧。"棠爷没有停下脚步，径直坐到了主位上，吩咐下人看茶。

"爹爹又添新皱纹了。这次闭门钻研，女儿算下来都有四十二天了，新年快到，我们兄妹都盼您老人家早点出门呢。不过托爹爹的福，外边世道虽然不济，我们家今年生意还算不错。"史姑娘紧挨在棠爷身边坐下，对自己父亲说道。

"是吗，都有四十几天了！好像没有几天嘛。爹爹老了，总是觉得时间不够用。不过这次我总算把'霹雳乾坤镂空八卦刺绣图'做完了。上次的仕女图刺绣，让意大利皇族开了眼界，这次比上次的还好，要让西洋所有的皇室们再次看到精美绝伦的东方瑰宝，不知他们会有多嫉妒。我一定要做苏州第一，全国第一，把苏绣发扬光大，让西洋人和东洋人不敢小瞧咱中国人的厉害。"棠爷自信满满道。

祖家见棠爷父女一直在说话，便使个眼色，让朱孝七把悄悄买到的东西，偷偷送给旁边的史家兄弟。那是上等的"福寿膏"，是史家兄弟最喜欢的宝贝。

"棠爷一心想把苏绣发扬光大，晚辈十分敬佩。桑园里还有些事情需要回去处理，就不打扰棠爷一家人团圆了。"在祖家带着孝七起身准备与棠爷告辞，双眼相对的一刹那，祖家脑海中突然又浮现出福爷的身影。

望着祖家远去的背影，棠爷幽幽地对史若兰道：

"爹总觉得这个年轻人精明过人，行事深不可测，一眼看不透，不知是祸还是福啊。"他略作沉思后，继续道：

"震北、震南，人家给你们带什么好礼物了，还瞒着老爹呢？"

史姑娘是个聪明人，大概知道"礼物"的意思，她有一种不祥的感觉，生怕再节外生枝，哥哥们又惹爹爹生气。

"爹，您老人家好久没有轻松过，眼看年关到了，家里还需要新添置什么物什，请哪些宗亲家眷和生意伙伴，也得爹尽快定下来，若兰好早做打算，免得仓促失了规矩。院子也得拾掇，上下人都得添置新衣，不如爹爹到四处看看，女儿也好尽快赶在年前办置妥当。"她这样建议道，试图岔开话题，转移棠爷注意。一边暗示她不争气的哥哥们藏好东西，尽快躲开棠爷的追问。

"好女儿，凭史家实力和现在声望，自从你长大后，家里诸事都由你打理得很好，爹爹对你是一百个放心。可你两个哥哥……哎，老大不小，还没有成家立业，让人着急呀。让我看看三少爷送的礼物，说不定也会让我替你们高兴。"棠爷今天显得特别关心自己的两个儿子。

震北无奈之下，只得打开"礼物"。

"什么，又是'福寿膏'！你们两个不争气的狗东西，还在抽鸦片！别人定是投其所好，有求于你们才如此行事。真是屡教不改，狗永远改不了吃屎的毛病。祖制何在，家规何在，丢人现眼，简直是猪狗不如！"棠爷一看所谓的"礼物"顿时脸色大变，大怒咆哮起来。

"来人，家法伺候！"棠爷命人拿来皮鞭，要用祖制家法惩罚两个不知悔改的孽子。

兄弟俩顿时吓得脸色苍白，"扑通"一声跪倒在地，哀求棠爷再饶他们一次。"父亲，我们再也不敢了，您就饶过我们这次吧。"他们泪流满面地哀求道。旁边的史若兰也劝父亲手下留情。

但一切都晚了，棠爷再也无法忍受别人对他权威的侵犯。他要用家法狠狠地惩罚自己一错再错的儿子们，用家法去向列祖列宗表达晚辈的忏悔。呼啸的皮鞭雨点般抽打在他的两个儿子身上。瞬间，哀号声、皮鞭声在史家大院此起彼伏。几十下皮鞭过后，只把震北、震南打得皮开肉绽。两兄弟从小娇生惯养，只有他们欺负教训他人的份，自己哪有吃过这般苦。几鞭过后，便晕死过去。愤怒的棠爷仍不解恨，命人用凉水把他们浇醒再打。

"让你们装死，下次再抽大烟，一定打断你们的双腿！"痛恨他们的吃喝玩乐，不思进取，棠爷怒不可遏地继续骂道。

"爹爹，哥哥们都是您的亲儿子，教训一下，知道轻重即可。如能改过，善莫大焉。"

"我看他们是一堆烂泥，永远也扶不上墙。"他咒骂道。

两个时辰后，震北、震南才从剧痛中清醒过来。史若兰已安排人给他们换洗了衣服，清洗过伤口，敷上特制创伤药。由于臀部和后背的伤口剧痛，二人只能趴在床上休养，不敢有丝毫妄动。稍有不慎，撕心裂肺的疼痛便让他们像杀猪一样嚎叫不止，苦不堪言。看见有人进来伺候，他们就把怨气全洒在可怜的下人身上，"你这个猪，手脚麻利点，弄痛老子了，看我将来怎么收拾你。"他们责骂下人道。

"爹爹真是狠心，难道我们不是他亲生的儿子！"震北愤懑道。

"你看小妹多有福气，她是掌上明珠呀。她说干什么，做什么，爹爹永远都说好，要风得风要雨得雨。在他眼里我们简直就不是人，连门口那只大黄狗都比我们强，它都有自己的房子呢，多阔气的窝，我们什么都没有！"震南也愤愤不平起来。

"今天只是抽鞭子，下次可是要打断我们的双腿。不知那时你没有腿，怀里夹个拐杖，走起路来是个什么样子。"震北吓唬他弟弟道。

"你怎么样子走，我就怎么跟。你上下摇晃，我肯定也是一瘸一拐。"两兄弟你一言我一语，发泄着对棠爷的不满，怨恨起妹妹的得宠。

"这日子就不是人过的，守着大金山，过着要饭命！我们真他妈是俩驴屎蛋蛋。外人眼里鲜亮无比，吃香喝辣，吆五喝六，背后其实就是吃草的糙爷命！苦日子什么时候是个头，绝代和风华俩美人儿知道我们现在这个样子，还不被她们耻笑一番，小看我们，这张脸以后往哪里搁！"震南想起他的情人。

"光发牢骚顶个屁用，你得有钱。有钱能使鬼推磨，有钱才是爷，有钱才能换回风华和绝代的心，才能过人上人的生活。你瞎吵吵不是办法，咱得有钱！"震北提醒道。他翻转一下身体，继续道：

"钱！史家有的是，可就是让咱们碰不得、挨不上、花不了。我们是男人，史家的正宗传人，连族谱上都有我们的名字，永久记册保存。"

"呸！族谱里有名字管个鸟用，现在是革命者的天下，不兴祠堂礼数那套。紫禁城里的皇帝都被人拾掇下台，吃喝拉撒玩还得看别人的眼色，何况一个有名无实的族谱，一毛钱都不值。"震南吐着唾沫喊道。

二人伤心不已，被没有钱的恓惶日子弄得唉声叹气。加之剧烈钻心的皮肉疼痛，二人一时身心俱是疲惫不堪。

"兄弟，我有一计，保你我今后有吃有玩，就怕你不敢跟我一起做。"一阵沉默后，一向有些鬼主意的震北嘟哝道。

"哥，我就知道你的花花肠子比我多，一定是想出来妙计，你就干脆说出来嘛，你知道我就是抠破脑袋也想不出什么鸟办法。"震南来了精神。

"真的想听？你可就竖起耳朵听好了……"只见震北故意压低声音，悄悄地把他的想法告诉震南。

腊月的天是富人的天。他们要准备全套祭祀拜祖的祭品，感谢祖宗一年来对他们的庇佑。同时还要添置什物，购田买地，娶妻纳妾。腊月的天是穷人的天。他们只能勉强度日，还账置衣，租田赊地，烧纸祭祖，卖儿卖女度过一年的最后一天。默默祈祷来年的风调雨顺，五谷丰登，有口饱饭吃。史家显然是富贵人家，把过年又当作是一次奢华的显摆。全家人都在史姑娘的精心安排下，把府邸打扫得干干净净，窗明几净。到处装扮得分外妖娆奢华。今天是腊月二十三，民间传说是灶王爷升天的日子，各房各户又专门对厨房烟囱等进行了一次彻底的打扫。

十几天后，皮肉伤刚刚愈合的震北、震南两兄弟，在灶王爷升天的日子，趁着夜色掩护、众人四处打扫清理完园子休息的时机，偷偷溜进棠爷闭门研习刺绣的"静心阁"。静心阁是后院，是禁地，史家刺绣技术的所有秘密资料都储藏在此，没有特殊理由，棠爷严禁其他人擅自进出。除过他本人外，仅有史姑娘遇到紧急重大事情，在棠爷闭关时不得不进去找他商量，偶尔进出过静心阁外，其他任何人从未敢踏进禁区半步。穿过迂回复杂的廊道，推开布置隐秘独特的暗门后，在一处精美的陈列架上，史家兄弟最终找到了"霹雳乾坤镂空八卦刺绣图"。二人大喜，准备趁人不备，神不知鬼不觉地把棠爷费尽平生所学制成的旷世刺绣绝品，偷偷运出静心阁，带到外地高价出售。

听到外间窸窸窣窣的声音，正在隔壁房间潜心研究刺绣的棠爷感觉异常，便推开暗门，掌灯进来看个究竟。眼看事情暴露，震南猛然跳出，一拳打在棠爷的后脑勺上，拔腿便跑，棠爷瞬间晕倒在地。

"不是说老爹在客厅休息吗，怎么现在还在静心阁里？"震北惊骇不已，只能一路小跑溜了出来。

"刚才该死的史进宝不是说他已经回房休息了吗？谁知道他又回来了！"震南咒骂管家谎报棠爷行踪的消息。

二人一前一后逃出史府后门，坐上早已拴在树上的小船，准备带着悄悄偷到的绝世宝贝，直奔十里洋场的上海滩，把它卖给有钱有势的贺麻子，赚取一笔高到他们想都不敢想的价钱。说不定贺老板一高兴，还能让他们留在上海，又能与风华和绝代团聚。甚至贺老板送他们到日本留学都有可能。人不为己，天诛地灭，他们再也不想马上回到这个令人窒息的史园。要回也得等他们在上海滩混出名堂，或是东洋留学镀金，风风光光地回来，名正言顺地接管棠爷留下的所有财产。

棠爷毫无防备，突然在自己熟悉的房间头部遭到猛然一击，顿时四肢无力，双眼发黑，扑通一声摔倒在地，失去知觉。手上提着的油灯"啪"的一声掉在地上，灯油流了一地。火苗顺着灯油宛若一条火龙，油流到哪里火苗就迅速燃烧到哪里。房间里长期封闭干燥，到处都是各式各样的苏绣和丝绸布料，见火就着。很快小火变成大火，瞬间燃烧成了熊熊大火，火苗蹿上房顶，整个静心阁都燃烧了起来。

不知是谁最先发现后院起火，有人惊恐万分地大喊："着火了，着火了，快来人救火呀！"

史姑娘听到静心阁起火，心里顿时不寒而栗，丝绸见火，山崩地裂。在丫鬟们的搀扶下，她跟跟跄跄地朝后院跑去，只见火苗早已蹿到房顶，整个静心阁几间大房子都被火苗吞噬着。

"棠爷刚才好像是忘记东西，在里边还没有出来。"有人惶恐不安地向史若兰汇报道。

"快救爹爹，快救爹爹！"她声嘶力竭喊道，一边大声命令下人救火，一边推开丫鬟，冲进熊熊燃烧的大火，拼命想救出身在炙热火海中的棠爷。就在她不顾冲天大火冲到静心阁门口时，门框上一根吐着呼呼火苗的巨大木头，突然嘎嘎作响重重地砸在史姑娘腿上，她顿时晕倒在地，烈火蹿上她的全身。

"啊！不好啦！快来人啊，快救小姐……"贴身丫鬟凤儿悲伤绝望地大声呼救道。

第十六章

苦难国度　一线生机

远在千里之外的上海黄浦江边，一处崭新的工厂此时却是大门紧闭，四处毫无生机，显得死气沉沉。在它的一个门柱上写着"裕华缫丝厂"。自从祖家与苗家签订购买契约书后，他便把桑园的所有事务暂时交给裴爷打理，自己第二天带着管家黄五、朱孝七和单师傅来到上海，想尽快实地全面了解缫丝厂的基本情况，对症下药，恢复生产。这天一大早，四人来到厂外，透过铁栏杆，对着里间一大排厂房，朱孝七大声喊道：

　　"请问尧哥在吗？三少爷来看大家了。"

　　里边很快出来几个人，其中有一个黄卷发蓝眼睛的外国人。

　　"请问你们是苏州老黄家的人吗？三少爷来了没有？"为首的一个工人对他们打量一番后问道。

　　"这位就是三少爷，你只管开门就是。"孝七答道，并拿出了双方的交易契约给他们看。

　　"Hello，welcome！Mr. Huang！"大门刚刚打开，蓝眼睛的外国人就大声地向祖家问候道，并做了一个友好的拥抱姿势。

　　"Welcome to China，Welcome to Yu Hua factory."祖家略懂些英语，热情回答道。

　　"三少爷您好，我叫陈季尧，别人都叫我尧哥，是苗老东家的领班，受他生前的委托，现在此临时负责看守工厂。前几天听说三少爷盘下了厂子，我正在此等候三少爷的接手。知道少爷祖辈清白，又真心想把厂子做活做大，大家伙儿心里都挺高兴，盼着您早来，又能带领我们开工生产呢。"

"你就是尧哥，负责留守的？这些天辛苦大家了。大家伙儿心里都这么想，苗老掌柜应该安息了。"祖家对尧哥道。

"说是负责，其实偌大的厂子，就剩下我们这五六个人坚守，看着机器厂房，其他的人都放假或是离开，去找别的活儿干去了。没有生产，当然就没有工钱，也留不住人呀。"自称尧哥的人，一边引导祖家等众人往里边走，一边介绍裕华缫丝厂眼下的人员情况。

"这位叫……"祖家示意尧哥介绍蓝眼睛的外国人怎么称呼。

"他叫约翰逊，是个英国人，设备厂家派过来的驻厂代表，负责所有生产设备的维修和缫丝生产技术指导工作。因为有一部分设备货款还没有结清，他就没有办法回去交差，干脆就留在了这里。他还说这么好的机器，就是在他们英国本土，都是最新的设备，一定要看到它正常地运转，生产出漂亮的丝线，工厂赚到钱，他才会离开。"尧哥道。

"呃，他是因为没有拿到本钱，不敢回去呀！"祖家多看了约翰逊几眼，继续说道：

"不过他倒是很负责任，不见兔子不撒鹰，不见回款不回家，很有见钱才走人的意思嘛。"其他人都笑了起来。

根据实地勘察和尧哥的介绍，祖家基本了解到现在工厂的困境，亟须解决的重大问题分别是资金、技术、市场和人才，特别是资金极度匮乏。他一边陷入思索，一边安排黄五、朱孝七与尧哥等人做好裕华厂详细的人员、财务清理，及时全面掌握裕华厂的内部情况。

"尧哥，裕华厂你是有感情的，你又是苗老掌柜的远亲，也不想看到苗家少爷毕生的心血变成锈迹斑斑的一堆废铁。今天安排管家和账房先生跟你一块做全面的资产清查和移交事务。在此期间大家不要有任何顾忌，开诚布公，有一说一，尽快把所有实物和资产一律登记清楚，整理成册。我也希望你们都能够留下来，三天后，账清、物实，与苗家签订契约一致，我就会正式履行契约。这个厂子就算是我黄祖家真正盘下，让它尽快热热闹闹地运转起来，让工友们当班生产，尧哥觉得怎样？"祖家对尧哥道。

"感谢东家信任和周到安排，早就听说少爷是天底下最好的东家，以后但凭少爷吩咐，我们一定尽分内之责做好组织生产，请少爷放心。"尧哥等人齐声道。消除顾虑隔阂，祖家开始与大家详尽地沟通有关厂里的所有事务。

晌午已过，祖家对裕华厂基本情况有所掌握后，留下管家和朱孝七继续与尧哥等做详尽交接事宜，自己则带着单师傅按照裴爷提供的地址，好不容易在市内一个楼房密集凌乱的里弄，找到了"上海经济信息调查科"的办公场所。办公室简陋不大，仅能容放下三张桌子、一个沙发和几条木凳。办公室门虚掩，透过门缝祖家看见四姑娘一个人全神贯注地阅读着手中材料，眉宇间隐隐透着某种不安。

"李处长还真是个大忙人，忧国忧天下，不知有没有打搅到你的工作？"见她一直在专心地思考材料内容，半点也没有觉察出房间有来人，祖家忍不住打断她问道。

"哎呀，黄大财神驾到，是上海发财风把你给吹过来的吧？怪不得我总觉得这几天会有大事发生，原来是财神爷不请自到，现在我们调查科遇到的所有问题都将迎刃而解了。"她先是一惊，后兴奋道。

"财风是好风，人人都想得之，有何不妥吗？"祖家反讥道。他心想原来活泼热情好动的她，从来不知无钱的窘迫，如今却是手头拮据、双眉紧锁，有了许多阅历变化；戎装在身，英姿飒爽，眉宇间平添了沉稳与庄重。自己一直忙于种桑养蚕，一年多来对她有些疏远，没有单独与她有过无拘无束的交流沟通。特别是近半年来，她本人西到南京，东达上海，又经过特别的训练，工作历练和生活的变迁，让她以往张扬的个性有了些许收敛，代之以成熟和机警。不知她对自己的态度看法有何改变，祖家心里暗自思忖。

"你是单师傅吧，是洪拳高手，你们少爷经常提起你。"四姑娘一边为祖家沏茶，一边招呼单师傅。"最近外滩新开了一家日本料理店，下午我做东，为你们接风洗尘。我打个电话，再叫一个熟人。"她继续道。不容祖家推辞，她拨通那个叫"电话"的怪东西，一个电话便订下了一个包间。又打电话给寓所的孟非梦，叫她赶紧过来，下午一块聚餐，见识一位家乡的富商。一根细细的线连接到远处看不到的人，就能安排好所有的事情，祖家十分好奇大上海的时髦生活。"今天所里就我一个人，非梦一到我们就下班。"她道。

"真是女大十八变，非梦姑娘越来越漂亮了。"四人在雅间享受着丰盛的美食，祖家悄悄地对四姑娘说道。

"是吗？天天在我身边，现在才发现她真是越发好看了，想象不到当初面黄肌瘦的样子，现在真是成了水灵姑娘。"四姑娘热情地给祖家夹了一个生贝，一边回应道。

"三少爷才看花眼呢，我们家姑娘才是最最漂亮的人，有文化有才干，热情好客，好多人都在背后夸她呢！"非梦姑娘忍不住夸奖起四姑娘。如今她已十七岁，亭亭玉立，善良懂事，是四姑娘身边离不开的贴心人。

"要是五妹在，也一定长得像她一样楚楚动人，人见人爱了。"四姑娘突然想到自己的妹妹失踪已有两年时间，至今音信全无，生死未卜，不禁惆怅自责起来。

五姑娘被清风寨山上可恶的土匪贺麻子劫持失踪以来，至今音信渺茫。贺麻子倚仗日本人的势力，行踪诡秘，隐藏极深。连像狗一样巴结他的史家兄弟，都不清楚他的真实身份和实际住所。自从福爷遇害后，祖家一心想替福爷申冤，抓住幕后元凶，还裴爷一个清白，放松了对贺麻子的追踪，至今也不知道五姑娘的处境遭遇。她现在是怎样的生活，到底还在不在人间，目前依然是半点消息也没有。祖家一时自责无语，不知如何安慰四姑娘。

"吉人自有天相，姑娘聪敏机智，五姑娘也一定机智伶俐，随机应变对付坏人。她会平安无事的，你们姐妹总有团聚的时候。"祖家安慰她。非梦姑娘不停给自己的主人夹菜，单师傅也放下筷子，在旁劝她想开些。

"算了，今天是什么日子，是为远道而来的三少爷接风洗尘的喜气日子，干吗提这个不识趣的话题。来，我陪少爷喝一杯！"四姑娘举起满杯的日本清酒，邀请祖家道。祖家略一沉思，仰脖一饮而尽。

"日本人的酒味道有点怪，生菜吃起来不习惯。"祖家吃口菜，回味起清酒的味道。

看到祖家豪爽地喝酒和敢于尝试新鲜东西，四姑娘不禁道：

"像个大老板，有魄力，是个做大事的人。听说你接手了一个大工厂，我们从此以后是不是都能背靠大树好乘凉了？上海经济调查科的全体同仁，也一定会全力支持民族企业，两头帮衬年轻有为的大老板。"

"两头帮衬是什么意思？"非梦不解地问道。

"你不懂了吧，搞企业经营，一头连着成本和投资，如原材料、机器设备、工人工资、交通运输等许多方面；另一头连着买方和市场，得卖出生产出来的产品，关键是要卖上好价格，别人不能捣乱眼红。这就是两头帮衬。"单师傅见非梦姑娘不懂，便替她解释道。

"说得好，说得对，敬单师傅一杯。"四姑娘道。她与宋晋、白志明离开南京特别训练班后，与姑苏学校解除教师身份，才到上海革命军经济调查科任职。平日里主要工作是为革命政府掌握上海滩的所有经济生产情况，秘密调查在沪的所有重要军用物资及民用物资的生产运输以及使用情况，掌握外国政府或组织在上海乃至全国的经营投资状况，把最新的市场变化和发展大势报告给上海都督府。其他各省都督府统计报告各省情况，最后由南京临时政府和远在北京的袁世凯政府统一使用和掌握全国的经济情况，便于对经济规模大小摸清家底，促进经济稳定和发展。但是北洋军旧势力与革命党的影响此消彼长，明争暗斗长期不和，许多省份的都督府忙着捞钱财，扩实力，根本不顾中央号令，也不会掌握本省的经济底细。上海乃是中国的经济心脏，也是革命党人掌握的最为重要的经济来源地之一，因此安排有专门的经济调查队伍。经过三四个月的努力，上海的经济贸易基本情况，四姑娘他们已经初步掌握。知道哪个行业谁做得最好，谁在行业里最有影响，背后有哪几个国家在暗中支持。至于支持的力度大小以及具体的方式手段，一时半会还不能全面掌握。但是她已经深深感到许多关系到国家安全和民生的重要工厂及贸易活动，都被外国人或明或暗、或多或少地掌握着。他们攫取了中国人民的巨大利益，掠夺着国家无数的战略自然资源。民族资本则势单力薄，夹缝中求生机，艰难中求稳定，生存十分不易。

"民以食为天，人以衣为体，你们生产的丝绸布匹，一定不缺市场，就看你们的诚信和价格怎样。最为关键的是，开始就不能钻进钱眼里，唯利是图，不计后果，这样我是不会帮助昧良心老板的。"她举杯告诫祖家。

"无利不起早，没有赚头工厂就会倒闭。当然诚信经营最为首要，你这句话我搁心里了。"祖家虚心接受道。

"一个篱笆三个桩，一个好汉三个帮，众人拾柴火焰高，我们预祝三少爷生意兴隆，财源广进！"孟非梦姑娘兴高采烈道，积极邀请祖家和大伙儿干杯。

趁其他人吃菜说话不经意的时候，四姑娘压低声音对祖家道："有一件事，不管你知道不知道，听后一定得有万全的思想准备。"略作停顿后，她继续道：

"史姑娘对你如何？"

"听说女人相互之间最爱妒忌，你问这个干吗？"祖家心里一惊，反问道。

"我要说出来，你别心痛！"她看着祖家慢慢道。

"财大气粗、孤傲自赏的她会有什么事。"祖家自认为对史家情况十分清楚，他一点都不会想到史家会出大乱子。

"我们最新得到的消息，苏州的史家昨天晚上遭遇大火，棠爷不幸葬身火海。史若兰小姐身负重伤住院，生死难料。史家园林大半烧成灰烬，无数珍贵的苏绣付之一炬，人员和财产损失巨大，真是惨不忍睹。"

"啊！什么？！竟有此事，你消息可靠吗？"祖家十分吃惊地问道，内心充满了巨大的矛盾和震撼。

"这个你放心，是我们内部人传过来的，消息绝对可靠。"四姑娘坚定道。

棠爷身怀绝技，刺绣技艺天下闻名，南中国无人能出其右。他殒命之后，恐怕再也无人能发扬壮大史式刺绣技法。但是他过于刚愎自用，凡是影响他生意的事，或是阻碍他事业前进发展的人，不管其贵如福爷那样的仕商巨贾，或是无依无靠、出身卑微的寒门孩子，都有可能死在他暴戾无常的淫威下。棠爷要身边人绝对忠诚和执行他的意图，绝不能有半点走样和自己的想法自由。过于自信的性格，可能是人生事业前进的风帆，支撑着人们不畏艰难险阻负重前进的步伐；也有可能是人生巨大的陷阱和美丽夺目的气泡，使人看不见前边的风险深渊，让自己不知不觉中身处灾难的边缘。棠爷无形中害人无数，死不足惜，倒是史姑娘天资聪慧，机敏过人，对自己桑园和缫丝厂都有莫大的裨益。如今她生死难料，又是一个极要面子的人，就算大难不死，熊熊大火过后，也必定身负重伤。将来她要怎样面对世人的嘲讽，走完余下的生命旅程呢？

祖家脑海中闪现过种种棠爷和史若兰的画面，他们一个必死，一个有恩。自己在史家巨变中到底有没有下绊子？为了解开心中的谜团，伸张社会公义而又伤及无辜的受害者，这是不是他想要的最好结果呢？千奇百怪、万种可能的想法，瞬间在祖家心中翻滚，而这些又是现在不必也不能让四姑娘知道的秘密。史姑娘心里在乎自己，他内心十分清楚。以她孤傲的眼光和豪门巨贾的身世，能在她心里留下些涟漪的人，想必在整个苏州也仅有他黄祖家一人而已。

在内心深处，四姑娘仿佛才是自己喜欢的那种正直、热情和大方的人。虽然她渐行渐远地走上了一条不同于自己的道路，生命中更多地融入了政治和社会的元素，变得有些世故和圆滑。他内心自私地认为，自己喜欢的女人不应该过多在社会中抛头露面。但她喜欢自己、在意自己的心却是没有半点的变化。尤其是在自己与史姑娘生意往来越发深入频繁的时候，女人那颗嫉妒的心开始越发膨胀，有时甚至是报复性地不理睬自己。比如她不告诉自己就去参加南京特训班，以及结业回来后，看见自己留给她的是史姑娘亲手做的刺绣手帕，就十分狠心地不见自己，像逃避瘟神一样离开自己到上海工作，这都说明她其实非常在意自己，心里容不下其他女人。如果说棠爷之死是为了给福爷偿命，也为裴爷洗清了不白之冤的话，那么找到五姑娘才是四姑娘真正所希冀的事情。

至于福爷、棠爷和裴爷之间的恩怨是非，是一堆理不清道不明的乱麻。要想理清楚搞明白，原原本本地告诉四姑娘真相，一时半会反倒是不知从何说起，只能以后遇到合适的机会再说与她听。哪怕是三天三夜，他也要把真相一一地告诉她。而他现在最应该做的就是立即回到苏州，为自己的千亩桑园找到生意伙伴，为福爷祈福，为裴爷申冤，为史姑娘治伤，最大程度化解她的悲痛。但现实告诉自己，缫丝厂现在一刻也不能离开自己。

"苏州晚上发生的事情，下午你在上海这么快就能知道了，你们的组织还真不一般，特训班里的培训是不简单呀。"祖家故意漫不经心地道。开始佩服她们组织的高效和影响巨大，而他自己短时间内根本不可能知道苏州发生的巨变。同时也想极力掩饰自己对史家人的复杂内心想法。

"史家的事你真的能放开？哎！不说也罢，免得让你忐忑不安。组织大于个人，你现在知道有组织的厉害了吧。我还告诉你一件事情，我二姐夫，也就是你大哥，昨天奉命回武昌去接呼延将军的家眷，不日将抵沪。将军的女儿听说也是一位漂亮的女孩。"四姑娘有意加重最后一句话的声音。

日式料理店的盘腿坐让祖家有些不习惯，开始捶打自己的大腿。"大哥奉命回武昌接人去了，呼延叔一家很快就会在上海团圆。这些天上海军界剑拔弩张，军事暗战异常忙乱，不知何时才能与呼延将军'楚河汉界'地鏖战一场。"他说的楚河汉界，是指能与呼延冲进行一场象棋比赛，因为他有一年多没有见到他尊敬的呼延将军了。当然他也忽略了四姑娘评价将军女儿漂亮的话语，因为他根本不熟悉那个叫婉儿的姑娘。

"只是为了下棋，不为了别的？比如将军迷人的女儿，她可是多少人梦寐以求的美人胚子。"四姑娘故意道。

"女人的心呀，永远都是谈论和妒忌另外一个女孩。你所说的事纯属子虚乌有，我两边的生意已经够忙的了，哪有心思关心别人女儿是高矮胖瘦，是光脸麻子，更别说有非分的想法。你真的变了，这么多精美的食物也不能让你的舌头闲着。"祖家不悦四姑娘的话语。非梦倒是"扑哧"一声笑起来。

夜已晚，他们离开料理店。单师傅和非梦丫头知道他俩有许多的话要说，便故意知趣地走开，不远不近地跟着他们。

夜晚的外滩依然人潮汹涌，热闹非凡。高楼大厦里的点点灯光投影在黄浦江上，随着浪花翩翩起舞。那些灯光也就像是流动的精灵，祝福好运的到来，祝福人世间一切美好的东西都能永远长存。四姑娘双臂紧紧地挽住祖家的胳膊，他们一直沿着外滩的石子路前行，坑坑洼洼的路面丝毫没能阻止他们异乡见面的兴奋感。她长长的头发被江风不断吹起，一会儿遮住了双眼，一会儿又撩到祖家的面庞。这是属于她想要的惬意时刻，她很想时光能再多停留一会儿。她一边带着女孩儿的心思，一边听着祖家缓慢地述说着裕华缫丝厂的计划和实施再生产的步骤。他告诉她，年前他必须得回苏州一趟，处理桑园年底和明年的种植诸多事情，船队的驳船有些很旧，需要再添置几艘新船。新近盘点下来的缫丝厂需要更多的资金和人力投入，他得全面筹划资金周转和及时招聘新工友。在他回苏州的时间里，希望她能多关照一下缫丝厂的启动经营情况，如果方便，多指点管家黄五和朱孝七在上海的注意事项。她无条件答应，一一记在心中。

当然祖家没有告诉她回苏州还有另外一个重要目的，就是要去看望受伤的史姑娘，去祭奠福爷的亡灵。四姑娘知道祖家是一个事业心极强的人，事情不做则已，一旦启动必定会全身心投入，做出行业里做好的产品与服务。比起那些空谈革命救亡的肤浅之辈，假手改革保皇的冥顽不化之徒，他实业救国的现实追求，不知道要踏实和强大多少倍。虽然他没有说要找到五姑娘，但凭她对他的了解和信任，她知道他心里一定会有周全考虑，只是时间问题而已，哪怕她现在杳无音讯，流落到天涯海角。这一刻她下定决心，就算是他再多托付自己一些事情，她也会像是对待自己的事情一样亲自把它做好。哪怕是违反组织工作纪律，她也要全心全意帮助他在上海滩扎稳脚跟。因为她明白现在中国积贫积弱，混乱不堪，上海滩更是鱼龙混杂，处处暗藏杀机。保护一个重要的人，一个时代灯塔般的青年才俊，比她目前从事的所有工作都更有意义。

翌日，天刚放亮，祖家带着单师傅早早来到缫丝厂，召集众人，把近期需要做的几件重要事情分别向黄五、朱孝七和尧哥等做了详细的交代。并告诉管家黄五，苏州桑园有许多重要而紧迫的事情需要自己马上回去处理。在他离开上海的日子里，万一遇到什么紧急的事情，可以去找四姑娘，甚至是大少爷商量。要求大家鼓足干劲，加班加点，尽快准备恢复缫丝厂的生产计划。说话间，外边突然有信差在喊：

"这里谁是老板，有加急电报。"

管家黄五赶紧跑出去查看究竟，签收后接过电报，交到三少爷手中。祖家打开一看，只见电报上寥寥数字写道：

　　虹口东洋银行　史

朱孝七也看到这封寥寥数语的电报，"虹口东洋银行"，一向与资金打交道的他大概猜到这封电报包含的意思，于是他提醒祖家应该立即与电报上所写的银行联系。

祖家略作沉思道："厂子最近的工作计划是一清理，二磨合，三准备，务必保证来年春天正常生产，具体遇到事情大家多商量，按照五管家的要求，精诚团结，周全准备，才能万事俱备，按时开业，大家都听清楚了没有？"众人情绪高涨，摩拳擦掌都想尽快让裕华厂恢复生产。祖家又叮嘱孝七几句话，才放心地带着单师傅直奔电报所写的地址而去。

在祖家对东洋银行大堂经理说明来意后，经理十分礼貌地请二人进入银行贵宾室，仔细地检查过他们的证件和电报后，郑重地拿出一张汇票交给祖家，上边明显写着"现汇钞肆万元"，祖家顿时内心狐疑起来，隐隐想到一个人。大堂经理好像看出祖家的心事，优雅礼貌地说道：

"黄老板，我给您介绍一下我们银行的情况。在我们这儿长期有许多富商储户，按照行业保密原则，我不能透露他们的任何私人信息。按照事先约定，只要他们要我们做任何支付的要求，我们都会在任何时间通知客户按期执行。今天您手里就是一个长期伙伴要我们向您支付的现汇，请您签收一下，这张现汇支票您就可以带走了，它能在全国通用。"

中国从明清时期的徽商和晋商开始，为了减少携带大量现金的麻烦，以及满足越来越多的贸易往来，已经极大地流行使用双方都可信任的纸质支票，方便彼此的账务交易。现在祖家拿到的支票金额数，正是苏州史姑娘要参股缫丝厂的资金数目。按照时间推断，这笔急需的钱发出时间应是在她家遭遇劫难之后。按照银行大堂经理的说法，汇票应该是两天之内通知到的。祖家推测是史姑娘身受重伤之后，仍然不忘当初承诺，在她清醒的时候，安排人把资金及时付给他。一诺千金，诚信如此，史家不愧是商界翘楚。想到史若兰，祖家眼角多少有些湿润。

"她还活着，做人如此诚信，真是巾帼英雄。"祖家心里默默想着。稍微平静后，他签收下这张救命的支票，礼貌地与银行大堂经理告别。

"后天回苏州，你去准备船票吧，我想自己到外滩看看，随便再买点东西。"祖家吩咐单师傅。

祖家急切地想见到史姑娘。三天后，在苏州最出名的老字号"杏林医馆"内，七弯八拐后，在一处僻静地，史姑娘平时的贴身侍女凤儿正好在晾晒纱布，祖家赶紧上前询问她家小姐伤情。

"三少爷，您不是在上海吗？前几天我们家小姐醒来后，还急急地让我往上海发电报，不知东西少爷收到了没有？"凤儿没有直接回答祖家的提问，倒是急切地问起祖家来。

"谢谢你家小姐挂念，东西我已经收到。若兰她伤势如何，能带我进去看望她吗？"祖家急切催问道。

"我们家小姐命大，大火烧坏了屋顶，棠爷和后院的丫头遭了难，小姐急着想救棠爷，不幸被木头砸坏了双脚，不过现在并无大碍。"

"真无大碍？"祖家不信。

"其实……是小姐这样吩咐我们的。其实她双腿连烧带砸，伤得很严重，恐怕……以后永远都无法站起来。只是我们家小姐好强，老爷没了，两个少爷跑了，她不肯接受这么残酷的现实，成天……"说着凤儿哽咽不止，已经泪流满面，竟然说不出话来。稍作停顿，凤儿乞求道：

"少爷您去陪陪小姐吧，她挺可怜的。我们家小姐一向要强，别人她都不想见，我想您可能是个例外，您快进去陪陪她吧。"

"请你放心，我这次回到苏州，就是专门看望她的。"祖家肯定道，示意她前边带路。

病榻上的史若兰双眼紧闭，奄奄一息，脸庞苍白，双唇干裂。头发略显凌乱，毫无往日的神采飞扬。双腿被厚实的纱布紧紧包裹着，显然伤得不轻。

"三少爷来看您了，小姐醒醒，小姐醒醒！"凤儿轻轻在她主人身边呼唤着。

史姑娘微微地睁开双眼，慢慢地定格在祖家身上。凤儿轻轻地扶起她坐好，知趣地退出房间，关上房门。祖家正准备为史若兰端上热水，不想被她狠狠拒绝。只听她幽幽说道：

"你不应该到这儿来看一个废人。"

"不，外伤不碍事，杏林医馆医术精湛，一定会治好小姐的双腿。史家还有许多事情，等着你康复后回去处理呢。"祖家阻止她继续说轻视自己的话。

她摇摇头："可恶！"

他不知道她是在骂自己残废的双腿，或是在骂他。"一切都会好的，一定坚持住。"他努力地想安慰她。

"我本想看到一个踏踏实实、光明磊落做生意的人，而不是想看到一个藏而不露、心怀叵测的伪君子。这几天我一直在心底咒骂自己，但是有几个疑问还是没有想明白，请你帮我确认几个问题，对的你只需点点头，错的你摇摇头就行。"她哀求道。

看着病房里并没有其他人，祖家内心坦然许多：

"姑娘不必着急，如果有任何用得着我的地方，尽管吩咐就是，祖家定会知无不言、言无不尽。"

"躺在病床上这些天，我仔细地琢磨了许多事情。从你第一次上我们家准备谈生意，到最后一次离开我们家，去上海谋更大的发展，以及最后史家被烧，我爹遇难，显赫一方的史家从此恐将成为传说。每次史家父子关系转坏，终成水火之势，父不父、子不子的结局，一直走到最后的悖逆之事，背后或多或少都能找到你三少爷的身影。我承认我爹并非完人，他刚愎自用，目空一切，冷酷无情，可他对你老黄家却打心眼儿里没有半分的不敬。可到底是什么原因，让你要费尽心思地搞垮我们史家？"

"小姐这是何意？"祖家大骇。

"你还想瞒我到地狱吗？"

史若兰不愧是个绝顶聪敏的人，话说到这种程度，祖家明白史若兰已经通过蛛丝马迹，猜到他接近史家、离间他们父子的所有企图。纸终包不住火，事已至此，他心里反而释然平静，无所顾忌了许多。联想到这一年多来离间史家父子的计策，自己再做任何的掩饰和狡辩，对一个无辜受伤且心灵憔悴的人来说，都是极其残忍和毫无意义的行为，更显得自己卑鄙和虚伪。何况她本来是个对自己有莫大裨益且值得尊敬的受害人。他明白她眼前将要面对的一切，祖家索性说道：

"棠爷本是身怀绝技之人，应是我们人人尊重的绝顶工匠大师。可他刚愎自用，毫不尊重工人的生命，肆意迫害自己的学徒，虐待织女致死就跟杀掉一只鸡鸭一样容易，连半分怜悯之心都没有。最可恨的是做生意本是公平竞争、你情我愿的双方正常交易行为，他偏要贪大求全，独霸市场，永无休止，对生意竞争伙伴随意杀害。连名震大江南北、身怀家国情怀、做事诚信公平的福爷，他也毫不留情地害死，还让裴爷遭了大难。这种商界异类，害人性命之人，是要遭天谴、被人辱骂痛恨的。他不死，天地难容！"

"住嘴，你给我住嘴，你想替天行道吗？子面谤父，更何况死者为大，你以为你自己真是个正人君子，其实只不过是仇恨嫉妒我父亲的黑煞星、伪君子，是恶魔们的帮凶罢了，早晚你会有报应的！"史姑娘气急败坏，嘴角颤动地咒骂祖家道。

"当初你真应该好好劝劝你父亲，是非分明，善待他人，让他有所警醒，而不是处处偏袒他，维护他至高无上的可怕尊严，甚至是容忍放纵他的错误行径，最终让他在歧路上越走越远。一代枭雄走向不归路，你也是个帮凶……"

祖家干脆把自己这几年对棠爷的不满看法统统说出来，一边掏出史姑娘寄送给他的四万元汇票，准备退还给她。

不料一向冷傲、霸道、从不向别人低头的史姑娘竟"哇"的一声哭了出来。祖家想说的话，在嘴边再也不忍说出来。

"他是我的父亲，我唯一的血缘长辈！从小到大，他无限地宠着我，爱着我，他是我一生中最自豪称道的人。我怎能对他有半分的指责，半点的不尊？你说我怎么就变成了害人的帮凶？我早应该听爹爹的提醒，对你做好防范。"史姑娘说到最后半句，忽然有所觉悟，停留片刻后又继续道：

"合伙参股缫丝厂的事情，是我亲自定下的计划，既然上天眷顾可怜我，没有收走我的命，留下一口喘息的机会，在商言商，一诺千金，人不负我，我绝不负人，这是很小的时候爹爹教导我们的。史家祖辈积攒下的那些钱财不能变成死钱，本姑娘还要东山再起，实现家父的夙愿，重现史家的辉煌。"

"姑娘是个绝顶聪明、识得大体的人。既然能如此坚定地相信我，在此我发誓，一定会珍惜每一个银圆，经营好缫丝厂，保证让它钱生钱、利生利，每年按时为史家分红。"祖家坚定道。

"你走吧，我不想再见到你。"史姑娘催促道。

"我……姑娘请喝点水吧。"他道。

"滚……我不会喝你的水！"善变的她撕心裂肺吼道。

"知道你难受，使劲哭出来吧，也许会好受些。"他不忍她的痛苦。

"我好得很，只是不想再见到你这个小人，伪君子。"她止住痛哭，又恢复了往日的强硬和霸道。

"来，紧紧地握住，使劲朝这里插进去。"祖家突然拔出一把匕首，示意史若兰朝自己的心脏插去。

"杀死你这个伪君子，替我爹报仇！"史若兰抓起匕首，朝祖家猛然刺去。突然她的手颤抖着停在了半空中。

"杀死你，会脏了史家人的手！"

"有多大力气，就使多大力气吧，这是我自己的选择，是我应该对你负的责任，我保证不会责怪任何人。"他鼓励她向自己的心脏刺去。

"你快滚吧，算我求你了！"史若兰已经泪流满面，抽搐不止，匕首滑落在地上。

他试着为她拭去眼泪，她掩面拒绝。

"你连我一块害死算了，我爹娘还在天上等着我呢。"坚强的她完全是肝胆寸断、心性大乱。

他明白她现在的痛苦，再留在此地，只会更加伤害她：

"我就是个伪君子，人面兽心，你可以随时取我性命。但是我要你活着，为了史家的再次辉煌，你必须活着！"

"我不想听，你这个小人伪君子，还不快滚！"史若兰泪流满面地骂道。

"真心祝福你早日康复，后会有期。"

他为她换了一杯热水，轻轻地放在床头，离开房间，并叮嘱凤儿丫头今后史家有用得到的时候，尽管找他就是。

在回家的路上，祖家心乱如麻。自己最尊敬的福爷死了，裴爷跟着受了极大的冤屈，家败财尽。棠爷死了，曾经叱咤苏州商场的三位风云人物，最后非要走到以命偿命、家破人亡，或是穷困潦倒的结果吗？如今史姑娘双腿残疾，可能永远也不能站立起来，必定会孤老一生。自己的所有努力值得吗？这是自己想要的最终结局吗？

"少爷心事重重，在下有几句话不知当讲不讲？"看见祖家一路走来闷闷不乐，似有千斤重担压在心中，刚才在杏林医馆隐约听到祖家与史姑娘的争执，单师傅大约猜出一二，便想对祖家劝道。

"哎，你又不是外人，有话你就直说吧。"祖家道。

"其实，棠爷早就罪该万死，他不死天地难容，少爷不必内疚。我离开史家也是不能忍受他们家的横行霸道，草菅人命。有多少织女小姑娘，豆蔻年华时期，用她们稚嫩的小手织出精美的苏绣，支撑着庞大的史家生意，却常常被棠爷无缘无故地像折磨小猫小狗一样，给活活虐待致死。她们也是爹妈辛苦养大的。史家还经常指派我去秘密恐吓、殴打甚至杀害影响他们家族生意的人，若有半点不从，便会遭到他们难听的辱骂和凶狠的皮鞭抽打。他们家仗着有清朝老佛爷的恩宠，个个嚣张跋扈、无恶不作，苏州一带有良心的人没有不痛恨他们的，只是畏惧淫威，大家不敢说破罢了。"

"史姑娘也无恶不作、嚣张跋扈吗？"祖家反问道。

"她孤傲冷漠，唯利是图，精于算计，作为商人本无可厚非。可是她又有些善恶不分，认钱不认人，认钱不认理。"

"单师傅好眼力，让祖家另眼相看。"

"单某一介武夫，是个粗人，走南闯北，颠沛流离，常常被人当枪使。自从得到少爷收留后，朝夕与大家友好相处，才算有了家的感觉，心里也踏实了许多。像少爷这样的人，走得端，行得直，在下半辈子遇见少爷您这样的真朋友，也算是单某的福气。如果不弃，单某愿终生追随少爷左右。"单师傅长期形单影只，看惯世态炎凉，但求下半生有个稳定落脚处。

"单师傅言重了，祖家年轻不才，虑事不周，哪有你说的那么好。在史姑娘眼里我就是个小人、伪君子。"

"哎，三少爷不可看轻自己。在大伙儿眼里，棠爷之死无论与您有没有关系，都是替天行道，为民除害，大家真心欢迎还来不及呢。"

"大伙儿真是这么想的？"

"单某从来不说假话哄骗少爷。"单师傅发誓道。

这些天总在上海与苏州之间奔波，怕影响祖家的身子，也有些日子没有和他尊敬的少爷切磋武术了，单师傅便提议不如到桑园草棚前讨教几招，傍晚再找家酒馆喝上几杯。

祖家想到福爷大仇得报，自己问心无愧，一改刚才的闷闷不乐，便爽快地答应道："但凭单师傅安排。"

三天后的大清早，祖家、裴爷和单师傅一行三人来到寒山寺还愿，因为此寺是福爷生前和裴爷常来的地方。他们曾经一起讨论"湖广商会"的会务和经营问题，也十分欣赏"姑苏城外寒山寺，夜半钟声到客船"的意境，对当下风云变幻的时局，两位要好的商界巨头，时常喜欢在此关注和议论，也是他们俩商界繁重经营活动后的共同兴趣爱好之一。

寺庙肃静森严，佛像威武高大。在大殿的佛祖面前，祖家虔诚地上香叩拜，遥祭他心中的英雄，并缓慢且庄重地告知裴爷，福爷被害的真凶，就是极乐会里的棠爷指使人干的。当听祖家说福爷是被棠爷害死时，裴爷心中的怀疑得到证实，他既感到震惊，又欣慰于幕后凶手终有报应。裴爷震惊于棠爷相煎何太急，欣慰于终于真相大白，还了自己的清白，消除了别人对自己的无端猜测，并给张状元一个圆满交代。裴爷眼中饱含热泪，在寒山寺佛祖面前虔诚地为老友祭祀还愿，希冀他能在九泉之下得到安息。

三人在大殿里焚香施礼完毕，一个小沙弥双手合十向裴爷问道："请问施主可是湖广会馆的裴爷，会馆的李副会长吗？"

"裴爷是别人对老朽的称呼，但我早已不是什么李副会长了。"裴爷对小沙弥道。

"阿弥陀佛，李施主请随我来，我家住持无尘大师有东西要送还与您。"小沙弥道。

裴爷疑惑不解，自己与福爷在寺庙期间，并不会打扰住持和尚，与无尘大师素未谋面，他怎么会有东西要送给自己。但想出家人不打诳语，便与祖家、单师傅一起跟着那小沙弥进了后院厢房。只见厢房正中间的蒲团上，正稳稳地坐着一个慈眉善目的老和尚，双目微闭，听见小沙弥说把裴爷请到，才缓缓睁开双眼。想必那和尚就是寒山寺住持无尘大师。

"阿弥陀佛，裴爷一向可好？"无尘大师双手合十，向裴爷施礼，并示意他们三人在自己对面坐下。

裴爷本不想影响大师打坐清静，便道：

"谢大师礼，一切还好。"

"出家人与世无争，无尘就实话实说。福爷生前对本寺有莫大的帮助。前些年本寺不幸遭遇火灾，烧了不少房间，加之年景不好，世道混乱，施舍的香主渐渐稀少。正值本寺窘困之时，福爷知道后，不嫌弃寺院破败，施以数千金，本寺才得以重现生机，福爷就是本寺的再造功臣。"

"福爷宅心仁厚，对我们大家也是关怀备至。"想到福爷生前的诸多好处，裴爷由衷佩服道。

"就在福爷殡天的那年秋天，他喝退左右，独自一人与老衲交谈，把湖广商会的《商会章程》亲手交予老衲保管。并叮嘱说万一他本人遭遇不测，在真相大白、事实清楚后，把它交予裴爷即可。不想福爷一语成谶，驾鹤西去，天人永隔，老衲今天就按福爷的嘱托，把它交予裴爷保管。"无尘大师继续说道。

裴爷眼眶湿润，双手郑重接过无尘大师递过的《商会章程》，一层层打开用黄丝绸包裹着的牛皮纸。翻开第一页，只见写着：

一、湖广商会苏州分会是湖南、湖北省籍人士在苏州为联络乡谊而创造的同乡会馆，主要用于乡党寄寓或交流信息。本着自愿、公开、透明的原则自行入会。条款内容由会长一人负责解释。

二、本馆之人，应以信息互通、互帮、互助为宜。本着公平、公开、公正的原则相互发展，不得欺行霸市，以大凌弱。若不为如此，会长有权劝其离开本会，永远禁止其入会……

"正是，正是，它就是《商会章程》的唯一原件。"裴爷激动地说道。

"阿弥陀佛。"无尘大师如释重负道。

"不过，这本《商会章程》我不能带走。原因有三：一则，李某已被商会除名，不是商会之人，无权保留商会的任何东西；二则，如今的湖广商会群龙无首，轻薄之人甚多，无人约束，恐其不会得到众人的遵守执行，反而败坏了它的名声；三则福爷的子嗣还小，奸小当道，世态混乱，也不具备保管此章程的条件，反而害了他的家人，那真是罪孽啊。"

"裴爷所言极是，湖广商会如今似一团乱麻，如此重要的东西还是大师保管比较周全，也不枉费了福爷的良苦用心。"祖家一旁劝无尘大师。

"阿弥陀佛，受人点滴之恩，当以涌泉相报，老衲就依了裴爷和这位晚生所言，将之继续藏于本寺之中。如需用到时，裴爷但取无妨。在此期间，老衲定会保守秘密，决不让他人知晓。"无尘大师道。

原来会馆内外之人争相寻找的《商会章程》，竟被福爷生前秘密藏之于寒山寺中。如今重见天日，印证了湖广商会是按福爷的计谋运转。商会生意分成比例均由会长一人解释。如若遇到如福爷般公正无私之人，定是利益均沾。若是碰到奸猾小人，利益定会倾斜。当初棠爷就是不满福爷的公正无私，才勾结商会里其他贪图小利的奸猾之人，千方百计要整倒福爷。多次实施险恶手段，都未成功，到最后干脆谋害了福爷性命。多少心怀叵测的人垂涎会长位置，满足自己的私欲。这原原本本的《商会章程》，一定不能落到奸猾之人手中。若条件不成熟，还不如让它继续在寺院沉睡。裴爷这样想着，一边心中默默佩服福爷的机警，一边与无尘大师道别，留下不菲的香火钱。三人遂离开了寒山寺。

裴爷心情现在无比轻松，内心深处压抑自己很久的阴霾一扫而空。心里感恩着福爷对自己的信任，感谢着无尘大师坚守的秘密，感激着祖家替自己还以清白，终于使自己脱离了良心和道德的谴责生活，可以与湖广商会苏州分会划清界限，问心无愧地协助祖家管理好千亩桑园的所有事情。

今年的年节过得特别快，因为失去史家这个最大的买主，祖家不得不多拜访了其他一些本地或是外地的买家客商。幸亏有裴爷的良好人脉关系，加上桑园的蚕茧品质好，又曾经得到史家的认同，销售圆满完成。再加上自己上海缫丝厂的蚕茧用量，蚕茧的需要远远超过了自己桑园的蚕茧产量，也就是说销大于产，不会有库存积压产生。祖家和裴爷、七叔又商量着来年的春、夏和秋季桑园的管理和目前要准备的树木及蚕具。连续召集了桑弘和苗旺等几个主要桑园畴地施工、培苗、育蚕的重要骨干人员，听取了他们的意见和建议，协调了生产中的各种问题。大家感恩于老东家的厚待，一致坚定了种好苗、稳产茧的决心。其他佃种出去的水田，收成也都正常。在其他大户人家纷纷加租的敏感时期，祖传和祖家商量后，并没有对老佃户增加半点租子。

　　祖传因族内年前年后的事情忙得脱不开身，幸亏有老管家黄五的两个儿子帮忙。黄五的儿子祖文和祖武，子嗣类父，为人正直，性格沉稳，时刻左右帮忙打理家里事情，整个年节的所有内外礼法没有出现大的差错，对外商户关系得以稳固发展和适当拓宽。

　　姐夫藤晓年回家后，继续说一些教育处的内部故事。与他同处一个办公室名叫刘文鹤的人，一个没怎么见过大世面，更没有喝过洋墨水，没吃过日本料理的土包子，一条裤子穿一年，一双皮鞋值不了一个大洋，今年居然被处长大人赏识，在大小的会议上都被指名道姓地表扬嘉奖，年后还将被提拔为管理全苏州学校事务的副科长，排名在他之前，将爬到他头上。

　　"他那个土包子，连樱花什么时候开都不知道，老子在副科长的位置上一待就是五年，从前清熬到了民国，也没有进入处长大人的法眼。"藤晓年心里多少有些怨言，自己这匹千里马，什么时候才能遇到赏识自己的伯乐？他心里暗暗盼着处长大人能尽早慧眼识珠，能让自己更上一层楼，把副科长的"副"字去掉。祖传知道自己的丈夫是个什么样的人，油腔滑调，腹中无物，常在家骂他"空皮囊"。他也知道家里家外宗族的事务繁杂多变，自己徒有留学的名声，实则根本无法周全应付，索性任由祖传骂去。"男主外、女主内，家里这些乱七八糟的事情，就由娘儿们自己去折腾吧，麻雀岂知鸿鹄之志！"藤晓年也不生气，在与祖传斗嘴生气时，常把这句话暗暗在心里不知想了多少次，他从来不会计较祖传当众的奚落和揶揄。"女人得宠着。"他常自嘲地对他人道。

近来社会上有了些变化，新政府、新气象、新形势，到处都在宣扬革命的好处。中国与世界潮流共进退，各种报纸都不遗余力地歌颂新政权的好处，反对封建皇帝威权的可恶。但是有一些事情不太好，就是新政权手里没钱，不停地要收钱加税，名目加长，金额加多。这个时候，祖传就往往打发藤晓年去应付这些官差、衙役们。倒也怪，藤晓年对付凶神恶煞的税务官们倒是自有一套办法。他会讲东洋富士山有多高，全日本海岛有多少个，日本料理吃的就是一个生鲜，以及东洋其他的一些五花八门的奇闻异事。收税官们倒对他佩服得五体投地，再喝些绍兴老黄酒，偌大的家族财产，每次都只用交很少的税赋，这让祖传觉得很是奇怪，索性每次遇到催粮索饷的官差们，就只安排藤晓年一人去交涉，年头岁尾算起来，也倒是为家里省了不少额外捐税和其他摊派任务。

千亩桑园的事，祖家就交给裴爷全权处理，家族里的事自然由姐姐、姐夫协调应付。过完春节不久，祖家就带着单师傅等赶往上海，正式去着手准备缫丝厂恢复生产的大事。

这次去和以往不同的是，还有黄祖文带着的几十号帮工。他们一部分是家族里的壮丁，一部分是穷苦的佃户。土里刨食实在是养不活一个大家庭，抱着试试看的心态，跟着祖家到外面世界去看看，去闯闯大上海，碰一碰自己的运气。因此，这天到码头上送行的人特别多，有父母兄弟，有妻子儿女。看着这许多人，他们都殷切盼着自己的家人，通过双手努力劳作，能改变窘迫的生活面貌，为家里带来些许的希望。祖家顿时感觉责任重大，心里暗自下定决心，缫丝厂的生产只能成功，不能有些许的失败。

三月的大上海乍暖还寒。路上的行人匆匆而过，不愿在紊乱的气候里多停留半分钟时间。在黄浦江边的上海裕华缫丝厂里，各种生产准备活动有条不紊地进行着，重新开张的时间定在三月十八日。厂里所有设备的调试，全部机器的检修，工作程序的详尽安排，新进员工的技能培训，内部考核管理制度的改进等等，每一样都不能有半点的疏忽和遗漏。英国工程师约翰逊负责机器设备的安装和调试，口中咿咿呀呀地说个不停，绝大部分工人不知道他在说些什么，只能通过手势和勉强的翻译，才能理解大概的意思。倒是尧哥负责的工人技能培训班，在他大嗓门的吆喝下，工人们正在严谨有序的热烈讨论中。管家黄五和朱孝七负责内外部协调、人员招工和物料采购等事务。由于各有一大摊的事情，大家均是忙得不可开交，恨不得一天当两天使用。

祖家每天对他们的工作进度了若指掌，对开业的各项准备事宜，比如应该请哪些客商、同行、银行老板、贸易公司等等各类人物，在四姑娘的参谋和建议下，均按部就班有条不紊地进行着。只等三月十八日这天一到，鞭炮齐响，机器轰鸣，沉寂一年多的缫丝厂，又要迎来一个繁忙的日子。与此同时，上海政界即将要发生一场震惊世界的大阴谋。

孙中山、黄兴是公认的革命领袖人物。黄兴自幼熟读清末广西太平天国起义始末资料，深感太平军诸王失和，是其运动失败的主要原因之一。在如火如荼开展革命斗争的同盟会内部，如何保持革命成员的团结，是十分关键而紧迫的事情之一。血的教训不能重演，历史的悲剧不能重现，黄兴于是主动请辞，不再锋芒毕露，甘愿居于孙中山之后，处处尊重孙先生，时时维护他的三民主义思想。但宋教仁却不同。

出生于湖南桃源的宋教仁，号称渔夫，是革命派的核心成员之一。

他广泛研读西方国家关于内阁责任制的著作，十分热情于内阁制。在革命队伍中有广泛而深厚的影响，其地位不断上升，一度居同盟会庶务长的重要地位，与黄兴不相上下。世人并称为孙、黄、宋三大领袖。而宋尤为年轻，法治而非军治观念更胜一筹，逐渐成为党内的明日之星。

宋教仁利用南下省亲的时机，从北至南大力宣传民主共和的法治思想，深得世人爱戴。在三月初议员选举中，一举拔得头筹，成为革命党人在北方政府的首要核心人物，也成为袁世凯旧北洋嫡系势力的眼中钉肉中刺。袁世凯万分惊恐，欲除之而后快，于是他急电南方留守政府："请速北上，商决国事。"以人们的猜测和宋先生的能力，应是邀请他到北京任内阁总理大臣，实行宪政治国。

三月二十日晚八时，在黄兴和上海都督陈其美等政、军界要员的陪同下，宋教仁告别南方故人，在众多民众的送行中，准备踏上北上的火车。在沪宁火车站里，悄悄隐藏着一个身材高大的黑衣人，突然从腰间拔出手枪，向宋教仁身后连开三枪。宋教仁痛苦地用双手捂住腰部，大叫"吾中枪矣"，遂倒地不起。因子弹有剧毒，在送往医院救治两天后，宋教仁不幸去世。经过重重迷雾查找，幕后凶手乃当今总统袁世凯派人所为。黄兴、陈其美等革命党人悲伤地大骂袁世凯为奸佞小人。黄兴悲愤地为宋教仁题写挽联：

> 前年杀吴禄贞，去年杀张振武，今年又杀宋教仁；
> 你说是武士英，他说是赵秉钧，我说就是袁世凯。

孙中山、黄兴与上海、广东、江苏、福建、湖北、四川等数省都督掀起打倒北京政府、铲除袁世凯的北伐战争，史称"二次革命"。混乱不堪的中国政局，迈向更加动乱黑暗的境地。

第十七章

兴风作浪　乌云压顶

三月二十日，也是祖家经过长时间的精心准备，"裕华缫丝厂"凤凰涅槃、浴火重生、正式挂牌、重新生产的日子。各界代表齐聚一堂，热烈庆祝新厂开业大吉。十点刚到，长长的鞭炮声便噼里啪啦地响个不停。黄祖耕、四姑娘、宋晋以及缫丝厂的其他人员纷纷到场庆贺，共襄盛举。同时只听有人大声唱道：

"上海东华银行董事长李东华先生随喜两千元！

上海太湖纺织厂厂长耿彦辰先生随喜一千元！

上海缫丝业协会会长温念祖先生随喜两千元！"

其他社会各界名流也随喜份子钱，在此起彼伏地唱念着。

祖家等人站在大门口，分别一一抱拳谢礼，招呼大家进厂参观。此时几个身穿军服的士兵突然气喘吁吁地闯进来，急匆匆在祖耕身旁耳语几句后，祖耕脸色大变，他略向祖家、四姑娘使个眼色，转过人群在一处僻静地方，告诉他们二人道：

"据可靠消息，宋教仁先生，也就是即将成为新总理的大人物，刚才在沪宁火车站被人暗杀了，凶手可能是现任北平政府总理赵秉钧，但也可能有更大的幕后黑手。呼延长官急令我回去，有重要的任务安排。三弟你要注意安全，保护好自己，随时关注时局变化，确保工厂生产正常有序。四妹你与宋晋赶快回去，发动你们经济调研处的作用，密切掌握上海经济界的重大突变事情发生。"

"天杀的赵秉钧，真是个无耻之徒。"四姑娘破口大骂。

"呸，他算老几，有那胆子？不过是一条看门狗而已，下黑手的还在幕后呢。同时，也提醒二位注意人身安全，如有必要，随时通知大哥一声，我有的是人和枪，看谁敢动你们半根毫毛。"祖耕一边骂，一边整理着衣服，急匆匆带着他的士兵离开了。

其他商界专门来此恭贺开业的大佬们，也通过各种渠道知道这一重大刺杀事件，在祝贺完祖家新厂开业后，也纷纷离去，各自回家。惴惴不安地观察着革命形势下一步的发展变化。

不管怎么说，祖家已拿到了几份缫丝厂供货合同，新厂也正式开业。"天要下雨，水要东去。人总不能不吃不喝闹革命吧，衣服总是要穿的，明天的太阳照样会升到天空。"祖家心里默默地自我宽心。当务之急是赶快生产，确保按时保质保量供货，完成裕华缫丝厂开门红首单业务。

"诸位工友们都请回到各自岗位去吧，从晚清到民国，偌大的中国哪有一天不死人、不暗杀、不打仗的？不打仗、不死人、不暗杀反而不正常，这种事情在上海滩更是家常便饭。你们的任务是把又细又长的蚕丝抽出来，纺成布，卖个好价钱，黄老板是个诚信经营的好老板，在上海滩打着灯笼都难找到的年轻活菩萨，他绝不会亏待大家的！"尧哥对上海滩杀人放火的事情见怪不怪，大声招呼工友们都回到各自的岗位开工生产。虽然尧哥把自己比作活菩萨，祖家心里有些暗自发笑，但也十分感激他的吆喝组织，便接着道：

"天下之大，无奇不有，刚才上海滩故去了一位大人物。不过尧哥说得对，今天是裕华厂凤凰涅槃、浴火重生的第一天，大伙儿该干吗干吗，凡是今天到岗从事生产的，每人奖励一个现大洋。"众人十分惊喜激动，故去一位大人物与己何干，众工友欢天喜地到岗忙活去了。

裕华工厂算是走上了复工的正规生产之路。而此时上海政界却是一片混乱，孙中山和黄兴等革命首领大力号召沪、浙、苏、粤、闽、川、鄂等数省革命党人奋起反击北平政府，为死去的宋教仁复仇，为真正的、革命的、民主的政府立规。数省都督率领本部人马，宣誓拥护孙、黄主张，纷纷掀起北伐起义，形成二次革命斗争。沪军都督陈其美深知上海政治和经济在全国的分量地位和巨大影响，而要彻底全面地掌握控制住上海滩，必须先攻占上海"江南制造局"。它生产的各类军火武器关系着长江以南各军队的军事装备供应，如果拿下江南制造局，将是革命军在江南的重大胜利，是对袁世凯控制的北洋政权的一次沉重打击。陈都督因此决定举全部之力，调动上海所有的革命军事力量，不惜一切代价，也要攻占下江南制造局，给南方的北洋军当头一棒，取得打响二次革命的首功。

北洋政府驻守江南制造局的将领也非等闲之辈，他是由袁世凯亲自指派的嫡系血脉郑汝成将军，是上海镇守使。郑镇守使亲率三艘护卫舰，数万人马，从烟台军港浩浩荡荡地开往黄浦江，威慑上海革命党政府，先给他们一个下马威，警告他们不得蠢蠢欲动。如有半点反抗，则会炮火齐发，让敢于反抗中央的觊觎之徒葬身火海。

上海都督府内气氛庄严肃穆，都在急切地盼望陈都督下达最终作战命令，突然传令兵一声"都督到"，众人整齐地起立施礼。

陈都督威严地环视四周后，轻咳一声示意大家坐下。突然剑眉怒张，声音洪亮缓缓地道：

"泱泱中华，历千年风霜，立世界民族之林而不倒。自清朝昏聩无道，国败家亡，民不聊生，无数仁人志士抛头颅、洒热血、弃小家、为大家，始有民国。然袁贼倒行逆施，贪念权柄，戕杀功臣，异行民主，自绝人前，群怒声讨。今领袖中山、克强号召吾辈牢记使命，捍卫吾国之正义。吾等自当奋勇向前，除旧布新，振兴共和，不弃天下苍生哭泣，不离天下百姓希冀。"陈都督略作停顿，拿眼横扫四周，又道：

"命令！一、决死队、敢死队由我亲自指挥，迅即集结完毕，随时准备发起对江南制造局南大门的冲锋。二、第二、三旅由严司令指挥，直攻江南制造局的北大门。三、炮火营、工兵营看到作战信号后，首先立即对南、北两道壕沟实施集中炮火轰炸，让敌人无还手之机。四、呼延将军统领所属警备司令部，作为战备机动力量，随时准备补充前线兵力。同时负责维护好大上海秩序，保障作战部队的后勤供给。宣读完毕，诸君有不明白的地方吗？"

大厅片刻沉寂，众人满脸严肃，随后爆发怒吼，均信誓旦旦表示："誓死追随都督，按时攻下江南制造局，如有不胜，愿接受军法处置！"呼延冲在新地方立功心切，不曾想又被放为后备力量，便心生不悦。但他转眼想到，自己年纪最大，对上海滩地形不熟，陈都督不想把冲锋陷阵的苦差恶战留给自己，是对自己的莫大关怀，遂心情改变，不再犹豫。于是他暗自下定决心，一定要维护好后方社会治安稳定，随时准备听候军令调遣，奔赴作战一线。

安排好所有军务后，呼延冲疲惫地返回家中，夜已子时。夫人因为长期身体欠佳的原因，早早地回房休息去了，偌大的客厅里只有婉儿在灯下静静地看书，连伺候她的丫鬟都在沙发的一角不知不觉睡着了。看见爹爹回来，婉儿很是高兴，轻轻地合上书籍，迎上去接过军大衣。"又是遇到什么大事，这么晚了才让爹爹想起回家？"她道。

"谁让爹爹碰上千年未遇的大变革呢，这以后的日子怕是要忙活一阵了，你娘睡前按时服药没有？"呷了一口茶，他又道："你还在看书，可要注意及时添衣，小心着凉。这本《大地桑蚕》真有那么好看？让你一个女娃娃如此痴迷，都忘记休息了。"

"娘的药自然是我督促喝下的，现在早睡了。"婉儿为她爹续茶道。

隐隐听到将军的说话声，半睡的丫鬟忽然醒来插话："将军不知道，小姐中午还带着我去了'同文书局'，买回了好几本介绍西洋的纺织书籍呢，还有一本是介绍缫丝生产的，书名叫……"她一时语塞忘记了书名。

"大字不识得几箩筐，平时教你识字，你总是不肯，把这么好记的书名都忘了。叫《西洋缫丝概要》，你好没心没肺，中午刚告诉过你，到下午就忘记！看你以后还不好好学习。"婉儿笑着奚落自己的身边人。

"祺儿哪有小姐过目不忘的好记性。将军不知道吧，小姐贵为千金，最近却是特别关注有关纺织类下人们看的书。"丫鬟祺儿无意中透露出小姐最近的阅读兴趣范围。

"读书是好事。只是最近几天外边不太平，你们还是少外出的好。家里如有任何急需的东西，让黄副官派人办理就是，你们轻易不可出门。"呼延冲叮嘱自己的女儿注意安全。

"女儿知道了。到这边后，爹爹总是叮嘱我们不要外出，成天闷在家不是无事可做吗，看看书打发无聊的时间总是好的。爹爹这么晚回来，怕又是涉及您的军事机密，怕吓着不告诉我们吧？"婉儿道。

"从军者自然会公、私分开，慎言笃行，这是爹爹的公开秘密。不知女儿的秘密是什么，今天能不能小范围地告诉爹爹？"听到女儿问起他的军事秘密，呼延冲一时睡意全无，当然不能透露半点消息，索性想知道女儿内心的真实想法。

"爹！女儿哪有什么秘密，瞧您又在瞎猜！"婉儿脸上不禁泛起红晕，半个字也不愿透露。

"等我忙完这段时间，瞅个时机，爹爹一定把他请过来，喝茶切磋象棋。棋艺没有进步，就是他人都装进钱眼里，没有人情味，钱改变了他的本性，爹以后就不再请他，把他彻底忘记，你看好不好？"

"爹！棋艺没有进步就把人忘记，又在胡说乱猜。还想取笑女儿，根本是没有的事情，我哪有什么不能告诉您的秘密。"

其实父女俩都不愿说破"他"是谁，是父女彼此心中的一种默契。

在武昌时，呼延冲与黄老将军时常小聚饮酒，曾于酒后有意将婉儿与祖家成全为姻缘关系。"生辰属相他们俩最合适。"呼延冲道。不过黄老将军却是心存疑虑。告诉他说婉儿是个好姑娘，聪慧机敏，知书达礼，人见人爱。自己的小儿子却是个不省心的主儿。祖家小时候受自己贬嫡迫害，怕他年少不能成才，受故友穿线指引，把他送到武当山学艺健身，经常不在自己身边。长大后大量接触西洋、日本的东西。稍大在读师范学堂时又受同学们的影响，成天满嘴喊的和说的都是什么自由、主义和革命的新词语。不知道他将来要干什么，又能干成什么事情，别耽误了呼延家唯一的宝贝女儿。

师范学堂没有读完，碰上武昌首义爆发，祖家不得不肄业在家。他倒好，竟敢擅闯清风寨土匪窝。刚好苏州老家佃农闹事，本来是想让他安分些，远离战事不断、前途未卜的武昌躲避战乱。不曾想他在苏州竟然带领一帮穷困的佃农经营桑园。千亩土地，一无经验，二无技术，三无资金，竟然把事情做成了，打理得井井有条。一年多的光景，他又想扩大经营范围，在全中国最具商业气息的上海滩施展拳脚。这些新鲜东西和大胆的做法，离祖上"耕读传家"的家规相距甚远。年纪轻轻，涉世不深，自选道路却又是越走越远。士、农、工、商，他走的是最差的一条路，是老黄家祖上最不屑做的事情，他都干了。这不得不让黄老将军疑心重重，始终萦绕在他头脑中的是"他到底能走多远"的担心和害怕。

不过呼延冲倒是十分看好祖家。在自己落难暂住黄家的时候，常与祖家下棋聊天。知道他是一个聪明睿智、敢作敢当的有志青年。他虽不愿墨守成规，去过父辈规划好的生活。却也不愿忍受混乱和破坏性极强的革命狂热活动，这样受害的永远是无助的底层穷苦百姓。因为祖家的理智与冷静，让呼延冲看出他不是一般的冲动青年，而是个性格沉稳冷静、极有光明前途的有为才俊，他内心逐渐认同和喜爱这个年轻后生。

如果婉儿的终身大事能够托付于他，自己刀口舔血，南征北战，四海漂泊，她们母子俩后半生稳定的生活依靠，祖家是一个极好的选择。何况婉儿母女在黄家避难期间，多多少少也听说过祖家零星有趣的事情。女儿自己也对这个同龄人的经历和传言，十分好奇。她身处热闹非凡的大上海，却是时常躲在一个无人打搅的角落里，认真地读着祖家的行为，认真地读着他的事业。不过听说他身边有一个热情奔放、背靠组织的四姑娘，还有一个家财万贯、冷漠孤傲的史小姐，不知他喜欢她们中的哪一位，还能不能有自己闺女的选择机会。

婉儿想自己进的是私塾求学，既没有那么多的同学可以去参加自由与主义的斗争，也没有家财万贯的本钱能够达到随意阔绰挥霍。父亲仅仅是不忠朝廷的遗臣之一，偶然的机会才踏上革命的浪潮。她长时间这样想着，也不知道祖家到底是一个怎样的男人。对她来说，他也许就是一个不安分的年轻人，也许是个异类，也许是个平凡者。她不能改变任何人，也不能给任何人任何承诺。她也不想任何人为自己而改变，为自己而委曲求全。因为她有自己的看法和判断，有淡定平和的心态。父母平安，全家团聚，和睦相守，这就是上天赐给自己最好的礼物。

在上海革命军与北洋新军眼看就要兵锋相向、你死我活之际，上海工商界有识之士都忧心忡忡。谁都知道战火一开，必是生灵涂炭。号称东方巴黎的大上海，方寸之地怎能经受得起炮火的无情摧残？他们不能坐以待毙，各行各业大佬纷纷串联行动，共同推举黎泽瀚为"上海工商业总会"会长，汤业銮以及若干商界巨贾为副会长，分别致函代表南方的陈其美都督和代表北方的郑汝成将军，商谈双方化干戈为玉帛，共建繁荣大上海事宜。经过四姑娘经济调查处的协调和安排，祖家作为沪上青年企业家代表，有幸成为商会协商成员之一，分别赴南北两方积极斡旋商谈上海滩的稳定大计。

"哈哈！共建大上海，共襄和平事，能为东方巴黎的繁荣富足尽绵薄之力，是郑某的光荣和梦想。不过本将军千里迢迢奉命来到富得流油的地方，数万兄弟还穿着旧衣，吃着糙米，拿着'汉阳造'，你们说让我如何向兄弟们交代？沪军踞闸北，离我北洋健儿不过数里，卧榻之侧，岂能安睡？鄙人只能用千门大炮昼夜值班，抵御强敌，否则怎么向北边的袁大总统交差。"郑汝成言毕拱手向北，双眼流露出极大的凶狠与蔑视。在座的数位"上海工商业总会"成员一阵骚动，面面相觑，不知如何作答。

"上海乱不得，郑将军请三思而行。"黎泽瀚战战兢兢劝道。

"没有人希望上海滩出现混乱，我郑汝成也想过安稳踏实的日子！给诸位大佬三天时间，拿出你们的诚意，袁大总统自然会给予友善回报。否则，必是兵戎相见，血流成河，到时生灵涂炭，休怪郑某无情！"郑汝成蛮横地威胁道。

经过商会与都督府紧急商榷，上海工商业总会愿意捐资一百万元给郑汝成的北洋军，沪军则由繁华的闸北撤到人口稀少的苏州河一带驻屯。郑汝成将军自感不战而屈人之兵，达到他想要的结果，便也撤下数千门大炮，专事严密守卫江南制造局。沪军以退为进，日夜秘密地加大扩军备战准备，只待时机成熟，一举攻陷固若金汤的江南制造局。战火的阴影始终笼罩在大上海的上空，压得每一个人都喘不过气来。

"立夏不下，犁头高挂，今年怕又要大旱歉收。"天空虽然不断地有乌云翻滚，连续数日却是滴雨未下。忧心的老农私下纷纷议论着，焦急地祈盼上天能及时带给大地雨水滋润。

忙完工厂和商界沟通的许多事情后，祖家难得有一点空闲时间。想到呼延叔到上海已有三个月时间了，平日里他对自己很是亲近，目前为止却还没有机会去拜访他，心里渐生愧疚，于是决定暂时放下手中的所有事情去拜访他。"单师傅准备一下，我们到警备司令部去一趟。"

车在一处戒备森严的四合院门外停下，卫兵们举着枪，警惕地注视着他们的一举一动。经过层层通报和耐心等待，祖家才带着单师傅在一名侍卫的引领下进了大门。呼延将军已在客厅等待，看见祖家到来，十分高兴地起身迎接他们。

"将军好！侄儿本应该早来拜访，但将军军务繁忙，自己也有些事务缠身，延耽今日才来，还望将军见谅！"祖家赶紧上前道。

"贤侄请进，好久不见，生意都好吧？"

"托将军福，一切都还顺意。"祖家规规矩矩回答道。

"你不比他人，黄老将军是我一家恩公，辛亥首义我们全家给你们添了不少麻烦。欢迎你们来我家，以后你就不要叫我将军，我最喜欢你叫我叔叔。"呼延冲没有半分官威道。

"这位是？"呼延冲不认识单师傅。

"忘记给呼延叔介绍，这位是单师傅，是我的良师益友。"

"将军好，我是三少爷的随身保镖。"

"单师傅好，精神气十足，一定是个武林好手，也是三少爷的福气。"呼延冲上下打量他一番后道。

什么时候单师傅竟成了自己的保镖？祖家心里纳闷。

"爹爹，今天来什么人了，在门外远远就听见您的说话声。"忽然一个银铃般的声音从门口传来。

"来、来，婉儿，这位就是你黄大伯家的最小儿子祖家，快叫三少爷。"将军对她说道。

婉儿一双水汪汪的大眼睛，看见祖家的一刹那，一种莫名的羞涩闪过她的双眸。

"让我想想。勇闯清风寨，种桑养蚕，买厂制丝，雇用佃农做工友，就是你吧？"她若有所思地道。

只见她发鬓高束，身着粉色刺绣襕边上衣，淡雅丝绸白色裤子，并未缠足的脚上穿着精巧的绣花鞋。祖家在看到她双眸的瞬间，有一种别样的感觉，心跳有些微微加快。更让他感到十分意外的是，她年纪轻轻居然清楚知道自己过去的所作所为，在她面前自己仿佛是个透明人，没有半点儿隐私，而自己对她却是没有半分的了解。

"这位想必是婉儿小姐吧？一看就是有教养的人，呼延将军真是教女有方。"单师傅问候道，"哦，我姓单，是三少爷的跟班保镖。"

"单师傅过奖，婉儿上不能为爹爹分忧解难，下不能兴家富业，哪像你家少爷商海打拼，年轻有为？所谓'湖桑火桑都是桑，南稻北粟各自长；立夏小满忙芒种，士农工商才成行'。"婉儿边为他们斟满茶水，边说着桑树的分类和五谷的生长特点。

"小姐不但丽姿，也很聪明多学。虽然长在富贵人家，难得对农业生产有如此的见识，我算是开了眼。"祖家恢复了神态，内心对她有了许多好感。

"'民以食为天'，我家闺女也是最近开始阅读《蚕桑辑要》《樗茧谱》《齐民要术》等种植和一些西洋缫丝、纺织等类型的书籍。说是刚到大城市，不太习惯，读书正好可以打发消磨时间。我有时忙于军务，好多天不在家，真是难为她了。"呼延冲正要继续说下去。忽然门外有士兵报告说有紧急军情禀报。呼延冲只好示意祖家稍坐，自己到作战室处理军务。单师傅不爱闲聊，看见隔壁的卫兵正在试擦新枪，便跟着过去欣赏新枪械。

瞬间客厅只剩下祖家和婉儿两个青年人。因为父亲经常不在家，母亲长期患病，她很早就已经学会料理各种家务事情。现在虽然独自面对陌生的异性，她也能从容应对，游刃有余。

"中国的蚕茧生产从夏朝以前就已经开始。优质的丝绸是贵族和上层家庭使用的必备衣料，透气、柔软、保暖和高贵。不知何时起，精美的丝绸从长安开始，翻过天山和茫茫戈壁沙漠，经中亚到西欧，形成一条纵贯大陆的'丝绸之路'，带动沿线众多国家的货物交流。数千年之后，经过人们不断的发展和改进，今天普通的芸芸大众也能买得起、穿得上它。只是现在西洋的英国人瓦特发明了蒸汽机，在英国掀起以棉花为主的纺织业，带动工业革命后，棉纺制品被大量生产了出来。品种多、价格低和速度快，似乎有代替丝绸的趋势。不过有品位有地位的大户人家，对丝绸制品仍然有独特的偏好，丝绸依然是他们的首选衣料。"

　　婉儿对丝绸的认识和评价，从"丝绸之路"一直说到西方的近代工业革命，以及未来丝绸和棉纺的发展趋势，从一个富贵人家的女儿口中，不急不慢地说出她的看法和想法，没有任何的掩饰和虚构，像她这样不谈女红，不谈主义又有学问品味的女性，是祖家以前没有见识过的。对她不禁油然心生好感，又十分地好奇起来，她到底是怎样的一个人？于是他端起茶杯道：

　　"呼延小姐对身边发生的事情有自己的看法和想法，又是如此自信，与别的女孩子都不一样。如今时局混乱，议和派、保皇派和革命派你方唱罢他登场，北方、南方和海外势力相互此消彼长。现在整个大上海都像处在火药桶上。双方剑拔弩张，随时都有兵戎相见的可能。北方的郑将军和南方的陈都督看来是一山不容二虎，他们终有大战要打，上海滩爆发流血的日子越来越近。"祖家虽是轻描淡写地说出这番话，其实内心是想吓唬这个闺中女孩，挫挫她的锐气。

　　不知为什么在她面前，他不想谈生意中任何的点滴趣事，内心却有一股强烈的好奇心和征服欲望。这种感觉在四姑娘和史若兰身上，却是从来没有发生过。这个男人们的话题，不知对今天这个滔滔不绝的女孩会产生怎样的窘迫和冲击。祖家呷口茶，舒舒服服地靠在沙发上，等待眼前这个不知天高地厚的女孩上钩，好戏在后头，准备看她的笑话。

"将军为小，百姓为大，他们谁也不敢冒天下之大不韪，公然敢在人口稠密的市区开战。谁先擅自挑起战端，必被全天下的老百姓抛弃，他们标榜的为人民、为全中国自由解放而战的伎俩，就会不攻自破。屠杀手无寸铁的百姓，让自己的同袍鲜血染红黄浦江，历史上就没有屠夫将军能长期拿捏住人民的事情。何况上海滩上还有许多外国人，近的东洋人，远的英、法、意、德、奥和美国人，他们哪个敢得罪得起？哪个国家也不会支持与民为敌的政府。"不紧不慢、有条不紊的语言从她樱桃小口中娓娓道来，有理有据，有古有今，有中有西。

祖家整理了一下自己的领口，道："今儿这天真闷热，看起来像是要下雨了。"他不想接她的话，转移着谈话主题，掩饰内心的浅浮。

"上海的天气变化快，这是进入梅雨季节的征兆。刚才还是朗朗晴天，一会儿就变得乌云密布。空气干燥闷热，总是透着咸湿的味儿。天空没有武昌那么通透，呼吸那么清新自然。"她道。来上海不过几个月，她倒是像一个上海通。

天空中划过一道闪电，轰隆隆几声巨响，这是要下雨的征兆。婉儿轻轻放下茶杯，起身关下窗扇，用手推了推是否严实合缝。

祖家暗暗想这么大的惊雷声，如果是四姑娘，一定会紧紧地靠在自己身边，高声命令自己"还不把窗户关上"。而如果是冰清孤傲的史姑娘，她的身边一定不缺服侍的丫鬟，她会呵斥战战兢兢的她们"把所有窗户关好上锁"，并用严厉的目光批评她们动作迟缓笨手笨脚。唯独眼前这个年龄略小些的婉儿姑娘，虽然贵为将军之女，却会镇定自如地自己轻轻关上窗户，一切都是那么顺其自然。祖家心里正为这些姑娘们性格不同而暗自比较发笑时，婉儿不明白这个三少爷是怎么了，竟不怀好意地对自己背影笑了起来。她顿时脸羞得绯红，把目光从祖家身上转向了窗外。天空真的下起了大雨，雨滴打在窗外的芭蕉叶上，形成一种美妙的音符。她给他续上了热水，他也不像往日那样着急安排生意上的大小事情，小口喝茶，仔细听窗外雨打芭蕉声，十分享受茶香的味道。

呼延冲处理完军务之后，回到了客房，身后跟着副官，一身戎装的黄祖耕。

"看我把谁给你叫来了？"将军声音响亮地问祖家。

"大哥，真是你呀！腰挺得更直了，比以前威风多了。"祖家十分惊喜地招呼祖耕道。

"我这兄弟真有出息，到处都在说起你的发财故事，瞧这身衣着打扮，精神气质，确实像个大资本家，羡煞众人，我这个大哥算是白混了。"祖耕亦真亦假愤愤不平地招呼自己的亲弟弟。

"哈哈！今天难得有这样好的机会，让你们兄弟俩他乡团聚，我也好久没有沾酒了。婉儿你告诉厨房，今天多弄些好酒菜，待会儿把你娘也请过来，我们全家一起陪黄老板喝个痛快。"将军高兴道。

他称祖家为老板，语言是真诚的，沟通是愉快的，举杯话祝福，欢声绕房梁。将军全家、祖耕祖家两兄弟和单师傅一共六人，边吃边聊。他们或许都是漂泊异乡的天涯人，或许都有他乡遇故知的惊喜，都有说不完的知心话。祖耕是自己的副官，碍于上下级关系，呼延将军便不停地劝祖家喝酒，同时吩咐没有他的命令，所有侍卫和丫鬟不得进屋伺候。婉儿很久未见父亲如此敞开心扉地说话，如此豪放地劝人喝酒，虽也担心酒过伤身，却也拦不住他的兴奋喜悦之情，为坐在左右的父母亲夹菜的同时，只好说道：

"身在他乡为异客，今天难得聚在一起说说心里话，爹爹酒量是有些，只是三少爷年轻，别伤了自个人身子，误了事情。人家黄老板那边，也还有好几百人等着他安排事情呢。"

"哎，你看外边是乌云压顶，咱们这儿却是其乐融融。别看黄老板年纪轻轻，喝酒、下棋和武功样样比你老爹不知强多少倍呢。他生意越做越大，今后会越来越好，大有前途，我看你是心疼黄老板吧！这好办，改天让你娘选个吉日，为你和……"

婉儿娘害怕呼延冲酒后说错话，言语没轻没重伤了别人，便赶紧夹块菜放在呼延冲嘴里，阻止他继续说下去：

"老爷恐怕是喝多酒了，说话没有轻重，婉儿叫丫鬟换杯热茶，为你爹解酒，不要伤了身子。"

"哎，我这就去。"婉儿答应着，开门出去叫人沏茶去了。

祖家这么多年没有如此放松过，呼延叔的豪爽热情，与大哥的久别重逢，都有许多的话要说，有许多的感情要表达交流，酒是个宣泄思想的好桥梁、好通道。能喝的，不能喝的，就算是以茶代酒都要吃得满意，碰得爽快，喝得过瘾，说得痛快。窗外淅淅沥沥的细雨阻挡不了这种交流，即将爆发的军事冲突，也阻挡不了人间短暂美好的浓浓惬意。

当祖耕开着司令部的专车，把祖家和单师傅送回裕华缫丝厂时，夜已子时。趁着酒性祖耕悄悄告诉祖家，让他多留意婉儿姑娘，那是位不可多得的好女孩。经过冰冷夜风的吹拂，祖家头脑反而清醒了许多，拜托大哥多留意虹口大道上的日本"和之丸"商会，特别有一个满脸麻子的人，听说背后有日本黑龙会的支持，做着不可告人的黑心买卖。

"'黑龙会'？有意思，前几天我的一个手下，就是因为不买日本人的货，无缘无故被一个日本浪人给打了，听说这个日本人就是什么日本商会的人。"祖耕言毕扔掉一个烟屁股，突然命令司机下车，让他到裕华厂暂时休息，自己则亲自驾驶汽车，带着祖家和单师傅往虹口方向疾驰而去，"我倒要认识认识这个'和之丸'公司。"趁着夜深人稀，汽车飞快地消失在黑夜之中。

三人离"和之丸"商会还有半里路时，祖耕便悄悄熄火，下车朝商会的后门溜去，他把汽车的遮阳窗帘撕成三条布带，其他人很快明白他的用意，立即把布带系在各自脸上，潜伏着靠近商会的院墙。祖家正要暗自发功，准备一跃上墙时，单师傅紧紧地拉住了他，道："敌情不明，以少爷尊贵的身份不宜贸然行动。"言毕他已施展轻功，轻轻地落在高高的围墙之上。祖耕扯掉腰间皮带，被单师傅轻轻拉上了围墙。

在一处光亮地点，二人悄悄靠近窗户，用耳根贴近窗户，只听里面有人正在说话，并不时传来觥筹交错的声音。

"会长远道而来，为中日友谊不辞辛苦，排除各种杂音，在下一定把诸位的盛情传达给郑将军，也一定能让北平的袁总统感到贵国的友善与真诚。"

"处长大人尽管放心，告诉你们的郑将军，袁总统是我国天皇陛下欣赏和放心的人，为了日中的长远利益，大日本国一定会全力支持他所领导的政府，当然也包括贵国所有的合法政府机构与必要的军事力量，及一切为了日中和平友谊奋斗的代表人，请务必把这层意思转达给你们的郑汝成将军。"

"我谨代表郑将军，十分感激您及您所代表的贵国政府，为了表示我们的诚意，今天特意为会长带来了一些特别的东西，还请会长笑纳。"

祖耕和单师傅只听房间里一片窸窸窣窣的声音，有人道："会长先生，早听人说您对中国字画感兴趣，这幅宋朝米芾的《花鸟赋》画作，就作为给您的粗浅见面礼，还望笑纳。"

"啊，米芾？真是宋朝那个'米癫'的作品？米芾是我十分欣赏和敬佩的人物，是个十分讲究干净和整洁的高贵人。"当打开《花鸟赋》，日本会长十分激动地道。

"会长大人尽管放心，这绝对是我们宋朝人的真迹，是通过特殊的渠道，从紫禁城里带出来的。"自称处长的人发誓称这是宋人米芾的真迹。

"来而不往非礼也，郑将军既然这么破费，我商会也不能让你等空手而归，就送郑将军五十门大日本产钢炮，一百万发子弹。另外加送将军上等'福寿膏'五十盒。真心预祝将军守城成功，共建美丽新上海。"

"啊，多谢加藤会长的厚礼，在下一定转告给将军，绝不会忘记贵国无私和宝贵的支持。"

"为大东亚友谊天长地久，干杯！"加藤提议道。

"为了我们双方的友谊共干此杯！"处长附和道。

"呸，不知廉耻的狗东西，拿祖宗的宝贝换军火鸦片，勾结日本人镇压中国人，真是可恶的肮脏交易。"隐藏在窗外的祖耕内心暗暗骂道。这时房间大门突然打开一条缝隙，二人赶紧藏在了墙角，透过灯光，祖耕看见了穿北洋军装的数人离开了房间，有几名穿日本和服的日本人举手相送。其中一人身材修长，并没有穿和服。莫非此人就是三弟提到的贺麻子？祖耕暗自想到。单师傅也对这个身材修长的人格外注意，也越发引起了二人对站在中间位置、自称加藤会长的警惕。

送走郑汝成将军的密使后，加藤会长的人并没有马上离开，而是继续在谋划更大的计划。

"会长，我贺麻子实心实意为商会办事，有些事情属下愚钝粗笨，还是不能明白透彻。前天上海的陈都督也曾派密使拜访过商会，会长也曾答应过要帮助革命军，并称对方是朋友，是真心实意要交的那种朋友。可今天会长又说要支持郑将军。他们一北一南，据我所知目前可是兵戈相见，水火不相容。让属下实在困惑的是，今后我们商会在对待陈、郑两方势力时，究竟是该支持谁，阻止谁呢？属下实在愚钝，还请会长一定明示，免得手下们办事不知轻重。"

"哈哈！贺科长这个问题问得好，我看你既非愚钝，也非粗笨，而是十分的聪明狡猾。说实话，革命党的理念和做法，与我大日本十分接近，都是要建立民主和自由的国家，他们的许多领袖与同志都曾在大日本考察和学习过，是一批有眼光、有理想的人，是中国未来的主人，当然也都是我们大日本的朋友。但是，北平的袁总统目前牢牢地掌握着政权，掌握着包括东北在内的十几个省的权利，控制着许多的百姓和强大的军事力量，以及广阔的土地和丰富的自然资源。袁总统是个务实的人，推行与我国友好的国策。这是中国目前最大的政权和最有实力的人物，是目前日本国利益的最好选择。在朋友与利益之间，我们要生存、要发展、要壮大，当然要选择利益而非朋友。否则资源匮乏的大日本一定经不住重大考验，永远也实现不了统治大陆的宏图。特别是我'黑龙会'要拥有东北黑龙江的陆地区域，以致实现更加宏伟的大陆政策，绝离不开袁大人的支持，否则将会陷入遥遥无期的等待与空想，你的明白？"

"朋友，利益？利益大于朋友。"贺麻子小声嘀咕道，反复比较着刚才加藤会长的话中话。

"贺科长是个聪明的人，早晚一定会明白朋友与利益的关系。二者要求和出发点不同，朋友是个广泛的概念，朋友之间可以生死之交，可以君子之交淡如水。而利益是最现实的东西，是荣誉与物资的结合体，是生存的基本因素。它们既简单又复杂的关系，你会慢慢咀嚼明白的。天已不早，请贺君尽快回家去吧，不要忘记带上来自大日本的特别'礼物'，你务必好自为之。"

"哦，会长给我送大礼，我贺麻子一定赴汤蹈火在所不辞为帝国服务！"

"请贺君不要误会，我给你的是一位重要人物。考虑到便于工作开展需要，为贺科长精心挑选准备了新的人手，一位来自大日本关西地区的时尚姑娘，也是一位剑道高手，希望能帮助到贺科长，更快更好地推动上海商会的各项工作。樱花小姐请出来见过贺科长。"

贺麻子受宠若惊般九十度给加藤鞠躬谢礼，一双狡黠的双眼罕有地露出善良温顺的眼光，一边偷偷地拿眼睛朝那个叫樱花的姑娘看去，只见她是一位皮肤白皙、身材迷人的美人，只是眼睛透着凶狠的目光。与上司告辞后，贺麻子乘车带着樱花姑娘离开了加藤会长。上海滩的夏末依然天气炎热，樱花穿着暴露，低胸束腰，车子又不停地在路上颠簸，她一对傲人的双乳不停地颤抖，只晃得贺麻子神情迷离，欲火焚身。可他的眼光一碰到她那凶狠的目光，便犹如猛地从头到脚浇了一盆凉水，让他不敢有半点的非分举动。

回到虹口路贺家别墅大院，贺麻子安顿好樱花姑娘的住宿，极度恭敬地与她道别后，他隐隐想到了什么，悄悄来到隐蔽的别墅地下室，命令手下打开紧闭的铁门。"给老子盯紧点，不管发生什么事，没有老子的命令，不许任何人靠近。"他一边狠狠地对心腹手下说道，一边独自迈进大门，从里边反锁住铁门。

"水姑娘，睡着了吗？我来看你了。"他问道，用火把四处照射。回答他的是可怕的寂静。

水姑娘就是五姑娘，是贺麻子从鄂省靳霸天土匪窝里故意掠夺至此的。他深知武昌李庄主的手段与做法，是绝对不会放过他的。贺麻子兄弟在清风寨山上与不知名的几位年轻人较量后，贺家残余势力很快便土崩瓦解。只是他贺麻子树敌过多，令他产生从未有过的恐惧和后怕，但求生的强烈愿望犹在。唯一自保的方法，就是紧紧拽住李庄主的这个最小的宝贝女儿，投鼠忌器，让他们不敢不计后果不择手段地对付自己，甚至取自己的性命。如果没有他家女儿这个护身符，他可能不会活着逃到上海滩。但是武昌方面的人未必没有手段找到他，将他碎尸万段。因

477

此水姑娘就是他与武昌仇家谈判的最后筹码。无论他走到哪里，都是死死地把她抓在自己身边，像救命稻草一样牢牢看护着她。

夜已深，平时除了有人过来像送狗食一样的饭菜外，被限制人身自由的五姑娘绝少听到人的声音，何况已是深夜。忽然的吵闹与强烈的火把照射，让她从睡梦中惊醒过来，似睡非睡地眦着眼前这个让她失去行动自由的恶魔，身上单薄的睡衣悄悄滑落在地，露出少女赤裸的上身，随身携带多年的羊年金表在胸前闪着微弱亮光。孤立无援的五姑娘，一场更大更严重的灾难正要在她身上发生。

五姑娘虽然被极大地限制住人身自由，平时偶尔才会有机会走到铁门外呼吸新鲜的空气。但她除了缺少阳光照射，脸色显得十分苍白外，身材发育完美，凹凸有致，体态匀称。

贺麻子陶醉于老板的赏识信任，兴奋于樱花小姐的腰肢，倚仗于日本商会背后战无不胜的黑龙会支持，淡忘于昔日山寨往事的恐惧，轻佻于水姑娘的柔弱无助，借着酒精的兴奋刺激，促使他像饿狼一样猛扑向他的猎物，牢牢地把她压在自己身下。任凭水姑娘声嘶力竭地呼叫和哀求，都没有能阻止贺麻子兽性发作。一个无辜悲惨的少女，就这样失去了自己最宝贵的贞操。此后数天里，贺麻子一有机会就会依然沉迷于自己的快感中，无耻地占有水姑娘的身体。

黄浦江畔的裕华缫丝厂，到处都是机器轰鸣，锭子飞转，蚕茧变成了长长的蚕丝。繁忙的流水线上，工友们都在努力生产出更多更好的缫丝，这样他们就能额外领到更多的奖金。激励办法是厂里本月最新做出的决定之一，让有条件懂技术的工友们十分高兴。因为在其他同类工厂里，只有老板严苛的呵斥和打骂，以及监工们日常恶狠狠的眼神和皮带抽打人的惨叫声，没有人像裕华厂一样把工友当人看，发给额外的奖金补贴。

"三少爷，魏老板托人说要见您，都来过好几次了，您都在忙里忙外，没有片刻歇着，他就没有敢直接见您。我们也不想过多打扰您，这会儿他的人还在外边等着回话，我都不知道该怎么跟人家回话了。"管家黄五看见祖家匆匆回到办公室里，一边给他递茶水，一边汇报道。朱孝七赶紧把当天的报表和书报、文件拿给他看。

"哪个魏老板，是做什么生意的，与我何干，找我何事？"祖家一边埋头签署报表文件，一边问道。

"就是离咱们厂不远、新开的'盛源纺织厂'的老板。他是上海本地人，新买了许多纺织机器，就是原料不够，想就近从咱们厂购买上等的缫丝。"孝七道。

"这是好事呀，你还磨蹭什么？答应给他供货不就成了，免得让人家一趟趟过来找。"祖家不满道。

"没有那么简单。魏老板因为建厂成本花销过大，压了不少流动资金，他想让咱们先供货，等他把绸布销售后，再给咱们付款。这个上海佬真是精明得很，好处都是他算计别人，风险可让咱们担呀。世道不稳，经营有风险，回款不稳妥，所以我一直没有答应他，也懒得见他那张嘴，都能把石头说开花。"管家黄五也抱怨道。

自从祖家上次拜访呼延将军后，又急匆匆回了趟苏州。每年的春季都是苏州桑园一年中最繁忙的时候，关系到春蚕的繁殖和桑园的诸多管理细节，这些都需要东家亲自定夺。大买主史家遭遇巨变，家道败落，祖家不得不带着管家黄五处理许多紧急的商业联络事宜。新桑苗的移栽，春茧的销售，老佃户的水田续租和租金的约定，一样都不能马虎。好在有裴爷、七叔和苗旺等的大力协助，加之姐姐祖传精明能干，一切都还算处理得稳妥贴切。利用上海缫丝厂的巨大蚕茧需求，就算没有大客户史家的订单，也能消化桑园的全部桑蚕，还顺便收购了苏州其他桑户的蚕茧。他为新建的"桑蚕技工培训学校"捐款，并对新学校开张做了现场激励讲话。只是忙坏了管家黄五的两个儿子祖文和祖武。他们负责具体的收购和租船运送到上海工厂等具体细致的工作。就这样一直忙到九月初，秋到叶儿落，水到自成渠，安排好秋、冬季桑园的养护后，祖家才有时间赶回上海狠抓缫丝厂的生产。

"要是那样，何不直接回绝人家算了，看把你俩委屈成啥样了。"听见管家也对魏老板不满，祖家笑道。

"可人家开出的两个条件又是十分厉害，对我们厂有长期的好处，真有点舍不得呀。"朱孝七道。

"呃，什么厉害条件，说来听听。"祖家瞄了孝七一眼，叫他不要卖关子赶紧说。

"一则是可以长期承销咱们的缫丝。少爷您可能不知道，最近沿着黄浦江边，挨着咱们厂又新开了好几个缫丝厂，当然也有几个纺织厂和制丝厂，现在咱这个片区简直就要变成纺织城了，到处都是机器轰鸣，人头攒动，货物量吞吐很大。蚕丝、棉花等原材料需求节节上涨，有了魏老板的长期承销，我们就不用降价销售蚕茧。二则是当他次月销售绸布后，可以有三厘的额外佣金。如果我们销售给他一万元的缫丝，就可以多得三百元的收入，如果销售给他十万元的缫丝，就可得三千元的收入。那是一笔非常大的额外收益，可以给半个厂的工友发工资。三则，也是最吸引人的地方，是可以参股魏老板的纺织厂股份，具体能参股多少，要您当面跟他商谈。"

"哦！你那个'额外佣金'说法不对，应给叫滞纳金三厘才对。原始股份可是人家的命根子，他真舍得拿出来拱手相让？"祖家疑惑道。这时，门外传来了久违熟悉的声音，祖家忽然想到了什么，对黄五和孝七道："三天后，让那个魏老板见我。"便让他们各自忙去了。

熟悉的声音当然是四姑娘的。接到祖家即将抵沪的电报后，她一扫近期工作的不快和心理压力的巨大阴霾，急忙赶到裕华厂看望分别已有小半年的祖家。愉悦、高兴、惊喜、忐忑充满了她的脑海。

　　"变黑了，还长胡子了！"一见他，她脱口评论起来。

　　"上海滩的江水也没有滋润好你的皮肤，肤色变差了，头发也不打理，不是急着见我没有顾上吧？"祖家忍住想要笑出的嘴角，故意心不在焉地回答她道。

　　"人家都这样憔悴了，对一个女孩子是多大的打击，多大的难为情，还这样说风凉话，你们男人是不是都这样翻脸不认人。"她骂道。

　　"堂堂上海国民经济社会调查科的大红人，别人对你从来就是恭谦有加，哪个还敢欺负你，取笑你，那不是自讨苦吃？啊，莫非是那个宋老师，不，是宋科长大人欺负你了吧？"

　　按照以往的情况，祖家本来是习惯地等着她眨着葡萄般的大眼睛，撒着娇数落自己。可是今天她却是出奇的平静，片刻后竟只有她轻轻地抽泣声。

　　"哪还有什么宋科长、白老师的风采。一个成废人，一个都快是死人了。早知如此，我们仨真不应该来到上海滩这个大染缸，成为别人斗争的无谓牺牲品，让我怎么向他们的家人交代。"她饱含泪水道。

　　自从亲北方的上海镇守使郑汝成将军打败了沪上革命军后，陈其美都督被迫再次流亡东瀛日本，镇守使的人员随即接管了上海的军、政等各项大权。郑汝成立即派人大肆搜捕、关押、处决不满他的人，对坚定忠诚的革命党人，更是杀伐无度。停发各类各级革命党新政权的人员工资费用，直到彻底的"改造""更化"结束，确认通过复查后，再重新核发部分经费。对少数重要革命党人，经过二次严格审核后，才能聘用续发部分薪资。而更多的是被当即处决和莫名其妙地暗杀。北方派狂喜他们全面掌握上海滩政权的时候，正是革命派力量急剧削弱和坠入深渊的时刻。

祖家不清楚上海滩最近政局的巨变，对她的行为十分惊诧，本能地递给她一杯热茶，想安慰她悲伤的心。不料她继续道：

"我可不想听到你的同情话，宋老师常说'革命不是谈笑间樯橹灰飞烟灭，革命不是儿女私情，想收就能收得住，想放就能放得开的事情。革命是意志、信念和坚持的长久考验，是生与死不同道路走向的抉择'。开弓没有回头的箭，就算抛头颅洒热血，也万万不能磨灭掉革命党人的信念与追求。万万同胞们，也一定会有清醒者、觉悟者和追求者，万千磨难后，彩虹终会在天边升起。美丽中国、复兴华夏的决心，绝不会泯灭殆尽。"

祖家知道四姑娘这些话不单单是说给他一个人听，而是他们这些有坚定革命意志的人的共同心愿。她并不是轻视他不入"门"，没有像其他同龄人一样从事革命斗争事业，做一个有理想有追求的热血青年。她也并不是嘲笑他肤浅与麻木，陶醉于自己的桑蚕王国。他知道他们所走的道路越来越不同，平行线越拉越长，交叉点汇集却是越来越渺茫。他只想做好当下的事情，把已经摊开的各种经营业务踏实地延展下去，而不是激进地去追求空洞的海市蜃楼。他相信水到渠成的道理，相信实业才能兴家富国，才能解决当下中国的各种困惑。

"你还是那么有理想、有追求，让我自惭形秽，自愧不如，许多东西得让我想好几天才会明白。"他安慰她道。

"过奖了，你才是生病了的中国的希望所在，一步一个脚印，活在当下，把所有事情都做得井井有条，风生水起。万千混乱事情，别人撂挑子不做的事情，你都能让它起死回生，繁荣兴旺，不觉得你就是穷人们心中的活菩萨大救星吗？而我……一个不守规矩的傻丫头而已，父母不看好，连自己都保护不了，吃了上顿还不知道下顿从哪儿找，还奢谈去保护别人，救他人于困顿苦海之中，别人怎么会相信你，你说可笑不可笑？"她继续幽幽自责道。

黄祖家渐渐明白这半年来，因为陈都督主导的革命党政权失败，北方的郑汝成将军攫取了大上海的所有权柄，并逐渐掌握和控制住了上海的经济权利，通过血腥的镇压异己分子和利益诱惑部分商会成员，使北派势力在上海渐成气候。顺我者昌，逆我者亡，是人们逐利安生的不二选择。这也极大地影响了为革命而战、为信仰而生的经济调查科的命运，影响了四姑娘信仰和生存，使一个活泼开朗、精力充沛的热血青年变得忧郁沉默，担惊受怕，双眼充满了愤怒和哀怨之情。

"天气慢慢变凉了，这次回苏州专门为你带了条苏州刺绣围巾，戴上它一定会很漂亮的。"祖家一边说着，一边抛开话题，想给四姑娘围上纯白的丝绸围巾。

四姑娘轻轻地闪到一边，"谢谢你的围巾，不过现在我不想戴上它。"言毕她接过围巾顺手放进了手提袋内，"时间不早了，我该回去了。"

祖家只好让朱孝七派司机送四姑娘回去。快到她家时，在一处拐弯处，她命令司机靠边停车，她坚持要步行回家，朱孝七从胸口处取出一样东西，要交给她手中。

"四小姐，这是三少爷的一番心意，钱不多，只有一百个大洋，希望你能收下，以后有困难尽管说。"朱孝七道。

"钱对我来说目前确是最急需的，不过请你转告三少爷，我会记在心上，将来一定会还给他的。今天不方便留你到家中喝茶，你们就请先回去吧。"

朱孝七目送她走远，只好让司机掉头回去。不是四姑娘心狠不愿留他做客，而是当下紧迫形势所迫。她深深知道，目前自己的处境十分危险，北方袁党根本不想让革命派有丁点的动作，派了大批的便衣暗哨，天天时时盯着革命党人的一举一动，稍有违反他们的命令和要求，或是有蛛丝马迹串联和煽动群众革命的行为，他们就会以影响社会治安，或者是莫须有的罪名大肆抓捕和屠杀革命党人。在黄浦江、苏州河里每天都有被杀害革命党人的漂浮尸体，恐怖的大屠杀笼罩着大上海，像厚厚的一层乌云压在头顶，让人无法自由呼吸。祖家远离家乡武昌，从苏州来上海，事情起因都是为她寻找五姑娘。他通过自己的辛劳努力，事业才刚刚起步，手底下养活了几百个穷苦人家的父亲、儿子和孤儿，容不得有半点儿闪失和失败。她必须自己稳妥地处理好所发生的一切政治斗争，拉开与三少爷的距离，尽快治疗宋老师的眼疾、白老师的肺痨。切实保护好三少爷的工厂生产和个人安全，就是革命党将来的最好成就。如果三少爷有半点闪失，她就是昧了良心、无情无义、自私自利的革命罪人。

三天来，祖家有条不紊地处理着厂里积累的大量事务，与隔壁"盛源纺织厂"的魏老板，谈妥了生丝供应的所有条款。魏老板十分高兴，为了表示对祖家的感激之情，特地邀请祖家去逛上海老城隍庙，吃地道的海派海鲜。祖家不想把时间过多浪费在应酬上，便找了个借口，留下尧哥和朱孝七与魏老板愉快消遣，自己叫了司机独往上海警备司令部去了。

第十八章

苍天眷顾　暗藏杀机

半年后，呼延冲突然见到祖家来看望自己，内心自然十分高兴，亲自在门口迎接祖家来到客厅，为他沏上上好的西湖龙井，并吩咐卫兵准备特色的酒菜，要与祖家喝个不醉不休。祖家并不推辞将军要为他一个人而设的款待宴席。他的到来，犹如带来了一股暖流，将军府上上下下多日的冰冻严寒都融化了。

　　当祖家把从苏州带来的白色苏绣递给婉儿时，祖家不经意间看到婉儿脸上刹那间泛起了红光，但那仅仅是瞬间的事情，很快又恢复了她往日的平静美丽，本有的矜持和自然的仪态。

　　"谢谢三少爷这么漂亮的围巾，待会儿你走的时候我也有一样东西要送给你。"婉儿一边试戴着围巾，一边向祖家说道。

　　"哟，有什么秘密宝贝东西，非得人家走的时候才送，连老爹都瞒着不想让知道？"呼延将军打趣道。见女儿抿嘴若有所思的样子，多日卧床不起的婉儿娘赶紧道："自己孩子想送什么就让她送去吧，府上除了你的军火弹药武器装备，难道还担心她把你这个将军府送掉了不成？"

　　"送掉好……像个鸟笼子监狱似的，都把人待腻了，待聋了，待傻了。还不如回武昌去找黄老将军，我们主仆二人前脚跟后脚在战场上与敌人刀对刀、枪对枪地厮杀痛快，也比这个鸟副司令舒服自在。"呼延冲言毕竟自我嘲笑起来。

　　"疯了，真疯了。堂堂一个司令，赫赫有名的将军竟说起这些没头没脑的话，这些天没见他这么放肆过。也怪上海滩不太平，南北相争，他一个人憋屈得慌啊。还是三少爷给他壮的胆，送的这个活水来，他才敢这么任性放荡呀！"婉儿娘苍白的脸，双眼望着呼延将军温顺地道，嘴里却没有半点轻饶他的样子。

"我……"祖家心里正要说凭什么是他给老将军壮的胆、送的水，却被婉儿阻止了。

"难得爹、娘这么些天说些轻松的话，就让他们互掐去吧，只要他们高兴就好。"她轻轻提醒他道。

期间婉儿断断续续地告诉祖家，因为陈都督的上海革命军失败了，不得不撤离上海市区，陈都督也被逼远走日本避难。被镇守使收编改造的革命军遭到了极大的敌视和猜测。首先是撤掉了原来的警备司令，换上了北洋军派来的一个叫晃天恒的司令长官。此人是郑汝成的心腹之一，阴险狡诈，诡计多端，常常找各种理由撤换、清洗他认为有革命倾向或是同情革命而不忠诚于他的中层军官。原革命军大部分营团级军官都莫名其妙地失踪或死亡，甚至连低级别的班连长人事调动，这在以前司令根本都不用管的事情，现在没有晃司令的点头首肯，都会遭到唾骂和鞭打。前几天提拔了一个连长，因为晃天恒不知道，事后竟被人乱枪打死，还不许收尸，任其抛尸在大路边，让猪狗去撕扯。

"我爹年纪大了，不会有大的追求和理想，又没有直接参与江南造船厂的军事对立打仗，加之他原来镇守武昌城时，得到过现今陆军总司令段祺瑞总长的嘉奖，与黎元洪副总统又是故交好友，晃天恒不得不向我爹卖个面子，虽是没有给他什么实权，一个军队副长官显然不能参与军事管理和重大决策，却也不会过分算计为难他。我爹也装着要照顾长期卧病在床的我娘，经常不去军部办公处理军务。在家赋闲时间比在办公室时间还多。"

突然婉儿姑娘"扑哧"地笑了起来，"我再告诉你一件事情，你可不准笑。前几天，也不知道晃司令是真心还是试探，竟带着一班侍卫，领着三个年轻漂亮的姑娘，说来照顾呼延副司令的生活起居，照顾生病的将军夫人，不能亏待了副司令的功劳。我爹猜不出晁司令葫芦里到底卖的什么药，便假装受宠若惊的样子照单全收了。临走时还把祖上传下来的'青瓷双耳雕花倒酒玉斛'送给了晁司令。你知道，酒是我爹的最爱，那倒酒的玉斛更是他的宝贝疙瘩，打小他喝酒用玉斛的时候，都不让我给他倒酒，生怕我一不小心给它打碎了。现在倒是干净，直接送给外人了。免得万一打碎了，我爹脸肯定难看好几天，还麻烦给它打扫干净。"

祖家听得出来，婉儿虽是淡淡地说出，内心却是十分不舍，也无法理解父亲为什么要把那么珍贵的传家宝贝送给晁司令，别人都厌恶地送他外号叫"朝天恨"的那个杀人恶魔。

"那是因为呼延叔叔在竭尽所能地保护你们，他不想因为他的不谨慎而伤害了你们母女俩。"祖家略作沉思后对婉儿道。

"也许是吧，但现在我爹性格与以前好像换了一个人似的，完全不一样，比如晁司令送的那几个年轻姑娘，明眼人都能看出来，是送给我爹当妾玩的，想消磨他的意志。我爹没有拒绝，竟好吃好喝地养着她们惯着她们，唯一的事情就是让她们精心地照顾我娘。她们个个打扮得妖精似的，弄得我娘房间里尽是胭脂气味。昨天去看我娘，那稀奇古怪的各种香水味道，差点没把我给呛个半死。她们细皮嫩肉的，哪里会照顾别人，早晚我会把她们一个一个统统撵走。"婉儿道，整齐碎玉般的牙齿恨得咯咯直响。

"怪不得我刚才看见你娘后边跟着几个穿着讲究的女孩，个个都是花枝招展，只怕时间长了，你爹未必真舍得让你把她们都撵走。"祖家对婉儿打趣道。

"呸，我爹才不是那样的人呢。不如让我爹把那几个妖精送给你算了，还会照顾人，比你身边的单师傅、朱孝七和尧哥什么的粗人温柔多了，你看怎么样，黄三哥？"她道。

"你这叫夺人所爱，祸水外流，这不是我堂堂三少爷的做人品质。"祖家不知怎么了，他一向细致谨慎的观察思维，竟没有听出婉儿姑娘叫他三哥，而不是叫他三少爷，并且悄悄地用眼角的余光，温柔地看着他白皙的脸庞。

"三少爷、婉儿小姐，将军请你们入席呢。"房间外面传来丫鬟的声音，二人只好结束谈话向餐厅走去。

呼延将军从"江南事变"后心情一直不好，今天难得有酒量相当的祖家来陪他，心里自然十分高兴，便命令卫兵把珍藏的最好汾酒拿来，与祖家喝个一醉方休。

"爹，你们这喝的哪是酒呀……"婉儿悄悄地尝了尝汾酒。这一尝不要紧，只把她呛得双眼流泪，面红耳赤起来。她本来想说分明是一团火，哪是什么酒，但那酒太有爆发力了，呛得她把剩余的话都无法完整地说出来。

随着两瓶汾酒渐渐喝完，其他人实在扛不住这么能喝的主宾二人，便纷纷离开。祖家见呼延叔兴致仍很高昂，便想多和他说说话，就把苏州桑园种植的事情一一向他做了陈述，后又陪他下起了象棋，在楚汉争霸中度过了大半个夜晚，服侍的下人们都挡不住困意，纷纷打盹瞌睡，单师傅也盘腿打坐闭眼自行将息。婉儿索性便打发下人们都去休息，只留下她自己为二人换茶添水。

待祖家与单师傅返回缫丝厂时，东方已微微露白，祖家也顾不了那么多讲究，和衣在办公室睡了起来，单师傅倒是有礼数，轻轻为祖家盖了件外套，才悄悄回房休息去了。

上海五月份发生了震惊全国的北、南双方武力夺取江南造船厂的军事政变，革命派遭到了极大的镇压和排挤。因为有资深的功劳和前清时期的同事帮衬关系，呼延将军没有受到太大的委屈，只是把他身边同情革命党的副官黄祖耕调到了上海警察厅特别行动处。祖耕深知将军的难处，便主动申请过去，不去计较是否能留在将军身边服侍的机会，带着自己生死相许的蒙古族兄弟脱脱齐，三天后便去警察厅报到了。因此祖家这次到呼延家并无缘与大哥见面。

祖家在梦中出现了大哥的身影，看见他爽快地脱下了淡黄色的军装，换上了深藏蓝色的警察制服。在宽大的腰带边，棕黄色崭新的枪夹棱角分明，身边的警察兄弟正在为他整理衣角，大哥正享受着大家的拥戴，得意洋洋地玩弄着手里的新式手枪。祖家正想要抢回大哥的手枪摆弄几下，突然觉得呼吸不畅，有人捏住了自己的鼻子。他努力睁开了双眼，正是梦中的大哥在眼前捉弄自己。他正使劲捏住自己的鼻子，想弄醒自己，旁边坐着四姑娘。

"单师傅说你昨天喝酒喝多了，本来我是想让你再睡会儿，下午或是明天再来找你，哪知你大哥非要弄醒折腾你，看来你们兄弟俩感情不深啊，我也帮不了你。"四姑娘故意挑拨两兄弟道。

"有些事情比较重大紧急，就顾不了那么多了，兄弟对不住啊。"祖耕直接说道。

祖家想到自己将要衣衫不整地出现在四姑娘面前，略有些尴尬，"你不知道我大哥有多霸道，小时候经常抢二哥、三姐和我的东西，爹娘实在看不下去了，干脆送我上了武当山凌霄殿学艺，学规矩，就是怕我长大了再受他的虐待，或是变得像他一样霸道，不懂人情世故，那还不把房梁给拆了。"

"你小子又胡说，当年家中遭了多大的变故，你不会一点不知道吧。爹娘担心事情万一变得无法收拾，只怕你小子无人照看只能流落街头当乞丐，才利用师叔的关系悄悄把你送到武当山学艺。现在是要文有文、要武有武、要钱有钱，只怕将来我们全家和四妹，都得靠你未来的大资本家这棵'大树'生活了。"祖耕挖苦道。

所谓背靠"大树"好乘凉，是指普通人倚仗有钱有势的非富即贵的人物生活，不管他是白道或是黑道的人物，只要地位显赫，呼风唤雨，受人尊敬，有一定的经济条件和权势基础，都是能让人受用的。一人得道、鸡犬升天的事情比比皆是。

"大哥不用挖苦我，你身为警察厅行动处副处长，那权势多大呀。不过你这话里话外的倒不像以前直言不讳的大哥了。"祖家故意靠近大哥身边，"是不是又遇到什么窈窕淑女，要弄出点桃色新闻。可千万别让大嫂和她的什么妹妹知道，这个我真没有办法帮你。"祖家说这话时，双眼紧盯着四姑娘的脸。

"好了，你小子少耍贫嘴，大哥绝对不沾惹什么无聊的桃色新闻，倒是有件'大买卖'，不知你老板有没有兴趣参加？"祖耕语气变得严肃起来，压低声音缓缓地告诉了祖家事情原委。

原来是上海贺麻子所在的东洋"和之丸"商行，按照东京黑龙会本部的秘密安排，从日本进口了一千箱鸦片，要运到上海码头转销。对外号称是大日本国参加民国政府"双十"国庆，赠送给政府的粮食和药品，到埠时间大概是十月九日左右。

"什么？一千箱鸦片！不如让倭寇直接过来抢钱抢物资算了。到那时我堂堂中国人，怕都是真成了'东亚病夫'了。林则徐大人九泉下有知，估计都会大骂当今的不肖子孙。当年虎门销烟的壮举，不曾想今天竟遭到如此这般的嘲讽，那些政府官员的眼睛都瞎了吗？难道他们的良心都被狗吃了不成？"祖家一拍床沿，不禁大骂了起来。

看着祖家如此气愤，四姑娘阴沉的脸上有了些变化。"你大哥目前正安排人秘密地监视贺麻子公馆，郑汝成那只老狗和他背后的主子，对日本人眉来眼去。靠政府的力量去查办鸦片，只怕是竹篮打水一场空，等人家把鸦片都销售完毕，整箱的金银珠宝都运到日本去了，政府也未必能查得清楚。所以只能暂时撇开无能政府的力量，靠走民间自发的道路，去掐掉鸦片这个大毒瘤。你人在商界，参加过南北经济议和，又有武功和场地，如能参加……"还没等四姑娘说完，祖家就打断了她后边的话：

"天下兴亡，匹夫有责。我是一个商人，最需要一个稳字。但是我也是一个堂堂正正的中国人，谁也不能不知羞耻地欺负炎黄子孙。身为中国人，我定会赴汤蹈火，剪除毒瘤。如能抓住商界败类贺麻子，救出五姑娘，就更好了。"

祖耕环顾左右，见门关着并无他人，于是悄悄告诉他们二人，他把这次查处鸦片的事情定为"双十计划"，并把祖家和四姑娘要做的事情分别详细地告诉了他俩。祖家重点在烧毁鸦片，救出五姑娘。四姑娘主要是利用经济信息科的信息情报，协助祖耕秘密监视敌人，准确地掌握鸦片到货时间，卸货和存货的地点，确保下一步行动及时开展。

祖家知道事关重大，听大哥交代完这件事情后，并未多挽留他们，怕耽误大家的时间。自己混乱的头脑倒是清醒了许多，于是大声呼唤外面的管家黄五，会计朱孝七和工头尧哥等都到他的办公室。他要尽快处理并听取裕华厂近期的经营生产情况，为"双十计划"顺利实施留下充足的时间。

裕华厂丝加工遇上了好时光。中国丝绸驰名世界，在一九一三年英国伦敦就有了以中国湖州为代表的丝绸交易所。每天有成千上万担的丝绸在此交易，并运送到世界各地。祖家的缫丝厂一则有了巨大的国际需求市场环境，二则有国内以魏老板为代表的丝绸厂大量吃货，能生产出多少生丝，就有多大需求，根本不存在货物囤积、滞销和挤占仓库的问题。而在苏州千亩桑园的支撑下，裕华厂的蚕茧生产也格外繁忙，不断地有苏州蚕茧被运到上海缫丝厂，从桑田到车间，各处的工人都十分繁忙，处理着田间生产、舢板运输和制造抽丝的工作。祖家倒也大方，经常开展一些劳动技能大赛，变着法为优秀的工友多发些奖励费用，额度不大，却调动了工友们的积极性和主动性。并送一部分技术好热情高的工友参加技能培训、夜校文化补习班等教育活动，达到上下协调简化流程、工友稳定在岗、生产精益求精的目的。所做的这一切使苏州的桑园生产伙计、货物运输的兄弟、缫丝厂的工友都拼了命积极参与劳动大生产。这个时候也是中国近代资本市场难得的"黄金商业期"，各地有识之士建立了许多大小工厂，无数穷苦人家出生的工友，通过自己勤劳双手起早贪黑地劳动，撑起了养家糊口的责任，改变了许多人的落后观念和困窘生活。

时间如梭，光阴似箭，转眼间，秋风起，树叶落，立国不久千疮百孔的民国就要迎来第四个国庆节了。祖耕安排的秘密眼线，不断把收集到的日本商会信息，通过特殊方式送到警察厅行动处来。这天祖耕关起房门，唯独留下他的死党脱脱齐，和自己一起认真分析汇总这些天收集的或明或暗的各类信息。

"关键是这么多数量的鸦片，要以怎样的方式，从哪个码头运上岸？"祖耕喃喃低声自语道。

"处长，从这些情报看来，日本人通常习惯从这些码头把东西运上岸。"脱脱齐手指牢牢地定在上海西南沿黄浦江边的几个码头，"我和几个兄弟这几天以码头流动人员治安登记的名义，对南浦、汪海、梅角和金发这四个集中使用的码头，重点进行了盯防，并偷偷记录下道路、房屋、门牌和左右的建筑设施情况。大哥您看，还缺些什么？"脱脱齐一边说着，一边殷勤地把这些天掌握的所有信息记录通通告诉了祖耕。他的左脸上明显有一条深深地伤疤，那是炸毁孝感火车站留下的永久纪念。

祖耕认真仔细地看完所有码头的信息记录，猛地一拍他的肩膀，道："不愧是前清的大内密探，掌握信息资料果然有一套，大哥在此谢谢你，也向所有受鸦片毒害的百姓感谢你。"

　　"大哥言重了，我们是生死之交的兄弟，大哥这样说小弟，岂不是折煞兄弟吗。消烟净土，本是七尺男儿应该做的事情。小弟这条命，还有身上穿的这身皮，都是大哥给的，只要大哥一声吩咐，小弟定会赴汤蹈火、肝脑涂地也在所不惜。"脱脱齐认真道。

　　"脱兄弟古道热肠和厉害手段大哥自然是知道的。我只是想我们能不能换个思维方式，这批日货如此价值连城，日本商会和他背后的黑龙会一定会十二万分地小心谨慎，仔细地挑选上岸码头，严密地封锁到货时间，安排翔实周密的送货线路。以日本人的狡猾和凶悍，我们要在接送货的码头上破坏掉这批烟土，势必比登天还难，不易做到，可能还会伤及自己，我们得另想他策。"祖耕十分忧虑地道。

　　"那以大哥之见，我们难道就毫无办法，永远都逮不住这只大苍蝇了？"脱脱齐道。

　　"让我再仔细想想，怎么接近这只大苍蝇……"祖耕陷入了苦思冥想中，"在没有确切的到货时间和码头前，兄弟们务必继续严密监视上述四个码头，叮嘱兄弟们千万不要暴露自己的身份，一有蛛丝马迹马上向我汇报。"祖耕吐出一个烟圈，拍着自己的脑袋命令脱脱齐道。

　　"是，谨遵大哥吩咐，我一定会让兄弟们盯死了这几个码头，谁也别想从我眼皮底下溜走，就算是只鸟也别想飞过，更别说是一千箱的大买卖。"脱脱齐信誓旦旦道。

　　祖耕完全相信脱脱齐的能力与决心，示意他按计划施行。

　　送走了脱脱齐，祖耕拨通了市场经济调查科的电话，约四妹有重要的信息交流。"虹桥路上新开了家四川餐馆，晚上六点有没有空去品尝，那味道真叫个绝，小心别吃噎着了。"祖耕在电话这头对四姑娘美味诱惑道。这是他们相互联系时的暗语，每当遇到紧急难处理的事情，他们都会到四川餐馆见面沟通。餐馆老板来自四川南部，是位革命党卧底，他的餐馆自然也是革命党人的一个秘密联络点。

"亲姐夫，现在刚处理完公务，正好有点时间，不如你开车过来接我吧！本姑娘今天不想吃正宗的川味，他们隔壁新开的火锅店味道不错，不如去吃个新鲜，正好过你的麻辣瘾，你看怎样？"四姑娘在电话这头缓慢回答道。

祖耕也不知道四妹为何突发奇想，想去吃麻辣味，事情紧急，他也不便多问，便开了车，到经济调查科门外等她。上车后，四姑娘朝他使了个眼色，车便在一处十字路口拐了个弯，悄悄地向裕华缫丝厂开去，他们这是要去找祖家商量对策。

祖家悄悄关上房门，听完他们近期对日本商会秘密活动情况的介绍，眉头紧锁，若有所思地道：

"大哥，四姑娘，敌在暗，我在暗。敌动，我亦动。日本商会对这批特殊的货物，一定会用非常的手段进行伪装和运输，我们与其艰难地想截获丁点有关到货的时间和地点，不如以静制动，静观其变，免得打草惊蛇。"祖家胸有成竹，略作沉思后他继续说道：

"与其求而不得艰难，不如守株待兔简洁。"

四姑娘一听似乎有了灵感，"这个'守株待兔'方法好，对我们来说也是最容易做到的。我想这么重要的东西，谅他们也不敢有半分的懈怠。据我们掌握的情报，日本人一般喜欢在这四个码头卸货，我们只要布置可靠的眼线，死死盯住这些可疑地方和'特殊'的货物，还不怕他们露出半点的蛛丝马迹。等他们卸货后一定会找一个隐秘的仓库，把不能见人的东西先储存起来，然后交由本地以及苏、浙、皖、闽等附近几个省份的黑道商贾大户买断分货，实行分散秘密销售。"

"你是说我们要去跟踪黑道大户，来个人赃俱在，再在现场分批抓捕他们吗？"祖耕反问道。

"不，重点在存货的仓库。货船是动的，掌握的时间是机动的，唯一不能动的是他们存放东西的仓库。如果我们能在第一时间准确掌握仓库的位置信息，周围环境，那些害人的东西自然就是公开的目标、不能动的死靶子。而我们在暗处，因事因地因时随时可以采取行动，保证能一击成功。"祖家加重语气道。

"好是好，只怕辛苦兄弟们了，我得让他们像猫头鹰一样，不分白天黑夜，把各个码头装卸货物的目标盯牢盯死，不能有一丝一毫的差错出现。"祖耕呷口茶，慢慢地吐出这句话。

"四点监控，实时联动，重点突破。"祖家补充道。

在虹口路日本商会里，会长加藤太郎将军正在给他的少数几个高级心腹幕僚训话：

"这批从日本本土远道而来的特殊货物，肩负着重要的使命，帝国所需的战略物资都得从中国等海外运回祖国，帝国必须掌握有足够的经济实力。那就必须把从大日本运来的货物高价卖给愚昧赢弱的中国人，换取帝国所需的金、银、铜、铁和煤炭等重要战略物资，以及开发先进的生产技术。这样帝国才能与凶狠可恶的英国人、法国人、俄国人以及美国人等决斗，把他们撵出中国，为大日本争取更多的利益。因此这批帝国的货物十分重要，意义十分重大，我命令：这次行动只能成功，不许失败，并且有黑龙会的友人全程参与和保护，确保万无一失。否则你们都得剖腹自尽，向天皇谢罪。"会场顿时鸦雀无声，安静得连掉下一根针都能听得见，他们只是机械地使劲点头遵命执行。

"嗨依，谨遵将军命令！"众人同声道。

贺麻子不够资格参加加藤将军的秘密会议，只能在车上等樱花小姐。等见到所谓他的下属时，贺麻子暗暗吃惊，预感定有大事发生。只见她表情严峻，一言不发。他不敢多想，也不能多问，只能默默地送她回家。在别墅楼前，樱花小姐并没有让他停车，而是继续向后边小院开去。她环顾别墅后院四周后，眼睛盯在一处隐蔽的小门，那正是贺麻子秘密仓库的入口，突然恶狠狠地对他道：

"在三天内，把仓库全部清理干净，不许堆放任何杂物，封死所有出口，清理掉一切与这里不相干的人员，特别是把你的那个不明不白的野女人给我轰走。如果三天内她没走，我就杀了她，你明白吗？"

贺麻子内心一惊，自己的秘密仓库她是如何察觉到的，悄悄藏在仓库里的五姑娘她是怎么知道的，是谁向她告的密，他一定要宰了那个背叛自己的人，何况现在他遇到了一件非常棘手的事情。他刚刚知道，五姑娘已经怀了他贺麻子的骨肉。他也睡过不少女人，漂亮有钱的都快有一个排，却没有一个为他怀个一男半女的，私下常被人嘲讽不是真男人。可是现在能为他生孩子恰好是这个掳来的姑娘。四十好几才有了真正属于自己的血脉，就算自己在别人眼中不是好人，可是常说不孝有三，无后为大，憧憬做父亲的他，是无论如何也要保存住自己仅有的一个骨肉。让五姑娘搬出去，她举目无亲，在情况复杂多变的上海滩，没有他时时在身边照顾，她们娘儿俩无论如何也是无法生活下去的。何况她还不能抛头露面。贺家刚有传人，怎能容忍有半点的不测。毕竟自己是科长，樱花只是个帮手。

"樱花小姐，说话请注意分寸，这里是商会禁地，哪里会有什么不明不白的野女人。我是这里的负责人，您无权对我发号施令。我倒是要提醒你突然要清空仓库干什么，堆放的货物那么多，许多还是帝国战略物资，哪能说清空就能清空得了的，你不能坏了这里的规矩！"

樱花听到贺麻子用科长的头衔压抑自己，顿时怒不可遏："你们中国人不配给我讲规矩，今天对你的命令、要求是帝国的秘密，你根本就不配知道，只管按我的吩咐执行就是了。你也不用打听我是怎么知道你的'无关人员'的。平常人多我给你面子，今天这件事绝对不行！"言毕扔下他独自一人回房去了。

贺麻子看见她目中无人地在自己面前离开，屁股一扭一扭头也不回地把这里原来的主人晾在了门外，只留下了一股浓烈的香水味道。他受到了莫大的羞辱。"老子早晚要先奸后杀这个婊子。"他心里无数次咒骂她。一年来他受够了这个日本女人的冲撞和奚落，让他在兄弟们面前抬不起头，对她早就恨之入骨。只是碍于日本主子的特殊关系和她犀利无情的日本剑术，让他对她无可奈何，一筹莫展。

这天晚上深夜，贺麻子独自一人偷偷打开秘密仓库大门，溜到五姑娘床上，也不言语，摸遍她的全身，把手轻轻放在她凸起的腹部上，不顾惊恐万分的五姑娘反抗，欲强行逍遥时，突然亮起一道灯光，五姑娘一声尖叫，吓得赶紧用被子捂住自己的身子。贺麻子强作镇定，大骂道：

"是哪个活腻了找死的东西，竟敢擅闯老子的禁地，看老子不扒了你的皮，抽了你的筋。"一边急忙穿上衣服。

"早听说贺科长偷腥，一直没有亲眼见过，不曾想竟是真的玩起了仓库藏娇。不过你的梦中情人好像并不十分喜欢你，也不是个腰细胸大的美人，只是个身材不佳的姑娘。贺科长，这种货色你都不放过，你不觉得委屈自己吗？"贺麻子听得出来是樱花满嘴嘲讽的声音，一点不给自己留情面。

樱花小姐对于贺麻子在仓库秘密包养女人的事情，开始是十分好奇，但并未在意。但随着与贺麻子关系的降温，以及演变成剑拔弩张的紧张关系，她慢慢加强了对他的警惕，以及对他不利证据把柄的收集和掌握。对所有为帝国工作的人员控制和监视，这本是她到此工作的重要任务之一。一则为帝国服务的人，绝对是不能有个人的儿女私情，必须严格区分公与私的关系，防止枕头风干预破坏帝国的所有行动计划。在上海的日本商会肩负多重使命。公开身份是从事经济活动的普通企业组织，暗地里则是负责收集上海地区的政治、经济、军事和文化等多重信息，为进一步攫取更大利益服务。为了更好地开展工作，掩护他们外国人的身份，让组织融入当地社会，雇用了部分能力强又死心塌地为他们服务的当地人。当地人一盘散沙，各自为政，彼此不和，正好为他们所利用。所雇佣当地人不讲规矩偷腥可以，但绝对不能把除是日裔外的另一半家眷带至工作场所，杜绝任何泄露情报信息的可能。二则樱花小姐现在接受有特殊的任务，她正想对这个秘密地下仓库探个虚实，以便能尽快彻底清除这里不相干的货物。平时仓库钥匙都是贺麻子随身携带，任何人休想进去。作为名义上的顶头上司，她也不能踏进仓库半步，只能无奈地等待时机。三则她对这个满脸麻子的上司，早就不放在眼里，一直想找个机会除掉他，趁机取代他的位置。只是迫于他的手下爪牙众多，又个个是亡命之徒，才没有动手。今天也是贺麻子大意，进仓库后并没有把门闩锁死，让她得以轻易闯进来。

"是樱花小姐吧，虽然你穿着黑衣，戴着面罩，我还是听得出你的声音。忙完一整天活，请樱花小姐还是早点回去休息吧。"他客气道。

"听得出声音那又怎样？"黑衣人冷笑道。

"今天晚上的事，是我麻子科长的个人私事，这个女人的美与丑、胖与瘦，都与你无关，还是请你早点回去休息吧。"贺麻子冷静道。

黑衣人索性取下面罩，"贺科长此言差矣，工作地点偷偷包养女人，这是何等荒唐的事情，为了帝国的宏图大业和你个人的锦绣前程，我奉劝你还是及早收手，弄走这个女人，或是干脆杀掉她算了，免得给科长平添麻烦，影响你的大好前程。"

"我对大日本事业忠心耿耿，她不过是我的一个宠物，不会对大日本的事业产生半点影响。"他想用缓兵之计拖住樱花。

"一个'宠物'不用藏在堆放战略物资的仓库吧？不如让我替你找个地点安置她，过些时候把人家放了吧？"她假装道。

"啊！不能放！"他紧张起来。

"看来贺科长的心思并没有完全放在神圣的帝国事业上，而是在安心养'宠物'，这可不符合加藤会长的要求。"她逼问道。

如果失去加藤太郎将军的信任，意味着随时会失去所有的权力，失去荣华富贵，甚至是失去生命的代价，贺麻子后背发冷。

"她是我贺麻子未过门的夫人，她现在对我十分重要，以后我会把她送走，绝不会影响帝国的丝毫形象，请樱花小姐理解。"他哀求道。

"哼，你若下不了手，今天我替你解决吧。"言毕她一个飞步跨到床边，拔出长剑，直指五姑娘的咽喉刺去。

贺麻子也不含糊，从腰间迅疾掏出手枪，黑洞洞的枪口指向樱花的头部。双方顿时四目怒视，陷入死一般的沉静和僵持之中。她还不想罢手，他擦着她的耳边猛然开了一枪，对面墙上擦起了火花，刺耳的枪声充满整个房间。

稍微平静后，贺麻子先开口："商会的规章制度我比你清楚，实话告诉你，我贺麻子玩了不少女人，东西南北高矮胖瘦都有，却个个都是不下蛋的母鸡，没有一个为我生下一个种，我都四十好几的人了，现在膝下无子。这个女人不一样，她现在怀上了我贺家的血脉，就是我贺家的功臣，任何人都不能随便伤她的半根毫毛。否则，休怪我麻子心狠手辣，六亲不认，翻脸不认人！"

樱花知道贺麻子残酷无情，杀人不眨眼，今天晚上自己独自一人，并无绝对的胜算，便不想强硬坚持下去。

　　"科长早点告诉属下实情，就不会有今天晚上的误会了。这是帝国的仓库，不适合嫂子现在这样的身子在此居住，我劝科长还是尽早替嫂子另外挑选一个合适的地方住吧，保障她们母子舒适的环境，科长才会有聪明健康的后代。这里得马上清扫干净，帝国另有用处。"

　　"我跟你保证，在双十节前，一定把我的夫人安顿好，搬离这个地方，清理干净其他杂物，专等帝国使用。"麻子赶紧道。

　　"科长不用向我保证，这是上峰的命令，搬离此地越快越好，务必在三天之内清理完毕。我只能说到此，你们一家团聚吧，也就不为难嫂子了。"樱花收起她的利剑，双眼死死盯着贺麻子。

　　"还望小姐替我保守几天秘密，贺某不胜感激。"贺麻子说着竟然扑通一声，双膝着地，跪在坚硬的地板上，向她哀求起来。

　　"科长不必如此，我也是奉命行事。可是据我所知，上个月你的一个铁杆兄弟因为做了与你一样的绯闻事情，被你当即削掉他的命根，怎么帝国的制度变成了你贺科长的私法，可以凌驾于制度之上，随意挑选使用，不听帝国的召唤吗？"她冷冷道。

　　"当然不会，贺某明白。"麻子一边回答，一边突然站起，伸出左手无名指，猛然朝她的长剑戳去，一根带血的指头翻滚着掉在了地上。

　　透过光亮，五姑娘看见鲜血从贺麻子的指尖像泉水一样流了出来，忍不住又大声尖叫了起来。而他铁青着脸，一言不发，紧咬双唇，双眼牢牢地盯住樱花小姐。

　　"贺科长这是干什么，你不知道本姑娘晕血吗？"稍微镇定后，她继续道："贺科长对商会的忠心耿耿，这点不容置疑。不过这特殊的东西，我一定会替你保管好的。"说毕她迅速捡起地上的断指，飞快地离开了仓

501

库，独留下她浓烈的香水味道和"呼"的一声仓库大门关上撞击的声音。

五姑娘从被窝中挣扎着爬起来，一个反手使劲打在贺麻子地脸上：

"不要脸，狗奴才！不如让那个恶女人杀了我算了。"五姑娘噙泪骂道，一边用双手使劲地拍打自己隆起的腹部。

他猛然清醒了过来，钻心的疼痛让他呻吟起来，"老子早晚要杀了这个婊子。"他咬牙切齿地发誓。带血的手紧紧抱住她的双臂，阻止她的疯狂举动，"谁也不能伤害我的孩子，包括你也不能！"他对她大声吼道。鲜血顺着手臂淌在了她的身上和被窝里。

"你这个土匪、害人精、杀人犯，不配有孩子！将来也只会让孩子成为杀人犯、卖国贼！我受不了你的折磨！现在什么希望都没有，不如让我早点死了算了，一死百了，免得再造孽啊！"她悲伤地喊道。

剧疼、屈辱、争斗，他冷静下来。"我不是人！我承认我利用过你，但是不管怎样，现在我绝对没有害你的半点意思。孩子是我的，也是你的，不久后你就会当妈妈，成为孩子的母亲，看着他在阳光下长大，难道你不爱自己的孩子吗？"

"我就是你利用的工具、玩弄的棋子而已！天知道你在外边作孽害死了多少人！今后还要让未出世的孩子为你担责赎罪吗？你不配做一个真正的父亲！让我死了算了！"她绝望喊道。

"你听好了，虎毒尚且不食子，何况我是人。我承认我是坏人，但是对你们，今后不管遇到多大的困难和委屈，我一定会全力保护你们，好好对待你们的！我麻子可以对天发誓。明天我就开始找个好地方，再也不让你住在这个黑暗的破地方。"他赌咒道。

五姑娘哭干了泪水，她不想继续吵闹下去，顺手机械地把床单撕成了几条布带，抛在贺麻子面前：

"我不想见到血，还不赶快包扎起来。"

贺麻子这时已经面色苍白，黄豆大的汗水从额头直往下淌，强忍着巨大的疼痛，他捡起她抛在地上的布条，使劲缠在自己滴血的手指上。

"你放心，在几天内，我贺麻子一定会让你住进漂亮的房子，那里有可口的饭菜，新鲜的空气，温暖的阳光。"他一边许诺，一边步履艰难地离开了铜墙铁壁、坚不可摧的地下室。

祖家照例在缫丝厂巡查，发现工人在生产中的一些问题，他都反复叮嘱孝七和尧哥立即改正，不要把问题留到明天，务必保证缫丝的质量和工友的生产热情不降低。孝七把近期的账目往来和收支情况逐一给祖家做了汇报，财务报表显示近期收入利润都在良性发展。

"多亏有了苏州桑园稳定的原材料供应保证，魏老板的大量吃货我们现在还能满足，各种款项回款也在约定的范围内完成。三少爷，据我大胆预测，照现在的经营态势发展下去，多则五年，少则三年，裕华厂一定会收回成本，获得可观的利润。"孝七望着他心中敬佩的年轻老板，面露喜色地说道。

"是我们赶上了好机会，只要不打仗，选对了行业，你看上海滩，哪个老板不是赚得盆满钵满。但愿如你所说，天下大安，苍生有救，穷困的工友们都能有口饱饭吃。只是商场如战场，情况瞬息万变，世道怎样发展，谁能预测到它的明天，小心驶得万年船，千万不要大意，还是勤勉谨慎些好。"祖家对孝七叮嘱道。

"少爷说得是，我们铭记在心。刚才隔壁的魏老板又派人来说有重要的事情与您商量，请您晚上务必到他家去一趟。还说因为上次的事情，本来应该亲自上门谢您的，但是今天他好像又遇到什么急事要去打理，就不能亲自侯着拜访您了。不过他给您带了个西洋玩意儿，会唱歌，说您一定会喜欢的。就放在这儿呢，样子怪怪的。我看这个魏老板真是麻烦，不知又要提什么条件或是要优惠政策，不如推掉算了。"孝七一边说着，一边打开一个箱子，露出崭新的大喇叭。尧哥赶紧上前帮忙把大喇叭放在桌子上。

"哦，魏老板真是客气，这是留声机！上海滩的人真是会玩，西洋世界流行什么，他们就会有什么。啊，对了，我们和魏老板的合作，最近有没有遇到什么麻烦，或是纠纷，他着急见我干什么？"祖家给他们演示留声机的使用方法，同时问他俩道。

他俩都摇头否认与魏老板有什么纠纷。"这就对了，他既然是个好客的主儿，我们又有生意往来，不是越走越近吗？我看你们俩今天晚上不如就陪我去趟魏老板家。"祖家吩咐他俩道。

"啊，少东家带我们去吃大户，这个我最喜欢。您看还叫其他人吧，人多才热闹。"尧哥一听有酒吃，自然十分高兴。

"拿人手短，吃人嘴短，你尧哥不知道？你小子将来非要给我闯祸，惹出事端不可。"祖家阻止他道。

"少东家骂得是，我一定管住自己的手和嘴，少跟有生意往来的人眉来眼去套近乎。"尧哥连连称是。

几公里外就是魏老板的丝绸厂，隔壁就是他的寓所，透过灯光祖家看见魏老板家的大门左右楹联分别写着：

> 传家有道唯存厚
> 处世无奇但率真

横批"与世无争"。这是一户前朝巨贾，也就是人称红顶商人胡雪岩故居的楹联。只是横联有所改动。祖家心里暗暗称奇，他魏家到底是怎样的人家。

闻得祖家到来，魏老板十分高兴，早早在门口迎接，热情地把他们一行人请进了客厅，泡上最好的西湖龙井茶。祖家环顾四周，发现这是一间临时整理出的房间，并没有奢华的壁画和精美的家具，不像是有钱的大户巨贾，不过所有物什的摆放倒是十分干净整洁。魏老板把自己的家人逐一介绍给祖家认识，其中魏老太太鹤发童颜，给他留下深刻的印象。"做人做事各有自己的主张，关键是自己的家人健康团圆就好"，祖家一边仔细听着魏老板生意经介绍，一边暗自思忖评判着魏老板的家人。

"黄老板莅临寒舍，真令我蓬荜生辉。这次有幸请到上海滩最年轻的缫丝界老板做客，魏某真是三生有幸。时间紧急，我也就不拐弯抹角误事了，有件事干脆向黄老板说了。主要就是向您道别的，真心谢谢您的信任和支持。"听完魏老板将要离开的话，祖家十分意外。

"向我道别？魏老板这是何意？是远足或是另有他途发展？"祖家惊诧不已，一连串急问道。

其实魏老板真名叫魏铭杰，本是世代经商人家。祖上从淞江道的织布小作坊起家，历经三代累世辛苦经营，家道逐渐殷实。另有茶叶、瓷器和当铺等生意，样样都红火兴旺发展。岂料自辛亥年革命起事后，随着大清灭亡，各方势力逐鹿上海滩，魏家产业都处在繁华闹市地段，引起许多暴发户的眼红羡慕，常常有出高价收买他们家的产业，魏家自然不允。便引起不明身份的人先抢后劫，魏家也动用许多关系，努力追查幕后真凶和维护自己的财产，但是仍无法保全自己的家产。其父坚持不向恶小就范，一天清晨在自家门口被莫名其妙的冷枪打死。魏老板年轻漂亮的妻子，被人劫持勒索赎金，在支付高额的赎金后仍遭到奸杀。魏老板家人身心都遭到极大的打击，积蓄财产全部花光还欠别人许多费用。生意经营也是江河日下，一落万丈，最后遭挤兑被迫廉价出售产业以及自己的所有地契。魏铭杰心灰意冷，悄悄带着母亲和年幼的孩子，在黄浦江边盘下一个小规模的丝织厂，借着裕华缫丝厂的支持，逐渐稳住了生产，家人也得到暂时的休养。

同时魏铭杰也深深知道，没有一个强大的同行支持和帮助，要扩大生产和经营范围，将会遇到极大的困难。经过多次联系和沟通，其中上海的远亲梅家根据他的现状，认为从长远看，他已经不便在上海滩继续发展下去，主张他到外地去开拓新的市场。

梅家是上海滩商业大亨，主要以经营各类丝绸生产和海外贸易为主，上海滩百分之八十以上的丝绸贸易都被梅家把持。因为都与丝有关，同行于是称梅家为"丝王"。又因为"梅"与"美"同音，"丝"与"狮"同声，人们于是称梅家为"美狮王""丝王"，把梅靖远梅老板的真名倒是逐渐淡忘了。

中国丝绸闻名世界，源远流长，丝绸工艺震惊西方。大英帝国经济最繁华的首都伦敦，于一九一三年专门开辟了针对中国丝绸的期货交易市场。作为上海乃至华东最大最重要的"美狮王"，他们家的数量与品质好坏，是决定着世界丝绸制品的供应和价格变化的晴雨表，当然也是伦敦丝绸期货交易市场最想要的东西。最近伦敦相关机构专门邀请"美狮王"远赴英国，去参观访问这个交易所的运作情况。同时英国方面也想把他们最发达最时尚的纺织技术介绍给"丝王"，以便在遥远的东方响起西方织布机的声音。上海滩历来是一个开放的世界，是所有冒险者和创业者的沃土和天堂，青睐敢于屹立潮头的勇士。不甘寂寞平庸的商人们也想搭上这趟访问之旅，去寻找、考察和把握更好更大的商机。魏老板本是"美狮王"的远亲，但以他现在的地位和影响，远远达不到考察团员的身份要求。不过经过私下联系和磋商，经过"美狮王"的首肯和运作，他也将于近期搭上赴欧的考察之旅活动。

了解这些情况后，祖家大概明白魏老板着急要远行的用意，但是还想听他说其余的一些事情安排。

"父亡妻去，留下老母和幼子，本不忍长途跋涉，远离故土，古人道'父母在，不远行'，但机会难得，以及母亲反复教导与鼓励，才得以下此决心。至于魏某的丝绸小厂，现在还算经营正常规范，自有母亲照应，也有部分故交挚友的帮衬，我倒是能放心得下。只是这上海滩总是城头变幻大王旗，谁也不知道明天会发生什么事情，我反复思量，还得请黄老板多帮忙，不知您能否答应一个无足轻重的人的真心请求？"魏老板一口气说道。

祖家一怔，"祖家何德何能，敢蒙魏老板重托！"他推辞道。

"黄老板无须推辞，我自有道理。一则你是到上海滩时间不久，没有老上海滩人的势利和见风使舵的恶习，这点魏某最为看重。二则黄老板虽是出身望族，确能佃田于民，兴桑养蚕，又让穷苦人家孩子洗脚上岸，进厂谋生，甚是品德胆识过人。人常说'小胜靠智，大胜长胜则要靠德'，黄老板是个品行尊贵的人。三则黄老板世交呼延冲将军是现在的警备副司令，大哥在警察厅做事，料鸡鸣狗盗之徒不敢轻易滋事寻衅。四则我的母亲也是苏州人氏，与黄老板祖上有乡谊故土之情。"魏老板逐字逐句说出对祖家的身世和经营生产活动情况的了解。

所谓知根知底，方能百战不殆。商海如战场，对方把自己了解得一清二楚，而自己对他则是知之甚少，只惊得祖家半晌说不出话来。别看魏老板仅比自己大几岁，却也是十分能干聪明，从来不打无把握的仗，上海人的精明强干，真是名不虚传。

"魏老板志向远大，逆境起飞，敢于接受新的事物，不满足现有成就，这就是老上海人永远的创业精神，令人敬佩。至于你口中的赞美之词，祖家实在不敢当，只是做了些应该做的事情。对于你所托之事，在我能力范围之内，如果魏老板放心，定当竭尽所能帮助就是。"

"黄老板果然是爽快之人、性情之人，魏某十分感激，今天特备薄酒以表谢意。"魏老板及其母亲热情地邀请祖家一行人入席吃酒。有感于魏家人的真诚和信任，祖家无法拒绝。在席间祖家也偶然问道既然与"美狮王"家是远亲，为什么不把产业托付他来照看岂不是更好。一声长长的叹息后，魏老板以一句"在商言商，一言难尽"搪塞过去，祖家也不好继续打听。

对魏老板经商的看法与远见，祖家心里有许多的感想。常说三百六十行，行行出状元，社会从事的职业繁多，每人分工有所不同。今天的敬业和努力，明天的筹划和行动，才是成功的起点。决定今天的不是今天，而是昨天对人生的态度与努力。决定明天的不是明天，而是今天对事业的作为与判断。我们的今天由过去决定，我们的明天由今天决定，把握今天，活在当下，才最为关键紧要。

魏老板往后不在家的这段时间里，祖家尽量多地了解一些他家工厂的经营生产情况，时常打发孝七和尧哥等上门探望他的家人，力所能及地扶持和帮助他家工厂平稳健康发展。

在以后半年时间里，魏老板不断从英国把所见所感的新鲜事情，以及欧洲各国的利益博弈关系都用书信告诉了祖家。让他虽然不在欧洲，也对外边的世界有了初步了解，二人逐渐成了私交甚好的真朋友。

上海滩的夜晚是多彩、繁华和奢靡的，从魏家热情的家宴中告辞，已是繁星点点的深夜。祖家刚刚躺在床上，窗外突然闪现一道黑影，他警觉起来。

"三少爷请开门，有重要的事情禀报。"是单师傅急促的声音。

祖家翻身下床，轻轻打开门，把单师傅让了进来，朝院子外看确无他人，才又把门关上，并示意单师傅坐下。

受祖家的悄悄委派，单师傅与祖耕手下脱脱齐日夜秘密监视四大码头的货物进关情况，以及贺麻子寓所人员往来信息。单师傅了解的消息是今天贺麻子突然行动，找到流落在上海滩的史震北和史震南兄弟。以他们俩的名义，在虹口路一处不起眼的地方，租了一处独栋别墅。房子周围贺麻子立即安排了许多或明或暗的打手，把此院严密地保护起来。在今晚夜色的掩护下，贺麻子偷偷带着一个女人转移到此处，隐约间那女的与四姑娘外貌相似。单师傅当时就想趁乱混进去察看虚实，把那个女的抢出来问个究竟，但怕人手不够，施救失败，反而打草惊蛇被蛇咬，影响到整个"双十计划"的实现。

"少爷，我们掌握的情况就是这些，脱脱齐还在监视，他让我先就近回来向您汇报，是不是五姑娘，何时采取行动，单凭少爷的吩咐指示。"单师傅请示道。

"真是狡兔三窟，有了这个新窝点，贺麻子早晚一定会去的。现在是'双十计划'的关键时期，不能有半点的疏忽和节外生枝。你们现在只管日夜看紧这个院子，不要放过任何蛛丝马迹变化，暂时不要轻举妄动，狐狸早晚会露出尾巴的。只是他原来的仓库会干什么用呢？"祖家疑云陡升，像是自言自语，又像是问单师傅，"大哥知道这个情况吧，他是什么意思？"祖家继续问单师傅。

"大少爷听说最近摊上一个大案子。警察厅的人都忙得一团糟。连脱兄弟想见他都不容易。"

"啊？大案，不是刺杀洋顾问的惊天大案吧，那够忙活的。不知会否影响'双十计划'开展？"祖家道。突然他又否决自己道，"不行！'双十计划'十分重大，后果影响极其恶劣，我必须现在与大哥面谈，把这个情况和他及时沟通，确保我们的行动计划万无一失。"

"我这就去传话。"单师傅赶紧道。

"三天后就是双十节，你明天务必联系到大少爷，把我的意见转告他。这些天大家都很辛苦，你也早点休息吧。"祖家继续吩咐道。

日本商会一千箱"福寿膏"，价值连城，是他们的血本大投资。如果成功进入中国市场，势必将为日本帝国攫取高额利益，但它的背后必将是千千万万的中国人妻离子散家毁人亡的血泪事实。"东亚病夫"的称呼会一直笼罩在羸弱的中国大地。这是日本人赤裸裸的掠夺与欺诈，是中国人千年未遇的悲哀与耻辱。每一个有良知的中国人，岂能放任豺狼肆无忌惮荼毒自己的血肉同胞。

销毁千夫所指的福寿膏是义不容辞的责任和使命。但万一要是失败，或不完全成功，大哥、四姑娘和其他人员的行动就有可能曝光，带来杀身之祸。想到这些，祖家心里暗暗着急，这次行动既要干净利索地实施，又要想到万一失败后的补救与挽回策略，神不知鬼不觉转移人们的视线。因为他知道，有黑龙会身影的日本商会，一定是最狡猾、最凶狠、最强悍的对手，自己必须处处留意，步步为营，小心应对。

在魏家人酒精刺激和"双十计划"思考的双重影响下，祖家一时睡意全无，索性邀请单师傅到院子里切磋武艺。单师傅这些日子除了监视贺麻子的隐秘行踪，也在暗自琢磨日本黑龙会的剑术。里边有些招式变化很是特别，异常凶狠，他正想展示给祖家看，一起研究如何破解拆招，便欣然应允。

"少爷可要看仔细，今天我给您亮些新鲜玩意儿。"单师傅提醒道。

"你尽快使用就是，正好让我开开眼界。"祖家并不畏惧，与单师傅你来我往地相互切磋武艺，一直持续到后半夜，他们才疲惫地休息。

最近的大上海暗流涌动，到处都是凶险异常，天天都有抢劫和暗杀行为发生。特别是黑帮和堂口之间，为了地盘和扩大势力范围，相互龃龉不断，杀人不止。华人之间仇杀倒不是新鲜事，倒是洋人被杀，反成为整个上海滩大街小巷，人们茶余饭后津津有味的议论对象。

洋人的生死关系到外交、经济和国防等综合利益角逐，是当局十分紧张和害怕的头等大事。各种新闻媒体更是推波助澜，有声有色地报道洋人死亡的惨状，不断给当局脆弱的神经施加更大的压力。最近几天上海警备厅，更是不眠不休、全力以赴地侦查法国商行董事被杀的重大案情。案件现在已经演变成中、法两国的外交事件，若不能尽快破案，法国政府将会向北平政府抗议，便是巨大的国际纠纷。以目前实际情况，北平政府需要世界各个国家的支持，它根本背不起这么重大的国际压力。在大上海的南边，几乎全是法国的势力范围，在所有各国的租界规模里，法租界无疑也是最大功能最齐全的。凭着独立的涉外管辖权与领事保护条例，租界内的事务中国政府管不了，各国租界内均是藏污纳垢，被保护人员良莠不齐，俨然一个城中国。如今法国商会董事被杀，法国领事馆岂肯善罢甘休，责令上海镇守使限期破案，否则产生的一切后果，由中国政府全部承担。

针对上海滩法国董事被杀的重大新闻与后续报道，各路记者像苍蝇一样不停地发出不同类型的报道，《新上海》和《申报》等各大媒体均在头版头条加急报道。仇杀、自杀、情杀或是其他原因，纷纷炒作得不亦乐乎。各媒体唯恐自己深度报道不够，被别人看出没有幕后新闻，或是没有社会责任，于是发疯地雇佣写手，从不同角度渲染此事。这么多年，法国人在上海一直是趾高气扬，颐指气使。今天建厂收购，明天剪彩扩容，每次都是浓墨重彩，令其他国家叹为观止，哪有别国露脸显摆的地方和时候。但今天，一向高傲的法国人也有阴沟里翻船的时候。法国高卢雄鸡们，成为政商名流和贩夫走卒茶余饭后的闲聊谈资。

第十九章

忠肝义胆　英雄落难

翌日一大早，就在等候大哥消息的空隙，祖家问四姑娘：

"听说宋老师最近身体好些了，视力基本稳定，双腿也能站立起来了？"

"宋老师，不，是宋副科长，可惜了。在我们眼里，他是才华横溢、热情似火、疾恶如仇的人，一心想唤醒浑浑噩噩、命运多舛的普罗大众。可是这个社会非要残忍地对待他，让他实现不了他的高尚追求。可惜了一个'老夫子'。我真恨我自己，一点帮他的办法都没有。眼睛视力模糊，腿还不能行走，他那双残疾的腿为什么没有长在我身上。"她伤心责怪道。

"难道宋科长双腿就没有一点办法恢复如常吗？"他难过道。

"勉强可以站起来，比上个月好多了。"她双眼似有泪珠闪烁，头转向了别处，不过很快又恢复了正常。

自从半年前北方的袁党嫡系郑汝成将军，打败了革命党在上海的沪军，陈都督被迫下野到日本考察后，原来的革命党便受到了沉重的打击。上海经济调查科也受到了严密的监视和迫害。宋副科长首当其冲，被秘密地逮捕和严刑拷打。他的双腿被"老虎凳"伤了腿筋。白老师也受到了非人待遇，皮鞭抽打，水刑迫害，但他不是敌人关注的重点人物，只是受了些皮外伤。郑将军嗜杀成性，只是迫于舆论压力，加之经济调查科是以经济生产活动为中心，非军事机关或政治机构，调查科人员没有多大政治危害，被白白关了一段时间后，便被释放了出来。四姑娘因为是稀缺的电报人员，是技术好手，是袁党急需的人才，袁党又认为一个女的没有多大危害和后患，给予短暂教育后就又将她重新使用起来。她一出狱便四处呼吁，想千方设百计把宋、白二位救出监狱。当她再看到他们二人时，他们几乎面目全非，只怕再不及时营救，只剩下一堆白骨了。

"能站起来就好，慢慢调养总有好起来的一天。"祖家小心翼翼地说着，生怕伤了她的心。

"还多亏了你的救命钱，又有非梦丫头的精心照顾，他俩总算从地狱里又走了出来。不过，他们现在没在经济调查科工作，目前算是失业吧。"她道。

"报纸上署名'江上游'的可是宋老师的笔名，写得很犀利，好多人都在看，我也在等他下一篇评论呢。"祖家道。

"'江上游'的笔名你也知道？"她很吃惊。

"别忘了我是商人，鼻子灵着呢！"他自信道。

最近这段时间，以江上游署名的文章发表了很多篇，是最受人关注的热点评论文章之一，大多是谈中国各地风土人情的游记，反而没有像各种势力代言人那样叽叽喳喳，谈论政治不依不饶，非白即黑地攻击别人抬高自己。

"江上游讲述中国故事，从古至今，中西对照，北山南水，有汉有满，是想唤起国人的自信与良知。他另辟蹊径，令人耳目一新，想要树立国人的自信、自尊和自重，给人们以精神食粮。他这是用心良苦呀。"祖家道。

"江上游不过是一个化名的作者而已，他手里没有枪、没有炮、没有钱、没有势。写了一些中国故事，与'双十计划'有何干系？你今天怎么舍得聊起这些事情，你又要耍什么花花肠子了吧？或是想打退堂鼓，知难而退，对'双十计划'虚晃一枪？"她警觉起来。

"实话告诉你，我真有一个想法，可转移日本商会的注意力，然后我们才能……"他做了一个刀劈手捏的动作。

"我说你真是有花花肠子，不，是有绝妙的计策和想法，不妨说与我听听。"她调皮问道。

祖家看了看门外，估计大哥是被他的顶头上司缠住了，到现在还迟迟未现身，索性便小声他把他想利用媒体转移视线的想法告诉了她。狡猾的日本人不一定能上钩，把破坏福寿膏的事情"嫁祸"在法国人身上，但总会让这两个上海滩最有影响力的国家心生龃龉，不至于很快迁怒于中国人。当然，这件事成为永远也破解不了的疑案悬案是最好的结局。这对日本人或是其他严重危害中国利益的侵略者都将是最好的惩罚。同时也能树立国人的自信和自尊，唤醒国人的良知和尊严。

"资本家的脑袋就是好用、好使，总比别人跑得快。"她佩服道。

第二天上海滩有影响的《申报》《新生报》《知悟报》等纷纷刊载介绍法国凯旋门和埃菲尔铁塔的游记文章。日本商会最高负责人加藤太郎也同样拿着这些报纸，他在认真地阅读有关介绍法国内容的文章。法国死了一个高级董事，这才过了几天时间，就炫耀他们伟大的战争纪念品和经济发展水平，看来法国人是不甘心寂寞。日本要想掌控中国，法国是最强悍的对手，加藤太郎心里暗自想着。在上海滩的各国租界里，法租界是最大最重要的租界，具有标杆的作用。在沪日本人十分清楚，他们时刻保持着戒心，防止法国势力继续坐大；同样也担心法国，把董事死亡的事件算到日本人头上。现在是福寿膏即将到货的特殊重要时刻，加藤太郎更加关注这篇文章的内容，以及背后隐藏的深层含义。法国不屈的法兰西精神在东方崛起，那必将是大和民族争霸中国的极大阻碍。于是他立即命令手下严密监视法国租界的一切动向，派出数名高级便衣间谍，一旦有任何风吹草动，立即向他汇报。

这天夜里，月朗星稀，"顺风码头"上灯火通明，人影闪烁。数十辆大卡车整齐地停在大门口，恭迎着远方特殊货物的到来。所有参与的日本人都被告知，不得有任何闪失，枪上膛，剑出鞘，等待着从母国到来的货船以及它所运载的特殊货物。这些货物的价值相当于东京都所有人员三个月的薪资水准，不容有半点的马虎和失误。按照预定的时间和行动计划，这批特殊"军火"在细致周密的保护下，顺利抵达贺麻子等看守的地下仓库，随着"砰"的一声关上仓库大门，只等明天各商界大佬付钱提货。坚固的大门，严密的防线，凶悍的日本黑龙会武士和手握重金的各省分销商，这次要极大攫取中国人真金白银的鸦片销售行动，看起来已是成功在望。加藤会长亲自锁上了仓库的最后一道大门，反复叮嘱留守的黑龙会武士，务必睁大双眼，万分小心后，又仔细地检查了宪兵的值守情况，才稍显放心地离开仓库。但是他的一切行动却被无数双黑夜中的眼睛注视。就在他离开约半个时辰，有二十几个黑影悄悄地接近了仓库。

远处渐渐开来几辆大卡车，停在仓库大门外，为首一人操着流利的日语与守卫说道，他们是来自陕西的商贩，因为西北距上海遥远，想连夜把他们想要的货物取走。守卫们一时放松了警惕，准备与他们的上级联系是否给货。就在守卫们与那人交涉时，五六个黑影从天而降，迅速地接近大门，用飞镖和梅花针，悄无声息地杀死了数名看守仓库大门的守卫。但守卫实在是太多，黑衣人被游动哨发现，仓库四周顿时响起刺耳的报警声。

"大哥、单师傅和脱脱齐兄弟跟我截住守卫，其他人立即冲过去炸掉仓库。"祖家一看行动即将曝光，便急促地吩咐大家分头行动。门口自称是陕西商贩的人突然亮出利剑，杀死了守卫。从车上跳下来数十人，汽车迅速撞开大门，朝仓库大门冲去。他们要炸掉仓库，烧毁害人的"福寿膏"。

守卫仓库的日本黑龙会成员，身手自是了得。樱花姑娘一把长剑，连续杀死了几名爆破队员，阻止他们靠近仓库。祖耕奋力挥舞手中的军刀，想击退聚集在他身边的黑龙会恶狼，但他不是群狼的对手。樱花姑娘率领数十名黑龙会武士，个个出招凶狠，死死地围住他，让他不能前进半步。祖耕抵挡不住，性命随时受到威胁，情况万分危急。

祖家眼看大哥危险，单师傅与脱脱齐等也正在与日本人激战，便大喝一声，使出武当绝技，凌空移步，迅速地挡在大哥前面。只见他左挡右刺，武当剑上下翻飞，连续杀死了数名黑龙会武士，想帮大哥解围，并低声吩咐大哥去帮助炸仓库的兄弟们，把恶狼交由他处理。祖耕才艰难得以脱身，带领数十人连人带车向仓库冲去。在祖家独自与六七名黑龙会高手搏斗时，樱花像恶狼一样死死地缠住他，祖家突然感到腹部一阵剧痛，一股鲜血流了出来。事到如今，务求全胜，不能有半点疏忽，否则就会功亏一篑。想到此，祖家无所顾忌，索性撕破衣服缠在腰间，大喝一声，武当剑连续刺中几名身边的恶狼，不让群狼有半点接近仓库大门、阻止大哥等人行动的机会。

突然几声巨响，地动山摇，山崩地裂。祖耕带领的几辆大卡车撞倒地下仓库大门，冲进地下室。兄弟们迅即点燃了炸药，炸毁了仓库。巨大的爆炸声携带着飞沙走石，把众人掀翻在地。仓库顿时燃起熊熊大火，大火吞噬了整箱的福寿膏，日本商会的发财美梦化为灰烬。半个上海滩瞬间天翻地覆，伴随着的是人们的惨叫声和仓库里面久久不能平息的爆炸声，人们都处在惊恐不安的等待之中。

而在此时，早已停在路边不远处的福特小汽车悄悄开启，单师傅抱起负伤倒地的祖家飞快朝福特车跑去。等候多时负责接应他们的四姑娘迅速打开车门，小汽车飞快消失在黑夜之中。车内四姑娘急切地呼唤着已昏迷的祖家，渴望他能睁开双眼，热烈地看着她，哪怕是瞬间也好。可她的呼喊注定是失败的，现在想唤醒重伤在身、昏迷不醒的祖家只是一种奢望。

等祖家微微睁开双眼时，看见的是一缕长长的头发。发尖甚至已触及到他的脖颈，带给他一股麻麻痒痒的感觉。腹部有一双手，正在轻轻撕下卷着的旧纱布，换上新的绷带。

"这是在哪儿？你在干什么？"祖家的声音虽然微弱，但还是引起惊喜。

"醒了，还疼吗？"说着那一缕头发甩向空中，离开他的脖颈，那双手也停止了换旧绷带的动作。

"是婉儿小姐吧，让你费心了。"他原来以为会是四姑娘，但那淡淡甜美的声音告诉他，在身边照顾着他的是婉儿小姐。他头脑逐渐恢复了往日的记忆。

"伤口还疼吧，肚子饿了没有？你已经三天没有吃东西了。"她脸上泛起了红晕。

"不疼，但我有点饿了。"他道。他不想让她知道，其实伤口仍是剧烈疼痛，甚至疼得他没有多余的力气说话。

"医生刚刚走了，是我爹请的洋大夫。大夫临走时特别叮嘱说，就是饿也不能吃东西，怕影响你伤口愈合，至多给你喝点粥。这几天我一直让厨房备着热粥，我这就让他们送些来。"言毕她轻轻地替他盖好被子，深情地望了他一眼，才放心出去安排厨房准备热粥。她并没有使唤丫鬟操持，而是亲自下到厨房去侍弄。

这一望，使祖家感觉舒服温暖，让他多少有些忘记伤口的疼痛。在他心里，婉儿是十分懂事的大家闺秀。将军夫人身体不好，她从很小的时候开始就一直在照顾夫人。前段时间，因为南北政争，呼延叔遭到猜忌和打压，心情压抑，全家上下就只剩下婉儿一个人还有银铃般的笑声，给这个沉闷的将军府增加一些温馨和轻松。其他大部分时间，将军府基本上都是死气沉沉、晦气深深，没有多少欢声笑语，也没有往日的宾客如流。

逐渐恢复的记忆让他又牵挂起裕华厂的生产和几百号工友的生计，可是浑身无力，伤口仍然隐隐流血，连半点自由行动的力气也没有。祖家只能双眼微闭休息。

恍惚间，他听见有人在轻轻地呼唤自己的名字。他慢慢张开干裂的嘴巴，香甜的米粥缓缓流入他的腹中。

"吉人天相，幸亏这刀伤稍微偏离半寸，否则伤及要害，后果不堪设想。不过少爷不必着急，多躺些日子，伤口就会慢慢愈合。想当年咱年轻时，刀口舔血，多少次死里逃生都挺过来了。那些流血的战争好像就在昨天。哎，婉儿你还是少喂他些粥，战场上出来的人都知道，负伤后不能多吃，免得他肠胃不舒服！娸儿姑娘去哪儿了，她怎么不在这儿。"呼延冲送走洋大夫，并仔细地叮嘱他关注病人受伤情况，又多给些钱后，才放心地让他走。当呼延将军返回祖家卧室时，看见婉儿正在给祖家喂粥，便提醒女儿注意病人伤势，还不能多吃。

"知道了，爹。这么重的伤，昏迷三天三夜，刚刚醒来，吃得太少，他哪来的力气恢复身体。"婉儿轻轻地用丝帕沾去祖家嘴角的残粥，"丫鬟们粗手粗脚的，只怕会弄痛了他的伤口。"

"听爹爹的话，少吃才能好得快。"

"呼延叔好，又给您添麻烦了。"祖家本想起来给他尊敬的长辈行礼，可虚弱的身体软绵绵的，根本不受他的指挥。

"三少爷不必客气，你就放心在这里养伤，没人敢打扰你。我与黄老将军是故交，他对我有知遇之恩，对我们全家有救命之德，贤侄现在遇到点意外，正好给我们全家报恩的机会。你尽管放心在这里住，跟你自家一样，想住多久就住多久，不要有半点的客气和拘束。等你伤好后，我还想跟你再继续喝酒下棋呢。"呼延冲劝祖家千万不要多礼，放心在将军府休息养伤。

祖家吃力地咽下米粥，想感谢将军的照顾，并示意婉儿扶他坐起来。"呼延叔叔既然把侄儿不拿外人看，侄儿心里自然是没有半点的拘束，只是给你们全家平添了许多麻烦。"

"不麻烦，平日里想邀请你来跟我说说话，怕你做大事忙，苏州上海两边跑，影响你的生意。我现在是个没用的人，寂寞得很，只怕你不来麻烦啊，婉儿你说是不是？"呼延冲道。

"爹爹看见你的伤口，又听单师傅急切的交代，知道你是做了不一般的大事，出了一点意外，就没有请中医大夫给你治疗。请了一个熟悉的洋大夫，是个专门治疗伤病的，他们军队里好多受伤的士兵都是他给瞧好的。"婉儿道。

都说军人是粗人，呼延冲不是。他把知道祖家受伤的人控制在最小的范围内，立即打发走了上司送给他的三个妖精女人，其他人根本无从知道和打听得到将军府有外伤病人。平日里婉儿她娘经常生病，他们家时常有医生进出看病，其他人已经习以为常，不会产生怀疑。祖家内心里十分感谢呼家人，便又情不自禁地多看了婉儿姑娘几眼。她红润白皙的脸上，隐约有一对浅浅的酒窝。

接下来的几天是伤口愈合的关键期。婉儿一有空就不离开祖家左右地照顾他，在他清醒的时候给他说些将军府里的故事，读最新的报纸，打发他无聊的时间。

"这些天所有的报纸新闻都在说虹口仓库爆炸的事情，听说烧毁了里边的全部'药品'，烧死了好多人。"婉儿这天对他讲道。

"药品？报纸上都是这么说的？"他表情惊奇。

"不是药品，还能是什么，军火不成？"她警惕起来。

"是……不可告人的东西。"

"是另外一种特殊东西？"

"不说也罢，免得让你害怕。"他若有所思。

"你真是小看人，将军的女儿是吓大的？你就快说吧，这又没有外人，看我心里想的与你说的是否一样。"

"好吧，告诉你也无妨。"

"哎，你的伤口还没有好，今天说的话够多了，还是躺下休息吧。"婉儿劝他道，她不想他马上告诉她答案。

"告诉你一个秘密，被烧的是'福寿膏'，就是害人的鸦片烟！报纸上还说些什么。"祖家显然对那些虚假的报道不满。

"天上飘下的气味让爹爹早就猜到是害人的鸦片烟了。你们为民除害，真是大快人心。"她轻轻在他耳旁道。

"这是你的真心话？"

"这是我们全家人的真心话，全中国有良心人的真心话！"

"报纸上还说些什么？"

"报纸上说什么的都有。有说是仓库老化，自然起火。有说是药品商老板为了打压对手，故意引起大火的。也有说是内部人晚上巡查，火把不小心引起大火的。反正现在的上海滩，乱着呢，真真假假，虚虚实实，哪有什么准信儿。报纸又都是些墙头草，还不是为了讨好读者，为有钱有势的人说话。"

"报纸越发没有底线，难道它们都不敢说是鸦片烟土吗，为什么不敢揭发幕后的元凶坏人。"祖家不平道。

"刚开始有说是烧的鸦片，因为烟土味道特别。但好像是说郑将军发布命令，说鸦片在前清都已经禁绝了的，现在的上海滩也不可能有。烧毁的是救人性命的西洋药品，还有军队的重要物资。于是上海的所有报纸都改口说是烧的药品，纷纷猜测这么宝贵的东西，怎么会在仓库里起火呢。"婉儿轻轻道。

原来是狡猾的郑将军对上海所有的报馆施压，他不想天下人指着他的脊梁骂他，他高压治理下的上海滩，依然是鸦片泛滥，他替洋主子干着荼毒百姓的勾当。他是个伪君子。报纸是喉舌，新闻是舆情，他要牢牢控制住喉舌和舆情。

而在虹口的日本"和之丸"商会里，因为如此重大隐秘的商业行动失败，让商会损失惨重，大和民族在上海滩的脸面荡然无存，引起日本本土东京的严重不满。东京方严厉斥责加藤太郎会长的无能，让他无论如何要显示大日本帝国的威严，责令他必须尽快抓到幕后凶手，千方百计挽救帝国的声誉，尽快恢复更大的经济和政治行动。

就在仓库爆炸后的第三天，加藤太郎脸色凝重，环顾在他左右参与福寿膏走私行动的诸位核心成员，命令他们"必须查找出案情真相，缉拿凶手，务必反省"后，便谢绝了任何人的打扰，把自己独自关在房间内。留声机内播放起日本关西地区的音乐，这是他从小到大最习惯听的声音，一直伴随着他从日本来到中国，伴随他加入为日本利益服务的黑龙会。他在中国东北驻军三年，因为头脑灵活，意志坚定，武功又十分了得，被选中作为日本商会在上海利益的最高代表。

"伊哟嗨，伊哟嗨。"他内心反复念叨着小时候的家乡音乐，在美妙和熟悉的声音中，不停地擦拭着他最爱的"关西红"——一把他晋升为将军时天皇陛下亲自为他授予的军刀。突然他停止了擦拭，面朝日本国方向三叩首，双手紧紧地握着他挚爱的军刀，让关西红深深地刺入他自己的腹腔，并使劲左右切割。按照日本人失败后应该受到的传统惩罚，他剖腹自尽，慢慢地栽倒在地，实现了他效忠日本天皇的诺言。

加藤会长切腹自尽的事情虽然秘而不宣，但还是引起上海租界势力最强国法兰西的注意。他们用调侃和嘲讽的口吻，在《法兰西邮报》说加藤太郎会长回日本"效忠"去了，让上海乃至整个东京的日本人都感到十分羞辱。东京方面立即做出部署，物色更有实力的人物尽快赴上海就任。

在祖家外伤治疗期间，四姑娘通过与朱孝七聊天知道，裕华厂一切生产经营活动都很正常。前几天苏州的裴爷为采购桑园的物资，以及修补破损的运输船，曾短暂到上海停留，但是他想见到的少东家却没有看到。单师傅怕引起别人的误会，给祖家平添不必要的麻烦，便推故告诉裴爷：

"三少爷刚好这几天参加商会活动，都是上海滩有头有脸的大人物，好不容易聚到一起，相互沟通商机，看能不能找到都能发财的大生意，回来的具体时间不确定，裴爷您就多待三两天吧。"他认真地对裴爷说道。

单师傅希望内心敬重的裴爷以后能原谅自己善意的违心托词。刚好四姑娘也来裕华缫丝厂取东西，看到不会说谎的单师傅编造如此蹩脚的谎言，索性和朱孝七一起邀请裴爷吃上海菜，并且准备为他登记上好的客房，让他多等几天，一定会等到三少爷回来的。可是裴爷很是节俭，不想浪费，苏州桑园事情又多，他不想在上海滩花费过多的时间和金钱。

"小火轮轴承已经修好，该买的东西也置办齐了，我和祖文一并回去了，还得尽快安排桑园冬季养护的事情，就不过多耽误时间。你回头告诉三少爷，桑园和秋茧收成都好，这次来呀把明年春茧生产的事也办妥了，免得他牵挂。看到这么好的缫丝厂，真是给我们大家鼓劲长脸，我们桑园的生产更有信心了。有空也请他回苏州看看，那边有我，他姐姐和姐夫，老管家和祖文祖武都在，保准不会出事，请他一切放心。"裴爷对四姑娘和孝七说道。

众人一直把裴爷送到码头离去，也没有敢向他透露半点有关祖家受伤的事情。关于祖家意外受伤治疗进展情况，因为是单线联系，众人中只有单师傅知道实情。

送走依依不舍的裴爷后，四姑娘约单师傅带她到将军府，她想尽快看到祖家，知道他伤势恢复的进展。她已经有半个月没有见到他了。她有满肚子的话要跟他说，特别是把烧毁害人的福寿膏，炸掉贺麻子秘密仓库的好信息，以及社会舆情等通通都告诉祖家。经过几番通报和传达后，他们终于见到卧床养伤的祖家。经过西洋医生的精心治疗，他的伤口逐渐愈合，精气神都好多了。四姑娘十分高兴，一颗悬着的心终于踏实了。她偷偷地告诉他：

"尔东先生马上要回来了。"尔东先生是革命党人对原沪军都督陈其美的代指。潜伏在沪的革命党及其支持者，对郑汝成将军的残酷镇压和肆意淫威非常痛恨，纷纷在暗处四下活动，争取早日平安迎接在东瀛"考察学习"的陈都督回来，是革命党人的共同强烈心愿。四姑娘积极活跃，对她所信仰的主义忠贞不渝，哪怕只剩下微弱的力量，在强大无比的对手面前，她也从来没有丧失理想和追求成功的信念。

"心有多大，理想就有多大，走得才有多远"，他对她暗自评价。对她忽然能来看望自己非常高兴，既欣赏她的不屈不挠、不折不扣的处事风格和追求成功的愿望，又担心她激进活跃、矢志不渝的举动，在乌云密布的时候，会遭到无情且看不见的摧残和打击。

"小心驶得万年船，诸事不可强逞头，要多与宋、白两位老师商量沟通，踩实后再行动也不迟。"他对她叮嘱道。不过他知道她很要强，现在未必会听得进他的忠告，便岔开话题：

"如果再有福寿膏运到上海，你们经济调查科会第一时间知道吗？你们会采取什么行动？"他问道。

祖家平时虽不说自己的政治主义是什么，但对正义的事情，个人急需的帮助，从来都是记在心中，千方百计真情实意地想扶持别人，把所托事情做好，惩恶扬善从不含糊。

"本姑娘从来不回答假设性的问题。你想替天行道，先得把自己的伤养好再说。"她太知道他的为人。"最近大姐夫倒是遇到了难缠的事，很难抽身自由行动。"她又继续补充道。

"威风豪气的老大，有什么事能难倒他，我真就不信！只怕天上的神仙才会让他烦恼吧。"他笑道。

"狗屁神仙，是他的顶头上司，行动队队长，一个阴险狡诈的家伙罢了。"她道。

"我最怕阴险狡诈的人，好人跟他们打交道，往往都会摔跟头吃大亏？"祖家皱起了眉头，"不过大哥也非等闲之人，他一定会逢凶化吉的。"

"这次非同一般，怕是不容易解套。"她忧虑道。

"非常之人，必做非常之事。"他对大哥倒是很有信心。

四姑娘又与他说了许多武昌老家的事情，以及同学故交在上海的生活工作情况。同学们倒是时常联系，只是人数越来越少，但无论是谁有事，大家定是会全力帮衬提携。如有机会将来也一定会介绍同学们给祖家认识。现在只盼着他伤好，烧毁福寿膏的事情，日本人最好永远也别想知道。但东洋人是何等的厉害与狡诈，深耕东北，布局全国。他们想夺取东北亚的大陆地盘，成立了一心想夺取中国黑龙江地区的强力组织"黑龙会"。中国内部没有它窥探不到的情报，以后给祖家带来巨大伤害的也是它。不过这是后话。

正在四姑娘与祖家说话的间隙，婉儿姑娘端着药进来了："不打扰你们说话，只是别忘了趁热把药服下。"她放下药碗，微笑地说道，准备离开房间。婉儿上身穿黄色丝绸短衣，肩披一条白色的丝巾，着黑色裤子，脚穿绣花呢绒鞋。

"婉儿小姐辛苦了，这么多天不分白天黑夜精心照顾祖家，我们大家心里真是十分感谢。常听人说起婉儿小姐能干漂亮、知书达礼，在我面前的可是比传说中更干练、更漂亮呢。"四姑娘夸赞婉儿道。

四姑娘听人说起过呼延将军的独生闺女，从小招人喜爱，懂事漂亮，是将军夫妇的掌上明珠，顶在头上怕摔着，含在口中怕化了。以她高贵的出身，本是被众人侍奉宠着的主儿，没想到她竟无半点骄横的样子，时常亲自煎药熬汤给祖家服用，令四姑娘十分惊喜，内心感动于她勤勉照顾祖家的举动。

"这位是李姐姐吧，常听三少爷说起你，本事可大着呢，我比你小四岁，以后我能不能叫你四姐姐呢？"婉儿道。

"当然可以，以前曾经有人叫过我四姐姐，可那都是几年前的事情了，这些年再没有人这样叫过我。"四姑娘突然想起以前五妹小的时候，经常缠在她身边找她玩。如今她身陷贼窝，不知又要遭受多少罪孽。想到这些，四姑娘心里一阵酸楚，好像又回到以前与五妹在一起无拘无束玩耍的日子，令她更加喜欢眼前这个能干嘴甜的婉儿妹妹。她俩仔细地聊起了祖家的伤口变化，饮食习惯，反倒是冷落了祖家，让他没有插话的机会。两位姑娘说了许多的话，这时天色已晚，四姑娘不得不与祖家道别：

"有婉儿小姐照顾，我们大家都很放心。"她言有所指道，并祝福他早日康复，还有许多的人与事等着他去处理。

祖家因为是外伤，经过洋大夫的仔细治疗，以及婉儿家人的精心照顾，逐渐已能下地走动。这天上午，将军府内，阳光明媚，鸟语花香。婉儿用特制的手推车，推着祖家来到后院，在一处花坛边，停下脚步，顺手摘下一朵盛开的菊花，轻轻地在鼻尖上闻了闻，淡淡的幽香浸透全身。她把菊花放在祖家手里，"躺在床上够闷的，不如给你讲个楹联笑话吧。"

祖家正陶醉于花园的景色，正不知要怎样开口，乐得她主动要为自己讲笑话，便说悉听尊便。但听婉儿道：

"广西洪秀全洪天王手下有个叫陈细怪的蕲春县人，先中约士，又任掌书，喜抑强扶弱，擅诙谐讽世。一天，几个乡绅要考考他的真本事，想让他在众人面前出丑，拿他开心看笑话。陈细怪也不害怕，略作沉思，提笔写道：

有典谟，有训诰，尔小生仔细观来勿谓戏无益；
曰喜怒，曰哀惧，彼女子百般做出总要人称奇。

文笔功夫自是了得。几个乡绅只得灰溜溜走了。只是他参加天国斗争后，妻子张氏独掌家计生活，不幸染重疾去世，等他回家时看到妻子骨瘦如柴的尸体，年幼的孩子正在旁边放声大哭，他止住眼泪，呵斥住痛哭的幼子，只是写了两副挽联：

油也无，盐也无，把你苦死了；
儿不管，女不管，比我快活些。

第二副是：

跟我半生，可怜薄命糟糠竟归天上；
嘱卿来世，不是齐眉夫妇莫到人间。

言及此处，因为太过投入，婉儿因陈细怪妻子的悲惨命运竟有些哽咽。祖家不忍，深深地闻了闻手上婉儿给他的菊花，"我也有一副春联故事，不知你可否想听。"

婉儿立即化愁为喜，示意他赶快说与她听。

"说是东晋书法家王羲之乔迁到新家后，挥毫写了一副春联，'春风春面春色，新年新岁新景'。因为他名扬四海，一字难求，转眼间，春联就被人顺手牵羊'收藏'了。只得再写一副，只是仍过夜即失。眼看春节将至，家人十分着急，王羲之心生一计，先贴一半到门上，只见写道：

福无双至
祸不单行

这不祥的春联果然没人偷走。年初一早上，王羲之将另一半粘贴续后，即成：

福无双至今朝至，
祸不单行昨夜行。

街坊邻居无不拍手称妙。

"看来大书法家不但有写字功夫，更有超凡的心智，怪不得会流传千古至今呢。"婉儿道。

婉儿为他又讲了几个楹联笑话。他回敬了几个商场老板的个人怪异嗜好，惹得她不停地咯咯大笑。

他忘记了外边的凡事俗物，欣赏她的单纯善良。她敬重他的才华，做事的不凡。他们相谈甚欢。

"不管怎样，真心感谢你这么多天对我的照顾，给你家增添的麻烦，我一定会报答你们的。"他缓慢道。

"三少爷言重了。记得辛亥年时，武昌城破，父亲兵败落难到你家，黄伯伯不怕落下藏匿逃犯的罪名，保全了他的性命，还寻找到母亲和我，让我们全家得以团聚，之后在你们家吃住了很长时间，这是多大的恩情。常说'滴水之恩当涌泉相报'，我们全家自然是终身铭记在心。婉儿才照顾你短短的十几天，又何足挂齿呢。"她道。

婉儿心地善良，知恩图报，让祖家内心十分感慨。这个乱世有多少势利之徒，只看重个人私欲，哪管别人的悲伤痛苦，踩着别人的头颅前进，还嫌人家脑袋硌着脚疼。更难得的是她身为将军之女，有多少名门望族有权有势的公子哥儿，千方百计想讨好她，她都不为所动。

"少爷是个有理想、有抱负的人，知道你平时很忙，今天就你和我两人，我能以后不叫你三少爷，叫你祖家哥行吗？"婉儿道。说到最后几个字时，她的声音有些微弱，但祖家听得清清楚楚。

从第一次见到她，到最近自己伤病卧床不起的日子里，他渐渐感到她对自己莫名的注意与好感。但他不能有半点的非分之想，去亵渎这么善良的姑娘。自己所从事的经营事业并非基础牢固，树大根深，稍有不慎就有可能前功尽弃。本来是到苏州寻找五姑娘，可光阴荏苒，五年过去了，至今仍音信全无，没有完成从武昌到上海对四姑娘许下的承诺。而烧鸦片、炸仓库的行动，已深深得罪日本人。纸终究包不住火，逐渐露出獠牙、狡诈凶狠的日本人，绝不会放过他。但他又不想直接拒绝，伤害她单纯善良的心，想到这些他略作沉思道：

"小姐身为将军之女，而我一介草民，在只有你和我单独相处的时候，兄妹相称倒是无妨，我也希望自己有个好干妹妹。"

"你是新式的文化人，在商场摸爬滚打这么多年，见多识广，怎么会有那么多繁文缛节的混账想法。"她不屑道。

"你是个很好的姑娘，将来一定会明白我的意思。"他道。这时他脑海中闪过四姑娘的眼睛。

二人顿时默默无语地赏花观景，但彼此内心里已经为对方留下空间。她对他的牵绊，更多于他对她的想念，但他不想伤了她的心。

他们二人在花园的亲密交谈行为，早被婉儿的父母看在眼里，记在心中。自从祖家负伤那晚被单师傅悄悄送进府里，二老就偷偷仔细地观察他俩的行为。婉儿娘通过祖耕，知道了祖家的生辰八字，让丫鬟悄悄到"土地庙"为二人姻缘抽签打卦。寺院高僧仔细察看他们的生辰，被抽出来的竹签又分明写着他们二人前世今生是上好姻缘，属上上签。不过因祖家在伤病中，二老不便急于说出他们二位年轻人的终身大事。另外现在社会虽然讲究婚姻自由，对孩子们选择终身幸福伴侣，不能再任由父母包办。报纸上成天嘲笑和讽刺指腹为婚、收童养媳和父母包办姻缘的悲惨事情，对呼延家社会地位这么尊贵的人家来说，有多少双友善或是心怀叵测的眼睛盯着他们家。尽快适应新社会、新环境的要求，让他们不得不小心翼翼地处理好与上司和同僚的关系。在上海滩这个只认实力与手段，不计功劳和亲情的地方，每一步都必须走稳走好，否则一不小心为政敌落下口舌，必将会为全家带来危险和灾难。因此呼延将军与夫人商量后，决定由祖耕来征询祖家的意见。男方父母不在身边的时候，由大哥代行长辈职责，也是人之常理，情有可原。

祖耕内心里显然十分乐意三弟与呼延家结成百年姻缘。婉儿小姐虽贵为将军之女，但没有半点高傲纨绔之气，博学多识，聪明能干。能娶到这么漂亮的姑娘，不知是三弟前世修来多大的福，只怕是别人打着灯笼也找不到的美事。祖家是有些胆略本事，从武昌一路打拼到大上海，变成了有头有脸的大商人，结伴有巨贾，出入有豪车。且他年轻有为，胆识过人。他俩若能结成连理，比翼双飞，那实在是般配不过的好事。有几次在探望祖家时，因他伤势严重，洋大夫用麻药让他昏睡过去。在处理伤口时，他看见旁边的婉儿心痛得都偷偷流下眼泪。在祖家苏醒的时候，婉儿又擦干泪水，特别仔细地照顾他。可以说没有婉儿小姐的精心照料，克服了许多病人的不便，祖家不可能很快恢复健康。通过许多事情，祖耕知道婉儿内心也是十分喜欢祖家。成人之美，何乐而不为，何况双方是自己的亲弟弟与曾经顶头上司的女儿。祖耕于是自作主张，并没有经过病榻上祖家的同意，悄悄地向武昌老家发去电报，说是三弟即将定下姻缘，叫父母尽快来上海参加祖家的订婚仪式。当然电报的字里行间，没有透露祖家负伤的半点消息和要定下的女方是谁。

远在武昌的黄老将军拿着电报，仔细地阅读起来。时间无情地洗刷着人间的一切美好东西，老将军头发花白，比五年前更显苍老。针对电报内容，老人家在园内踱步考虑良久，沉思半晌后，才让人找来二儿子祖读。祖读已身为当地保长，老将军对他道：

"你大哥在电报里说，老三要在上海定亲，希望为父和你母亲能去上海，与未来的亲家公见面，你看为父该如何处理？"

祖读惊喜道："三弟要成亲，这是好事，他出门也有五年时间了，作为父母理应去才对，只是二老年纪……"

老将军故意不看他，轻轻地清了清嗓子，"你呀，凡事要多想想，为父年近古稀，体衰多病，哪还有精力千里迢迢去上海，还不要了你爹娘的老命啊。你大哥阅人无数，做事老成圆滑，听说在上海警察厅也是能办差的人，自有分寸。作为家里的长子，由他代为父处理与未来亲家公的事情应该没有问题。不过为显示我们家的诚意，不管多远，我们这边还是应该有人出席定亲活动，才不算失了礼数。"

"是这个道理，可是爹爹年纪大了，谁去合适呢？"祖读道。

"只有你去比较合适。现在你尽快处理好手里的事情，后天与黄五老管家去上海一趟。路过苏州时，记得去看看你祖传妹妹和你妹夫，以及老宅的房叔长辈。我是不打算再回苏州了，怕给那边的老祖宗丢脸难看呐。"黄老将军道。因为送信和其他一些事情的缘故，管家黄五和他的大儿子祖文刚从上海回到武昌。

"爹，您又提起了那件事，都这么多年了，又不是您的错，怎么老是'那边那边'的不吉利。您老一辈子肝胆正气，铁骨铮铮，谁不佩服您呀，别老是说些丧气话。这么大个家，大哥、三弟又不在您身边，外边又不太平，老管家如果也被您打发出去了，身边没有好使的人，我怎么能放心去那么远的地方？"祖读无不担忧道。

"无妨，为父虽然年龄大些，但脑子还算清醒，不比你们年轻人差。在家里有你娘和你大嫂她们在，华儿也长大了，好使着呢，乱不到哪儿去。再说你去前后也就个把月时间，天塌不下来。"老将军自信道。

华儿是祖耕的大儿子黄纬华，已经快有十七岁了，勇敢机灵懂事，时常在家帮忙。知道父亲下定决心的事情别人很难改变，祖读不敢再劝他，自去妥当料理保长公署差事，和处理家里急需他做的事情。祖读做事一向谨慎小心，每件事情必定是亲自过目，全程参与，才会放心。把公、私大小一切事务安排妥当后，又叮嘱纬华侄儿和其他人许多事情后，才稍微放心地带着管家黄五准备去上海。

"老二，你就放心走吧。你爹虽然年岁大了，身体结实着呢。家里还有华儿和祖文他们照应，不会有事的。你短则一个月，长则两个月，春节前一定会回来的。在上海见着你三弟，就说本来应该是你爹去见未来亲家公的，但是我们俩年纪实在大了，多有不便，还请亲家公见谅，也请你未来的弟妹见谅，你爹只求早点抱孙子呢。"黄母道。她又千般叮嘱黄五路上小心照顾好二少爷，说他没有离开过武昌，眼界窄，在亲家公面前说话做事提醒他不能失了分寸。

黄五管家五十多岁，许多年就在老将军身边办事，将军对他十分信任。他的两个儿子从小在他身边耳闻目染，也逐渐养成了做事忠诚、为人可靠的好家风。老大祖文在黄府照顾老东家，老二祖武常在桑园走动，身兼漕运船队队长，与裴爷等一起打理祖家创业起家的千亩桑园和蚕茧养殖，并时常会回到武昌运送其他货物。幸得二人都孝顺诚实，吃苦耐劳，把经手的所有事情都打理得井井有条，没有发生大的失误。管家黄五经常往返于苏州、上海和武昌之间，见多识广，经验丰富，遍地皆有熟人朋友。

"老将军、夫人，请放心，我一定会照顾好二少爷。这条路我这个老家伙不知走过多少次，认识不少熟人和朋友，他们看在我这张老脸上，不会为难少爷的。依我看春节前一定会顺利返程。到了苏州那边顺路带些三少爷桑园的新蚕丝和新谷回来，咱们府上过年都能穿新衣、吃新米了。"黄五满脸恭谦地回答夫人的话。他眼界开阔，思路活络，对东家忠心耿耿，办事从来都是小心谨慎，绝不会让老将军担心。

将军也不多说，在码头上挥舞双手，示意他们可以上船出发了。祖读别过父母、妻子、嫂子、侄儿和全家上下许多送行的人，乘船与管家往上海去了。码头上起风了，老夫人为将军轻轻地披上风衣，二老一起目送祖读乘坐的船渐渐消失在滚滚的长江尽头。将军是个开朗乐观的人，他脑海中突然想起自己年轻时走南闯北、刀口舔血的许多事情，犹在昨天，可自己已经变得苍老，经历人生无数的沧桑巨变，口中不禁轻轻地吟道：

> 滚滚长江东逝水，浪花淘尽英雄。是非成败转头空。青山依旧在，几度夕阳红。白发渔樵江渚上，惯看秋月春风。一壶浊酒喜相

逢。古今多少事，都付笑谈中。

"江边风大，老爷子，我们回去吧。"老夫人劝道。

"你没有问声黄五，未来三儿媳妇是谁，我们认识吗？"老将军悄悄问夫人道。

"黄五支支吾吾说不清楚，反正三儿身边有不少好女孩子。"老夫人道。

而远在长江最东头的上海滩，在一个不起眼的里弄内，昏暗的灯光照射在四姑娘脸上，她和白老师正在仔细地聆听宋老师讲话。宋老师经过半年多的治疗和自我艰苦练习，已经逐渐能独立行走。只听他道：

"接上级组织命令，近期陈都督要秘密返回上海，主持沪、浙乃至整个华东地区的革命工作。上级要求我们所有潜伏在上海的党内诸位同志，要努力工作，尽量多地联系失散的革命战友，团结一切可以为我所用的工商界朋友，为革命事业筹措更多的经费。打个简单的比喻，要想强壮自己的力量，就得先强健自己的身体，才能与可恶的袁党走狗，以及他们的代理人决斗。这是上级对我们的要求和信任，也是我们经济调查科的光荣使命。我宋晋与白志明大难不死，必会更加勤奋地工作，才不枉在人世间走一趟。更多地为陈都督抵沪做些事情，才能为众多蒙难志士弟兄们复仇。他们的泪不能白淌，血不能白流，我们所有现在还活着的人，都有责任和义务让他们在九泉之下含笑瞑目，让我们的子孙过上没有压榨、没有不公的新生活。"

从宋老师坚毅执着的目光里，四姑娘看见了希望。仿佛看见千千万万的穷苦大众，紧密团结在一起，过着自由自在的生活。这坚定了她为美好的明天而努力进取的决心。希望总在明天，坚持就是将来，这种信仰是她砥砺前行的不竭动力。

宋老师继续道："在这里，我以一个临时负责人的身份要求你们，白志明同志继续积极与失散的我党我派人员联系，打探和救援更多身陷囹圄的同志，不断保存壮大我们的队伍和力量。李采薇利用经济调查员的身份，转圜于各阶层中，尽可能了解、掌握和接触在沪的工商界大佬，以点带面深入挖掘，拉拢和筑牢支持和同情我们的商界巨贾，厘清反对和破坏我们事业的顽固分子。前二者是我们筹款的基础，必须积极稳妥建立好与他们的纽带关系。后二者则非我党我派支持者，必是敌人的经费来源地，要十分注意提防和引导，避免他们过多过快成为破坏革命的绊脚石。我会尽量多用'江上游'的笔名，发表祖国壮丽河山美景的游记文章，唤醒国人自信美好的决心。希望那些不愿做奴隶，不愿弯下脊梁生活的千万同胞们，都能睁大双眼，跟我们一起打豺狼，反对清朝，反对袁党，为革命胜利的尽快到来贡献力量。"宋晋情绪高涨，稍作停顿环顾他们二人后，继续道：

"陈都督能不能顺利抵沪，能不能在沪站稳脚跟，靠我们大家并肩携手努力创造。每人一点火种，最后必将形成革命的熊熊大火。来，让我们为胜利的那一天早些到来而坚守信念，勤勉工作。"宋晋满腔热情提议道，并起身紧紧地拥抱另外两位同事。

"现在的上海滩还在郑汝成这只恶狗手上，诸位行事还是小心谨慎些。除非特殊情况需要，千万不要暴露自己的身份，为革命事业带来不必要的损失和麻烦。"他继续提醒道。

四姑娘耐着性子听完宋晋的最新工作安排，才转身从旁边端起一个捂得严严实实的汤锅道：

"小女子自然是遵守上级的命令。不过呢，二位老师也得听我一句话。知道你们成天为革命事业日夜操劳非常辛苦，顾不上照顾自己的身体。也是我身边的朋友细心，专门给你们炖了一锅羊肉汤，顺路买了几个烧饼。汤还是热的，你们能不能边吃边谈革命工作呢！"

"羊肉汤？好东西，真香啊！馋得我都流口水了。你哪个身边朋友，是非梦姑娘吧，我有幸吃过她做的饭菜，地道的苏州味，叫人终生难忘啊。"白老师听说有美味的羊肉汤喝，便急不可耐地动起手，抢先打开汤锅盖子，满屋顿时香气四溢。连平时一向严肃拘谨、沉默寡言的宋老师也露出了难得的微笑，"那就麻烦采薇老师为我也盛一碗，我可有些时间没有尝过肉味了。整天像老鼠一样躲在这个阴冷潮湿的地方，机器也得生锈，是该保养一下了。"他自嘲道。沉重的日常革命工作压力，这一刻才在他们身上得到稍许的放松。

美滋滋地嚼着一块羊肉，白老师惬意地对四姑娘道：

"老宋的眼睛最近瞎得厉害，能不能下次让非梦丫头炖点鲫鱼汤给他喝，听说能明目养脑。"

"这个不难，我明天就叫非梦熬一锅带来。"四姑娘保证道。

"另外我有一个小道消息说'小狮王'特别迷恋你，经常找各种机会接近你，都被你给拒绝了。他可是含着金钥匙出生的，跟他好以后有穿不完的金缕玉衣，天天都会有山珍海味吃，肯定比羊肉汤还香。"

白老师所说的"小狮王"是指上海滩丝绸业大亨"老狮王"的小儿子梅焘。老狮王与大公子现在率领上海的工商界大亨，正在英国伦敦考察丝绸交易所，还没有回国。小儿子梅焘从东洋留学归来不久，在一次朋友聚会中偶然遇见四姑娘，便被她婀娜的身姿、姣好的面容以及一双葡萄般的乌黑大眼睛所迷倒，千方百计想接近她，认识她，讨好她。

四姑娘这些天正被"小狮王"像苍蝇一样缠着不放，被白老师这么不经意一提，便气不打一处道：

"有钱就能无耻！分明就是一个纨绔子弟，仗着家里有钱有势，又喝了些洋墨水，到处招摇撞骗，寻花问柳。一个花花公子放的屁，都能在黄浦江上掀起巨浪。就他那个德行，在上海滩竟然也会小有名声，今天聚会，明天剪彩，那么多人想巴结他，像哈巴狗一样跟在他身后，都是什么世道！宋大作家你给评评理，见到漂亮女孩子就张牙舞爪，原形毕露，这种人恶心不恶心，谁愿意与他交往！除非是白痴，要么就是对他另有所图。"

想到陈都督马上就要返沪，没有强大的经费支撑是不可能实现既定的革命主张。军事、政治、民生以及其他日常革命活动，都需要巨额的资金，利用"小狮王"这个大金主，积极结交上层工商业巨贾，能为革命事业带来莫大的好处，宋老师心里暗暗盘算着。要是强行要求四姑娘与小狮王交好，可能会遭到她的极力反对和不满。以她直率要强的性格，定会引发极为恶劣的叛逆结果。何况她心里还有一个黄家少爷，此事得从长计议。想到这些，宋晋淡淡道：

"'关关雎鸠，在河之洲；窈窕淑女，君子好逑。'谁让我们的李老师天生这么迷人，讨人喜欢不是她的错。引起别人关注与好感，是许多像她这个年龄的女孩子梦寐以求的事情，只要能正常地处理好双方的关系，谁会拒绝结交更多的朋友呢。"

"谢谢关心。本姑娘就是觉得科长说话比某些人有水平，书上叫'耳顺'是吧。"她话有所指地想要奚落白志明。

"哎，总是忠言逆耳，良药苦口，不说也罢，免得下次没有羊肉汤喝了。"白志明自嘲道。

十二月二十四日晚，西方的平安夜。在虹口一幢英国商人的别墅里，正在举行盛大的平安夜酒会，商贾巨富，社会名流，齐聚一堂，热闹非凡。别墅的主人热情招呼所有宾客敞开喝酒，一起高兴跳舞。在盛大的舞会人群中间，"小狮王"看见了四姑娘婀娜美妙的身影，这意外的惊喜令他魂不守舍。穿过熙熙攘攘的人群，好不容易挤到她的身边，兴冲冲道：

"李小姐，恕在下冒昧，能像别人那样邀请你跳一支舞吗？"

四姑娘刚好与一个熟悉的老板跳完一支舞曲，不曾想小狮王就出现在自己的面前，她本能地想拒绝，不料晚会的英国主人操着生硬的中文道：

"Miss Lee，给小狮王一个机会，与他跳支舞吧。你这么漂亮迷人的小姐，配上漂亮的裙子，踩着娴熟的舞步，一定会是今天晚上的主角，我的平安夜晚会一定会是全上海滩最成功的舞会。"并做了一个优雅邀请客人的姿势。

四姑娘见主人极力撮合，左右客人又十分期待，实在无法拒绝小狮王"诚恳善意"的邀请。

"我的'探戈'，不知能跟上'招魂舞'吗？"她故意道。想用日本人祭祀的招魂舞气走小狮王，让他知趣而退。

"这个场合不应该跳'招魂舞'，我们跳你最熟悉的'交谊舞'吧。"小狮王讨好道。

四姑娘不想让主人失望，也记得宋晋的提醒，便不再拒绝小狮王的盛情邀请，二人踏着轻快的舞曲在舞池中穿梭。

四姑娘假装高兴，大大的眼睛望着小狮王。他不能自拔，轻轻在她耳畔告诉她说下个月，他在东洋留学时的同学要来中国公干，到时希望她能参加自己为昔日同窗举行的接风晚宴，并说他的这个同学十分厉害，是专程抵沪破一个什么火灾命案的专员。

"火灾命案？上海滩最近什么时候发生火灾了？"她内心隐隐不安，故意漫不经心地问道。

"不是最近，是半年前虹口方向那个仓库爆炸案，日本的一处货运仓库莫名其妙发生特别重大的火灾，烧毁了许多物资，引起东京方面的极大震怒，要求尽快彻查，找到真相，缉拿凶手。我的那个同学于是就被派过来了。

"那是好久的事情了，记得报纸不是说早就结案，是那个倒霉的仓库自己失火的吗？何况是在中国人的地盘上，关他们日本人什么事。"她道。

"烧毁了许多日本战略物资，当然就涉及日本，也是上海滩的大灾难，"小狮王道，"他可是手段极其强硬的家伙。"

小狮王无意的搭讪，却引起四姑娘的极大警觉，她更想知道有关那个日本专员的详细情况。

"你那么重要的人物，我一个局外人见他干什么。何况我跟你现在也仅仅是舞伴关系而已，拉我去参加你们昔日同窗的接风宴请，你觉得合适吗？不巧得很，我下个月刚好有事，只怕会耽误了你，还是另请佳人吧。"她拒绝他的邀请。

"不……你是最合适的人，是我最喜欢的朋友。我小狮王身边是不缺女孩子，可是没有一个像你这样让我夜不能寐的。到时我提前三天告诉你，专车接送，一定给个面子。"小狮王哀求道。

"下个月我真的有事情要做，分身乏术，你想让我丢掉工作吗？"她再次拒绝道。

"告诉我你在哪里高就，看谁敢让你丢掉工作，我就让他在上海滩丢掉饭碗。"小狮王恢复了霸气。他内心里其实希望她赶快失业，他就可以高薪聘请她在自己的家族公司里上班，甚至是只挂名不上班也行。

她知道梅家在上海滩的手段和伎俩。"小单位，小职员，普通的小工友而已，怎敢烦劳赫赫有名的'狮王'呢。实在不行，改天跟我老板说说，下月看能不能改派其他人顶替工作，给我一点自由的时间。"她轻描

540

淡写地回答，不想过分为难他，也给自己找个台阶，又像是故意的叮嘱，生怕对方忘记通知她。

"谢谢赏脸，咱不说扫兴的话，你已经是我非常重要的好朋友，到时我专程接你，不会让你忘记。记得一定要来参加我的洗尘宴，会有惊喜等着你。"他害怕她拒绝，祈求她一定赏脸。

"哎，你这个人好烦呀，就不能专心跳支舞吗。"她愠怒道。

"是是是，专心跳舞。"小狮王讨好她道。

一直到酒会结束，小狮王都是紧紧地黏在四姑娘身旁，寸步不离她左右，并亲自开车把她送回寓所，才恋恋不舍地离开。等小狮王回到自己的别墅时，一位脸蛋姣好的女子早已在房间等候他多时。这是他的手下按照平日里的习惯，为他专门物色的青楼年轻女子。小狮王借着暗淡的灯光，很快扒光了她的衣服，酣畅淋漓享受着他的淫欲快乐。

第二十章

情义两难　四面楚歌

在黄浦江边的裕华缲丝厂里，尧哥正在组织各车间、各部门中层以上的领班开会。尧哥激情四溢道：

"大家赶快找地方坐下，少东家到了。他最近到苏州处理千亩桑园冬季保养和安排明年春茧的生产准备，今天回到咱裕华厂，还给大家带来新鲜的蔬菜和大米。下面我们以最热烈的掌声欢迎老板训话。"

热烈的掌声，惊喜的会面，轻松的笑容，熟悉的脸庞，让重伤初愈的祖家十分高兴。在朱孝七等人的簇拥下，祖家环顾四周几十位领班骨干，知道他们都是厂里的干将和核心，是整个裕华厂正常运转的链条与纽带。没有他们主动、积极、高效的付出，艰苦的努力，顽强的坚守，缲丝厂不可能在不到一年的时间里，恢复正常的生产活动。现在它已经是通宵机器轰鸣运转、生产井井有条且具有市场竞争力的繁忙大厂，走上了一条持续健康良性发展的康庄大路。就算他多日不在现场，工厂生产也照样运行得有条不紊。祖家打心眼里十分感谢他们诸位的努力和付出，于是忍不住朝热情高涨的骨干们不断挥手，示意大家安静，他道：

"在数九隆冬、天寒地冻的时候，看见大家喜气洋洋、团结向上的精神面貌，你们的热情带动了我的情绪，令我感慨万千。早上看到孝七他们为我准备的经营简报，在我不在裕华厂的这段时间里，厂子仍然高效运转，取得百分之三十的增长，顺利完成天南地北的大小订单，现在已经接下数十份明年将要生产的买家订货需求清单，为裕华厂明年、后年乃至大后年的生产发展奠定了坚实可靠的基础。在此，我黄祖家向在座的诸位，以及所有仍在岗位的工友们鞠躬致谢，真心感谢大家一年的辛苦和付出。"祖家深深地弯下腰。

他接着道："人常说'花无百日红，人无千日好'，早时不打算，过后必将空。希望诸位工友们，摒除一切私心杂念，克服自卑懦弱的心理，牢固树立业精于勤、荒于嬉、成于专、败于怠的思想，再接再厉，百尺竿头更进一步，为明年裕华厂取得更好更大的成绩而继续不懈努力，为诸位钱包的继续鼓起胀大而发奋工作。"

许多工友们其实心里明白，在裕华厂面临倒闭的危急时刻，在他们生存困顿、居无定所的艰难时候，是黄老板挺身而出，雪中送炭，慷慨施出援手，把一个并不起眼、即将倒闭的工厂救活。不但没有裁减一个工人，而且招聘了许多没有土地、濒临绝望的穷苦百姓。在上海滩尔虞我诈、弱肉强食的肮脏之地，裕华厂犹如黑夜的明灯，救命的最后一根稻草，保证了人们生存下去的勇气、提供给他们虽不丰厚，但很稳定的衣食来源。穷怕了的他们内心十分庆幸自己能在裕华厂工作。庆幸有一位年轻、开明、有德和进取的老板。他们于是用经久不息的掌声回报老板的讲话。真是稀罕呀，竟有老板这么热情真挚地感谢他们这些穷光蛋，他们内心更加坚定了长期在裕华厂工作的决心。

在接下来的数天时间里，祖家认真仔细地察看了所有机器设备，与英国工程师约翰逊探讨了设备的维修和改造。安排完朱孝七和尧哥有关资金和人员的管理事情。老板的安排他们都一一牢记在心中。"还有五家，共计三万八千七百元应收款没有收回，对方总是找各种理由推脱不愿回款。"孝七提醒祖家。

"现在应该放下手头事情，抽出一些时间，尧哥和你一起这几天专门去催，哪怕在对方门上等两三天也没有关系。货到付款，这是天经地义的事情，我们没有违背约定，何苦担心对方不还钱。"祖家道。

"不过对方确有特殊困难，暂时无法还款，理由合情合理，能站住脚，有明确的还款时间，你们及时向我汇报，再做灵活处理不迟。"他若有所思地补充道。

祖家投身实业救国大潮的这些年，和自己负伤休息的日子里，逐渐明白做好做大一家工厂十分不易。工厂兴旺发达，天时、地利、人和一样都不能少。同时也往往需要经营者极大的勇气、高深的智慧、天赐的良机、高超的技艺和勤勉的管理等各种因素综合影响。创办一个工厂不易，做成一个健康良性发展的大厂更是难上加难。他不忍心把一个刚刚起步、嗷嗷待哺、有市场潜力而暂时遇到困难的新兴工厂拦腰折断，不想因为资金链条断裂而让它身后的千万家庭受苦。因为穷苦大众实在太需要人们的关心和爱惜，哪怕给予微不足道的一丝一线希望也好。这些年的不懈耕耘，祖家也愿尽绵薄之力帮助需要支持的创业者，使他们都能度过困境，点燃生活的希望之灯。

知道今天二哥将从武昌来看自己，祖家便早早结束工厂的事情，带着朱孝七和单师傅，乘车到江边码头去接即将到来的亲人。他们兄弟分别有四五年时间了，不知二哥最近是否有变化。熙熙攘攘的码头上，大哥和四姑娘已早早地赶到。

"看你小子走路一阵风似的，怕是伤口不碍事了吧。"祖耕特意盯着三弟道。

"谢大哥的牵挂和大家的关心，两个月躺在床上不能动真是难受，现在伤口完全好了，每天还特想吃东西。"祖家压低声音道。

祖家一边回答大哥，一边特意看了看四姑娘。她比以前着衣更显时尚，波浪头、猩红嘴，洋味十足。晨风抚摸着她的长发，她轻轻甩动挡在眼前的一缕头发：

"裕华厂真是个大母鸡，给你产下不少小鸡仔，还能给你带来好运，受伤都有可人儿侍奉。姐夫你说我们的命咋那么苦呢，吃了上顿没下顿，提着脑袋干革命，总是赶不上有些人的发财运桃花运的，人比人真是气死人！"她无奈地对姐夫祖耕道，算是跟祖家打过招呼。

"有些事你就得忍着，不服不行呀。毕竟从阎王爷面前走过，让那小子吃了不少苦。"祖耕吐出一个烟圈向四姑娘说道。

"我要是从阎王殿经过，肯定就不回来了，省得看见缺胳膊少腿的难受。"四姑娘叹气道。

"好死不如赖活着，伤痛差点没把我疼死，身体健康就是福气，这点我比你有经验。"祖家道。他不知道这几个月四姑娘是否又遇到什么难事，让她有苦难言，心情不好。

朱孝七倒是十分亲热地与大哥和四姑娘说话。他们像是分别了许久的老友意外相见，有许多的话要说。祖家与四姑娘反而没有多余的话可说。

"都挺好的吧，宋老师、白老师，还有非梦丫头，他们现在都还好吧？"祖家总算找到了打破冷场的话题。还没等四姑娘搭话，朱孝七惊喜地大声喊道：

"你们快看，老管家他们的船到了。"祖家举目望去，果然是姐姐和姐夫带着二哥坐船到了上海，由老管家黄五陪着，站在船头甲板等待登陆上岸。

兄弟见面异常高兴，有说不完的话和道不完的事。"耕、读、传、家"四兄妹在上海滩聚首团圆，是多么令人愉悦感慨的事情。管家黄五从他们呱呱坠地、牙牙学语开始，就看着兄妹几个慢慢长大，清楚地知道他们每一个人的性格脾气和喜怒哀乐。如今他们都一步一个脚印，坚定地走出了自己的事业，也令这位见多识广、深谙世事的老人双眼饱含泪花。沧桑陪着成长，感慨伴着激动，他只是在心底里深深地祝福耕、读、传、家四兄妹都平安健康、幸福绵长。他示意孝七、单师傅去搬运祖传从武昌带来的行礼。四姑娘则拉着祖传亲热地说话，众人在码头上重逢聚首，十分愉快。

祖耕是长子，常有领袖风范，兄妹五年才聚首确实不易，但在码头长时间说话并不合适，他便扔掉半截烟头道：

"没想到呀，咱兄妹能在上海滩风风光光地聚首，有点做梦的感觉。大家也都别再婆婆妈妈的，以后说话的机会多着呢。今天我请客，啊，当然是老三这个资本家买单，为二弟、三妹、三妹夫接风洗尘。地点在'虹口大酒楼'，当然是全上海滩最好的地点，谁让咱们有个大资本家弟弟，享受有钱人的待遇也是应该的。"祖耕的话最为风趣，大家乐得都依了他。

其实祖耕早有安排，昨天已经订了包房。在服务生倒茶的间隙，他故作神秘地宣布，"马上会有尊贵的客人驾到，宣布最重要的事情。"兄妹相聚本就是高兴的事情，还有神秘的尊贵客人，宣布重要的事情，更是勾起众人的极大喜悦和期待。

"呼延司令到！"忽然门外有人喊道。

祖耕赶紧起身在门口迎接呼延冲将军、将军夫人和婉儿姑娘一行。朱孝七与单师傅则带着将军的数名侍卫到隔壁的房间自行落座吃酒。

黄家兄妹和四姑娘纷纷上前与将军和将军夫人问候，婉儿姑娘也与大家热情地打招呼。祖耕自然让将军坐了主位，自己与祖读、祖家和藤晓年坐了将军右手边，将军夫人、婉儿、祖传和四姑娘则坐了左手边。

"难得世侄们在上海滩团聚，老夫今天就倚老卖老，首先欢迎从家乡远道而来的年轻人。千里迢迢不容易，为他们接风洗尘，我们共干此杯！"

将军坐定，环顾左右生龙活虎的黄家子嗣后首先倡议道。此后祖耕也频频举杯，为将军、将军夫人和婉儿姑娘敬酒，与众人拉话。

祖家感激将军全家在自己负伤期间给提供的周到安排，特别是婉儿姑娘日夜对自己的细心呵护、精心照顾，对她和他们全家有了特别的亲近感，也有一份深深的谢意，席间不禁对婉儿小姐更加亲切了许多。不过令他感到蹊跷的是，明明是自己兄妹团聚的家庭宴会，大哥怎么会邀请呼延将军全家参加，是他要感谢曾经提携过他的老长官吗？还是有其他的目的？不知他葫芦里卖的什么药。不过无论怎样，大家能聚在一起总是一件令人高兴的事情。祖家于是不再多想，频频举起酒杯向呼延将军全家敬酒：

"滴水之恩，定当涌泉相报，非常感谢将军全家对我的悉心照顾，侄儿在此敬将军叔叔、夫人和小姐一杯。"他虔诚道。

"哈……"祖耕大笑，"老三，今天起你不能再叫将军叔叔了，你得叫……"他饮下一杯酒故作停顿，"得叫岳父、岳母。"

"爹爹也是这个意思。"祖读附和道。

祖读、祖传和藤晓年已能猜出大哥请将军赴宴的目的，只是怪他没有事先告诉他们，仅说为三弟的终身大事而来。不过听到出身高贵又聪明、伶俐、孝顺的婉儿姑娘即将成为他们的三弟妹，大家自然也是十分高兴，"本来他们就是天生的一对"，他们这样想着。只是羞红了婉儿姑娘红彤彤的脸颊，虽然大家以前都彼此熟悉，但还是令她心跳加快、浑身冒汗，悄悄把脸躲藏在母亲的身后。

宣布婚娶这件事反倒是令祖家十分尴尬，完全出乎他意料，没有半点的思想准备。他心里已经把婉儿姑娘当成自己的亲妹妹看待，她是那样的聪明懂事，对自己照顾有加。但是如果现在不同意大哥的提议，在众人面前岂不是伤了她的心和呼延叔的面子。如果同意大哥的提议，他又如何面对四姑娘，那个曾经令他怦然心动、心有所属的人。为了她，他一路从武昌来到上海，虽然眼前的她，与在武昌时有一双黑葡萄般干净、纯洁大眼睛的她完全不同，但她依然令他不会轻易放下。何况她一心坚持革命，身陷险境，追求自己心中崇高的信仰，困顿苦楚还需要有人随时提供帮助。如果没有他的支持与照顾，她和她的同志们能独立地工作与生活吗？还能自由自在地畅游在上海滩吗？他满脑子的胡思乱想，一时不知如何回应大哥的提议。因为他本没有丝毫的准备，根本不知道二哥和姐姐、姐夫来上海的目的是什么，只好木讷地应酬着，完全没有往日神采奕奕的风采，失去作为一个大老板面对复杂局面应该表现出来的胸有成竹和笃定自信。

看到三弟黯然失色的样子，姐姐祖传看出了他的心思，也知道他与四姑娘的暧昧关系。在苏州时，他俩都时常黏在一起，祖家处处护着四姑娘，关照着她，保护着她，他最开心与快乐的时候都是与她在一起度过，明眼人都看得出来，他疼着她，她也喜欢她。可是慢慢随着他们追求的方向不同，四姑娘发生了许多的变化，更加洋气，更加醉心于危险的革命事业，逐渐与祖家相处的时间变少。他们对事情的看法角度也发生了微妙的变化。四姑娘狂野时尚，变得连祖传都快看不过去，"道不同不相为谋"，创业者和革命者身份认同的鸿沟越发难以逾越。至于婉儿姑娘，虽是第一次见面，漂亮的瓜子脸，稳重端庄的举止，深深打动了祖传的心。前段时间，也听大哥谈起婉儿姑娘的好，可真人比传说中更让人喜欢。何况她还是世交呼延将军的女儿，身居高位，这对以后三弟在上海滩事业的打拼会有莫大帮助。在乱世中求生存，没有强有力的后台支撑，终究会捉襟见肘、举步维艰，祖传心里暗自思忖。于是她赶紧转向四姑娘，夹起一只大螃蟹丢在四姑娘盘中：

"四妹见多识广，活泼聪明伶俐，你觉得他俩怎样，像不像天生的一对，地造的一双，你看姐姐说的是也不是？"她含笑向四姑娘问道。

当听到大姐夫说起为祖家提亲，而新娘是将军之女时，四姑娘忽然觉得后背发凉，心里有一种隐隐的痛，是她听错了吗？她头脑一片空白。

与祖家长时间相处，彼此已经很习惯了，忽然觉得有一天可能永远失去他，她内心里特别失落与茫然。但她明白，天下没有不散的筵席，祖家为她做得太多，而她已困扰在"小狮王"设的牢笼中太深。祖家是一个热情正直和明辨是非的时代好青年，是当下中国实业救国的坚决拥护者，和最好建设者，是她作为革命先锋，要不惜任何代价全力以赴去争取和保护的对象。祖家幸福就是自己的幸福，祖家成功就是自己的成功，她应该祝福他才对。

"郎才女貌，天作之合，他们当然是天生的一对，盼着他们早结连理呢。"四姑娘微笑着对祖传道，"我已经有男朋友了，他给出这个数的聘礼，我还不想搭理他呢！"她又补充道。想起前几天小狮王缠着她，跪在她面前要娶她为妻的样子，她伸出了一个指头。

"一百个大洋呀！"祖传惊讶道。

"姐，太小看妹妹我了，你再猜。"四姑娘骄傲道。

"一千大洋？"

"是一万大洋，我的好姐姐！你妹妹有哪点不好，被你看不起？"四姑娘故作责怪道。只惊得祖传啧啧称奇，"四妹果然是旺财之人，将来一定会风风光光地嫁出去。谁娶了好妹妹谁就一定能发大财。"

"贤侄你们继续吃酒，将军府下午还有事，我得先走一步。"呼延冲说毕带着夫人和婉儿，面无表情地离开了酒店。

"将军，酒店最出名的招牌菜，'活焖长江刀鱼'刚上呢，您不尝尝就走？"祖耕赶紧劝阻道。

"军务紧急不得不走，你们兄妹自个儿吃吧。"将军头也不回道。

在上海警察厅一间布置考究的房间内，樱花带着另外两个日本浪人，气势汹汹对坐在办公桌后面的人道：

"许队长，我们是上海虹口日本商会株式会社的合法商人，前几个月发生在贵国的仓库失火案，令商会损失惨重，不知许队长侦破进展如何，放火杀人者抓到没有。"她冷冷地质询道。

许队长突然闻到一股强烈的胭脂味道，张开他长满胡须的嘴巴道：

"仓库失火案，如果没有记错的话，应是六个月零十天前发生的事情，那是一个大案、重案。身为上海滩维持社会秩序的强力机构负责人，我是铭记在心，那些天真是食不甘味，夜不能寐。综合所有现场痕迹信息，我警察厅认为它就是一个普通的失火案，前一段时间不是已经结案了吗？全上海人都知道。"

"死了数十个人，一大堆的报废汽车，能说所有证据都烧得干干净净，是一个普通的失火案？这完全不像你许队长的断案风格。"樱花姑娘不依不饶道。

"事实就是这样，就是英国人笔下的'福尔摩斯'大侦探，破案也不过如此，我总不能冤枉好人捏造事实吧。"他摊开双手显得十分无奈。

为了控制住上海市政府各个强力部门，两年前郑汝成入主上海滩后，便在各个要害部门安插了许多自己的亲信死党，使上海滩各级政府机构都控制在自己的独裁淫威之下。许队长真名叫许瑞华，早年是现任上海滩最高领导郑汝成将军的贴身侍卫，多年追随将军南征北战，出生入死，是郑将军身边为数不多长期追随的死党心腹，耳濡目染也逐渐学会了郑将军的阴险毒辣、狡诈善变。行动大队是警察厅的关键部门，许瑞华便是郑汝成安插在警察厅的一颗钉子，可以翻云覆雨，炙手可热，牢牢地替他看守着警察厅所有人员，暗自监督着警察厅所有异己分子的一举一动。

"许队长不必多虑，我这里有仓库爆炸后留下的炸药成分，以及其他一些现场燃烧残留物，队长大人只要仔细查明在那个时间段，是哪个部门丢失了炸药，后面的事就不劳队长费神了，我们自会处理。"她涂满口红的嘴唇慢条斯理地吐出这些话，双眼死死地盯着对方。

许瑞华不为所动，依然看着她丰满的胸部，口水都快从他嘴角的胡须中渗出。以往从来没有人敢这样跟他说话：

"樱花小姐这是何意呢，是不满警察厅工作，是教导我如何破案呢，还是说我上海滩治安不好，破案不力，有人烧了东洋商会的东西，也无人负责吗？小姐请你注意说话的态度方式。上海滩是个法治的地方，郑将军英明神武，管理有方。你看上海滩多繁华热闹，外商云集，经济繁荣。按照你的说法，警察厅都是吃干饭不干活的人，上海滩不真成了一个强盗出没，杀人放火的地方，还是东方巴黎吗？"他阴阳怪气道。

"郑将军是我们大日本尊重的客人，我们也十分珍惜与将军坚不可摧的朋友之情。许队长为郑将军分忧，就是大日本的朋友。商会并不会亏待了那些给朋友做过事的人。"言毕，樱花姑娘示意手下从包里取出十根沉甸甸的金条，整齐地放在许队长的面前。同时还有一包爆炸残留物。

"小姐出手阔绰，不知这是何意？"许队长假惺惺道。

"两个月内，我想知道是谁弄丢了我们商会的东西。"她猩红的嘴唇吐出一串字来。

"姑娘性急怕是不好。何况当时现场没有留下哪怕是丁点的多余线索，分明是无事生非、无中生有的事情，就是中国传说的如来神仙下凡也没有办法，我可不想担起引发国际纠纷的责任。"许瑞华不为所动地推脱道。

"时间我已说得很清楚，难道要让郑将军亲自给你打电话，告诉你如何破案，怎样抓到犯罪分子，保一方平安吗？"她寸步不让，言毕留下金条和爆炸残留物，带人气冲冲离开了许队长办公室。

袁世凯的北洋政府十分缺钱，武器弹药补给和军事人才培养都离不开日本人的帮助。日本政府逐渐扩大在华利益，甚至独占中国是他们梦寐以求的事情。古老中华地大物博，物产丰富，资源种类繁多，早就令物资稀缺的近邻日本垂涎三尺。一个有资源缺钱，一个有钱缺资源，二者一拍即合，很快形成狼狈为奸、不计后果的不平等肮脏利益交易。因为袁党政府基础不牢，民变四起，他们就不惜牺牲部分国家主权，也要去讨好对方得寸进尺、贪得无厌的索取，换取日本对自己的支持。没有前者的腐败无能，日本便不能逐渐控制中国。没有后者的支持与帮助，袁党政府便会摇摇欲坠，很快濒临崩溃的边缘。故此他们相互勾结，狼狈为奸，罔顾天下苍生疾苦，榨取人民最后的血汗。日本人对袁大总统的重要性，许队长岂能不知。

目送日本人离开后，许瑞华顺手抓起旁边电话："黄副队长，请你立即到我办公室来一趟。"

很快，祖耕身着警服，叼着一根香烟，来到了队长房门外。他故意敲了敲开着的门："队长找我有急事？"

"你把这些东西拿回去看看，叫弟兄们赶快行动起来，日本人等着老子两个月破案呢，辛苦弟兄们了。"许瑞华没有好脸色道，并把爆炸残留物品交给祖耕，"让兄弟们长点心，仔细查查，日本娘们盯得很紧，老子不好过，你们也别想过舒服日子！"

祖耕深深知道，郑汝成将军和他背后的北洋政府和日本人的特殊关系。在诸多列强蠹立上海滩的国家中，现政府跟日本总是勾勾搭搭，是最亲密最特殊的国家关系。许多政府高官都曾留学日本，经济、政治、军事和文化上，都有一股东风西渐的感觉。日本人都是他们这群当官人的爹，祖耕心里暗暗骂道。

"日本人又怎么样，这是中国的土地。弟兄们最近手上都压着许多的大案要案等着侦破，每件案子都牵扯到几十上百人的脑袋，人命关天，哪顾得到外人的仓库失火，死了几个日本鬼子。"祖耕吐了一个烟圈，不急不慢道。

"你去跟厅长讲去，有本事找郑将军说更好，老子也不想摊上外人的事情。"许瑞华满脸无奈，在"外人"两个字上故意加大了嗓门。一边递给祖耕两根金条，"弟兄们都很辛苦，拿去喝酒！"他补充道。

"既是这样，考虑会涉及国际影响，我让弟兄们用心查就是了，不会让队长大人为难的。"祖耕故意漫不经心地拿着爆炸残留物在眼前看了看，又使劲闻了闻它的气味，把两根金条装进了自己的兜中。在祖耕离开房间不久，有一个身影悄悄进入许瑞华的房间，轻轻关上门。许瑞华在他耳边不知嘀咕着什么，那人只是弯腰点头，奉命尾随祖耕行事去了。

四姑娘与宋晋、白志明正在探讨最近筹款和联络革命志士的事情，"郑汝成这只老狗最近又杀了我们的人，许多同志都感到过了今天，不知道明天还能不能看到太阳升起。有些同志已经消沉了，再也不愿与我们联络。更有意志薄弱者，经不起敌人金钱、权力、美色的诱惑，叛变理想追求，干脆成了郑汝成这只老狗的线人，顺藤摸瓜反咬我们革命同志，抓了不少党内同仁，这样下去太危险了。"宋晋无不忧伤地道。

"被杀的好多同志，都是家里的顶梁柱，他们被害后，家里就失去了依靠。不少人家缺衣少食，甚至过起了乞讨的生活，更有卖儿卖女的，让其他继续革命的同志怎么想！只能是心寒，放弃理想、信念、追求啊！"白老师也不满嚷道。

"是后续的抚恤金不到位，可我们现在连自己都困难缺钱，哪里还有半分活钱抚慰为革命牺牲者的家人？更别说还要迎接陈都督回沪，联络更多的革命志士，救助更多的伤员，购买更多的军事物资。"因为大家眼前都是缺钱，宋老师一筹莫展叹气道。

四姑娘独自把玩着茶杯，看他们二人你一言我一语地说话，还是因为缺钱的缘故，议论半天也没有丁点结论。突然想起大姐夫早上电话里说有急事找她，不知有何事，"我看你们二人继续讨论找谁'化缘'吧，想好了告诉我一声就是，今天我家里有点私事，就先告辞了。"言毕离开白老师居住的地下室，到江边去找祖耕了。

太阳刚刚走下地平线，黄浦江面上洒满了金灿灿的余晖。外滩上人头攒动，华灯初上，金灿灿的余晖瞬间又被驳壳船、乌篷船和飞快的小火轮击打成层层涟漪，无休无止地扩散到远处。有钱有势的人家，开着阔气两头平的"福特牌"小轿车，疾驰在匆匆赶路的人群中间。更多的人力黄包车里，坐着急需赶路或是到陌生地点处理或公或私事情的各种男女。车夫们熟练地一手抓着车把，一手用破旧布条擦去额头的豆大汗水，穿行在南来北往的各色人群中间。在大厦间低矮的平房下，腰缠毛巾的伙计大声吆喝着卖"武大郎烧饼"、香气四溢的"葱花饼"，抑或是热气腾腾的"草鞋饼"等。饥饿但手中拮据的苦力们，用羡慕的眼光悄悄看看，偷偷咽下喉头泛起的口水，又加快前进谋生的步伐。临街做小本生意的店老板害怕这些苦力会顺手牵羊，一口吞下出炉的饼子，或者是热气腾腾刚出锅的包子，而又佯装低头赶路。因此每次出笼时，伙计们总是站在店外，睁大眼睛盯着自己的饼子或包子，"吃不饱的穷鬼，还想偷吃别人的东西，活该都饿死才好。"伙计们无数次心里这样诅咒道。

等四姑娘看见祖耕的时候，他已经抽掉了半包香烟。要不是事情重大而紧急，他早就不愿等待，不耐烦地自行离开了。

"前面商铺新到了一款巴黎风衣，实在是太好看了，花色布料都很时尚，我没有经得起诱惑，咬牙花光了所有的钱才买了一件，姐夫你看妹妹穿在身上漂亮吗？"她忍不住内心的兴奋，依然陶醉于自己刚才的购物激情中。

黄披肩、黑束腰的风衣确实漂亮，穿在她身上更显得像是为她量身而做的专人订制。祖耕扔下一只烟屁股，掏出自己的钱包，拿出几张花花绿绿的票子，塞给四姑娘：

"喏，这是五百元钱，就当是姐夫替你买的。"

"'廉者不受嗟来之食'，小女子本不应该接受，不过既是警察厅行动处处长的东西，恐怕是用公家的物资拿来堵老百姓的嘴，本姑娘是个老实普通良民，也就只好笑纳了，不知处长还有何指教？"四姑娘对姐夫给的东西从来都不客气。

对这个聪明能干、激情执着的妹妹，祖耕内心确实喜欢她的为人处世，欣赏她的做事灵活。但又怕她涉世太深，过于张扬，在纷繁复杂的大上海，不知身边随时将要发生什么可怕的事情，反而伤害了她。作为大哥和在上海滩为数不多的亲人，他有义务和责任保护她不受伤害。

"是副处长，处长是那个'许猪头'。不想跟你贫嘴，有些事情必须要跟你商量清楚。"

看见姐夫表情严肃，知道事情非同寻常，四姑娘便收起了玩笑话，仔细听姐夫的介绍。祖耕便把日本人逼迫许瑞华，警察厅重新立案，要他两个月侦破仓库爆炸案的消息透露给她。因为政府与日本的特殊关系，此事无论如何都要给对方一个圆满的交代。

"什么？两个月破案！这怎么可能，这不是无路可退了吗？前期你们警察厅结案说是个普通失火案嘛，凭什么说变就变，非得帮他们日本人翻案做事？你们就是欺软怕硬，干脆变日本人得了！"

"说气话顶个屁用，'拖字诀'对日本人行不通，黑心的处长收了日本人的重礼，逼着弟兄们破案，我又是他的副手，干活的事当然得由我出头。大姐夫又不是不中用的酒囊饭袋，有凭有据怎么破不了案子。这次看来是被对方抓住了混蛋处长的把柄，处长不得不逼着咱兄弟们破案呢。他是头儿，你说姐夫该怎么办？顺便提醒你，得赶紧通知祖家做好一切万全准备，想个应对之策才好。"祖耕小声道。

根据樱花姑娘提供的炸药成分及类型，这种危险物品是专门用于爆破坚固结实、结构复杂的军事堡垒，以及用于定点摧毁敌人重点目标，在上海滩只有三个地方有，分别是驻沪军炮兵营、辎重营和警察厅装备处。驻沪军炮兵营、辎重营没有作战任务，军火是禁止出仓库的，平常都有重兵把守，没有司令部命令，上级军官亲自签发盖章，别人是不可能运出来的。那就剩下一个地方，警察厅装备处是最大嫌疑对象。一直紧跟祖耕一路南下的脱脱齐，为了防止装备处的弟兄走漏风声，在炸药出库时间和存放地点上做了手脚，为防万一还专门设计了一个假现场，故意白白炸毁了一栋院落，狠心炸死了几个知道内情的警察。名为打击帮派势力，实为掩人耳目，好偷偷运出炸药，以达到混淆视听的效果。虽然暂时没留下什么破绽，但日本人可不是好对付的，任何蛛丝马迹都有可能暴露目标，必须得十二分小心应对，否则定会引火上身，前功尽弃。

四姑娘心里一沉，"那姐夫你不是更加身处险境。如果许猪头把装备处的人叫过来仔细盘问，不就真相大白了，还用得着你查来查去？他揣着明白装糊涂，是何居心啊！"

"我倒无所谓，兵来将挡水来土掩。现在最让人担心的是三弟。如果许队长真查到我这儿，我个顶个还有办法应付，大不了我脱下这身狗皮，来个脚底抹油、溜之大吉，带着兄弟们浪迹江湖，他许猪头还能把我怎样。可三弟不行啊，他那么大的工厂，投了巨额资金，又有多少人得靠机器运转生活，目标太大，最让人担心。黑龙会的手段，我们是领教过的，千万不可大意。"

是呀，祖家工厂属于固定资产投资，他手下的工友又多，缫丝生产、种桑养蚕不是说走就能带走的。这个混乱的国度正是需要千千万万像他那样坚持实业救国的有志青年。何况祖家从武昌到上海一直在无私地帮助自己，处处替自己着想。如果查到姐夫这里，就会牵扯进去祖家，她怎能容忍有丝毫的不测在他身上发生。四姑娘后背发凉，心里暗自着急。

"这事没有那么复杂可怕，都过去半年多了，日本人还念念不忘，你就说是江湖黑帮偷了警察厅的炸药，用它炸毁了那个什么鸟地下仓库，不就结案了吗？活人还能让尿憋死！扯进去许多人不是自讨麻烦。"四姑娘提醒姐夫道。

祖耕吐出一个烟圈，"是你的一厢情愿，日本人可不会那样想。还有一件事，上次在虹口饭店，祖家提亲的事情闹得不欢而散。解铃还须系铃人，那小子心里有人，一时半会儿不能接受别人，但终究我们大家都是为他好。"他是想说两周前他们兄妹团聚，他代替父母向呼延将军提亲，不曾想祖家因为心里始终惦记着四姑娘，而不愿现场答应这门亲事，让内心喜欢他的婉儿小姐迎头泼了一盆冷水。将军把自己最重要的心肝宝贝许配他人，竟落下"剃头挑子一头热"的尴尬场面，将军不悦，脸色凝重。好在将军是个念旧之人，内心里又十分喜欢祖家，就没有过多为难他们兄妹，"我等着你小子的亲口回话。"将军临走时对祖家撂下这句话。

四姑娘也知道祖家与自己走得近，曾经一起上清风寨土匪窝救人，过江抵沪兴办实业，炸毁日本人的"福寿膏"，共同度过了许多惊心动魄的时光。那些美好的喜怒哀乐仍然时时浮现在她的脑海中。何况是他最早就对自己有一种特别的亲近感。现在要硬生生斩断与他的往来，说服自己都十分的困难，更别说是念旧且性格执着的祖家，对他来说一定是不能自拔的痛苦抉择。但残酷的现实告诉她，是时候必须做一个决断了，否则当断不断、反受其乱。

"大姐嫁给了你，难道我还要嫁给你们家的另外一个男人，想亲上加亲！可是凭什么我们李家姑娘，非得嫁到你们黄家去呀，上辈子我们家又不亏欠你们的。何况你也知道，我心里已经有人了，他每天就像跟屁虫一样缠着我，甩都甩不掉。找个我爱的人，不如找个爱我的人更好，亲姐夫你说是吧？"她信誓旦旦道。

祖耕知道小狮王一直特别喜欢四妹，但她时常不理对方。"我知道你心里有人，对方也特别在意你，那个人真不是老三？"他将信将疑故意问道。其实他认为宋晋与四妹相处更好些。

四姑娘想到万一日本人深究仓库爆炸案，最终查到真相，极有可能会暴露祖家的身份，她清楚知道日本人的手段。如果祖家能与婉儿姑娘成亲，凭呼延冲背后军方的关系，日本人必会忌惮，祖家就能逢凶化吉。同时她也感觉到祖家为她做得太多，自己现在的身份处境，并不适合与祖家走得太近，那样只会害了他以及他的远大事业。

"哪有我们家姑娘都嫁你们兄弟的好事，我又不是薛宝钗，哭着抢着要做你们家的儿媳妇，打死我也绝对不会进入你们黄家的。女人是最苦的动物，得自我救赎，得替自己找个舒服的避风港才好。我心中的人，是上海滩最有钱有势的公子哥儿，将来一定不愁吃穿。"她有些违心，故意轻松回答着姐夫有关她与祖家的关系。

"你不会真看上小狮王那个花花公子了吧！那是个火坑，千万不要跳进去。心里真没有别人，比如……"在祖耕内心，他认为经济调查科的宋老师常与她往来，他们志同道合，做夫妻更适合，可以相互掩护他们危险的幕后工作。可事与愿违，祖耕突然被香烟呛了一下，眼泪都流了出来，连连挥手驱赶香烟味。四姑娘也没有给他继续说下去的机会：

"我的白马王子留过洋，长得帅，还十分有钱。如果有谁想惹他们家不高兴，人家跺跺脚，黄浦江的水都得倒流，你说这是个火坑吗？多少女孩子梦寐以求哭着、喊着想嫁给他呢。总不成是李家闺女上辈子都欠你们家的债，我们姐妹都得伺候你们哥俩不成。这话你直接告诉老三，本小姐已经名花有主，让他从此忘记我吧，赶快娶了婉儿姑娘，将军正在生气呢，再晚就来不及了。喔，明天小狮王要宴请他的那个日本同学，就是专门抓爆炸案的专员，老早就邀请我陪他一块儿去，我一直没有答应他。地点好像是在'望江豪门大酒店'。"她道。

"'望江豪门大酒店'？全上海滩最洋气最奢华的日资酒店。真是没有想到，你这个高枝这么快就向小狮王弯腰了。"祖耕掐灭烟头疑惑问道，"宋晋宋老师对你一直不是很好吗，干吗不给他个机会？"祖耕努力想扭转她的观念。

"人穷还身体差，哪个姑娘眼睛瞎了才愿意嫁给他呀，等下辈子吧！"她直接拒绝。

"嫌贫爱富，鼠目寸光要吃大亏。更何况你们志趣不同，早晚你要后悔的！"他极力劝阻道。

"钱多会死人吗，懒得理你，非梦丫头还在等我回家吃饭呢。"她不再与姐夫说话，撵上一辆黄包车匆匆离开了，把祖耕独自留在了江边。远去的她眼角似有点点泪花闪烁。

"那个火坑千万不能跳，你会后悔的！"祖耕无奈地使劲扔掉烟头，在她身后拼命大声喊道。

就在此时，一处江边日式料理包间里，偌大的榻榻米上仅坐着许瑞华和樱花小姐二人。精心打扮过的樱花小姐，一改往日的冷漠高傲，正在热情四溢单独宴请上海警察厅行动处许处长。

"这是产自北海道的鱼子酱，是全日本最好的酱，处长大人请多多品尝。"樱花声音甜美地招呼道。

许处长一边听她介绍菜品，色眯眯的双眼一直盯着她暴露的胸部看。

每次樱花俯身为他夹菜的时候，滚圆的胸部都是半球凸显，令他欲火难耐，恨不得扑上去把它压扁、挤爆、揉碎。他对她的美色早就垂涎三尺，何况他今天还准备了一些特别的东西。趁樱花到洗手间的空档，他偷偷地把一些白色粉末状东西倒进了她的红酒杯，并轻轻地摇了摇，让它无声无息地溶解在酒中。

"许某十分感谢樱花小姐的盛情款待，所托之事已经牢牢记在心上，不出三个月，一定给你一个满意的答案。来、来，为我们的友谊天长地久干杯，为中日世代友好干杯。"许处长热情洋溢地提议，并看着她慢慢饮下那杯他动过手脚的红酒。

樱花倚仗自己身手敏捷，功夫了得，又有日本"黑龙会"的身份背景，虽也感到许处长贪图美色，对自己不怀好意，但是谅他也不敢过分越界对待自己，便放松了对他的警惕。几分钟后，她突然觉得双眼沉重，视线模糊，浑身燥热，没有半点力气，任凭许处长怎么呼唤也不醒。这时一双粗糙的大手伸向了她的身体，并且很快扒光了她的衣服，她变成了许处长的泄欲工具。

三周后，许处长带人把仓库爆炸调查报告交给了日本商会，新任的佐藤会长友好地招呼他在客厅喝茶。

"破案神速，许队长不愧郑将军亲自栽培的人，请多关照。"目光刚毅的佐藤招呼道。送走许瑞华，自己快步走进书房急迫地打开信封，仔细阅读调查文件。樱花小姐早已在书房等待多时。

"这是什么狗屁报告，是糊弄三岁小孩吗？"佐藤额头青筋突起，双手狠狠地把材料砸在宽大的桌子上。

"将军，中国人十分可恶，连将军您都敢欺骗，要不要把那个许处长做掉，以显示我大日本的威严和不可侵犯。"樱花小姐建议道。

佐藤向后靠向宽大的椅背，闭上双眼沉思起来，数秒后他道：

"不！现在欧洲乌云密布，战争马上就要在同盟国和协约国之间爆发。这是大日本帝国清除欧洲列强在华势力的绝佳机会，需要对帝国忠诚的支那人紧密配合与帮助。在中国，绝对离不开袁大总统和他领导下的政府的极大支持，以及其他一切有用友好人士的襄助，现在还不是清算他们的最佳时机。"

"可是，对那些敷衍了事、狡诈使坏、动机不纯的可恶支那人，也不需要教训吗？"樱花继续嚷道。

"放肆！用得着你来教导本会长吗？一切服从服务于帝国的最大利益，你的明白？"

"是！"她必须服从。

"暂时的忍耐是最好的武器，仓库爆炸是恶性大案，是大和民族在上海滩的耻辱。全东京都在关注，不要再节外生枝，生出更大的麻烦，务必尽快查找到背后黑手，还帝国的荣誉和尊严，才是你当务之急的使命，其他的事以后处理。"佐藤呵斥樱花。

樱花很少看到佐藤对自己如此严厉，让她心惊胆战。

"是！"她坚定道。

"对待朋友要友善，特别在这个时局敏感的节骨眼上，再等他们两个月时间。如果再不能完成破案，动手也不迟。"佐藤右手在空中狠狠做了一个刀劈的动作。

"是！属下明白。"

在江边的裕华缫丝厂，尧哥陪着祖家与英国工程师约翰逊一大早便巡视在工厂的各个车间，仔细察看机器是否运转正常，耐心指导技术不熟练的新进工友，教他们如何完整地剥茧抽丝。祖家同时提醒尧哥对工友管理的难点和注意事项，这时单师傅急匆匆地走了进来，在他耳边汇报着什么事情。因为机器轰鸣声太大，祖家实在听不清楚，只好走出车间才弄明白，原来单师傅是想说他查到了史震南、史震北两兄弟的动向，最近他们刚从武昌押运了一批铁矿石回来，受到他们主子贺麻子的嘉奖，正在"凤仙楼"喝酒庆功。自从史家兄弟把棠爷毕生心血制作的"乾坤镂空八卦图"偷偷送给贺麻子后，他们又得到"和之丸"贸易公司的赏识和重用。

祖家伤愈正式返回裕华厂后，便安排单师傅悄悄跟踪打探史家兄弟动向，以便顺藤摸瓜发现贺麻子，通过他希望能尽快找到五姑娘。

"找到好吃懒做的史家哥俩不难，只要到烟馆、妓院蹲守就会发现，没想到这次他们会吃苦去押运货船。关键是贺麻子太狡猾，神出鬼没，怪精怪精的，很难找到。"单师傅对三少爷道。

"紧盯史家兄弟的行踪，就一定能找到贺麻子的藏身之处。鸟儿飞过还要留影，难道他会上天入地不成？你知道我离开武昌，能到上海，还不是因为要找到五姑娘。都快五年了，现在她生死未卜，吉凶难料。武昌的爹娘在信中时常盼我能早点回去看望二老呢，他们越发年岁大了，找人现在一点线索都没有，我真是没用。"祖家自责道。

跟主人相处了这么多年，单师傅深切知道三少爷是个言出必行的人。当初为了一句承诺，一路从武昌经过苏州追踪到上海。不管生意做得么好，他始终没有忘记初衷。偌大的上海滩要寻找一个被人故意隐藏的人，犹如大海捞针，十分不易，可是他并没有犹豫和放弃。这些年他摸爬滚打，委曲求全，事业一直蒸蒸日上，可他毕竟还仅仅是一个年仅二十三岁的年轻人。每次看见他独自忙到深夜，疲惫地处理繁杂事务，单师傅都想陪在他身边，帮他分担总也干不完的事情，可是他其实什么也做不了。道义在胸，千里独行，人在做，天在看，单师傅闯荡江湖几十年，还从未遇到像祖家这么出类拔萃、向善正派、真诚热情的好青年。

他打内心里十分敬佩他，愿意为他做任何事情。今天听到祖家如此自责，便道：

"三少爷请放心，这回我就是三天三夜不吃不喝，也一定不会跟丢了史家兄弟，顺藤摸瓜找到贺麻子。少爷受伤刚好，连日操劳工作，需要活动筋骨对身体才好。"

"都说最精明的老板不管事，我也学人家放手试试。只是前段时间积压的事情太多，我是不得不尽快处理。今晚上一定抽出时间跟你切磋武艺，我想你一定对东洋刀术有新的领悟，我要看到不一样的招式。"祖家愉快答应道。

作为长者和家破人亡的过来人，其实单师傅更多的担心，源于祖家在年前没有立即答应呼延将军家的婚事。呼延将军一直以来十分欣赏少爷，在他空闲的时候也会邀请祖家去下棋饮酒，他们相谈甚欢，惺惺相惜。没有想到将军为自己的宝贝女儿提亲，少爷居然拒绝。多少富贵人家的公子想攀上将军家这个高枝，都没有半点机会，少爷却在现场给将军难堪。呼延将军与当今北平的副总统黎元洪是故交，就算上海滩现在的最高掌权者郑汝成将军，无论他多么阴险狡诈使坏，都要畏惧这层关系，给将军应有的尊敬。在无官无品的百姓眼中，让将军失了颜面，这是多大的失礼和粗鲁，也失去了官商关系进一步靠拢的绝佳机会。祖家在四姑娘、史姑娘和婉儿小姐之间长期周旋，青年男女在一起相处，难免会先友后情，她们每一位都是能干的好女子，或贤或德，或智或慧。祖家跟她们长时间等距离相处，建友谊谈事业是适当和明智的，论爱情组建家庭却是十分有害。因为爱情天生是自私和唯一的，容不得彼此间半点的分心和敷衍。

自打送走二哥和姐姐、姐夫后，虽然祖家依然忙于工厂的各种事务，善断多谋，神采奕奕，与许多商界新老朋友相交甚好，友谊日渐加深，商场打拼如鱼得水。但在孤身一人时，他内心是纠结和郁闷的。细微的变化，也只有长期与他朝夕相处的单师傅明白。他怕长此以往祖家会身心疲惫，伤了精气神，累坏了身子。所以一有空闲时间，就会邀请他切磋武功，促进交流，强身健体。一则帮他暂时忘记爱恨的痛苦，二则可以达到强健体魄的目的。终究他逐渐老去，在合适的机会，还想把那本逃亡路上偶然得到的日本武功秘籍交给祖家保管。

在外滩的一间酒吧里，脱脱齐与几个要好的朋友，正在一起热闹地庆祝生日。他道：

"今天脱某三十而立，难得弟兄们捧场，来，先干为敬！"

众人齐响应，纷纷举杯一饮而尽。他们知道脱警官是北方人，天生酒量惊人，于是大伙一起抢着闹着分别要与他喝个一醉方休，"脱哥过生日，兄弟我一定敬您三杯"，"舍命陪君子，祝脱哥生日快乐"。脱脱齐自恃酒量好，难得大家高兴，所有给他敬酒者，他并不推辞。

"兄弟们平日里忙于破案抓坏蛋，维持着大上海的社会秩序，累死累活，没有白天黑夜的，想想也真他妈的不容易。今天我大哥黄副处长，本来说好也是要来凑热闹的，到临走时被许处长叫去开什么鸟会。脱某不能怠慢了兄弟，咱先吃着喝着，黄大哥一定会来的。大伙要尽兴呀，不准给我省酒，你们就是用'车轮战'，每人跟我喝十杯，中间不许有铆空的，我也绝不推杯。抓坏人保上海滩平安，咱兄弟命都可以不要，还怕这白汤不成，来，满上兄弟。"脱脱齐满嘴酒气大声吆喝道。

"脱哥与黄哥那是生死弟兄，他现在没来，肯定是被许处长给缠住了，一时半会脱不开身，咱这些弟兄酒量没有一个是脱哥对手的，可咱也不能是孬种！没穿警服，咱就是老百姓，喝翻吐血也要高兴，看他娘的谁敢管。"其中有人大声倡议，并让服务生多备些好酒。划拳声饮酒声喧闹声顿时充满整个包间。

夜已子时，街道上行人稀少。脱脱齐等七八个兄弟都已有醉意，踉踉跄跄相互搀扶着走出酒吧。有人提议找个风月场所解酒取乐，脱脱齐半醉半醒地响应，大伙一齐往前边一处隐秘风月楼走去，那是上海滩帮派时常聚集的有名风月之地。往日他们身着制服公干，在江湖帮派势力地盘上执勤，碍于身份界限，鲜有过多放纵涉足。作为男人，他们对此地的放荡奢侈行为，多是羡慕嫉妒恨，今天不穿警服，借着酒精的刺激，不免大胆放肆起来。

　　"他妈的平常不让老子们过来，今天我看还有谁敢管老子。"有兄弟舌头打滑骂道。

　　就在大伙快到风月楼的时候，忽然从隔壁的一条巷子里，窜出数条手拿斧头的黑影，冲上来不分青红皂白，就朝他们猛砍过来。事出突然猝不及防，瞬间有两个兄弟没有半点抵抗就倒在了血泊之中。异常痛苦的死亡哀嚎声，让脱脱齐猛然清醒了过来。他一把推开靠在自己身边的弟兄，一个飞腿扫向离他最近的斧头帮黑影。由于事发突然，其他同伴则没有那么幸运，纷纷惨叫着被砍死砍伤。眼看同伴死伤殆尽，脱脱齐使出平身绝学苦苦周旋，怎奈酒精作用下，总是拳脚无力，章法大乱，终是寡不敌众，被打倒在地，满嘴吐血，有几双脚死死地踩在他的后背和四肢上，让他不能有半点动弹。不过斧头帮的人看起来并不想立即要他的命。

　　"我说各位'海子'，咱不是你们要找的仇家，是个误会，你们是否弄错人了？"脱脱齐大概知道一些帮派暗语，"海子"是江湖帮派人对斧头帮的称呼，他赶紧向对方亮明身份，免得对方再误伤自己的人。

　　"脱脱齐，你不穿黑狗皮，老子一样认得你。知道爷找你们何事吗？"斧头帮有人问道。

　　脱脱齐心想平日里自己与兄弟们执法，对辖区有声望有影响的帮派各种下三烂事情，都是睁一只眼闭一只眼，并没有过分为难他们。他在脑海中努力地回忆，确实想不起来是什么时间，在那件事情上得罪了斧头帮的人。

"脱某平日公务在身，秉公执法，如有得罪各位大哥的地方，还请帮里的各位弟兄海涵，高抬贵手，救人一命，胜造七级浮屠，来日一定亲自登门拜访谢罪。"好汉不吃眼前亏，脱脱齐想尽快脱身，不能不明不白地死在这个龌龊肮脏之地。

"哈哈！往日里自倚武功高强，目中无人的脱警官，原来也是个贪生怕死之徒。现在才想起拜码头烧高香，只怕是晚了！躺在你面前的兄弟，你是想他们怎么个死法，是想一斧头就上西天呢，还是一斧头、一斧头被慢慢地劈死？"为首的斧头帮人阴阳怪气大笑问道。

脱脱齐被人踩住脑袋，躺在地上大口喘着气，使劲想挣扎爬起来，但无论怎样努力都是白费劲：

"脱某一个小角色，奉公执法，与你们素昧平生，井水不犯河水，平日并无冤仇，何苦要为难大伙兄弟？"他实在想不起在哪里开罪过斧头帮，或是其他什么帮派的人或事。

"实话告诉你，老子是收人钱财，替人消灾。"

"咱哥几个是普通警员，不会挡别人的道，也值不了钱。"

"住嘴！不想马上死，就给老子老老实实地回答几个问题。如有半点不实，我会让你的受伤兄弟们一个一个马上死在你面前，让你痛不欲生，最后再收拾你，你可听明白？"那人说道。脱脱齐挣扎着吐出满嘴鲜血，算是无奈地答应了对方的要求。

"去年双十节虹口地下仓库爆炸案还记得吧？是不是你们带人干的？你那个生死大哥黄祖耕参加没有？"

脱脱齐突然一个激灵，是去年年底的"双十计划"执行有破绽，被人盯上了。鸦片烟是祸国殃民的大毒瘤，黄祖耕是自己的救命恩人，平日里根本没有因为蒙古人出身，大哥就把自己当外人看。他们现在已经是心灵相通、朝夕相伴的生死兄弟，就算是拼上性命，无论如何也不能允许他人伤害祖耕大哥的一根毫毛。

"地下仓库是失火引起的，与警察厅的任何人都没有关系，我们兄弟们，当时都是拼着命去灭火救人的……"还没等他把话说完，一只斧头砍在了他的背后，只听得斧头碰到骨头的"咔嚓"声，一阵钻心的疼痛几乎让他窒息。

"少给老子装糊涂，说！姓黄的到底参加没有？"

脱脱齐逐渐明白，今天无论如何是在劫难逃，索性不如拼死一搏。挣扎着从裤腿艰难地拔出隐藏的匕首，使出最后一点气力，猛然刺在踩住自己头部的斧头帮带头人腿上。那人一声惨叫，弯腰跌倒在地，脱脱齐迅速把匕首插进了他的胸膛，很快对方就一命呜呼。

"哈哈哈，一命抵一命，老子从来不做亏本买卖。"脱脱齐惨笑道。

其他斧头帮成员大骇，一拥而上将他团团围住，斧光掠影，锋利的斧子雨点般朝他猛砍，最终残忍地把脱脱齐砍成肉泥。其他受伤的兄弟，也被乱斧砍死。斧头帮成员喊着暗号，迅速消失在黑夜中。

祖耕好不容易摆脱"许猪头"，准备高高兴兴参加生死弟兄脱脱齐的生日宴，不曾想等他赶到时，看见的是横七竖八躺在地上警厅兄弟们的尸体，东倒西歪，惨不忍睹。

"天杀的，这是谁干的？"他搂住面目全非的脱脱齐，忍不住悲愤嚎叫道。

翌日一早，各大报纸头版头条，纷纷刊载了风月楼凶杀案，照片信息显示有八人被杀人毁尸。有人说是为了抢附近妓院的头牌女人，为情所伤，也有人说是帮派为抢夺地盘而相互仇杀，也还有人说其中似有警察死亡，应该是为江湖黑帮设圈套所杀。一时上海滩议论纷纷，人人自危，成为老百姓最为忌惮、又最有分量的热点话题。

四姑娘刚跑了几家外贸公司，了解掌握它们最新的经贸信息，听见街边报童稚嫩的声音在人群中大声喊道：

"号外、号外，特大新闻，黑帮一晚杀死八名警察！"

四姑娘顿时有不祥之感，顺便也买了一份《申报》。在那副满是尸体的黑白照片中，她隐约看见一张十分熟悉的脸庞。结合前些日子姐夫向他透露日本人正在向警察厅施压，千方百计查找虹口仓库爆炸案幕后真相，以及小狮王有意无意在她身边说起日本专员同学的厉害，姐夫现在已经身处极度危险之中，这一切迹象都令她不寒而栗。这些被害人中，有姐夫吗？她非常焦急，想要尽快联系到祖家，通知他做好最坏的万全准备。她一边这样想着，一边急速回到办公室。说是办公室，也无非是在高楼大厦下，一个非常不起眼的阴暗潮湿的地下室，摆着两张桌子和一张单人床，推开房门有一股发霉的味道。

"你看看上海滩乱成啥样，杀人放火是家常饭便，这次连警察也被杀！这么猖狂的毁尸灭迹案，我是第一次看到！都说人死为大，可恶的凶手，没有半点做人的起码良知！惨死这么多人命，以后还不知道会发生什么骇人听闻的事情。"四姑娘怒不可遏，向她的上司宋晋喊道。

宋晋现在视力越发不好，鼻尖挨着报纸才能艰难阅读。他总是认真仔细地从头版阅读到末版，这才想起要问四姑娘，最近她的企业情况调查进度怎样。四姑娘颇不耐烦，趁他读报的间隙，赶紧用暗语给大姐夫打了个电话，提醒他十二分的注意安全。

"姐夫，没事少出门，一定啊！"她语重心长叮嘱道。大姐夫暂时安全，她才想到应该为近乎失明、可怜认真的宋晋做顿像样的晚餐。

祖耕感到十分蹊跷，脱脱齐昨天过生日，他因为有事晚去了一会儿，八个好弟兄一夜之间就阴阳相隔，如果不被许猪头缠住谈事，惨死的人是否也会有自己，后果不堪想象。他大概已经猜到什么可怕的大事情要发生，不过现在许瑞华在他身边，实在脱不开身。

"老白今天也要来，多熬点粥，大家一起吃吧。"宋晋头埋在报纸中对四姑娘说道。

在晚餐快好的时候，白志明到了。"难得采薇老师为我这个'瞎子'做饭，让咱们三个曾经的教书匠能在一起吃顿热饭，虽然饭菜质量差些，可是管饱呀！"闻着菜香宋晋高兴道。

"还别说，你真是个革命乐观主义者，这都吃的什么掺沙子的米和烂掉叶的菜呀，害得我捣鼓半天才弄干净，不然早就开饭了。平常净吃这种比猪狗食好不到多少的东西，你眼睛不瞎才怪。"四姑娘抱怨她的宋科长。

这段时间因为手头经费特别紧张，上边的活动经费半厘也等不到，还要接济许多死难革命的遗属，宋晋就算是笔耕不辍，给多家报馆投稿，能赚到的稿费始终微薄稀少。白志明因为经常接不到上级的命令，时常无事可做，为了不增加大家的负担，便偷偷到码头去干苦力，扛麻袋，运货物，别人不愿意干的粗活重活他都不嫌弃。沉重的包裹常常压得他喘不过气来，肩头和后背伤痕累累。好在苦力费能日清日结，有饱饭吃，他便不觉得苦和累。

"老宋眼睛近视得快瞎了，以后恐怕再也不能读书和写东西了。"白志明忧虑地悄悄告诉四姑娘。

"怪不得他看报纸得凑这么近。"她悄悄比画着手指，怕伤到宋科长的痛处。其实白志明身体也不好，他患有痨病，每天晚上咳嗽不止，在监狱的时候吃苦太多，生病没有得到及时治疗，留下了可怕的后遗症。

第二十一章

魂断外滩　望断天涯

等四姑娘疲惫地回到自己的住所，孟非梦丫头明显觉得她的主人今天特别心事重重。便默默地为她沏上热茶，放在她的手边，轻手轻脚地关上房门离开。根据她以往的经验，主人没有遇到十分烦恼的事情，回家后房间永远都会充满欢声笑语，甚至为她讲当天遇到的各种新鲜稀奇事情，有时只听得非梦丫头惊讶得都快掉下半个下巴。

非梦丫头的直觉是对的。四姑娘今天要做出一个影响她一生的非凡决定。她准备答应小狮王的邀请，明天陪他一起宴请日本同学，席间接受小狮王在众人面前向她的隆重求婚。

数天后，等祖耕按约见到四姑娘时，他十分生气，扔掉烧到头的烟屁股，严厉质问她：

"婚姻这么大的事，你为什么不跟我说，难道我不是你的亲姐夫吗？草率地答应嫁给那个花花公子，你不知道他是什么人吗？不就等于跳下不可能回头的大火坑，你明白吗？"

对于自己终身大事的决定，她十分清楚。当下的情形下，这是她最好的选择。当初日本商会要把"福寿膏"运到上海滩转运的消息，是她亲口告诉大姐夫和祖家的。他们历经千难万苦，不顾个人生命危险，千方百计才焚毁了祸国殃民的鸦片，最大程度地维护民族利益。如今日本人要报复，一定会深挖案情，不择手段迫害焚毁鸦片的幕后策划者和实施者，她绝对不愿看到自己心中的英雄受难。纸终究包不住火，最终必然会顺藤摸瓜查到祖家和姐夫的身上。脱脱齐等人的惨死，就给她带来巨大的不安和震惊。

同时宋晋和白志明两位最亲近的革命同志，为了心中信仰苦苦坚守。一个是读书汗牛充栋的有志青年，枪法百发百中，现在都快累成瞎子；一个是行动敏捷正直忠勇的知识分子，曾经桃李满天下，美名传四方，现在居然不得不到码头扛麻袋度日。她不能容忍姐夫和祖家再遭受到任何"意外"危险伤害，也看不下去宋、白二位遭受非人的生活。在校园里读书时，她知道谭嗣同为了国家变革自救，不惜"我以我血荐轩辕"。就是弱女子"鉴湖女侠"秋瑾，也抱定舍我其谁的决心，独自面对死亡的威胁。她难道不能为了最亲近最挚爱的人，做出必要的牺牲吗？何况还是去嫁给一个衣食无忧的富有公子。同时她还向对方提出了两个最要条件，一是彩礼费不能低于一万大洋，二是介绍她到日本商会去工作，她要有人身自由，不愿做一个藏在深闺，只是相夫教子的产子工具。

　　"钱会吃人吗？人家愿意给一万现大洋，是普通人几辈子也赚不到的。我又有什么，有钱吗？有背景吗？有漂亮的脸蛋吗？都没有！一个女人一生最重要的是什么，是要找到一个有钱有势的伴侣！姐夫你说，这难道不对吗，这是火坑吗？"她吐出一个烟圈解释道，不想做任何退让。

　　"钱能代表一切吗？钱能买到幸福吗？有钱有势未必是福，粗茶淡饭未必不好！冲动是魔鬼！你就听姐夫一句吧。"祖耕哀求道。他想最后说服她放弃浮云般的婚姻。虽然他知道她做的决定，任何人很难改变。

　　"二十八日，也就是三周后，记得告诉你弟弟，当然也欢迎其他的所有人，能准时参加我的结婚大典，小狮王可是连三天都等不及，希望尽早娶我进门呢。"

　　"明天说什么我都要带你回武昌，别再做任何危险的自欺欺人的把戏行吗？"祖耕对她乞求道。

　　"我意已决，无需多言。三周后姐夫记得可要热热闹闹地捧场呀。"

言毕她径直钻进小狮王为她专门准备的小轿车里，一溜烟消失在马路的尽头，把祖耕独自留在冷冷的风中。在汽车启动的瞬间，无人看见她暗自流下的两行滚烫热泪。

第二天祖耕带人找到四姑娘的寓所，但已是人去楼空，也不见孟非梦丫头的身影。祖耕十分泄气，仰天长叹。

在江边街道对面的拐角处，许瑞华处长打开新买的香烟，边走边惬意地享受着香烟味道。他与祖耕是到这边公干，在张望中等待祖耕归来。一辆无牌无照的黑色小汽车慢慢靠近了他，许处长没有半点意识到危险即将降临。在快接近他身旁的时候，小汽车突然加速撞在他的身上，没有丝毫停留或减速的动作，径直从头碾过脚。许处长根本没有生还的可能，现场十分恐怖血腥，反应过来的周围人群纷纷惊恐地尖叫起来。

等祖耕带人办完事跨过街道拐角，看到躺在大街上的许处长时，他的上司浑身血肉模糊，早已一命呜呼。

"这是哪个狗日的干的！"祖耕悲愤地吼道。

三周后，全上海滩最洋气最奢华的日资"望江豪门大酒店"里，四姑娘与小狮王的结婚典礼正在隆重举行。凭"老狮王"巨大的财富实力和在上海滩强大的社会影响，早把这里布置得井井有条，金碧辉煌。上海滩各行各界有头有脸的大人物们，纷纷前来祝贺一对新人喜结连理，百年好合。老狮王家族虽对迎娶一个平民儿媳不满，但拗不过小狮王，不得不低头承认新儿媳，总比他在外边成天胡闹要好。在吹吹打打热闹的音乐中，老狮王、小狮王和四姑娘面带微笑，站在门口迎接诸位八方宾客的到来。

祖耕带领着一大帮上海警察厅行动处的人来了，乱哄哄吵着要吃喜糖喝花酒。祖耕虽然生气四妹不听劝告，但事已至此，便想为她壮胆，热热闹闹庆婚典，不能让小狮王以后对她有半点轻视和不恭。祖家衣着鲜亮，带着管家黄五、朱孝七、尧哥和单师傅以及裕华厂的部分骨干也来了。其中还有魏老板的身影，他还是梅家的远房亲戚，不久前刚从欧洲考察回来，最近他与祖家成了知心朋友。婉儿带着祺儿丫鬟，在数名亲兵的护卫下，刚好与宋晋、白志明他们一起赶到。

"我知道你是我老婆故乡的人，当然也是她曾经的情人，那也就是我的朋友，待会儿一定要多喝几杯，祝我俩新婚快乐，在今后的商场上我会特别关照你的。"小狮王一眼看见祖家走来，皮笑肉不笑酸溜溜道。四姑娘用手指使劲掐他胳膊，阻止他继续说下去。

"恭喜二位喜结连理，既娶之，就要善待之，可不许欺负她，你这个朋友我今生是交定了。"祖家既是回敬，也是对曾经恋人的祝福，"你也一定要记得我这个朋友啊。"他对她补充道。

"记得常到我府上玩，哈……"小狮王大笑道。

这一刻有数年来太多的美好回忆，在她脑海中不停翻滚浮现，四姑娘根本无法正视祖家的双眼。

别了，曾经的青春少年。

别了，曾经的欢歌笑语。

别了，曾经的炽热恋人。

别了，曾经的海誓山盟。

别了，曾经的生命全部。

二人四目再也无法平静交集，视线中没有爱恨，没有挣扎，没有留恋，唯一有的只是如白纸一样的普通平凡，因为苦涩的泪水早已流干。

结婚仪式一切都按预定程序，在众目睽睽下有条不紊热热闹闹举行着。

"你愿意娶这位漂亮美丽的女孩为妻吗？"司仪问小狮王道。

"我十二分地愿意。"

"你愿意嫁给英俊潇洒的新郎吗？"司仪又问四姑娘。

"我愿意。"长长的等待后，新娘回答。

"现在请双方交换礼物，祝天下有情人终成眷属，愿你们相依相伴，白头偕老，长命百岁。"司仪立即热情四溢又不失夸张地煽情道。

祖家看见一颗硕大闪着光芒的戒指，戴在了四姑娘的无名指上。这一刻让他想起几年前在武昌第一次看见她的独有气质模样。那双黑葡萄般的双眼、迷人的微笑，曾令他第一次懵懂感觉到了什么叫怦然心动。勇闯清风寨土匪窝，让他看见了她的敏锐和机智。不顾流言蜚语救孟非梦姑娘，感到了她人性的善良和大爱。积极参加社会变革，展现了她的勇敢和担当，热情进取，敢作敢为，为了自己心中神圣的理想和信念，不惧风雨，一路奔波。祖家今天看见她终于有了属于自己的归宿，无论她的选择是对是错，只要是她自己的选择，他都会永远在身边默默支持她、相信她，都替她感到高兴。但不知为何，他总能隐约看见她双眸背后的泪花，或许是结婚女子都有的不舍吧。婚礼主持人其他的煽情话语，祖家已经听不见，直到结婚仪式结束，朱孝七才悄悄提醒他不要失态，应该高兴吃酒才对。

在小狮王的刻意安排下，有无数酒量很好且身份不同的人，总是走到祖家身旁，向他不停敬酒：

"黄老板青春年少，事业有成，短短数年，把一个濒临倒闭的工厂打理得井井有条，风生水起，养活了很多的穷苦工人，还是上海总商会的成员，老夫商海摸爬滚打数十年，也未取得黄老板的成就，令老夫十分佩服，先敬黄老板一杯酒。"

"黄老板与我等同龄，能取得如此丰功伟绩，让我们真是羞愧难当，如果现在有条地缝，真想马上钻进去，不过要钻地缝也不是今天。来，先敬黄少老板一杯酒。"他们总能找到无数的恭维话，劝祖家喝酒。虽有黄五、朱孝七等试图阻挡护驾，都被其他的客人缠住不能脱身。祖家索性也不推辞，端起酒盅与大家分别碰杯喝酒。就这样不知不觉中，魏老板、黄五、朱孝七、尧哥和单师傅等都被喝醉喝倒，实在不敢再接酒杯，竟趴在桌子上呼呼大睡起来。祖耕与一大帮警察同事倒是热闹，不用主家劝酒，划拳猜拳自娱自乐吵翻了天，反倒成了大厅的一道独特风景。

不知是何时，也不知道喝过多少杯酒，祖家只感到头晕口渴，心中发热，躺在一张舒服的床上，有人正在使劲脱自己身上的衣服。这是生平第一次喝醉了酒，他极力想睁开双眼，但酒精控制住了他的所有努力。一缕长发轻轻碰在了他的脸上，一股淡淡的体香侵入他的体内，他再也控制不住压抑的感情，一把将这个长发人压在了自己的身下。他第一次做了回真正的男人，第一次宣泄了藏得很深的感情。

一缕明媚的阳光，透过窗帘缝隙照在了地上，鸟儿在窗外叽叽喳喳歌唱。祖家缓缓睁开自己的双眼，眼前景象让他大吃一惊，自己竟一丝不挂躺在别人床上。房间里没有其他人，四处也找不到自己的衣服。他一把拍在头上，都怪自己贪杯坏事，祖家心里暗暗责怪自己。这时门外传出婉儿故意轻轻咳嗽的声音。

祖家赶紧用被子盖好自己，假装刚醒道："这是哪儿，我怎么在这儿？"

"睡醒了，这是你的衣服。"婉儿羞涩道。

他十分别扭，不习惯在别人眼前穿衣，更别说有女孩在旁边，想示意婉儿离开。

"昨天晚上你喝醉了，幸好半夜吐了，不会伤着身子。只是衣服都被你弄脏了，昨儿晚上洗的，连夜才烘干，你赶快穿上吧。"她道。

祖家努力回忆昨天晚上发生的事情，半晌才试探着问：

"昨天晚上是你帮我脱的衣服……"

"你真粗鲁……"她脸羞得通红，没有继续说下去，扭头掩上房门离开了，一缕淡淡清香留在了房间。

不多时，婉儿端着热水，准备伺候祖家洗漱，可是房间里已经没有人。等她赶紧四周察看时，在枕头边发现一张纸条：

多谢你的照顾，原谅我的无理，请相信我一定会照顾好你的一生一世，哪怕是牺牲自己的一切，祖家。

"是不是我前世欠你的，被你这么轻视，还为你这么牵挂。"婉儿自言自语道。

在城市的另外一个地方，大婚之喜头一夜，意气风发兴高采烈的新郎小狮王，却是遭遇到另外一番景象。他的梦中幸运女神并没有真心垂青于他。等打发走所有新婚凑热闹者，在布置华丽讲究的洞房内，借着酒精壮胆，新郎急不可耐饿狼般向自己的美艳新娘猛扑过去，嘴里嘟嚷着金榜题名时，洞房花烛夜，才是他人生最高兴最向往最情愿做的事情。

新娘却没有半分高兴，根本不吃他霸王硬上弓这一套，抬起脚使劲把走路摇摇晃晃的新郎踹倒在地：

"臭男人，离我远点，满身酒味真让人恶心。"

"哎呀，我的心肝宝贝，想死我了，让我亲一口！"

"你是个什么东西，自己在外鬼混，得了花病还想玷污别人，门都没有。"

"亲爱的老婆大人，人家想你么。"他死皮赖脸再次试图靠近她。

"你再敢过来，我就开枪打死你，要么是你杀了我！"不知何时，四姑娘掏出一把小手枪，那是祖家很久以前送给她的，黑洞洞的枪口抵在小狮王额头上。

"就让我亲一口么。"新郎执意坚持而为，他没有意识到新娘手中拿的是真枪。

"呼！"地一声沉闷的枪响。

小狮王一个激灵，猛地惊醒过来：

"别……开枪打我。"他乞求道。

"还不滚远点，离我越远越好。"新娘愤怒道。

"今天可是我们结婚大喜，新郎怎么能离开新娘？"

"少啰唆，给你两个选择！是你走还是我走，你自己赶紧决定。"新娘四姑娘催促新郎道。

"你别闹了，两个我都不想选。喜欢一个人有错吗，我小狮王今天对天发誓，保证今后绝对只爱你一个人，我说到做到。否则天打五雷轰不得好死。"他对天发誓道。

"少啰唆，治好你的病再说以后的事情。"

"那……我到别处找个地方睡觉。"他抬脚想走。

"回来！今天是你的洞房花烛夜，新郎跑到别处去，还不让人笑掉大牙，你不要脸无所谓，我今后怎么做人。"

小狮王外强中干，懦弱怕死，不敢违抗四姑娘的命令。

"那我睡这头，你睡那头。哎呀，今天酒喝多了，好困呀，搂着你的脚睡觉也舒服。"

"不行，你睡门口，我睡里间，免得脏了我的身子。"她扔给他一床被子。

"好……听老婆大人的话，今后肯定发财。"

"今晚这事不能告诉你父母半个字，听见没有。否则我就离开这个家，你永远也别想找到我。"她怒道。

小狮王像斗败了的公鸡一样，低下了他平日高傲的头颅，乖乖按四姑娘的命令，独自倒头睡在门口地上。两位新人就这样度过了他们奇怪的新婚之夜。

数天后，祖家正在跟魏老板谈裕华厂缫丝进一步合作的事情，门外突然闯进来一位头戴礼帽，满脸胡须的大汉。

"请问你是……"朱孝七赶紧阻止他继续往里走。

"有要紧事找你们掌柜的。"络腮胡子道。

魏老板看有人着急要见祖家，便找个理由带自己的人先行离开。祖家不便多留他们，双方约定改日再行详谈。

"是我，你大哥，打扰你们谈生意了！"魏老板前脚刚走，络腮胡子的人摘掉礼貌，撕下假胡须对祖家道。

"大哥？真是你呀，到我这儿需要打扮成这样吗？你这是要搞什么新式秘密破案吗？"祖家打趣道。

"有'尾巴'跟踪，就跟他们玩一把。"祖耕狡黠道。

"尾巴，什么尾巴？把我都搞糊涂了。"祖家一边为大哥倒茶一边道。他现在还不十分清楚日本人正在秘密调查有关仓库爆炸的事情。

祖耕使个眼色支走朱孝七等人，"有些事是瞒不住的，该是告诉你问题多严重紧急的时候了。"

于是祖耕把最近半年来，日本人不断施压上海市警察厅，要他们务必抓到幕后主使，限期侦破虹口仓库爆炸案的情况告知了祖家。为此日本人不惜贿赂并杀害不听话的许处长，利用斧头帮残忍砍死脱脱齐，以及四妹为了筹集经费，迎接陈都督返沪，同时有意通过小狮王接近日本人打探消息，才决定嫁给小狮王的许多事情统统告诉了他，只听得祖家气愤不已。

"还有一条理由，是她真心希望你能娶到婉儿，她觉得婉儿才真正适合你。"祖耕吐出一个烟圈继续道。

对于这些情况，祖家隐隐早已觉察，"她不应该替别人活着，去跳无底火坑。大哥，我们现在管不了那么多，无论如何应该马上带她回武昌，那才是我们真正的家。"祖家失望道。

"早前我何尝不是这样想的，你觉得有用吗，该劝的早劝过了，好些日子我都找不到她本人。她那个犟脾气你又不是没有领教过，一旦决定的事，就是十头牛也别想把她拉回来。"

"日本人心狠手辣，亡我之心不死，他们不择手段杀害同胞，杀死脱脱齐兄弟，你应该早点把这些事情告诉我。"祖家不满大哥一直瞒着自己，被日本人秘密调查的事情。

"大家还不是为了你好，希望不要把你牵扯进去。不是到了最坏的时候，四妹还不让告诉你。我也一直在苦思冥想，怎么能摆脱日本人布置的这张无形大网。现在大哥终于明白了，这个国家人心涣散，完全没有保护它子民的能力，我们只能自保，你明白吗？钱财是身外之物，名利狗屁不如，唯有性命是父母给的，我们无权随意糟蹋挥霍浪费。"

"大哥你就不要卖关子，到底想叫我干什么事，你就直说吧。"祖家知道大哥一定有办法。

"此事关系重大，你必须答应大哥，算是大哥求你行吗？"

"到底你想让我怎么做，才能答应你呀。"祖家着急。

"留得青山在，不愁没柴烧！"

"大哥意思是？"

"不如现在马上卖掉或是转出你的裕华缫丝厂，尽快到国外待一段时间。现在都流行出洋考察学习，为了厂子长期利益，你现在也需要结合实际，到欧洲深入考察一下他们整个纺织工业的发展趋势，为你以后大展拳脚奠定基础。或者干脆回到武昌去，我们从小喝着那儿的泉水长大，看谁还敢把你怎样。等过三五年风平浪静安全后，你再回来接手工厂也不迟。"祖耕干脆直接说出他的计划。三弟毕竟很年轻，以后的路还很长，不能有半点闪失。

"偌大的中国你看哪儿还有丁点的净土，日本人在武昌早就有铁矿石、军火等贸易往来，日本浪人满大街都是，现在政府都是他们的帮凶。回到武昌还会连累年迈的父母和家人，现在绝对不能回去。"祖家反对回武昌。

"老三，你还很年轻，来日方长。事情已经变得相当危险和紧急，务必早做准备。从现在开始不要一个人外出，工厂除了加强人手日夜巡逻外，单师傅也应该和你寸步不离，不再安排其他的事情。"祖耕补充道。

"事情发生太突然，情势变化如此严峻，可这里是在中国人的土地上，日本人这么嚣张纠缠，残忍毒辣，随便杀人，就没有一点王法吗？"祖家仰天叹口气，无比悲愤道。

"谁强谁就是王法，他妈的现实！"祖耕不满现状。

"五千年没有遇到的大变革，只是苦了百姓。"

"我打听过，三周后有一艘欧洲邮轮要返航，我们可以搭乘它到欧洲，暂时避开日本人的纠缠。"祖耕建议道。

"没有其他更好的办法吗？"

"查不到真相，抓不到主使，日本人在上海滩今后无法立足。所以他们会一查到底决不罢休，以他们一贯的残忍手段，后果会很严重，咱哥俩将是他们的头号敌人，以退为进，避其锋芒，暂时离开这个危险之地，也算是一种办法，是对他们的一种嘲笑。"

"那你跟我一起走吗？"

"当然。几周后四妹会被派到香港筹措经费，停留一段时间，离开这个鱼龙混杂的大染缸，大哥我在上海滩也没有什么可留念的。不过你得马上准备，没有特别重要的事情，切记千万不要轻易离开裕华厂，单师傅这些天得寸步不离地陪在你身边。"祖耕反复叮嘱道。

"可是……"祖家欲言又止，心中想起特别牵挂的人。

之后的几天里，祖家抓紧安排处理裕华厂的所有事情。因为与魏老板的特殊商业关系，加上他有二成的工厂股份，因此裕华厂在祖家不在的日子里，交给魏老板经营就相对容易。这天祖家把魏老板和裕华厂的所有中层骨干都召集到一起，他仔细看着大家，沉默良久后拍着魏老板的臂膀，大声对他们道：

"这次受邀远赴欧洲考察学习，就像去年魏老板到英国，学习人家先进的技术一样，短则半年，长则三年时间，我就回来！在我离开的这段时间，希望诸位像支持我一样全面彻底支持魏老板，像爱护自己的双眼一样爱护裕华厂的一草一木，一砖一瓦。当然也希望尧哥和朱孝七能尽快找个老婆成个家，等我回来时，有人能够叫我一声叔叔更好。你们能做到吗？"尧哥、朱孝七等虽有不舍，但是学习他国的先进经验与技术，有利于裕华厂长期持续健康发展，当然是件好事。于是大家齐声道：

"请三少爷放一万个心，您在与不在我们都会好好干，保证把裕华厂经营得红红火火风风光光！"

"黄老板你就放心去吧，厂子有哥哥帮你看着，就像你帮我看厂一样，保准不会出乱子的。"魏老板年龄比祖家长些，在旁安慰祖家道。

祖家饱含泪水感谢大家，详细交代完厂里的所有事情，他才静下心来，"父母在，不远行"，但事有特殊，他不得不做，给武昌的二位老人写了一封长长的信，托老管家黄五亲自带回去。同时他还另外写了三封信，分别是给婉儿姑娘、四姑娘和史姑娘的。

邮轮停泊在长江码头，无休无止的浪花，前仆后继拍打在它身上，又迅速化作无数点点水晶跌落江里。手持船票的各国人们，拎着各种行李，正在陆续经过检票口登上甲板。他们身后的家眷和亲朋好友，或笑或哭地远远相送，叮嘱着一大堆出门小心、万事平安、早日归来的话。在离码头不远的地方，魏老板、朱孝七和尧哥等众人正在与祖家话别，大家都希望自己心中最尊敬的人能早点平安归来。

邮轮一声长鸣，是它要起锚的信号。

"送君千里，终有一别，天下没有不散的筵席，码头上风大容易着凉，都请快回去吧。"祖家不忍众人辛苦相送，劝他们尽快离开。

"一路平安！"

"后会有期！"

"魏老板您带着大伙儿先走吧，我再送送三少爷，帮他把行李送到甲板上。"朱孝七心里明白少爷为何着急要远走他乡，不忍他尊敬的少爷将要在异国他乡生活很长时间，想再多陪他一会儿，哪怕是多看一眼也好。看他十分坚持和执着，祖家不忍拒绝。其他的人依依不舍地离开码头自回裕华厂去了。

不一会儿，祖耕带着他的一大帮警察弟兄，也到了码头与祖家会合。"用不着这么多兄弟送你吧，劳师动众，弄得大家都眼泪汪汪的。"祖家跟大哥打招呼。

"啊，这船真大呀！谁让你大哥人缘好，人家非要来送，是拉都拉不住。"祖耕自嘲道。

"开船的时间快到了，登船吧。"朱孝七提醒道。

突然身旁检票口大门"咣当"一声关上，有人操着不算流利的汉语，对惊慌失措的人群喊道：

"你们中间有大日本帝国要找的客人，识相的请跟我们走一趟，否则谁也别想登船离开这里。"小狮王的日本军官同学，虹口爆炸案督察专员带领着大批黑龙会成员，手持日本长剑团团围住了准备登船的人群。送行的人们纷纷惊呼，四处逃散。祖耕祖家兄弟在人群中隐隐看见了樱花，以及贺麻子和史震北、史震南兄弟的身影。

"这人说话像个娘们，码头上风大，大伙小心着凉。"祖耕顺手打开警队兄弟携带的手提箱，里边露出手枪和闪烁着寒光的长刀。其他送行的警察兄弟也纷纷拿出武器，把祖耕祖家保护在中间。双方剑拔弩张，空气顿时像凝固了一般。

"眼睛都亮堂点，给老子盯紧了，替死去的脱兄弟报仇，他娘的多砍几个日本人脑袋祭奠他在天之灵！"祖耕提醒着他的警察兄弟。

日本军官毫不迟疑，眼露凶光，"嗖"一声拔出长剑，顺手做了一个杀无赦的动作，指挥黑龙会的人向祖耕等疯狂砍去。

"本姑娘在此等候多时了，给我上，杀死这些可恶的支那人。"樱花眼露凶光大声喊道，一边拔出日本长剑冲在了最前边。

刹那间码头上杀声四起，祖耕左手拿刀，右手使枪，朝日本军官冲去，他身后的大批警察兄弟也亮出家伙朝对方砍杀过去，可他们的对手不是吃素的。黑龙会的杀手们凶猛异常，许多警察还没有来得及开枪，就已经倒在血泊中。祖家正面迎战敌人，三五个黑龙会杀手不是他的对手。但形势总体对两兄弟越来越不利，受伤的警察越来越多，其他人武功太差，能勉强站起来继续战斗的人越来越少，祖耕还被樱花刺伤了肩膀，鲜血直流。

"贺麻子你看看这是何人，还不赶紧住手！"检票大门被汽车突然撞开，从车里传出单师傅的大声呵斥声，车子一溜烟停在双方厮杀的中间线上。

贺麻子停下手中刀，回头看见是单师傅带着五姑娘站在自己面前，五姑娘怀中抱着一个婴儿。为了不让祖家分心，前些时候单师傅悄悄把有关五姑娘住址的情况，告诉了大少爷祖耕，当时祖耕略作思考，对单师傅耳语几句，叮嘱他依计行事，今天便是实施计划的最终时刻。

"樱花小姐，看在我们往日同事的份上，看在我为大日本忠心耿耿效忠的份上，就先放过他们兄弟俩吧！"贺麻子害怕有半点伤害到他孩子的事情发生，便开始哀求日本主子。

　　日本军官刚被祖家武当拳"天外飞仙"弄了个狗刨食，勉强艰难从地上爬起来，樱花小姐站在他的身边。双方暂时停止厮杀，各站一方，等待事情的下一步变化。

　　"嘀，是贺科长的心肝宝贝来了，让本小姐瞧瞧。"樱花现在忽然变得特别仁慈，居然同意了贺麻子的请求。

　　在离五姑娘一步之遥的时候，樱花突然拔出长剑，毫不犹豫地刺向了她怀中的婴儿。五姑娘拼命避让，婴儿得救了，她却被刺中了左胸，倒在了血泊中。

　　"贺麻子，照顾好……自己的孩子。"这是她临终前能说的最后一句话，同时使尽最后一点力气，把自己脖子上的羊年金锁挂在孩子身上。

　　"贺科长不要忘记自己曾经的誓言，不要忘记加藤将军对你的厚爱，不要忘记永远效忠大日本帝国的决心。"日本军官命令贺麻子道。樱花站在已经奄奄一息的五姑娘身旁，擦拭着沾有鲜血的军刀，双眼紧紧盯着贺麻子。

　　"专员提醒的是，不知这个疯女人抱着谁家的野种，让我上前仔细看看吧。"贺麻子快步走到五姑娘身边，努力地想把她扶起来，但为时已晚，五姑娘倒在血泊中，永远闭上了她美丽的双眼。

　　贺麻子嘴角抽动，紧紧抱住五姑娘，深情地望了望她怀中啼哭的婴儿："宝贝，妈妈睡着了，爸爸带你回家。"

　　"人死不能复生，贺科长节哀顺便……"樱花话没有说完，胸口突然一凉，贺麻子的长剑已经深深地刺入她的身体。

　　"去死吧，我早就受够了你这个阴毒女人的折磨，谁也别想让我的孩子失去母亲，她是怎么死的，我必然会用同样的方式为她报仇。"贺麻子歇斯底里咒骂樱花道。

可是他太过轻敌，樱花用尽最后的一点力气，把她锋利无比的长剑，无情地插入他的心脏。二人双目怒视，慢慢地都倒在了地上。其余黑龙会的人恼羞成怒，举起长剑朝贺麻子身旁的史震北、史震南兄弟砍去。可怜的史家兄弟，根本没有还手之力，就成了他们的刀下之鬼。朱孝七赶紧跑过去，抱起躺在五姑娘怀里的男婴，他仍在啼哭不止，衣服已被母亲的鲜血染红。

短暂的停顿后，剩余的黑龙会成员和日本浪人，像疯狗一样拼命朝祖耕、祖家和单师傅围了过来，三人背靠背互成犄角与豺狼恶战。"单师傅，前些日子与你切磋的武功，对付这些日本恶狗，真是绰绰有余呀！"祖家杀死一个日本人，对身后的单师傅道。单师傅也把练习多日的忍术，加上他在宫廷里掌握的绝世洪拳尽数施展出来，对付日本人不算难事。只是黑龙会的人太多，又都是亡命之徒，单师傅就是以一当十，不断杀死身边恶人，其他的日本人又会迅速补充上来。

三人中祖耕功夫较差，敌人看出破绽，集中对他进行连续围攻。其间他已经是多次挂彩，鲜血直流，衣服被刺烂几个大洞，但他毫不畏惧，干脆扔掉破衣服，一边应付五六个日本浪人，一边大声道：

"来呀，狗日的倭寇，尽管跟老子决斗，打死一个够本，打死两个就赚。"

但他明显不是群狼的对手，一把大刀奋力架住三把对方长剑，留下明显破绽。日本专员眼疾手快，抓住机会，长剑如风般狠狠刺中他的胸腔，祖耕不由得身体打颤，连连后退几步，喷出一口鲜血，体力渐渐不支。

祖家一看大哥挂彩，不得不一边搀扶着他，一边大喝一声挡开祖耕身边的群狼，长剑直指日本专员的胸膛。专员用力挡开他的利剑，就地一滚，从腰间拔出另一把软剑，手使双剑带领几十个黑龙会顶尖浪人，恶狠狠缠住祖家不放。双方剑花飞舞，拼杀激烈，厮打声不断。祖家索性左手抱着大哥，右手挥刀，使出平身绝学与单师傅前后联手，指上打下，声东击西，又连续刺杀数名恶狼，地上到处都是敌人的尸体。

祖耕身负重伤且体力消耗巨大，眼看就快要倒下，祖家意识到情况危急，不能恋战。所谓擒贼先擒王，祖家想尽快救治大哥，控制住敌人的凶猛进攻，便大喝一声，刀锋直转，奋力朝日本专员砍杀过去，但总是被数名黑龙会的人所阻挡，让他不能前进半步。

这时突然传来对天鸣放的枪声，是四姑娘带着呼延冲将军赶了过来。将军的大批卫兵包围住了现场，人群中祖家看见了婉儿的身影。

"所有人都马上放下手里的武器，谁都不许动！"呼延将军拔出手枪大声命令道。

"将军不要看错，我们是日本人，到码头上来替你们中国人捉拿准备潜逃的犯罪分子。"日本专员振振有词道。

"不要忘了，这里是中国人的地方，中国人的事情，自然由中国人自己解决，与他人无关。你们日本人也不能例外。"呼延冲坚定道。

"哼！将军难道不怕上峰怪罪，引起国际纠纷吗？"日本专员道。

"在中国人的地方，处理中国人的事情，是我们天经地义的权力和责任。来人，把日本人都给我押解回去。"呼延冲不容分说道。他身后的所有士兵，一起把黑洞洞的枪口对准日本人。

日本人自知理亏，没有胜算，又绝不肯向中国人缴械，剩余的七八名黑龙会成员，在日本专员的带领下，试图负隅顽抗，举刀向外突围，被卫兵及时举枪击毙。眼看突围无望，日本专员朝天狂笑，突然用锋利的军刀刺向自己的胸腔……

"呼延叔叔您怎么来了？"祖家向将军疑问道，他的眼睛余光看着了婉儿小姐。

"我是你岳父，怎么不能来送你！来人，快救黄副官。"呼延将军习惯称呼祖耕为自己的副官。

祖耕呼吸十分困难，大口鲜血不停从他嘴角流出，他知道自己所剩时间不多，努力断断续续道：

"谢谢将军能来送我弟弟，我本没有打算活着离开，我……的兄弟都在那边等我，我怕……是不行了。"他用乞求的眼光望着婉儿姑娘，鲜血又从他嘴角流了出来。

祖耕拉着祖家的手，一边试图努力拉住婉儿的手，可他实在没有力气了，婉儿不忍心他的痛苦，主动握住祖家的手。祖耕在最上边压住他们的手道：

"祝你们……白头偕老，让……大哥放……心地去吧。"言毕永远闭上了他的双眼。

"大哥""姐夫""大少爷"！任凭悲痛欲绝的亲人们怎么努力唤醒，但终究无法换回一条年轻的生命。

将军老泪纵横，命令士兵清理现场，并特意吩咐祖耕的遗体由他亲自开车带走。四姑娘从朱孝七手中抱起妹妹的孩子：

"可怜的宝贝呀，你还不知道父母是谁，就成了孤儿。"她对小生命伤心地自言自语道。

"那晚我对不起你，但我对天发誓，无论多么艰难，今生今世我只爱你一个人。"在另一边祖家对婉儿道。

"你的事情，四小姐原原本本都对我说了。我也爱我的大英雄，我已经是你的女人，怀上你的骨肉了，你就放心地去吧，无论多久，我会一直等你回来。"婉儿泪眼婆娑地靠在祖家胸前道。

"三少爷，我跟你一起去国外。"单师傅拿着大少爷祖耕的船票，从孝七手中抢过行李箱道。

　　"你们快走吧，这个国家保护不了自己的百姓，它太虚弱了，得靠千千万万像你这样的年轻人来发展它、建设它，最后壮大它，只可惜'耕、读、传、家'四兄妹，从此将阴阳永隔了。"呼延将军悲怆道。

　　"我一定会回来的。"祖家向所有送别的人坚定地说道，但更像是对婉儿小姐的庄重承诺。

　　太阳渐渐升起，毫不吝啬地温暖着大地，也温暖着在甲板上的祖家和单师傅主仆二人。